KB100857

| PREMIUM LABEL. op. 007

계모인데, 딸이 너무 귀여워

이 도서의 국립중앙도서관 출판시도서목록은 서지정보유통지원시스템 홈페이지(http://seoji.nl.go.kr)와 국가자료공동목록시스템(www.nl.go.kr/kolisnet)에서 이용하실 수 있습니다. (CIP제어번호: CIP2020046806)

계모인데
딸이 너무 귀여워

이르 장편소설

PREMIUM
LABEL

CONTENTS

계모인데, 딸이 너무 귀여워

Romance Fantasy
crescendo

Iam Stepmother, But My Daughter Is So Cute

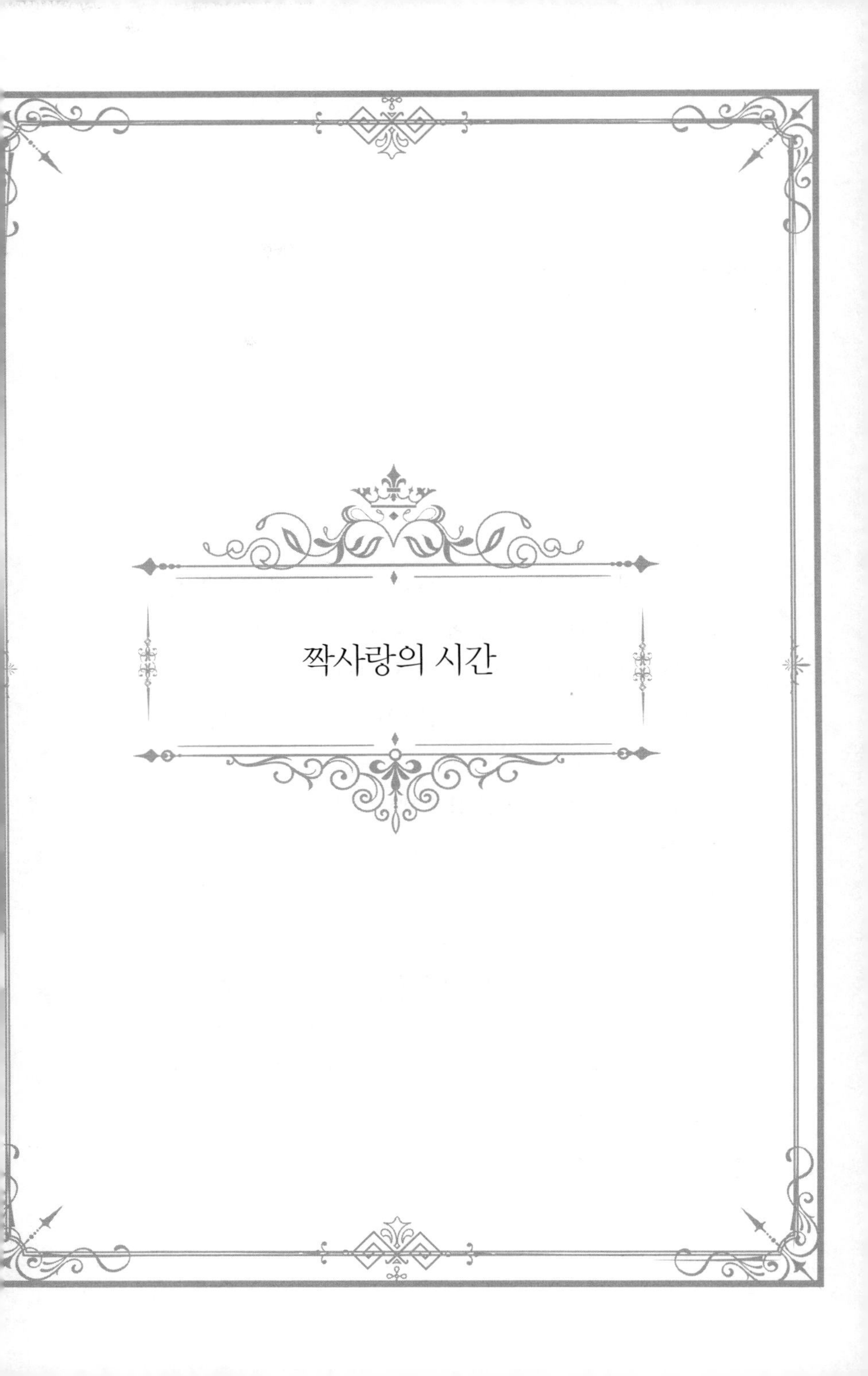

짝사랑의 시간

11

짝사랑의 시간

둥근 브랜디 잔 안에 황금빛 액체가 일렁이고 있었다. 독한 술 냄새가 응접실을 가득 채우고 있어 그 공기만으로도 취할 것 같았다.

반 시간 전까지만 해도 가득 차 있던 브랜디가 어느새 절반 정도밖에 남지 않았다. 스토크 공작이 화풀이하듯 술을 들이켠 탓이었다.

"한 잔 더."

그가 불쾌해진 얼굴로 잔을 불쑥 내밀었다. 기드온 영식은 조용히 빈 잔을 채웠다.

"자네도 마시게."

"예. 공작님."

기드온은 술잔을 반 잔가량 채운 뒤 공작을 돌아보았다. 그 사이를 참지 못한 공작은 이미 잔을 비워 버린 채였다.

"그나저나 공작님, 오늘따라 왜 이리 기분이 안 좋아 보이십니까."

기드온이 부드러운 어조로 달래듯이 말했다. 여러 차례 술자리를 가져 보았지만 이렇게 무식하게 독주를 마시는 공작은 처음이었다.

"기분? 안 좋을 이유는 많지."

"무슨 연유이십니까."

"우선 얼마 전에 카린의 생일이 지났네."

스토크 공작은 투덜대며 말을 이어 갔다.

"나이는 한 살 한 살 많아지는데, 전하의 총애를 얻지도 못하고. 정말이지 속이 터지는군."

그의 얼굴에는 어둠이 오래된 더께처럼 쌓여 있었다. 공작이 거칠게 제 얼굴을 쓸어내리며 말했다.

"젠장. 더 나이가 많아지기 전에 시집을 보내야 하는데."

딸아이를 생각하니 한숨뿐이었다. 요즘 들어 카린의 언행이 도통 마음에 들지 않았다. 차림부터가 그랬다. 미 파르티니 슈미즈 드레스니, 이상한 옷을 입고 다니길래 한껏 야단을 쳤더니 이제야 좀 제대로 된 옷을 입기 시작했다.

코르셋을 잔뜩 조여 가늘어진 허리를 보니 마음이 좀 풀리는 것도 같았다. 하지만 불쾌함은 여전했다.

"공녀님께서 요즘 왕비와 공주님을 자주 만나시는 것 같더군요."

"그래. 블랑슈랑 친해지면 전하의 눈에 들 수 있을 것 같다면서 말이지."

물론 카린과 블랑슈가 가까이 지내는 것은 좋은 일이었다. 하지만 뭔가 좀 이상했다. 처음에는 아득바득 이를 갈며 티타임에 참석하던 아이인데, 어느 순간부터는 정말 놀러 가는 것처럼 들떠 보이기 시작했다.

왕비에게도 선물을 꽤나 많이 가져다준다 들었다. 그 사실에 의문을 품자, 카린은 왕비를 방심시켜서 약점을 잡으려는 것뿐이라 답했다. 들어보면 다 일리가 있는 말인데, 어쩐지 속는 듯한 기분이 들었다. 결국 그는 또 홧술을 들이켰다.

“하아. 이젠 왕비까지는 바라지도 않으니 정부라도 되었으면 좋겠군.”

“너무 낙담하지 마십시오, 공작님. 잘 될 겁니다.”

“자네가 그런 말을 할 때가 아닐 텐데?”

술기운에 붉어진 얼굴이 기드온을 노려보았다. 눈알이 곧 튀어나올 기세였다.

“왕비와는 어떻게 되어 가고 있지?”

“저를 총애하시는 듯합니다.”

“잤나?”

직설적인 물음에 기드온은 고개를 저었다. 스토크 공작은 이를 갈며 술을 들이켰다.

“그 여자에게는 애인 하나 없나? 불륜을 저지른다는 핑계로 내쫓을 수 있다면 좋을 텐데.”

기드온은 비웃음을 참기 위해 술잔을 입에 가져다 댔다. 조급함 때문인지 술에 취해서인지 노골적으로도 말하는군.

기드온 역시 아비게일을 폐위시키고 싶은 마음은 굴뚝같지만 그 과정에서 버림 패로 쓰이고 싶지는 않았다. 아비게일의 정부가 되어봐야 결국엔 자신이 손해다. 그녀가 폐위되는 동시에 불륜 상대는 최소한 투옥, 심하면 사형을 당할 것이다.

때문에 그는 아비게일의 총애를 받으려 노력했지만, 스토크가 바라는 대로 그녀의 정부가 되지는 않을 것이었다.

“왕비에게 여러 미남을 소개했으나, 딱히 달가워하지 않더군요.”

음악 수업 때마다 그는 종종 얼굴이 반반한 성악가나 피아니스트, 시인 등을 데려가곤 했다. 그들을 아비게일의 정부로 만들 계획이었다.

아비게일은 모두에게 친절했지만 그것 뿐이었다. 다른 이들이 유혹을 해도 무심하게 넘길 뿐이었다.

"왕비는 석녀라도 되는 모양인가 보군."

스토크 공작이 그리 투덜댔다. 꽤나 만취한 모양인지 혀가 꼬인 듯한 목소리가 들려왔다.

"그 여자가 물에 빠져 죽어야 했는데."

아비게일이 바다에 빠졌다가 구조되었다는 소식에 얼마나 안타까워했던가. 그가 중얼거렸다.

"범인이 누군지는 몰라도 고마워해야겠군."

"……그러게 말입니다."

기드온은 가만히 웃었다. 그 웃음의 의미를 가늠하기에 스토크 공작은 너무도 취해 있었다. 공작이 취기에 무너진 자세를 바로 하며 말했다.

"왕비 때문에 정신이 없는데, 웬 정체 모를 여자까지 입궁했다고 하다니."

아직 숙취가 오기에는 이른 시점이었으나 스토크 공작은 머리가 아팠다. 궁에는 그 여자를 둘러싼 갖은 소문이 돌고 있었다. 그중 하나는 세이블리안이 두 번째 왕빗감을 궁으로 데려왔다는 것.

그는 이를 갈며 얼굴도 모르는 여자를 저주했다. 만약 아비게일이 이 자리에 있었다면, 괜한 걱정은 말고 술이나 마시라 조언했을 터였다.

◇

하녀들이 복도의 벽 뒤에 숨어 어떤 방을 흘깃거리고 있었다. 다들 호기심에 가득 찬 눈초리였다.

"여기가 그 영애의 방 맞아?"

"응. 맞아. 그런데 하루 종일 나오질 않으시네."

그곳은 나디아의 거처였다. 로브를 뒤집어써 얼굴을 가린 채 입궁한 신원 불명의 여인은 모두의 관심을 끌기에 충분했다.

"국왕 전하와 왕비 전하를 구한 사람이라던데."

"얼굴도 정말 미인이래."

"정부로 삼으려 데려오신 걸까?"

"왕비님이 불쌍해……."

나디아는 입궁한 뒤 거처 밖으로 나오지 않았다. 은인을 대하는 것 치고는 연금에 가까운 생활이었다. 대체 어떤 여인일까. 혹여라도 외출할 때 옷자락이라도 볼 수 있을까 싶어 하녀들은 들뜬 상태였다.

그러나 복도 맞은편에서 발소리가 들려오자, 하녀들을 발길을 돌릴 수밖에 없었다. 왕비 전하의 행차였다. 아비게일은 변함없이 고고하고 우아한 모습이었다. 하녀들은 혹여라도 눈에 띌까 싶어 빠르게 자리를 벗어났다.

엄중히 문을 지키던 경비병들은 아비게일이 다가오자 문을 열어주었다. 안으로 들어서니, 나디아는 그곳에 없었다.

어디로 갔을까. 아비게일이 주위를 둘러보다 작게 튀는 물소리를 들었다. 그녀는 안쪽에 위치한 욕실로 발을 옮겼다.

"나디아 공주? 아비게일이에요. 안에 있나요?"

"아, 아비게일이구나. 들어와."

안에서 유쾌한 목소리가 들려왔다. 조심스레 안으로 들어가 보니, 나디아는 욕조에 누워 있었다.

욕조 안에서 살랑거리고 있는 것은 커다란 물고기의 꼬리였다. 상체는 분명히 인간이었으나 하체는 바다의 것이었다.

나디아는 아비게일을 보고 반가워 히죽이 웃었다. 힘겹게 욕조에서 몸을 이끌고 나오자 아비게일이 당황해서 그녀를 부축했다.

"나, 나디아 공주. 괜찮아요? 무리하지 말아요."

"응, 괜찮아. 좀 건조해서 들어가 있었어."

나디아는 생긋 웃고는 제 하체를 몇 번인가 만졌다. 그러자 비늘들이 반짝이더니 빛과 함께 사라졌다. 그리고 나타난 것은 매끈한 두 다리였다. 아니, 매끈하다고 하기엔 좀 어폐가 있을까.

인간의 것을 닮은 다리에는 여전히 비늘들이 붙어 있었다. 발끝은 날카롭고 발가락 사이에는 물갈퀴가 보였다. 목과 쇄골에 난 아가미, 그리고 지느러미를 닮은 귀는 그녀가 인간이 아니라는 걸 여실히 증명해 주었다.

몸의 물기가 마르자 나디아는 곧장 아비게일에게 매달렸다. 왕비를 꼭 껴안은 채 나디아는 칭얼거렸다.

"왜 이제 왔어? 내가 얼마나 보고 싶었는지 알아?"

"미안해요, 나디아 공주. 일이 좀 많았어요. 그, 일단 옷 좀 입어줄 수 있을까요?"

나디아는 여전히 알몸인 채였다. 아비게일은 민망해서 고개를 돌렸으나, 이미 단단한 복근과 근육을 봐 버린 참이었다.

"그, 그나저나 몸이 정말 좋으시네요."

"왜? 네 몸은 어떤데?"

나디아는 망설임 없이 아비게일의 배와 허리 부근을 더듬었다. 아비게일이 소리 없는 비명을 지르는 와중, 나디아는 눈썹을 찌푸렸다.

"와, 이거 완전 스펀지 같네. 너 무슨 병 걸린 거야?"

"아, 아니에요! 귀족 영애들은 보통 다 이래요."

"흐음. 인간들이라 차이가 있는 건가. 우리는 험한 바다에서 생활해야 하니, 그런 말랑말랑한 몸으로는 못 버티는걸."

나디아는 쿡쿡 웃고는 한쪽에 놓인 가운을 몸에 걸쳤다. 그리고는 곧바로 아비게일과 팔짱을 끼며 말했다.

"그나저나 나 하루 종일 방에만 있어서 너무 갑갑해. 나 언제쯤 밖으로 나갈 수 있어?"

"며칠만 더 고생해 줘요. 정말 미안해요."

나디아가 인어라는 사실을 차마 밝힐 수는 없어, 현재 그녀는 방 안에서만 기거하고 있었다.

이종족이 왕국을 방문한 것이 못해도 백 년 전의 일이었다. 때문에 함부로 그녀의 정체를 누설할 수는 없었다. 물론 영원히 비밀로 할 계획도 없었다. 우선 대신들에게 이 사실을 알린 뒤, 순차적으로 나디아의 정체를 알릴 생각이었다.

계속 욕실에서 이야기할 수도 없어 두 사람은 거실로 나왔다. 나디아는 먼저 자리에 앉은 뒤 아비게일의 허리를 끌어 제 무릎 위에 앉혔다.

"저, 저기. 나디아 공주."

"나디아라고 불러."

"나디아. 우리 너무 가까운 것 같은데요."

아비게일은 간신히 옆으로 내려왔지만, 여전히 허리는 그녀에게 잡힌 채였다. 그녀의 팔근육이 뱃사람 못지않게 강인했다.

"난 더 가까워지고 싶은데. 아비게일, 너 너무 귀엽다. 키스해도 돼?"

"아, 안 돼요! 저에게는 담비 같은 남편과 토끼 같은 딸이 있단 말이에요!"

아비게일은 빽 소리를 지르며 나디아를 밀쳐냈다. 그런데 생각보다 힘이 많이 들어갔던 모양이었다. 쿠당탕 넘어지는 소리가 요란했다. 어느샌가 나디아가 바닥에 나동그라져 있었다.

꽤나 아픈 모양인지 나디아의 입에서 앓는 소리가 들려왔다. 아비게일이 화들짝 놀라 그녀를 부축했다.

"나디아 공주! 미, 미안해요. 괜찮아요?"

"……아비게일. 수백 년 전, 왜 인간과 이종족 사이에 전쟁이 일어난 줄 알아?"

나디아의 어깨를 감싸 안은 손이 굳었다. 전쟁이라는 단어, 그리고 나디아의 시선 때문이었다. 인어의 공주는 식지 않은 모닥불같이 뜨거운 눈동자를 가지고 있었다. 작은 마찰에도 되살아날 불티처럼.

아비게일은 순간 가슴이 철렁 내려앉았다. 만약 나디아를 하대해서 전쟁이 일어난다면? 고작 전쟁이 그런 일로 일어나겠느냐 생각할 수도 있겠지만, 이보다 사소한 일로 개전하는 경우도 많았다. 때문에 긴장할 수밖에 없었다.

아비게일이 식겁하여 사과의 말을 버벅대는 사이, 가볍게 뺨에 뭔가가 와닿았다.

"방심해서."

쪽 하고 가볍게 입 맞추는 소리가 났다. 도둑처럼 아비게일에게 키스한 나디아가 흐뭇하게 웃었다.

아비게일은 순간 멍해졌다가, 안도했다가, 버럭 화를 냈다.

"나디아! 뽀뽀는 안 된다고 했잖아요!"

"그럼 뽀뽀 말고 다른 건 괜찮아? 다른 거 할까?"

"안 돼요! 다른 것도 다 금지라고요!"

"알았어, 알았어. 안 할게."

나디아가 능글맞게 웃으며 아비게일의 손을 슬며시 잡았다. 서늘한 냉기가 손바닥을 타고 올라왔다. 인어의 체온이 낮은 탓이었다.

"아비게일, 그나저나 너무 야박한 거 아냐? 궁에 데려왔길래, 나한테 마음이 있는 줄 알았는데……."

"나디아는 생명의 은인이라 모셔온 것뿐이에요."

세이블리안은 나디아를 데려오는 것을 반대했었다. 왕비를 바다에 빠트린 사람이 나디아라고 생각했기 때문이었다.

그러나 나디아는 그저 구조자일 뿐이었다. 나디아는 배를 쫓아 헤엄치던 중, 아비게일이 물에 빠지는 것을 보았다. 그리고 뒤를 이어 세이블리안이 뛰어내렸다.

[왕이 너를 너무 꼭 껴안고 있어서, 어쩔 수 없이 둘 다 구조했어.]

조금 아쉽다는 듯한 말투에 아비게일은 살짝 소름이 돋았지만, 덕분에 목숨을 건졌다. 아쉬운 것은 아비게일을 민 사람이 누구인지 보지 못했다는 점이었다.

"정말 내가 목숨의 은인이라서 데려온 것뿐이야? 실망인걸."

나디아가 부루퉁한 표정이 되어 말했다. 아비게일은 왠지 조금 미안해져, 괜히 말을 돌렸다.

"그나저나 여기서 계속 지낼 건가요? 가족들이 걱정하지 않겠어요?"

나디아의 기억 상실은 예상대로 거짓말이었다. 저주도 풀렸으니 바다로 돌아가려나 싶었지만 나디아는 완강했다.

"안 돌아가고, 못 돌아가. 스스로 저주를 걸어가며 인간의 모습이 되었다는 걸 알면, 어머니에게 혼이 날 거야."

"어휴. 그러게 왜 그런 저주를 걸었어요?"

"그야 아비게일을 만나고 싶어서지."

나디아가 그윽한 목소리로 말했다. 그녀의 목소리는 아무리 원수라 할지라도 한순간에 함락될 정도로 아름다웠다. 감미로운 미성이 귓가를 간지럽혔다.

"그때, 절벽에 서 있는 아비게일을 보고 한눈에 반했어. 너처럼 아름다운 인간은 처음이야."

그녀는 그렇게 말하며 아비게일의 은발을 가만히 어루만졌다. 목소리만큼이나 달콤한 시선이 아비게일을 응시하였다.

"사랑해, 아비게일. 널 다시 만나고 싶었어. 목숨을 버려도 좋을 만큼."

그 또렷한 사랑 고백에 아비게일은 당황했다. 난생처음 들어보는 고백이었다. 그녀는 괜히 헛기침을 하며 시선을 돌렸다.

"그, 그러고 보니 아까는 인어 꼬리던데 지금은 인간 다리네요. 저주가 안 풀린 거예요?"

"응? 아니. 원래 우리는 다리로도 바꿀 수 있어."

나디아는 소파에 앉은 뒤, 이것 보라는 듯이 다리를 꼬아 앉았다. 꽤 익숙한 모양새였다. 아비게일은 눈을 가늘게 떴다.

"그러면 굳이 저주에 걸리지 않아도 되었던 것 아닌가요?"

"아비게일, 정말 순진하구나. 내가 아무리 다리가 있다 하더라도 이 모습으로 나타나면 네가 날 만나 줬겠니?"

나디아가 머리카락을 귀 뒤로 넘기며 말했다. 확실히 인간과 닮았지만 인간은 아니었다. 귀 대신에 나 있는 지느러미, 몸 곳곳에 나 있는 비늘, 아가미. 로브로 가리기는 했지만 그것을 걷으면 누구라도 눈치챌 법했다.

"만약 내가 인어의 모습으로 나타났으면 진작 암시장에 팔렸을걸?"

"암시장……?"

아비게일은 순박하게 두 눈을 깜빡거렸다. 그러자 나디아는 놀랐다가, 이내 씁쓸한 표정이 되어 말했다.

"뭐, 아비게일은 모르는가 보구나."

그 목소리에 적요가 어른거리자 아비게일은 더욱 의아해졌다. 그러나 나디아는 이내 평소처럼 해맑게 웃었다.

"모르면 됐어. 그나저나 나는 아비게일의 은인이 아니라 연인이 되고 싶은데. 어떻게 안 될까?"

"그러니까, 저는 남편이 있다니까요."

"하지만 나랑 한 게 첫 키스라며?"

첫 키스. 분명 그때 얼떨결에 첫 키스임을 고백하고 말았다. 나디아는 나른하게 눈을 내리깔고는 유혹하듯 말했다.

"너희, 결혼한 지 몇 년 됐다면서? 그런데 아직 키스가 처음이니? 부부관계는 하니?"

"부, 부부관계요?!"

부부관계라는 말에 아비게일은 아찔해지고 말았다. 얼굴이 점점 붉어지는 모양새에 나디아는 더욱 가까이 몸을 들이밀었다.

"정략결혼이었나 보지? 아직 키스도 안 한 걸 보면 딱히 너희 관계가 좋은 것 같지는 않은데."

나디아가 예리하게 지적하자 아비게일은 할 말이 없어졌다. 키득거리며 웃는 소리가 귀를 간질였다.

"딱히 남편을 사랑하는 게 아니라면 나랑 사귀는 게 어때? 내가 진짜 잘해 줄게. 응? 내가 너를 위해 매일 같이 눈물을 흘려 줄게."

인어의 목소리에 홀려 배를 좌초시키는 선원들의 심정이 이해가 가는 순간이었다. 말의 내용을 떠나서 그녀의 목소리는 너무도 아름다웠다. 그런데 내용마저 좋다니.

해일처럼 몰아닥치는 구애에 아비게일은 정신이 없었다. 그런데 눈물을 흘려 준다는 건 또 무슨 의미인 걸까?

아비게일은 세이블리안의 얼굴을 떠올리며 마음을 다잡았다. 그때, 노크 소리가 들려왔다.

"세이블리안 프리드킨이오. 들어가도 괜찮겠소?"

문 너머에서 정중한 말씨가 들려왔다. 목소리에 홀려 난파되기 직전, 아비게일은 퍼뜩 정신을 차렸다.

그런 아비게일을 보고 나디아는 아쉬운 기색으로 입술을 삐죽였다. 방해꾼만 아니었어도. 그녀는 세이블리안을 향해 말했다.

"그래, 들어와."

빈정거리는 듯한 허락이 떨어지자 문이 열렸다. 그리고 그와 동시에 나디아가 잽싸게 아비게일의 무릎 위에 앉았다.

그녀는 왕비의 애첩마냥 목에 꼭 매달린 채 세이블리안을 흘겨보고 있었다. 세이블리안의 목에 핏줄이 섰다.

"당장 그 무릎에서 내려오시오."

"싫다고 하면 어쩔 건데?"

소리 없이 방 안에 뇌우와 해일이 몰아쳤다. 두 사람의 시선은 누구의 것이 강한지 비교할 수 없을 정도로 매서웠다. 마치 흑표와 상어가 대치하는 듯한 모양새였다. 세이블리안의 두 눈에서 맹염이 쏟아져 내렸다.

"강제로 끌어내겠소."

"아비게일, 전하가 나 괴롭혀!"

나디아는 우는 시늉을 하며 아비게일에게 매달렸다. 그 모습에 세이블리안은 어처구니가 없을 노릇이었다. 그는 아비게일을 간절하게 바라보았다. 자신의 편을 들어달라는 것처럼.

아비게일은 두 사람 사이에서 쩔쩔매다가 슬그머니 나디아를 밀어냈다.

"나디아, 전하가 오셨으니 제대로 앉으셔야죠."

"아비게일은 너무 매정해!"

나디아는 토라져서 고개를 틀었다. 아비게일은 이걸 어떻게 해야 하나 고뇌했다.

마음 같아서는 무조건 세이블리안의 편을 들고 싶었다. 하지만 방금 전, 나디아가 했던 농담이 떠올라 강하게 나올 수가 없었다.

[수백 년 전, 왜 인간과 이종족 사이에 전쟁이 일어난 줄 알아?]

각 나라의 왕이 웃으면서 술잔을 나누다가, 사소한 일로 비위가 상해 전쟁으로 번지는 일은 역사에서 수차례 찾아볼 수 있었다.

인어와 인간 역시 다를 리가 없었다. 오히려 서로 적대 관계이기 때문에 불씨가 튀기 더욱 쉬웠다. 어떻게든 나디아를 잘 달래야만 했다. 정적이 이어지자, 아비게일이 세이블리안을 향해 물었다.

"전하. 그나저나 나디아에게는 무슨 일로 오셨나요?"

"언제까지 이곳에 머무를 예정인지 묻고자 왔습니다."

세이블리안 역시 삐딱하게 그녀를 내려다보았다. 나디아가 틱틱 대며 말했다.

"계속 있을 건데?"

"빨리 돌아가시는 게 그대에게도 좋지 않겠소?"

일단은 나디아도 왕족이고 생명의 은인이며, 국빈인데 세이블리안의 태도는 삭막하기 그지없었다. 아비게일이 벌떡 일어나 세이블리안에게 다가갔다.

"전하, 저희 잠깐 이야기 좀 할까요?"

"예."

"나디아, 잠깐 실례할게요."

아비게일은 세이블리안을 이끌고 안쪽 방으로 향했다. 둘이 남게 되자 세이블리안의 표정이 조금 누그러졌다.

"전하, 나디아 공주에게 너무 매몰차신 거 아닌가요?"

"왕비에게 강제로 입 맞춘 무뢰한을 어찌 대접합니까?"

세이블리안은 잔뜩 날이 선 얼굴로 말했다. 사실 동부를 떠날 때부터 그는 내내 이런 상태였다.

나디아가 자신의 출신을 밝히고, 본궁에 초청할 것을 요청했을 때 그는 단호히 거절했다. 마음 같아서는 감옥에 가둬 버리고 싶었다. 어떻게 감히 왕비의 입술을 훔친단 말인가. 게다가 첫 키스였다는데!

자신도 안 해본 키스를 먼저 해 버린 나디아가 곱게 보일 리 없었다. 그나마 아비게일이 애원해서 참고 있는 것이지, 마음 같아서는 당장 내쫓고 싶었다. 공주라는 명확한 증거도 없지 않은가.

"으음. 입 맞추지 않으면 저주가 풀리지 않는 상황이었으니, 어쩔 수 없었는걸요."

“그래도 나디아 공주가 강제로 입 맞춘 건 사실이지 않습니까.”

저주를 핑계로 입맞춤이라니. 세이블리안은 차라리 그 저주에 대신 걸리고 싶었다. 하지만 그런 말은 차마 하지 못한 채 잔뜩 심통을 나 있었다. 자각하지 못했지만 입술이 저도 모르게 삐죽 나와 있었다.

토라진 모습이 귀여워 아비게일은 가만히 웃음을 삼켰다. 사실 이렇게 세이블리안이 싫은 티를 내주는 것이 내심 기뻤다. 그래도 나디아를 박대할 수는 없는 노릇이었다. 아비게일은 세이블리안의 손을 가만히 잡고 다정하게 속삭였다.

“전하. 저는 괜찮으니 너무 걱정 마세요. 그리고 인간의 왕국에 이종족이 온 게 수백 년 전의 일이잖아요. 혹시 또 아나요? 이걸 기회로 우리와 인어의 관계가 돈독해질지.”

아비게일의 말에 세이블리안은 침묵했다. 만약 나디아가 인어공주라면 그녀의 말대로 이것은 기회였다. 나디아를 잘 대접하여 인어와 협력 관계가 된다면 다른 왕국들은 엄두도 못 낼 아군을 얻게 되는 셈이었다.

머리로는 알지만 그래도 나디아가 싫었다. 방금 전까지만 해도 자신이 아비게일의 애인인 것마냥 찰싹 달라붙어 있지 않았는가.

여전히 화가 났지만 앞에서 생글 웃고 있는 아비게일 덕분에 가까스로 냉정을 찾을 수 있었다.

“알겠습니다. 돌아가라 재촉하지 않겠습니다. 왕족의 예로 대접할 터이니, 왕비께서는…….”

그가 머뭇거리다가 아비게일의 손을 꼭 잡았다.

“……나디아 공주와 너무 가까이 지내지는 않으셨으면 좋겠습니다.”

그렇게 말하며 처연한 눈으로 바라보는 것이 꼭 크고 순한 개를 떠올리게 했다. 그런 불경한 생각을 하며 아비게일은 세이블리안의 손을 다독거렸다.

"네. 알겠어요."

아비게일은 걱정하지 말라는 듯이 웃었다. 그 미소에 모가 나 있던 세이블리안의 눈꼬리가 조금 처졌다. 그리고는 아쉬운 듯이 말했다.

"저는 이만 가 봐야 할 것 같습니다. 내일 대신들에게 나디아 공주에 대해 알리기 전, 처리할 것이 있어서……."

말로는 가야 한다면서 손을 놓을 기색은 없었다. 지금 아비게일을 보고 있는데도 그녀가 보고 싶었다.

그는 아비게일의 입술을 빤히 바라보았다. 저주에 걸렸다는 핑계를 댄다면 자신에게도 키스해 줄까.

"그럼 이만 가 보겠습니다."

타오르는 욕망을 간신히 억누르며 그는 아비게일의 손을 놓았다. 이제 정말 방을 떠나려는데, 아비게일의 목소리가 들려왔다.

"전하. 잠깐만요."

세이블리안은 황급히 뒤를 돌아보았다. 아비게일은 가까이 다가와 그의 어깨띠를 다시 매만져 주었다. 그리고는 진지한 얼굴이 되어 한 걸음 물러섰다. 그녀는 세이블리안의 복장을 요리조리 살펴보더니 만족스러운 얼굴로 웃었다.

"좋아요. 오늘도 멋있어요. 일 힘내세요."

그 말에 세이블리안의 얼굴이 확 피어났다. 그가 자신만 믿으라는 듯이 말했다.

"예. 일 열심히 하고 오겠습니다."

그는 다부지게 말한 뒤, 아까보다 조금 경쾌해진 발걸음으로 떠나갔다. 아비게일은 그 모습이 귀여워 한참을 소리죽여 웃었다.

나디아는 어딘가 모르게 불만스러운 기색이었다.

◇

블랑슈의 두 눈에 바늘이 비쳤다. 바늘 끝은 선뜩하게 빛나고 있었다. 하녀가 잘 갈아둔지라 뭉툭한 구석 하나 없이 그저 뾰족했다.

그 예리한 선단을 보고 블랑슈는 두려워하는 눈치였다. 나는 블랑슈의 작고 하얀 손을 꼭 쥔 채 말했다.

"블랑슈. 조금만 참아요."

블랑슈가 굳은 얼굴로 고개를 끄덕이자, 바늘 끝이 여린 살을 날카롭게 찢었다.

피가 방울방울 맺히기 시작했다. 블랑슈는 비명을 삼킨 채 그것을 보고 있었다. 나는 블랑슈의 핏방울을 훑어 거울 표면에 문질렀다. 곧 피는 거울 너머로 사라졌다.

"블랑슈, 괜찮아? 많이 아프지 않아?"

거울 속에서 베리테가 다급하게 외쳤다. 블랑슈는 긴장이 풀린 얼굴로 활짝 웃었다.

"괜찮아. 나도 좀 무서웠는데 조금 따끔하기만 하고 하나도 안 아팠어!"

최대한 블랑슈가 아프지 않도록 손을 가볍게 땄다. 어느새 피도 멎은 상태였다. 후, 오늘도 동방의 의술이 또다시 1승을 거두었다.

지금 우리는 거울방에 모여 블랑슈를 지켜보는 중이다. 다름이 아니라 블랑슈의 마력을 확인하기 위해서였다. 블랑슈가 동물과 의사

소통이 가능하다는 이야기를 듣고, 나도 베리테도 그 아이에게 마력이 있으리라 추측했다.

하지만 심증일 뿐 확신은 아니었다. 진작 확인 작업을 거쳐야 했는데, 조난을 당하고 나디아가 입궁을 하느라 정신이 없어 차일피일 미루고 있었다. 이제라도 확인할 수 있으니 다행이다.

그런데 베리테가 마력의 유무는 살펴볼 생각은 안 하고 발만 동동 구르며 블랑슈를 보고 있었다.

"진짜 안 아파? 의사 불러야 하는 거 아냐? 혹시 소독이 덜 됐으면 어떡해? 파상풍 걸릴 수도 있으니까 의사 부르자!"

야. 소독 잘했거든? 저 녀석 내가 피 낼 때는 아무 반응 없더니 왜 저러지? 블랑슈가 어린애라 그런가. 블랑슈는 정말 괜찮다는 듯이 말했다.

"나 정말 안 아파. 걱정하지 마, 베리테. 그나저나 나 마력이 있는 거야?"

"어, 그게……."

베리테가 잠시 말꼬리를 흐리더니 미간을 찌푸렸다. 그리고는 조금 곤란한 듯이 말했다.

"없는 거 같은데?"

응? 마력이 없다고? 예상외의 결과에 블랑슈도 의아하다는 눈으로 베리테를 바라보았다.

"나 마력이 없는 거야? 그런데 왜 동물의 말이 들리지……?"

"잠깐만 기다려봐."

베리테는 거울 너머로 사라지더니 곧 한 권의 책을 갖고 다시 나타났다. 그리고는 책을 뒤적거리며 중얼거렸다.

"예전에 읽은 적이 있어. 인간 중에서 마력이 없음에도 동물과 소통한 경우가 있다고."

"정말? 나만 그런 게 아니었구나."

"응. 고귀하고 상냥한 마음을 가진 이들은 그게 가능하대."

고귀하고 상냥? 그것은 바로 우리 블랑슈를 가리키는 말이 아닌가! 그러고 보니 동화 속의 주인공들이 동물들의 말을 이해할 때가 종종 있었지. 서양 동화는 아니지만 『콩쥐팥쥐』에서도 두꺼비랑 소의 말을 알아듣곤 했으니까.

블랑슈는 고귀하고 상냥하다는 말에 민망해하더니, 조심스레 베리테에게 물었다.

"그러면 나…… 마력은 정말 없는 거야?"

반응을 보아하니 기대를 많이 한 모양이었다. 마력이 있을지도 모른다고 괜히 설레발을 친 것 같아 미안해졌다.

그 시무룩한 모습에 베리테가 쩔쩔매는 것이 보였다. 베리테는 부러 목소리를 키웠다.

"블랑슈, 그래도 굉장한 거야! 동물과 소통하는 건 이종족들도 불가능해. 조종하는 건 가능하지만."

블랑슈는 그 말을 듣고 고개를 갸웃거렸다.

"비슷한 거 아니야?"

"좀 달라. 블랑슈는 동물들의 말을 이해하고, 설득해서 협조를 받아내는 거잖아. 조종은 마력을 사용하는 거야."

블랑슈의 능력이 조종이 아닌 소통이라니. 그러면 돌고래들이 우리를 찾아다닌 것도 그저 순수한 호의였다는 거구나. 동물들의 마음을 사로잡는 블랑슈라니. 어쩐지 마음 한구석이 뿌듯해졌다.

베리테가 부드러운 시선으로 블랑슈를 바라보며 물었다.

"인어들도 돌고래와 이야기를 나누진 못할걸? 네 능력이 굉장한 거야. 네 덕분에 아비게일이랑 세이블리안도 찾았잖아."

그 말에 블랑슈의 아쉬움도 조금 누그러지는 기색이었다. 나는 블랑슈를 감싸 안았다.

"맞아요. 고마워요, 블랑슈. 돌고래들 덕분에 빨리 구조될 수 있었어요."

"어마마마랑 아바마마에게 도움이 되어서 기뻐요."

그제야 블랑슈도 활짝 미소 지었다. 정말이지, 블랑슈는 나와 세이블의 생에 참으로 큰 복이다.

블랑슈를 한껏 쓰다듬고 껴안아 주고 있다가, 나는 문득 베리테를 돌아보았다. 조금 궁금한 게 있었다.

"그나저나 베리테, 인어가 돌고래랑 이야기 나누지 못하는 건 어떻게 알았어?"

"그야 기본적인 거니까……?"

베리테는 당연한 걸 왜 묻냐는 듯이 나를 바라보았다. 흐음, 나는 몰랐는데. 아마 블랑슈도 그런 것 같고.

베리테는 이종족에 대해 꽤 박식한 모양이다. 그러고 보니 블랑슈에게 인어와 요정의 역사에 대해서도 알려 줬다고 그랬지. 마침 인어에 대해 궁금한 게 있었는데 잘 됐다. 본인에게 묻기엔 좀 민망하던 참이었는데.

"베리테, 나 인어에 대해 궁금한 게 있어."

"뭐가 궁금해?"

"지난번에 나디아가 날 위해서라면 매일 같이 눈물을 흘릴 수 있다고 말했거든. 그게 무슨 뜻인지 알아?"

'네 눈에서 눈물 한 방울 안 나게 해 줄게'라는 표현은 들어 봤어도 눈물을 흘려 주겠다는 말은 도통 감이 잡히지 않았다. 내가 흘릴 눈물을 대신 흘려 주겠다는 뜻일까. 베리테는 이 의미를 알고 있으려나.

하지만 베리테는 내 말을 듣고는 조금 당황하는 기색이었다. 그리고는 블랑슈를 힐끗 보더니 입을 열었다.

"어, 그게……. 인어들이 흘리는 눈물은 진주가 되거든. 매일 너에게 진주를 주겠다는 말이야."

진주라고? 예상과는 전혀 다른 해석에 나는 당황할 수밖에 없었다. 매일 내게 진주를 주기 위해 눈물을 흘리겠다니. 이거 되게 로맨틱한 표현이었구나.

본 지 얼마 안 된 사이인데, 어떻게 그런 말을 할 수 있는 거지? 인어들은 다 저런가.

얼떨떨해서 말을 잇지 못하는 사이, 문득 블랑슈의 얼굴이 눈에 들어왔다. 조금 시무룩한 기색이었다.

"나디아 공주님은 어마마마를 좋아하나 봐요. 우리 어마마마인데……."

그렇게 말하며 블랑슈가 내 품에 꼬물꼬물 기어들어 왔다. 순간 아차 싶었다. 나 같아도 우리 엄마에게 구애하는 사람이 있다면 기분이 좋지 않을 것 같다. 솔로면 모를까 버젓이 남편도 있는데.

"맞아요. 나는 블랑슈의 엄마니까, 걱정하지 말아요."

나디아가 내게 애정 표현을 해 주는 것은 고맙지만 내 자리는 여기, 블랑슈의 곁이었다.

블랑슈가 불안해하는 걸 보니 나디아에게는 좀 더 냉정하게 대할 필요가 있는 것 같았다. 나는 블랑슈를 도닥이다 베리테에게 물었다.

"그리고 베리테, 하나 더 궁금한 게 있는데……."

나디아와 대화를 하며 느꼈던 또 다른 의문이 있었다. 하지만 방금 전 베리테의 말을 들으니 왠지 답을 알 것 같았다.

"나디아가 만약 인어의 모습으로 나타났으면 바로 암시장에 팔릴 거라 했는데……. 혹시 그거랑 인어의 눈물이 관계가 있어?"

"응. 네르겐은 좀 덜하지만 모르카 같은 경우는 인어를 사고파는 귀족들이 꽤 많아."

그 말을 듣자 어쩐지 씁쓸해 보였던 나디아의 표정이 이해가 갔다. 베리테가 천천히 설명을 이어 갔다.

"눈물뿐 아니라 노래 실력도 뛰어나고, 신비로운 외형 때문에 인어를 노예로……. 아니, 노예조차 아니구나. 장식품으로 쓰는 인간들이 꽤 있어."

이 세계에서 진주는 그 어떤 보석보다 비싸다. 바다를 인어들이 소유하고 있기 때문이다. 진주를 얻으러 바다에 들어갔다가 목숨을 잃는 경우도 많다고 들었다.

그런 와중에 인어의 눈물이 진주로 변한다니. 황금알을 낳는 거위가 따로 없었다. 블랑슈가 놀라서 물었다.

"그러면 그 사람들은 인어를 매일같이 울리는 거야……?"

그 말에 베리테는 침묵으로 긍정했다. 나 역시 뭐라 더 말을 할 수가 없었다. 인간들이 인어를 어떻게 울릴지 예측이 가는 동시에 상상하고 싶지 않았다.

그래서 나디아가 굳이 자신에게 저주까지 걸어가며 인간으로 모습을 바꾸었구나. 문득 나디아의 표정이 떠올랐다. 짧은 순간 스쳐 가던 그 오색의 감정들. 씁쓸함과 원망이 느껴지던 얼굴.

"……저기. 저 잠깐 나디아 공주에게 다녀올게요. 사과해야 할 일이 있어서요. 다녀와도 괜찮을까요?"

나는 품 안에 안긴 블랑슈를 내려다보며 말했다. 그 아이는 잠시 망설이다 고개를 끄덕였다.

블랑슈의 포옹이 스르르 풀렸다. 나는 베리테에게 블랑슈를 부탁한다는 의미로 시선을 주었다.

연금 상태였기 때문에 나디아를 찾으러 다른 곳에 갈 필요는 없었다. 나디아의 방으로 들어서자, 그녀는 소파에 길게 늘어져 있다가 자리에서 벌떡 일어났다.

"아비게일! 오늘도 와 준 거야? 정말 기뻐."

하루 종일 심심했던 모양인지 나를 무척이나 반겼다. 오늘도 잠옷에 맨발인 상태였다.

"아비게일, 나 네 방에서 지내면 안 돼? 하루 종일 혼자 있기 너무 심심……. 어라, 표정이 왜 그래?"

그 말에 나는 멋쩍게 웃어 보였다. 아마도 쓴웃음이었을 것이다. 나디아가 가만히 바라보다 물었다.

"아비게일. 무슨 일 있었어?"

"그게……. 암시장 이야기를 듣고 왔거든요."

암시장이라는 단어에 나디아는 표정을 굳혔다. 그녀의 말간 주홍빛 눈동자에 내가 비쳤다.

"인간들이 인어를 암시장에서 거래한다는 이야기를 들었어요."

"……이제 알게 된 거야?"

"네."

"그런데 왜 네 표정이 안 좋아? 너도 인어를 사고팔았어?"

그녀는 묵묵히 나를 바라보고 있었다. 평소의 장난기 어린 미소는 사라진 채였다. 나는 가만히 고개를 저었다.

"직접 그 거래에 손을 대지는 않았지만 한 사람의 인간으로서, 그리고 왕비로서 사과하고 싶었어요."

"네가 직접 그 일에 관여한 것도 아니잖아."

"일국의 왕비라는 사람이 그 사실을 모르고 있었다는 것만으로도 부끄러운 일이에요. 정말 미안해요."

나는 그녀에게 머리를 깊이 숙였다. 부끄럽고 죄스러워 고개를 들 수가 없었다.

그녀의 말대로 내가 직접적으로 개입한 것은 아니다. 그러나 나는 왕비이다. 그런 중대한 사항을 모르고 있었다는 것만으로도 수치스러웠다.

"앞으로 내가 할 수 있는 모든 수단을 사용해서 암시장에서 인어들이 거래되는 일을 막도록 할게요. 그리고 그자들을 잡아 엄벌에 처할 것을 약조하겠어요."

늦었지만 더 늦기 전에 잘못된 것을 바로잡아야 했다. 나디아가 작게 한숨을 쉬더니 말했다.

"……아비게일, 어떡하니."

부드러운 목소리에 나는 고개를 들어 그녀를 바라보았다. 나디아가 가만히 미소 짓고 있었다.

"자꾸 이러면 어떡해. 더 좋아지게."

그 반응에 나는 고마움과 안도를 느꼈다. 그녀가 힐난을 해도 어쩔 수 없는 일인데, 유하게 넘겨주는 것이 고마웠다.

한편으로는 의아하기도 했다. 나디아는 왜 이리 나를 너그러이 봐주는 것일까. 생각해보면 나를 만나기 위해 스스로 저주에 걸린 것도 이해하기가 어려웠다.

그녀는 나에 대해 아는 것이 없다. 두렵지는 않았을까? 내가 그녀를 노예처럼 부리고, 매질해서 눈물을 흘리게 할 수도 있었을 텐데.

"나디아는 왜 저를 이토록 좋아하나요? 인간이 싫지 않나요?"

"응. 당연히 인간은 싫어. 우리에게 한 짓을 어떻게 잊겠어."

담담하지만 깊은 앙금이 느껴지는 목소리였다. 그녀는 뒤편에 있는 창가에 털썩 앉았다.

"그래도 난 말이지, 모든 인간이 그렇지는 않을 거라는 희망을 갖고 있어."

희망을 이야기하는 인어의 눈동자는 석양이 드리운 물빛처럼 반짝이고 있었다. 나디아의 미성이 들려왔다.

"오래전에는 인간과 인어가 교류했다고 해. 몇 대 위의 공주 중 운디나라는 인어는 인간과 결혼했다고도 하고."

나는 그 이야기를 듣고 동부에서 마주쳤던 운디나 영주를 떠올렸다. 그녀에게도 희미하게나마 인어의 피가 흐르고 있는 모양이었다.

"언니들은 내 이야기를 들을 때마다 미쳤다고 해. 내가 해안가로 구경 갈 때마다 무척 호통을 치는 거 있지."

"만약 인간들에게 붙잡힌다면 큰일이니까요."

"응. 그러니 언니들 마음은 이해해. 하지만 나는 더 넓은 세상을 보고 싶었어."

그녀는 창가 너머를 바라보았다. 아마 바닷속에서는 볼 수 없었던 풍경을.

"바다도 육지만큼 넓지 않나요?"

"넓어. 아주 넓고 아름답지. 하지만 더 많은 선택지가 있으면 좋지 않겠어?"

그렇게 말하고 나디아는 나를 돌아보았다. 바람에 흩날리는 붉은 머리카락이 마치 물고기의 꼬리처럼 화려하고 아름다웠다.

"나는 내 백성들이 산과 들의 풍경을, 계절마다 바뀌는 꽃의 색깔을, 인간의 마을에서 흘러나오는 그 모든 향기를 경험하게 해 주고 싶어."

그리고는 이를 드러내며 씨익 웃었다. 살짝 도드라진 송곳니가 두렵기보다는 해맑아 보였다.

"한 가지만 선택할 수 있는 삶은 너무 답답하잖아. 나는 인간과 인어가 예전처럼 교류할 수 있으면 좋겠어."

그녀는 창가에서 내려와 내게 다가왔다. 그리고 내 손을 잡아 제 입가로 끌고 가더니, 내 손바닥에 가만히 입 맞췄다.

"그리고 나는 아비게일과 내가 그 계기가 될 수 있다고 생각해."

"……."

내 손바닥에 닿은 그녀의 입술은 언젠가 했던 입맞춤을 떠올리게 했다. 그녀는 가만히 나를 올려다보며 정중히, 그러나 사랑스럽게 웃었다.

"아비게일. 내 반려가 되어 줄래? 네가 나의 공주비가 되어줬으면 좋겠어."

이제까지의 구애와는 조금 다른, 아니 완연히 다른 프러포즈였다. 당황해서 뭐라 대답하지 못하고 있자 나디아가 슬며시 입술을 떼어 냈다.

"흠. 공주의 아내는 좀 그런가? 왕비에서 공주비가 되는 거니까. 네가 원한다면 차기 국왕이 되도록 노력해 볼게. 어때?"

나는 어디서부터 지적해야 할지 알 수 없었다. 나를 위해 국왕이 되겠다니. 이렇게 나를 위해 희생하는 사람이 있었던가.

……아, 있었다. 곧바로 블랑슈와 세이블의 얼굴이 떠올랐다. 나는 조심스레 손을 빼냈다.

"마음은 정말 고맙지만 저는 나디아와 결혼할 수 없어요. 이미 결혼한 몸이니까요."

"……."

"그리고 아틀란시아에서는 동성끼리도 결혼할 수 있는 건가요?"

나디아는 아무렇지도 않게 공주비라는 이야기를 꺼내고 있었다. 그녀는 잠시 이해가 가지 않는다는 눈으로 나를 보았다.

"너네는 안 되니?"

"네. 일반적으로는……."

"왜?"

"어, 그게……. 여러 이유가 있긴 하지만 일단 동성끼리는 후계를 낳지 못하니까요."

내가 생각해도 좀 이상한 이야기이긴 하다. 후계를 낳지 못해서 동성 결혼을 막는 거라면, 불임인 사람이나 아이를 원치 않는 사람들은 어떻게 해야 하는가.

나디아 역시 내 설명을 이해하지 못하겠다는 표정이었다. 그녀는 여전히 떨떠름한 목소리로 말했다.

"우리는 딱히 그런 것을 신경 쓰지 않아. 성별이 바뀌는 인어도 있고, 양성이나 무성인 경우도 있으니. 그리고 아이를 원한다면 입양을 하거나 성별을 바꾸면 되니까."

"네? 어떻게요?"

"마법약이 있어. 그걸 쓰면 돼. 별로 쓰고 싶진 않지만."

종족이 다른 것은 알고 있지만 이렇게까지 사고방식과 생활 양식이 다를 줄은 몰랐다. 나디아가 빠른 목소리로 말을 이어 갔다.

"혹시 내가 여체라서 그러는 거니? 네가 원하면 남체로 바꿀게."

그 말에 간신히 잡은 이성이 아득해지는 것 같았다. 정말이지 이 사람도 성격 한번 불도저 같네! 공주비가 마음에 안 들면 차기 국왕이 되겠다 하고, 여자인 게 별로면 남자가 되겠다 하고. 알게 된 지 얼마 안 된 사람을 위해 어째서 이렇게까지 헌신하는 걸까? 나는 의아해져서 물었다.

"성별 때문에 나디아를 거절하는 게 아니에요. 그나저나 나디아는 왜 그렇게 제가 좋아요?"

"첫눈에 반했어."

"제가 나쁜 인간이라 나디아를 학대했을지도 모르잖아요."

"네가 너무 예뻐서 그럴 리 없다고 생각했어. 예쁜 사람은 마음도 예쁠 테니까."

……나디아, 너 얼빠였구나?

그나저나 나에게 반한 이유가 외모 때문이었다니. 납득이 가면서도 한편으로는 씁쓸했다. 아비게일의 얼굴이 예쁘긴 하지.

내가 침묵하고 있자, 나디아가 헤실거리며 웃었다.

"그럼 나랑 결혼할 생각이 들었어?"

"저도 인어와 사이좋게 지내고 싶긴 하지만, 결혼은 다른 문제예요. 저는 이미 결혼했는걸요."

나디아는 울적한 표정이 되었다. 그리고 뭔가 고민하는 기색이 되더니, 이내 큰 결심을 한 듯 말했다.

"좋아. 그러면 널 아틀란시아로 데려가는 건 포기할게. 대신 여기서 사는 건 괜찮지?"

"네?"

"인간들은 두 번째 반려를 들이기도 한다며. 내가 너의 두 번째 반려가 되는 거야. 어때?"

아이고, 머리야. 내가 인어에 대해 잘 모르는 것만큼 나디아도 인간에 대해 잘 모르는 것 같았다. 나는 조곤조곤 설명을 해 주었다.

"그런 경우가 있긴 한데, 저는 여자라서 안 돼요. 두 번째 반려를 들이는 건 남자만 가능해요."

"왜?"

"그건……."

단번에 나디아를 설득할 만한 답이 떠오르지 않았다. 나디아의 질문 중 쉬운 게 하나도 없었다. 이걸 뭐라고 설명해야 하나.

"보통 결혼은 남자가 주도권을 잡거든요."

"……너희들 진짜 피곤하게 사는구나? 으음, 그러면 어떻게 아비게일이랑 결혼하지."

대체 그녀를 어떻게 거절하면 좋을까.

나디아가 싫은 건 아니다. 나와 세이블을 구해 줬으니 고마운 마음은 있지만, 그녀를 사랑할 일은 없을 것이다.

그녀가 상처받지 않도록 거절할 방법이 없을까. 한 번도 고백을 받아보지 못한 내게는 너무 어려운 문제였다.

그렇다고 미적지근하게 대응하면 나디아에게도, 세이블과 블랑슈에게도 상처가 될 것이었다. 나는 고개를 떨군 채 입을 열었다.

"절 좋아해 주는 건 정말 고마워요, 나디아. 분에 넘칠 정도의 애정이에요. 하지만 저는……. 나디아를 사랑하지 않아요."

어떻게 해야 그녀가 덜 상처받을까 생각해 봐도 마땅한 답이 나오지 않았다. 좀 더 돌려 말할 수 있었다면 좋았을 텐데.

누군가의 사랑을 거절하는 것이 이토록 괴로운 일인지 처음 알았다. 그 고마운 마음을 배반할 수밖에 없다니. 죄책감 때문에 바닥만 내려다보고 있었다.

한참 동안 나디아는 침묵하고 있었다. 나는 그녀의 새하얀 맨발만 바라보는 중이었다. 그러다 문득, 뺨에 뭔가가 닿았다.

"미안해. 내가 너무 갑작스러웠던 것 같네."

고개를 들자 나디아가 내 뺨을 감싼 채 미소 짓고 있었다. 두 눈동자에는 아쉬움과 미안함이 그득했다.

"널 곤란하게 하고 싶진 않았는데. 정말 미안해."

"……."

"그러면 아비게일, 우리 친구 하자. 친구는 괜찮지?"

나는 가만히 고개를 끄덕였다. 친구가 되어서 조금이나마 그녀의 상처를 덜어줄 수 있다면.

그녀의 고백을 거절해서 너무 미안했다. 나디아가 괜찮다는 듯이 웃고 있어서 더 그랬다.

동화에서도, 현실에서도 인어공주님은 용감하고 다정했다. 동화 속의 공주님은 새드 엔딩을 맞이했지만 나디아는 행복했으면 좋겠다.

그녀를 위해 뭘 할 수 있을까. 우선 인어들을 도와야 했다.

아, 그러고 보니 세이블이 대신들에게 나디아의 이야기를 전달한다 그랬지. 인간 중에 인어를 적대시하거나 하대하는 자들이 꽤 있을 텐데, 대신들은 어떻게 반응하려나. 나는 조금 걱정이 되기 시작했다.

기다란 탁자에 앉은 대신들은 모두 침묵을 지키고 있었다. 그들은 방금 전 들은 말이 믿기 힘들다는 듯, 붕어처럼 눈이 둥그레져 있었다. 회의를 그저 객관적으로만 적어 내려가야 하는 서기관의 펜조차 당황에 멈춰 있었다.

밀러드는 그런 대신들을 애도했다. 자신도 세이블리안에게 이야기를 들었을 때, 아마 저런 표정을 짓고 있었겠지.

한참의 고요 끝에 한 대신이 힘겹게 입을 열었다. 세이블리안을 바라보는 시선에는 불경하게도 의심이 가득했다.

"그러니까 전하께서 데려오신 여인이 인어이고, 인어 왕국 아틀란시아의 공주라고요?"

"인어공주인 것까지는 모르겠지만, 인어인 것은 확실하네."

이종족이라는 이야기에 대신들은 여전히 정신을 차리지 못했다. 이 자리에 앉은 사람들 중 인어를 직접 본 이는 아무도 없었다.

갑작스러운 소식에 대신들은 요란하게 시선만 교환했다. 그때, 침묵 사이로 누군가의 목소리가 흘러나왔다.

"이거…… 기회 아닙니까?"

그 말에 다른 대신들이 그를 돌아보며 말했다. 발언을 한 대신은 흥분하여 말을 이어 갔다.

"전하께서 인어공주를 데려오시다니, 이건 정말 좋은 기회입니다. 그 여인을 제2 왕비로 맞아들인다면 아틀란시아와 교류를 할 수 있는 것 아닙니까?"

"그게 대체 무슨 소리요!"

말이 끝나기가 무섭게 반대편에 앉은 스토크 공작이 언성을 높였다. 그의 두 눈에 경멸이 가득했다.

"이종족을 왕비로 들이라 말하다니. 제정신이 있는 것이요? 말할 줄 아는 짐승과 혼인이라니!"

"스토크 공작, 공작께서는 고루하기 짝이 없군요!"

두 사람이 말을 꺼내자 얼음이 깨지고 물이 위로 치솟듯 여기저기서 말이 터져 나오기 시작했다. 절반은 나디아를 비로 들이자는 의견에 동의했고, 절반은 경악했다.

반대파의 수장은 스토크 공작이었다.

"이 유서 깊은 네르겐의 왕가에 비늘 달린 왕비라니! 말도 안 되는 일이오!"

카린의 결혼을 성사시키지 못해 초조해 죽겠는 와중에 인어를 왕비로 들이자니. 스토크 공작으로서는 기가 차서 쓰러질 노릇이었다. 그는 침을 튀겨 가며 반대의 목소리를 높였다.

세이블리안은 소란이 이는 회의실을 바라보며 가볍게 한숨을 내쉬었다. 그가 한 번 발을 쿵 구르자, 그제야 다들 입을 다물고 세이블리안을 돌아보았다.

"그대들이 더 이상 시간 낭비하는 꼴을 볼 수 없군. 예전부터 말했지만, 나는 아비게일 외의 왕비를 들일 생각이 없소."

그 말에 스토크 공작은 울어야 할지 웃어야 할지 알 수 없었다. 세이블리안이 날이 선 목소리로 말을 이어 갔다.

"그리고 그대들이 착각하는 것이 또 있는데, 우선 나디아가 흠모하는 것은 내가 아니오."

"예? 그러면 그 여자가 왜 궁에 온 것입니까?"

대신들은 어리둥절한 눈이 되어 그를 바라보았다. 세이블리안이 깊이 한숨을 내쉬었다.

"……그녀는 아비게일 왕비를 사모하고 있소."

이 이야기를 들려주었을 때, 밀러드의 표정이 얼마나 황당하게 굳었는지 세이블리안은 떠올렸다.

그리고 지금도 마찬가지였다. 방금 전의 충격에 가까스로 헤어나왔던 대신들은 또다시 멍청한 얼굴이 되어 있었다.

이대로 놔두면 또 한동안 얼어붙어 있거나 쓸데없는 소리를 할 것 같아, 세이블리안은 빠르게 말을 이어 갔다.

"그리고 나디아가 스스로를 공주라 주장하고 있으나, 우리로서는 그것을 확인할 방도가 없소."

이번 이야기는 그나마 대신들도 받아들일 수 있었다. 한 대신이 어렵사리 입을 열었다.

"그렇다면 첩자일 가능성도 있지 않을까요? 왕비님의 암살자가 아직 잡히지 않기도 했는데……."

"부정할 수는 없소. 일단 확실한 것은 그녀가 인어라는 점뿐이지."

대신들이 조금 굳은 얼굴로 술렁이기 시작했다. 아마 머릿속이 여러 생각으로 복잡할 터였다.

"만약 그녀가 정말로 공주라면 이것은 좋은 외교 기회라고 생각하오."

문제는 그녀가 아비게일 왕비를 흠모한다는 것이고.

세이블리안의 목소리에 짜증이 뚝뚝 묻어났다. 분노와 질투로 불타오르는 감정을 이성이 간신히 억누르고 있었다.

"하지만 아직 신분을 증명할 방도가 없고, 헛소문이라도 아틀란시아의 공주가 네르겐에 방문했다는 사실이 알려지면 주변 국가에서 우리를 경계할 수도 있소. 때문에 왕과 비를 구한 그녀를 귀빈으로 환대하되, 그녀가 공주라는 사실은 인정하지 않을 것이오. 그러니 그대들도 그녀의 신분에 대해서는 함구하시오."

대신들은 가만히 고개를 끄덕였다. 그 와중, 스토크 공작의 눈빛이 예리하게 빛나고 있었다. 무언가를 골똘히 생각하는 것처럼 보였다.

세이블리안은 혹 반대 의견이 있는지를 물었으나 모두 동의했다. 우선 나디아의 신분에 대해서는 함구해야만 했다. 그녀가 밀정일 가능성도 있기에 상당한 감시가 붙을 터였다.

세이블리안은 우습게도, 그녀가 차라리 밀정이길 바랐다. 그러면 당장 감옥에 처넣어 아비게일의 곁에서 떨어트릴 수 있으니.

그렇게 회의를 마무리한 뒤 세이블리안은 밖으로 나왔다. 그는 발을 옮기며 작게 중얼거렸다.

"베리테, 아비게일은?"

"지금 나디아랑 함께 있어."

그 말에 세이블리안은 곧바로 목적지를 바꾸었다. 나디아의 방이었다. 나디아는 연심을 포기했다고 주장했지만 어림도 없는 소리였다. 두 사람이 함께 있는 꼴을 두고 볼 수는 없었다.

짜증을 삼키며 황급히 나디아의 거처로 향하던 중, 세이블리안은 복도 한가운데 우뚝 멈춰 섰다. 맞은편에 익숙하지만 의외의 인물이 있었다.

"아바마마?"

"블랑슈?"

닮은 꼴을 한 부녀가 서로를 보고 놀라 제자리에 멈춰 섰다. 왜 블랑슈가 이곳에 있는 걸까? 게다가 세이블리안을 발견하기 전까지, 어린 공주의 얼굴에 비장한 기운이 감돌고 있었다.

사실 세이블리안의 표정도 비슷했다. 둘 다 각오를 단단히 한 얼굴. 그러다 문득, 두 사람의 시선이 첨예하게 교차했다. 그 순간 세이블리안은 직감적으로 알아차렸다.

"블랑슈, 혹시 너도 아비게일이 걱정돼서……?"

"아바마마도요?"

두 사람은 놀란 표정으로 서로를 바라보았다. 침묵 속에 시선만으로도 수많은 대화가 오고 갔다. 말하지 않아도 알 것 같았다.

두 사람이 동시에 고개를 끄덕였다. 마치 함께 전장에 나서는 전우 같았다. 세이블리안과 블랑슈가 잔뜩 벼른 듯한 얼굴로 나란히 문 앞에 섰다. 그가 두어 번 문을 두드린 뒤 입을 열었다.

"세이블리안 프리드킨이오. 들어가겠소."

"그래. 들어와."

나디아의 목소리에 소금기 같은 불쾌함이 묻어 있었다. 문을 열자 그 이유를 알 수 있었다.

나디아는 아비게일과 소파에 나란히 앉아 있었다. 둘만의 시간을 방해받은 것이 불쾌하여 나디아는 세모 눈을 뜨고 있었다.

"어머, 전하 오셨어요? 블랑슈도 왔군요."

아비게일은 두 사람을 보고 밝게 웃었다. 나디아와 단둘이 있어 조금 어색하던 찰나였기에 더욱 반가웠다.

블랑슈는 그런 아비게일을 향해 고개를 끄덕였다. 마치 목각인형처럼 뻣뻣하게 굳은 모습이었다.

"네, 어마마마. 저도 왔어요. 안녕하세요, 나디아 공주님?"

"안녕, 블랑슈."

나디아는 살갑게 인사를 건넸다. 세이블리안을 향해 눈길조차 주지 않은 채였다. 세이블리안 역시 그녀의 인사를 기대하지 않은 듯했다.

두 사람의 방문에 아비게일은 기쁘면서도 조금 어리둥절한 기색이었다. 어쩌다 둘이 이렇게 같이 온 것일까? 그때 블랑슈가 뽀르르 소파로 다가왔다.

"저, 저도 좀 앉을게요!"

그렇게 말한 뒤 블랑슈가 나디아와 아비게일의 사이로 꾸역꾸역 들어가 앉았다. 굳이 옆에 자리가 있음에도 불구하고.

조그마한 아이가 두 사람 사이에 낑긴 모습이 제법 귀여웠다. 블랑슈가 아비게일의 옆구리를 꼬옥 끌어안았다. 그리고는 입술을 꾹 다문 채 나디아를 바라보았다. 마치 새끼 고양이가 털을 부풀리고 경계하는 모양새였다.

제 딴에는 한껏 경계심을 내보이고 있었으나, 나디아는 힘겹게 웃음을 참고 있을 뿐이었다. 그 모습에 블랑슈는 울상이 되어 어쩔 줄 몰라 했다. 그러자 구원군인 세이블리안이 발을 옮겼다.

"잠시 실례하겠습니다, 아비게일."

그는 아비게일의 옆에 자리를 잡았다. 그리고는 조금 어색하게 그녀의 어깨를 끌어안았다. 마치 내가 이 사람의 남편이라는 것을 어필하는 것처럼 보였다. 하지만 그다지 위압감은 들지 않았다.

그도 그럴 것이 소파에 꾸역꾸역 네 명이 앉은 모습은 가히 우스꽝스러웠다. 게다가 똑 닮은 부녀가 아비게일에게 매달린 채, 푸른 눈동자로 경계심을 내보이고 있다.

나디아는 얼이 빠져 그 모습을 바라보았다. 웃기기도 하고 귀엽기도 하고 어이도 없었다.

"2대 1은 좀 비겁한 거 아닌가?"

"무슨 말을 하는 건지 모르겠군."

세이블리안은 뻔뻔한 얼굴로 아비게일에게 조금 더 달라붙었다. 그런 와중에도 긴장 때문에 입매는 굳어 있었다. 그가 블랑슈를 힐끗 보며 물었다.

"블랑슈, 오늘 입은 옷도 참 예쁘구나. 누가 만들어 준 거지?"

"예쁘지요? 이거 어마마마가 해 주신 거예요. 아바마마 옷도 멋있어요."

"그래. 이 옷도 아비게일이 만들어 준 것이지."

두 부녀는 어색하다 못해 책 읽는 듯한 어조로 대화를 주고받고 있었다. 나름대로 아비게일과의 돈독함을 어필해 보려는 노력이었다.

그리고 부끄러움은 아비게일의 몫이었다. 그녀는 비명을 지르고 싶은 것을 삼키며 말했다.

"그, 그나저나 전하. 나디아에게 볼일이 있으셨던 것 아닌가요?"

"……그렇긴 합니다만."

"두 분 이야기 나누셔야 하면 저랑 블랑슈는 먼저 나가 있을게요."

더 이상 두 사람의 어색한 연기 톤을 듣고 있으면 손발이 남아나지 않을 것 같았다.

세이블리안은 잠시 망설이다 고개를 끄덕였다. 허락이 떨어지자 아비게일이 벌떡 일어나 블랑슈의 손을 잡았다. 그녀는 한시라도 빨리 이곳에서 탈출하고 싶었다.

"블랑슈! 가서 머리 땋아 줄게요! 나가죠!"

"네? 네? 어…… 네!"

블랑슈는 뒤를 부탁한다는 듯이 세이블리안을 바라보았다. 그는 전장에 홀로 남겨진 우직한 전사처럼 고개를 끄덕였다. 부녀는 알 수 없는 전우애를 느꼈다.

아비게일과 블랑슈가 떠나자, 방 안에는 기묘한 정적이 감돌았다. 나디아가 반쯤은 감탄한 표정으로 그를 바라보았다.

"창피하지도 않니?"

"뭐가 말이지."

세이블리안은 한 점 부끄러움도 없다는 듯이 그녀를 바라보았다. 그 대범함에 나디아는 두 손을 들고 싶었다.

"뭐, 재밌는 구경 잘했네. 그래서 나는 왜 찾아온 거지? 옷 자랑하려고 온 건 아니겠지?"

빨리 용건만 말하고 나가라는 듯, 그저 사무적인 목소리였다. 세이블리안 역시 그녀와 담소를 나누고 싶은 생각은 없었다.

"그대의 신분을 증명해 달라 요청하러 찾아왔소."

그 말에 나디아는 제가 하고 있던 목걸이를 끌러서 보여 주었다. 파도 문양이 새겨져 있었다.

"여기에 아틀란시아의 문양이 새겨져 있어. 됐지?"

"그것은 당신이 왕가의 물건을 가졌다는 증거일 뿐, 당신이 왕족이라는 것을 증명해 주지는 않소. 게다가 그것이 왕가의 문양인지도 확실치 않고."

"내가 거짓말을 했다는 거야?"

"나는 알 수 없소. 우리는 아틀란시아에 대해 알지 못하니까."

아틀란시아와의 교류를 하던 시대의 사람은 모두 죽은 지 오래였다. 인어의 문화를 아는 자는 이 왕국에 존재하지 않았다. 운디나가 건네준 인어 왕가의 물건이 어느 정도 근거가 될 수는 있겠지만, 완벽한 증거는 되지 못했다.

나디아 역시 그것을 알고 있기에 작게 한숨만 내쉬었다. 그녀는 팔짱을 끼고 세이블리안을 오만하게 바라보았다.

"나는 아틀란시아의 계승자 후보, 루사르카 일 나디아다. 이것을 증명하기 위한 방법은 이 목걸이 외엔 없으나, 나는 왕녀가 맞아."

"말하는 것은 자유지. 증거가 없는 한, 우리는 그대를 아틀란시아에서 온 손님 정도로밖에 대접할 수 없소."

"……."

"연금은 해제하고 공식적인 손님으로 응대하겠으나, 그대가 공주라는 이야기는 발설하지 마시오."

마음 같아서는 당장 바다로 되돌려보내고 싶지만, 아비게일을 구한 사람이니 일단은 귀빈이다.

나디아는 뭐라 더 반박하지 못한 채 이를 갈고 있었다. 그녀 역시 세이블리안의 주장이 합당하다는 것을 인정할 수밖에 없었다.

"당신의 뜻은 이해하지만, 나는 공주로서 할 일이 있다. 나는 아비게일 때문에 이곳에 오기도 했지만, 인어들을 위해 이곳에 오기도 했어."

그녀는 아비게일에게 했던 이야기를 다시 한번 반복했다. 인어가 육지로, 인간이 바다로 향할 수 있도록 교류를 원한다는 이야기.

"나는 양국이 서로 우호를 다졌으면 좋겠어. 그리고 당신도 그걸 원하겠지."

"그 의견은 당신의 의견이오, 아니면 아틀란시아 왕국의 의견이오?"

세이블리안의 지적에 나디아는 입을 다물었다. 그녀는 한참을 망설이다 작은 목소리로 말했다.

"……내 의견이야."

"그대는 나를 설득하기 이전에 그대의 나라를 설득해야 할 필요성이 있어 보이는군."

"……."

"그대가 공식적인 공주의 신분으로 방문을 요청하면, 그때는 왕족의 예로 대접하겠소."

그 말에 나디아는 작게 한숨을 내쉬었다. 그리고는 조금 짜증스러운 목소리로 말했다.

"그러니까 나보고 고국으로 돌아가라는 말인가?"

"그것이 가장 합당한 방법 아니오? 아틀란시아로 돌아가서 공식적인 절차를 밟아 방문한다면 우리도 당신이 공주임을 인정할 수 있을 테고."

정당한 의견이었음에도 나디아는 입을 꾹 다문 채였다. 세이블리안이 온몸으로 돌아가라는 분위기를 풍기고 있었기 때문이었다.

어쩐지 지는 기분이 들어 받아들이고 싶지 않았다. 게다가 아틀란시아로 돌아가 방문 요청을 했는데 받아들이지 않는다면?

그러나 공주의 신분을 증명할 방도가 떠오르지 않았다. 그녀는 한참 침묵하다 입을 열었다.

"……우선 고국으로 물고기를 보낼게. 이곳으로 아틀란시아의 사절단을 파견해 달라고. 그러면 내 신분도 입증하고, 양국이 교류할 기회도 생기겠지."

물고기를 보낸다는 생경한 표현에 세이블리안은 질문을 하려다 입을 다물었다. 아마 전서구나 서신을 의미하는 말 같았다. 대신 그는 다른 질문을 꺼냈다.

"하지만 사절단이 오지 않을 경우에는?"

그때는 아틀란시아로 돌아갈 거냐고 세이블리안은 시선으로 묻고 있었다. 그녀는 그 시선을 정면으로 맞받아쳤다.

"그래도 여기에 머무를 거야. 비공식 사절이라는 느낌으로. 그렇게 머무는 동안 너희에게 도움을 줄게."

"구체적으로 어떤 도움을 줄 생각이오?"

"이종족 왕국에 대한 정보. 그리고 마력을 제공해 주지."

나디아의 제안에 세이블리안은 잠시 입을 다물었다. 두 가지 모두 인간으로서는 얻기 어려운 것이었다. 마음 같아서는 내쫓고 싶은데, 어떻게 해야 하나 망설이고 있었다.

세이블리안의 입에서 반박이 흘러나오지 않자 나디아는 그제야 조금 안도하는 기색이 되었다. 그녀는 즐거운 목소리로 말했다.

"뭐, 그러면 이참에 선물을 하나 줄까. 현재 요정 왕국 슬레비옌의 동태에 대해서."

요정 왕국이 거론되자 세이블리안의 표정이 묘해졌다. 그는 의아하다는 듯이 물었다.

"그쪽과 아틀란시아는 교류하고 있소?"

"응. 아무래도 인간이라는 공공의 적이 있으니 교류할 수밖에."

고국인 아틀란시아의 정보가 아닌 슬레비옌의 정보라. 그 사실에 세이블리안은 그녀가 정말 공주일지도 모르겠다는 생각을 했다. 제 고국의 기밀을 줄줄 푸는 사람을 믿을 수는 없는 노릇이다.

나디아는 가만히 이야기를 시작했다.

"슬레비옌은 몇 년 전부터 좀 혼란스러운 상태야. 왕위 계승 문제로 다툼이 심했는데, 왕자 중 하나가 실종되었거든."

"실종?"

"응. 아마 가출인 것 같던데. 그쪽도 나처럼 인간에게 관심이 많은 녀석이라."

요정 중에도 나디아 같은 자가 있다니. 세이블리안은 속으로 통탄을 하며 나디아의 이야기에 귀를 기울였다.

"실종된 왕자는 뛰어난 마력을 가져 유력한 왕위 계승자였어. 게다가 인간에게 우호적인 편이었지."

"……."

"그런데 그 왕자가 사라져 버린 거야. 다른 후계자들은 모두 인간에게 적대적이었던지라, 자연스레 슬레비옌에는 인간을 적대하는 분위기가 형성됐어."

인간 측에는 비보였음에도 불구하고 나디아는 태연해 보였다. 세이블리안 역시 무표정을 유지하고 있었다.

"몇 년 전 마도구 가격이 올랐다지? 그것 역시 그 여파야."

마도구의 가격이 상승한 시기라면 대략 2년 전이었다. 아비게일이 되살아난 것도 그때쯤이었다. 나디아가 한쪽 다리를 꼬아 앉은 채 말을 이어 갔다.

"그나마 현재의 요정왕은 다소 중립에 가까운데, 새로운 요정왕이 탄생한다면 너희에게 더욱 불리해질 거야. 후계자들이 모두 인간을 싫어하니까."

그 정보에 세이블리안은 어떤 반응을 보여야 할지 알 수 없었다. 슬레비엔 측의 분위기가 바뀐 것은 알고 있었으나, 왕자가 실종되었을 줄이야. 하지만 이 정보가 진짜일까? 거짓이어도 진위 여부를 파악할 사람이 없었다.

고뇌에 빠진 세이블리안과는 달리 나디아는 여전히 유쾌한 목소리였다.

"그러니 내가 아비게일과 결혼하면 너희에게도 이득이지."

세이블리안이 퍼뜩 고개를 들고 그녀를 노려보았다. 나디아는 세이블리안을 보고 잔뜩 독 오른 복어를 떠올렸다.

"왜 그런 결론이 나오지?"

"나랑 아비게일이 결혼하면, 아틀란시아도 인간을 무조건 적대하지는 못할 거야. 그렇게 되면 슬레비엔도 쉬이 나서진 못하겠지."

"당신이 비비와 결혼한다 해서 아틀란시아의 여론이 바뀌나?"

"내가 국왕이 되면 지들이 버티겠어?"

세이블리안은 이 대화가 슬슬 짜증이 나기 시작했다. 이 자의 말은 낙관적인 희망에 확인 불가능한 정보뿐이다. 한눈에 반해 아비게일을 쫓아왔을 때부터 어느 정도 짐작은 했다. 그런데 저토록 당당하고 뻔뻔할 줄이야.

"설령 그것이 사실이라 한들, 내 아내를 팔듯이 보내진 않을 걸세."

"팔아? 팔듯이 보낸다는 말, 꼭 당신이 아비게일의 주인인 것처럼 말하네."

그 말에 세이블리안은 당황했다. 듣고 보니 맞는 말이었다. 자신은 아비게일의 주인이 아니다. 그런데 어떻게 감히 그녀를 팔 듯이 보내지 않겠다는 말을 한 것일까.

세이블리안이 침묵하자 나디아는 기다렸다는 듯이 말을 이어 갔다. 싹 가라앉은 눈빛이 찌를 듯이 날카로웠다.

"솔직히 네 의사는 중요하지 않아. 아비게일의 의사가 중요한 거지."

"……."

"내가 보니까 너네 서로 사랑하는 사이는 아닌 것 같은데. 아비게일은 나랑 한 게 첫……."

"나는 그녀를 사랑하오."

투박하지만 정직한 언어가 흘러나왔다. 짝사랑의 언어는 절박하고 애절했다. 그 목소리에 나디아마저 흠칫 멈추고 말았다.

세이블리안이 못을 박듯 다시 한번 말했다.

"나는 진심으로 그녀를 사랑하오."

"……아비게일은?"

뒤가 잘려 나간 문장이지만, 세이블리안은 이해할 수 있었다. 그럼에도 나디아는 확인 사살을 하듯 말을 이었다.

"아비게일은 널 사랑해?"

그는 차마 대답하지 못했다. 나디아의 말에 머리를 얻어맞은 기분이 되었다. 그 기본적인 것을 놓치고 있었다.

세이블리안은 그녀를 사랑한다. 하지만 아비게일은 그를 사랑할까?

세이블리안이 심하게 동요하는 것이 보였다. 나디아는 작게 한숨을 쉬고 비스듬히 자세를 고쳤다.

"너네 정략결혼이지? 아비게일은 사실 다른 사람과 연애하고 싶은데, 정치적인 이유로 참고 있는지도 모르잖아."

"……비비는 애인을 만들지 않겠다고 했소."

"애인은 안 만들어도 이혼은 하고 싶을지 누가 알아?"

아비게일이 그럴 리가 없다고 단언하고 싶었다. 하지만 그녀가 자신을 사랑한다 자신할 수 없었다. 자신이 아비게일을 사랑하게 되는 것은 당연한 일이지만, 그녀가 자신을 사랑하고 있을까?

세이블리안이 동상처럼 뻣뻣하게 굳어 있었다. 나디아가 그를 힐끗 보곤 말했다.

"정말 아비게일을 생각한다면, 그녀의 의사를 존중해 줘야 하는 게 맞다고 생각하는데."

"……."

"만약 아비게일이 날 사랑하게 되면, 네가 왕이라는 이유로 그녀를 붙잡을 건가?"

붙잡고 싶었다. 가지 말라 애원하고 싶었다. 하지만 그것이 아비게일의 행복을 방해하는 것이라면……. 차마 그녀를 놓을 수도, 잡을 수도 없었다.

그는 허공을 그러쥐었다. 마치 아비게일의 손을 잡고 싶은 사람처럼.

결국 나디아의 질문에는 답을 하지 못했다. 그는 말 한마디 없이 방을 나섰다. 떠나가는 얼굴이 그저 창백했다.

그 모습을 바라보던 나디아가 머리를 긁적이고 중얼거렸다.

"내가 너무 괴롭혔나."

나디아가 인어라는 소식이 온 궁에 퍼지기까지에는 오랜 시간이 걸리지 않았다. 공주라는 신분은 감춰진 채로, 물에 빠진 국왕 부부

를 구해 낸 은인이라고만 밝혀 두었다.

평범한 인어라 밝혔음에도 왕궁 사람들이 받는 충격은 상당했다. 어떤 이들은 신화적인 존재에게 호기심을 가졌고, 어떤 이들은 자신과 다른 외양에 큰 불쾌감을 보였다.

카린으로 말하자면 후자에 가까웠다. 직접 본 적은 없지만 어쩐지 생선 머리를 달고 있을 것 같았다. 그러니 지금 나디아를 만나러 가는 길, 기분이 좋을 리가 없었다. 그녀는 마차 맞은편에 앉은 아버지를 힐끗 보았다.

카린과 달리 스토크 공작은 희미하게 미소 짓고 있었다. 근래 술과 짜증이 늘어나던 공작이었는데 드물게 표정이 밝았다. 카린은 그 사실에 기뻐해야 할지 좌절해야 할지 알 수 없었다. 그녀는 속으로 한숨을 삼켰다.

'내가 그 인어의 시녀가 되는 게 그렇게 좋으신가.'

국왕 부부를 구한 나디아였기에 국빈으로 대접받는 중이었다. 누군가는 그녀가 귀족 작위를 받는 것이 아니냐고 추측할 정도였다.

웬만한 귀족 가문의 영애보다 극진히 대접을 하다 보니, 당연히 시녀가 필요하게 되었다. 그러나 나디아의 신분이 극비이기 때문에 시녀 역시 믿을 만한 영애여야 했다.

이에 스토크 공작은 카린이 나디아의 시녀로 일하게 해 달라 간청했다. 세이블리안이 내키지 않아 해서 무산될 뻔했지만, 아비게일의 승낙을 받아 간신히 입궁하게 되었다.

'차라리 무산되면 좋았을 것을.'

흉측한 인어의 시녀로 지내게 된다니. 게다가 스토크 공작이 따로 하달한 임무 때문에 더욱 마음이 좋지 않았다.

창밖으로 궁이 보이기 시작했다. 궁에 거의 다다르자, 스토크 공작은 몇 번이고 반복했던 이야기를 다시 꺼냈다.

"카린, 네가 왕비와 나디아 공주를 잘 연결해야 한다. 반드시 두 사람이 성사되어야만 해."

스토크 공작도 처음에는 나디아를 달가워하지 않았다. 그러나 그녀가 왕비에게 반해 쫓아왔다는 이야기를 듣고 이것이 기회임을 깨달았다.

"만약 아비게일이 나디아를 따라가면, 왕비 자리는 공석이 된다. 이 기회를 놓치지 말아야 해."

기회는 기회지만 불완전한 기회였다. 마치 날이 제대로 갈리지 않은 칼을 쥔 것만 같았다.

현재로서는 아비게일이 나디아에게 큰 관심이 없었다. 또한 나디아의 마음이 바뀌어, 혹 세이블리안을 흠모하게 된다면? 두 사람이 결혼하여 제2 왕비 자리가 차게 된다면 카린에게는 승산이 없을 터였다.

그래도 기회는 기회고, 칼은 칼이다. 잘 갈아 놓는다면 좋은 무기가 될 수 있으리라 판단해 카린을 옆에 붙여 놓기로 한 것이다. 혹여라도 나디아의 마음이 변하지 않도록.

"카린, 너에게 큰 기회가 찾아온 것이다. 이게 마지막 기회일지도 모른다. 처신을 잘하도록 해."

공작의 얼굴에 옅은 흥분이 배어 있었다. 기회. 카린은 무어라 답해야 할지 몰랐다. 만약 아비게일이 정말 나디아와 혼인하여 궁을 떠나게 되고, 자신이 세이블리안의 아내가 된다면.

아비게일이 없는 궁을 떠올리자 그 화려하고 웅장한 궁이 폐허가

된 것만 같았다.

"카린, 듣고 있는 게냐?"

"네, 아버지."

대답은 순종적이었으나 너무 늦게 흘러나왔다. 그 때문에 스토크 공작의 얼굴에 의심의 빛이 서렸다.

그 사이 마차는 궁에 당도했다. 스토크 공작은 딸에게 잔소리를 하는 대신, 조용히 나디아의 거처로 향했다.

방 안으로 들어서니 나디아가 물구나무를 서듯 소파에 거꾸로 앉아 있었다. 그 기행에 카린은 놀라 고개를 떨구었다. 허벅지가 드러났는데도 나디아는 창피해하는 기색이 없었다.

스토크 공작 역시 민망해 시선을 돌렸다. 그가 한껏 고개를 조아린 채 말했다.

"나디아 님, 이번에 나디아 님을 모시게 될 아이를 데려왔습니다."

"오. 그래?"

그 말에 나디아가 제대로 자리에 착석했다. 그제야 카린은 나디아를 힐끗힐끗 바라보았다.

생각보다 평범한 모습에 도리어 놀랐다. 생선 머리가 달려 있을 줄 알았는데. 자세나 태도가 좀 경망하긴 했다. 그녀는 오늘도 평퍼짐한 잠옷에 맨발인 모양새였다.

손님을 맞이하는 것치고는 꽤나 무례한 복장이었으나, 정작 당사자는 태연했다. 그녀가 비뚜름하게 앉아 제 뺨을 긁적였다.

"음. 그러니까, 무슨 공작이었지?"

"스토크 공작입니다, 나디아 님. 이번에 제 여식이 나디아 님의 시녀로 배정이 되어 소개해 드리러 왔습니다."

스토크 공작은 어서 인사하지 않고 뭐하냐는 듯이 카린을 바라보았다. 그녀는 여전히 떨떠름한 투로 인사를 올렸다.

"스토크 공작 가문의 카린 스토크라고 합니다."

"안녕, 카린. 난 루사르카 일 나디아야. 나디아라고 부르면 된다."

자신이 이제껏 들어본 목소리 중 가장 아름다운 목소리였다. 제 이름이 저토록 아름다운 울림을 가졌나 감탄할 정도로.

목소리도, 얼굴도 상당히 매력적인 여자였다. 그래서 카린은 그녀가 더욱 마음에 들지 않았다.

'왕비님이 나디아를 좋아하게 되면 어쩌지?'

그녀도 모르는 사이 두 눈에 경계심이 어렸다. 나디아가 그것을 보고는 가만히 웃었다. 그 당찬 눈빛이 꽤나 마음에 든다는 듯이.

"이 아이는 나에 대해 알고 있나?"

"예. 나디아 님의 신분에 대해 알고 있으나 함구할 것입니다."

"다행이네. 마침 심심한데 잘 됐다. 잘 부탁할게."

카린은 대답 없이 고개만 꾸벅 숙였다. 그 서먹한 태도에 스토크 공작은 부아가 치밀었지만, 이내 미소 지으며 말했다.

"왕국에 오신 것을 환영하여, 나디아 님을 위한 선물을 준비했습니다. 받아 주시겠습니까?"

"오, 좋아. 재미있는 거면 좋겠군."

그녀는 흥미진진한 어조로 말했다. 스토크 공작은 직접 가져온 상자를 내밀자, 나디아는 그것을 냉큼 받아 열어보았다.

그녀의 얼굴에 호기심이 가득했다. 나디아는 내용물을 보고는 의아한 표정이 되어 물었다.

"이게 뭐지?"

"왕국 제일의 디자이너가 만든 유리 구두입니다. 늘 맨발로 계시기에."

상자 안에 든 것은 아름답게 세공된 유리 구두였다. 굽의 길이가 못해도 한 뼘은 되는 것처럼 보였다. 분명 아름다운 물건이긴 하였으나, 나디아는 떨떠름한 표정이 되었다.

그녀가 유리 구두를 들어 가만히 바라보다 말했다.

"음. 이것도 신발이지?"

"예. 그렇습니다."

"우린 이런 걸 사용하지 않아. 한 번 써 보려 했지만 영 불편하더군."

인어에게는 신발이라는 개념이 없다. 대부분의 시간을 물고기 꼬리인 상태로 지내기 때문이다. 또한 꼬리에서 다리로 변화하더라도 인어의 발바닥에는 두꺼운 비늘이 깔려 있기에 딱히 신발이 필요하지 않았다.

그녀는 이걸 어찌해야 하나 망설이다 스토크 공작에게 상자를 되돌려주었다.

"미안하군. 이건 자네가 신게."

"예?"

"장인이 공들여 만든 물건이 아닌가. 잘 쓸 줄 아는 사람이 쓰는 편이 나을 테지."

스토크 공작은 유리 구두를 되돌려 받고 무척이나 당황해했다. 그러다 큼큼 헛기침하고는 아이 가르치듯 말했다.

"말씀은 감사합니다만, 이 신발은 여성용이기에 제가 신을 수는 없습니다."

나디아는 여전히 부루퉁한 표정이었다. 스토크 공작이 침착하게 말을 이어 갔다.

“처음에는 불편하시겠지만, 그래도 신다 보면 익숙해지실 겁니다. 이곳 연회나 모임에도 참석하셔야 하지 않으시겠습니까?”

“…….”

“또한 왕비님께서는 의복에 조예가 깊으신 분이니, 나디아 님께서 아름답게 차려입으시면 좋아하실 겁니다.”

그 말에 나디아는 작게 한숨을 내쉬었다. 아비게일에게는 친구로 지내자 말했지만 그녀를 향한 연심은 여전했다.

아비게일의 마음을 얻을 때까지는 떠날 생각이 없다. 그런데 근시일 내에 성공할 것 같지가 않았다.

공작의 말대로 연회에도 참석해야 할 것이다. 그리고 아틀란시아로 돌아가지 못한 채, 여기에서 쭉 살게 될 가능성도 있다.

그녀는 짧은 고민 끝에 유리 구두를 바라보았다. 인간들의 물건은 참 이상한 것이 많다, 그리 생각하며 그녀는 꾸역꾸역 발을 들이밀었다. 좁은 어망에 갇힌 것마냥 답답했으나 우선은 참았다. 아비게일이 예쁘다 해 주겠지.

그러나 인내는 거기까지였다. 나디아가 자리에서 일어서자마자 몸이 기우뚱 기울더니 요란한 소리를 내며 앞으로 넘어졌다.

“나, 나디아 님. 괜찮으십니까?”

카린과 스토크 공작이 놀란 얼굴이 되어 물었다. 나디아가 짧게 앓는 소리를 내더니 고개를 들었다.

코를 찧은 모양인지 코피가 뚝뚝 떨어지고 있었다. 피와 분노로 얼굴이 붉게 변해, 나디아는 위협하듯 소리쳤다.

“네놈, 대체 내게 뭘 가져온 거냐?”

그녀가 마치 짐승처럼 이를 드러내며 으르렁댔다. 그 순간, 방 안의 공기가 기묘하게 일렁이는 것 같았다. 분명 아무것도 없는 공간인데 파도가 치는 것 같았다. 마력 때문이었다.

마력의 축복을 받지 못한 공작과 카린마저 본능적으로 위험을 감지했다. 스토크 공작이 놀라 말을 버벅댔다.

"이, 이것은 인간들이 주로 신는……."

"거짓말을 하면 당장 그 세 치 혀를 뽑아 버리겠다!"

그녀의 목소리는 마치 해명(海鳴)과도 같았다. 거센 파도가 해안에 부딪치며 천둥과도 같은 노성을 불러일으키는 것처럼 느껴졌다.

공작은 어째서 나디아가 이토록 분노하는지 알 수 없었다. 나디아가 여전히 분을 삭이지 않은 채 외쳤다.

"아틀란시아의 왕녀인 나를 어디까지 조롱할 셈이지? 내가 아비게일을 사모한다 하여 너희 인간들 모두에게 자비로울 거라 착각이라도 하느냐!"

"나디아 님. 진정하십시오. 부디 제가 무엇을 잘못했는지 알려 주십시오!"

"잘못? 내가 너희의 문화를 모른다고 나를 조롱하지 않았나! 이런 신을 수도 없는 것을 가지고 와서 나를 우롱해?"

나디아는 거의 대부분의 시간을 맨발로 지내지만 신발을 신어 본 적이 있기는 했다. 그것은 부드러운 가죽신이었다. 답답하긴 하지만 분명히 신고 걸을 수는 있었다.

그러나 이 유리 구두라는 것은 신는 순간 몸이 휘청거려 걷기는커녕 서 있을 수도 없었다. 신을 수도 없는 것을 가져와 자신에게 내밀다니. 분명 자신을 조롱하는 것이었다.

뒤늦게 사태를 파악한 스토크 공작이 다급히 말했다.

"절대 그런 것이 아닙니다, 나디아 님! 카린, 보여드려라. 너도 신고 왔지?"

"네, 네."

이 사태를 멍하게 지켜보던 카린이 황급히 제가 신은 하이힐을 보여 주었다. 그리고는 보란 듯이 주위를 걸어보았다.

그 모습을 보자, 일렁이던 공기가 순식간에 가라앉았다. 나디아는 묘기라도 보는 눈으로 그것을 보고 있었다. 직접 보면서도 믿기 힘들었다. 대체 어떻게 걷는 거지? 아프지도 않나?

나디아의 멍한 표정을 보고 스토크 공작이 변명하듯 말했다.

"이것은 분명히 신을 수 있는 물건입니다. 결코 제가 나디아 님을 조롱하려 한 것이 아닙니다. 부디 이해해 주십시오."

스토크 공작은 속으로 온갖 욕을 퍼붓고 있었다. 이 비늘 달린 종족에게 아양을 떠는 자신의 신세가 처량했다. 하지만 참아야 했다. 이 여자가 아비게일을 데리고 이 궁을 나갈 때까지만 버티면 된다.

다행히 나디아는 방금 전의 노기를 가라앉힌 채였다. 그녀는 여전히 카린의 발치를 보고 있었다.

"넌 그런 기괴한 것을 신고도 잘 다니는구나."

나디아의 목소리에는 놀라움과 경악이 동시에 어려 있었다. 카린은 침착하게 답했다.

"명문가의 레이디라면 당연히 갖춰야 할 소양입니다."

자신이 생각해도 우아한 대처였다 뿌듯해하며, 카린은 속으로 나디아를 비웃고 있었다.

'고작 하이힐 하나에 저렇게 쩔쩔매는 꼴이라니.'

나디아는 여전히 떨떠름한 표정이었다. 그녀가 얼굴에 묻은 피를 소매로 슥슥 닦아냈다. 그 야만적인 행동에 카린은 비명을 삼켰다.

"젠장, 육지에서는 물에 저절로 닦여 나가지 않는군. 그나저나 사과하지, 스토크 공작. 내가 오해를 했군."

"별말씀을요."

"그래도 저런 것을 신는 것은 이해가 가지 않아. 선물은 고맙게 받도록 하겠네만, 쓸 일은 없을 것 같군."

"예. 괜찮습니다. 혹 앞으로 불편하거나 필요하신 것이 있다면, 언제라도 카린에게 말씀해 주십시오."

그 말에 나디아는 카린을 응시하며 미소 지었다. 바닷바람처럼 청량한 미소였다.

"좋아. 앞으로 잘 부탁하네, 카린."

"최선을 다해 모시겠습니다."

카린의 얼굴 역시 밝게 피어나 있었다. 일국의 왕녀라길래 짐짓 긴장했는데 저 꼴을 보아하니 자신이 주눅들 필요가 없었다.

아비게일 역시 저런 여자보다 자신을 총애할 것이다. 그녀는 그런 승리감을 속으로 감춘 채 가만히 웃었다.

"일단 물러가게. 카린은 나중에 부르도록 하겠네."

"예, 나디아 님."

나디아의 명에 두 사람은 방을 빠져나왔다. 물에서 뭍으로 나온 듯한 기분에, 부녀는 나란히 숨을 내쉬었다.

"흉흉한 여자 같으니라고."

사람이 오가지 않는 한적한 복도로 자리를 옮긴 뒤에야 공작은 입을 열었다. 그 와중에도 누군가에게 들릴까 목소리를 낮춘 채였다.

그는 제 딸을 돌아보며 말했다.

“아무튼 잘 모시도록 하거라. 왕비님과 나디아를 아주 바짝 붙여놔.”

카린은 차마 싫다 말할 수 없었다. 그렇다고 고개를 끄덕이기도 싫어, 그녀는 넌지시 말을 돌렸다.

“그나저나 아버지가 여자끼리의 관계를 꺼리지 않으셔서 놀랐어요.”

내심 아버지라면 여자끼리 연애를 하고 결혼을 한다는 이야기에 기함을 토할 줄 알았다.

그렇다면 자신과 아비게일이 성사되어도 기뻐해 주실까? 그러나 이내 스토크 공작이 얼굴을 일그러트렸다.

“뭐? 당연히 기분이 나쁜 게 당연한 것 아니냐. 계집끼리 결혼을 하다니, 말도 안 되는 소리지.”

그 노골적인 경멸에 카린은 표정 관리를 하지 못했다. 뻣뻣하게 굳어 있던 카린이 간신히 입을 열었다.

“하지만 서로 사랑해서 그러…….”

“사랑? 남자에게 선택받지 못한 계집들이 서로 짝을 찾을 뿐이다. 멀쩡한 신랑감이 있다면 굳이 계집과 결혼하겠느냐?”

“…….”

아버지의 혀에서 흘러나온 언어는 마치 칼날 같았다. 그 반응을 아예 이해하지 못하는 것은 아니었다. 하지만…….

“하여간 이상한 소리를 하는구나. 네 할 일이나 신경 쓰거라. 네가 머무를 방을 알려 주마. 따라오거라.”

“……네. 아버지.”

공작은 딸의 얼굴에 드리운 암운은 크게 신경 쓰지 않고 발을 내디뎠다. 카린은 순종적으로 그 뒤를 따랐다. 늘 신고 다니는 구두인데, 오늘따라 발뒤꿈치가 시큰거렸다.

◇

자신이 찬 사람은 어떤 얼굴로 대해야 하는 걸까.

나는 침대에 추욱 늘어져 있었다. 피곤해서 손가락 하나 까딱하고 싶지 않았다. 딱히 오늘 큰일이 있었던 건 아니었다. 평소처럼 국정을 돌보고, 마법을 배우고, 블랑슈와 산책을 하고, 나디아와 이야기를 나누었다.

나디아와 함께 있는 동안 기력이 다 빠져나가 마른오징어가 된 기분이었다. 그녀와는 친구 사이가 되기로 했지만, 죄책감은 여전했다. 이런 경우가 처음이라 더욱 힘들었다. 나는 나지막하게 한숨을 내쉬었다.

솔직히 고백받으면 행복할 줄 알았다. 하지만 나디아에게는 미안하게도 나는 큰 기쁨을 느끼지 못했다. 왜 이런 기분이 드는 걸까. 그녀가 나를 사랑하는 이유 때문인지도 모르겠다.

나는 침대 옆 탁상에 놓인 거울을 집어 들었다. 그 안에는 매일 보는 미녀가 있었다. 나디아는 내 외모를 보고 첫눈에 반했다고 했다. 엄밀히 말하면 이것은 아비게일의 얼굴이다. 그러니 그 고백은 나를 향한 것이 아닌, 아비게일을 향한 고백이었다.

솔직히 이런 생각을 하는 내가 답답하기도 하다. 이 얼굴은 이제 내 얼굴인걸. 그럼에도 여전히 적응이 되지 않는다. 에휴. 그나저나 이제 나디아를 어떻게 대해야 하나. 태연하게 대할 수 있으면 좋으련만.

그런 생각을 하고 있던 중, 문이 열리는 소리가 들렸다.

"비비, 안 주무시고 계셨습니까?"

세이블의 목소리가 들려와 나는 자리에서 벌떡 일어났다. 그는 조금 피로한 기색으로, 그러나 두 눈은 반가운 색으로 빛나고 있었다.

"전하랑 인사는 하고 자고 싶어서 기다리고 있었어요."

그 말에 세이블은 가만히 미소 지었다. 그 표정을 보니 내 마음에 드리워졌던 우울도 싹 날아가는 것 같았다.

"좀 더 빨리 와야 했는데, 죄송합니다."

자상한 목소리가 꿀을 잔뜩 탄 우유처럼 달고 부드러웠다. 흑흑, 담비도 피곤할 텐데 왜 미안하다고 하니.

나디아가 궁에 들어온 뒤부터 그는 늦게까지 일을 하는 날이 많아졌다. 어제도 평소보다 두 시간 정도 늦게 자러 왔고.

"죄송해하실 게 뭐가 있어요. 많이 피곤하시죠. 입술도 트셨네……."

그의 입술이 조금 터 있는 것을 보자 마음이 아파 왔다. 그러고 보니 입술에 바르는 크림이 있을 텐데.

"전하, 잠시만요."

나는 후다닥 화장대에서 작은 유리 단지를 가져왔다. 내가 유리 단지를 내밀자, 세이블이 신기하다는 듯이 물었다.

"그건 뭡니까?"

"손이나 입술이 틀 때 바르는 크림이에요. 전하께서도 바르시면 좋을 것 같아서요."

나는 그렇게 말하며 세이블의 손에 단지를 쥐여 주었다. 그가 그것을 가만히 내려다보다 말했다.

"이건 어떻게 쓰는 겁니까?"

"입술에 그냥 바르시면 돼요."

아예 본 적이 없는 걸까? 관리 안 하고도 저런 피부를 가진 거라면 좀 부럽군.

세이블은 유리 단지를 꼭 쥔 채 뭔가를 머뭇거리고 있었다. 화장품이라 꺼려지나. 그러다 세이블이 나를 바라보며 슬그머니 물었다.

"……혹시 당신께서 발라주실 수 있겠습니까?"

응? 발라 달라고? 그냥 직접 바르기만 하면 되는데……. 이거, 이거, 귀한 집 도련님이라 스스로 크림도 못 바르는 모양이구만.

"알겠어요. 여기 앉아 보세요."

나는 침대 쪽을 시선으로 가리켰다. 세이블이 내 지시에 따라 얌전히 착석했다.

유리 단지를 열자 벌꿀과 장미의 향기가 났다. 이대로 퍼먹어도 맛있을 것 같았다. 실제로 내 입술에 바를 때, 몇 번인가 핥아먹긴 했지.

"맛있는 냄새가 나도 드시면 안 돼요."

내 말에 세이블은 가만히 고개를 끄덕였다. 나는 크림을 살짝 덜어낸 뒤, 세이블의 입가를 바라보았다. 그는 얌전히 내 손길을 기다리고 있었다.

단정하고 무방비한 입매가 눈에 들어오자, 나도 모르게 마른침을 삼켰다. 왜 갑자기 이렇게 긴장이 되는 거지? 그냥 크림을 발라주는 거라고. 나는 나 자신을 달래며 세이블의 입술을 살짝 만졌다.

내 검지와 세이블의 입술이 닿았다. 크림이 잘 펴지도록 손가락으로 그의 입술을 문질렀다. 손끝에 와닿는 감각이 너무나 부드러웠다. 그토록 단단한 팔과 어깨를 가진 사람인데 입술은 말랑하구나.

와중에 세이블이 눈을 가늘게 뜬 채 나를 바라보고 있었다. 그 시선이 닿자 목덜미에 땀이 나는 것 같았다. 마치 술을 마신 것처럼 어지러워졌다. 시선으로도 취할 것 같은데, 입술의 감촉 때문에 정신을 잃을 것 같았다.

윗입술과 아랫입술의 틈 사이로 손가락이 스쳤다. 살짝 벌어진 입술 사이로 그의 숨이 새어 나오자, 나도 모르게 어깨를 떨고 말았다.

나디아의 입술도 말랑했는데 세이블의 입술이 더 부드러운 것 같았다. 그랑 입을 맞추면 어떤 기분이…….

"다, 다 됐어요."

나는 황급히 손을 떼어냈다. 나도 모르게 망측한 생각을 하다니. 정말이지 이놈의 음란마귀를 어떻게 해야 할지 모르겠다.

"향기가 좋군요."

그의 눈을 보고 이야기를 해야 하는데, 시선이 자꾸만 입 쪽으로 내려갔다. 크림을 발라서 그런지 더욱 촉촉하고 부드러워 보였다.

"향이 좋죠? 하녀들이 만들어 준 건데 좋더라고요. 저도 자주 써요."

"그렇습니까."

그는 그렇게 답하고는 가만히 내 얼굴을 바라보았다. 세이블의 시선 역시 내 눈이 아닌, 좀 더 아래쪽을 바라보고 있었다.

"제 입가에 뭔가가 묻었나요?"

"아닙니다."

무슨 생각을 한 것인지, 그는 조금 민망해하는 기색이었다. 살짝 기운 옆얼굴이 왠지 붉어진 것처럼 보이기도 했다.

"평소에도 비비에게서 장미 향이 나길래 그 크림 때문인가 했습니다. 매일 바르십니까?"

"네. 자기 전에도 발라요."

꾸준한 수분 보습은 필수인걸. 가을, 겨울에는 더더욱. 세이블이 내 손에 들린 유리 단지를 보다 입을 열었다.

"……오늘은 제가 발라 드려도 괜찮겠습니까?"

"네?"

"발라 주신 보답으로 저도 발라 드리고 싶습니다."

그가 슬그머니 내 손에서 유리 단지를 가져갔다. 나는 그를 저지하지 못한 채, 멍청하게 서 있었다.

"혹시 이미 바르셨습니까?"

그가 오기 전, 잘 준비를 하며 이미 다 발라둔 상태였다. 그의 입술에 바른 것처럼 내게서도 장미 향이 날 터였다.

"아뇨. 안 발랐어요."

그런데 왜 입에서는 거짓말이 흘러나오는 건지 나도 알 수 없었다. 세이블은 내 거짓말에 만족스러워하는 눈치였다. 그가 부드럽게 내 팔을 잡아 끌어당겼다.

"앉으세요, 비비."

나는 얼떨떨한 와중에도 얌전히 그의 말을 따랐다. 세이블이 크림을 덜어내는 것이 보였다.

머릿속에서 폭죽들이 정신없이 터지는 기분이었다. 내가 이렇게 사심을 채워도 되는 건가? 안 될 건 뭐가 있어. 내가 나쁜 짓 하는 것도 아니고. 나는 당당해!

"그럼 바르겠습니다."

세이블이 경건하기까지 한 목소리로 말했다. 나는 두 눈을 질끈 감았다. 차마 그를 바라볼 용기가 나지 않았다. 벌써부터 심장은 과열되어 조금만 더 있으면 제 열기에 녹아 버릴 것만 같았다.

뻣뻣하게 굳어 있는 와중, 내 입술에 무언가가 닿았다. 세이블의 손가락 같았다. 조심스럽고 신중한 손길이었다. 분명 달콤한 향이 날 터인데, 긴장한 탓인지 오로지 그의 체온만이 느껴졌다.

그는 내 아랫입술과 윗입술을 한참이나 어루만졌다. 어쩐지 그가 무언가를 고뇌하는 것처럼 느껴졌다. 그러다 닫힌 눈꺼풀 위로 어둠이 찾아왔다. 무언가가 내 앞을 가로막은 듯했다. 그것의 정체를 파악하기 전, 어둠은 사라졌다.

"……다 됐습니다."

손을 떼는 것과 동시에 세이블의 목소리가 들려왔다. 눈을 뜨자 어쩐지 내 시선을 피하는 세이블이 보였다.

"어, 음. 네. 감사합니다. 처음인데도 잘 바르셨네요."

나도 모르게 헛소리가 흘러나왔다. 그나저나 아까 내 얼굴 위로 뭐가 드리워졌는데, 그게 뭐였을까. 어쩐지 분위기가 어색했다.

와중에 우리의 입술에서는 같은 향기가 풍기고 있었다. 서로 입을 맞춘 것처럼.

나는 자꾸 그의 입술만 훔쳐보았다. 세이블은 왜 입술마저 예쁘지? 뽀뽀하고 싶게.

하지만 그럴 수는 없다. 사귀는 사이도 아닌데 어떻게 뽀뽀를 해? 그런 생각을 하자, 내 안의 음란마귀가 속삭이는 것 같았다.

그러면 고백한 뒤, 사귀고, 뽀뽀하면 되는 거 아니냐고. 천재적인 발상이었지만 너무나 위험 부담이 컸다.

만약 내가 그에게 고백하게 되면, 그리고 그에게 차이게 되면. 그때는 이런 식으로 대화를 나눌 수 있을까?

아마 어려울 것이다. 지금 내가 누군가의 고백을 거절해 보니 잘 알겠다.

나디아가 내게 고백하지 않았더라면 나는 그녀와 좀 더 친밀한 사이가 될 수 있었을지 모른다. 그녀와 거리를 두는 것은 힘들지만, 자상하게 대할 수도 없었다. 그건 나디아에게도 불행한 일이었다.

그리고 세이블도 비슷할 것이다. 그는 나를 거절하고 미안해 어쩔 줄 몰라 하겠지. 상냥한 사람이니 마음고생이 심할 것이다. 또한 우리가 이렇게 서로의 입술을 매만질 수도 없겠지.

"그나저나 오늘은 별일 없으셨습니까?"

어색하게 내 손가락만 만지작거리는 사이, 세이블이 화제를 바꾸었다. 나는 이때다 싶어 입을 열었다.

"아, 네! 별일 없었어요. 오늘은 나디아랑 티타임을 가졌는데, 나디아가 뜨거운 것을 못 먹어서 조금 소동이 일었지만요."

인어와 인간은 많은 것이 다르고 식문화 역시 달랐다. 인어들의 주식은 당연하게도 해양 생물이었고, 요리법은 거의 존재하지 않았다.

불을 사용할 수 없으니 조리 방식에는 한계가 있었다. 마력을 불 대신 사용하기는 하지만, 인어들은 체온이 낮은 편이라 뜨거운 것에 약했다.

때문에 그녀는 홍차를 마시지 못했다. 차갑게 식힌 것은 그나마 마실 수 있었지만 무리해서 마실만큼 취향은 아닌 듯했다.

"나디아와 이야기를 나눌 때마다 너무 신기해요. 두 종족이 이렇게 다르다니."

"그렇군요."

"나중에 네르겐과 아틀란시아가 교류하게 되면 어떻게 될지, 궁금하기도 하고 걱정도 되네요."

"……그렇습니까."

나는 이야기를 재잘대다가 물끄러미 세이블을 바라봤다. 왠지 모르게 얼굴이 어두워 보였다. 내가 너무 내 이야기만 했나?

"제가 너무 혼자서 떠들었네요. 전하께서는 오늘 별일 없으셨나요? 이야기를 듣고 싶어요."

"저는……."

그는 잠시 말을 망설이는 기색이었다. 한참 동안 말을 고르던 끝에 세이블이 말을 꺼냈다.

"밀러드 경의 고민을 들어주었습니다."

"밀러드 경이요?"

"예."

"무슨 고민인지 물어봐도 되나요?"

"……연애 상담이었습니다."

어머, 어머. 연애 상담? 밀러드랑 세이블이? 이런 말을 하면 안 되겠지만 좀 의외다. 두 사람은 매일 정무 이야기만 나눌 것 같았는데.

"혹시 당신께서도 조언을 주실 수 있겠습니까?"

"제가 밀러드 경의 이야기를 들어도 괜찮을지 모르겠네요."

"저희끼리의 비밀로 해 두죠. 아마 저보다는 당신께서 더 좋은 답을 주실 것 같으니."

하긴, 세이블에게 연애 상담을 해도 좋은 답을 들을 수 있을 것 같진 않았다. 일단 관심이 없을 것 같으니까.

좋아, 밀러드. 이 누나에게 맡기렴! 내가 친구들 연애 상담은 많이 들어줬었지!

"밀러드 경은 뭐가 고민이라던가요?"

"……짝사랑하는 여인이 있는데, 그 여인이 다른 사람을 좋아하는 것 같다더군요."

아, 듣자마자 마음이 아리다. 밀러드……. 어쩌다 그런 고행길을 걷게 되었니.

같은 짝사랑 동지로서 그를 격하게 응원해 주고 싶어졌다. 궁 내의 사람이라면 내가 열심히 다리라도 놓아줄 텐데.

"그렇군요. 힘들겠어요. 그래서 밀러드 경은 어떻게 할 생각이래요?"

"마음 같아서는 억지로 그녀를 붙잡고 싶지만, 그녀의 행복을 생각한다면……. 하지만 도저히 포기를 못하겠다더군요."

흐음. 이미 애인이 있는 사람을 좋아하기라도 하는 건가. 세이블이 가만히 내 눈치를 살피다 물었다.

"저는 뭐라 답을 해야 할지 모르겠습니다. 비비였다면 뭐라 답하실 겁니까?"

"저라면……."

사랑하는 사람이 다른 사람을 좋아하는 상황이라. 어쩐지 얼마 전, 내가 세이블을 오해할 때가 떠올랐다. 그가 나디아를 사랑한다 착각해서 두 사람을 이어 주려 했었지. 그것이 옳은 일이라 생각하면서도 억장이 무너질 것 같았다.

만약 밀러드가 사랑하는 사람에게 애인이 있는 게 아니라면, 포기할 것까진 없지 않을까?

"밀러드 경이 짝사랑하는 분에게 애인이 있나요?"

"그런 건 아닙니다."

"그렇다면 한 번 마음을 표현해 보는 건 어떨까요?"

"음, 그런데……. 밀러드 경이 예전에 그 여인에게 못할 말을 좀 많이 했습니다."

뭐? 대체 무슨 말을 한 거지? 밀러드가 무뚝뚝하긴 해도 막말할 사람은 아닌 것 같은데.

"대체 뭐라고 했는데요?"

"……그녀의 사랑을 거부했습니다. 그녀가 먼저 고백했을 때, 그가 거절했거든요."

밀러드, 자기가 찼던 사람한테 반한 거야? 아주 땅을 치고 후회하겠구나.

"좀 애매하긴 하네요……."

진짜 애매하다. 이걸 어쩌면 좋으려나. 잠시 고민에 빠져 있는데 슬그머니 밀러드 생각이 났다.

밀러드와 많은 이야기를 나눈 건 아니지만 나쁜 사람은 아니다. 공명정대하게 일을 처리하고, 나쁜 소문도 들어본 적 없다. 블랑슈가 세이블과 아비게일에게 냉대받을 때도 자주 챙겨준 것 같던데.

밀러드에게 고백을 했다가 차인 그 여자분도 밀러드가 어떤 사람인지 알고 있을 것이다. 거절 자체는 나쁜 게 아니다. 방식이 문제지. 밀러드라면 정중하게 거절하지 않았을까. 그 여자분이 밀러드를 정말로 좋아한다면, 밀러드가 나쁜 마음으로 그런 게 아니라는 것도 알지 않으려나.

나는 잠시 고민하다 입을 열었다. 세이블이 불안한 눈으로 나를 보고 있었다.

"거절 받은 여자분이 속상하긴 했을 거예요. 그래도 진심을 표현하면 상대방의 마음도 바뀔 가능성이 있지 않을까요?"

그 말에 세이블의 표정이 확 밝아졌다. 왜 저렇게 좋아하지?

세이블이 자기 일처럼 좋아해서 나는 조금 어리둥절해졌다. 그러나 잠시 후, 세이블의 표정이 조용히 가라앉았다.

"그런데 그것 말고 다른 일도 저질러서……."

"무슨 일을 저질렀는데요?"

"그녀에게 폭언을 내뱉고, 냉대하고, 의심하고, 그녀의 물건을 망가트리기도 했다더군요."

"물건을 망가트려요?"

같은 블랑슈 팬클럽 소속으로서 좀 도와주려 했는데 안 되겠다. 폭력을 쓰는 건 절대 안 돼.

"그건 좀 그렇네요."

"……."

"한 번 거절한 것까지는 그렇다 쳐도, 폭언이랑 물건을 망가트리는 건……. 용서하기 힘드네요."

밀러드 그렇게 안 봤는데 실망이다. 그 와중에 세이블이 다급히 입을 열었다.

"그래도 그녀를 사랑하는 마음은 진심입니다."

"그런데 왜 물건을 부쉈대요? 그러다 왜 좋아졌대요?"

"……."

세이블은 아무런 말도 하지 못했다. 밀러드가 거기까진 말하지 않은 모양이었다. 나는 착잡한 심경이 되어 말했다.

"정말 그 사람을 사랑하면, 사랑하는 사람의 행복을 빌어 줘야죠. 좋은 사람 만나길 바라는 것이 짝사랑의 최소한 예의라고 생각해요."

그 말에 세이블리안의 얼굴이 어두워졌다. 마치 나라 잃은 사람 같기도 하고, 자고 일어나니 밥그릇이 털린 멍멍이 같기도 하고…….

“……밀러드에게 그리 전하도록 하겠습니다. 이만 잘까요.”

“네, 전하.”

우리는 침대에 나란히 누웠다. 그런데 세이블이 오늘은 등을 돌리고 있었다. 어쩐지 어깨가 축 처진 것처럼 보였다.

으음. 밀러드 때문에 고민이 많은가. 어쩐지 처량해 보여서 보듬어 주고 싶어졌다.

나는 슬금슬금 선을 넘어 세이블의 곁으로 다가갔다. 그리고 살며시 그를 끌어안았다. 세이블이 움찔하는 게 느껴졌다.

“전하, 괜찮으세요? 기운이 없어 보이세요.”

껴안는 것 정도는 괜찮겠지? 세이블은 잠시 아무 말이 없다가 슬쩍 뒤를 돌아보았다. 얼굴이 조금 붉었다.

“무슨 생각 하세요?”

“제가 여러모로 못난 인간이라는 생각이 들었습니다.”

으음. 왜 그런 고민을 하는 걸까. 나는 좀 더 힘주어 그를 껴안았다. 그가 또다시 움찔하는 게 느껴졌다. 오랜만에 안아 보는 그의 몸이 따끈따끈했다.

“전하는 좋은 사람이에요. 좋은 군주고, 좋은 아버지고, 좋은 남편이죠. 저는 그런 전하가 참 좋아요.”

우리 담비만 한 사람이 어디 있겠어. 와중에 세이블의 눈동자가 격하게 흔들리는 것이 보였다.

“걱정하지 마세요. 다 잘 될 거예요.”

그러자 그는 슬픈 건지 기쁜 건지 알 수 없는 눈으로 나를 바라보았다. 그 시선이 무척이나 간절해 보여, 나는 한참이나 세이블을 토닥여 주었다.

◇

베리테는 석양을 바라보고 있었다. 아직 해가 질 시각이 아니었음에도 거울 속에서는 짙고 붉은빛이 어른거리고 있었다.

그것은 거울의 눈으로 바라보았던 풍경 중 하나였다. 동부에서 보았던 풍경들이 거울에서 재생되고 있었다.

요즘 베리테는 홀로 있을 때마다 그때의 풍경들을 반복해서 보고 있었다. 바다, 노을, 그리고 블랑슈.

[베리테, 보여?]

석양을 등진 채 블랑슈는 웃고 있었다. 그때나 지금이나 마찬가지로, 베리테는 멍하게 그 장면을 바라보고 있었다.

[예쁘다.]

[그치? 바다 너무 예쁘다.]

그때 왜 블랑슈에게 바다가 아니라 네가 예쁘다고 말하지 못했을까.

베리테는 거울을 응시하다 아래를 내려다보았다. 그의 손에는 네잎클로버와 토끼풀꽃이 그득했다. 블랑슈가 보여준 것을 거울 안에서 재현한 것이었다.

베리테는 잠시 꽃을 바라보다 손을 한 번 까딱였다. 그러자 밤하늘이 사라지고 작년 건국제의 모습이 나왔다.

아비게일과 함께 춤추는 블랑슈. 이 장면을 스스로 불러올 줄은 미처 몰랐다. 블랑슈는 행복한 얼굴로 춤을 추고 있었다. 아비게일, 그리고 세이블리안과 함께.

자신도 저 사이에 끼고 싶었다. 블랑슈와 함께 춤을 추고, 소풍을 나가고, 함께 시간을 공유하고…….

"베리테, 뭐 해?"

그러다 문득 블랑슈의 목소리가 들려와 화들짝 장면을 숨겼다. 손에 가득 쥐고 있던 꽃들도 어느새 사라진 채였다.

블랑슈는 공부방의 거울 앞을 기웃거리고 있었다. 베리테가 황급히 옷매무새를 정리하고 앞으로 나왔다.

"어, 블랑슈. 왔어? 나 잠깐 뭣 좀 보고 있었어."

"내가 방해한 건 아니지?"

"응. 물론."

블랑슈와 함께 했던 과거의 기억도 소중하지만, 이렇게 현재의 시간을 함께 보내는 것이 더 중요했다.

베리테는 거울 가까이에 바짝 앉았다. 블랑슈는 오늘따라 조금 울적해 보였다.

"블랑슈, 무슨 일 있어?"

"응. 그게…… 나디아 공주님 때문에 고민이 좀 있어."

고민이라. 아마 아비게일 때문일 것이다. 베리테는 가만히 블랑슈의 안색을 살피다 입을 열었다.

"무슨 고민? 나디아 공주가 싫어?"

"아, 아니! 싫은 건 아냐. 어마마마랑 아바마마를 구해 주기도 하셨고, 또 인간들과 사이좋게 지내고 싶어 하기도 하고……."

말은 그렇게 하지만 표정은 어두웠다. 베리테는 더 말하라는 듯이 얌전히 기다렸다. 블랑슈가 옷자락을 꼭 쥐며 말했다.

"미워하면 안 되는데, 자꾸 걱정돼. 나디아 공주님이 어마마마를 좋아하시잖아……. 어마마마가 정말 바다로 가 버리시면 어떡하지."

"괜찮을 거야. 아비게일이 널 두고 갈 리가 없잖아."

"그렇겠지? 그런데 할아버님이……."

스토크 공작 말인가. 베리테의 표정이 굳어졌다. 블랑슈가 주저주저하다 말했다.

"어마마마가 나디아 공주님이랑 결혼 안 하면, 인어들이랑 싸우게 될 수도 있다고……."

베리테는 지금 당장 달려가 공작의 멋들어진 수염을 몽땅 뽑아 버리고 싶어졌다. 제 욕심 때문에 블랑슈에게 온갖 걱정을 다 안겨놓고 가다니.

그러던 와중에 블랑슈가 한숨을 쉬며 말했다.

"차라리 내가 시집갈까?"

"뭐?"

"내가 대신 결혼하겠다고 하면, 인어들이랑 안 싸울 수……."

"절대 안 돼!"

베리테가 펄쩍 뛰며 말했다. 그 모습이 마치 성난 고슴도치 같았다.

"절대 안 돼. 절대 안 돼! 블랑슈 네가 왜 결혼해?!"

"어, 어……?"

얼굴이 벌게져서 씩씩대는 어린 소년의 모습에 블랑슈는 어리둥절한 눈치였다.

베리테가 왜 저렇게 화를 내는 걸까? 블랑슈가 조금 움츠러들자, 베리테도 간신히 이성을 다잡는 것처럼 보였다.

"네, 네가 아틀란시아로 시집가면 아비게일이랑 세이블리안이 슬퍼할 게 뻔하잖아. 지난번 모르카로 시집가겠다고 할 때랑 뭐가 달라?"

예전에는 블랑슈가 결혼을 한다 했을 때, 동정은 했어도 화가 나지는 않았다. 그러나 지금은 참을 수가 없었다.

"그리고 나도 슬프단 말이야. 블랑슈가 나 버리고 가면……."

"안 갈게! 베리테랑 계속 계속 같이 있을게."

블랑슈가 미안하다는 듯 눈꼬리가 처졌다. 그 모습을 보자 펄펄 끓던 화가 슬그머니 식었다.

"진짜지? 나 내버려 두고 결혼 안 할 거지?"

"응. 결혼 안 할게."

블랑슈가 자기만 믿으라는 듯, 주먹으로 작은 가슴을 콩콩 두들겼다. 그 말에 베리테는 기분이 풀려 배시시 웃었다가 헛기침을 했다.

"아무튼 걱정하지 마. 전쟁이 날 리도 없고, 아비게일도 분명히 거절할 거야."

베리테가 열심히 달래자 블랑슈가 고개를 끄덕였다. 그러다 조금 뾰로통한 표정이 되어 말했다.

"아바마마가 좀 더 표현을 많이 하시면 좋을 텐데. 어마마마 마음이 흔들리기라도 하면 어떡하지."

지난번, 나디아를 방해하려 의기투합한 부녀였으나 그 이후로 세이블리안은 얌전히 지내고 있었다.

나디아의 애정 공세에 비하면 그는 다소 무뚝뚝해 보였다. 그것이 블랑슈의 큰 고민이었다.

물론 베리테는 세이블리안의 마음을 알고 있었다. 그러나 그걸 대신 말해도 괜찮은 걸까. 베리테는 잠시 고민하다 입을 열었다.

"정 걱정이 되면 가서 말해 봐."

"응? 뭘?"

"아비게일에게 좀 더 표현해 달라는 이야기. 아마 본인이 눈치채지 못했을지도 몰라."

자신이 닦달해도 묵묵부답인 세이블리안이지만, 블랑슈의 말이라면 좀 효과가 있을지 모른다.

블랑슈는 그 말을 듣고는 이내 고개를 몇 번인가 끄덕였다. 그리고는 주먹을 불끈 쥐고 자리에서 일어났다.

"응! 알았어! 나 아바마마한테 다녀올게. 저기, 괜찮으면 같이 가 줄 수 있어……?"

"물론이지. 난 언제나 네 옆에 있을 거야."

베리테의 응원에 블랑슈는 조금 긴장이 풀린 듯 헤실거리며 웃었다.

그렇게 블랑슈가 공부방을 떠나 집무실로 향하는 동안, 세이블리안은 제 자리에 앉아 심란한 표정이 되어 있었다.

밀러드는 왜 또 저러나 싶었다. 그 와중에 어제부터 계속 귀가 간지러워 귓바퀴를 만지고 있었다. 그러다 문득 세이블리안이 입을 열었다.

"밀러드."

"예, 전하."

"검은 머리인 사람이 붉은 머리카락으로 염색할 수 있는가?"

왜 갑자기 염색 타령인가. 딱히 자신의 외모에 별 관심을 갖지 않던 주군이었는데.

"전하께서 염색이라도 하실 생각이십니까? 무슨 일 있으십니까?"

"……아니. 아닐세."

예전에 아비게일은 검은색보다 빨간색이 좋다고 말했다. 그는 그 사실이 떠오르자 불안해졌다.

나디아의 석양처럼 진한 붉은 머리카락을 그녀가 마음에 들어 하는 것은 아닐까. 그녀가 좋아하는 색깔로 머리카락을 물들이면, 자신을 조금이라도 돌아봐 줄까.

아니, 그런 것으로 자신의 과오가 용서받을 리 없다. 지난밤, 아비게일과 나눈 이야기를 떠올리자 그는 또다시 현기증이 일었다.

[한 번 거절한 것까지는 그렇다 쳐도, 폭언이랑 물건을 망가트리는 건……. 용서하기 힘드네요.]

차마 반박할 수 없었다. 모두 맞는 말이었다. 자신이 토끼 인형을 망가트렸을 때, 울음기 가득하던 얼굴이 눈에 선했다.

과거의 자신을 살해하고 싶었다. 그토록 아비게일을 냉대해 놓고, 이제 와서 그녀의 사랑을 원하다니.

하지만 도무지 포기할 수가 없었다. 아비게일이 너무도 사랑스러워서 평생을 함께 하고 싶었고, 조금이라도 더 닿고 싶었다.

입술에 크림을 바를 때도 그랬다. 그냥 제 손으로 바르면 될 것을, 굳이 그녀에게 발라 달라 했다.

자신이 생각해 봐도 추잡하기 짝이 없었다. 눈을 감은 채 자신의 손길을 받아들이는 그녀를 보자, 참지 못하고 입을 맞출 뻔하기도 했다.

어떻게 인간이 그리도 뻔뻔하단 말인가. 강제로 입술을 취하는 것은 불한당이나 하는 짓인데.

아니. 이미 불한당 같은 짓을 해 버렸다. 세이블리안은 끙끙 앓다가 밀러드 쪽으로 고개를 틀었다.

"밀러드. 내 사비에서 상여금을 내주겠네. 미안하네."

"네? 어째서요?"

"나중에 꼭…… 말해 주겠네. 정말 미안하네."

어젯밤에 자신이 어떻게 이용당했는지 밀러드는 알 길이 없었다. 세이블리안은 미안하고 슬픈 눈으로 그를 보고 있었다. 그 눈망울이 퍽 서글펐다.

우리 전하, 공주님을 닮아가시는구나…….

밀러드는 그런 생각을 하며, 괜찮다는 듯이 미소 지어 보였다.

"뭔지는 모르겠지만 괜찮습니다."

"고맙네."

"그래도 상여금은 주십시오."

그렇게 밀러드가 의문의 상여금을 받게 되었을 때, 시종이 안으로 들어왔다.

"전하, 블랑슈 공주님께서 알현을 요청하십니다."

"들이도록 하게."

세이블리안이 자리에서 벌떡 일어났다. 허락이 떨어지자 블랑슈가 슬그머니 고개를 내밀었다.

"아바마마, 밀러드 경. 평안하셨나요? 제가 정무를 방해한 것은 아니지요?"

"그럴 리가. 어서 오거라."

그 말에 블랑슈가 배시시 웃고는 다람쥐처럼 총총 들어왔다. 세이블리안은 눈에 넣어도 아프지 않다는 게 무슨 말인지 이제야 이해할 수 있을 것 같았다.

블랑슈가 들어오자 밀러드가 슬금슬금 다가왔다. 그리고는 씩 웃으며 말했다.

"평안하셨습니까, 공주님. 괜찮으시면 간식이라도 드시겠습니까?"

그가 주머니에서 슬쩍 무언가를 꺼냈다. 태피 캔디가 들어 있는 작은 주머니였다.

"와아, 감사합니다. 밀러드 경."

블랑슈는 밝게 웃으며 사탕을 받았다. 세이블리안은 그 모습을 부럽다는 듯 보다가 주위를 둘러보았다.

주전부리를 좋아하지 않는지라 자신의 테이블 위에는 아무것도 없었다. 세이블리안은 미리 간식을 준비해 두지 않은 자신을 힐책하며 입을 열었다.

"그나저나 무슨 일로 왔느냐, 블랑슈."

"앗, 그게……. 아바마마께 부탁드리고 싶은 게 있어서요. 밀러드 경 죄송하지만……."

블랑슈가 미안하다는 듯이 밀러드를 올려다보았다. 밀러드는 너털웃음을 지었다.

"저는 잠시 실례하도록 하겠습니다. 나가 있을 테니, 필요하시면 불러 주십시오."

밀러드와 시종이 밖으로 향하자, 세이블리안은 블랑슈를 데리고 소파에 앉았다. 블랑슈가 힐끗 책상 위의 거울에 시선을 주며 말했다.

"아, 그리고 베리테도 같이 왔어요."

거울에는 어느새인가 베리테의 모습이 나타나 있었다. 마치 든든한 응원군처럼.

세이블리안은 무슨 일로 둘이 온 것일까 의아해하며 물었다.

"그래, 무슨 부탁을 하러 왔느냐. 말해 보거라, 블랑슈."

"아바마마는 어마마마를 사랑하시는 거죠?"

갑작스러운 기습 질문에 세이블리안은 심장이 덜컥 내려앉는 것 같았다. 질문의 의도를 가늠하려 애쓰며 그는 입을 열었다.

"……사랑하고 있다. 그런데 왜 그런 것을 묻느냐?"

"그게……. 아바마마는 어마마마께 표현을 잘 안 하시는 것 같아서요."

마음 같아서는 당장 그러고 싶었다. 그녀를 끌어안고 당신을 사모하고 있노라 내쉬는 숨마다 고백하고 싶었다. 그러나 그럴 수 없었다. 어찌 감히 그녀에게 사랑한다 이야기할 수 있겠는가.

블랑슈는 주저하며 말을 이어 갔다.

"나디아 공주님은 어마마마에게 자주 애정 표현을 하세요. 아바마마도 좀 더 표현을 하시면 어마마마가 더 좋아하지 않으실까요?"

나디아의 이름이 거론되자 그는 이루 말할 수 없는 감정을 느꼈다. 그녀가 달갑지 않았다. 하지만 객관적으로 보면 아비게일에게 좋은 상대인 것 같았다.

한 나라의 공주이니 권력과 재력은 보장이 되어 있었다. 또한 아비게일에게 다정했다. 아비게일의 목숨을 구하고, 암시장에 팔릴 위험을 감수한 채 그녀를 따라오고, 그녀를 위해 국왕이 되겠다 하고…….

얼마나 아비게일을 사랑하는지 알 수 있었다. 게다가 나디아는 아비게일에게 폭언을 퍼붓거나, 그녀가 애지중지 만든 인형을 찢은 일도 없다.

자신보다 나디아가 아비게일에게 더 나은 배우자일지 모른다. 그런 생각을 하니, 입안이 바싹 마르는 것을 느꼈다.

혹시 아비게일이 나디아를 사랑하고 있다면, 그녀를 포기하는 것이 짝사랑의 예의일지도 모른다. 아비게일이 말했던 것처럼.

세이블리안은 으스러져라 양손을 쥔 채 입을 열었다.

"……만약 아비게일이 나디아를 선택한다면, 어쩔 수 없는 일이다."

자신은 아비게일의 주인이 아니다. 그러니 아비게일의 선택에 왈

가왈부할 수 없다.

블랑슈는 화들짝 놀라 물었다.

"아, 아바마마. 그게 대체 무슨 말씀이세요? 분명 어마마마를 사랑하신다고……."

"나는 아비게일을 사랑한다. 하지만 아비게일의 마음이 나와 같은지는 알 수 없다."

아마 같지 아니할 것이다. 자신이 저지른 일이 있는데 어찌 그녀가 자신을 사랑한단 말인가.

"아니에요. 분명 어마마마도 아바마마를 사랑하실 거예요."

"내가 아비게일에게 한 짓들을 너도 기억하고 있지 않느냐."

그 말에 블랑슈는 입을 다물었다. 세이블리안이 아비게일을 냉대한 기억이 선명하게 남아 있었다.

"그러니 내가 어떻게 감히 아비게일을 잡을 수 있겠느냐. 아비게일이 나디아를 따라가길 원한다면……."

그저 보내 주는 수밖에 없다. 차마 그 뒷말은 육성으로 이을 수가 없었다.

블랑슈는 침묵하고 있었다. 베리테는 답답해서 죽을 것 같은 마음이었다. 참다못해 한마디 하려는 찰나, 블랑슈가 입을 열었다.

"저는 싫어요."

고개를 든 블랑슈의 표정에는 서러움이 일렁이고 있었다. 주먹을 꼭 쥔 아이가 또박또박한 발음으로 말했다.

"저는 어마마마랑 아바마마가 이혼하는 거 싫어요."

"하지만 블랑슈. 내가 아비게일에게 한 짓이……."

"어마마마는 예전에 저를 무척 멀리하셨어요. 하지만 저에게 사과해 주셨고, 지금은 사이좋게 지내고 있어요."

그 말에 세이블리안은 침묵했다. 아이는 물러설 기색 없이 아버지를 또렷하게 응시하며 말했다.

"아바마마가 잘못하신 게 있다면, 사과를 하는 게 먼저잖아요. 그리고 정말 어마마마가 떠나길 원치 않으시면 부탁을 해 보셔야죠."

블랑슈의 말 중 하나도 틀린 것이 없었다. 지금의 세이블리안은 그저 지레 겁을 먹고 도망가는 것이나 다름없었다.

블랑슈는 속상한 마음에 울고 싶은 것을 꾹 참았다. 아비게일이 떠난다는 생각을 하니 벌써부터 눈물이 나올 것 같았다.

세이블리안은 답지 않게 제 딸의 눈치를 가만히 보았다. 그러다 슬그머니 입을 열었다.

"하지만 블랑슈. 아비게일이 나디아 공주를 선택한다면……."

"저는 그런 거 싫어요! 어마마마가 가는 거 싫단 말이에요!"

블랑슈가 빽 소리를 질렀다. 이제껏 큰 소리 한 번 내지 않은 딸이 목소리를 키우자, 세이블리안은 당황했다.

"아바마마가 아무것도 하지 않는다면, 제가 가지 말라고 부탁할 거예요!"

"블랑슈. 아비게일을 곤란하게 만들면 안 된다."

세이블리안이 블랑슈를 달래려 했지만 오히려 역효과를 낳았다.

"아바마마는, 아바마마는……!"

블랑슈가 자리에서 벌떡 일어났다. 그리고 눈물이 그렁그렁해져서 마지막 말을 뱉었다.

"아바마마…… 바보예요!"

그리 말하고 블랑슈는 집무실을 뛰쳐나갔다. 베리테가 한심하다는 눈으로 세이블리안을 바라보다 말했다.

"블랑슈가 이렇게까지 말했는데 아무것도 안 하면, 넌 진짜 바보야."

그리고 베리테는 거울 너머로 사라졌다.

혼자 남겨진 세이블리안은 큰 충격을 받아, 블랑슈가 떠나간 자리를 그저 바라만 보고 있었다. 딸의 꾸지람이 그 어떤 스승의 말보다도 썼다.

"여기 정말 재미있는 것이 많네. 어때, 잘 어울려?"

나디아는 챙이 긴 모자를 쓴 채 나를 돌아보았다. 드레스룸에는 모자 상자들이 잔뜩 나와 있는 참이었다.

그녀는 이런 구경을 하는 것이 꽤나 즐거운 눈치였다. 쓰고 있던 모자를 벗더니 이번에는 보닛을 집어 들었다.

"너희 인간들은 참 재미있는 게 많아. 이게 모자라는 거라고?"

"네. 잘 어울리네요, 나디아."

나디아는 거울 앞에 앉아 기웃거리며 제 모습을 보고 있었다. 그늘 없이 환한 그 모습에 나는 안도하고 있었다. 그녀의 고백을 거절한 뒤, 나디아는 아무런 일도 없었다는 듯 쾌활하게 행동했다.

나디아는 보닛을 들고는 멍하게 바라보다 케이프처럼 목 쪽에 둘렀다. 그 모습이 순진무구한 아이처럼 보여 나는 가만히 웃었다. 나는 슬그머니 보닛을 풀어 주었다.

"나디아, 그렇게 하는 게 아니에요. 제가 해 줄게요."

보닛을 그녀의 머리에 씌운 뒤 턱 부근에 리본을 매어 주었다. 난생처음 보닛을 매본 인어공주님은 신기한 기색이 역력했다.

"호오, 이렇게 하는 것이군. 너희는 참 다양한 장신구를 갖고 있네."

"인어들은 모자를 쓰지 않나요?"

"머리카락과 같이 땋아 고정하는 장식은 있어도 이런 것들은 없어."

하긴, 이런 종류의 모자를 쓰고 헤엄을 쳐봐야 금세 사라질 것이 분명했다.

나디아는 보닛을 쓴 채 드레스룸을 마구 헤집기 시작했다. 신발을 보고 깔깔 웃다가 속바지를 팔에 끼는 모습이 보였다.

나디아에게 이 드레스룸은 별세계인 모양이었다. 그녀와 우리의 문화는 상당히 차이가 나니, 재미가 있을 수밖에.

"인어들은 어떤 복식을 입는지 궁금하네요. 어떤 종류의 옷을 입나요?"

"흐음. 뭐라 설명하면 좋을까. 너희와 가장 큰 차이점이 있다면……. 바지를 입지는 않지."

인어들은 바지를 안 입는구나. 나디아에게는 우리 세계가 신세계 같겠지만, 내게는 인어들의 세계가 그렇게 느껴졌다.

"어째서 입지 않나요?"

"뭐, 입어 본 적은 없지만 불편할 게 뻔하잖아. 꼬리를 가진 상태에서 바지를 입을 수가 없으니."

꼬리에서 다리로 변할 때 바지를 입고 있으면 곤란하긴 하겠다. 바지가 찢어져 버리려나? 흐읏, 나중에 아틀란시아에 놀러 가고 싶다. 다들 어떤 옷을 입는지 궁금하네. 그나저나 아틀란시아가 해저에 있다면 나는 못 가려나?

"그러고 보니 아틀란시아는 바다 아래에 있나요? 인간은 방문할 수 없으려나요."

"좀 번거로운 방식을 취해야겠지만 갈 수는 있어. 나중에 아비게일을 초대할게."

나디아가 활짝 웃으며 말했다. 인어 왕국에 놀러 갈 생각을 하니 어쩐지 설레기 시작했다.

"너무 궁금해요. 다들 어떻게 사는지, 어떤 옷을 입는지도 알고 싶고요. 나중에 인어 복식에 대해 자세히 말해 줄 수 있나요? 그림으로 그려 줘도 좋고요."

"좋아. 이럴 줄 알았으면 한 벌 가져와서 선물로 줄 걸 그랬나."

새로운 옷 이야기를 들으니 자꾸 마음이 들떴다. 과연 인어들은 어떤 옷을 입고 지내려나. 지금 당장 그려 달라고 해 볼까.

고민하던 그때, 클라라가 슬그머니 안으로 들어왔다.

"저, 왕비님. 블랑슈 공주님께서 오셨는데요."

헉, 블랑슈……? 어쩐지 나쁜 짓을 하다가 들킨 기분이 되었다. 힐끗 나디아를 보자 그녀 역시 묘한 표정을 짓고 있었다. 그러다 곧 바다처럼 시원하게 웃으며 말했다.

"난 이만 내 방으로 돌아갈게. 블랑슈한테 미움받기는 싫으니까."

"저어, 블랑슈가 나디아를 싫어하는 건 아닐 거예요."

"응. 나도 알고 있으니 걱정하지 마. 그럼 다음에 보자."

나디아는 무의식적으로 내 뺨을 감쌌다가, 제 실수를 깨닫고 손을 떼어냈다. 그녀는 멋쩍게 웃으며 드레스룸을 떠나갔다.

잠시 후 블랑슈가 안으로 들어왔다. 나는 주위에 널려 있는 모자들을 한쪽으로 치운 뒤 자리에서 일어났다.

"블랑슈, 어서 와요. 무슨 일로 왔어요?"

"아, 그게……."

블랑슈는 당황하다가 퍼뜩 손에 들고 있던 주머니를 내밀었다.

"밀러드 경이 태피 캔디를 주셔서, 어마마마랑 같이 먹으려고 왔어요!"

맛있는 걸 받으니 내 생각이 난 거니? 정말이지 귀여워서 어떡하니, 우리 애. 나는 태피를 하나 집어 먹었다.

"고마워요. 블랑슈."

달짝지근한 태피가 입안에서 녹아내리자 절로 미소가 지어졌다. 블랑슈가 준 거라서 더 맛있었다.

"맛있으세요?"

"네. 정말 맛있어요."

그 대답이 무척 기쁜 듯 블랑슈가 활짝 웃었다. 두 눈이 별사탕처럼 빛나고 있었다.

잠시 후, 조심스러운 목소리가 흘러나왔다.

"저어, 아마 아틀란시아에 태피 캔디는 없을 거예요. 그렇겠죠?"

흠, 그렇겠지? 설탕이나 버터가 바다에 들어가면 다 녹아 버릴 테니까. 블랑슈가 슬그머니 옆에 앉더니 내 품에 사탕 주머니를 안겨 주었다.

"블랑슈도 먹어요."

"아니에요. 어마마마 다 드세요. 다른 과자도 가져올 걸 그랬나 봐요."

태피 캔디를 안 좋아하나? 분명 좋아할 텐데. 블랑슈가 헤헤 웃으며 말을 이어 갔다.

"오늘 간식은 뭘까요? 어마마마는 어떤 간식이 드시고 싶으세요?"

"흠, 글쎄요. 마카롱?"

"아틀란시아에는 마카롱도 없겠죠? 에클레어도 없고, 갈레트도 없고, 케이크도 없고……."

"그러게요. 나디아가 먹으면 깜짝 놀라겠어요."

지난번에 홍차에 입을 덴 뒤로, 나디아는 인간의 음식을 거절하는 중이었다. 마카롱이라면 잘 먹으려나. 그러다 블랑슈의 놀란 목소리가 들려왔다.

"아, 아틀란시아에 가실 건가요?"

"네?"

옆을 돌아보니 블랑슈가 겁먹은 눈으로 나를 올려다보고 있었다. 얼굴에 간절함이 가득했다.

"아틀란시아에는 태피 캔디가 없는걸요! 맛있는 것도 없고, 꽃도 없고, 그리고……."

블랑슈가 풀이 죽어 고개를 푹 숙였다. 아, 아까 디저트 이야기를 꺼낸 이유를 이제야 알 것 같았다. 내 손에 들린 사탕 주머니가 무겁게 느껴졌다.

블랑슈는 내 치맛자락을 꼭 쥔 채, 소원을 비는 사람처럼 말했다.

"어마마마가 여기 계속 있어 주셨으면 좋겠어요. 제 과자도 다 드리고, 옷도 다 드리고, 돈도 다 드릴 테니까……."

울음을 참는 듯 코끝이 빨개졌다. 아이고, 나디아랑 거리를 둔다고 뒀는데 블랑슈 눈에는 그렇게 안 보였나 보다. 아까도 내가 눈치 없이 나디아 이야기를 꺼냈네. 나는 미안한 마음에 블랑슈를 꼭 끌어안았다.

"블랑슈, 저 아틀란시아에 안 갈 거예요. 걱정하지 말아요."

"……."

"아틀란시아에는 태피 캔디도, 마카롱도, 에클레어도 없지만…….
제일 중요한 게 없는걸요."

"그게 뭐예요?"

블랑슈가 조금 진정한 기색이 되어 물었다. 나는 내 귀여운 딸의 코를 톡 하고 쳤다.

"블랑슈가 없잖아요."

과자가 없는 건 참을 수 있다. 꽃이 없더라도 사는 데에 지장이 가는 것은 아니다. 하지만 블랑슈는 아니다. 나는 이제 이 아이 없이는 살 수 없게 되었다. 그리고…….

"세이블리안 전하도 없고요."

나는 설핏 웃으며 말했다.

"베리테도 없네요."

그 셋이 없었다면 나는 나디아를 따라갔을지도 모른다. 바꿔 말하면, 그 셋이 여기 있는 한 이 나라를 떠날 생각이 없단 말이었다.

블랑슈가 눈을 깜빡이며 나를 보고 있었다. 그리고 봉숭아 물이 들 듯 얼굴에 웃음이 피어올랐다.

"어마마마는 아바마마를 사랑하시는 거지요?"

"네. 물론이에요."

세이블이 없기에 속 시원히 할 수 있는 사랑 고백이었다. 블랑슈는 내 말에 안도하는 동시에 왠지 초조해 보였다.

"저어, 어마마마…… 사실……."

블랑슈가 작게 한숨을 내쉬곤 고개를 숙였다. 마치 혼이 나는 아이처럼 보였다. 블랑슈가 큰 죄를 고백하듯 떨리는 목소리로 말했다.

"제가 아바마마한테 무지무지 나쁜 말을 했어요……."

"뭐라고요? 전하가 블랑슈에게 나쁜 말을 했다고요?"

이 양반, 이제는 사람 된 줄 알았더니 옛날 버릇 못 고쳤나? 또 블랑슈에게 뭐라 한 거야?

그때 블랑슈가 황급히 고개를 저었다.

"아, 아뇨! 아바마마가 아니라 제가 나쁜 말을 했어요."

"……네?"

뭐? 블랑슈가 세이블리안에게 나쁜 말을 했다고?

도무지 상상이 가지 않았다. 이 순딩한 애의 입에서 나쁜 말이 나와 봐야 뭐가 나오겠는가. 그리고 블랑슈가 나쁜 말을 했더라도 아마 세이블이 원인 제공자일 것 같다는 생각이 들었다.

그래도 일단 이야기는 들어 봐야지. 나는 블랑슈를 달래듯이 물어보았다.

"어쩌다가 전하께 그런 말을 했나요?"

"……제가 속상한 걸 못 참고, 아바마마에게 나쁜 말을 했어요. 아바마마가 많이 슬프셨을 거예요."

흐음. 대체 뭐가 그리 속상했으려나. 살다 보니 두 사람이 다투는 날도 다 있네.

이런 생각을 하면 안 되겠지만, 나는 두 사람이 싸웠다는 이야기에 내심 기분이 좋았다. 예전 같았으면 엄두도 못 냈을 일이다. 블랑슈가 세이블과 다툴 만큼 목소리를 낼 수 있게 되었다는 의미인걸.

우리 애가 자기주장을 할 수 있다는 사실이 나는 무척 기뻤다. 하지만 그렇다고 해서 이대로 관망할 수도 없지. 이 어수룩한 부녀의 화해를 도와줘야겠다.

세이블리안을 불러 셋이서 이야기를 나누는 편이 좋을까 고민하던 중, 다시 클라라가 불쑥 들어왔다.

"저기, 왕비님. 국왕 전하도 오셨는데요……."

세이블은 사실 담비가 아니라 호랑이가 아니었을까? 호랑이도 제 말 하면 온다더니, 세이블이 나타나 버렸다.

세이블이 왔다는 말에 블랑슈는 움츠러드는 기색이었다. 나는 블랑슈에게 물었다.

"전하가 들어오셔도 괜찮겠어요?"

블랑슈는 망설이다가 고개를 끄덕였다. 클라라가 그 고갯짓을 보고는 다시 밖으로 나갔다.

곧 세이블이 안으로 들어섰다. 두 부녀는 서로 눈도 마주치지 못한 채, 조용히 침묵만을 지키고 있었다. 흐음, 이걸 어찌해야 하나. 보아하니 세이블도 딱히 화가 난 것 같지는 않은데.

그때, 침묵 사이로 블랑슈가 슬그머니 일어섰다.

"……아바마마. 죄송해요."

비를 흠뻑 맞은 것처럼 힘없고 눅눅한 목소리였다. 블랑슈는 여전히 시선을 마주치지 못하고 말을 이어 갔다.

"제가 제 감정을 추스르지 못하고, 아바마마에게 나쁜 말을 했어요. 정말 죄송해요."

"아니다, 블랑슈. 네가 한 말이 다 옳다. 내가 어리석었구나."

서로에게 용서를 구하는 목소리가 적적했다. 블랑슈가 주저주저하며 세이블에게 다가가자, 그가 딸아이를 꼬옥 안아 주었다.

"아바마마, 죄송해요."

"아니다. 내가 더 미안하다."

"아니에요. 제가 더 죄송해요."

"아니, 내가 더……."

서로 자기가 더 미안하다고 사과하는 걸 보자 나도 모르게 엄마 미소가 지어졌다.

얘네는 뭘 먹어서 이렇게 귀여울까? 싸우고 화해하는 것도 참 귀엽다. 다툼이 오래가지 않아 다행이었다. 나는 흐뭇하게 그 모습을 바라보다 입을 열었다.

"화해해서 다행이네요. 그나저나 두 사람, 무슨 일로 다툰 건가요?"

내 질문에 두 사람이 약속이라도 한 것처럼 입을 다물었다. 그리고는 말없이 서로 시선을 교환했다.

"말해도 돼요?"

"내가 말하마. 잠시 자리를 비켜 줄 수 있겠니?"

블랑슈는 고개를 끄덕였다. 그리고 내게 허리 숙여 인사를 하더니, 조용히 드레스룸을 떠나갔다.

어라. 왜 나간 거지? 세이블과 단둘만 남게 되자 묘한 기류가 흘렀다. 왜 싸운 건 둘인데 남겨진 건 나지. 혹시 싸움의 원인이 나였던 건가. 나는 눈치를 보며 물었다.

"화해하셔서 다행이에요. 그나저나 왜 싸우신 건가요?"

"제가 잘못을 했기 때문입니다."

음, 그건 예상하고 있었다. 세이블은 그렇게 말하곤 슬그머니 내 곁으로 다가왔다.

"그리고 미리 사과드리겠습니다."

"뭘요?"

"제가 앞으로 저지를 잘못에 대해 사과드립니다."

아니, 뭘 하려고? 그나저나 잘못을 저지를 거라고 사전 예고하는 건 난생처음이다. 왠지 모르게 불안한 마음이 스멀스멀 피어났다. 그 와중 세이블의 뺨이 긴장으로 희게 굳어 있는 것이 보였다.

"당신께서 그리 말씀하셨죠. 정말 그 사람을 사랑하면, 사랑하는 이의 행복을 빌어 줘야 한다고."

이게 무슨 뜬금없는 말인가 싶었다가 지난 밤의 일이 떠올랐다.

그가 저지를 잘못이라는 게 조금 예측이 되었다. 이 사람, 밀러드를 옹호할 생각인가?

"네. 그리 말했었죠."

"저도 그 말에 동의합니다. 사랑하는 이의 행복을 빌어 줘야 한다는 말. 그런데 포기해야 한다는 말은……. 도저히 그럴 수가 없었습니다."

그의 목소리에 두려움과 고통이 절절히 묻어나 나는 도리어 의아해졌다. 저토록 괴로워할 것이라면 어째서 밀러드를 감싸는 것일까.

"저는 솔직히 이해가 가지 않아요. 밀러드 경을 왜 그리 지지하시나요?"

"밀러드의 이름이 왜 지금 나오는지 모르겠습니다."

"그야 지금 전하께서 밀러드 경을 감싸고 계시니까요."

세이블은 조금 얼이 빠진 모습으로, 한 박자 뒤늦게 내 말을 이해한 것처럼 보였다. 그리고 짧게 숨을 내뱉는 소리가 들려왔다.

"……거짓말입니다."

"무엇이요?"

"밀러드 경이 제게 고민 상담을 했다는 말, 거짓이었습니다."

이번에는 반대로 내가 넋을 놓고 말았다. 거짓말이었다고? 왜?

세이블이 거짓말을 했다는 사실에 머리가 혼란스러웠다. 빈말이

나 거짓말을 하지 않는 사람이었는데, 어째서?

"왜 그런 거짓말을 하셨나요?"

그는 한참이나 침묵하고 있었다. 드레스룸 안의 공기가 무덤처럼 가라앉았다. 적막 사이로 낮게 가라앉은 목소리가 들려왔다.

"……그 이야기가 제 것이라 차마 말할 수 없었습니다."

그 고민 상담이, 자기 이야기였다고? 세이블도 나처럼 친구의 이름을 빌려 자기 고민을 말했던 거구나.

그 절절한 짝사랑의 주인공이 세이블이라니 조금 얼떨떨해졌다. 대체 상대가 누구지? 사랑을 거부했다는 걸 보면 카린일지도 모른다. 아니면 내가 모르는 다른 여인이 있을지도 모른다.

또다시 피가 얼어붙는 듯한 기분이 들었다. 그가 앞으로 내게 저지를 잘못이라는 게, 이혼은 아닐까.

"제가 저지른 잘못을 알고 있습니다. 제 잘못을 안다면 포기해야 하는데, 차마 포기할 수가 없었습니다."

그렇게 말하고 세이블은 내 앞에 한쪽 무릎을 꿇었다. 이 왕국에서 가장 높은 곳에 서 있어야 마땅한 사람이 나를 올려다보고 있었다.

"제 모든 과오에 사죄드립니다. 제가 어리석었습니다. 그러니 부디 제게 한 번만 기회를 주실 수 없으십니까?"

"……네?"

지금 세이블이 무슨 말을 하고 있는 거지? 왜 나에게 사과를 하는 건지 이해가 가지 않았다.

"그 누구보다 그대에게 헌신하겠습니다. 그러니 제발, 나디아를 따라가지 말아 주십시오."

여전히 이해할 수 없는 말이 이어지고 있었다. 느리게 피가 돌 듯 뒤늦게 사고가 흘러갔다.

세이블이 폭언을 퍼붓고 냉대했다는 사람, 그리고 그 사람의 물건을 망가트렸다는 세이블.

문득 그의 칼이 내가 만든 인형 위로 꽂히던 순간이 떠올랐다. 나는 놀라 세이블을 바라보았다.

나는 태어나서 저런 표정을 본 적이 없었다. 나를 향해 저토록 애달프고 뜨거운 시선을 보낸 사람은 단 한 명도 없었다.

무뚝뚝한 군주의 얼굴은 얼음이 녹아 사라지듯 없었다. 내가 어젯밤 어루만졌던 그 입술에서 장미 향과도 같은 목소리가 새어 나왔다.

"사랑하고 있습니다, 아비게일."

햇살처럼 선명하고 또렷한 고백이었다. 오해의 여지라고는 한 줌도 없이 그저 분명한 언어였다. 한여름의 햇볕이 두 눈을 찌르는 듯하여 나는 굳어 버리고 말았다.

사랑.

사랑한다고? 세이블이 나를?

머리가 제대로 돌아가지 않았다. 사랑이라는 단어에 다른 뜻이 있는 건 아닐까 생각했다가, 내 귀가 이상한 건가 의심했다.

다른 사람도 아닌 세이블이 나를 사랑한다니. 그럴 리가 없다. 그를 짝사랑하면서도, 망상으로조차 그런 생각을 해본 적이 없었다.

하지만 부정하기에는 저 눈빛이 너무도 선명했다. 그는 내가 오독할 기회조차 주지 않았다.

지난번 조난을 당했을 때. 그를 끌어안고 있었을 때. 나를 잃은 자신의 삶을 생각해 달라 하던 그의 목소리가 떠올랐다. 애절한 푸른빛으로 일렁이던 벽안은 지금도 같은 색으로 비치고 있었다. 그의 사랑을 감히 부정할 수 없었다. 저 눈빛을 보고도 그의 사랑이 거짓이라 할 수 없었다.

이상한 기분이 들었다. 내가 사랑하는 사람이 나를 사랑한다 말하고 있다니.

"이, 일단 일어나세요."

왜 이렇게 죄지은 사람처럼 앉아 있어. 마음 아프게. 손을 내밀자 그는 주저하다 내 손을 잡고 일어섰다. 얼마나 긴장을 했는지 그의 손이 한파를 견뎌낸 동상처럼 차갑게 식어 있었다.

뭐라 말이 나오지 않았다. 나디아에게 고백을 받았을 때와는 비교도 할 수 없는 중압감에 간신히 입을 열었다.

"……감사해요, 전하. 저를 그렇게 아껴 주실지 몰랐어요."

정말이었다. 그가 그토록 나를 생각하는지 알지 못했다. 그의 호의가 그저 우정이나 친애라고만 생각했다.

세이블은 조심히 내 손을 잡고 있었다. 얼굴에 드리워져 있던 암운이 조금 걷어진 것처럼 보였다.

"저는 애초에 나디아 공주를 따라갈 마음이 없었어요. 그러니 안심하세요. 하지만……."

나디아는 나에게 사랑을 고백했으나 엄밀히 말하면 나를 향한 것은 아니었다. 세이블 역시 그런 게 아닐까? 이 가면이 아니었다면 나는 고백받을 수 있었을까?

이 가면이 내 것인 양 모른 체하고 그의 사랑을 온전히 받을 수 있으면 좋을 것이다. 하지만 그럴 수 없었다. 거절해야 했다. 미안하다고, 우리 그냥 지금처럼 지내자고.

그렇게 말하려는 찰나.

"……이제까지 제가 해 온 잘못들이 있으니 저를 믿기 힘드시겠지요."

짙은 회한만이 느껴지는 목소리였다. 세이블이 내 손을 간절히 잡은 채 말을 이어 갔다.

"후회하고 있습니다. 거절하셔도 어쩔 수 없는 일입니다. 용서하지 못하는 것을 충분히 이해합니다."

그는 죄를 고해하는 대죄인처럼 보였다. 그토록 당당하고 강해 보이던 사람이 이렇게 연약한 모습을 보일 줄은 미처 몰랐다.

"당신께서 저를 사랑하지 않으시더라도, 저는 당신의 행복을 위해 살겠습니다. 그러니 저를 거절하셔도 괜찮습니다. 다만……."

나를 마주 보던 그가 고개를 떨구었다. 물기 섞인 목소리가 힘겹게 들려왔다.

"그래도 단 한 번만, 제발 한 번만……. 제게 기회를 주실 수 없겠습니까?"

그의 목소리가, 손이 하염없이 떨리고 있었다. 내가 맹수라도 되는 것처럼 눈도 마주치지 못한 채 그저 두려워 보였다.

그 모습을 보자 차마 거절할 수 없었다. 그러나 받아들일 수도 없는 노릇이었다. 나는 한참을 망설이다 그의 손을 힘주어 잡았다.

"……좋아요."

그러자 세이블이 슬그머니 고개를 들었다. 울상이 된 그 얼굴이 낯설면서도 그저 사랑스러웠다.

"대신 제게 조금만 시간을 주세요. 아직은 조금……. 익숙지가 않아서요. 그러니까……."

나는 아직 당신을, 그리고 나를 믿지 못한다. 하지만 믿고 싶다. 내가 사랑받을 만한 사람이라는 사실을 믿고 싶다.

"우리 결혼을 전제로 만나봅시다."

"……."

"……."

"비비, 우리는 이미 결혼했습니다."

아. 그렇지.

아아악! 당황해서 말이 이상하게 나왔어! 정말이지 천하제일 헛소리 대회가 있다면 우승하겠다!

"이혼하자는 말씀이십니까?"

"절대 아니에요! 나 이혼 못 해! 저는 전하밖에 없어요!"

너네 두고 내가 어딜 가?! 이혼하자고 하면 소송 걸 거야!

세이블은 그 말에 안도하면서도 의아해하는 눈치였다. 아, 이걸 뭐라고 해야 하나.

"그러니까! 부부 이상 연인 미만 같은 사이로 지내자는 거죠!"

"……."

안녕하세요. 천하제일 헛소리대회 2회 연속 우승자입니다.

멍청이, 멍청이! 친구 이상 연인 미만의 관계라고 말하려 했는데! 나는 민망해서 팔을 만지작거리며 말했다.

"아, 아무튼. 일단 유예 상태로라도 괜찮으면, 사귀어보자고요……."

세이블이 비웃어도 할 말이 없었다. 으으, 창피해. 그 와중에 멍하게 있던 세이블이 나를 와락 끌어안았다.

"세, 세이블?"

"고맙습니다, 비비. 정말 고맙습니다."

아, 아니. 왜 고맙다고 그러지? 그러나 그가 너무 감격한 눈치여서 차마 물어볼 수가 없었다.

"사랑합니다, 비비. 정말……. 많이 사랑합니다."

말을 막 배운 아이처럼 고맙다와 사랑한다만 반복하는 세이블은 너무도 사랑스러웠다. 나는 천천히 그의 등을 토닥였다.

"고마워요, 세이블. 나를 사랑해 줘서."

아직도 믿기 힘들었다. 그가 나를 사랑한다는 사실을. 나조차도 나를 사랑하지 못하는데.

그래도 믿어 보기로 했다. 세이블이 사랑하는 사람이 나라는 것을. 내가 사랑받을 만한 사람이라는 것을.

예전이었다면 그런 날은 오지 않을 것이라 생각했겠지만, 이제는 믿어 보기로 했다. 언젠가는 나도 나를 사랑할 수 있을 것이다.

그날이 언제인지는 몰라도 빨리 오면 좋겠다. 세이블에게 끊임없이 사랑한다고 말해 줄 수 있도록.

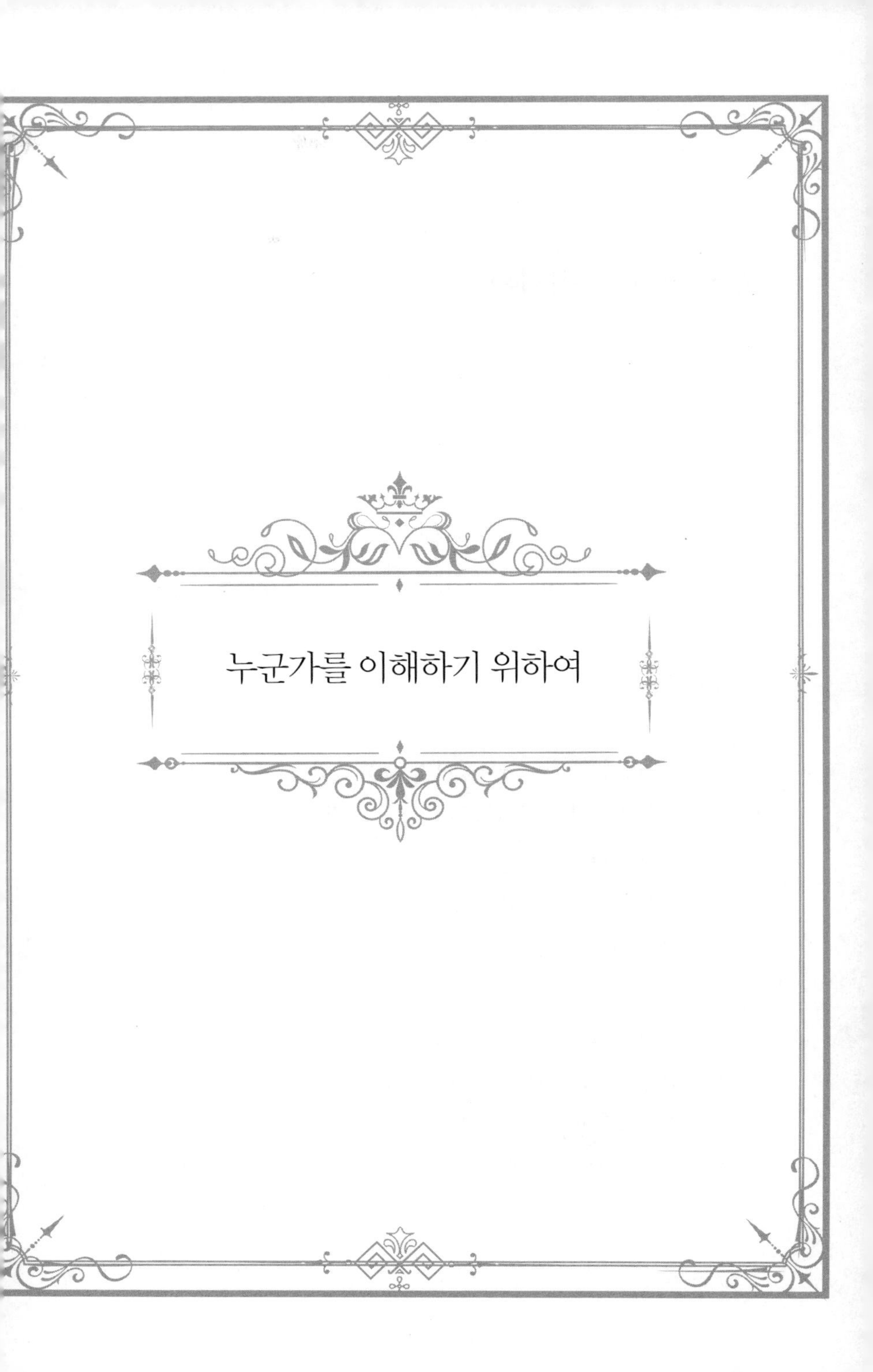

누군가를 이해하기 위하여

12

누군가를 이해하기 위하여

긴 복도가 눈앞에 펼쳐져 있었다. 끝이 보이지 않을 정도로 아득한 길이였기에, 그녀는 발을 뗄 엄두도 내지 못한 채 정면을 응시하고만 있었다.

왕궁의 복도도 저 정도로 길지는 않은데, 이상한 일이다. 그녀는 그렇게 생각하며 왼편을 돌아봤다가 흠칫 놀랐다. 치렁치렁한 은발에 자색 눈동자를 가진 미인이 자신을 보고 있었다.

아비게일이었다.

사람이 언제 있었나 싶었다가, 가까스로 그것이 거울임을 깨달았다. 자세히 보니 벽면이 모두 거울이었다. 둘러보니 길게 이어진 양벽이 온통 거울이었다.

그래서 복도가 그렇게 길어 보였던 것이었다. 마치 거울로 이루어진 미로 같았다. 거울들이 너나 할 것 없이 서로의 형상을 반사해내느라 아비게일의 얼굴도 여럿이었다.

그러던 와중 그녀는 오른편에 있는 거울을 바라보았다. 거기에는 다른 사람의 얼굴이 있었다. 검은 머리카락을 가진 여자였다.

누가 있나? 뒤를 돌아보았지만 이곳에 있는 것은 그녀뿐이었다. 그런데도 거울은 두 개의 형상을 비추고 있었다. 한참을 바라보니 검은 머리의 여자도 낯이 익었다. 통통한 체격에 피로해 보이는 얼굴. 백합이라는 이름으로 불린 여자의 얼굴이었다.

이상한 일이다. 왜 거울에 두 사람의 모습이 동시에 비치고 있을까. 두 모습 중 진짜는 무엇일까. 그녀는 그렇게 생각하여 거울을 바라보고 있었다. 그때, 뒤에서 익숙한 목소리가 들렸다.

"여기 계셨습니까."

뒤를 돌아보자 그곳에는 세이블리안이 서 있었다. 그가 서 있는 곳은 거울 하나 없는 평범한 방이었다. 세이블리안은 그녀를 발견하고 무척 안도하는 것 같았다. 왜 저리 안도하는 걸까.

곧 세이블리안이 미로에 발을 내디뎠다. 그러자 그가 그녀의 손을 잡는 모습이 거울에 수십 개로 비쳤다.

"사라지셔서 한참을 찾았습니다. 혹 제가 껄끄러워 피하신 겁니까?"

"아니, 아니에요. 그럴 리가 없잖아요."

어쩐지 그를 마주한 것이 퍽 위안이 되어 그녀는 미소 지었다. 평소 같으면 나오지 않을 말마저 할 정도로.

"제가 전하를 얼마나 사랑하는데요."

거짓이나 과장 하나 없이 그저 솔직한 마음이었다. 자신의 사랑을 꺼내 비출 수 있다면, 이 거울방에 봄꽃이라도 피는 듯 찬란했을 것이다.

세이블리안은 멍하게 그 말을 듣고 있다가 소년처럼 웃었다. 그의 얼굴에도 봄이 찾아온 것만 같았다.

그녀는 세이블리안의 입가를 바라보았다. 그의 맵시 있는 입술이 벌어지며, 따뜻한 말이 흘러나왔다.

◇

눈을 떴을 때는 어슴푸레한 새벽이었다. 나는 몽롱한 가운데 천장을 올려다보고 있었다. 익숙한 침실이었으나 잠기운이 남아 있어 어딘가 모르게 낯설게 느껴졌다. 정확한 시각은 모르겠지만 평소보다 좀 일찍 일어난 것 같았다. 나는 느리게 눈을 깜빡이며 꿈의 내용을 더듬었다.

나도 모르게 피식 웃음이 나왔다. 너무도 노골적인 내 무의식이 우스웠기 때문이었다. 오랜만에 내 얼굴을 볼 줄은 몰랐다. 딱히 반갑지는 않았다. 거울 너머에서 보는 백합의 얼굴은 꾸민 기색 하나 없이 민낯이었으니까.

나는 고개를 틀어 옆을 보았다. 세이블이 곤히 잠들어 있었다. 그의 얼굴은 꿈에서 봤을 때와 마찬가지였다. 그러고 보니 그가 꿈에서 뭐라 말했던 것 같은데.

꿈이 희석되기 전 나는 힘겹게 기억을 더듬어 보았다. 아마 사랑한다, 고 말한 것 같았다. 그런데 그 뒤의 말은 도통 생각이 나지 않았다. 아비게일의 이름을 불렀는지, 백합의 이름을 불렀는지.

꿈에서도 사랑한다는 이야기를 듣다니. 내가 뻔뻔해진 건가. 예전에는 이런 꿈을 꾸지 않았는데. 나는 여전히 베개에 머리를 파묻은 채 세이블을 바라보았다. 그는 나를 꼭 안고 잠들어 있었다.

부부 이상 연인 미만이 된 기념으로 빨간 리본은 치워 버렸다. 그리고 오랜만에 그의 품에 안겨 잠들었다. 좀 민망하긴 했지만 좋았다.

나는 곤히 잠든 세이블을 물끄러미 응시했다. 잠든 모습을 보는 건 처음인 것 같았다. 살짝 흐트러진 앞머리 사이로 진한 눈썹과 콧날이 보였다. 속눈썹 한 번 길다. 눈물점이 홀로 길 잃은 별자리처럼 보였다.

세이블리안이 내게 사랑을 고백했다니. 새삼 믿기지가 않았다. 눈 뜨면 갑자기 무르는 거 아닐까, 그런 걱정도 들었다. 어린 시절, 같은 반 남학생이 고백을 해서 받아들였는데 알고 보니 벌칙게임이었지. 에휴. 세이블이 그럴 리가 없는데. 헛생각하지 말자.

그렇게 세이블을 바라보던 와중, 그가 살짝 몸을 뒤척이기 시작했다. 그리곤 두 눈꺼풀이 열리더니 몽롱한 벽안이 나를 응시했다.

"음, 비비……?"

잠기운 섞인 목소리가 평소와는 달리 무방비했다. 늘 위엄 있고 어깨에 힘이 들어가 있는 사람인데.

그가 손등으로 눈을 비비더니 다시 나를 바라보았다. 그리고는 희미하게 미소 지었다.

"잘 잤습니까, 비비."

허억, 지금 심장 멎는 줄 알았어. 간혹 웃는 모습을 보긴 했지만 이토록 무방비한 미소는 처음이었다. 그의 다정한 아침 인사에 심장이 쪼그라드는 것만 같았다.

"전 잘 잤어요. 전하도 잘 주무셨나요?"

"네. 덕분에."

그는 그렇게 말하며 내 손을 장난스레 건드렸다. 그러곤 내 검지를 가만히 어루만지더니 손을 잡아 제 쪽으로 끌었다.

나를 바라보는 그의 두 눈이 너무도 행복한 빛을 띠고 있었다. 햇살처럼 따사로운 목소리가 들려왔다.

"사랑합니다, 나의 왕비."

그렇게 말하며 세이블은 내 손가락 끝에 가볍게 입을 맞추었다. 쪽, 하는 소리가 무척이나 사랑스럽게 들렸다.

잡힌 손가락이 간지러워 나도 모르게 움찔거렸다. 하지만 그를 내치고 싶지는 않아, 못 이기는 척 그의 손 아래에서 숨죽이고 있었다. 쑥스러워 말은 못 했지만 나도 아침에 세이블의 얼굴을 볼 수 있어서 좋았다.

눈이 마주치자 그가 부드럽게 미소 지었다. 어쩐지 정말 행복해 보여서, 나도 모르게 궁금증이 생겼다.

"전하께서는 제가 밉거나 원망스럽지 않으세요?"

"어째서요?"

"제가 고백을 단번에 승낙하진 않았잖아요. 그런 말을 들으면 기분이 좋지는 않을 것 같아서요……."

나는 어제, 그의 고백을 일종의 유예 상태로 받아들였다. 뒤늦게 생각해 보니 아무리 내가 한 말이지만 좀 별로였다.

왠지 어장 관리하는 것 같잖아. 그가 나를 원망해도 당연하다. 그런데도 세이블은 그저 푸른 눈으로 나를 응시할 뿐이었다.

"그런 말은 괜찮습니다. 당신의 목숨이 위험해도 구하지 말라거나, 다른 여자랑 결혼하라는 말도 아니지 않습니까."

쿨럭. 어쩐지 세이블이 나를 변호하는 척하다가 공격을 하는 것처럼 보였다. 표정을 보아하니 일부러 그런 것 같지는 않았다. 저 순수한 파괴력이라니.

"……그런 말들도 죄송해요."

"그런 종류의 말이 아니라면 괜찮습니다."

"전하는 참 신기하세요. 어떻게 그렇게 말씀하실 수 있는지……."

만약에 내 친구가 누군가에게 고백을 했는데 '친구 이상 연인 미만의 관계로 지내자'라는 말을 들었다고 하면, 감히 내 친구에게 어장을 쳐?! 하고 화를 낼 것 같은데.

죄송합니다. 제가 그 어장주가 될 줄은…….

으으, 세이블에게 미안해.

그가 나를 바라보다 슬그머니 상체를 일으켜 세웠다. 어느새 떠오른 아침 해가 침소 안을 비추고 있었다.

"당신께서 제게 기회를 주신 것이 감사할 뿐입니다. 만약 거절하셨어도 슬프긴 했겠지만 기분이 나쁘진 않았을 테고요."

"네? 어째서요?"

"저는 그대를 사랑할 수 있어서 그저 기쁩니다. 제 평생 알지 못했고, 앞으로도 몰랐을 감정인데 그대 덕에 알게 되었습니다."

그의 두 눈을 바라보자 언젠가 블랑슈를 두고 했던 말이 떠올랐다. 다정하고, 강인하다. 그것은 세이블에게도 딱 맞는 말이었다.

"그러니 오직 감사하다는 말밖에 드릴 게 없습니다. 감사합니다, 비비."

사금처럼 반짝이는 햇빛이 그의 머리카락과 어깨 위로 부서져 내렸다. 그럼에도 그의 눈동자보다 빛나지는 않았다.

고백을 유예받은 사람이 도리어 고맙다고 하고 있다. 어쩌면 사람이 이렇게 고울 수가 있을까. 미안함과 고마움에 뭐라 말을 할 수 없었다. 그 사이 그가 손을 뻗어 내 머리카락을 정돈해 주었다. 이마와 눈두덩이를 살살 스치고 지나가는 손길이 좋았다. 가만히 눈을 감고 있는데, 세이블이 슬그머니 물었다.

"그나저나 부부 이상 연인 미만의 관계에서는 어디까지 해도 괜찮습니까?"

뭘, 뭘 해? 스킨십 이야기하는 거지? 놀라 그를 바라보자, 세이블의 눈에는 그저 순수한 궁금증만 담겨 있었다.

"손잡는 건 괜찮습니까?"

아, 별거 아니잖아. 혹시 몰라 확인하려는 모양이었다. 섬세한 사람 같으니라고. 나는 고개를 끄덕였다.

"네. 괜찮아요."

"포옹은요?"

"괜찮아요."

"키스는?"

"괜……. 아, 아니! 안 괜찮아요!"

너무 자연스럽게 물어봐서 얼떨결에 승낙해 버릴 뻔했다. 세이블은 아깝다는 표정을 짓고 있었다.

이, 이 자식! 순진한 얼굴로 나를 속여?

"안 됩니까?"

"네! 당연하죠!"

"나디아 양과는 하셨으면서……."

"그건 긴급 상황이었으니까요! 자, 빨리 일어나요! 일하러 갑시다!"

나는 침대에서 벌떡 일어났다. 세이블은 아쉬운 기색으로 슬금슬금 내 뒤를 따랐다.

진짜 방심을 못 하겠네. 순진한 건지 영악한 건지. 물론 나도 세이블이랑 뽀뽀하고 싶긴 하지만…….

정신 차리자, 정신 차려! 나도 할 일 하러 가야지.

우리는 블랑슈와 함께 간단한 아침 식사를 한 뒤 각자 할 일을 하러 떠났다. 나는 블랑슈를 데리고 나디아의 방으로 향했다.

우리를 맞이해 준 사람은 다름 아닌 카린이었다.

“왕비님! 어서 오세요. 블랑슈 공주님도 오셨네요. 잘 지내셨죠?”

카린은 반가운 기색이 역력했다. 예전의 카린이라고는 믿기 어려울 정도였다. 마치 나만 보면 발톱을 보이던 고양이가 내 무릎 위에 올라와 준 듯한 감동.

흑흑, 옆집 고양이가 개냥이가 되었어. 카린이 시녀로 들어와서 참 좋았다. 나는 빙긋 웃으며 말했다.

“덕분에 잘 지냈어요. 나디아 공주님을 뵈러 왔는데, 들어가도 될까요?”

“그게, 아직 식사가 안 끝나셔서…….”

카린의 얼굴이 순식간에 어두워졌다. 방 안에 보여 줄 수 없는 뭔가라도 있는 듯, 슬금 문 앞을 가리는데 안에서 나디아의 목소리가 들렸다.

“아, 들어와. 거의 다 먹었어.”

입에 무언가가 들어 있는 모양인지 질겅거리는 발음이었다. 카린은 약간의 짜증 섞인 한숨을 내쉬었다.

“두 분, 너무 놀라지 마세요.”

대체 뭘 놀라지 말라는 걸까? 블랑슈도 의아한 눈초리였다. 조금 긴장해서 안으로 들어서니, 테이블에 앉아 있는 나디아의 모습이 보였다.

슬쩍 테이블 위를 보니 카린이 한숨을 쉰 이유를 알 것 같았다. 식사라고 하기에는 조금 특이해 보이는 음식이었다.

쟁반 위에는 사과, 서양배, 석류 등이 놓여 있었다. 뭐 과일이야 평범하지. 감자랑 호박은 살짝 애매했다. 왜냐면 아무런 조리도 가하지 않은 날것이기 때문이었다. 그러나 감자와 호박조차도 생고기 앞에서는 평범하게 보일 수밖에 없었다.

나디아가 생고기를 한 점 집어 바로 입에 넣었다. 그녀의 입가에 붉은 피가 선연히 묻어 있었다.

"나디아 님! 입가에 피 묻었어요! 피!"

"아, 이런. 자꾸 깜빡깜빡한다니까."

카린이 호통을 쳐도 나디아는 그저 태연했다. 그저 냅킨을 집어 슥슥 닦아 낼뿐. 그 모습은 공주라기보다는 전사의 모습에 가까워 보였다.

"나, 나디아 공주님, 그렇게 생으로 먹어도 괜찮아요? 배탈 나면 어떡해요. 의사를 부를까요?"

블랑슈가 어쩔 줄 몰라 하며 물었다. 그 걱정이 꽤 기쁜지 나디아가 씩 웃었다. 음, 입가에 아직 피 묻어 있는데.

"어차피 늘 생으로 먹는걸. 생선이면 더 좋았을 테지만."

"다음에는 생선을 구해오라고 명할게요. 근처 호수에서 잡을 수 있을 거예요."

"고마워, 아비게일. 늘 상냥하구나."

카린은 뜨악한 눈으로 나를 보고 있었다. 내가 놀라지 않은 것이 꽤나 신기한 모양이었다.

나도 처음에는 나디아의 식사 장면을 보고 놀랐다. 그녀는 주로 조리되지 않은 날 것 그대로의 재료를 선호했다.

"생고기를 먹는 것까진 그렇다 쳐도, 꼭 그렇게 손으로 드셔야 해요? 벌써 손이 더러워지셨잖아요."

카린이 툴툴대며 물에 적신 수건을 가져왔다. 잔소리하는 폼이 꽤 익숙했다.

"하지만 포크랑 나이프 쓰기 귀찮은걸."

"레이디라면 교양이 있으셔야죠!"

"아휴, 잔소리 그만해. 난 바다의 교양을 따를 뿐이야."

두 사람이 투닥거리는 걸 보니 왠지 모르게 웃음이 났다. 카린이 시녀로 들어온 지 얼마 안 됐는데 어느 틈에 이렇게 친해졌담.

"두 사람 사이가 좋아 보여서 기뻐요."

"네에?"

카린이 어이없다는 듯이 반문했다. 기분이 상했는지 얼굴을 조금 찌푸린 채였다. 나디아는 그런 카린에게 어깨동무를 하며 말했다.

"응, 우리 사이좋아."

"으윽……."

자신의 윗사람이다 보니 카린은 차마 부정하지 못했다. 얼굴에는 티가 다 났지만. 나디아가 못 본 척 고개를 틀었다.

"그나저나 아비게일, 이야기 나누러 온 거지?"

"네. 그리고 블랑슈도 함께 들어도 괜찮을까요?"

블랑슈는 오늘도 내 곁에 바짝 붙어 있었다. 평소에는 내 뒤에 숨어 있을 때가 많은데, 오늘은 나보다 한 발자국 앞에 나와 있는 상태였다.

"실례해도 될까요? 나디아 님."

마치 나를 보호하려는 듯한 느낌. 처음으로 출근한 아기 경찰견같이 듬직하고 뽀짝했다. 그 모습에 나디아가 쿡쿡 웃고는 블랑슈에게 다가왔다. 그녀의 눈꼬리가 헤엄치는 물고기 마냥 부드럽게 휘어졌다.

"물론 환영이야. 나 때문에 마음고생 많았지?"

그녀는 그렇게 말하며 조심스레 손을 내밀었다. 처음 만났을 때보다 살짝 햇볕에 그을린 상아색의 손이었다.

"더 이상 아비게일을 괴롭히지 않을 거니 안심해. 우린 그냥 친구로 지내기로 했어."

"친구요? 그냥 평범한 친구?"

"응. 진짜 그냥 평범한 친구."

친구라는 말에 블랑슈의 얼굴이 순식간에 풀렸다. 블랑슈, 경계가 너무 순식간에 해제되는 거 아니니?

방금 전까지 느껴지던 경찰견의 위상은 사라지고 없었다. 지금은 그저 순한 강아지에 불과할 뿐.

나디아는 그런 블랑슈의 반응이 퍽 기쁜 눈치였다. 카린이 노려보는 것도 아랑곳하지 않은 채, 그녀는 사근사근 말을 이어 갔다.

"그러니까 예전처럼 사이좋게 지낼 수 있을까? 블랑슈에게 미움받는 건 조금 슬퍼."

"……저도 사실은 나디아 님이랑 친하게 지내고 싶었어요."

예전에는 꽤 사이좋은 두 사람이었다. 나에게 구애를 하는 바람에 블랑슈의 경계를 사기 전까지는.

나디아는 항복 선언을 했고, 블랑슈는 너그럽게 그것을 받아들였다. 휴우, 잘 되었다.

다만 카린만은 여전히 뚱한 표정을 짓고 있었다. 그리고 나디아는 익숙하게 그것을 무시했다.

"그럼 이제 본론으로 들어갈까? 여기서 말하면 돼? 아니면 네 방으로 갈까?”

“여기서 해요. 준비물은 다 챙겨 왔어요.”

나는 챙겨온 스케치북과 연필을 꺼내 보였다. 카린이 내가 든 것을 기웃거리며 물었다.

“왕비님, 그건 뭐예요? 그림 그리시게요?”

“응. 오늘 인어들의 복식에 대해 이야기 듣기로 했거든.”

복식이라는 이야기에 카린의 눈이 반짝거렸다. 그리고는 나디아의 눈치를 보다가 쭈뼛거리며 물었다.

“……괜찮으시면 저도 들어도 돼요?”

“그래. 좋아. 아비게일은 어때? 괜찮지?”

나는 고개를 끄덕였다. 카린은 나디아의 시녀니까 인어에 대해 알아 두면 여러모로 도움이 되겠지.

우리는 소파에 마주 앉았다. 1인석에는 나디아가 앉은 채였다. 그녀는 팔짱을 낀 채 흐음, 하고 숨소리를 냈다.

“어디서부터 이야기하면 좋을까. 옷의 종류가 워낙 많아서야 말이지.”

하긴. 나도 누가 다짜고짜 ‘인간의 복식에 대해 알려 주세요!’라고 하면 막막할 것 같긴 하다. 성별, 계급, 직업에 따라 옷의 종류가 무궁무진하니까.

나는 잠시 고민하다 입을 열었다.

“지난번에 인어 문화에 바지가 없다 그랬잖아요, 그러면 남자들도 치마를 입나요?”

“응. 다들 치마 입어.”

그 말에 블랑슈와 카린은 눈이 동그래졌다. 제법 충격을 받은 것처럼 보였다. 아무래도 많이 놀랐겠지.

예상대로 카린이 말도 안 된다는 듯이 소리쳤다.

"어떻게 남자가 치마를 입어요?"

"왜 입으면 안 돼?"

"부끄러우니까요! 여자 같으니까 창피한 게 당연하잖아요. 치마는 여자를 위한 옷이고, 바지는 남자를 위한 옷인걸요."

나디아는 그 말에 얼굴을 찌푸렸다. 전혀 이해가 안 된다는 표정.

"너네 진짜 이상해. 여자 같은 건 창피한 거야?"

"아니, 그런 건 아닌데요……."

"애초에 우리는 바지를 입을 수도 없는 신체 구조라고."

"그건 맞지만……."

물고기에게 바지를 입히는 것은 불가능한 일이다. 그것을 알기에 카린은 곧 잠잠해졌다.

이걸 어떻게 해야 하나. 나디아도, 카린도 이해가 갔다. 나라도 치마 입은 남자를 보면 놀란 눈으로 바라볼 테니까. 하지만 역사를 살펴보면 남자들이 바지가 아닌 옷을 입는 경우는 쉽게 찾아볼 수 있었다.

고대 그리스 시대에 입었던 키톤, 히마티온, 토가 등만 봐도 그랬다. 꿰매지 않고 한 장의 천을 휘휘 감아 걸친 권의형 옷을 바지라 구분할 사람은 없을 것이다.

스코틀랜드의 전통 의상 킬트도 그렇다. 킬트는 누가 봐도 스커트지만 남자들이 입는걸.

"난 오히려 너네들이 더 이상해. 넌 꼬리가 있는 게 아니라 다리가 있잖아. 그런데 왜 너희는 바지를 안 입어?"

"그건, 여자 옷이 아니니까……."

"여자는 다리가 없다니? 아닌데? 있는데?"

"꺄악! 어딜 들추는 거예요!"

나디아가 카린의 치맛자락을 훌렁 들쳐 올리자, 카린이 펄펄 날뛰며 옷자락을 끌어 내렸다. 그 모습이 재밌는 듯 나디아가 킬킬거리며 더욱 치마를 들어 올렸다.

이제 슬슬 말려야겠다! 그때, 조그마한 누군가가 황급히 두 사람 사이로 끼어들었다. 블랑슈였다.

"두 분 다 그만 하세요!"

블랑슈의 외침에 두 사람이 동시에 굳어 버렸다. 블랑슈가 입술을 앙다문 채 두 사람을 바라보았다.

"카린 영애, 다른 이의 문화를 이해하기 힘든 건 알지만 그런 식으로 말하면 나디아 님이 슬플 거예요."

"거봐. 블랑슈도 이렇게 말하잖아!"

나디아가 의기양양한 태도로 나왔으나, 블랑슈는 이번에도 엄격한 목소리로 말했다.

"나디아 님도 이러시면 안 돼요. 카린 영애가 곤란해하시잖아요. 다른 사람의 옷을 강제로 들추면 얼마나 부끄럽겠어요."

"응? 그래 봐야 고작 다리……. 아니. 미안! 이제 안 그럴게."

블랑슈가 그렁그렁한 눈으로 바라보자 나디아는 재빠르게 사과를 건넸다. 카린은 치욕스러운 모양인지 여전히 얼굴이 붉어진 채 씩씩대고 있었다.

블랑슈가 그런 두 사람의 손을 꼭 잡고는 강제로 악수하게 했다. 그리고는 짐짓 단호한 어조로 말했다.

"둘 다 잘못했죠? 서로 사과하고 화해하세요."

"……미안."

"……죄송해요."

두 사람은 블랑슈를 이길 수 없었다. 일단 서로 표면적으로 화해는 했지만, 둘 다 표정이 좋지 않았다.

이걸 어쩌면 좋을까. 먼저 시비를 건 사람은 카린이지만 그 마음이 어느 정도는 이해가 됐다.

이 시대를 살아가는 카린으로서는 여자가 바지를 입고, 남자가 치마를 입는 게 이해가 가지 않겠지. 내가 살던 시대에도 여자라면 치마, 남자는 바지라는 인식이 있으니까.

이제는 많이 바뀌었지만, 내가 중 · 고등학교에 다닐 때만 해도 바지 교복을 입고 다니는 여학생은 거의 없었다.

여자 항공 승무원들도 치마를 입는 경우가 많다. 바지 유니폼을 신청하면 불이익을 받는 경우도 있다고 들었다.

남자가 치마를 입으면? 치마를 입고 출근을 하거나 등교를 하면 무수한 조롱을 받게 될 것이다.

내가 살던 시대조차도 그런데 카린으로서는 인어의 사고방식을 받아들이기 어려울 수밖에 없다.

카린도 지금 당장은 당혹스럽겠지. 하지만 조금씩 바뀔 수 있을 것이다. 나는 서먹해진 분위기를 풀기 위해 화제를 바꾸었다.

"그런데 나디아, 인어들은 옷을 어떻게 만드나요? 옷감을 만들려면 목화나 양털에서 채취해야 하는데, 바다에도 그런 게 있나요?"

나디아는 나를 힐끗 보고는 아무 일도 없었다는 듯 자연스럽게 말을 받았다.

"응. 바다에서 자라는 비단초가 있어. 거기서 얻은 실로 옷을 만들지."

호오, 그런 게 있었구나. 내가 살던 세계에는 없던 옷감이라 너무 궁금했다. 어떤 재질일까?

블랑슈도 분위기를 바꾸려는 듯 자연스럽게 대화에 참여했다. 그 아이가 궁금하다는 듯이 물었다.

"비단초로 만드는 실은 어떤가요? 그 실로 만드는 옷감은 어떤 느낌이에요?"

"탄성이 있고 가벼워. 너희 옷은 너무 무겁단 말이지."

"어떤 옷인지 너무 궁금해요!"

"그래? 카린도 궁금해?"

나디아가 카린에게 슬쩍 말을 붙였다. 카린은 몸을 반쯤 틀어 등이 보이는 상태였다.

제 이름이 불리자 작은 어깨가 흠칫 떨렸다. 카린이 슬쩍 고개를 돌아보고는 홱 원위치를 시켰다.

"뭐, 좀. 궁금하네요."

그 반응에 나디아가 소리 죽여 웃었다. 그녀는 기분이 풀린 듯, 내가 가져온 연필을 쥐며 말했다.

"알았어. 그럼 한 번 그려볼……."

나디아가 그림을 그리려던 그때, 방 한구석에서 '퐁'하고 물 튀기는 소리가 들렸다.

흠? 뭐지? 소리가 난 곳을 바라보니 그곳에는 작은 어항이 하나 있었다. 나디아가 벌떡 일어나 어항 쪽으로 다가갔다.

자세히 보니 그 안에 푸른 비늘을 가진 물고기가 있었다. 나디아가 뚫어지라고 그 물고기를 바라보다 입을 열었다.

"으음. 잘됐다. 옷 안 그려도 되겠어."

"왜요, 무슨 일이에요?"

"직접 볼 수 있을 테니까."

둥근 어항을 든 채, 나디아가 우리 쪽을 바라보았다. 그리고는 조금 멋쩍다는 듯이 말했다.

"아틀란시아에서 정식으로 사절단을 파견하겠대."

정식 파견? 사절단? 나디아가 아틀란시아로 전령을 보냈다고 이야기를 듣긴 했지만 얼떨떨했다. 카린도 놀란 얼굴로 나디아를 보고 있었다.

"사절단이 온다고요? 어떻게 아셨어요?"

"물고기가 전해 줬어."

물고기는 제 공적을 뽐내기라도 하듯 우아하게 헤엄쳤다. 카린은 여전히 믿기 힘들다는 눈초리였다.

"그러고 보니 그거 빈 어항이었잖아요. 물고기는 언제 넣어 두셨어요?"

"바다에 다녀온 거야."

"물고기가 날아다니기라도 해요?"

"고여 있는 물이라 하더라도 충분한 마력이 있으면 바다로 보낼 수 있어."

호오, 인어들은 저렇게 연락을 공유하는구나. 생각해 보면 우리처럼 편지를 보낼 수는 없겠지. 종이를 물속에 넣으면 어떻게 되는지 누구라도 알 것이다. 잉크는 순식간에 번지고, 종이는 죽처럼 흐물흐물해지겠지.

"그나저나 사절단 파견을 승인해 줄 줄 몰랐는데."

나디아가 입술을 삐쭉거리며 중얼거렸다. 어라, 왜 저런 반응인 걸까. 나는 나디아를 향해 물었다.

"나디아, 기쁘지 않나요? 인어들을 만나는 거잖아요."

"응? 기뻐. 기쁘긴 한데……."

그렇게 말하며 나디아는 어항을 내려놓았다. 어항 안에서 작은 물고기가 맴을 그리며 헤엄치고 있었다. 몸놀림이 좀 격렬한 것 같은데?

"나 지금 가출한 거잖아. 분명 마주치면 엄청 혼나겠지. 지금 보내온 물고기도 나한테 뭐라 하고 있어."

아하, 그런 이유에서였구나. 하긴 나 같아도 블랑슈가 가출한 뒤, 사절단을 보내달라고 하면 안도하는 동시에 화를 내겠지.

"솔직히 혼날 만해요. 목숨 걸고 적대 종족이 사는 곳으로 왔는데, 어떤 부모가 화를 안 내겠어요."

"으으윽, 아비게일마저 나를 비난한다."

나디아는 작살에 맞은 물고기처럼 괴로운 듯이 몸을 비틀었다. 미안하다, 나디아. 나도 자식 생기니 부모 마음이 이해가 되네.

"어쨌거나 잘 됐군요. 아틀란시아에서도 나디아의 안전을 확인했고, 우리나라에 방문도 해 준다니 말이에요. 언제 온대요?"

"으음. 한 달 뒤에 올 거래."

한 달이라. 그러면 손님을 맞이할 준비는 충분히 할 수 있겠구나. 블랑슈가 벌써부터 손님이 온 듯 잔뜩 들뜬 얼굴로 말했다.

"인어 분들이 오시는군요! 인어 분들은 뭘 좋아하시려나요. 뭘 선물로 준비하죠?"

"육지 물건 주면 좋아할 거야. 꽃이나 과일에는 환장하지. 바다에서 보기 힘든 거니까."

"그리고, 또 그리고요?"

블랑슈는 내가 가져온 종이에 나디아가 부르는 것들을 열심히 받아 적었다.

음. 아까는 한 달이면 충분히 준비할 수 있을 거라 생각했는데, 왠지 좀 불안해졌다. 인간 손님 맞이할 때보다 신경 쓸 게 많을 테니까. 숙소라든지, 식사라든지. 아틀란시아의 예의에 대해서도 배워야겠고.

그렇게 잠시 생각에 잠겨 있던 와중, 문득 카린이 입을 다물고 있는 게 보였다. 카린의 표정이 좋지 않았다. 인어들이 오는 게 달갑지 않나? 나는 슬쩍 그 옆으로 다가가 귀엣말을 했다.

"카린 영애. 혹시 무슨 일 있나요?"

내 물음에 카린이 흠칫 놀라 나를 돌아보았다. 나디아는 블랑슈와 이야기를 나누느라 정신이 없어 우리 쪽으로는 시선도 주지 않은 채였다.

카린은 뭔가 할 말이 있는 듯 쭈뼛대는 기색이었다. 남 앞에서는 못 할 이야기인가. 나는 손짓하여 카린을 부른 뒤 옆방으로 데려갔다. 그리고는 목소리를 낮춘 채 물었다.

"표정이 안 좋아요, 카린 영애. 왜 그런지 알려 줄 수 있나요?"

"……그게."

둘만 남게 되자 카린의 입이 간신히 열렸다. 그녀는 조금 초조해 보이는 얼굴이 되었다가 억지로 말을 꺼냈다.

"솔직히 좀 싫어서요."

"무엇이요?"

"인어들이 궁에 오는 게 싫고 무서워요."

의외의 대답이었다. 카린은 제 손가락만 만지작거리며 바닥을 내려다보고 있었다.

"인어가 싫은가요? 나디아와는 잘 지내는 것 같았는데……."

"그, 그게……. 나디아 님은 괜찮지만……. 맞아! 인어들은 마법에 능통하다고 하잖아요. 갑자기 우리를 공격하면 어떡해요."

으음. 그런 부분이 무서울 수도 있겠구나. 낯선 종족이다 보니 거부감이 있을 수밖에 없었다.

그리고 인어를 껄끄러워하는 사람이 카린뿐만은 아닐 것이다. 간혹 나디아를 못마땅한 눈으로 보는 이들을 목격할 수 있었다.

사절단이 올 때 사람들 반응이 어떠려나 걱정이 됐다.

그때, 밖에서 유쾌한 웃음소리가 들려왔다. 무슨 이야기를 들었는지 블랑슈와 나디아가 환히 웃고 있었다. 문득 참 묘한 광경이라고 생각했다. 종족이 다른 두 사람이 저렇게 친밀하게 이야기를 나누고 있다니. 나는 가만히 중얼거렸다.

"모두가 저렇게 웃을 수 있는 건 어려운 일이겠죠."

"네. 그렇겠죠."

"그래도 불가능하진 않을 거예요."

카린은 이해가 안 간다는 표정이었다. 여전히 두 사람의 웃음소리가 들려왔다.

"카린 영애는 처음 나디아를 만났을 때 싫고 무서웠나요?"

"네."

"지금도 그때만큼 나디아가 무서운가요?"

"그 정도는 아니지만……."

낯선 환경, 낯선 것, 낯선 사람을 만나면 긴장하고 두려워하는 건 당연한 일일 것이다. 나도 그런걸.

“저도 사절단이 조금 무서워요. 걱정도 되고요. 하지만 그들과 교류하고, 이야기를 나누고, 서로를 이해하다 보면 덜 무서워질 거예요.”

나는 가만히 카린의 손을 잡았다. 그녀가 불에라도 덴 듯 화들짝 놀라 나를 올려다보았다.

“저도 처음에는 카린 영애와 사이가 좋지 않았지만, 지금은 이렇게 변했잖아요.”

만약 카린과 대화하길 포기했다면 이렇게 함께 웃고 이야기하는 일은 불가능했겠지. 그 과정이 순탄하지만은 않았지만, 충분히 감수할 만한 가치가 있었다.

카린은 어떤 마음일까. 나와 같은 마음일까. 대답 없이 카린의 두 눈동자가 일렁거리는 것이 보였다. 울컥울컥 감정이 밀려 나오고 있었다. 울지 않는데도 눈물이 보이는 것 같았다.

“……왕비님은 진짜 나빠요. 왜 포기도 못 하게 만들어요?”

카린이 울음을 꾹 참으며 말했다. 그녀가 말하는 포기가 뭔지는 정확히 모르겠지만, 내가 실수를 했다는 것만은 명확히 알 수 있었다.

내가 괜한 말을 했다. 내가 카린과 적대 관계라는 것을 종종 잊곤 했다. 카린 입장에서는 내가 껄끄러울 텐데 우스운 말을 해 버렸다. 나는 손을 놓을까 망설이며 말했다.

“미안해요. 카린 영애랑 친해졌다고 생각해서 내가 괜히…….”

“그런 게 아니라……!”

무언가를 말하려던 카린이 입을 꾹 다물었다. 내가 나쁘다고 했으면서도 손을 놓지는 않았다. 그녀는 고개를 툭 떨군 채 작게 중얼거렸다.

"그렇게 상냥한 말 하시면, 어떻게 해야 할지 모르겠단 말이에요."

소금기가 배어 있는 목소리였다. 나는 그 말의 의미를 어렴풋하게 눈치챘다.

나랑 사이가 좋아지면 이 아이로서는 곤란해지겠지. 스토크 공작의 뜻을 거스를 수는 없으니까. 그동안 살펴보니 카린이 진심으로 세이블을 사모하는 것 같지는 않았다. 아마 공작의 사주였겠지.

나와 친해지면 이 아이로서는 더 괴로워질 것이다. 나는 뭐라 위로의 말을 전하는 대신 카린을 슬그머니 끌어안았다.

흠칫 떠는가 싶더니 곧 얌전해졌다. 이렇게 안아 주길 바란 사람처럼. 코르셋으로 조인 허리가 참 가늘었다.

에휴, 스토크 공작이 잘못했네. 왜 자기 딸을 장기 말로 쓰나. 카린에게도 카린의 삶이, 카린의 선택이 있을 텐데.

그렇게 카린을 달래던 중 인기척이 느껴져서 문가를 바라보았다. 어느새 나디아가 다가와 의심스러운 눈으로 우리를 바라보았다.

"아비게일, 바람피우는 거 아니지?"

"무슨 말이에요. 그냥 친구끼리 포옹하고 있는……."

"바람피우고 있는 거 맞아요."

카, 카린? 갑작스러운 말에 나는 당황할 수밖에 없었다. 카린이 벌떡 고개를 들고는 나디아를 노려보았다.

"바람피우는 중이니까 방해하지 말고 저리 가세요."

"와, 이 아가씨 대범한데?"

나디아가 짐짓 감탄한 어조로 말했다. 카린은 내 허리를 꽉 끌어안은 채, 나디아를 향해 눈으로 온갖 욕설을 퍼붓고 있었다.

농담이겠지만 블랑슈가 들으면 기겁할 것 같았다. 나디아가 씩 웃으며 우리를 와락 끌어안았다.

"치사해. 둘이서만 껴안고. 나도 끼워 줘!"

흠. 오히려 셋이 껴안으니 덜 걱정이 드는군. 블랑슈가 무슨 일인가 싶어 고개를 갸웃거리다가 우리 쪽으로 다가왔다.

"저도 끼워 주세요!"

블랑슈가 환히 웃으며 그 작은 팔을 벌려 우리를 껴안았다. 그 모습이 귀여워 나도 모르게 웃어 버리고 말았다. 나디아와 카린도 마찬가지였다.

이렇게 다 같이 웃음을 터트리는 게 그저 좋았다. 그러다 나디아가 문득 생각났다는 듯이 말했다.

"맞아. 나 세이블리안한테 가 봐야 해. 사절단 오는 거 이야기해야 하니까."

"아, 그렇네요."

"나 혼자 가면 푸대접 받을 테니 같이 가 줄래? 아비게일."

나는 고개를 끄덕였다. 인어 복식에 대해 더 듣고 싶었지만 사절단 방문만큼 급한 일은 아니었다.

그럼 가 볼까나. 그러나 나는 움직일 수 없었다. 나디아와 블랑슈는 포옹을 풀었지만, 카린은 여전히 나를 끌어안고 있었다. 나는 슬그머니 카린을 바라보며 말했다.

"카린 영애. 저 다녀올게요."

"……."

그녀는 나를 더 힘주어 끌어안더니 이내 놓아주었다. 그리고 조금 뾰로통한 얼굴이 되어 말했다.

"다녀오세요. 저는 블랑슈 공주님이랑 있을게요."

"네. 그러면 부탁할게요."

나는 두 사람을 남겨둔 채 세이블의 집무실로 향했다. 나디아는 품에 어항을 들고 있었다. 그녀가 나를 힐끗 보고는 휘파람을 불었다.

"세이블리안, 큰일 났네."

"네? 왜요? 물고기가 뭐라고 했어요?"

어항 속의 물이 걸음에 맞춰 가볍게 찰랑거리고 있었다. 물고기는 평화로웠다. 그녀가 장난스러운 눈으로 나를 바라보았다.

"아니, 사절단 관련 일은 아니고. 그냥 큰일이겠다 싶더라고. 세이블리안한테 적이 많아서."

"아무래도 왕이니까 그렇겠죠."

"흐응."

'흐응'이라는 짧은 단어는 어쩐지 다른 의미를 품고 있는 것 같았다. 과연 그럴까, 라고 말을 하는 것도 같았다.

하지만 내가 그 '흐응'의 의미를 알아내기 전, 우리는 집무실에 도착하였다. 세이블이 자리에서 일어나는 게 보였다.

"오셨습니까, 비비. ……그리고 나디아 양도 오셨군."

나를 보고 미소 지으려다 나디아의 존재에 황급히 얼굴을 굳혔다. 그의 얼굴에 봄과 겨울이 공존하는 것 같았다. 세이블이 나디아가 들고 있는 어항을 힐끗 보았다.

"그건 대체 뭐지?"

"아틀란시아에서 물고기가 도착했어. 한 달 뒤 사절단을 파견하겠다 하는데, 뭐라 답할까?"

"승낙하시오."

그는 망설임 없이 답했다. 나디아가 좀 의외라는 눈으로 바라보자 세이블은 무정한 시선으로 응답했다.

"왜 그런 눈으로 보는지 모르겠군."

"아니. 난 네가 거절할 줄 알았는데."

"그랬다면 애초에 전령을 보내지 말라고 했을 거요."

흐음. 나를 데려가면 푸대접을 좀 덜 받는다고 해서 온 건데, 효과가 있는 건지 모르겠다. 나디아는 주눅 들지 않은 채 입을 열었다.

"뭐, 좋아. 그러면 예정대로 오라고 할게."

내심 말려 주길 바란 눈치였다. 그녀가 낮은 협탁에 털썩 주저앉으며 말했다. 어항은 옆에 얌전히 내려놓은 채.

"솔직히 말하자면, 난 사절단이 올 거라 예상 못했어. 아틀란시아는 인간을 증오하니까."

"……그렇군요."

"내 생각엔 네르겐과 교류하기 위해서가 아니라 날 데려가려고 올 가능성이 더 커."

뭐? 안 돼! 두 종족이 교류하는 걸 얼마나 기대했는데. 그 와중에 나디아는 가소롭지도 않다는 듯 이를 드러내고 웃었다.

"물론 호락호락 끌려가진 않을 테지만. 난 반드시 두 나라가 교류하게 만들 거라고."

그 말을 듣자 불안함이 썰물처럼 쓸려가 버렸다. 정말이지, 나디아도 대단한 사람이라니까. 그녀가 나를 물끄러미 바라보며 물었다.

"혹시 싸우다가 궁전 좀 부숴도 봐줘야 해?"

음. 정말 대단한 사람이다. 대체 뭘 어떻게 싸우면 궁전이 부서지는 거지.

나디아는 쾌활하게 한 번 웃고는 세이블을 바라보았다. 그리고는 눈을 반짝이며 물었다.

"맞아. 그리고 사절단을 맞이할 준비는 누가 해? 담당자는 네가 정하는 거야?"

"담당자는 아직 정해지지 않았고, 내가 배정하오."

"그럼 나 추천하고 싶은 사람이 있는데."

나디아가 그렇게 말하며 가만히 나를 돌아보았다. 응? 왜 날 보지?

"아비게일이 그 일을 담당하게 해 줘."

"네?"

내가 준비를 맡았으면 좋겠다고? 나디아가 싱글싱글 웃으며 말을 이어 갔다.

"세이블리안, 너도 알지? 인간과 인어가 다르다는 거."

"알고 있소."

"인간들이 인어 사절단을 잘 맞이할 수 있을까? 내 생각엔 실패할 공산이 커."

"그래서?"

"솔직히 다른 인간들은 일을 망칠 거야. 내가 믿을 수 있는 건 아비게일 정도야. 이 왕궁에서 인어에 대해 제일 잘 아는 건 아비게일일걸?"

그녀의 목소리에는 강한 확신이 깃들어 있었다. 세이블 역시 그에 동의하는 듯 말을 막지 않았다.

"아비게일이 인어에게 우호적이기도 하고. 대신들 중에서 우리를 꺼려 하는 인간도 많지 않아?"

"그렇소."

세이블은 굳이 부정하지 않았다. 부정해 봐야 거짓말이라는 걸 금세 알아차렸을 것이다.

“그러니 아비게일이 이 일을 담당하게 해 줬으면 좋겠어. 어때?”

그렇게 말하는 걸 들으니 내가 적임자인 것 같기도 했다. 세이블이 건조한 목소리로 말했다.

“그 전에 중요한 게 빠지지 않았소?”

“응? 뭔데?”

“당사자의 의견.”

나디아가 어리둥절한 표정을 짓자, 세이블이 덤덤하게 말했다.

“나는 아비게일에게 명령을 내릴 수 없소. 아비게일의 선택을 따를 뿐.”

그리고는 슬쩍 고개를 틀어 나디아를 정면으로 응시하였다.

“나는 그녀의 주인이 아니니까.”

그 말에 나디아가 일순간 멍해졌다가 괘씸하다는 듯이 웃었다.

두 사람 사이에 범상치 않은 기류가 흘렀다. 나디아가 억지로 입꼬리를 비틀며 말했다.

“흐응, 그래. 네 말이 맞네. 아비게일, 미안해. 네 의사를 먼저 물어봐야 했는데.”

“아, 괜찮아요.”

“사절단 맞이를 맡아 줄래? 난 네게 부탁하고 싶어.”

그녀는 내게 머리를 숙였다. 붉은 머리카락이 가볍게 출렁였다.

이렇게까지 나를 믿어 주니, 내가 맡으면 좋겠지만……. 큰 행사를 준비하는 게 보통 일은 아닐 터였다. 초짜인 내가 해도 괜찮으려나. 만약 그랬다가 망치면…….

그런 생각을 하던 중 힐끗 세이블을 바라보았다. 그는 여전히 담담한 얼굴이었다. 불안 하나 없이 그저 믿음만이 느껴지는 시선.

"좋아요. 하고 싶어요."

방금 전 카린에게도 잘난 듯이 이야기하고 오는 길이다. 순탄치 않다고 해서 물러나면 카린을 볼 낯이 없다.

내 승낙에 나디아가 환히 웃었다. 이를 드러내고 웃는 그 명랑한 웃음이 좋아 나도 마주 웃었다.

"대신 나디아가 많이 도와줘야 해요. 전 인어에 대해 잘 모르니까요."

"그래, 알았어. 뭐든 물어봐. 아비게일이라면 분명 잘할 거야!"

아직 준비는 시작도 안 했는데 어쩐지 모든 게 잘 될 것 같은 낙관적인 기분이 들었다. 나디아에게 옮은 건지도 모르겠다.

그런 와중 세이블만은 들뜬 기색 없이 적요했다. 그의 입술에서 낮은 음성이 흘러나왔다.

"그럼 나디아 양, 자리를 비켜 주면 좋겠소만. 아비게일과 해야 할 이야기가 있어서."

"내가 있는 편이 더 도움 될 텐데?"

"둘이 할 이야기오."

완곡한 축객령에 나디아는 토라진 기색이 되었지만 곧 집무실을 떠나갔다.

나는 세이블을 힐끗 바라보았다. 그는 평소보다도 더욱 엄한 얼굴을 하고 있었다. 아무래도 공적으로 중요한 이야기를 나눠야 해서 그런가 보다.

"그럼 전하, 무엇을 논의할까요?"

일단 예산 책정부터 해야겠지? 그러나 세이블은 논의라는 말에 조금 놀란 눈이 되었다가, 이내 차분하게 가라앉았다. 그가 슬며시 시선을 피했다.

"사실 논의를 하려고 남아달라 부탁한 것은 아닙니다."

"네? 아까 해야 할 이야기가 있다고……."

"정무 외의 이야기를 나누고 싶었습니다. 비비와 단둘이 있고 싶기도 해서 그랬는데……."

그는 민망한 듯이 제 뺨을 매만졌다. 그리고는 나를 슬쩍 바라보았다.

"이런 것은 좀 곤란하실까요."

담비야, 제발 그렇게 귀엽게 바라보지 말아 줄래? 귀여울 거면 부디 예고라도 해 달라고!

얼굴이 확 달아올랐다. 예전에도 민망한 말을 잘하는 사람이었지만, 내게 고백한 뒤로는 더욱 거침이 없어졌다.

마치 우리에 갇혀 있던 표범이 뛰쳐나와 마음껏 달려가는 것처럼 보였다. 그럼에도 그 맹수는 다정하고 순종적이었다. 우리에서는 나왔지만 여전히 목줄을 매고, 그 끈을 내 손에 쥐여 주는 것 같았다.

"곤, 곤란하지는 않은데요……."

그의 얼굴을 마주하기 부끄러워 나도 모르게 고개를 틀었다. 태양 아래 알몸으로 노출된 기분이었다.

그의 앞에 내 마음이 고스란히 드러날 것 같았다. 그것을 가리고 싶으면서도 한편으로는 보여 주고 싶었다.

계절마다 피는 꽃 중 가장 고운 것을 골라 내밀 듯, 내 사랑을 당신에게 주고 싶었다. 그 사랑이 꽃처럼 아름다운지는 몰라도 내가 가진 것 중에서는 가장 찬란한 것이었다. 그것을 받는다면, 당신은 웃어 줄까. 최소한 지금은 웃고 있었다. 무척이나 기쁜 듯이.

"곤란하지 않으시다니 기쁩니다."

그는 살며시 내 손목을 잡았다. 꽃가지를 쥐듯, 혹여라도 꺾일까 조심스러운 손길이었다.

"……전하께서는 그런 말을 쑥스러워하지도 않고 잘하시네요."

"그렇게 보입니까?"

그가 가만히 나를 바라보다 조금 곤란하다는 표정이 되었다. 무언가를 고민하는 것처럼 보였다. 그러다 잠시 후, 세이블이 외투를 벗었다. 그리고는 천천히 목덜미의 단추를 끌러 내려갔다.

왜, 왜 벗는 거지? 뭘 하려는 거야? 아직 대낮이고 여긴 집무실이라고! 나는 어째서 옷을 벗는지 알 수 없어 그저 당황했다. 옷에 가려져 있던 목이 어느새 무방비하게 드러나 있었다.

"사실은 많이 쑥스럽고, 긴장하고 있습니다."

그는 천천히 내 손을 제 목덜미에 가져다 댔다. 손끝에 닿은 피부가 무척이나 뜨거웠다. 아니, 내 손이 긴장으로 차갑게 식은 걸까.

"……느껴지십니까?"

얇은 피부 아래에서 맥박이 거세게 뛰고 있었다. 전력 질주를 하는 사람처럼. 그 와중에도 세이블의 얼굴은 차분해, 이 맥박이 내 것처럼 느껴졌다.

대체 언제부터 이렇게 심장이 뛰고 있었을까? 그의 표정으로는 도저히 짐작이 되지 않았다.

"당신 앞에서 전 늘 이랬습니다."

나는 뭐라 말을 할 수 없었다. 사실 나도 그랬다고, 내 심장도 이렇게 뛰고 있었다 말하고 싶었으나 입이 떨어지지 않았다.

잘 길들인 맹수처럼 그는 내 손길을 받아들이고 있었다. 어쩐지 손끝이 간지러웠다.

"혹시 아직도 느껴지지 않으십니까."

그의 맥박을 느끼지 못해 내가 침묵하는 거라 생각하는 모양이었다. 세이블이 천천히 내 손을 잡아 아래로 내리 끌었다.

내 손이 그의 목을, 쇄골을 타고 내려가 가슴 위에 당도했다. 목과는 달리 맨살이 아니었다. 정말 다행이었다.

맨가슴이었다면 나는 분명 졸도해 버렸을 것이다. 얇은 실크 위로 그의 살과 피가 분명히 느껴졌다. 심장의 고동이 여실히 전해져 왔다. 그의 가슴을 짚고 있는 내 손이 덜덜 떨려 왔다.

"느껴지십니까?"

그가 가만히 나를 응시하며 물었다. 그의 가슴은 너무도 뜨거운데, 두 눈동자가 청량한 푸른색이라 나는 정신을 잃을 것만 같았다.

"느…… 껴져요."

나는 가까스로 말을 더듬었다. 이번에도 대답하지 않으면 정말 맨가슴을 보여 줄 것만 같았다.

내 대답을 들은 후에야 그는 가볍게 미소 짓고는 슬그머니 손을 놓아주었다. 화상이라도 입은 듯 손이 뜨거웠다.

이토록 부끄러워하면서도 표현을 아끼지 않다니. 내가 강요한 것은 아닐까. 나는 조심스레 말을 꺼냈다.

"무리해서 부끄러운 말씀 하실 필요 없어요."

"부끄러워도 해야 하는 말들입니다."

쑥스럽다는 말이 사실인 듯 어느새 세이블의 귓가가 붉어져 있었다. 화상 환자는 나만이 아닌 듯했다.

"이제까지 제가 했던 난폭한 언행에 대한 속죄입니다. 그게 아니더라도 늘 비비에게 제 마음을 이야기하고 싶었고요.”
그는 가만히 미소 지었다.
“언젠가는 당신도 저를 믿어 주실 수 있을까요?”
원망도 투정도 없이 그저 올곧은 말이었다. 미안하고 사랑스러웠다. 믿지 못하는 건 당신이 아니라 나 자신이었다.
내가 이런 사랑을 받을 만한 사람이라는 믿음이 없어서, 내가 상처받을게 두려워서 당신의 마음에 상흔을 내고 도망쳤다. 그럼에도 당신은 나를 따라왔다. 어디로 가든 함께 하겠다는 것처럼, 눈길 위에 핏자국을 뚝뚝 남긴 채로.
아플 텐데 왜 그리 웃고 있나. 바보같이. 나는 상처를 어루만지는 사람처럼 그의 앞머리를 조심스레 쓸어넘겼다.
그는 내가 만지기 쉽도록 책상에 걸터앉았다. 그리고는 가만히 눈을 감은 채, 내가 자신을 마음대로 다루게 내버려 두었다.
커다란 개나 고양이 같다. 한없이 그를 어루만지고 싶었지만 생각보다 빨리 손을 멈춰야 했다. 밖에서 밀러드의 목소리가 들려왔다.
“전하, 들어가도 되겠습니까?”
그 말을 들은 뒤에야 세이블의 눈꺼풀이 느릿하게 열렸다. 낮잠을 방해받은 맹수처럼 그는 낮게 중얼거렸다.
“불허한다.”
“전하.”
나는 다급히 속삭였다. 그가 눈동자만 가만히 굴려 나를 바라보았다.
“제가 시간을 너무 뺏는 것 같네요. 정무를 방해하고 싶진 않은걸요. 이만 가 볼게요.”
“……그러시겠습니까.”

아쉬움이 진하게 느껴졌으나 어쩔 수 없었다. 그의 훼방이 되고 싶지는 않았다. 나는 그를 달래듯이 웃었다.

"그리고 저도 준비해야 하니까요. 사절단을 맞이하려면 많이 공부하고 부지런히 움직여야지요."

그의 시선에 어딘가 모를 망설임이 묻어났다. 세이블이 잠시 머뭇거리다 말했다.

"솔직히 말하자면, 당신께 사절단 접대를 부탁드리고 싶지 않았습니다."

"저 때문에 나디아가 궁전을 부술까 봐요?"

그 말에 세이블은 간신히 웃었다. 그는 가볍게 고개를 젓고는 말을 이어 갔다. 맹수의 눈동자가 나를 응시했다.

"외부인에게 궁이 개방되는 시기는 여러 위험에 노출됩니다. 어떤 자들이 이 기회를 노릴지 모릅니다. 비비를 암살하려던 자도 잡히지 않았고."

"……."

"물론 두 번 다시 당신을 그런 위험에 노출 시키진 않을 것이니, 안심하십시오. 사실 그보다는 다른 것이 걱정됩니다."

"무엇이 걱정되시나요?"

"아틀란시아가 우리를 적대하는 만큼 간자를 심어 두거나 흉계를 꾸밀 가능성도 있습니다."

골자가 제법 흉흉한 이야기였다. 세이블이 걱정스러운 듯이 나를 바라보았다.

"당신께서 그들을 호의와 애정으로 대하는데, 상처로 되돌려 받을까 봐 걱정됩니다."

그의 말대로 나는 방금 전까지 오로지 평화로운 교류만을 생각하고 있었다. 인어와 인간이 적대 관계인데도.

내가 이 일을 너무 가볍게 생각한 모양이다. 세이블이 조심스레 내 손을 잡으며 말했다.

"그래서 당신에게 이 일을 맡기고 싶지 않았습니다."

"명령을 내리셔도 됐을 텐데요."

"저는 비비의 주인이 아니니까요."

그는 그렇게 말하고는 내 손을 제 뺨 위에 올렸다.

"당신이 나의 주인이시지요."

세이블은 가만히 눈을 감았다. 내가 어떤 선택을 해도 존중하겠다는 듯이.

아, 아까 뽀뽀해도 된다고 할걸. 후회가 막심했다. 세이블의 입과 볼, 이마 모든 곳에 입을 맞추고 싶었다.

나는 힘겹게 욕망을 억눌렀다. 어떻게 말이 이토록 고울까. 나는 가만히 그의 뺨을 쓰다듬었다.

"……그렇게 말해 주시니 정말 감사해요."

"당연한 것입니다. 혹 제가 괜히 겁을 드린 건 아닌지 걱정이 되는군요."

"조금 걱정이 되긴 해요. 제가 실수해서 두 나라의 외교를 망치는 것은 아닐까 두렵기도 하고. 하지만……."

예전에 블랑슈가 했던 말이 생각났다. 눈밭에서 그 아이는 왕이 되고 싶다고, 왕이 되어서 이 나라를 지키고 싶다고, 나와 세이블이 사는 이 나라를 보호하고 싶다 말했다.

"저는 제 손으로, 인어들이 당신의 왕국을 사랑하게 만들고 싶어요."

나는 인어와 인간이 화합하길 바랐다. 인어들이 인간들을, 이 나라를, 세이블의 나라를 사랑하게 하고 싶었다.

"이 땅에 사는 생명뿐 아니라, 저 바다의 모든 생명까지 당신을 사랑하게 되면 좋겠어요."

나는 이 세상이 당신을 사랑하게 만들고 싶었다. 누군가는 비웃을지도 모르는 이 맹랑한 이기심이 나의 사랑이었다.

그는 한참이나 말없이 나를 바라보았다. 그는 나의 허무맹랑한 말에 첨언을 하는 대신 희미하게 웃었다.

"정말이지 당신을 사랑하지 않을 수가 없군요."

네르겐에 아틀란시아의 물고기가 도착한 날, 그날은 반달이 떠올랐다. 오늘도 한 달 전과 꼭 닮은 달이 떠 있는 상태였다. 달은 여느 때와 같이 강을 비추고 있었다.

새벽의 강은 물소리 하나 없이 적막이었다. 사공도 모두 노를 놓고 집으로 돌아가 잠을 청할 시각이었다. 물 위를 유유자적 떠다니던 물새들도 보이지 않았다.

여름이었다면 좀 달랐을지도 모르지만 지금은 늦가을이었다. 강 주위의 나무들은 잎사귀를 떨군 채 그 앙상한 가지를 내보이고 있었다.

그러다 문득, 고요 사이에서 수면에 비친 달그림자가 사정없이 흔들리기 시작했다. 마치 물고기 떼가 몰려온 것처럼 수면에 물보라가 일고 있었다.

잠시 후, 물거품 사이로 사람의 형체가 나타났다. 주위를 지나가던 인간이 있었다면 물귀신이라며 혼비백산했을 터였다.

물에서 올라온 이들은 다리를 갖고 있었으나 귀와 목 부근을 보니 인어였다. 서늘한 날씨에도 불구하고 그들은 얇은 옷 한 겹만을 입고 있었다. 추운 기색은 조금도 없었다.

"역시 육지는 기분 나쁘군요."

한 인어가 그리 중얼거리자, 다른 인어들도 동의한다는 듯 가만히 고개를 끄덕였다. 그때 짐을 풀던 인어가 검은 로브를 꺼내 들었다. 그가 로브를 든 채, 한 인어에게 다가갔다.

"군힐드 왕녀님, 입으시지요."

군힐드라 불린 자는 인어들 중 가장 키가 크고 체구가 좋았다. 완력으로는 인어들 사이에서 당해낼 자가 없을 것처럼 보였다.

나디아와 마찬가지로 진한 붉은 머리가 인상적인 여자였다. 다만 그 머리카락이 사정없이 짧게 잘려 있을 뿐.

"고맙다, 파노."

군힐드는 익숙한 모습으로 옷 시중을 받으려 기다리고 있었다.

파노는 군힐드보다 키가 작았기에 옷을 입혀 주는 일은 꽤 어려워 보였으나, 큰 문제는 되지 않았다. 위로 조금만 헤엄쳐 올라가면 되니까.

하지만 뒤늦게 파노는 이곳이 육지임을 깨닫고 당황한 눈이 되었다. 군힐드도 그 사실을 눈치채고 로브를 받았다.

"위아래로 움직일 수 없다니, 역시 지상은 기분 나쁜 곳이군."

"송구합니다."

"됐다. 네 탓이 아니니. 여기가 네르겐 왕궁에서 가장 가까운 강인가?"

"네. 지금부터 걷기 시작하면 해가 뜰 무렵 궁에 도착할 겁니다."

인어들에게 보행은 익숙하지 않았지만 별도리가 없었다. 네르겐에서는 그들을 위해 동부로 마차를 보내겠다 했지만 거절했다.

인간의 운송 수단에 타고 싶지 않았다. '말'이라는 네발 달린 짐승이 끌고 가는 마차에 타야 한다니.

"그럼 얼른 떠나도록 하지."

희붐한 새벽 달빛 아래에서 군힐드는 한 자루의 대검처럼 홀연히 빛나고 있었다.

아니, 실제로 검이 빛나고 있었다. 그녀는 파도처럼 생긴 흉흉한 단검을 그러쥔 채, 증오와 복수심에 두 눈을 불태우고 있었다.

"인간의 왕을 죽이고 나디아를 구해내야 하니까."

결전의 날이 밝았다.

나는 한껏 심호흡을 한 채 거울을 바라보았다. 공들여 꾸민 아비게일의 얼굴이 나를 응원하듯 바라보고 있었다.

"드디어 사절단이 오는 날이네."

"응. 드디어 그날이야."

거울 너머에서 베리테의 목소리가 들려왔다. 베리테 역시 나만큼이나 긴장한 게 느껴졌다.

사절단 맞이를 준비하다 보니 어느새 한 달이 흘렀다. 한 달이면 충분한 시간이라 생각했는데 생각보다 준비할 게 많아 과로의 연속이었다.

나디아의 예상대로 준비에는 차질이 많았다. 산전수전을 겪은 대신들도 인어 사절단은 처음이었다.

어떤 대신은 사절단의 숙소로 거대한 수조를 마련해야 하는 게 아니냐 제안을 하고, 그에 동의하는 사람들이 있을 정도로 인간은 인어에 대해 몰랐다. 즉, 대응 매뉴얼을 새로 만들어야 한다는 것이었다. 솔직히 한 달 안에 준비를 끝낸 게 기적 같았다.

흑흑. 힘들었다. 사절단 돌려보낸 뒤에 무조건 쉴 거야!

어느새 베리테가 거울에 나타났다. 그는 측은하다는 듯이 말했다.

"고생 많았어. 네 덕분에 잘 될 거야."

"응. 잘 되면 좋겠다. 하지만 앞으로 더욱 만전을 기해야 해. 베리테, 네 역할이 커."

"걱정 마. 최선을 다할게."

이제까진 준비였고, 오늘부터가 본 무대였다. 세이블이 지적했던 것처럼 왕성이 개방되는 시기는 수많은 위험에 노출된다.

경비병의 수를 대폭 늘렸으나 완벽히 커버할 수는 없을 터였다. 그러나 그 빈틈을 베리테가 보완해 주기로 했다.

"궁전에 비치한 거울의 개수를 두 배로 늘렸는데, 괜찮아?"

"이 정도쯤이야 버틸 만해."

베리테는 대수롭지 않다는 듯이 말했지만, 솔직히 많이 힘들 것이다. 수백 개의 거울을 하루 종일 감시하는 게 보통 일인가? 본인은 잠도 안 자고, 밥도 먹지 않으니 괜찮다고 하지만…….

"그래도 무리는 하지 마. 호위 기사와 경비병들도 있으니까."

"나한테는 별것 아닌 일이야. 그나저나 블랑슈한테 호위 기사는 많이 붙여놨지?"

"응. 물론이지."

그 말에도 베리테는 여전히 걱정스러운 얼굴이었다. 머리를 벅벅 긁으며 작게 투덜대는 목소리가 들려왔다.

"내가 옆에서 직접 지켜 줄 수 있다면 좋을 텐데……."

호오, 이 기특한 녀석 봐라. 우리 애를 이렇게 신경 써주는 게 고맙지 않을 리가 없었다. 나는 히죽 웃으며 말했다.

"생각해 보니 신기하네."

"뭐가?"

"예전에는 내가 블랑슈 이야기를 많이 하고, 네가 들어주는 입장이었잖아. 이젠 반대가 되었구나 싶어서."

친구가 된 이후부터 베리테는 블랑슈에 대해 많은 것을 이야기하기 시작했다. 오늘은 둘이서 무슨 이야기를 했는지를 자랑스레 말하다가, 블랑슈가 선물로 준 꽃을 보여 주며 기쁜 듯이 웃고, 블랑슈가 뭘 좋아하고 싫어하는지 물어본다.

이렇게까지 친해질 줄은 몰랐는데 잘 됐다. 문득 베리테의 얼굴이 발갛게 달아오른 것이 보였다.

"내, 내가 블랑슈 이야기할 수도 있지. 친구인걸."

"아, 물론이지."

베리테는 민망해하면서 열심히 변명을 했다. 뭔가 반응이 좀 수상한데? 혹시, 이 녀석……?

그때 베리테가 황급히 거울 안쪽을 바라보았다.

"어, 왔어! 사절단이 온 거 같아!"

아마 사절단이 궁에 들어선 모양이었다. 후우, 긴장된다. 나는 주먹을 불끈 쥐고 방을 나섰다.

"그럼 나는 가 볼게, 베리테! 무슨 일 있으면 연락 줘!"

"알았어, 내가 잘 살펴보고 있을게!"

혹여라도 사절단이 기분 상할까 싶어 나는 황급히 알현실로 향했다.

알현실에는 이미 대신들이 모여 있었다. 세이블과 블랑슈까지 도착한 뒤, 손님이 당도했음을 알리는 나팔이 요란한 소리를 흘렸다.

"아틀란시아의 사절단이 도착하였습니다!"

그 목소리와 함께 문 너머에서 사절단이 우르르 들어왔다. 주위에서 있던 귀족들이 인어들을 보고 흠칫하는 것이 보였다.

나도 그들을 바라보며 짐짓 놀라고 있었다. 일단 네르겐의 의복과는 전혀 다른 의상이 눈에 띄었다. 특별한 장식이 없는 한 벌짜리 의상이었다. 굳이 따지자면 아오자이랑 닮았다고 해야 하나.

상반신 부분은 틈 없이 몸에 딱 붙어 있었고, 정강이까지 내려오는 긴 치맛자락은 너비가 넉넉하고 옆 부분이 조금 트여 있었다.

원단은 나디아가 말했던 것처럼 가볍고 탄성이 있어 보였다. 두께는 살짝 있어 보이네.

그리고 그 옷을 걸친 자들은 모두 하나같이 우락부락한 근육질의 몸매를 자랑하고 있었다. 그중에서 가장 강해 보이는 것은 붉은 머리의 여자였다.

나는 저렇게 커다란 사람을 본 적이 없었다. 키가 대략 2m는 되어 보였다. 로브로 가려져 몸이 잘 보이지는 않았지만, 그럼에도 근육질이라는 것은 잘 알 수 있었다.

"아틀란시아의 제1 왕녀, 루사르카 일 군힐드다."

왕녀? 그러면 나디아의 언니구나! 군힐드는 홀에 있는 모두의 시선을 사로잡았다.

그 위압감에 모두가 말을 잃고 있었다. 세이블 정도만이 담담한 시선을 유지하고 있었다. 그가 자리에서 일어나 군힐드를 맞이했다.
"네르겐의 국왕, 세이블리안 프리드킨이오. 먼 길 오느라 고생 많으셨소."
"그나저나 내 동생은 어디 있지?"
군힐드는 통성명이 끝나자마자 직설적으로 본론을 꺼냈다. 무례한 태도에 대신들이 술렁이는 와중, 나디아의 목소리가 들려왔다.
"어! 힐드 언니잖아? 언니가 올 줄은 몰랐는데."
그 목소리에 군힐드가 황급히 뒤를 돌아보았다. 나디아, 지각했네. 나디아를 보자마자 잔뜩 굳어 있던 군힐드의 얼굴이 바다에 빠진 각설탕처럼 순식간에 풀어졌다.
"나디아?"
그녀는 반가운 동시에 꽤 당황하는 기색이었다. 군힐드가 나디아를 덥석 잡더니 요리조리 살펴보았다.
"너, 저주는 풀린 거냐? 어떻게?"
"네르겐 쪽에서 도와줬어. 정확히 말하면 저쪽에 있는 은발의 예쁜 사람이."
그 말에 군힐드도, 다른 인어들도 당황한 기색이 역력했다. 이런 상황을 예측하지 못했단 듯이.
나디아가 총총걸음으로 다가와 덥석 내 손을 잡았다. 그리고는 이 분위기와는 어울리지 않는 유쾌한 어조로 말했다.
"이쪽은 아비게일 왕비님이야. 내 저주도 풀어 준 은인이지. 아비게일 아니었으면 노예 상인한테 팔려서 죽었을지도 몰라."
농담으로 하기에는 너무 살벌한 이야기였다. 군힐드는 머리가 지끈거린다는 듯, 잠시 콧잔등을 어루만지다가 고개를 숙였다.

"고맙군. 덕분에 나디아의 생명을 구했으니, 이만 집으로 데려가겠다."

"네?"

"가자. 나디아."

군힐드는 나디아의 허리를 번쩍 들어 제 어깨에 들춰 맸다. 마치 가벼운 포대 자루를 짊어지듯이.

"싫어! 난 안 돌아갈 거야! 놔 줘, 힐드 언니!"

"조용히 해. 기절시켜서 데려가기 전에."

아니, 오자마자 돌아간다고? 모두가 당황해서 군힐드를 바라보고 있었다.

당황한 궁의 사람들과 달리 사절단들은 그저 태연했다. 딱히 말릴 생각이 없어 보이는 걸 보니, 나디아의 예상대로 그녀를 데려가는 것이 목적인 것 같았다.

이걸 어쩌면 좋지? 이대로 가게 놔둘 수는 없었다. 나는 황급히 단상에서 내려가 군힐드의 앞을 가로막았다.

으아, 가까이서 보니까 진짜 크다. 군힐드는 싸늘한 눈으로 나를 내려다보고 있었다. 나에 대한 적의가 여실하게 느껴졌다.

인어가 인간을 싫어한다고 듣긴 했는데 직접 마주하니 소름이 오소소 돋았다. 하지만 물러설 수는 없었다.

"먼 길 오시느라 고생하셨을 텐데, 잠시 휴식이라도 취하시는 건 어떠신가요?"

무서워, 무서워! 그래도 보내면 안 돼! 나는 있는 힘껏 미소 지어 보였다. 군힐드가 흠칫하는 것이 보였다.

"얼굴이……."

"네?"

"아니, 아니다. 우리의 목적은 휴식이 아니라 나디아를 데려가는 것이니 이만 물러가겠어."

그녀에게서 풍기는 위압감에 나는 도망가고 싶었다. '아, 네! 편하게 데려가세요!' 그렇게 말하고 싶었지만…….

이 상황도 예상해뒀지. 나는 세이블을 바라보았다. 그는 고개를 끄덕이고는 내 옆에 나란히 섰다.

"나디아 왕녀는 데려갈 수 없소."

나디아는 의외라는 얼굴로 세이블을 바라보고 있었다. 그럴 수밖에. 세이블은 나디아를 싫어하니까. 그럼에도 세이블은 군힐드의 앞을 막아섰다.

"그녀는 우리 왕국의 손님이오. 이렇게 납치하듯 왕녀를 데려가는 것은 용납할 수 없소."

"납치?"

군힐드의 두 눈동자가 용암이 끓듯 일렁이는 것이 보였다. 그 기세에도 세이블은 아랑곳하지 않았다.

"나는 나디아의 언니다. 그런데 납치라고?"

"나디아 왕녀는 우리 왕국에 망명을 신청하였고, 우리는 그 요청을 받아들였소."

"……!"

"객을 보호하는 것은 우리의 의무요. 나디아 왕녀가 스스로 가겠다고 할 때까지 우리는 내줄 수 없소."

세이블의 입에서 잘 정돈된 거짓말이 흘러나왔다. 물론 나디아는 망명을 신청하지도 않았다. 그러나 그 거짓말을 군힐드가 간파할 수는 없었다. 나디아가 기세등등하게 외쳤다.

"맞아! 난 망명객이라고. 그리고 돌아가지 않을 거야."

군힐드의 짜증이 울컥울컥 밀려오는 것이 보였다. 사절단들도 조금 당황하는 눈치였다. 그때, 슬그머니 작은 인영이 다가왔다.

"저어, 안녕하세요."

블랑슈였다. 가뜩이나 조그마한 아이인데 군힐드의 앞에 서니 더욱 작아 보였다. 품에는 바구니를 든 채였다.

분기탱천하던 군힐드가 블랑슈를 보더니 기세가 조금 누그러졌다. 그녀가 살짝 인상을 찌푸렸다.

"넌 누구지?"

"저, 저는 블랑슈 프리드킨이라고 해요. 네르겐의 공주예요. 안녕하세요."

그렇게 말한 뒤 블랑슈는 예의 바르게 인사를 올렸다. 군힐드는 여전히 못마땅한 얼굴로 그 아이를 내려다보고 있었다.

"저기, 사절단분들을 위해 선물을 준비했거든요. 받아 주셨으면 해서……."

블랑슈는 바구니에 덮어둔 천을 슬그머니 걷어냈다. 그러자 꽃내음이 은은하게 밀려왔다.

거기에는 화관이 한 아름 담겨 있었다. 군힐드는 그것이 뭔지 의아해하는 기색이었다. 블랑슈가 슬그머니 화관을 내밀었다.

"이거, 머리에 쓰는 건데요……."

그렇게 말하며 군힐드의 머리를 올려다보았지만, 블랑슈의 키로서 화관을 씌워 주는 건 무리였다.

"뭐해, 언니! 고개 숙여 줘! 쟤 저거 만드느라 밤새웠어!"

나디아가 군힐드의 등을 철썩철썩 내리치며 말했다. 생화라 화관을 미리 만들어 둘 수 없기에, 하녀와 블랑슈가 온실에서 가져온 꽃을 밤늦게까지 어루만졌다. 하녀에게 시켜도 되지만 블랑슈는 직접 만들겠다며 열심이었다.

군힐드는 블랑슈를 바라보며 난처한 기색이 되었다. 종족은 달라도 어린아이를 보면 마음이 약해지기 마련인가 보다. 인어 왕녀는 길에 덩그러니 놓인 아기 고양이를 보는 듯한 얼굴이었다.

이걸 어떻게 해야 하나 망설이던 끝에 군힐드는 허리를 굽혔다. 블랑슈가 조심스레 그녀의 머리 위에 화관을 올려 주었다. 그리고는 봄처럼 환히 웃었다.

"우리 왕국에 방문해 주셔서 정말 감사합니다!"

"어, 어……. 반가워."

군힐드는 얼떨떨한 얼굴이 되어 제 머리에 쓴 화관을 만지작거리고 있었다. 방금 전의 경계심은 어느샌가 무장해제 되어 있었다.

후, 지상에 이어 바다까지 정복하다니. 블랑슈, 무서운 아이. 이것이 바로 귀여움이란 거다!

방금 전까지만 해도 성난 고래 같던 군힐드의 기세가 한풀 꺾였다. 선물로 받은 화관도 마음에 들어 하는 눈치였다. 나디아의 말대로 꽃을 좋아하나 보네. 블랑슈가 밝게 웃으며 화관을 들었다.

"다른 분들 것도 만들어 왔어요!"

블랑슈가 뒤편에 서 있는 사절단에게 다가갔다. 그들은 흠칫 뒷걸음질을 쳤으나, 왕녀가 화관을 받은 마당에 거절할 명분이 없었다.

어느새 인어들은 모두 화관을 쓰고 있었다. 머리 위가 알록달록해진 채로, 다들 생경한 표정이었다.

"아틀란시아의 손님들을 꼭 만나 뵙고 싶었어요. 이렇게 먼 길을 와 주셔서 정말 감사해요."

블랑슈는 고개를 꾸벅 숙였다. 그리고는 기도하듯 두 손을 꼬옥 쥔 채 애절한 눈빛으로 인어들을 바라보았다.

"사절단 여러분들에게 보여 드리고 싶은 것이 많아, 어마마마께서 열심히 준비하셨는데……. 조금만 머물렀다가 가시면 안 될까요?"

울망울망한 눈이 되어 블랑슈가 군힐드를 올려다보았다. 그녀가 순간 움찔하는 것이 보였다.

지상에서 가장 강한 자가 있다면 바로 블랑슈일 것이다. 저 눈빛 공격을 버텨낸 자는 이제껏 본 적이 없으니까.

그리고 군힐드 역시 마찬가지였다. 난처한 기색이 역력한 와중, 나디아는 계속 쫑알대는 중이었다.

"언니, 나도 아틀란시아로 돌아갈 마음은 있어. 며칠만 있다가 가자. 응? 언니도 피곤할 거 아냐."

나디아와 달리 군힐드는 그저 침묵뿐이었으나 그녀가 고뇌에 빠져 있다는 것을 눈치챌 수 있었다.

잠시 후, 군힐드는 투덜대며 나디아를 내려주었다. 얼굴에 불평이 가득했다. 그녀가 우리를 돌아보며 말했다.

"좋아. 하루 머무른 뒤, 나디아를 데리고 떠나지."

하루라는 말에 나디아는 아쉬운 안색이 되었고, 나도 비슷한 마음이었지만 일단 고개를 끄덕였다.

바로 돌아가지 않아서 다행이야! 이런저런 핑계를 대서 붙잡아 놓고 있으면, 며칠 더 연장할 수 있겠지.

나는 안도의 한숨을 내쉬며 블랑슈를 바라보았다. 와중에 블랑슈만은 순수하게 기뻐하며 손님들을 맞이하고 있었다.

사절단이 블랑슈를 앞에 두고 어쩔 줄 몰라 하는 게 보였다. 군힐드는 그런 블랑슈를 힐끗 보고는 성큼성큼 알현실을 나가 버렸다.

"나디아, 이 정신 나간 것! 대체 네가 무슨 짓을 한 건지 알기나 해?!"

"아파, 아파! 진짜 아파!"

철썩철썩 등짝을 내리치는 소리가 요란하게 울려 퍼졌다. 나디아가 악악 내지르는 비명 소리도 함께였다.

군힐드는 조금 전의 일을 앙갚음하려는 사람처럼 솥뚜껑 같은 손바닥으로 나디아의 등을 내리치고 있었다.

분명 나디아의 등이 벌건 손자국으로 도배됐을 터였다. 그럼에도 군힐드는 분이 풀리지 않았는지 버럭 소리를 질렀다.

"아파? 우리는 네가 납치되어 죽은 줄 알고 잠도 못 이루고 있었다!"

"메시지 남겨 두고 왔잖아아."

"그걸로 되겠냐!"

이대로라면 정말 맞아 죽을 것 같아, 나디아는 잽싸게 사절단 뒤로 숨었다. 사절단은 나디아를 보며 속으로 한숨을 내쉬었다. 이 철없는 왕녀님을 어찌해야 하나 속앓이를 하는 중이었다.

그도 그럴 것이 사절단은 목숨을 버릴 각오를 하고 이곳에 왔다. 그들은 나디아가 보낸 물고기를 받고, 그녀가 인질로 잡혀 있다고 오인했다. 사절단 파견 요청이 인간들의 함정이라 생각하면서도 그들은 육지로 향했다. 나디아가 인간들에게 학대받고 있을 것이 분명했다.

그러나 아무리 인어가 강인하고 마력이 있다 한들, 수백 명의 인간을 상대로 무사하리란 보장은 없었다. 그럼에도 나디아를 구하기 위해 왔다. 하지만 나디아는 바다에 있을 때보다 얼굴이 더 좋아진 것 같았다.

"나디아 님께서 무사하시니, 이만 용서해 주시지요. 다행히 험한 대접을 받지는 않으신 듯하니."

파노가 슬그머니 두 사람의 사이를 가로막았다. 그 말이 광명이라도 되는 듯 나디아가 환히 웃으며 말했다.

"파노! 역시 내 편은 파노뿐이……."

"처벌은 아틀란시아로 가서 하셔도 되니까요."

그 말에 나디아는 말을 뚝 끊었다. 배신감에 파노를 노려보았으나 그는 모르는 척했다.

군힐드는 팔짱을 낀 채 이글거리는 눈으로 나디아를 바라보다가 길게 숨을 내뱉었다. 안도와 해탈이 섞인 숨소리였다.

"그래. 무사하니 됐다."

드디어 등짝 폭행이 끝나는 모양이었다. 나디아가 언제 맞았냐는 듯 헤실 웃으며 말했다.

"그나저나 힐드 언니, 머리는 언제 자른 거야? 잘 어울린다."

그 태연한 목소리가 꺼져가는 화를 되살렸다. 군힐드가 다시 등짝을 갈기기 전, 파노가 황급히 끼어들었다.

"열쇠를 만드는 대가로 머리카락을 바치셨습니다."

"열쇠? 무슨 열쇠를 만든 거야?"

"나디아 님의 저주를 풀기 위해, 공주님과 왕자님들이 머리카락을 잘라 그것을 대가로 마검을 만드셨습니다."

그 말에 나디아의 얼굴에서 미소가 가셨다. 파노는 허리춤에 차고 있던 가방에서 무언가를 꺼내 보였다.

그것은 단검이었다. 칼집을 빼내자 흰빛의 해철(海鐵)이 귀기 어린 빛으로 일렁이고 있었다.

"이것으로 왕을 찌르고 그 피를 다리에 바르면 다시 인어로 돌아오실 수 있지만……."

파노가 나디아를 힐끗 보았다. 그녀의 귀 지느러미가 움찔거리고 있었다. 군힐드가 굵은 손가락으로 제 머리카락을 우악스럽게 매만졌다.

"젠장. 괜히 고생했잖아."

"……미안해, 언니. 그렇게까지 걱정할 줄은 몰랐어."

짧은 머리카락이 마치 붉은 산호처럼 보였다. 군힐드가 투덜거렸다.

"이제라도 알았으면 다행이다. 그러니 빨리 아틀란시아로 돌아가자."

"기왕 온 거 조금만 더 있다 가면 안 될까?"

나디아가 애원하는 투로 말하자 군힐드는 어처구니없다는 표정이 되었다. 그녀가 여동생의 어깨를 덥석 붙잡았다.

"나디아. 대체 언제까지 철이 없을 거냐. 이 위험한 곳에 대체 왜 있겠다는 거야."

"위험하지 않아. 그동안 나는 잘 보호받고, 잘 지냈어. 이 인간들은 모르카와 달라."

나디아가 단호하게 항변했다. 그러나 사절단의 반응은 냉정했고, 군힐드는 더욱 그랬다.

"다르다고? 고작 한두 달 같이 있었다고 그들을 믿나? 그들이 우리 종족을 어떻게 대하는지 너도 알잖아."

그녀는 목소리를 낮춘 채 윽박지르고 있었다. 그 낮은 목소리에는 증오와 적대감이 진하게 배어 있었다. 그것은 인어로서 가지는 감정이기도 했지만, 왕녀이기에 가진 증오이기도 했다.

인간은 인어의 영역을 침범하고 파괴했다. 먹고 살고자 어업을 하는 것까지는 이해하지만 정도가 심했다. 인간들, 특히 모르카에서는 영역을 침범하여 고래를 남획하고 있었다. 고래 뼈가 코르셋의 주된 재료이기 때문이었다.

뿐만인가. 인간들에 의해 고통받는 수많은 백성들을 보았다. 고작 진주를 갖고 싶어서, 노랫소리가 듣고 싶어서, 신기하다는 이유로 희생된 자들이 너무 많았다.

"너는 이 궁의 인간들이 다르다고 했지. 정말 달랐나? 우리를 바라보는 그들의 시선을 느끼지 못했어?"

알현실로 향하는 길에 마주친 수많은 눈동자에는 경멸 혹은 호기심이 어려 있었다. 마치 서커스단에 팔려온 짐승을 보는 듯한 시선.

나디아는 잠시 말을 삼켰다. 그녀 역시 왕궁에 머무르는 동안 무수한 모욕을 경험했다.

나디아의 침묵에 군힐드는 깊게 한숨을 내쉬었다. 언제나 바다 너머의 땅과 사랑을 꿈꾸는 여동생이 답답하고 걱정됐다.

"나는 이 구역질 나는 곳에 단 한 순간도 있고 싶지 않아. 바다가 그립지 않아? 이토록 부자유한 곳에 어째서 그리 집착……."

"블랑슈가 준 화관, 예뻤지?"

그 말에 군힐드가 말을 멈췄다. 나디아는 방 한구석에 놓아둔 화관을 가져왔다. 고운 꽃들이 아직까지도 싱싱했다.

"겨울이 올 무렵에는 지상에도 꽃이 피지 않는대. 그런데 그걸 가까스로 키워내서, 그 어린 공주님이 밤새도록 이걸 만들었어."

그 말에 군힐드는 블랑슈를 떠올렸다. 인간이라면 모두 끔찍하지만, 이상하게도 블랑슈를 볼 때는 기분이 누그러졌다.

너무 어리고, 작고, 약해서 마음을 놓은 것일까. 아니면 그 아이의 시선이 다른 인간들과는 사뭇 달라서였을까.

"물론 인간들이 미워. 그들이 우리에게 한 짓을 용서할 수 없어. 하지만……."

그녀가 들고 있던 화관을 내밀었다. 군힐드에게는 아찔할 정도로 향긋한 꽃내음이었다. 나디아가 똑바른 시선으로 군힐드를 응시했다.

"우리를 이해하려는 인간들이 있어. 그러니 그들에게 이해할 기회를 주면 안 될까? 딱 한 번만."

이해라는 것은 오만한 단어라고 군힐드는 반박하고 싶었다. 마력조차 다루지 못하고 머릿수만 많은 저 저열한 종족이 어떻게 자신들을 이해할 수 있겠나. 하지만 그리 말하기에는 동생의 시선이 너무 또렷했다. 어이가 없을 정도로.

나디아는 목숨을 걸고 인간을 사랑했고, 지금 이 순간도 목숨을 걸고 이야기하고 있다. 목숨을 건 말을 그리 쉬이 흘려보낼 수는 없었다. 대체 무엇이 이 아이를 이토록 홀렸는지 궁금할 노릇이었다.

"딱 한 번만 그들과 대화를 나누는 자리를 가져 줘, 언니."

"……."

대답은 돌아오지 않았다. 그러나 여전히 나디아는 물러설 기색이 없었다. 한참이 지난 뒤에야 군힐드는 입을 열었다.

"……좋다."

허락의 말에 파노를 비롯한 사절단들이 놀란 기색이 되었다. 그 엄한 군힐드 왕녀가 허락하리라 예상치 못한 탓이었다.

"대신 조건이 있다."

"조건?"

"우리랑 함께 아틀란시아로 돌아간 뒤, 두 번 다시 지상으로 가지 않을 것."

"뭐?"

"우리가 데려가도 너는 또 도망치겠지. 더 이상 지상으로 가지 않겠다고 맹세해라. 그렇다면 네 부탁을 들어주겠다."

이번에는 나디아가 입을 다물었다. 늘 쾌활하고 긍정적인 인어공주의 얼굴이 동요로 굳어 있었다.

지상을 포기하라. 그것은 그녀의 꿈을 포기하라는 말이기도 했다. 백성들에게 더 많은 경험을 시켜주겠다는 그녀의 꿈을.

군힐드도 그것을 알고 있었다. 그럼에도 포기하라 협박하고 있었다. 동생의 목숨이 걸린 일인 만큼 군힐드도 양보할 수 없었다.

"……알겠어."

나디아가 가까스로 입을 열었으나 목소리는 잠겨 있었다. 그녀가 주먹을 꽉 쥔 채 말을 이어 갔다.

"회담이 끝나면 언니를 따라 돌아갈게."

"그래. 가족들도 기뻐할 거다."

군힐드는 나디아를 강하게 끌어안았다. 언니가 너무 기뻐 보여 나디아는 원망조차 할 수 없었다.

오랜만에 안긴 동족의 품에서 나디아는 인간들을 생각했다. 자신이 돌아간다 하면 세이블리안은 기뻐할 것이다. 블랑슈는 서운해할까. 아비게일 당신은 슬퍼할까. 슬퍼해 주면 좋겠다.

언젠가 바다와 땅이 만나게 되는 날이 올까? 그렇다면 나는 당신을 다시 만날 수 있을까.

"사절단이 더 머무른다니, 정말 잘된 일이에요."

나는 침실의 작은 테이블 앞에 앉은 채 말했다. 사절단이 내일 떠난다는 사실에 잠도 못 이루고 있었는데, 나디아가 와서 낭보를 알렸다. 그때 나디아의 표정이 좀 우울해 보였던 게 걸리지만……. 군힐드 왕녀에게 많이 혼난 모양이다.

"예. 정말 다행입니다. 당신께서 준비를 많이 하셨는데 말이죠."

세이블이 찻잔 두 개를 들고 오며 말했다. 따뜻한 캐모마일 차에서는 좋은 향이 풍겼다.

"잘 마실게요."

"뜨거우니 조심하십시오."

흰 김이 기분 좋게 피어오르고 있었다. 식히려고 후, 후 입김을 불고 있는데 문득 시선이 느껴졌다. 세이블이 나를 가만히 보고 있었다.

"왜 그렇게 보세요?"

"비비가 귀여워서요."

흐악! 놀라서 차를 쏟을 뻔했다. 정말 미치겠다. 방심할 때마다 훅훅 치고 들어오는 게 어딨어!

"뭐, 뭐가 귀여워요? 하나도 안 귀여운데."

"입김을 불어서 식히는 게 귀엽습니다."

"참나. 제가 하품해도 귀엽다고 하시겠네요."

"잘 아시는군요."

그는 태연하게 답하며 그제야 차를 입으로 가져갔다. 이 사람, 현대에서 태어났으면 운전면허 못 땄을 거야. 자꾸 깜빡이도 안 켜고 들어오네!

나는 괜히 못 들은 척을 하며 차를 벌컥 마셨다. 뜨거운 캐모마일에 입안이 얼얼했다. 세이블이 놀란 눈이 되어 말했다.

"뜨겁습니다. 조심해서 드십시오."

"저 뜨거운 거 잘 먹어요."

"아까는 분명 입김을……."

"일단 회담은 일정대로 진행하면 되겠네요."

나는 황급히 말을 돌렸다. 세이블은 침묵하다가, 내가 꺼낸 화제에 얌전히 따라와 주었다.

"예. 내일 만찬회가 있으니, 그 자리에서 이야기를 나누면 될 것 같습니다."

"대신들의 반응은 어때요?"

"제 앞에서는 기뻐하는 시늉을 하고 있지만……."

그 말에 나는 가볍게 한숨을 내쉬었다. 대신들의 겉과 속이 같으면 참 좋겠지만 정치판에 오래 몸을 담근 이들이 그럴 리 없었다.

내가 믿는 것은 거울뿐이었다. 나는 베리테를 통해 왕궁 내의 분위기를 살폈다. 겉으로는 인어들을 환영했지만, 그 뒤에서 들려오는 말들은 너무도 끔찍했다. 제삼자인 나조차도 인간들이 싫어질 정도였다.

[인어들의 다리 사이에는 뭐가 달려 있을까?]

[자네는 물고기에게도 욕정을 하나?]

[사내들도 치마를 입더군. 그 안에 뭐가 있을지 보고 싶은데.]

[게다가 그 왕녀, 여자 맞나? 나는 웬 곰이 들어오는 줄 알았다니까.]

지나가는 사절단을 보고 비웃는 자들도 보였다. 마음 같아서는 그들을 모두 잡아 매질하고 싶었다.

"사절단을 모욕한 자들에게는 벌을 내리겠습니다."

세이블도 베리테를 통해 그 장면을 함께 보고 들었다. 나는 고개를 끄덕이고 입을 열었다.

"일단 법이 생겨나면 어느 정도는 인어들을 보호할 수 있겠죠. 하지만 그것만으로 인어들의 마음을 돌릴 수 있을지 걱정이에요."

인간들이 그토록 경멸의 시선을 보내는 걸 인어들이 과연 모를까? 그리고 그걸 알고 있으면서도, 과연 우리에게 협조를 해 줄까.

시간이 좀 있다면 천천히 바꿔 나가겠지만 우리에게 주어진 것은 단 하루뿐이었다.

미리 준비해 둔 방법이 있긴 하지만……. 그걸로는 좀 부족할 것 같고. 어떻게 하면 인어들의 마음을 얻을 수 있을까. 나는 거울 속에서 들은 사람들의 말을 곰곰이 곱씹었다. 그러다 문득 어떤 아이디어가 떠올랐다.

"전하, 저한테 계획이 하나 떠올랐는데요……."

"예. 무엇입니까?"

나는 쉬이 말을 꺼낼 수 없었다. 괜찮은 생각 같았지만, 세이블이 달가워하지 않을 것 같았다.

그래도 내가 아는 세이블이라면 반대를 할지언정 화를 내지는 않을 것 같았다. 나는 망설이다 귓속말을 했다.

이야기를 다 들은 뒤, 그는 내 예상대로 퍽 놀란 모양새였다. 괜히 말한 걸까. 나는 눈치를 보다 말했다.

"역시 무리시겠죠?"

"아뇨. 괜찮은 발상 같군요."

진짜? 정말로? 안 된다고 단언할 것 같았는데. 세이블은 정말 그 아이디어가 마음에 드는 것처럼 보였다.

"시간이 부족하지는 않을까 걱정이군요. 서두르죠."

그의 적극적인 태도에 얼떨떨해졌다가 마음을 다잡았다. 세이블의 말대로 만찬 시간까지는 얼마 남지 않았다.

빠듯하게 준비하면 어찌어찌 될 것도 같다! 나는 세이블을 향해 고개를 끄덕이곤 자리에서 일어섰다.

군힐드 왕녀가 나디아를 데리고 곧장 귀환하겠다 했을 때, 대신들의 반응은 크게 두 가지로 갈렸다. 반대파는 환호성을 질렀고, 찬성파는 아쉬움을 금치 못했다. 그리고 드물게 두 반응을 모두 보인 이가 있었는데, 바로 스토크 공작이었다.

"빌어먹을 물고기 놈들. 산통 깨려고 아주 환장을 했군!"

그는 인어들이 싫었다. 스토크 공작의 눈에 비친 인어들은 그저 기괴하고 우스꽝스러운 생명체였다.

그들이 빨리 퇴궐해 주는 것은 기쁜 일이었으나, 아비게일을 데리고 가야 했다. 그녀를 데리고 가지 않을까 싶어 스토크 공작은 초조했다.

"그들이 꼭 아비게일 왕비를 데려가야 할 텐데."

스토크 공작은 뒷짐을 진 채 방 안을 거닐며 그 말만 중얼거리고 있었다. 카린은 그런 아버지를 얌전히 바라보고 있을 뿐이었다.

"카린, 너도 좋은 생각 좀 내 봐라."

"네, 아버지."

말은 그리 했지만 카린으로서는 잘된 일이었다. 나디아가 이대로 아틀란시아로 돌아가게 되면 연적이 하나 줄어드는 셈이니까. 그러니 이 일에 개입할 생각은 없었다. 오히려 나디아가 돌아간다는 생각에 기분이 날아갈 것만 같았다.

"일단 너는 나디아 왕녀에게 꼭 붙어 있어라. 그녀가 아비게일 왕비를 포기하지 못하도록 옆에서 바람이라도 불어 넣어."

"네, 아버지."

"그래. 그럼 이만 왕녀에게 가 봐라."

카린은 자기만 믿으라는 듯 생긋 웃고는 스토크 공작의 개인실을 떠났다. 나오는 와중에도 깊은 한숨 소리가 들려왔다.

'드디어 돌아가는구나. 정말 잘 됐어.'

나디아가 간다는 소식에 노래라도 부르며 궁을 뛰어다니고 싶었다. 당장 돌아갈 것처럼 굴더니 하루를 더 머물게 된 것은 아쉬웠지만. 그 정도야 참아줄 수 있었다.

콧노래를 참으며 나디아의 방으로 향했다. 가볍게 노크를 하는 손동작이 경쾌했다.

"나디아 님. 카린이에요."

"응. 들어와."

내심 나디아가 없을 줄 알았는데 어느 틈엔가 돌아와 있었다. 안으로 들어가니 나디아가 소파에 시체처럼 늘어져 있었다.

이토록 기운이 없어 보이는 나디아는 처음이라 카린은 깜짝 놀랐다. 언제나 뻔뻔하고 활기찬 여자이기에 더욱 그랬다.

"카린, 나 이제 아틀란시아로 돌아가야 해."

그 울적한 목소리에도 카린은 담담했다. 그녀는 어항 속의 물고기를 들여다보며 말했다.

"가족의 곁으로 돌아가시는 거니, 잘된 일이지요."

"……."

나디아는 대답하지 않았다. 그저 웃을 뿐. 그러다 불현듯 물었다.

"카린은 내가 돌아가서 좋지?"

"네? 그게 무슨 말씀이세요."

"너도 아비게일을 좋아하니까."

대수롭지 않게 던진 말이었으나, 카린은 바늘에 걸린 물고기처럼 놀라 나디아를 돌아보았다. 그 누구도 알아채지 못한 연심이었다. 그런데 어떻게 나디아가? 카린이 억지로 입을 벌렸다.

"저 왕비님 안 좋아하는데요."

"좋아하잖아."

"안 좋아해요."

"그럼 내가 아비게일 확 납치해서 가 버린다?"

그 말에 카린의 얼굴이 새하얗게 질렸다. 정말로 아비게일을 납치해 갈까 봐 경악한 탓이었다.

솔직한 반응이 귀여워 나디아는 소리 내서 웃었다. 어쩐지 놀림당한 기분이 된 카린이 볼멘소리를 했다.

"어차피 납치도 못 하잖아요."

"응. 그렇지. 그렇게 할 수 있으면 좋으련만……."

나디아의 목소리에는 짙은 아쉬움이 배어 있었다. 카린은 괜히 머리카락을 매만졌다.

'나디아 왕녀가 떠난다고 내가 너무 신나 했나.'

슬퍼하는 척이라도 할 걸 그랬나, 마음이 약해졌다. 그래도 한 달 넘게 같이 지낸 사이인데.

'아냐. 마음 쓸 필요 없어. 어차피 내 연적인걸.'

아비게일이 아틀란시아로 떠나는 상상을 하며 얼마나 전전긍긍했던가. 카린은 마음을 다잡고 말했다.

"얼마나 좋아요. 가족들이랑 같이 지낼 수 있잖아요. 나디아 님도 지상은 건조하고, 헤엄도 못 친다고 싫어하셨잖아요. 그러니까 돌……."

재잘재잘 떠들던 카린이 나디아를 보고 말을 뚝 끊었다. 그녀가 놀란 눈으로 나디아를 바라보았다.

나디아는 울고 있었다. 소리는 없었다. 눈가에 맺힌 눈물이 뺨을 타고 흘러내리는가 싶더니 이내 희고 말간 진주로 변했다.

치마에 진주가 소복하게 쌓여갔다. 그녀의 눈에서는 계속해서 눈물이 흘러내리는 중이었다. 이 방을 진주로 다 채우려는 것 마냥.

'우는 거야? 나디아가?'

카린은 그 사실에 충격을 받고 있었다. 그러다 저도 모르게 그녀에게 다가갔다.

"우, 울지 마세요."

나디아가 너무 서러워 보였기 때문이었다. 그토록 강한 사람이 홀로 떨어진 어린아이처럼 울고 있었다.

"카린도 내가 갔으면 좋겠잖아."

"아니에요. 그렇지 않아요. 그러니 울지 마세요."

방금 전까지는 그녀가 돌아가길 간절히 바랐지만 이런 얼굴로 돌아가길 원하는 건 아니었다. 손수건을 꺼내 눈물을 닦아 주려 했다. 하지만 이미 눈물은 진주가 된 참이었다.

나디아가 그 모습을 보고는 풋 소리를 내며 웃어 버렸다. 그리곤 평소대로 소리 높여 웃었다.

"아하하, 너 진짜 바보 같아. 그걸로 어떻게 닦으려고?"

카린도 제 실수에 당황한 눈치였다. 화 때문인지 부끄러움 때문인지 얼굴이 빨개져서 홱 몸을 틀었다.

"그래요. 저 바보예요."

"내 눈물이 탐나지는 않아?"

나디아는 진주를 한 움큼 쥐고 자리에서 일어났다. 나머지 진주들은 치마에서 와르르 쏟아져 내려 사방으로 굴러갔다.

"너 줄까?"

나디아가 손에 쥔 진주를 내밀자, 카린은 그것을 힐끗 내려보았다. 저토록 많은 진주를 보는 것은 처음이었다.

아름다웠다. 저것으로 귀걸이와 목걸이를 만들면 얼마나 많은 영애들이 부러워할까.

욕심이 슬그머니 머리를 들었으나, 카린은 퉁명스럽게 말했다.

"필요 없어요."

"왜? 이거 비싸잖아."

"슬픔의 증거를 탐낼 만큼 나는 천박하지 않아요."

나디아는 그 말을 예상하지 못한 것인지, 조금 얼이 빠져 있었다.

그녀가 피식 웃으며 말했다.

"난 네 연적이잖아. 그런데도?"

연적이라는 단어에 카린은 당황했다. 나디아의 말대로 두 사람은 적대 관계였다.

그런데도 왜 나디아를 달래고 싶었을까? 제 마음을 더듬어 보던 중, 카린은 아비게일을 떠올렸다. 피에 젖은 드레스에 어쩔 줄 몰라 하며 울고 있던 자신을 찾아와준 아비게일.

그때, 아비게일이 했던 말이 아직까지도 생생했다. 그녀가 내밀던 손의 온기가 화상 자국처럼 또렷했다.

[같은 여자로서 영애가 얼마나 곤란하고 부끄러웠을지 아니까. 그래서 도왔어요.]

[저는 스토크 공작의 딸이에요. 그런데도요?]

[당신이 누구의 딸이든 상관없이, 난 당신을 도왔을 거예요.]

아비게일이 같은 고통을 겪어봤기에 카린을 이해한다고 했던 것처럼, 카린도 나디아의 마음을 이해했다. 지금 나디아가 얼마나 서럽고 속상할지. 그 실연의 아픔이 얼마나 클지.

그제야 어째서 자신이 나디아를 달래고 싶어졌는지 이해할 수 있었다.

"네 연적인데도 나를 위로해 주는 거야?"

"네."

카린은 나디아를 향해 손수건을 내밀었다. 그리고는 자신에게 구원이 되었던 말을 나디아에게 전해 주었다.

"[당신의 고통이 무엇인지 이해할 수 있으니까요.]"

나디아는 놀란 눈으로 카린을 응시하고 있었다. 카린은 어째서인지 아비게일이 함께 있는 것 같은 느낌을 받았다.

"당신의 고통이 무엇인지 아니까. 그러니까 울지 않았으면 했어요."

참 이상한 일이라고 카린은 생각했다. 예전이었다면 절대 이런 식으로 이야기하지는 않았을 텐데.

자신도 모르게 아비게일의 말이 흘러나왔다. 아비게일이 건네준 과실은 카린의 마음속에 묻혀 뿌리를 뻗고, 싹을 틔우고, 나무가 되어 똑같은 열매를 맺게 되었다.

그리고 그 열매를 다시 타인에게 돌려주게 되었다. 황야였던 카린의 마음속에 어느새 나무가 자라기 시작했다.

나디아는 아무런 말도 하지 못했다. 놀라움에 그저 굳어 버린 얼굴. 카린은 아마 그때의 자신도 저런 얼굴을 하고 있으리라 생각했다.

"……고마워."

한참이나 울던 나디아가 그제야 미소 지었다. 햇빛을 잔뜩 머금은 바다처럼 반짝반짝 빛나고 있었다. 그녀가 너무도 행복하게 웃으며 카린을 와락 끌어안았다.

"뭐, 뭐예요?"

"역시 난 인간들이 좋아."

카린은 갑작스러운 포옹에 놀라 나디아를 밀쳐내려다가 그만두었다. 그리곤 여전히 툴툴대는 목소리로 말했다.

"물론 그렇다고 해서 나디아 님을 응원하는 건 아니에요."

"응, 응. 그럼 우리 라이벌이네?"

그렇게 말하며 나디아가 히죽 웃었다. 카린은 조금 어이가 없어졌다. 그녀가 나디아를 힘주어 밀어냈다.

"어휴! 좀 놔요! 답답해 죽겠네!"

"알았어, 알았어."

밀려나는 와중에도 나디아는 웃는 얼굴이었다. 저 얼굴을 보니 뒤늦게 아버지가 떠올랐다. 자신이 나디아를 도왔다는 걸 아버지가 알게 되면, 분명 혼이 날 테지.

'하지만 나디아 왕녀가 말할 일도 없을 테니 상관없나.'

연적을 괜히 도왔다는 작은 후회는 있었으나 왠지 모르게 뿌듯했다. 카린은 흥 소리를 내고는 자리를 떴다.

왕궁의 아침은 여느 때보다도 분주했다. 사절단과의 만찬회가 있는 날이었기에 모두가 이른 새벽부터 바삐 움직이고 있었다.

노마와 클라라도 정신이 없는 참이었다. 오늘 아비게일이 입을 옷과 장식을 점검하는 한편, 자신들의 복장도 꼼꼼히 살피고 있었다.

"노마 님. 저 괜찮아요? 어때요?"

클라라가 노마 앞에서 차렷 자세를 취했다. 연한 하늘빛이 도는 엠파이어 드레스에, 푸른 계통의 장신구를 걸치고 있었다. 노마는 가만히 클라라를 살펴보곤 입을 열었다.

"괜찮아. 그나저나 목걸이는 그걸로 하는 거야? 원래 아쿠아마린 목걸이 할 거라고 했잖아."

"아, 그게요. 잠깐 풀어 놨더니 까마귀가 낚아채 가 버리지 뭐예요."

클라라는 울상이 되어 말했다. 까마귀는 빛나는 물건을 좋아하는 습성이 있어, 종종 보석이나 금붙이를 낚아채 가는 경우가 있었다.

"목걸이 별로예요? 다른 거로 바꿀까요?"

"아니. 그 목걸이도 괜찮아. 까마귀가 가져간 건 나중에 정원사에게 찾아봐 달라고 해야겠네."

클라라가 다행이라는 듯 안도의 한숨을 길게 내쉬었다. 그리고는 노마를 힐끗 보았다. 그녀는 투박한 갈색 드레스를 입고 있었다.

"그나저나 노마 님은 좀 괜찮으세요? 인어들 오는 거 싫어하셨잖아요. 저도 좀 무서운데……."

아비게일 앞에서 티를 내지는 않았지만, 인어를 꺼리는 사람들이 많았다. 노마도 그중 한 명이었다. 그녀는 잠시 침묵하다 입을 열었다.

"내 의견은 중요한 게 아니야. 얼른 준비나 마저 하자."

"네!"

아비게일이 만찬회 때 입을 드레스를 정돈하는 사이, 다른 사용인들도 제 역할에 충실하고 있었다. 레이븐의 시종은 주인의 옷 시중을 드느라 한창이었다.

레이븐도 왕가의 일원이기에 오늘 만찬에 참석하기로 했다. 그는 까마귀처럼 검은 옷을 걸쳤다. 아비게일이 골라준 원단으로 만든 것이었다.

시종이 겉옷 단추를 채우던 중. 밖에 서 있던 하녀가 조심스레 들어왔다.

"레이븐 님. 왕비님께서 오셨습니다."

예상치 못한 이름에 레이븐의 눈이 커졌다. 딱히 만나기로 약속한 것도 아니고, 이른 아침이었다. 그녀가 무슨 이유로 자신을 찾은 건지는 몰라도 반가웠다.

"알겠다. 바로 나가도록 하지."

마침 마지막 단추가 잠긴 참이었다. 레이븐이 시착실을 나와 자신의 방으로 들어서자, 그곳에 아비게일이 서 있었다.
그녀는 단아한 실내복을 입고 있었다. 그 모습을 보자, 레이븐은 풍랑을 만난 배처럼 가슴이 울렁거리는 것을 느꼈다.
"레이븐 경. 이른 아침에 미안해요."
아비게일은 미안한 기색이었으나 레이븐으로서는 행운일 뿐이었다. 그가 반가운 얼굴로 말했다.
"부르시면 찾아갔을 텐데, 이렇게 와 주셔서 감사합니다. 일단 앉으시죠."
"아니에요. 급히 말만 전하고 가야 할 것 같아서요."
미안함이 배어 있으나 단호한 거절이었다. 레이븐은 그저 부드러운 미소만 지을 뿐이었다.
"네. 말씀하시죠."
"그, 오늘 만찬회 말이에요. 사실……."
아비게일이 자그마한 목소리로 속삭였다. 그 이야기를 들은 레이븐의 눈이 휘둥그레졌다. 아비게일이 멋쩍게 말을 이어 갔다.
"레이븐 경도 그렇게 하시기엔 좀 그렇죠?"
"솔직히 좀 당황스럽군요."
"그래서 오늘 만찬회에는 저랑 세이블리안 전하, 둘만이 참가하려고 해요."
"……그렇습니까."
레이븐은 웃고 있었으나 찌르는 듯한 통증을 느끼고 있었다. 불참을 권유하는 이유는 충분히 이해가 갔다. 하지만 기분이 상하는 건 어쩔 도리가 없었다.
"어쩔 수 없는 일이죠. 괜찮습니다."

"이해해 줘서 고마워요, 레이븐 경. 그러면 이만 실례하도록 할게요."

아비게일은 고맙다는 듯이 미소를 지은 뒤 방을 떠나갔다. 레이븐은 잠시 그 뒷모습을 바라보다 소파에 털썩 주저앉았다.

채 5분도 머무르지 않았는데, 이야기를 나누던 순간은 영원 같기도 했고 찰나 같기도 했다.

만찬회에 참석하지 못하는 것은 딱히 아쉽지 않았다. 인어들의 비위를 맞추는 것이 싫던 참이었다.

'아틀란시아와 네르겐이 동맹이 되면, 세이블리안의 평가는 어떻게 변할까.'

그는 10년간 궁에서 머물며 세이블리안이 방심하는 틈을 노려왔다. 그를 암살하고 왕위를 찬탈하는 방법도 고려해 봤다. 하지만 그런 식으로 왕위를 얻어 봐야, 사람들은 성군의 그림자를 추억할 뿐이었다.

인정하기 싫지만 세이블리안은 자신보다 뛰어났고, 군주의 자질도 있었다. 완벽한 성군이 살해되어 봐야 결국 자신은 세이블리안의 아류 소리만 듣게 될 것이다. 때문에 그가 폭군이 되거나 멍청한 군주가 되는 것을 기다려왔다.

'인어와 동맹이 되는 게 꼭 좋은 것만은 아니지.'

궁에는 세이블리안이 이종족에게 나라를 팔려고 한다는 이야기가 돌고 있었다. 아직까지 인간들에게 인어는 경멸의 대상이었으니까.

'인어와의 동맹이 성공해도, 실패해도 세이블리안은 타격을 입는다.'

그러니 자신에게는 좋은 일이었다. 하지만 지금은 진흙탕을 마신 것처럼 기분이 더러웠다. 아비게일 때문이었다. 만찬회에 참석하지 않아도 된다는 말. 어쩐지 그녀가 자신을 밀어내는 것 같아서 속이 끊었다.

'요즘 두 사람, 좋아 보이더군.'

둘 사이에 무슨 일이 있었는지 요즘 들어 부쩍 다정해진 아비게일과 세이블리안이었다. 먼발치에서 그 모습을 볼 때마다 레이븐은 애간장이 끊어질 것만 같았다.

그는 피로한 듯 눈을 지그시 감았다. 그러자 아비게일이 해 주었던 말이 생생히 떠올랐다.

[본인을 대체재라 생각하지 않으면 좋겠어요. 레이븐은 오로지 레이븐일 뿐이에요.]

그 말을 들었을 때, 레이븐은 자신을 둘러싸고 있던 새장이 깨지는 것만 같았다. 그 누구도 그에게 그런 말을 해 준 적이 없었다. 그의 모든 미래와 운명은 세이블리안을 위해 설계됐다.

사실 아비게일에게 자신의 속내를 털어놓은 것은 그녀의 동정심을 얻기 위해서였다. 그녀의 마음을 손에 넣어 이용하기 위함이었는데, 정신을 차리니 주객이 전도되어 있었다.

은색의 머리카락이 보이면 그는 자리에서 멈춰 섰다. 그녀와 짤막한 눈인사를 나누는 날이면 하루 종일 기분이 좋았다. 그녀의 흔적이 닿는 곳마다 빛이 깃들었다.

아비게일은 햇빛을 머금은 유리 공예품 같았고, 금으로 만든 장식 같았으며, 찬란하게 빛나는 보석 같았다.

빛나는 것을 탐하는 건 까마귀의 습성이다. 틈이 생기면 곧바로 낚아채, 제 둥지로 날아가 버릴 터였다.

그는 가만히 제 얼굴을 쓸어내리곤 눈을 떴다. 레이븐의 금안이 날카롭게 빛나고 있었다.

◇

"군힐드 왕녀님. 이제 만찬회장에 가실 때입니다."

시종 하나가 정중하게 고개를 숙인 채 말을 건넸다. 어느새 점심 때가 다가와 있었다.

"하아. 그래. 가도록 하지."

군힐드는 싫은 티를 숨기지 않으며 자리에서 일어섰다. 사절단 역시 얼굴이 살벌하게 굳은 채였다.

사절단이 왕궁에 들어온 지 하루가 지났지만, 그들은 네르겐이 제공하는 식사를 단 한 번도 받아들이지 않았다.

적이 내미는 음식을 받아먹을 만큼 멍청하지는 않다. 그 때문에 이제껏 바다에서 가져온 식량만을 먹고 있었다. 그런 상황이다 보니 이 만찬이 반갑지는 않았지만 어쩔 수 없었다. 나디아와의 약속 때문이었다.

'식사 한 번만 하면 바로 돌아갈 테니, 참자.'

그녀는 그렇게 자신을 달래며 시종의 뒤를 따랐다. 그렇게 만찬회장으로 가는 길, 수많은 사람의 시선이 따라붙는 게 느껴졌다.

"저거 봐, 저거. 정말 비늘이 있어."

작게 속삭이는 목소리가 들려왔다. 보통의 인간이라면 듣지 못했을 테지만, 인어들의 귀는 날카롭게 그 소리를 잡아냈다.

"신발도 신지 않고 야만적이기도 하지. 게다가 남자가 치마도 입었군."

"또 누가 알겠나. 여자일지. 왕녀라는 인어도 사내처럼 생겼구만."

파노가 울컥하여 그들을 돌아보았다. 시선이 마주치자 험담을 늘어놓던 인간들이 뒷걸음질을 쳤다. 그때, 군힐드가 낮은 목소리로 말했다.

"무시해. 상종할 가치도 없는 것들이다."

어차피 오늘 이후로 볼 일이 없을 얼굴들이었다. 군힐드의 만류에 파노는 이를 악물고 정면을 응시하였다.

대충 먹고 빨리 돌아가면 된다. 이것이 처음이자 마지막으로 먹는 인간의 식사라 생각하며 군힐드는 모퉁이를 돌았다.

"아, 언니. 어서 와."

나디아가 활짝 웃는 얼굴로 만찬회장 입구에 서 있었다. 어제까지만 해도 죽상이었는데, 갑자기 쾌활해진 모습에 군힐드는 눈을 찌푸렸다.

"설마 마음이 바뀐 건 아니겠지?"

"에이. 그럴 리가."

그 넉살에 군힐드는 잔소리를 하려다 입을 다물었다. 나디아가 싱글싱글 웃으며 말했다.

"언니야말로 마음이 바뀌지는 않았어?"

"내가 인간들을 좋아하게 될 일은 없다."

그렇게 못을 박은 뒤 군힐드는 발을 옮겼다. 냉정한 반응에도 나디아는 그저 웃는 얼굴이었다.

'왜 저런 반응이지?'

나디아가 너무도 태연해 위화감이 느껴졌다. 뭔가가 이상하다 생각하며 만찬회장에 발을 들인 순간. 군힐드는 그 자리에 멈춰 서고 말았다.

먼저 도착해 있던 국왕 부부가 보였다. 뒤따라 들어오던 사절단들 역시 그들을 보고 멈춰 섰다.

"만찬에 참석해 주셔서 정말 감사합니다."

아비게일이 웃으며 인사를 건넸다. 군힐드는 놀란 눈으로 그녀의 차림을 바라보는 중이었다.

아비게일은 인어들과 거의 흡사한 의상을 입고 있었다. 아무래도 비단초로 만든 옷이 아니기에 차이는 있지만 분명 인어의 옷이었다. 그리고 놀란 것은 인어뿐이 아니었다. 사절단을 안내한 시종 역시 어리둥절한 눈으로 국왕 부부를 보고 있었다.

"이렇게 두 왕국이 이야기를 나눌 자리가 마련되어 기쁘다는 말을 전하고 싶소."

세이블리안이 담담하게 환영의 말을 전했지만, 군힐드는 그저 그의 옷을 응시하고 있을 뿐이었다.

그는 아비게일과 같은 옷을 입고 있었다. 발목까지 내려오는 긴 치마가 살짝 트여 있어, 그의 늘씬한 각선미가 돋보였다. 키가 크고 훤칠한지라 길게 내려온 치마가 퍽 잘 어울렸다.

세이블리안은 부끄러운 기색 하나 없이 사절단을 안내했다.

"자, 앉으시오. 곧 식사가 나올 테니."

인어들로서는 인간이 인어의 옷을 입었다는 사실 자체에 놀랐을 뿐, 남자인 세이블리안이 치마를 입었다는 것이 어떤 의미인지 정확히 알 수 없었다.

그럼에도 세이블리안이 보기 드문 결정을 내렸다는 것은 은연중에 느끼고 있었다. 남자로 보이는 인간 중에서 치마를 입은 자는 아무도 없었다. 궁에서 고작 하루를 지냈지만, 남자가 치마를 입는 것이 얼마나 큰 조롱거리인지도 짐작할 수 있었다.

그런데 한 나라의 왕이 치마를 입다니. 사절단은 얼떨떨한 기색으로 착석을 했다. 자리에 앉은 뒤에도 군힐드는 세이블리안을 자세히 보고 있었다.

'좋은 몸을 가졌군.'

군힐드는 세이블리안의 몸을 보며 짐짓 감탄하고 있었다. 몸에 딱 달라붙는 옷이기에, 외투에 감춰져 있던 근육이 여실히 드러났다. 사절단만큼 단련된 몸은 아니지만 강인함이 느껴졌다. 군힐드는 그 사실에 인어적인 호감을 느꼈다.

'게다가 왕비 역시 비범한 기운이 느껴져.'

아비게일이 자신의 앞을 막아섰을 때. 군힐드는 범상치 않은 기운을 느꼈다. 그것은 마치 온갖 수라장을 빠져나온 전사의 표정이었다. 그 귀기 어린 얼굴에 압도되는 한편 감탄이 나왔다.

부부 양쪽 모두 보통내기가 아니었다. 강한 자를 좋아하는 군힐드 왕녀는 이 부부가 내심 마음에 들기 시작했다.

"식사가 부디 마음에 드셨으면 좋겠네요."

아비게일이 그리 말하자, 곧 시종들이 식사를 내오기 시작했다. 그것은 언뜻 보기에 꽤나 소박한 것들이었다. 생선과 과일 등이 대다수였다. 간간이 빵 같은 것도 놓여 있었다. 시중을 드는 대신들은 그 허술한 식사에 꽤 놀라워하는 눈치였다.

인간 기준에서는 푸대접일지 몰라도 인어들에게는 꽤 반가운 메뉴였다. 커다란 어항 속에서 물고기들이 헤엄치고 있었다.

"부디 입에 맞으시면 좋겠네요."

아비게일은 그렇게 말한 뒤, 제 앞에 놓여 있는 음식을 손으로 집어 들었다. 테이블 위에는 포크도, 나이프도, 스푼도 없었다. 하지만 그녀는 개의치 않고 구운 생선을 손으로 뜯어먹었다. 세이블리안도 마찬가지였다. 군힐드가 신기한 듯이 바라보다 물었다.

"인간들도 손으로 식사를 하나?"

"저희는 따로 식기를 쓰긴 하지만, 함께 식사를 하는 자리니 이런 것도 좋을 듯해서요."

아비게일은 사절단 접대를 준비할 때, 인어의 방식을 존중할 것을 최우선으로 여겼다. 네르겐이 얼마나 부유한지, 얼마나 뛰어난 요리를 내올 수 있는지 그런 것을 자랑할 필요는 없었다. 아무리 귀한 식기를 내온다고 하더라도 인어들에게는 아무 소용이 없었을 것이다. 쓸 줄 모르니까.

인간이 아닌 인어의 시각에서 준비된 자리였다. 처음에는 뻣뻣하게 굳어 있던 사절단들의 얼굴이 조금씩 풀어지는 것처럼 보였다. 그들은 조용히 식사에 집중했다. 날생선도 생선이지만, 과일을 먹게 되어 퍽 기뻤다.

과일은 그들에게 사치품이었다. 위험을 감수하고 육지로 나가지 않는 이상 구할 방도가 없었다. 단 것이 부족한 바다에서는 귀중한 간식이었다. 모두가 귀한 음식에 들떠 있는 와중, 평정을 유지하고 있는 것은 군힐드 정도였다.

'확실히 우리의 비위를 맞추려 하긴 하는군.'

위선이나 가식이라 할지라도 일단 자신들을 생각해 주는 것은 확실했다. 인어의 옷을 입고 인어의 식사를 한다. 그것만으로도 어느 정도 존중받는 듯한 기분이 들었다.

"우리에 대해 많은 이야기를 들었나 보군."

군힐드가 국왕 부부를 쏘아보며 말했다. 만족스러운 식사 자리였으나, 그동안 쌓여온 원한이 식사 한 끼에 사그라질 리 없었다.

"나디아 왕녀에게 많은 이야기를 들었소."

"그렇다면 우리 종족이 인간들에게 어떤 취급을 받고 있는지도 알고 있겠지."

살짝 누그러졌던 분위기가 순식간에 심해처럼 가라앉았다. 사절단 역시 식사를 멈췄다.

"우리 백성을 죽이고, 납치하여 눈물을 착취하는 종족의 왕이 하는 이야기는 딱히 궁금하지 않은데."

"내 백성이 저지른 죄는 나의 책임이오. 이 왕국의 모든 인간을 대신하여 사죄하고, 잘못된 것을 바로잡고자 하오."

세이블리안의 말에 군힐드는 의아한 표정이 되었다. 그는 진지한 목소리로 말을 이어 갔다.

"우선 암시장을 조사해 붙잡힌 인어들을 구조하여 그들을 모두 바다로 돌려보냈소. 또한 인어를 잡은 자, 거래한 자, 소유한 자들은 현재 모두 투옥된 상태요."

구조가 되었다는 말에 군힐드는 가만히 파노에게 귀엣말을 했다. 본국으로 물고기를 보내 진짜인지 확인할 계획이었다.

"밀거래에 참여한 자들은 어찌할 생각이지?"

"그자들은 모두 엄벌에 처할 것이고, 귀족이라 하더라도 면죄되지 않을 것이오. 오히려 가중 처벌할 계획이오."

군힐드는 그 말에 어떠한 반응도 보이지 않았다. 옆에 있던 아비게일이 조심스레 말을 받았다.

"진작 시행되었어야 하는 일을 너무 늦게 바로잡아, 속죄의 말밖에 할 것이 없습니다. 그저 아틀란시아의 용서를 바랄 뿐이에요."

아비게일의 말에 군힐드는 고마움을 느끼지 않았다. 그녀는 여전히 삐뚜름한 얼굴로 입을 열었다.

"당연한 일을 해놓고 생색을 내는군. 만약 내가 당신들과 교류하지 않는다면 계속 인어들을 납치하겠지."

"아니에요."

"아니라고?"

"군힐드 왕녀, 그대가 무엇이라 대답하든 우리는 인어들을 보호할 거예요."

그렇게 말하며 아비게일은 나디아를 바라보았다.

"이미 오래전에 친구와 약속한 일인걸요."

나디아는 맞다는 듯이 씩 웃어 보였다. 그리곤 군힐드를 향해 고개를 틀었다.

"언니가 오기 전부터, 아비게일은 인어들을 보호하겠다고 내게 약속했어. 저 바다에 걸고 진실임을 맹세할게."

바다를 걸고 맹세하는 것은 목숨을 건 맹약이었다. 군힐드는 조용히 두 사람을 응시하다 입을 열었다.

"그러면 그 대가로 네르겐은 무엇을 원하지? 바다? 진주?"

"원하지 않아요."

"뭐?"

"우리는 바다도, 진주도 원하지 않아요. 원하는 것이 있다면 우리가 인어를 이해할 기회를 주길 바랄 뿐이에요."

어처구니없는 거래였다. 고작 우정을 원한다니. 내심 바다의 일부를 내달라고 할 줄 알았다.

"인어들을 이해하고 싶다고? 너희는 평생 이해하지 못할 거야."

"그렇다 하더라도 이해하려 노력하고 싶어요."

너무도 낙관적인 말이었다. 군힐드는 같잖다는 듯이 아비게일을 바라보다 움찔 어깨를 떨었다. 그녀의 시선이 나디아와 무척이나 닮아 있었다. 그저 올곧은 눈빛.

나디아의 이름은 희망을 뜻하는 말이었다. 이종족이 서로를 증오하는 와중에도, 나디아는 희망을 잃지 않았다.

"정 뭔가를 주고 싶으시다면……."

그때 아비게일이 슬그머니 입을 열었다. 순식간에 군힐드의 눈이 매서워졌다. 역시 원하는 게 없을 리 없다. 아마도 왕가의 물건 같은 것을…….

"옷 한 번만……."

"응?"

"옷 한 번만 보여 주시면 안 될까요? 제가 나디아의 설명을 듣고 만들어보긴 했는데 아무래도 차이가 있는 것 같아서요."

지금 농담을 하고 있는 건가? 군힐드가 황당하다는 듯이 아비게일을 바라보았다. 그녀의 얼굴은 그저 진지했다. 고작 옷 한 번 보여 달라는데 저런 표정을?

"아, 지금 당장 벗어 달라는 의미는 아니에요! 그냥 궁금해서……."

그 머쓱해 보이는 반응에 군힐드는 어리둥절해져 버렸다. 그때, 사절단 사이에서 작은 웃음소리가 흘러나왔다.

군힐드가 황급히 노려보자 입을 다물긴 했지만 이미 늦었다. 어느새 장내에는 온화한 분위기가 흐르고 있었다. 군힐드마저도 조금 긴장이 풀릴 정도였다.

인간과 인어가 이해하는 건 말도 안 되는 일이라 생각했을지 모른다. 그러나 아주 조금, 물고기의 비늘만 한 궁금증이 생겼다.

'정말로 저들이 우리를 이해할 수 있을까?'

군힐드는 말없이 접시 위에 놓인 음식을 먹기 시작했다. 그녀가 말을 꺼낸 것은 한참이 지난 뒤였다.

"……하루 더 머무르고 싶은데, 괜찮겠나?"

아비게일이 놀란 눈이 되어 왕녀를 바라보았다. 군힐드는 그 얼굴이 블랑슈와 제법 닮았다고 생각했다.

"물론 환영이에요."

아비게일이 환히 웃으며 객을 반겼다. 군힐드는 고개만 끄덕인 뒤, 무뚝뚝한 얼굴로 식당을 빠져나갔다. 어느샌가 그녀의 접시는 깨끗하게 비어져 있었다.

인어들과 만찬을 끝낸 뒤, 나는 긴장이 풀려 소파에 늘어져 있었다.

으아아, 실패하는 줄 알았어. 엄청 무서웠어! 마지막까지 조마조마했다. 군힐드 왕녀가 두 왕국 간의 동맹을 승낙하지는 않았다. 하지만 하루를 더 머무르겠다는 걸 보면, 조금씩 우리에게 믿음이 생기는가 보다.

"비비, 괜찮으십니까? 오늘 정말 고생 많으셨습니다."

"아, 세이블."

세이블이 안으로 들어오며 말했다. 그는 여전히 인어 복식을 입은 채였다. 제멋대로 누워 있던 내가 몸을 일으키자, 그가 손을 들었다.

"피곤하실 테니 누워 계십시오."

"아뇨, 괜찮아요. 베개가 없어서 불편하기도 했고요."

아예 잘 거면 몰라도 이야기를 나누는데 혼자 누워 있는 건 좀 그렇잖아. 세이블이 잠시 생각에 잠겨 있다 입을 열었다.

"그럼 잠시만 실례하겠습니다."

그는 내 옆에 앉은 뒤, 내 머리를 제 무릎 위에 뉘었다. 그리고는 내 어깨를 가만히 쓰다듬으며 말했다.

"이러면 어떻습니까?"

이, 이건……. 말로만 듣던 무릎베개? 이건 담비의 허벅지?!

"불편하십니까?"

"아뇨!"

오늘 하루 피로가 싹 가시는 것만 같았다. 완전 좋아……. 조금 부끄럽긴 하지만, 무릎베개 정도는 괜찮겠지? 오늘 열심히 했으니까 이 정도는 괜찮을 거야.

세이블이 가만히 내 머리카락을 쓰다듬어 주었다.

"오늘 고생 많으셨습니다. 덕분에 만찬이 잘 마무리되었군요."

"고생은 뭘요. 전하께서 더 고생하셨죠."

나는 사절단 접대를 준비하는 동안, 인어 복식을 미리 준비해 두었다. 그들의 전통 의상을 입는 편이 호감을 살 수 있을 것 같기 때문이었다.

하지만 세이블까지 입힐 예정은 없었다. 준비해 둔 것은 오로지 내 옷 한 벌. 아무래도 남자인 세이블에게 치마를 입히면 언짢아할 것 같기 때문이었다.

그러나 이 나라의 최고 권위자가 인어의 옷을 입지 않으면 진정성이 느껴지지 않을 것 같았다. 그래서 뒤늦게 세이블에게 인어의 옷을 입어 달라 제안했다. 솔직히 거절할 줄 알았지만, 그는 싫은 기색 하나 없이 옷을 걸쳤다.

"기분은 좀 괜찮으세요?"

"기분? 괜찮습니다만."

"그러면 다행이고요. 저는 기분이 상하실까 봐 걱정이었어요."

그는 내 말을 듣고는 담비처럼 가만히 고개를 갸웃거렸다.

"왜 기분이 상합니까?"

"보통은 여자 옷을 입으라 하면 기분이 상할 테니까요……."

그가 치마를 입었을 때 주위 사람들이 경악하던 게 눈에 선했다. 세이블이 구경거리가 된 것 같아, 솔직히 마음이 좋지 않았다.

"저는 좋았습니다. 비비랑 같은 옷을 입을 수 있어서."

그렇게 말하고 그는 정말 좋다는 듯이 미소 지었다.

"그리고 당신께서 만들어 주신 옷을 입는데, 어떻게 기분이 상하겠습니까."

세이블은 대수롭지 않게 말했으나 보통이라면 기분이 상할 법한 제안이었다. 레이븐을 만찬회 자리에서 제외한 것도 그런 이유에서였다. 일단 옷이 없기도 했고.

재봉사와 재단사들이 밤새도록 고생해 준 덕에 가까스로 세이블의 의상을 만들 수 있었다. 하지만 옷이 있었다 해도 레이븐은 입지 않았을 것 같다. 치마를 입을 수 있는지 물어봤을 때, 그는 상당히 동요하고 있었으니까.

그런 반응을 원망하지는 않는다. 당황스러워하는 게 일반적인 반응인걸. 입지 않겠다 해도 이해가 된다. 하지만 세이블은 흔쾌히 내가 만든 옷을 입어 주었다. 게다가 조금도 기분이 나쁘지 않다고, 오히려 좋았다고 말해 주었다.

그 말이 너무도 고맙고 안심이 되었다. 인어들도 나와 같은 마음을 느꼈다면 좋았으련만.

"쉽지 않은 일인 것을 알아요. 그렇게 말해 줘서 정말 고마워요."

"저야말로. 그리고 이 옷을 입은 덕에 조금이나마 인어들을 이해할 수 있을 것 같았습니다."

"어떤 지점에서요?"

나는 슬쩍 몸을 비틀어 그를 바라보았다. 세이블은 나지막한 목소리로 말했다.

"이 옷을 입고 있는 동안, 저는 사람들로부터 기분 나쁜 시선을 받았습니다. 인어들은 더욱 그랬을 테고요."

옆에 있는 나도 느낄 수 있었다. 대신들은 세이블에게 아무 말도 하지 않았으나 경악하는 시선을 보냈다. 지나가던 시종들마저도 무례라는 것을 잊고 힐끗거릴 정도였다.

"인어들이 느끼는 고통에 비하면 새 발의 피겠지만, 조금이라도 이해할 수 있을 것 같았습니다. 당신께서 만들어 주신 옷 덕분에요."

나는 슬그머니 그의 무릎에서 일어났다. 세이블이 그런 생각을 하고 있을 줄은 미처 몰랐다. 내가 만든 옷을 통해 다른 사람을 이해할 수 있었다니. 그런 역할이 가능하다는 사실에 조금 얼떨떨해졌다.

"그래서 한 가지 생각이 떠올랐습니다만."

"어떤 생각인가요?"

"이 옷을 당분간 궁의 사람들에게 입게 해보면 어떨까 싶습니다."

뭐? 모두에게 인어 복식을 입게 하자고? 이야기를 듣자마자 좀 걱정이 되었다.

"괜찮을까요? 반발이 심할 것 같은데요."

"반나절 정도라면 괜찮지 않을까 싶습니다만. 그리고 생각보다 이 옷, 편하더군요. 입어보면 의외로 좋아하게 될 겁니다."

흐음. 어떠려나. 그렇게 쉽게 풀리면 좋긴 하겠는데……. 나는 잠시 고민하다 말했다.

"일단 사람 수가 너무 많으니 일부에게만 지급하는 것은 어떨까요?"

"좋습니다. 우선 대신들에게 지급하도록 하죠."

그가 가만히 미소 지었다. 왠지 좀 신나는데? 진작 준비해서 인어들이 머무르는 동안 입게 할 걸 그랬다.

스토크 공작은 어떤 표정을 지으려나 좀 기대가 됐다. 그러던 와중, 세이블의 표정이 조금 굳어 있었다.

"음? 세이블. 표정이 왜 그래요?"

"그런데 뒤늦게 생각해 보니……. 그렇게 되면 대신들이 다 비비가 디자인한 옷을 입게 되는 거 아닙니까?"

"네. 그런 셈이죠."

그러자 세이블은 조금 심통이 난 표정이 되었다. 그가 나를 가만히 끌어 자신의 무릎 위에 앉혔다. 무, 무거울 텐데?!

그러나 그는 대수롭지 않아 했다. 여전히 좀 불퉁한 얼굴이긴 했지만.

"그건 좀 싫군요. 비비가 만든 옷을 다른 사람들도 입게 된다는 게."

이미 많이들 입고 다녀, 담비야. 옷 선물해 준 영애들 꽤 많은데. 세이블이 가만히 나를 끌어안았다.

"……솔직히 저만 입고 싶습니다. 둘이서만 같은 옷을 입고 싶은데."

너 지금 질투하는 거니? 다른 애들이 우리랑 같은 옷 입게 된다고 질투하는 거야? 으아, 이걸 어쩜 좋아. 너무 귀여워. 툴툴대는 것조차 여전히 사랑스러웠다.

"그래요? 싫어요?"

"예."

"하지만 다들 인어 옷을 입어 보는 건 좋은 생각 같은데요."

그는 괜히 말했다 싶은 표정이었다. 좀 더 놀릴까 싶다가 꾹 참고 그의 뺨을 어루만졌다.

"기분 풀어요. 대신 소원 하나 들어 드릴게요."

"소원이요?"

"네."

"그러면…… 키스해 주실 수 있겠습니까?"

나는 화들짝 놀라 그의 무릎에서 떨어질 뻔했다. 하지만 그가 내 허리를 꽉 잡고 있는 터라, 나는 아직도 그의 무릎 위였다.

"키, 키, 키스요?"

"예."

그의 두 눈동자가 조용히 불타오르고 있었다. 지금 당장 입을 맞출 기세였다. 아니, 이걸 어쩜 좋아.

"저는 다른 옷을 만들어 달라고 하실 줄 알았는데."

"그것도 좋지만 키스가 하고 싶습니다."

이래서 함부로 보증을 서거나 약속을 하면 안 되는 것이다. 세이블이 나를 꼭 끌어안고는 나를 올려다보았다.

"안 됩니까……?"

세이블이 시무룩해져서 물었다. 으윽, 으윽. 너 자꾸 그렇게 눈빛

공격할래? 왜 누나 힘들게 해?

원래 키스는 사귀고 일 년 뒤에 하는 거 아닌가? 내 안의 유교 정신이 그렇게 속삭였지만, 저 눈빛을 보니 차마 거절할 수가 없었다.

크흐흑, 이럴 줄 알았으면 저녁에 마늘 먹지 말걸! 갈릭 리소토랑 크림 리소토 중에 크림으로 할걸! 양치를 하긴 했지만 마늘 냄새나면 어떡해? 그것도 세이블리안과의 첫 키스인데.

첫 키스를 마늘 맛으로 기억하고 싶지는 않았다. 또 마음의 준비도 하고 싶고.

"오늘 말고 다른 날에 하면 안 될까요? 조금 부끄럽기도 하고, 아직 준비가 안 돼서……."

"그러면 언제 할까요?"

울적하던 그의 눈빛이 반짝 살아났다. 나 또 속은 거 같은데, 기분 탓인가?

"으음, 사절단 접대를 끝내고 하면 어떨까요? 내일? 아니면 모레?"

"내일도 하고 모레도 합시다. 모레 일정은 다 비워 두겠습니다. 그때까지 참기 힘들겠지만……."

뭐? 키스한다고 일정을 다 비워? 얼마나 하려고? 하루 종일? 어쩐지 세이블의 계략에 휘말린 것 같은 느낌이 드는데…….

찜찜한 눈으로 그를 바라보는데 세이블은 기대 반, 아쉬움 반인 눈치였다. 진짜 담비가 아니라 여우라니까, 여우.

나는 그 사랑스러운 여우의 뺨을 슬쩍 감쌌다. 그리고 그의 뺨에 가볍게 뽀뽀를 해 주었다. 쪽, 하는 소리가 작게 들려왔다.

"이, 일단 이걸로 참아 봐요."

마늘 냄새 안 났겠지? 으아, 이것만으로도 부끄러워 죽겠다!

세이블은 멍한 눈이 되었다가 나를 와락 끌어안았다.

"사랑합니다, 비비."

어휴, 진짜 여우 한 마리 키우는 기분이네. 나는 가만히 그의 머리카락을 쓰다듬었다.

그나저나 키스하겠다고 약조를 해 버렸으니, 무조건 해야겠네. 뭘 준비해야 하지? 일단 양치를 열심히 해 둬야겠다. 클라라한테 물어보면 팁을 좀 주려나. 아니다, 노마한테 물어보자…….

벽난로의 불길이 조용히 타오르고 있었다. 장작 타들어 가는 소리만이 고요히 들려와 방 안에는 아무도 없는 것처럼 보였다.

그러나 벽난로 옆으로 사람의 그림자가 길게 드리워져 있었다. 불길이 만들어내는 그림자와 광원이 얼굴 위에서 쉴새 없이 자리를 바꾸고 있었다.

기드온은 그 불빛을 바라보고 있었다. 테이블 위에는 방금 전까지 작업하던 악보들이 수두룩했다. 〈월광〉, 〈즉흥환상곡〉, 〈카르멘 변주곡〉……. 악보를 그리다 싫증이 난 듯 펜으로 무참히 휘갈긴 흔적도 있었다.

"기드온, 들어가도 되겠니?"

그때 조심스러운 목소리가 들려왔다. 기드온이 움찔하더니 입을 벌렸다.

"네. 아버지."

기드온이 뒤도 돌아보지 않은 채 말했다. 잠시 후 매클라우드 자작이 안으로 들어왔다.

그는 꽤 노쇠한 남자로, 기드온의 아버지라기보다는 할아버지에 가까워 보였다. 여섯 번째 아들이다 보니 그럴 법도 했다.

"무슨 일이세요?"

"저, 그게……. 네게 혼사 제안이 들어와서."

자작이 조금 겁먹은 듯한 눈으로 말했다. 얼굴만큼이나 성격도 순한 사람이었다. 기드온은 여전히 벽난로 쪽을 바라보고 있었다.

"됐다고 했잖아요."

"알고 있는데, 이번에는 정말 좋은 가문에서 연락이 들……."

"됐다고 했잖아!"

기드온이 버럭 소리를 지르면서 자리를 박차고 일어났다. 그 기세에 의자가 기우뚱 넘어질 뻔했다. 자작은 그 모습을 보고 놀라 몸을 움츠렸다.

노년의 자작이 그토록 몸을 떨고 있는데도 기드온은 노기를 감추지 않았다. 두 눈에서 짜증과 분노가 이글거리고 있었다. 자작이 시선을 피한 채, 덜덜 떨며 말했다.

"미안해, 미안하구나. 내가 잘못했다."

조금 더 윽박지르면 무릎이라도 꿇을 기세였다. 사시나무처럼 몸을 떠는 모습에 기드온의 목소리가 조금 누그러졌다.

"아버지. 전 정말 결혼 생각 없어요."

웃고 있으나 어딘가 모르게 살벌한 기운이 감돌았다. 그가 자작에게 다가가 어깨를 꽉 잡았다.

"좋은 가문? 어딘데요? 어느 나라 공주라도 돼요?"

"그건 아닌데……."

"공주 정도가 아니라면 두 번 다시 말 꺼내지 마세요."

"그래, 알겠다. 미안하구나. 이만 쉬어라."

자작은 황급히 말을 삼킨 뒤, 방을 떠나려 했다. 그러다 잠시 멈춰 서더니, 망설인 끝에 입을 열었다.

"기드온……. 정말 아무 일 없는 거지?"

"……."

"그날 이후, 네가 너무 변해서……."

"나가세요."

마지막 경고였다. 자작도 그것을 눈치채고는 재빨리 방을 떠났다. 기드온은 이를 갈며 다시 소파에 안착했다.

'가뜩이나 신경 쓸 게 많은데, 짜증 나게.'

아비게일이 구조되고, 더군다나 아틀란시아에서 사절단까지 찾아오게 된 지금. 기드온의 머리는 바쁘게 돌아가고 있었다.

아비게일의 암살에 실패한 것은 퍽 아쉬운 일이었다. 인어가 나타나 그녀를 구해 줄 것이라고는 예상치 못했다. 불행 중 다행이라면 자신의 범행임을 눈치채지 못한 것이었다. 물론 애초에 꼬리가 잡히지 않게 잘 처리해 두었다.

'붉은 머리의 암살자는 아무리 찾아도 없을 테지.'

그는 주머니에서 자그마한 약병을 두 개 꺼냈다. 하나는 겉면이 검게 그을려 내용물을 확인할 수 없었고, 하나는 적포도주색이었다.

'빌어먹을 놈들. 별것 아닌 약을 그토록 비싸게 팔다니.'

두 약 모두 암거래 상인을 통해 어렵게 구한 마법 약이었다. 적포도주색의 물약은 외형을 변화시키는 마법이 걸려 있었다.

아비게일을 죽이려 했던 암살자 역시 이 약을 먹었다. 때문에 붉은 머리의 사람을 찾을 수 없었던 것이었다.

비싼 값을 주고 산 약인데 실패를 하다니. 머저리 같은 놈.

'……이제 직접 나서야 하나.'

가급적이면 자신은 모습을 숨기고 싶었으나, 이번에 찾아온 기회를 놓칠 수는 없었다. 사절단이 바로 퇴궐할 기세여서 계획이 수포로 돌아가는 줄 알았으나, 다행히 이틀을 더 머무른다 했다.

그에게 사절단의 방문은 뜻밖의 행운이었다. 적국의 사절단이 방문한 시기. 소동이 일어나더라도 의심의 화살은 분명히 사절단을 향할 터였다.

'누군가를 죽이기에는 가장 좋은 시기이기도 하지.'

기드온은 한참이나 검은 약병을 내려보았다. 그리고는 두 종류의 약을 주머니에 챙겨 넣은 뒤 방을 나섰다.

사절단이 네르겐에 도착했을 때, 그들은 인간이 세운 웅장한 건물을 보고도 그다지 감탄하지 않았다. 놀라움이 없었다면 거짓말일 것이다. 그러나 그것은 단순히 낯선 건축물에 대한 감상으로, 내심 자신들의 왕국이 더 아름답다 생각하고 있었다.

네르겐에서 선물로 건네준 보석과 장신구는 조금 더 나았지만, 그 역시 큰 반응은 없었다. 침몰한 무역선에서 쉬이 발견할 수 있는 귀중품이었다. 사절단들이 모두 귀족이다 보니 더욱 그랬다.

그런 그들이 가장 기뻐한 것은 꽃과 과일이었다. 아비게일은 나디아의 조언에 따라, 사절단들을 이끌고 근방의 과수원에 온 참이었다.

"이거……. 절경이로군."

과원에 들어선 군힐드가 저도 모르게 중얼거릴 정도로, 그들은 큰 충격을 받은 상태였다.

가을 사과를 수확하느라 인부들이 바쁘게 과수원을 오가고 있었다. 수확의 계절을 맞이한 사과는 군힐드의 머리카락만큼이나 선명한 빨간색을 띠고 있었다.

"다행이에요. 수확이 끝나기 전에 올 수 있어서."

아비게일이 놀란 사절단을 향해 말했다. 그들이 경이로워하는 표정을 보고 있자니 그저 뿌듯했다.

'사과 과수원이라니, 조금 찜찜하긴 하지만.'

아무래도 원작을 기억하고 있다 보니 사과는 그다지 달갑지 않은 과일 중 하나였다. 하지만 방도가 없었다. 이제 겨울이 가까워져 오는 시기였다. 수도 인근의 과수원은 모두 수확을 끝내, 이 과수원 외에는 선택지가 남아 있지 않았다.

그래도 오길 잘했다는 생각이 들었다. 인어들은 사방에서 풍겨오는 달콤한 냄새에 정신을 차리지 못하고 있었다.

"다들 기뻐하시는 것 같아 다행이에요. 사과 좀 드시겠어요? 무척 달답니다."

아비게일은 하인이 들고 있는 바구니에서 사과를 하나 집어 내밀었다. 군힐드는 그것이 독사과라도 되는 것처럼 노려보았다. 그때 나디아가 불쑥 나타나 사과를 낚아채 갔다.

사과 도둑은 유쾌하게 과일을 베어 물었다. 아삭아삭 씹는 소리가 경쾌하게 울려 퍼졌다.

"와, 진짜 달다! 이제껏 먹어 본 사과 중 제일 달콤한 것 같아."

나디아는 순식간에 사과 하나를 먹어 치웠다. 그리고는 쩝 입맛을 다시곤 사절단을 돌아보았다.

"너희들도 얼른 먹어 봐. 맛있어."

사절단도 내심 사과가 먹고 싶던 참이었다. 군힐드의 눈치가 보여 얌전히 있었는데, 나디아 덕분에 명분이 생겼다.

주저하던 인어들이 슬그머니 사과를 집어갔다. 덥석덥석 사과를 먹는 모양새가 무척 순박했다. 나디아의 말대로 사과가 무척이나 달아 눈이 휘둥그레졌다.

군힐드는 사절단을 노려보긴 했지만 만류하지는 않았다. 그녀는 짜증이 난다는 듯, 저벅저벅 발을 옮겼다.

'젠장. 내가 미쳤지. 왜 아틀란시아로 돌아가지 않고.'

왜 그때 하루를 더 머무르겠다고 한 것일까. 그깟 옷 한 벌 입었다고 인간에게 희망을 품으면 안 되는데.

그녀는 낮은 담벼락에 털썩 주저앉았다. 과원 풍경이 아름다워 오히려 짜증이 났다. 그런데 문득 무언가가 근처를 기웃거리는 게 느껴졌다. 블랑슈였다. 조그마한 아이가 자신을 물끄러미 올려다보자, 군힐드가 움찔해서 입을 열었다.

"왜?"

"아, 그게…… 춥지는 않으신가 걱정이 되어서요."

블랑슈는 도톰한 케이프를 두른 채였다. 다른 인간들도 두꺼운 겉옷을 챙겨 입었다.

그에 반해 인어들은 로브 하나만 둘렀을 뿐. 계절에 어울리지 않는 얇은 옷차림이었다.

"바닷속과 비교하면 딱히 추운 것도 아니다."

평생을 바다에서 살아가는 인어들에게 추위란 익숙한 존재였다. 만약 지금이 한여름이었다면 도리어 괴로웠을 터였다.

블랑슈는 그 이야기를 듣고 감탄하는 기색이 되었다. 두 눈이 보석처럼 반짝거렸다.

"굉장하세요! 그렇게 몸이 튼튼한 것도 바다에서 지내셔서 그런 건가요?"

"그런 셈이지."

인어들은 신체적으로 강건한 종족이지만, 그중에서도 특히 강한 자들로 사절단을 구성했다. 원래는 나디아를 구출할 생각이었던지라 전투를 각오하고 있었다. 제1 왕녀인 군힐드가 온 것도 그런 연유에서였다.

그런데 정작 태평하게 사과나 먹고들 있다니. 그 와중에 블랑슈는 눈을 빛내며 그녀를 보고 있었다. 그 존경 어린 시선에 군힐드는 괜히 헛기침했다.

"뭐, 너희 인간들은 죄다 말랑말랑해서 내 눈엔 오히려 너희가 신기해."

"말랑말랑? 저는 별로 안 말랑말랑한걸요."

자기가 본 인간 중 가장 말랑말랑한 인간이 말했다. 군힐드가 피식 웃었다.

"너보다 문어가 더 단단하겠다. 내 팔 만져봐."

"그래도 되나요?"

군힐드는 고개를 끄덕이곤 슬쩍 오른팔을 내밀었다. 로브 아래로 드러난 팔뚝은 블랑슈의 허리만큼이나 굵었다.

블랑슈가 작은 손으로 조물조물 팔을 만졌다. 조금 간지럽기도 했다. 팔에 힘을 주자 블랑슈가 깜짝 놀라 말했다.

"우와, 정말 굉장하세요. 엄청 단단해요!"

"흥. 너희 인간들이랑은 비교가 안 되지. 너 같은 것은 손가락 하나로도 들어 올릴 수 있어."

군힐드는 툴툴거리면서도 블랑슈와 대화를 이어 나가고 있었다. 이상하게도 이 아이와 마주하고 있으면 경계심이 누그러지는 걸 느낄 수 있었다.

"저도 나중에 군힐드 님처럼 강해지고 싶어요."

"나처럼? 포기해."

군힐드가 가소롭다는 듯이 말하자, 블랑슈가 슬그머니 손을 놓았다. 어쩐지 표정이 슬퍼 보여 군힐드는 가슴 한구석이 따끔했다.

"역시 강해지는 건 무리겠죠? 저는 마력도 없으니……. 강해져서 어마마마랑 아바마마를 지키고 싶은데……."

그 반응에 군힐드는 당황했다. 자신 때문에 블랑슈의 얼굴에 슬픔이 드리우자, 마치 어린 거북이를 괴롭히는 악당이 된 것 같았다. 이걸 어찌하면 좋나. 어린아이를 달래본 적이 없어 더욱 당혹스러웠다.

그녀가 어쩔 줄 몰라 하던 중, 다급히 허리춤에 매둔 주머니를 끌렀다.

"야. 너네 나라엔 이런 거 없지?"

그녀는 주머니에서 연둣빛의 무언가를 꺼냈다. 구슬처럼 작은 알갱이들이 다닥다닥 붙어 있는 것이 언뜻 청포도처럼 보이기도 했다.

"이게 뭐예요?"

난생처음 보는 물건을 보자, 블랑슈의 얼굴에 드리워져 있던 우울함이 사라졌다. 군힐드가 씩 웃으며 말했다.

"포도야."

"우와. 바다에도 포도가 있어요?"

"그럼. 먹어 봐."

"감사합니다!"

블랑슈가 잔뜩 들뜬 기색으로 바다 포도를 받아 갔다. 그때 호위기사 한 명이 다급히 끼어들었다.

"기미를 먼저 해야 합니다, 공주님."

무례한 것을 알지만 어쩔 수 없는 일이었다. 블랑슈는 놀란 눈이 되어 기사와 군힐드를 번갈아 보았다.

"아, 저기 괜찮을 것 같은데……."

군힐드는 묵묵히 기사를 노려보고 있었다. 그러다 바다 포도를 삼등분하여 제 입에 털어 넣었다.

"일단 내가 먼저 먹도록 하지. 이걸로 부족하면 너도 먹어보든가."

호위기사는 머뭇거리다가 그것을 받아 갔다. 은제 단검을 슬쩍 가져다 대도 변색이 되지 않자, 그제야 바다 포도를 조금 먹어보았다. 그는 이내 묘한 표정이 되었다.

"음. 독특한 맛이 나는군요."

독은 없는 것 같았다. 블랑슈는 호위기사가 고개를 끄덕이자, 자신도 바다 포도를 입으로 가져갔다.

바다 포도를 씹을 때마다 오독오독 거리는 소리가 경쾌하게 울려 퍼졌다. 처음 먹어 보는 맛에 블랑슈의 눈이 동그래졌다가 곧 미묘한 표정이 되었다. 그 표정이 우스워 군힐드는 웃음을 터트렸다.

"왜? 별로야?"

"포도라길래 달콤할 줄 알았는데, 짭짤해요!"

"그래? 육지 포도는 달아?"

"네, 네. 이 포도처럼 연두색인 청포도가 있는데, 무척 달아요."

군힐드로서는 잘 상상이 가지 않았다. 달콤한 포도라니. 그녀는 물끄러미 블랑슈를 보다 물었다.

"그건 어디서 먹을 수 있어?"

"여름 과일이라서 지금은……."

아쉬운 마음에 블랑슈의 목소리가 작게 기어들어 갔다. 그러다 퍼뜩 고개를 들었는데, 좋은 생각이 난 모양인지 얼굴에 생기가 가득했다.

"다음에는 여름에 와 주세요! 여름에 오면 여름 과일들이 많아요. 복숭아도 있고, 자두도 있고, 체리도 있고……!"

재잘재잘 떠드는 모습이 보기 좋아 군힐드는 그저 보고만 있었다. 블랑슈가 잔뜩 말을 쏟아냈다.

"앗, 봄이랑 가을에 오셔도 좋을 거예요. 봄에는 꽃이 많이 피고, 가을에는 단풍이 물들거든요. 무척 아름다워요."

단풍이라. 그 역시 본 적이 없었다. 그리고 이토록 사랑스러운 얼굴로 이야기를 하는 인간도.

"맛있는 것도, 아름다운 것도 무척 많아요. 다음에 구경 오시면 그때는 꼭 청포도를 마련해 둘게요."

"그럼……."

군힐드는 아차 싶어 입을 다물었다. 저도 모르는 사이에 그러겠다 약조할 뻔했다.

'내가 지금 뭐라 하려 한 거지?'

이 아이 앞에서는 어쩐지 마음이 풀어졌다. 인간이라는 느낌보다는 그냥 어린아이라는 느낌이 강해, 미운 마음도 들지 않았다.

하지만 그래 봐야 인간이다. 군힐드는 자리에서 벌떡 일어난 뒤, 매몰차게 말했다.

"됐다. 이 나라에 두 번 다시 올 생각은 없어."

"아……."

그러자 블랑슈의 눈동자가 울망울망 흔들리기 시작했다. 그 모습을 보자 군힐드는 마음이 약해질 것만 같았다. 군힐드는 이를 악물고 고개를 틀었다.

블랑슈가 슬그머니 군힐드의 옷자락을 잡더니 사과를 내밀었다.

"……나중에라도 좋으니까, 또 만날 수 있으면 좋겠어요. 포도 맛있었어요. 감사합니다."

군힐드는 블랑슈가 내미는 사과마저 거절할 수가 없었다. 그녀는 그것을 냉큼 받아 사절단에게 가 버렸다.

블랑슈는 조금 시무룩한 기색이 되었다. 친해지고 싶었는데, 자신도 모르는 사이에 뭔가를 실수한 모양이었다.

그래도 과수원의 분위기는 나쁘지 않았다. 저 멀리 아비게일과 세이블리안이 사절단과 이야기를 나누는 것이 보였다. 그 모습이 제법 화기애애했다.

블랑슈도 그 사이에 끼고 싶어 발걸음을 옮기는데, 둔탁하고 요란한 소리가 났다. 소리가 난 곳을 돌아보자, 늙은 인부 하나가 넘어져 있었다. 노인은 고통스러운 신음을 흘린 채 일어날 엄두를 내지 못했다.

"저기, 괜찮아요?"

블랑슈가 다급히 노인에게 달려왔다. 기사들이 막아서서 차마 일으켜 주지는 못했지만.

노인이 끙끙거리다가 블랑슈를 보고 놀란 눈이 되어 머리를 조아렸다.

"고, 공주님 아니십니까. 이 천한 늙은이에게 어찌……."

"천하다니요. 많이 다친 것 같은데, 괜찮나요?"

"예. 예. 물론입니다."

그는 기사들의 도움을 받아 주춤주춤 일어섰다. 블랑슈는 여전히 걱정스러운 눈이었다.

"의사를 불러와 줘요. 노인분들은 한 번 넘어지면 크게 다친다고 들었어요."

"어휴, 아닙니다. 공주님. 저는 정말 괜찮습니다."

노인이 당황하여 어쩔 줄을 몰라 했다. 블랑슈가 여전히 걱정 어린 눈으로 바라보자, 그가 사람 좋은 미소를 지어 보였다.

"정말 상냥하시군요, 공주님. 공주님께서 제게 이런 호의를 베풀어 주시는데, 제가 드릴 것이……."

그는 난처한 기색이 되었다가, 슬그머니 옆에 있던 과일 바구니에서 무언가를 꺼내 들었다. 그것은 손수건에 싸인 사과였다. 멍이 하나도 들지 않고 보석처럼 반짝이는 사과는 무척이나 먹음직스러워 보였다.

노인은 공손하게 사과를 내밀었다.

"저희 과수원에 와 주셔서 정말 감사합니다. 무척 예쁜 사과가 있어서 손녀 주려고 남겨 둔 건데, 부족하지만 이 사과라도 공주님께 헌상하고 싶습니다."

노인이 내민 사과는 정말 먹음직스러워 보였다. 하지만 블랑슈는 그것을 바라보다 가만히 미소 지을 뿐이었다.

"하지만 손녀에게 줄 사과잖아요. 괜찮아요."

"저야 여기서 일하는 사람이니, 손녀는 내일 가져다주면 됩니다. 하지만 역시 공주님께 드리기에는 너무 초라하지요……."

노인이 송구하다는 듯 어깨가 축 처졌다. 그러자 블랑슈의 두 눈에 미안함이 가득 찼다. 공주는 황급히 사과를 받아 갔다.

"아니에요. 정말 귀한 선물인걸요. 잘 먹을게요."

그 말에 노인의 얼굴이 활짝 피어났다. 그가 기뻐 어쩔 줄 몰라 하며 말했다.

"어휴, 다행입니다. 마음 같아서는 왕비님께도 드리고 싶은데……."

"크고 맛있어 보이는 사과니까 같이 나눠 먹을게요. 정말 고마워요."

"감사합니다, 언제나 공주님께 축복이 함께 하길 기도하겠습니다."

노인은 바람 빠진 웃음소리를 내며 고개를 숙였다. 블랑슈는 사과를 조심스레 케이프 주머니에 넣고 발을 옮겼다.

호위기사들은 딱히 블랑슈를 제지하지 않았다. 만약 노인이 건넨 것이 액체나 조리된 무언가였다면 한번 확인을 했을 터였다.

사과 같은 것에 독을 주입하는 경우는 없다. 블랑슈는 쫄래쫄래 사람들이 모여 있는 곳으로 향했다.

도착해 보니 사절단이 얼마나 많은 사과를 먹어 치웠는지, 뼈대만 남은 사과 시체가 바닥에 수북하게 쌓여 있었다.

"아주 배부르게들 드셨군."

군힐드가 노려보자 사절단이 면목 없다는 듯이 고개를 떨구고 있었다. 그녀는 한숨을 쉬곤 세이블리안에게 말했다.

"이만 돌아가도록 하지. 너희 인간들은 추위에 약하다며? 언제까지 애를 밖에 놔둘 셈이야."

툴툴대는 듯한 목소리였으나 결국은 블랑슈를 걱정하는 말이었다. 세이블리안은 짐짓 놀란 표정이 되었다.

"우리 아이를 걱정해 주어 고맙소. 온실 화원도 구경해야 할 터이니 귀환 명령을 내리겠소."

다소 이른 귀환 명령이 내려지자, 사람들은 바삐 돌아갈 채비를 하기 시작했다.

블랑슈는 오도카니 선 채로 주위를 돌아보았다. 아비게일과 세이블리안이 조금 떨어진 곳에서 이야기를 나누고 있었다. 어떤 이야기인지는 모르겠지만 꽤 심각한 내용 같았다. 세이블리안이 낮은 목소리로 말했다.

"오늘 돌아가면 약속대로 키스해 주시는 겁니까?"

"사람 많은 곳에서 무슨 이야길 하는 거예요! ……둘만 남게 되면 꼭 할 거니까요."

조금 떨어진 곳에서 소리를 낮추고 이야기하는 터라, 주위 사람들은 듣지 못했다. 물론 인어들은 눈꼴이 시다는 듯이 응시하고 있었지만.

와중에 블랑슈는 두 사람이 무슨 이야기를 하고 있나, 빤히 바라보고 있었다. 그때 밀러드가 옆으로 다가왔다.

"공주님. 추우실 텐데 마차에 먼저 타시죠."

그가 푸근한 미소를 지은 채 말했다. 조금, 아니 상당히 피곤해 보이긴 했지만.

블랑슈가 두 눈을 깜빡거리며 물었다.

"밀러드 경. 괜찮으세요?"

"네. 전 괜찮습니다. 일이 바빠서 조금 정신이 없군요."

그러다 문득 어디선가 꼬르륵 소리가 들려왔다. 소리의 출처는 밀러드였다.

"혹시 식사 안 하셨어요?"

"아. 네. 정신이 없기도 하고, 입맛도 없어서 걸렀습니다."

그가 민망하다는 듯 뒷머리를 긁적였다. 그 역시 사절단 접대를 준비하느라 꽤 정신이 없는 모양이었다. 블랑슈는 잠시 망설이다가, 주머니에서 사과를 꺼내 밀러드에게 내밀었다.

"저어, 그러면 이거라도 드실래요?"

아비게일과 함께 나눠 먹으려 했던 사과지만, 밥도 못 먹고 고생하는 밀러드에게 더 필요할 것 같았다. 사과를 준 노인도 이해해 줄 것이다.

밀러드는 눈이 휘둥그레져서 물었다.

"제가 먹어도 됩니까?"

"네. 물론이에요. 밀러드 경이 배고프면 저도 속상한걸요."

블랑슈가 배실 웃자 밀러드는 주먹을 깨물며 울음을 삼켰다. 그가 슬그머니 사과를 받아 갔다.

"감사합니다, 공주님. 잘 먹겠습니다. 얼른 마차에 올라타시죠. 감기 걸리시겠습니다."

"네! 그러면 궁에서 만나요, 밀러드 경!"

블랑슈는 곧 마차에 올라탔다. 밀러드가 흐뭇한 얼굴로 그 뒷모습을 바라보다가 손에 든 사과를 내려보았다.

사과는 무척 먹음직스러워 보였지만 먹을 생각은 없었다. 다른 사람도 아닌 공주님이 주신 귀한 사과가 아닌가. 박제를 하든 밀봉을 하든 해야겠다. 사과를 가보로 대대손손 물려줘야겠다는 야심 찬 계획을 세우고 있던 그때.

밀러드는 범상치 않은 기운을 느끼고 흠칫 돌아보았다.

"……전하?"

어느 틈엔가 세이블리안이 그를 빤히 바라보고 있었다. 정확히 말하면 그가 들고 있는 사과를.

"그거, 블랑슈가 자네에게 준 건가?"

"예. 그렇습니다."

밀러드는 왠지 모를 불길함에 사과를 주머니에 넣었다. 세이블리안의 시선이 사과를 따라 내려갔다.

세이블리안은 잠시 망설이다 겉옷에 매달린 금장 장식 하나를 떼어냈다. 그리고 그것을 밀러드에게 건넸다.

"이것과 교환하지 않겠나."

블랑슈에게 사과를 받은 밀러드가 부러웠다. 밀러드는 눈이 휘둥그레 해져서 세이블리안을 보고 있었다.

이 사람, 정말 세이블리안 전하가 맞나? 예전에 비하면 확실히 블랑슈를 아끼게 되었으나, 이렇게까지 변할 줄은 몰랐다. 그는 왠지 모를 감동을 느꼈다. 밀러드는 은은한 미소를 띤 채 말했다.

"싫습니다."

감동은 감동이고, 사과는 사과다. 아무리 주군의 명령이지만 이것만은 양보할 수 없었다. 세이블리안은 짐짓 굳은 얼굴로 입을 열었다.

"휴가도 주겠네."

"싫습니다."

"일주일을 주겠네."

자신을 혹사하는 건 물론이고 아랫사람도 갈아 넣는 세이블리안으로서는 파격적인 제안이었다. 그러나 밀러드는 무심한 반응이었다. 일주일을 쉰다고 해도 돌아오면 그만큼 일이 쌓여 있을 게 뻔했다.

퉁명스러운 반응에 세이블리안은 슬픈 눈빛을 보냈다. 마치 덫에 걸린 담비처럼 연약하고 서글퍼 보였다. 나날이 공주를 닮아가는 왕이었다. 그 눈빛을 보자 더 이상 버틸 수가 없었다. 밀러드가 두 눈을 질끈 감고 사과를 내밀었다.

"알겠습니다. 가져가십시오."

그 목석같던 군주가 이렇게까지 하는데, 계속 거절하기도 뭐 했다. 예전 같았으면 딸의 행동에 눈길 한 번 주지 않았을 세이블리안인데.

세이블리안은 가만히 사과를 받아 갔다. 표정은 담담하지만 기뻐하는 것이 느껴졌다.

"다음엔 공주님께 직접 달라고 하시는 게 어떻겠습니까. 공주님께서 기뻐하실 겁니다."

"그러지."

그때, 사용인들이 용건이 있는 듯 밀러드의 근처에서 쩔쩔매고 있었다. 밀러드는 그것을 확인하고 입을 열었다.

"저랑 나눠 먹었다고, 맛있었다 하면 기뻐하실 겁니다. 그럼 실례하겠습니다."

밀러드는 사용인들을 향해 발을 옮겼다. 세이블리안도 곧 말에 올라타 떠날 준비를 했다. 아비게일과 블랑슈가 탄 마차가 먼저 출발하고, 그 뒤를 사절단이 탄 마차가 따랐다.

세이블리안은 천천히 말을 몰다가 주머니에서 사과를 꺼내 보았다. 영롱한 색으로 빛나는 사과는 먹기에 아까웠다.

그러나 왠지 블랑슈라면 '잘 보관해 놨다'라는 말보다 '잘 먹었다' 라는 말을 좋아할 것 같았다. 세이블리안은 곧 사과를 베어 물었다. 아삭, 아삭하는 소리가 청량하게 들려왔다.

조용히 행렬이 이어지는 가운데, 마차는 어느새 궁에 다다랐다. 인어들이 후다닥 뛰쳐나왔다.

"너희는 이런 것을 잘도 타는군!"

"토할 것 같아……!"

다들 안색이 창백한 것이 상태가 좋아 보이지 않았다. 아비게일이 어쩔 줄 몰라 하다 말했다.

"그러면 이후 일정은 취소하고 쉬시겠어요? 온실 화원에 갈까 했는데……."

화원이라는 말에 인어들의 눈빛이 반짝 빛났다. 군힐드가 잠시 침묵하다 퉁명스레 말했다.

"고작 이딴 마차 따위에 질 우리가 아니다. 화원에 가겠어."

다행히 건강한 것 같아 아비게일은 미소 지었다. 그녀는 사절단을 이끌고 온실 화원으로 들어섰다.

안으로 들어가자 따스한 온기와 꽃냄새가 방문객들을 반겨 주었다. 인어들은 언제 아팠냐는 듯이 얼굴이 확 피어났다.

평소에도 아름다운 온실 화원은 그 어느 때보다도 화려하고 눈이 부셨다. 사계절의 꽃들이 제각각의 색깔로 싱그럽게 피어 있었다.

인어들이 넋을 잃고 꽃을 바라보았다. 세이블리안은 무뚝뚝한 얼굴로 그들의 안색을 살피고 있었으나, 실제로는 흐뭇한 마음이었다.

'다행히 마음에 드나 보군.'

모두 아비게일이 잘 준비해 준 덕이었다. 힐끗 주위를 둘러보자 아비게일과 블랑슈도 환히 웃는 얼굴로 꽃을 보고 있었다.

그러고 보니 아비게일에게 제대로 된 꽃 선물 한번 하지 않았던 것 같았다. 그는 슬그머니 시종을 불렀다.

"정원사를 불러오게. 조용히."

세이블리안은 명을 내린 뒤 화원 뒤편으로 발을 옮겼다. 곧 정원사가 당도하자, 그는 근엄한 목소리로 말했다.

"꽃다발이 필요하다."

"어떤 꽃을 원하십니까?"

그 말에 세이블리안은 조용히 온실 화원을 둘러보았다. 가지각색의 꽃들이 찬란하게 핀 가운데, 흰 백합이 유독 눈에 들어왔다.

"저걸로 하지."

아비게일의 머리 색깔을 닮은 꽃이라 그런 것일까. 어쩐지 눈길이 갔다. 정원사는 곧 풍성한 꽃다발을 만들어 왔다. 큼지막한 꽃송이가 보기 좋았다.

'비비가 이 꽃을 좋아할까.'

백합 꽃다발을 들고 웃는 아비게일을 상상하니, 저도 모르게 입가에 미소가 걸렸다. 세이블리안은 시종에게 아비게일을 은밀히 불러달라 명했다.

지금은 엄연히 국정을 돌보는 중이기에 대놓고 선물을 줄 수는 없는 노릇이었다. 시종도 그 뜻을 눈치채고는 조용히 발을 옮겼다.

그 사이, 아비게일은 사절단과 함께 있었다. 블랑슈가 열심히 꽃을 설명해 주는 중이었다.

"이 꽃은 리시안셔스예요, 꽃말은 변치 않는 사랑이래요."

군힐드는 한 발짝 물러선 곳에서 무심한 척 블랑슈의 이야기를 듣고 있었다. 그 모습을 본 블랑슈가 작은 샐비어 화분을 하나 집어 군힐드에게 건네주었다.

"이건 샐비어라는 꽃인데, 꽃말은 열정이래요! 군힐드 님의 머리카락 색과 잘 어울리는 것 같아요."

그 말대로 강렬한 붉은색이 꼭 닮은꼴이었다. 인어들은 짐짓 부러운 시선을 보내고 있었다.

군힐드 역시 싫지는 않은지 우물쭈물하다 그것을 받았다. 그리고 민망한 마음에 말을 돌리고자 옆에 있는 안개꽃을 슬쩍 집어 들었다.

"그러면 이건? 이건 무슨 뜻이 있어?"

"아, 이건 안개꽃인데요. 맑은 마음이라는 의미도 있고, 죽음이라는 뜻도 있어요."

"죽음? 마음에 드네."

인어들은 블랑슈의 설명에 한껏 귀를 기울이고 있었다. 아비게일이 흐뭇하게 그 모습을 바라보던 중, 세이블리안의 시종이 다가왔다.

"왕비님, 국왕 전하께서 찾으십니다."

"전하께서?"

무슨 일인가 싶어 아비게일은 고개를 갸웃거렸다. 설마 지금 여기서 키스하자는 건 아니겠지.

걱정 반, 기대 반을 품고 그녀는 시종의 안내를 따라 화원 뒤편으로 향했다.

사박사박하며 발끝에 잔디가 밟혔다. 그러다 문득, 아비게일은 제자리에 멈춰 섰다. 갑자기 서리라도 내린 듯 공기가 바뀌어 있었다. 이상하게 숨이 막히고, 저릿한 공기 사이로 여러 사람의 목소리가 들려왔다. 다급하고 당황한 목소리.

활짝 핀 꽃 무리 사이로 경악한 얼굴들이 보였다.

"전하?"

그들이 쓰러진 누군가를 둘러싸고 있었다. 세이블리안이 바닥에 쓰러져 있었다. 품에 안고 있던 백합은 그의 주위로 흩뿌려진 채였다.

"세이블리안?"

다시 한번 불러보아도 그는 일어나지 않았다. 옆에 서 있던 밀러드가 하얗게 질린 얼굴로 말을 더듬었다.

"전하께서, 전하께서……."

아비게일은 멍하니 그 이야기를 듣고 있었다. 화원에 만개한 꽃들 때문에 꽃내음이 짙었다.

그 꽃내음에 숨이 막혀 죽어 버릴 정도로.

먼 곳에서 종소리가 들려오고 있었다. 물속에 깊이 가라앉아 있는 것처럼, 소리가 비현실적으로 멀게 느껴졌다.

나는 방에 홀로 앉아 있었다. 구름이 낀 모양인지 방 안이 어두웠다. 이렇게 궁이 고요하고, 폐허 같았던가. 문득 내려다보니 온통 검은 드레스가 보였다. 새로 옷을 만들 시간이 없어, 옛날에 제작해 둔 드레스를 입었다. 답답했다.

상복이다. 상복이구나. 상복이라는 단어를 몇 번이고 되뇌어 봐도 현실감이 느껴지지 않았다.

"아비게일."

그 목소리에 흠칫 놀라 뒤를 돌아보았다. 거울 속에 검은 상복을 입은 베리테가 보였다.

이상한 일이었다. 세이블과 베리테의 목소리는 조금도 비슷하지 않은데, 방금 나를 부른 것이 세이블인 줄 알았다.

아니, 세이블이길 바랐다. 그것이 불가능하다는 걸 알면서도 그랬다.

"……이제 가야 해."

그렇구나. 가야 하는구나. 나는 멍하게 일어나 방 밖으로 나왔다. 누군가가 내 몸을 멋대로 움직이는 것만 같았다.

나는 장례식장으로 향했다. 뒤를 따르는 시녀들도 온통 검은 옷이었다. 아직 식이 준비 중이라, 한구석에 마련된 작은 방으로 안내됐다. 클라라와 노마가 내 옆에서 주저하고 있기에 잠시 내보냈다.

세이블이 죽은 지 이틀이 지났다. 이 년은 족히 지난 것처럼, 그의 죽음이 아주 오래전의 일처럼 느껴졌다. 갑작스러운 죽음으로 왕궁은 혼란 상태였다. 그의 시신을 마주하고 애도할 시간조차 주어지지 않은 채, 나는 섭정이 되어 있었다.

온실 화원에 쓰러져 있던 세이블을 가장 먼저 발견한 것은 호위기사였다. 갑자기 무언가가 털썩 쓰러지는 소리가 들려 돌아보니, 세이블이었다고 한다. 비명조차 없는 죽음이었다.

주치의가 다급히 달려왔으나 이미 죽은 사람을 살릴 수는 없었다. 밀러드가 고함을 지르며 화원에 있던 모두를 구금하라 명을 내렸다.

꽃구경에 한창이던 사절단 역시 예외는 아니었다. 반항하는 그들을 강제로 구금시키고, 궁으로 돌아오자 처리해야 할 일이 너무도 많았다.

[분명 저 인어 놈들이 전하를 시해한 것이 틀림없습니다!]

[기괴한 마법을 써서 전하를 죽인 것이 분명합니다! 엄벌에 처해 주시옵소서, 왕비 전하!]

사람들은 인어를 범인이라 굳게 믿고 그들의 죽음을 원했다. 그 흉흉한 분위기에 인어들 역시 거세게 반발하였다. 무고한 자신들을 범인으로 몰아가는 것에 대한 분노 때문이었다.

증오와 분노가 범람하여 왕궁을 침식했다. 나도 그러고 싶었다. 아무것도 생각하지 않고, 그 해일에 몸을 맡긴 채 그저 슬퍼하고, 그저 분노하고 싶었다.

당신이 죽었는데 국정이 무슨 소용인가. 미친 사람처럼 머리를 쥐어뜯고, 부서지라고 내 가슴에 주먹질하고, 세이블의 이름을 부르며 피를 토하고 싶었다.

블랑슈가 없다면 그랬을 것이다. 나는 내 딸을 지켜야 했다. 블랑슈가 없었다면 나를 놓아 버리고, 내 눈물에 익사할 때까지 눈물을 흘렸을 것이다.

[사절단이 범인이라는 증거는 없다. 진정하게.]

[하오나……!]

[전하께서 승하하신 지금이 타국에는 좋은 기회다. 지금 이 상황에서 아무 증거 없이 인어들을 처벌해 그들마저 적으로 돌린다면, 네르겐의 안전은 그 누구도 보장할 수 없다.]

그 말에 대신들도 간신히 이성을 되찾았다. 그리고 혼란과 두려움 속에 이틀이 지났다.

아직도 종소리가 들려오고 있었다. 국상을 알리는 종소리는 끊이지 않고 영원히 들려올 것만 같았다. 이렇게 이틀이 지나다니.

아, 그에게 키스를 해 주기로 했었는데.

그와 나눴던 대화가 떠오르자 눈물이 왈칵 터져 나올 것만 같았다. 멍청했다. 어리석었다. 키스가 뭐라고 해 주지 않았나. 그가 사랑한다 했을 때, 마주 사랑한다 답해 주면 얼마나 좋았을까.

그가 영원히 내 곁에 있으리라 여겼다. 시간이 우리를 기다려 줄 거라 지레짐작하고 있었다.

[당신께서 저를 사랑하지 않으시더라도, 저는 당신의 행복을 위해 살겠습니다.]

그는 죽는 그 순간까지도 내게 줄 꽃다발을 쥐고 있었다. 내가 그를 사랑하지 않는다고 생각하며 죽었다.

당신과 함께 죽고 싶었다. 그러고 싶었는데, 정말 그랬는데.

"왕비님."

그때 누군가가 나를 불렀다. 문가를 돌아본 순간 나는 벌떡 일어나고 말았다.

"세이블리안."

세이블리안. 그가 빛을 등진 채 그늘 속에 서 있었다. 유령일까? 환영이어도, 유령이어도 좋았다. 당신이라면 무엇이든 좋았다.

나는 그를 향해 걸어가려 했으나 그대로 주저앉고 말았다. 다리에 힘이 들어가지 않았다.

"왕비님, 괜찮으십니까?"

그가 다급히 내게 다가왔다. 그제야 뭔가가 이상하다는 걸 느꼈다. 익숙하던 벽안이 아닌, 금색을 띤 눈동자가 나를 보고 있었다.

"레이븐, 경……."

그가 머리를 낮게 묶고 있던 터라 미처 눈치채지 못했다. 내가 검은 베일을 드리우고 있어서 더 그랬다. 헛웃음이 나왔다.

"미안해요. 경황이 없어서 그만 착각하고 말았어요."

나를 바라보는 걱정 어린 시선과 마주치자 나는 몸을 떨고 말았다. 정말 세이블과 많이 닮았다. 죽은 그가 돌아온 게 아닐까 싶을 정도로.

"괜찮습니다. 일단 일어나시죠."

나는 레이븐의 부축을 받아 겨우겨우 일어났다. 그가 나를 의자에 앉힌 뒤 내 안색을 살폈다.

"의사를 불러올까요?"

"아뇨. 아뇨. 괜찮아요."

너무 놀라서 다리에 힘이 풀린 것뿐이었다. 참 웃기지도 않는다. 언제는 레이븐은 레이븐, 세이블은 세이블이라고 했으면서 착각을 하다니.

"미안해요. 세이블리안이라 불리는 게 싫었을 텐데."

그는 그저 웃고 있었다. 세이블과는 다르지만, 너무도 닮아 자꾸만 시선이 갔다. 그때 레이븐이 슬그머니 내 손 위에 자신의 손을 얹었다. 따뜻한 손이었다.

"그렇게 부르길 원하시면, 부르셔도 됩니다."

"네?"

"힘든 마음을 압니다. 저도 유일한 가족을 잃었으니까요."

유일한 가족. 그 말에 몸속의 물기가 말라버리는 것 같았다.

"어머니께서는……?"

"오래전에 돌아가셨습니다."

그는 담담하지만 짙은 목소리로 말했다. 그의 슬픔이 여실히 전해져오는 것 같았다.

"제게 남은 유일한 피붙이는 선왕 전하뿐이었습니다."

레이븐도 가족을 잃은 사람이었다. 같은 상실을 공유하는 사람으로서 그가 얼마나 아플지 알 것 같았다.

그는 고통스럽다는 듯 눈을 감았다. 금안이 눈꺼풀 너머로 가려지자, 세이블과 너무나도 닮아 눈물이 나올 것 같았다.

"레이븐 경……."

"왕비님께서 얼마나 괴로우실지 압니다. 세이블리안이라 부르는 게 편하시다면, 그렇게 부르셔도 됩니다. 제가 선왕 전하의 대신이 될 수 있다면."

그 말을 듣자 숨이 막히는 기분이 들었다. 레이븐으로서는 얼마나 상처가 될 말인지 가늠이 되지 않았다.

"아니에요. 어떻게 그런……. 레이븐 경이 전하와 닮은 것을 싫어하는데 어떻게 그럴 수가 있나요."

"이 외모를 좋아하지 않지만, 왕비님께 도움이 된다면 괜찮습니다."

그는 여전히 눈을 감고 있었다. 일부러 그러는 것도 같았다. 레이븐이 목소리를 낮게 내리깐 채 말했다.

"지난번 왕비님께서는 레이븐은 오로지 레이븐이라고 말씀해 주셨죠."

"……."

"그 말이 얼마나 기뻤는지 모릅니다. 그 누구도 제게 그런 말을 해주지 않았으니까요."

그는 부드럽게 미소 지었다. 세이블과 닮은 것 같기도 하고, 닮지 않은 것 같기도 했다.

"모두가 저를 전하의 대체품으로 봤기에, 그렇게 살지 않으려 했습니다. 하지만 왕비님을 위해서라면……."

그는 천천히 내 손을 끌어 손등에 입을 맞추었다. 살아 있는 사람의 입술답게 따뜻하고 부드러웠다.

"제가 전하의 대체품으로 사는 것도 괜찮을 것 같습니다."

"저는……."

말이 턱하고 막혀왔다. 거절해야 하는데, 거절해야 하는 것을 아는데……. 세이블이 너무 보고 싶었다. 그리움이 마음을 무너뜨렸다. 그와 꼭 닮은 레이븐이 곁에 있다면, 그가 있어 준다면…….

"……괜찮아요."

그래도 그는 세이블리안이 아니다. 똑같은 얼굴로 똑같은 말을 한다 하더라도 레이븐은 레이븐, 세이블은 세이블이다. 비슷해 보이는 색이어도 결코 같은 색은 아니다. 세이블리안은 그 누구로도 대체될 수 없는 유일한 색깔이었다.

"그런 말을 해 줘서 고맙고, 미안해요. 레이븐 경."

나는 조용히 손을 빼내려 했다. 하지만 레이븐은 놓아주지 않았다. 그 우악스러운 손길에 나도 모르게 미간이 찌푸려졌다.

"레이븐 경? 놓아주세요."

"아."

그는 그제야 내 손을 놓았다. 그리고는 세이블과 닮은 얼굴로, 전혀 다른 미소를 지었다.

"죄송합니다, 왕비님. 저도 모르게 그만."

"괜찮아요. 이제 슬슬 식에 가야겠네요."

나는 자리에서 일어났다. 레이븐이 에스코트를 하려 했지만, 나는 그의 손을 잡지 않았다.

"먼저 가시겠어요? 레이븐 경. 마음을 조금 추스르고 싶어서요."

"제가 곁에 있는 편이 낫지 않을까요?"

"아뇨. 마음은 고맙지만 괜찮아요."

나는 억지로 미소를 지어 보였다. 아마 형편없이 일그러져 있겠지. 레이븐은 잠시 망설이다 짧은 묵례만을 남기고 자리를 떠나갔다.

떠나가는 그의 뒷모습을 바라보았다. 검은 머리에 검은 상복을 입은 모습이 어쩐지 거대한 까마귀처럼 보였다.

그때 누군가가 작게 헛기침을 했다. 밀러드가 슬그머니 안으로 들어왔다.

"왕비님, 괜찮으십니까?"

"……네. 괜찮아요."

"식장에 오시지 않길래 모시러 왔습니다."

밀러드의 목소리는 담담했지만, 눈이 붉게 충혈되어 있었다. 집무실에서 흐느껴 울던 그의 뒷모습이 떠올랐다.

세이블을 잃어 슬퍼하는 사람이 나만은 아닐 것이다. 무너지면 안 된다. 이 나라를 지켜야 한다. 나는 이 나라의 왕비다.

"네. 준비됐어요. 가죠."

나는 밀러드와 함께 천천히 장례식장을 향해 걸어갔다. 침묵이 버거워 나는 입을 열었다.

"블랑슈는 먼저 도착해 있나요?"

"……예."

그 아이로서는 부모의 죽음을 여러 차례 겪고 말았다. 블랑슈가 얼마나 상처받았을지 짐작이 가지 않았다.

하루 종일 그 아이를 껴안고 울고 싶었는데 해야 할 일이 너무 많았다. 베리테가 있어 줘서 그저 고마웠다.

"너무 후회돼요."

장례식장으로 향하던 중, 나는 그렇게 중얼거렸다. 밀러드에게 내 죄를 고해하고 비난을 받고 싶었는지도 모른다.

"이렇게 이별할 줄 알았다면, 그의 부탁을 거절하는 게 아니었는데."

사랑한다는 말이든 키스든 뭐든 해 줄걸. 그게 뭐라고.

밀러드가 조용히 듣다 입을 열었다.

"저도 그게 전하와의 마지막 대화가 될 줄 알았다면……. 좀 더 상냥하게 말씀드렸을 것을 후회합니다."

나는 밀러드를 물끄러미 바라보았다. 그 역시 후회하고 있구나. 어쩐지 마음이 시큰거렸다.

"어떤 이야기를 했나요?"

"블랑슈 공주님이 제게 사과를 주셨는데, 전하께서 그걸 달라 하셨습니다."

"……사과요?"

그 평범한 과일이 이 순간만큼은 무척이나 기이한 존재처럼 느껴졌다. 밀러드가 가만히 말을 이어 갔다.

"예. 과원에서 그걸로 살짝 다투었습니다. 공주님께서 주신 사과라 드리기가 싫었거든요. 참 맛있게 드시던데."

과원이라면 화원에 들르기 전이었다. 세이블이 죽기 전, 사과를 먹었다고?

"이럴 줄 알았다면 흔쾌히 드릴 걸……. 어라. 왕비님? 왕비님!"

정신을 차리고 보니 나는 뛰고 있었다. 몇 번이고 고꾸라질 뻔한 것을 가까스로 버텨가며 뛰고, 또 뛰었다.

닫아 두었던 댐이 터지고 물이 쏟아져 내리듯, 번쩍거리는 무언가가 머릿속으로 흘러들어오는 것만 같았다. 그저 심증만 있는 가능성일 뿐이었다. 하지만 나에게는 간절한 가능성이었다.

세이블, 세이블리안, 나의 세이블리안.

장례식장의 문을 벌컥 열고 들어섰다. 미리 도착해 있던 조문객들이 놀라 나를 돌아보았다.

"세이블!"

검은 옷을 입은 사람들을 지나쳐 관으로 달려갔다. 나는 내 얼굴에 드리워져 있던 베일을 거칠게 잡아 끌었다.

세이블은 관 안에 누워 있었다. 수백 송이의 백합에 파묻힌 채, 긴 잠에 빠진 사람처럼 눈을 감고 있었다. 그는 눈보다 흰 수의를 입고 있었다. 하지만 두 눈에 마력을 집중하자 희미하게 검은빛이 감도는 게 보였다.

나는 그의 손을 붙들었다. 바다에 빠진 사람이 판자를 끌어안듯, 내 생명줄 쥐듯, 아니 내 목숨보다 더 간절하게 그를 쥐었다.

제발, 제발.

백합 향기 사이로 나는 그에게 입을 맞추었다. 입술은 서늘하였고, 서럽도록 달콤하였다.

세이블리안. 제발 떠나지 마. 제발 내게 돌아와 줘. 나는 아직 당신을 보낼 수 없어. 아직 당신에게 말하지 못한 것이 있어. 아직 당신에게 사랑한다 말하지 못했어.

나는 부서져라 그의 손을 붙잡았다. 이 입술이 떨어져 나가면 숨이 멎을 사람처럼 그에게 매달렸다.

제발, 제발. 나는 이 세상 모든 신의 앞에 무릎을 꿇고 싶었다. 누구라도 좋으니 제발, 그를 내게 돌려줘.

뜨거운 눈물이 뺨을 타고 하염없이 흘러내렸다. 여전히 차가운 그의 손을 붙잡고 있던 그때, 마주 대고 있던 입술이 달싹였다.

나는 황급히 고개를 들고 세이블을 바라보았다. 그가 쿨럭거리며 숨을 토해냈다.

"세이블? 괜찮아요?"

그는 헐떡이며 나를 바라보았다. 세이블은 마치 오랜 잠에서 깨어난 사람처럼 보였다.

"비비."

너무도 듣고 싶었던 목소리였다. 그 어떤 색으로도 바꿀 수 없는 사랑스러운 벽안에 내가 비치고 있었다. 이제야 숨이 쉬어지는 것 같았다. 나는 덜덜 떨리는 손으로 그의 뺨을 감쌌다.

"미안해요. 미안해요, 세이블. 내가 바보였어요. 내가 너무 어리석었어요. 당신을 이렇게 사랑하고 있는데……."

너무도 하고 싶었던 말이 울음과 함께 터져 나왔다. 매일 밤 참았던 고백이었다. 수많은 밤 동안 내 가슴을 비추었던 빛이었다.

"사랑해요, 세이블리안. 아주 오래전부터 당신을 사랑하고 있었어요."

아주 오래전부터, 내가 생각하는 것 이상으로 나는 당신을 사랑하고 있었다. 나의 불안과 자괴감마저도 이 사랑을 이길 수는 없었다.

세이블은 믿을 수 없다는 듯, 멍한 눈으로 나를 올려다보다 상체를 일으켰다.

"아비게일."

그가 덜덜 떨리는 손으로 나를 끌어안았다. 마치 내가 이곳에 실재하는 사람임을 확인하려는 듯이. 그의 온몸이 부서질 듯 떨리고 있었다.

"아비게일. 이건 꿈입니까. 당신이 나를…… 사랑한다니……."

"꿈이 아니에요."

나는 웃으려 애쓰며 그에게 입 맞추었다. 생의 입맞춤은 너무도 따사로웠고 감미로웠다.

"당신을 사랑해요, 세이블리안."

나는 그동안 참아온 만큼 그의 입술에 입 맞추었다. 세이블이 나를 와락 끌어안는 게 느껴졌다. 이토록 달 줄 알았다면 진작 키스할 것을. 세이블이 이토록 기뻐할 줄 알았다면 진작 사랑한다 말할 것을. 진작 나의 두려움을 떨쳐낼 것을.

이토록 용기 없고 못난 나에게 세이블이 돌아와 주었다. 그가 너무도 고맙고, 미안하고, 사랑스러워서 입맞춤을 멈출 수 없었다.

백합에 파묻힌 채 우리는 한없이 입을 맞추고, 할 줄 아는 말이 하나밖에 없는 사람들처럼 사랑 고백을 속삭였다. 저 멀리서 종소리가 들려오고 있었다. 장례식이 아닌, 결혼식을 알리는 종소리 같았다.

널따란 강 위로 나무의 그림자와 구름이 비치고 있었다. 올해는 눈이 조금 일찍 내려, 바닥에는 엷은 눈이 깔려 있었다.

인어들은 이런 날씨가 전혀 문제가 안 되는 듯 태연한 얼굴로 서 있었다. 오히려 마차에 타고 있을 때가 더욱 괴로워 보였다.

"그동안의 환대에 감사의 말을 전하지."

군힐드는 가볍게 고개를 숙였다. 사절단 역시 그녀를 따라 예를 취했다. 군힐드가 세이블을 바라보며 말을 이어 갔다.

"또한 죽음에서 돌아온 것도 축하하고."

"고맙소."

세이블은 담담하게 그들의 인사를 받았다. 세이블이 되살아난 다음 날, 사절단도 가까스로 아틀란시아로 되돌아가게 되었다.

사실은 더 일찍 떠나야 했으나 범인을 수색하느라 출발이 늦어졌다. 나는 그들을 바라보며 물었다.

"그동안 조사에 협조해 줘서 고마워요."

인어의 완력과 마력이라면 충분히 궁에서 도주할 수 있었을 텐데도, 그들은 끝까지 이곳에 남아 있었다.

군힐드는 묵묵히 나를 바라보고 있었다. 첫날과는 달리 꽤 부드러워진 시선이었다.

"도리어 묻고 싶군. 왜 우리를 보호해 줬는지. 경황상 우리가 범인이라 생각할 법도 한데."

"사절단 여러분들의 무고함을 아는데, 어떻게 처벌을 하나요."

나는 가만히 웃었다. 사실 그들을 의심하기는 했다. 『인어공주』에 나왔던 것처럼 세이블이 칼에 찔려 죽었다면 나도 이성을 잃었을지 모른다.

"만약 인간 사절단이 아틀란시아에 왔을 때, 내 자매형제 중 누군가가 죽었다면 나는 그 자리에서 사절단을 모두 죽여 버렸을 거야. 믿을 수 없으니까."

군힐드는 담담한 목소리로 살벌한 이야기를 전했다. 나는 아무런 대답도 하지 않았다.

"……아직도 우리는 인간이 싫고, 믿을 수 없어."

우리를 둘러싸고 있는 경호대가 긴장하는 것이 느껴졌다. 그러나 군힐드는 이곳에 나와 그녀밖에 없는 것처럼, 나를 또렷하게 응시하였다.

"하지만 당신이 우리를 믿어 주었으니, 나도 딱 한 번만 인간을 믿어 보려고 해."

그녀는 허리에 차고 있던 천을 끌러 내게 주었다. 나디아의 목걸이와 마찬가지로 파도 문양이 새겨져 있었다.

"무역선의 배 밑바닥에 아틀란시아의 문장을 새겨 두도록 해. 그 배는 우리의 영역을 지나가도 공격하지 않겠어."

예상치 못한 선물에 나는 조금 얼떨떨해졌다. 군힐드가 조금 날카로운 목소리로 말을 더했다.

"만약 네르겐의 인간이 인어를 해한다면, 오히려 반대가 되겠지만."

역시 끝까지 경계를 놓지 않는구나. 오히려 그것이 군힐드다워 나는 그제야 정신을 차렸다.

"네. 절대로 그런 일이 벌어지지 않도록 할게요."

군힐드는 시선으로 답을 한 뒤, 블랑슈를 바라보았다. 군힐드는 슬그머니 무릎을 꿇고 블랑슈와 눈을 마주쳤다.

"아버지가 무사해서 다행이구나."

"네. 정말 다행이에요."

블랑슈는 배시시 웃었다. 군힐드가 무척이나 너그러운 얼굴이 되어 말을 이어 갔다.

"네 덕분에 재미있는 걸 많이 봤다."

"저도 군힐드 님 덕분에 즐거웠어요."

종족도, 체구도, 나이도 전혀 다른 두 사람이지만 어쩐지 친구처럼 보였다. 군힐드의 눈꼬리가 부드럽게 휘어졌다.

"기회가 된다면 네가 말하는 그 청포도라는 것도 먹어 보고 싶네. 여름에 올 수 있을지 모르겠지만."

그 말에 블랑슈의 눈이 휘둥그레졌다. 그 아이가 잔뜩 흥분하여 말했다.

"네, 네! 꼭 와 주세요. 맛있는 거 많이 준비하고 있을 테니까……!"

군힐드는 피식 웃고는 고개를 끄덕였다. 그리곤 내 뒤편을 향해 말했다.

"그럼 이만 가 보도록 하지. 나디아, 가자."

나디아는 내 뒤에 숨어 울상을 짓고 있었다. 그녀는 주저주저하며 군힐드를 향해 말했다.

"언니, 나……."

돌아가기 싫은 기색이 역력하였다. 차마 가기 싫다는 말도 못 하고, 군힐드를 따르지도 못한 채 가만히 서 있을 뿐이었다.

늘 자기주장이 확실한 나디아가 이토록 약한 모습을 보인 건 처음이었다. 군힐드가 날카로운 목소리로 말했다.

"돌아가기 싫은 거야?"

"……."

"약속했잖아."

나디아는 고개만 떨군 채, 그 자리에 나무처럼 서 있었다. 군힐드가 그녀를 노려보다가 가볍게 한숨을 쉬었다.

"알겠다."

"응?"

"네 성격에 억지로 끌고 가 봐야 또 가출이나 하겠지. 그리고……."

그녀는 그렇게 말한 뒤 나와 세이블 쪽을 힐끗 보았다. 왜 우릴 보는 거지?

"실연까지 오래 걸리지 않을 것 같으니, 네가 스스로 만족할 때까지 있어 봐."

"정말?"

"그래. 단, 파노가 네 호위로 여기 남는다."

파노는 미리 언질을 들은 것인지, 아니면 애초에 각오를 했던 것인지 무표정한 얼굴이었다.

나디아는 어안이 벙벙해져 있다가 이내 활짝 웃었다. 그녀가 군힐드에게 와락 매달렸다.

"언니 고마워! 사랑해! 힐드 언니가 최고야!"

"어휴, 징그럽게 정말."

군힐드는 툴툴거리면서도 싫은 기색이 아니었다. 그녀는 나디아를 슬쩍 떼어 놓고는 우리를 향해 말했다.

"우리끼리 미리 결정해버려서 미안하지만, 나디아와 파노가 이곳에 머무르게 해 주었으면 좋겠어."

"네. 물론이죠."

"고마워."

오히려 내가 고맙다 말하고 싶었다. 우리를 믿으니까 자신의 소중한 여동생이 이곳에 머무르도록 허락해 주는 거겠지.

자매가 짧은 인사를 마친 뒤, 사절단은 강 속으로 걸어 들어가기 시작했다. 이내 수면은 잠잠해졌다.

왠지 모르게 꿈을 꾸고 있는 것 같았다. 그때 세이블이 가만히 내 어깨를 끌어안았다.

"정말 다행입니다. 아비게일 덕분에 일이 잘 풀렸군요."

그는 사랑스럽다는 듯이 나를 바라보고 있었다. 나를 안고 있는 그의 체온이 너무도 꿈같아서 나도 마주 웃었다.

"전하랑 블랑슈 덕분이죠."

블랑슈는 기쁜 듯이 웃으며 내 손을 꼭 잡았다. 이렇게 세 사람이 함께 있는 것이 기적처럼 느껴졌다. 회담도 잘 마무리되었다. 앞으로 바다 쪽은 큰 문제가 없을 것 같다.

아틀란시아와의 교류 덕분에 마음 한구석이 뿌듯한 한편, 반대편은 칼에라도 찔린 듯 욱신거렸다. 세이블의 죽음 때문이었다.

그는 독사과를 먹고, 키스를 받고 살아났다. 원작과는 미묘하게 다르지만 큰 줄기는 같았다. 독이 든 사과, 그리고 입맞춤으로 풀리는 저주. 이 일들은 과연 우연일까? 만약 우연이 아니라면…….

나는 블랑슈의 손을 꼭 잡았다. 거센 강바람이 불어와 내 머리카락을 흩날렸다.

이제, 겨울이 다가오고 있었다.

I am Stepmother, But My Daughter Is So Cute

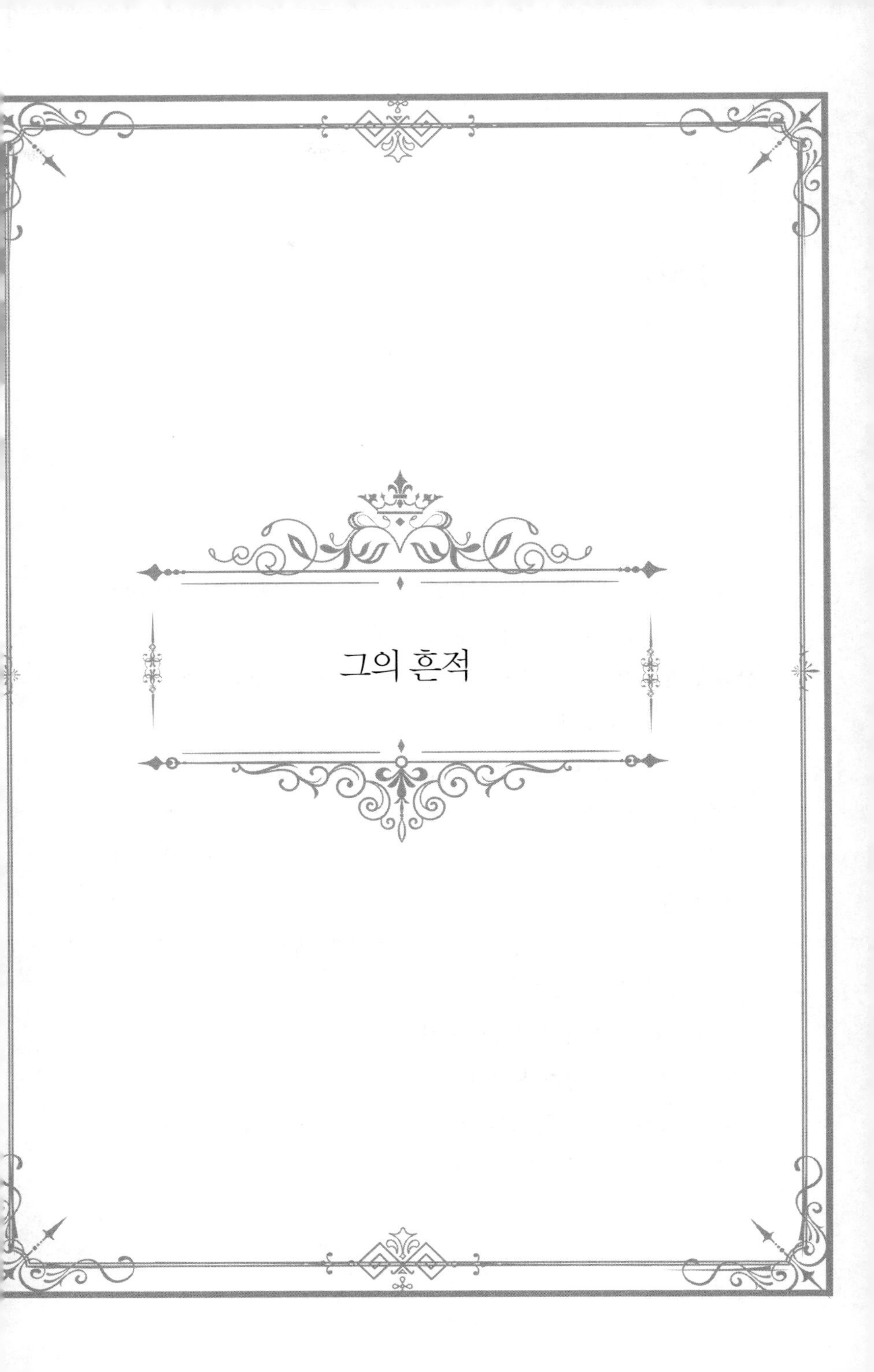

그의 흔적

13

그의 흔적

며칠 전까지만 해도 검은 상복으로 가득하던 궁에 색깔이 돌아왔다. 짧은 국상이 끝남과 동시에 궁 안에 봄이 찾아온 것만 같았다. 상복을 벗은 사람들은 기쁜 얼굴로 재잘거리고, 축제와도 같은 활기가 온 궁에 넘치고 있었다.

그리고 그 와중. 나는 나의 과거를 반성하고 있었다.

"애칭을 잘못 지었어!"

나는 고통 속에서 머리를 쥐어뜯고 있었다. 아! 정말이지, 일이 이렇게 될 줄은 꿈에도 몰랐다.

내가 거울방에서 소리 없이 죽어 가고 있자, 베리테가 불쌍하다는 눈으로 나를 보고 있었다.

"세이블리안, 인기 많아져서 좋겠네."

그래. 세이블은 인기가 많아졌다. 그가 죽었다 살아난 일은 예상대로 큰 이목을 끌었다. 다만 이런 식으로 소문이 퍼질 줄은 몰랐다. 현재 궁에 퍼진 소문은 이러했다.

[왕비님이 "담비야!"라고 외치며 울고 있는 일곱 명의 중년 대신들을 제치고 들어와 죽은 국왕에게 키스하니 그가 깨어났다.]

덕분에 세이블리안은 담비 전하로 불리고 있는 중이었다. 담비라는 애칭이 역사서에 길이길이 적힐 거라고!

"기운 내. 담비라는 애칭 귀엽잖아."

"흑흑, 나만의 담비인 걸로 충분해……."

애초에 둘이 있을 때만 부르기로 한 애칭인걸. 그래도 왕이 좀 위엄이 있어야 하지 않나? 나 때문에 우습게 보이는 거 아냐?

나는 소파에 죽은 듯이 늘어져 있다가 몸을 일으켜 세웠다. 이미 저지른 일. 앞으로 수습이라도 잘해야지.

"앞으로는 다른 애칭으로 불러야겠다."

"뭐라고 부르게?"

"음……. 세이? 리안? 아니면 사랑스러우니까 러블리안?"

"아악!"

베리테가 못 들을 것을 들은 사람처럼 몸을 파들파들 떨었다. 두 눈을 질끈 감고 귀를 틀어막기까지 했다.

"어떻게 나한테 이런 잔인한 짓을 할 수 있어! 제발 내 기억을 지워줘!"

흠, 흠. 농담이었는데 저런 격한 반응이라니. 하지만 세이블이 사랑스러운 건 사실인데.

"그러면 다르게 부를까? 러블리? 아니면 블리?"

"아주 그냥……. 아니다. 말을 말자. 너네 속 터지는 꼴 보는 것보단 나으니까."

베리테가 땅이 꺼져라 한숨을 푹푹 내쉬었다. 어쩐지 초췌해 보였다.

"그래도 러블리안은 좀 아니지 않냐? 사랑스러운 건 블랑슈지."

그래. 우리 블랑슈는 세상에서 제일 귀엽고, 세이블은 대륙에서 제일 귀여우니까.

맞는 말이긴 한데 뭔가가 마음에 좀 걸렸다. 눈을 가늘게 뜨고 바라보자, 베리테가 움찔하며 뒤로 물러섰다.

"왜, 왜 그런 눈으로 봐?"

"아니. 그게……. 내가 촉이 좀 좋거든?"

베리테가 블랑슈를 대하는 게 단순한 친구 이상의 분위기가 난단 말이지. 그러자 베리테가 싸늘하게 식은 눈으로 나를 응시했다.

"네가 촉이 좋다고? 양심이 있으면 그렇게 말하면 안 되지."

"내가 왜?"

"내가 옆에서 세이블리안이 너 좋아한다고 몇 번이나 말했는데 아니라고 했잖아!"

베리테가 억울하다는 듯이 소리쳤다. 흠, 크흠. 선생님. 거기에는 깊은 사정이 있어서, 어쩔 수 없었던 건데요…….

저런 반응을 보니 내 촉에 자신이 없어졌다. 베리테가 나를 한 번 흘겨보더니 입을 열었다.

"어쨌든. 애칭이 중요한 게 아니잖아. 범인부터 잡아야지."

그래. 무엇보다 중요한 일이 있었다. 바로 블랑슈에게 사과를 건넨 범인을 잡는 일.

세이블이 뱉어 낸 사과에는 예상대로 저주가 걸려 있었다. 나는 곧바로 과수원에서 있었던 일을 조사하였다. 결과는 전혀 다르지만, 내용 자체는 원작과 똑같았다. 노인이 사과를 건네주고, 그걸 먹고 가사 상태에 빠지고, 입맞춤으로 깨어나고.

그 모든 것이 우연이라 치부할 수도 있을 것이다. 하지만 상황을 알게 된 뒤, 내 머릿속에 떠오른 것은 단 하나의 가능성이었다.

혹시…… 누군가가 원작의 결말을 강제로 완성하려는 게 아닐까?

그게 아니라면 이상한 지점이 너무 많았다. 내 추측대로 누군가가 원작을 재현하려는 거라면, 그 사람은 누구일까? 나와 같은 빙의자? 아니면 이 세계에 동화책이 떨어졌나?

와중에 베리테는 잔뜩 가시가 돋쳐 씩씩대고 있었다.

"그나저나 호위기사들 대체 뭐 했던 거야? 큰일 날 뻔했잖아! 확인을 했어야지!"

베리테는 이미 알고 있는 사실임에도 연거푸 화를 냈다. 나 역시 조금 화가 나긴 했지만 무조건 호위기사들을 탓할 수는 없었다.

보통 독살을 시도한다면 독이 잘 흡수될 법한 음식을 고를 것이다. 아무리 독을 떨어트려 봐야 사과는 흡수를 못 하겠지. 게다가 사과 과수원이었으니 딱히 이상함을 느끼지도 않았을 것이다.

나는 가볍게 한숨을 내쉬었다.

"앞으로는 식사하기 전, 저주가 걸렸는지 확인해 봐야겠다."

"네가 저주를 확인할 수 있어서 다행이야. 그나저나 대체 누가 블랑슈를, 무슨 목적으로……."

베리테가 두 주먹을 꽉 쥔 채 부들부들 떨고 있었다. 두 눈이 칼날처럼 날카로운 은빛으로 번뜩였다. 이렇게 화가 난 얼굴은 처음 보는 것 같았다. 어린아이의 모습인데도 주춤할 정도의 살기였다.

나는 망설이다 조심스레 입을 열었다.

"베리테, 이건 내 추측이지만……. 범인은 단순히 블랑슈를 죽이는 게 목적이 아니었던 것 같아."

베리테가 살짝 눈썹을 찌푸리곤 나를 바라보았다. 의아하다는 눈치였다.

"왜 그런 생각을 했어?"

"정말 죽이려 했으면 독을 쓰지 않았을까? 굳이 어렵게 사과에 저주를 거느니, 독을 구하는 게 더 쉬웠을 거야."

나는 미리 정리해 두었던 거짓말을 입 밖으로 꺼냈다. 범인을 잡으려면 주위의 도움이 필요하지만, 모든 걸 솔직하게 말할 수는 없었다.

'이 세계는 동화 속 세상인데, 그 동화에서 일어난 일이 재현되고 있어!'라고 말을 한다면……. 여러모로 혼란에 빠질 것이 뻔했다. 그래서 원작 이야기는 숨긴 채, 적당한 핑계와 거짓말을 대기로 했다.

"그리고 사과에 걸린 저주는 가사 상태에 빠지는 거였어. 죽일 생각이었으면 그런 애매한 저주는 걸지 않았겠지."

"……확실히 이상하네."

내 설명에 베리테는 조금 차분해진 것처럼 보였다. 그리고는 가볍게 한숨을 내쉰 뒤 나를 응시했다.

"아비게일은 왜 범인이 그런 번거로운 방식을 취했다고 생각해?"

"내 생각엔……."

이 말이 먹힐까? 나는 잠시 손을 매만지다 입을 열었다.

"범인이 블랑슈와 결혼하려고 그런 게 아닐까 싶어."

"뭐? 그게 대체 무슨 말이야?"

베리테가 화들짝 놀라 물었다. 나는 침착하게 말을 이어 갔다.

"왜 하필 해제 조건이 키스였을까? 공주를 키스로 구해내는 장면은 무척이나 극적일 거야. 순식간에 공주님의 영웅이 되겠지."

결혼까진 못하더라도 큰 상을 받을 것이 분명했다. 베리테는 충격을 받은 모양인지 입을 떡 벌리고 있었다. 한참이 지난 후에야 그가 입을 열었다.

"……비약은 있지만 가능성은 있네."

다행히 이상하게 생각하지는 않는 것 같았다. 베리테의 두 눈에는 증오가 펄펄 끓어 오르고 있었다.

"어떤 놈이 감히 블랑슈를……!"

그 열기에 거울이 녹아내릴 것만 같았다. 나도 그 마음을 백번 이해했다. 블랑슈가 성인이었어도 화가 났을 텐데, 내 딸은 이제 13살이 되는 어린아이다. 13살! 그런 애를 가사 상태에 빠트리고, 키스를 하고, 왕자 행세를 하려고? 어떤 새끼인지는 몰라도 곱게 죽지는 못할 거다.

"찾아내서……."

"……죽여 버리겠어."

베리테와 내가 한목소리로 중얼거렸다. 개구리로 만든 다음에 바늘 밭에 굴려 버릴 거야. 나는 마음속으로 온갖 처형 방법을 구상하며 입을 열었다.

"그나저나 베리테. 그런데 이 일을 너와 나 둘이서 해결하긴 어려울 것 같아."

그 말에 베리테가 눈을 희번덕 치켜뜨고 나를 바라보았다.

"아닌데? 내가 찾아서 죽여 버릴 건데?"

"나도 그러고 싶지만 궁에서 일어난 일이 아니라 한계가 있어."

세이블이 먹은 사과에 저주가 걸려 있었다는 사실은 우리 둘만 알고 있었다.

만약 블랑슈가 독사과를 받은 것이 왕궁이었다면, 범인은 지금쯤 지하 감옥에 거꾸로 매달려 있을 것이다. 그러나 범행 장소는 과수원. 베리테의 능력으로는 확인을 할 수 없다. 내가 사람을 풀어 조사를 할 수도 있겠지만…….

“내가 검은색 마력이 있다는 걸 숨겨야 하니, 조사를 할 때 힘든 점이 많을 거야.”

사과에 저주가 걸려 있었다는 사실을 알리려면, 우선 내가 저주를 읽을 수 있다는 사실을 밝혀야 한다. 저주를 판별하는 마도구가 있다고 둘러댈 수도 있지만 깊게 파고들면 곧 거짓말이 탄로 날 것이다.

“그래서 말인데 세이블에게 내 마력에 대해 이야기하는 게 어떨까 싶어.”

내가 쓸 수 있는 사람과 세이블이 쓸 수 있는 사람은 확실히 차이가 있었다. 빨리 범인을 잡으려면 최대한 많은 조력자가 필요했다.

베리테는 내 말에 한참이나 말이 없었다. 표정이 무척 어두웠다. 내게 검은색 마력이 있다는 걸 처음 알았을 때처럼.

“아비게일. 검은색 마력은 정말 위험해. 마녀로 몰려서 험한 꼴을 볼지도 몰라.”

“응. 나도 조금 무서워. 하지만…….”

나는 살짝 미소 지은 채 말했다.

“세이블이라면 나를 믿어 줄 것 같아.”

물론 베리테의 걱정대로 내가 마녀로 몰릴지도 모르지만……. 그래도 세이블만큼은 나를 외면하지 않을 것 같았다.

그 말에 베리테가 힐끗 나를 보고는 가볍게 한숨을 내쉬었다.

“알겠어. 세이블리안이라면 괜찮겠지.”

흑, 세이블. 베리테에게 인정받았구나. 왠지 모를 감격을 느끼던 중, 베리테가 날카로운 눈빛으로 말했다.

"단! 네 마력에 대해 이야기할 때 나를 동반할 것."

"그래. 알았어. 지금 세이블에게 다녀올게."

망설일 시간이 없다. 이미 그가 죽었다 살아난 지 며칠이 흘렀고, 그 사이 범인이 증거 인멸을 했을지도 모르니까.

나는 황급히 거울방을 빠져나가 세이블의 집무실로 향했다. 그런데 문 앞에 서자 사과 향기가 희미하게 느껴졌다.

설마 또 무슨 일이? 나는 시종에게 시선을 주었다. 그가 굳은 얼굴로 헛기침을 하고 말했다.

"국왕 전하. 왕비님께서 알현을 요청하십니다."

"들어오십시오, 비비."

안에서 세이블의 반가운 목소리가 들려왔다. 별일 없나? 황급히 안으로 들어가자, 밀러드가 바구니를 양손에 든 채 서 있었다.

"그러니까, 밀러드. 난 정말 괜찮네."

"아닙니다. 제가 그때 얼마나 후회하셨는지 모를 겁니다. 사과 정도야 그냥 드릴 것을……."

그가 눈물이 그렁그렁해져서 사과 바구니를 내밀었다.

"공주님이 주신 사과는 아니지만, 이거라도 받아 주십시오."

으음. 밀러드가 아마 미안한 마음에 사과를 주려던 모양이었다. 독사과 먹고 죽은 사람에게 사과 선물이라니. 악의는 없겠지만 사뭇 잔인한 풍경이었다.

"아비게일이 왔으니, 밀러드 자네는 잠시 나가 주게."

"제 사과를……."

"받겠네. 나가게."

세이블은 사과 바구니를 거칠게 받은 뒤, 그를 내쫓았다. 흐음. 사과 향기가 상큼하네. 나는 떠나가는 밀러드를 힐끗 보곤 말했다.

"밀러드 경이 충격을 많이 받았나 봐요."

"그러게 말입니다."

그는 가볍게 한숨을 내쉬며 바구니를 내려놓았다. 그리고는 부드럽게 나를 꼭 끌어안았다. 애절한 목소리가 귓가에 닿았다.

"보고 싶었습니다, 비비."

"저도요……."

그가 되살아난 뒤, 우리는 본의 아니게 각방을 쓰고 있었다. 아무래도 한 번 죽었다 살아났기 때문에, 세이블은 격리되어 치료를 받고 있었다. 그래도 오늘 아침에 봤는데, 왜 이렇게 보고 싶었을까. 그가 한 번 죽은 이후 시간 감각이 좀 이상해진 것 같았다.

아, 맞아! 이러고 있을 때가 아니지!

"전하, 사실 중요한 일이 있어 찾아왔어요."

"중요한 일? 무슨 일입니까."

그가 슬그머니 팔에서 힘을 풀곤 나를 바라보았다. 사과 향기가 가득해 과수원에 서 있는 것만 같았다.

"전하를 시해한 사람 때문에 왔어요. 아직 범인은 안 잡혔죠?"

"예. 사인이 뭔지 모르니, 수사가 좀 더디군요."

역시 더 이상 숨길 수는 없었다. 나는 포옹을 풀곤 한 발자국 뒤로 물러섰다.

"사실……. 전하가 어쩌다 그렇게 되신 건지 알고 있어요."

빙그레 웃고 있던 그의 입매가 어느새 무뚝뚝하게 굳어 있었다.

불안한 마음에 목소리가 조금 잠겼다.

"과수원에서 밀러드 경으로부터 사과를 받으셨죠?"

"예."

"조사해 보니 그 사과에 저주가 걸려 있었어요. 가사 상태에 빠지는 저주."

어쩐지 심장이 뻐근해지는 것 같았다. 세이블은 조금 냉정해진 시선으로 침묵하고 있었다.

"그리고 저주를 해제하는 방법은 키스였어요. 제가 그걸 어떻게 알게 되었냐면……."

"잠시만요."

그가 다급히 내 말을 끊었다. 세이블은 혼란스러운 표정이 되어 입을 열었다.

"제가 키스를 받아 깨어났다고요?"

"네……."

"누가 했습니까?"

"제가요."

어, 어? 기억을 못 하나? 하긴 잠든 상태에서 누가 키스해도 알아차리긴 힘들겠지.

그는 꽤나 충격을 받은 얼굴이었다. 가슴이 따끔했다. 나는 머뭇거리다 입을 열었다.

"저기, 정말 죄송해요. 물론 전하의 의사를 확인하고 해야 했는데. 아무래도 확인을 할 수 없다 보니……."

"다시 합시다."

"네?"

"저 기억이 나지 않습니다. 다시 합시다."

그가 억울한 표정이 되어 말했다. 기억이 안 나서 충격받은 거였어?

그가 되살아난 직후, 여러 번 뽀뽀하긴 했었는데 그것도 기억이 안 나나?

"사실 그때 기억이 좀 흐릿한 것이 꿈처럼 남아 있습니다. 비비를 보고 기분이 무척 좋았던 건 기억이 나는데……."

하긴. 그는 되살아난 이후 몇 시간 동안 반수면 상태에 가까웠었다.

그는 절망과 충격에 빠져 있었다. 산책을 취소당한 강아지처럼 시무룩해 보이기도 했다. 나는 잠시 고민하다 입을 열었다.

"……좋아요. 해요."

"예?"

"키스하자고요."

조금 부끄러웠지만 나는 거부하지 않기로 했다. 그의 장례식을 겪으며 나는 많은 것을 후회했다.

사랑한다고 말하지 않은 것, 그를 더 많이 안아 주지 못한 것, 그에게 입 맞추지 않은 것.

시간은 무한하지 않다. 오늘 같은 시간이 다시 찾아올 거라고 그 누구도 장담할 수 없었다. 쑥스럽다고 이 순간을 피하면 또다시 후회만이 남을 것이다.

"키스해요, 세이블리안. 아주 많이."

나는 그리 말하며 세이블에게 조심스레 다가갔다. 그가 흠칫 놀라 뒷걸음질을 쳤다. 벽에 등이 부딪치는 소리가 들렸다.

시, 싫은가? 놀랐나? 덜컥 겁이 났다. 나는 살짝 거리를 둔 채 세이블의 안색을 살폈다.

그는 묘한 표정을 짓고 있었다. 놀란 것 같기도 하고, 기뻐하는 것 같기도 했다. 뜻하지 않은 선물을 받은 아이처럼 보이기도 했다.

"……정말 됩니까?"

"네. 정말 돼요. 그런데……."

나는 그의 입가를 올려다보았다. 아비게일도 작은 편은 아닌데, 세이블이 워낙 커서 입을 맞추려면 까치발을 세워야 할 것 같았다.

"키가 좀 크셔서 안 닿을 것 같아요."

그러자 벽에 기대고 있던 세이블이 주르륵 미끄러져 내려왔다. 순식간에 시야가 비슷해졌다.

"이 정도면 될까요."

"네, 네!"

내려오는 속도가 전광석화 급이었다. 내가 고개를 끄덕이자, 그의 손이 조심스레 내 허리에 닿았다.

끌어안으려는 건가? 그러나 그는 손을 슬그머니 거두더니 이번에는 손목을 잡고, 그다음에는 어깨에 올리며 갈팡질팡하는 모양새가 되었다.

뭐, 뭐지. 그의 뜻을 알 길이 없어 가만히 바라보자, 세이블이 멋쩍게 시선을 피하며 말했다.

"그, 죄송합니다. 제가 키스는 처음이라……."

쑥스러움과 긴장이 담뿍 담긴 눈동자가 물속에 담긴 보석처럼 아롱거렸다. 그 눈동자를 보는 순간, 내 안의 무언가가 끓어 오르는 것 같았다. 나는 과감하게 벽을 쿵 짚은 뒤, 반대 손으로는 세이블의 턱을 잡았다.

"괜찮아요. 저만 믿으세요."

담비야, 걱정하지 마. 누나가 실전 경험은 없어도 이론은 여기저기서 많이 주워들었어!

"눈 감으세요."

"예."

세이블은 조신하게 눈을 감았다. 파르르 떨리는 속눈썹을 보니 그가 얼마나 긴장한 건지 느껴졌다. 아, 미쳐 버리겠다. 나도 모르게 마른침을 삼켰다. 공기가 달다 못해 아릴 지경이었다. 나는 숨을 멈춘 채 그의 입술에 살짝 입을 맞추었다.

가사 상태로 잠들어 있던 세이블의 입술은 차가웠으나 지금은 생생한 온기가 느껴졌다. 너무도 부드럽고 따뜻했다. 그저 살과 살이 닿았을 뿐인데, 꿀이라도 바른 것처럼 달콤했다. 심장이 터지기 일보 직전이었다. 그가 너무 사랑스러워, 영원히 이 시간을 멈추고 싶었다.

쪽, 하고 가볍게 입술 떨어지는 소리가 들렸다. 잠시 후 세이블의 눈꺼풀이 조용히 열렸다. 몽롱한 눈빛이었다. 무언가에 취한 사람처럼. 나는 조금 걱정이 되었다.

"괜찮아요? 막 기분이 나쁘거나……. 그러진 않나요?"

혹 이러한 스킨십이 전 왕비를 떠올리게 하지는 않을까. 키스는 처음이니 괜찮으려나. 세이블이 가라앉은 목소리로 말했다.

"……모르겠습니다."

역시 좀 애매한 모양이었다. 나만 좋았던 것 같아서 죄책감이 들었다. 그때, 세이블이 손을 뻗어 내 뺨을 감쌌다.

"그러니 한 번 더 합시다."

"네?"

"한 번 더 하면 알 수 있을 것 같습니다."

세이블은 나를 부드럽게 끌어당겼다. 순식간에 그의 입술이 내 호흡을 삼켰다. 봄이 매년 찾아와도 늘 새로운 것처럼 두 번째 입맞춤도 황홀했다.

그는 아까보다 조금 더 길게 입을 맞추고 있다가 고개를 떼어냈다. 그의 고요한 벽안 속에 내가 담겨 있었다.

"그, 괜찮으세요?"

"모르겠습니다. 한 번 더 합시다."

이 봄을 영원히 붙잡으려는 사람처럼 그는 나를 끌어안고 있었다. 입술이 닿은 순간, 계절조차 봄에 멈춰 버린 느낌이었다.

우리의 입술이, 몸이, 호흡이 한 쌍처럼 꼭 맞물려 있었다. 숨조차 멈춘 채 우리는 서로의 입술만을 호흡하고 있었다.

"……하아."

한참이 지나서야 그는 입술을 떼어내고 숨을 뱉었다. 그의 푸른 눈동자가 깊이를 알 수 없는 행복으로 빛나고 있었다.

눈이 마주치자 그는 빙그레 웃었다. 순간 심장 한구석이 덜컹대며 부끄러움이 밀려왔다.

"이, 이제는 아시겠죠? 괜찮나요?"

"예. 좋군요."

그는 어린 짐승처럼 내 어깨에 부비부비 머리를 비볐다.

"그러니 또 합시다."

으아아, 너무 귀여워! 하루 종일 뽀뽀만 하고 싶어! 다시 그에게 입을 맞추려 하는데, 내 목걸이에서 똑똑 노크 소리가 들렸다.

"저기, 아비게일? 무슨 일 있는 거 아니지?"

베리테?! 나는 화들짝 놀라 세이블에게서 떨어졌다.

"베, 베, 베리테? 봐, 봤어?"

"아니. 안 봤어. 네가 간 지 시간이 꽤 지났는데 날 안 불러서……."

헉, 그러고 보니 내 마력에 대해 이야기하려고 찾아온 거지. 뽀뽀하느라 정신이 팔려 깜빡하고 있었다.

"베리테랑 무슨 일 있으셨습니까?"

세이블은 그렇게 물으며 슬금슬금 내 허리를 잡아 제 쪽으로 끌어당겼다. 늦바람이 무섭다더니, 정말 무섭다. 키스도 중요하지만 일단 더 급한 일이 있었다.

"네. 중요한 이야기를 하러 왔어요. 그러니까 이건……. 다음에 이어서 하죠."

"알겠습니다."

그는 아쉬워하면서도 순순히 내 허리를 놓아주었다. 참 말도 잘 듣지. 뉘 집 남편인지 참 잘 컸어.

"음. 이 이야기는 베리테와 함께 하는 게 좋을 것 같은데, 불러와도 될까요?"

"예. 물론입니다."

잠시 후. 베리테는 집무실 벽거울에 모습을 드러냈다. 그가 걱정 가득한 눈으로 우리를 힐끗거렸다.

"이야기했어?"

"아니, 아직."

"그러면 이제까지 무슨 이야기를 한 거야?"

"크흠, 좀 급한 일이 있었어."

애들은 몰라도 되는 급한 일이 있어.

의아한 표정이 된 베리테를 외면한 채, 나는 세이블을 바라보았다.

"아까, 전하께서 저주에 걸린 사과를 먹고 가사 상태에 빠진 거라고 말씀드렸죠."

"예. 그러셨죠."

그 말에 베리테는 더욱 불안한 얼굴이 되었다. 나는 조용히 말을 이어 갔다.

"지난번에 나디아의 저주를 눈치챈 건 베리테라 말했지만, 사실…… 그건 저였어요. 사과에 걸린 저주를 알아본 것도 저예요."

"비비, 당신이요? 어떻게?"

방금 전의 봄 같은 공기는 어느새 휘발되고 없었다. 이른 봄이 물러가고 가을이 도래한 것만 같았다.

"제게 마력의 축복이 허락되었어요. 이제까지 숨겨 왔던 건……."

나는 천천히 허공으로 손을 내밀었다. 어쩐지 물살을 가르는 듯, 공기가 무겁게 느껴졌다.

"제 마력의 색깔 때문이었어요."

방 안의 공기가 서서히 가라앉는 게 느껴졌다. 그리고 화살이 손바닥을 관통해, 그 구멍으로 피가 흘러넘치는 것처럼 검은색 마력이 새어 나오기 시작했다.

누군가가 잉크병을 깨트린 듯, 집무실 바닥 위가 검게 변해갔다. 그와 동시에 세이블의 두 눈동자가 혼란으로 젖어 들어갔다. 저런 표정은 처음이었다.

나는 내밀고 있던 손을 꾹 쥐었다. 마력은 다시 내 안으로 흘러들어왔고, 바닥에 떨어진 것은 재처럼 굳어 흩어져 버렸다. 세이블은 믿기 힘들다는 듯, 경악 어린 시선으로 바닥만 내려다보고 있었다.

그의 눈동자가 곧 깨질 유리처럼 떨려 왔다.

……내 예상보다도 더욱 놀란 것 같았다. 검은색 마력이 가진 공포감이 대체 어느 정도인지 짐작이 가지 않았다.

초조했다. 설마 방금 전의 키스가 우리의 마지막 키스가 되는 걸까. 불안과 침묵이 검정처럼 고여 가던 그때, 베리테의 다급한 목소리가 들려왔다.

"세이블리안! 일단 내 말 좀 들어봐!"

나와 세이블이 거울 쪽을 바라보았다. 베리테의 얼굴에 보기 드문 초조함이 드려져 있었다. 나는 단 한 번도 저런 표정을 본 적이 없었다. 어떤 상황에서도 늘 기고만장하던 베리테였는데.

"세이블리안, 아니 세이블리안 전하. 저랑 예전에 했던 약속 기억하시죠?"

게다가 존댓말까지? 얘 진짜 우리 집 거울 맞아? 바꿔치기 당한 거 아니지? 세이블이 살짝 미간을 찌푸린 채 입을 열었다.

"무슨 약속을 말하는 거지?"

"제게 빚을 하나 지셨던 거요."

'빚'이라는 말에 세이블은 고개를 끄덕였다. 대체 둘 사이에 무슨 일이 있었던 걸까. 베리테가 입술을 꾹 깨문 채 애원하는 얼굴로 말했다.

"그때 그 빚. 지금 갚아 주세요. 아비게일을 제발 처벌하지 말아 주세요. 아비게일은 잘못한 것 없어요."

그 말에 세이블조차도 놀란 기색이 되었다. 언제나 당당하고 맹랑한 베리테였다. 나와 처음 만났을 때도 소신을 굽히지 않던 거울이었는데. 그런 베리테가 이렇게 저자세로 나올 줄은 꿈에도 몰랐다.

그것도 나를 위해서.

나도 모르게 콧잔등이 시큰해졌다. 베리테가 간절한 시선으로 세이블을 바라보며 말을 이어 갔다.

"검은색 마력이 위험한 건 알고 있어요. 하지만 사람이 위험한 건 아니잖아요. 물론 얼굴은 위험하지만……."

그래, 얼굴은 위험……. 뭐?

"아비게일 얼굴만 보면 저주로 사람 한둘 죽였다고 생각할 수도 있겠지만 결백해요. 맹세할 수 있어요. 그러니까……."

베리테가 고개를 툭 떨구었다. 그 모양새가 마치 눈으로 빚은 사람 같았다. 작은 어깨가 곧 녹아 흘러내릴 듯 연약하고 애처로워 보였다.

"제발 아비게일을 처벌하지 말아 주세요. 그때 진 빚, 지금 이걸로 갚아 주세요."

비록 막말을 듣긴 했지만, 베리테가 자존심을 버려 가면서 나를 보호하려는 것만큼은 알 수 있었다. 세이블 역시 뜻밖이라는 눈으로 거울을 응시했다.

"……솔직히 좀 놀랍군. 네가 그런 말을 하다니."

"빚 갚을 거죠?"

"그럴 필요는 없다."

그 목소리가 얼음칼처럼 서늘하게 들렸다. 베리테의 두 눈이 배신감에 젖었다가, 날카롭게 세이블을 노려보았다.

"뭐? 약속 안 지킬 거야? 쫌생이 같으니! 야, 아비게일 건드리기만 해 봐! 내가 가만 안 둬!"

아, 아니. 얘가 대체 왜 이래? 죽고 싶어 환장했나? 너 목숨 여러

개야?! 나는 황급히 거울 앞을 가로막았다.

“전하! 베리테가 싹수도 노랗고, 말버릇도 나쁘지만 나쁜 애는 아니에요! 그냥 저를 걱정해서…….”

“아니, 내가 뭐 어때서? 싹수로 따지면 세이블리안이……!”

“넌 좀 조용히 해!”

이러다가 하나 죽을 거 둘이 죽겠다! 입이 있으면 틀어막기라도 할 텐데 거울이라 막을 방도가 없었다. 세이블이 황당하다는 듯이 우리를 바라보다 한숨을 내쉬었다.

“……반성해야겠군요. 제 신뢰도가 꽤 낮은 모양입니다.”

다행히 그는 베리테의 폭언을 듣고도 딱히 화가 난 것 같지 않았다. 그는 조금 씁쓸한 표정으로 말했다.

“일단 베리테. 굳이 빚을 갚으라 하지 않더라도 난 아비게일을 처벌할 마음이 없다.”

“진짜?”

베리테의 얼굴이 단숨에 밝아졌다. 그가 엄지를 척 내밀며 말했다.

“역시 세이블리안이야! 현명한 왕! 선한 군주! 잘생기고 멋있고 귀여워!”

“입 다물어.”

세이블이 째려보자 베리테는 금세 딴청을 피웠다. 그런 베리테가 귀엽기도 하고, 고맙기도 해서 나도 모르게 미소가 지어졌다.

“그때 내게 빚을 만들어 두었을 때, 너는 아비게일의 마력에 대해 알고 있었나?”

“응.”

“……그랬군.”

그의 호흡에 알 수 없는 안도와 흔들림이 배어 있었다. 잠시 후, 세이블이 베리테에게 살짝 고개를 숙였다.

"그동안 비비를 보호해 줘서 고맙다, 베리테."

나도, 베리테도 무언가에 찔린 것처럼 얼떨떨했다. 세이블이 베리테에게 고개를 숙이다니.

베리테는 말을 잃고 그 모습을 바라보다, 이내 기고만장하게 웃었다.

"뭐, 보좌관으로서 당연한 일이지."

베리테가 세이블에게 '빚'을 만들어 둔 것은 대체 언제의 일일까. 대체 얼마나 오래전부터 나를 걱정하고 보호하고 있었던 걸까.

세이블에게도 고마웠다. 베리테에게 반쯤은 욕설에 가까운 말을 들었음에도 그는 도리어 감사의 말을 전했다.

너무 행복하면 아무런 말도 나오지 않는다는 걸 처음 깨달았다. 베리테도, 세이블도 너무 고마웠다.

"비비의 마력에 대해 알고 있는 사람은 또 누가 있습니까?"

"저랑 베리테뿐이에요."

"다행이군요."

이 행복을 그저 만끽하고 싶었지만, 그럴 수는 없었다. 잠시 잊고 있던 불안이 다시 스멀스멀 올라왔다. 세이블이 조심스레 내 손을 꼭 잡았다.

"이미 알고 계시겠지만, 절대로 다른 사람이 비비의 마력에 대해 알면 안 됩니다."

"……네."

"말씀하기 힘드셨을 텐데, 저를 믿고 이야기해 주셔서 정말 감사합니다."

좋은 사람이 주위에 너무도 많아 행복한 동시에 초조했다. 이 마력이 밝혀지면……. 나뿐만 아니라 주위 사람까지 얽히는 것은 아닐까.

"만약 제가 검은색 마력을 지닌 게 밝혀지면 어떻게 될까요."

베리테는 투옥, 심하면 화형이라고 했다. 왕비라는 지위에 있으면 어떻게 될까. 보호를 받을까, 아니면 더욱 돌을 맞을까.

초조 속에 잠겨 있던 그때, 세이블의 목소리가 들려왔다. 소리에도 색이 있다면 필시 푸른색일 목소리. 차분하고 고요한 음색이었다.

"만약 다른 사람들이 알게 되더라도, 그 누구도 당신을 해하지 못하게 할 겁니다. 무슨 짓을 하더라도 그들을 막을 것입니다."

"저를 감싸면 전하께서도 위험해지는 거 아닌가요?"

"괜찮습니다. 걱정하지 마십시오."

무엇이 괜찮다는 걸까. 나를 감싸도 자신은 안전하다는 걸까, 아니면 위험해져도 상관없다는 걸까.

"세이블. 만약 나 때문에 당신까지 위험해진다면……."

"비비."

그가 부드럽게 내 말을 끊었다. 내 불안을 잘라내려는 사람처럼.

"약속하지 않았습니까. 그런 말 하지 않겠다고."

목소리는 상냥했으나 마냥 유하지는 않았다. 검에 다정하다는 수식어가 어울리지 않겠지만, 그는 마치 다정한 검과도 같았다.

세이블이 단호한 어조로 말했다.

"설마 지난번처럼 비비만 내버려 두고 저만 살라고 하지는 않으시겠죠?"

"……네. 안 할게요."

나는 얌전히 고개를 끄덕였다. 그의 목숨이 내 것보다 귀하다는 생각은 여전했지만, 그를 혼자 살게 할 수는 없었다. 세이블을 한 번 잃으니 상실이 얼마나 쓰고 무거운지 알 수 있었다. 이 상실을 그가 겪게 하고 싶지 않았다.

그는 내 대답이 만족스러운지 조용히 내 이마에 입 맞추었다. 눈이 마주치자 나도 모르게 배시시 웃음이 났다. 그의 입술이 내 입가에 닿으려고 할 때.

"흠흠."

어디선가 헛기침 소리가 들렸다. 거울을 보니, 얼굴이 새빨개진 베리테가 다른 곳을 바라보고 있었다.

"아저씨, 아줌마. 여기 세 살 먹은 거울이 있어요. 제발 신경 써 주세요."

미, 미안. 잠깐 깜빡하고 있었어. 와중에 세이블만은 조금 짜증이 난 표정을 짓고 있었다. 왜 눈치 없이 있느냔 듯이.

"일단 앞으로의 일에 관해 이야기하죠!"

나는 황급히 분위기를 환기했다. 그리고 베리테에게 이야기했던 가설을 세이블에게도 들려주었다. 범인은 블랑슈를 노렸고, 아마 결혼을 목적으로 하는 것 같다는 가설.

이야기를 들을수록 세이블의 얼굴이 굳어가기 시작했다. 분명 마력이 없는 사람인데도, 등 뒤로 귀기가 일렁이는 것 같았다.

"얼른 잡아서 죽여야겠군요."

동감이다. 휴, 호흡이 이렇게 잘 맞다니 좀 기쁘군. 역시 우리는 천생연분인가 봐.

"네. 일단 사실을 알게 된 뒤, 바로 사람을 보내 블랑슈에게 사과를 건넨 노인을 찾으려 했지만……."

"없었겠군요."

그의 말대로 노인은 실종되었다. 오래전부터 과원에서 일하던 사람인데, 갑자기 출근을 하지 않아 동료들도 놀란 것 같았다.

"그 노인이 범인일 것 같진 않아요."

"예. 아마 이용당했겠죠."

이용당한 거라면 그 사람은 지금쯤……. 명확한 예감에 나는 입술을 깨물었다. 베리테도 말이 없었다.

"그래도 노인의 행방을 찾아봐야 할 것 같아요."

"예. 사람을 풀어 수소문해 보겠습니다."

정보부 사람들이 나선다면 사소한 단서라도 찾을 수 있겠지. 베리테는 우리의 대화를 조용히 듣다가 입을 열었다.

"독사과를 얻은 경로도 찾아봐야 할 것 같아. 그런 저주를 거는 게 쉽지는 않으니까."

오히려 범행 도구가 특이해서 다행인가. 그러다 문득 의문이 들어 베리테를 바라보았다.

"그런데 신기하네. 검은 마력은 흔치 않다고 들었는데."

"응. 하지만 검은 마력이 아니어도 저주를 걸 수는 있어. 합당한 대가를 지불한다면."

예전에 베리테가 해 준 설명이 떠올랐다. 내가 마력을 더 많이 사용하면, 불과 관련한 마법을 쓸 수도 있다는 이야기. 그리고 마력 외의 다른 것을 대가로 바칠 수도 있다고 했다. 『인어공주』에서 저주를 풀기 위해 머리카락을 자른 것처럼.

"일단 마법관을 살펴봐야겠군요."

세이블은 담담하게 말했다. 수많은 마법사들이 모여 살고 있으니,

가장 먼저 의심이 가기는 한다. 그들 중 한 명이 범인이라면 너무 씁쓸할 것 같지만.

“마법관 외에 다른 경로는 없을까요?”

“아마 암시장을 통해 거래되는 것들이 있을 겁니다. 조사를 명하도록 하겠습니다.”

역시 세이블이 함께 하니 여러모로 방법이 생긴다. 뭐라도 하나 잡아낼 수 있겠지.

혹시 원작과 내 기억을 통해서 더 파악할 수 있는 건 없을까? 고민에 빠져 있던 그때, 조심스러운 목소리가 들려왔다.

“저기, 그런데 말이야.”

베리테였다. 거울을 바라보자, 베리테는 우리의 눈치를 살피다가 넌지시 말했다.

“블랑슈는 어떻게 할 거야? 비밀로 해?”

방 안에 잠시 침묵이 흘렀다. 세이블도, 나도 쉽게 대답을 할 수가 없었다. 지금 가장 위험한 사람은 블랑슈다. 현재 무슨 일이 일어나고 있는지 설명을 해야 하긴 하지만…….

나는 망설이다 입을 열었다.

“자신이 건넨 독사과 때문에 세이블이 죽었다는 걸 알게 되면 충격받지 않을까.”

만약 내가 건넨 음식에 독이 들어 있어서, 그걸 먹고 누군가가 죽었다면? 무고하다고 내 자신을 설득시킬 수 있을까. 솔직히 자신이 없었다. 블랑슈처럼 착한 아이라면 더더욱 그럴 것이지.

베리테도 세이블도 그 말에 동의하는 듯 침묵하고 있었다. 나는 조심스레 정적을 깼다.

"전하께서는 어떻게 생각하세요?"

"차기 왕위 계승자라면 알아둬야 할 사안입니다."

그렇긴 하지만……. 뭐라고 말을 하면 좋을까 망설이던 그때, 세이블이 말을 이어 갔다.

"하지만 어린 딸에게 알려 줄 내용은 아닌 것 같군요."

나도 그에 동의했다. 어리다는 이유로 블랑슈를 무시할 생각은 없지만, 지금은 딸을 보호해야 했다.

"우선 전하께서 한 번 죽을 뻔했으니, 블랑슈도 당분간 조심하라 일러두는 건 어떨까 싶어요. 낯선 물건도 받지 말고."

"예. 그편이 좋을 것 같습니다."

굳이 블랑슈에게 상처를 주고 싶지 않았다. 아주 오랜 시간이 흐른 뒤에는 이야기할 수도 있겠지.

베리테도 착잡한 얼굴이 되어 고개를 끄덕였다. 아직도 방 안에서 사과 향기가 풍기고 있었다. 그 달콤한 냄새가 어쩐지 불안하게 느껴졌다.

부모의 장례식을 세 차례나 경험한 아이는 이 세상에 몇 명이나 될까. 블랑슈는 13살이 되기 전, 부모의 세 번째 상사(喪事)를 겪었다. 첫 번째 장례식은 태어난 지 며칠 되지 않았을 때였다.

친모 미리엄이 죽었을 때는 기억이 나지 않았다. 기억한다 한들 큰 감흥은 없었을 것이다. 얼굴을 본 적이 없으니까. 하지만 아비게일의 장례식, 그리고 세이블리안의 장례식은 선명히 뇌리에 남아 있었다. 검은 옷을 걸친 조문객들의 뒷모습이 아직도 생생했다.

블랑슈는 사람을 모두 내보낸 채, 개인실에 멍하게 앉아 있었다. 사실 세이블리안이 죽었을 때부터 약간 넋이 나간 채였다.

아버지가 죽었다는 이야기를 들었을 때, 블랑슈는 울지 않았다. 아비게일이 울음을 참고 있는 게 어린 블랑슈의 눈에도 훤히 보였기 때문이었다. 그 모습을 보자 왠지 울면 안 될 것 같았다.

한편으로는 현실감이 없어서 눈물이 나오지 않았다. 아바마마가 정말 죽었다고? 거짓말 같았다. 아비게일이 그랬던 것처럼, 세이블리안도 되살아나지 않을까. 그런 허망한 꿈을 꾸기도 했다.

그리고 꿈은 현실이 되었다. 세이블리안이 살아나자 기쁨을 금할 수 없었지만, 마음 한구석이 진창처럼 일렁였다.

'누가 엄마랑 아빠를 죽이려고 해.'

재회의 기쁨을 느끼는 가운데 냉정한 현실이 블랑슈의 발밑에 깔려 있었다. 세이블리안이 어쩌다 죽고 어쩌다 살아났는지 블랑슈는 알지 못했다. 하지만 무언가 이상하다는 것을 느끼고 있었다.

과수원에서 자신을 호위했던 기사들이 수차례 불려가고, 부모님이 자신을 조심스레 대하는 것에서 왠지 모를 위화감을 느꼈다. 게다가 낯선 사람에게 물건을 받지 말라는 이야기도 들었다. 그 이야기를 들은 순간, 노인이 건넨 사과가 떠올랐다.

"저기, 블랑슈. 괜찮아?"

거울 속에서 들려오는 목소리에 블랑슈는 정신을 차렸다. 커다란 전신 거울 속에 어린 소년이 나타나 있었다.

"응. 나 괜찮아."

"그러면 다행인데……."

베리테는 장례식 때, 정신없이 국정을 처리하는 아비게일을 대신해 블랑슈의 옆자리를 지켰다. 블랑슈는 그동안 한 번도 눈물을 흘리지 않았다. 차라리 소리 내어 우는 편이 나았을 것이다.

"어마마마랑 아바마마는?"

"아, 응. 좀 바쁘대."

베리테가 머쓱하게 웃었다. 블랑슈는 가만히 베리테를 응시하였다. 언제나 미소로 가득했던 얼굴이 빈 도화지처럼 텅 비어 있었다.

"저기, 베리테. 나 궁금한 게 있는데……."

"응? 뭔데?"

"사절단과 함께 과원에 갔을 때 말이야."

과원이라는 말에 베리테가 움찔하는 것이 보였다. 블랑슈가 입술을 꼭 깨문 뒤 말을 이어 갔다.

"그때 무슨 일 있었어? 호위기사들도 계속 불려가고, 밀러드 경도 그렇고……."

밀러드 역시 이 사건과 관계되었기에, 따로 불러 조사를 받았다. 사건 정황을 알게 된 밀러드는 블랑슈에게 더욱 친절해졌다.

베리테가 우물쭈물 말을 흐렸다. 거울 앞에 앉아 있던 블랑슈가 한참을 침묵하다가 입을 열었다.

"베리테. 혹시 아바마마가 돌아가신 거……. 나랑 관련 있어?"

그 말은 묵직한 돌 같았다. 누군가가 호수에 돌을 던져 넣은 것처럼, 베리테의 두 눈동자에 파문이 일었다. 눈치가 빠른 아이라 생각은 했는데, 이토록 확신을 하고 있을 줄은 몰랐다. 베리테는 잠시 망설이다 입을 열었다.

"너랑 관련이 있지만, 관련이 없어."

그 목소리에 블랑슈는 고개를 들었다. 무슨 말인지 모르겠다는 얼굴이었다. 베리테가 짧게 심호흡을 하고 말했다.

"과원에서 어떤 노인이 사과를 줬지? 거기에…… 저주가 걸려 있었어. 세이블리안이 그걸 먹었고."

사과. 그 말에 블랑슈의 얼굴이 하얗게 질렸다. 얼굴이 돌처럼 희게 굳은 것을 보고 베리테가 황급히 말을 이어 갔다.

"거기에 걸린 건 가사 상태에 빠트리는 저주였어! 그러니까 세이블리안은 죽었던 게 아니야!"

베리테는 정말 간절히 이 거울에서 뛰쳐나가고 싶었다. 부서질 듯 떨리는 블랑슈의 어깨를 감싸 안고 달래주고 싶었다.

"너는 잘못 없어. 나쁜 놈은 그 사과를 준 놈이야. 그러니까 제발 네 탓이라고 생각하지 말아 줘……."

간절한 목소리가 베리테의 입술에서 새어 나왔다. 아비게일이나 세이블리안만큼이나, 베리테도 블랑슈가 상처받지 않길 바랐다.

"혹시 화났어? 우리가 그 사실을 숨겨서……."

따돌림당하는 기분이 들지는 않았을까 걱정되었다. 잠시 후 블랑슈가 고개를 들었다. 훌쩍이는 소리가 들렸다.

"화가 왜 나……. 엄마랑 아빠랑 베리테가, 나를 이렇게 걱정해 주고 사랑해 주는데……."

커다랗고 푸른 두 눈에 눈물이 그렁하게 맺혀 있었다. 베리테는 뭐라 말도 하지 못한 채, 묵묵히 블랑슈를 바라볼 뿐이었다.

"내가 상처받을까 봐 그런 거잖아. 다 알아. 화 안 났어."

물론 자신이 건넨 사과 때문에 세이블리안이 위험에 빠졌다는 것은 충격이었다. 하지만 굳이 이 사실을 말하지 않은 부모님의 마음을 이해할 수 있었다. 고맙고 미안했다.

베리테는 블랑슈의 반응에 안도의 한숨을 내쉬었다. 블랑슈는 소매로 눈물을 슥슥 닦아내고 말했다.

"그러면 범인은 아바마마가 아니라 날 노린 거지?"

"응. 그런 셈이야."

"나한테 사과를 준 할아버지는 어떻게 됐어?"

"사라졌대. 수색 중이긴 하는데 목격자가 없어서……."

외진 곳에 홀로 사는 노인이었던지라, 실종되어도 행방을 아는 사람이 없었다. 베리테가 작게 투덜거렸다.

"한 명쯤은 봤을 줄 알았는데. 작은 실마리라도 있으면 좋으련만."

"……."

블랑슈는 작은 입을 꼭 다문 채 무언가를 생각하고 있었다. 그러다 슬그머니 자리에서 일어났다.

"나, 어마마마랑 아바마마한테 가 볼래. 두 분 어디에 계셔?"

"어, 어? 아비게일의 집무실에."

블랑슈가 그 말을 듣고는 재빨리 방을 나섰다. 무슨 생각이 떠오르기라도 한 걸까?

그러다 문득 베리테는 얼굴이 하얗게 질렸다. 집무실 쪽 거울을 돌아보니, 검은 천으로 막아둔 게 보였다. 설마, 설마? 베리테는 다급하게 아비게일의 거울 목걸이를 두들겼다.

"야! 야! 너네 뽀뽀해? 뽀뽀하면 안 돼! 블랑슈 가고 있어!"

사절단이 다녀간 뒤. 왕국에서는 겉과 뒤, 양쪽 모두 바쁘게 일이 진행되고 있었다. 뒤에서 은밀히 진행되고 있는 사안은 세이블리안의 독살 사건 조사였다.

마법관과 암시장, 노인을 조사하고 있었으나 세 곳 모두 특별한 성과는 없었다. 불행 중 다행으로 겉으로 진행되는 사안은 또렷한 진척도가 보였다. 아비게일은 소파에 앉아 있는 세이블리안에게 서류를 건넸다.

"배 밑바닥에 아틀란시아의 문장을 새긴 이후, 인어의 해역을 지나가도 모두 무사 귀환하고 있다네요."

그녀는 그렇게 말하며 세이블리안의 옆에 앉았다. 사절단이 파견된 뒤부터, 이종족과 관련된 일은 모두 그녀의 몫이 되었다.

세이블리안은 서류를 받은 뒤, 아비게일의 안색을 살폈다. 다소 초췌한 기색이 돌았다.

"고생하셨습니다. 그나저나 표정이 좋지 않으시군요."

"네. 모르카 쪽 반응이 좋지 않아서 걱정이에요."

인어와 우호 관계가 되었다는 소식은 어느샌가 모르카에까지 닿아 있었다. 모르카와 아틀란시아는 적대 관계다. 그러니 그들로서는 네르겐의 행보가 달가울 리 없었다. 세이블리안은 묵묵히 아비게일의 이야기를 듣고 있다가 입을 열었다.

"요정들 소식도 들으셨습니까?"

"네. 요정 쪽에서 거래를 중단하겠다는 서신을 보내왔죠?"

요정 왕국 쪽에서 몇 년 전부터 마도구 가격을 올려 난처하던 참이었는데, 이제는 기어코 거래를 중단해 버렸다. 아비게일은 가늘게 눈을 떴다.

"혹 가격을 더 올리려는 것일까요?"

"그럴지도 모르겠군요."

"여러모로 피곤한 일이 많이 생기네요."

하나가 풀리면 하나가 엉켰다. 정신적 빼근함을 느끼던 그때, 아비게일은 세이블리안의 손이 닿는 것을 느꼈다.

그는 아비게일의 어깨를 감싼 뒤, 자신에게 머리를 기대게 했다. 세이블리안의 나지막한 목소리가 들려왔다.

"너무 걱정하지 마십시오. 모르카가 우리에게 불만을 갖고 있다 한들, 당장 행동에 나설 수는 없을 겁니다."

세이블리안의 말대로였다. 네르겐이 협정을 어겼다거나, 비윤리적인 행동을 취한 것도 아니기에 모르카에서는 적극적으로 항의할 명분이 없었다.

"마도구 역시 당분간은 우리 쪽의 마법사들로도 감당할 수 있으니 말입니다."

"제 마력으로 도와줄 수 있다면 좋겠는데……."

하지만 그럴 수는 없었다. 자신의 마력이 밝혀지면, 곧 재판장으로 끌려갈 테니. 세이블리안이 조용히 그녀의 어깨를 토닥였다.

"일단 급한 일부터 처리합시다. 비비에게 서류도 받았으니, 이만 가 봐야겠군요."

"네? 설마 서류 받으러 오신 거예요? 시종을 시켜도 될 일인데……."

"당신이 보고 싶은데, 일을 방해하고 싶지 않아 서류 핑계를 대고 왔습니다."

세이블리안은 쑥스러운 낯으로 말했다. 닿아 있는 아비게일에게도 그 긴장이, 머뭇거림이 전해져 왔다.

그 말과 마음이 너무도 곱고 사랑스러웠다. 아비게일은 그의 뺨을 매만지며 말했다.

"일이 많으실 텐데 피곤하시진 않나요?"

"예. 피곤합니다."

그는 슬쩍 한숨을 내쉬며 말했다. 누가 봐도 연기인지라, 아비게일은 웃음을 참으려 애썼다.

"비비의 입맞춤을 받으면 기운이 날 것 같은데……."

그가 흑담비 담 넘어가듯, 은근슬쩍 아비게일의 허리를 잡아끌었다. 두 사람의 몸이 바싹 붙었다.

"제가 키스해도 괜찮겠습니까? 비비."

세이블리안의 이러한 요청이 처음은 아니었다. 그는 하루에도 몇 번씩 입맞춤을 부탁하곤 했다. 아비게일은 장난스럽게 웃으며 말했다.

"좋아요. 정무 중이지만 한 번쯤은……."

"야! 야! 너네 뽀뽀해? 뽀뽀하면 안 돼! 블랑슈 가고 있어!"

베리테의 다급한 외침에 두 사람은 황급히 떨어졌다. 평소 같으면 거울을 노려봤을 세이블리안이지만, 블랑슈의 이름이 거론되자 그로서도 어쩔 수가 없었다.

"브, 블랑슈가 온다고? 왜?"

"그게…… 독사과를 먹을 뻔한 게 자기라는 사실을 알아버렸어."

그 말에 아비게일의 눈동자가 얼어붙었다. 그것은 세이블리안도 마찬가지였다.

"블랑슈가? 어쩌다?"

"그게……. 혹시 자기가 관련 있는지 물어봐서 내가 대답해 줬어."

베리테가 미안하다는 듯이 말했다. 프리드킨 부부가 이걸 어떻게 해야 하나 고뇌하던 그때. 문밖에서 인기척이 느껴졌다.

"저어, 들어가도 괜찮을까요?"

블랑슈의 목소리였다. 아비게일은 세이블리안과 조용히 시선을 교환하다, 낮은 목소리로 입을 열었다.

"들어와요, 블랑슈."

허락이 떨어지자 무거운 문이 소리 없이 열렸다. 아비게일은 웃으려 애썼지만 얼굴은 그저 굳어 있었다. 블랑슈가 얼마나 충격을 받았을지 상상이 되지 않아 차마 입이 떨어지지 않았다.

블랑슈도 조금 겁먹은 눈초리로 두 사람을 바라보고 있었다. 그러다 이내 고개를 떨군 뒤 입을 열었다.

"저어, 베리테한테 들었어요. 제가 받은 독사과 때문에 아바마마가……. 그렇게 되셨다는 거."

베리테는 블랑슈의 탓이 아니라 했지만, 블랑슈의 마음속에는 여전히 죄책감이 남아 있었다.

마음 같아서는 세이블리안에게 사과를 하고 싶었다. 하지만 그렇게 해 봐야 두 사람이 오히려 더욱 슬퍼할 것을 안다. 때문에 블랑슈는 주먹을 꼭 쥔 채, 살짝 화가 난 얼굴로 다부지게 말했다.

"그러니까, 저는 그 독사과를 준 사람을 용서할 수 없어요! 그러니까 그 사람을 잡을래요!"

블랑슈는 두 눈을 또랑또랑 뜨고 있었다. 세이블리안은 그 시선을 어떻게 받아들여야 할지 알 수 없었다. 그는 대답하는 대신 대신 양팔을 벌렸다. 예전에는 포옹을 주저하던 블랑슈였지만, 이제는 제법 익숙한 자세로 안겼다.

세이블리안은 한참이나 말이 없었다. 고맙고, 미안했다. 그가 가까스로 입을 열었다.

“블랑슈. 그렇게 말해 줘서 고맙구나. 하지만 나는 너를 절대 위험한 일에 끌어들일 생각이 없다.”

“…….”

블랑슈는 대답하지 않았다. 싫다는 뜻이었다. 세이블리안도 그 사실을 눈치채곤, 조용히 말을 이어 갔다.

“그러니 범인을 잡는 건 우리가 하겠다. 대신 네가 좀 도와주면 좋겠구나. 그때 어떤 상황이었는지 이야기해 줄 수 있겠니?”

이것이 세이블리안이 할 수 있는 최대한의 타협이었다. 블랑슈는 그제야 고개를 끄덕였다.

협상 끝에 세 사람은 옹기종기 소파에 모여 앉았다. 가운데에는 거울도 하나 둔 채였다. 세이블리안이 블랑슈의 손을 꼭 잡은 채 이야기를 시작했다.

“범인은 현재 수색 중이고, 독사과의 출처를 찾으려 하고 있다. 둘 다 진행 중인 상태란다.”

마법관을 조사하였지만 그곳에서 독사과가 만들어진 흔적은 찾아낼 수 없었다. 아비게일이 불의 마법을 사용할 경우 천 배의 마력이 필요하다면, 보통의 마법사들도 저주를 만들 때 상당량의 마력이 필요했다.

만약 마법관의 누군가가 독사과를 만들었다면 모든 마력이 고갈되어, 주위에서 이변을 눈치챘을 테지만…….

“마법관의 마법사들은 모두 건강하게 잘 지내고 있어요.”

아비게일의 말에 베리테가 동의한다는 듯 고개를 끄덕였다. 왕궁 마법사 중 신체에 변화가 있거나, 마력이 고갈된 자는 없었다.

“암시장에서 사들였을 가능성이 커서 추적 중이다. 현재로서는 조사 중이지만.”

마도구 암시장은 워낙 베일에 싸여 있기에 찾기가 쉽지 않은 노릇이었다. 블랑슈가 이야기를 듣다 입을 열었다. 그 나이답지 않게 진중한 목소리였다.

“저한테 사과를 준 인부는 사라졌다고 들었어요. 목격자도 없고.”

“맞다. 그래서 좀 곤란한 참이지.”

“그 이야기를 듣고 저한테 어떤 생각이 떠올랐는데요…….”

세이블리안은 이야기하라는 듯, 가만히 딸을 바라보았다. 블랑슈가 주저하다 입을 열었다.

“노인을 목격한 사람은 없지만, 혹시 목격한 동물은 있지 않을까요?”

그 말에 순간 정적이 찾아왔다. 베리테는 넋이 나가 블랑슈를 바라보다가 흥분하여 소리를 높였다.

“그래! 인간이 아니라 동물이라면 알 수 있을지도 몰라. 왜 그 생각을 못 했지?”

블랑슈에게 사건의 진실을 알릴 생각이 없었기에, 공주의 능력조차 잠시 잊고 있었다. 목격한 사람은 없지만 목격한 동물이 한두 마리쯤은 있을 것이다.

아비게일은 기특하다는 듯이 블랑슈를 바라보았다.

“맞아요. 블랑슈라면 목격한 동물을 찾을 수 있을 거예요!”

“그, 그런데 못 찾을 수도 있어요…….”

“못 찾아도 괜찮아요. 시도해볼 만한 가치가 충분히 있다고 생각해요. 그렇죠? 세이블.”

아비게일이 묻자 세이블리안도 고개를 끄덕였다. 그는 짐짓 대견하다는 눈으로 제 딸을 바라보았다.

"아비게일의 말대로다. 다만 그러려면 네가 직접 노인의 집과 과원에 가야 하는데……."

세이블리안은 블랑슈를 가급적 궁에서 내보내고 싶지 않았다. 블랑슈가 위험에 처하지 않도록 만반의 준비를 할 테지만 예외는 언제나 발생한다.

"공주가 밖으로 나간다고 하면 모두의 이목을 끌 테지. 그렇다고 해서 그 근방의 동물들을 모두 잡아 올 수도 없고."

"저는 약간의 위험 정도는 감수할 가치가 있다고 생각해요."

"나는 네가 안전한 게 가장 중요하다, 블랑슈."

세이블리안이 블랑슈의 손을 꼭 잡으며 말했다. 그 목소리에는 너무도 깊은 걱정이 배어 있었다. 그것은 후계자를 잃을까 하는 위정자의 우려가 아니었다. 계산이나 잇속 하나 없이, 오로지 아버지로서의 두려움이었다.

블랑슈는 잠시 입을 다물었다가 슬쩍 아비게일 쪽을 바라보았다. 그리곤 간절한 어조로 말했다.

"저, 어마마마. 저 정말 조심해서 다녀올게요. 저도 도움이 되고 싶은데……."

그녀 역시 블랑슈를 위험에 노출 시키고 싶진 않았다. 그러나 블랑슈의 눈, 아버지를 퍽 닮은 군주의 푸른 눈을 보자 마음이 흔들렸다.

아비게일은 작게 앓는 소리를 냈다. 한참을 고민하던 끝에 그녀는 가만히 세이블리안을 바라보았다.

"변장을 하고 암행을 가면 조금 괜찮을까요?"

"예. 얼마나 모습을 감출 수 있을지는 모르겠지만."

"……그러면 한 번 시도해 보시겠어요?"

그 말에 세이블리안과 블랑슈는 의아한 얼굴이 되었다. 아비게일은 살짝 미소 지었다.

◇

이른 새벽. 드레스룸에는 희미한 새벽빛이 감돌고 있었다. 오늘은 세이블과 블랑슈가 암행을 나가는 날이었다. 눈에 띄지 않고, 안전하게 다녀오는 것을 조건으로.

솜씨 좋은 호위기사 두 명을 후위에 붙이고, 블랑슈의 옆은 세이블이 지키기로 했다. 밀러드는 대신 암행을 나서겠다고 했지만, 세이블은 반드시 자신이 블랑슈의 곁을 지켜야겠다고 고집을 부렸다.

그 역시 칼솜씨가 훌륭하다 듣긴 했지만, 조금 걱정이 되었다. 차라리 내가 따라가는 게 낫지 않을까. 그렇게 고민을 하던 중, 시착실 문이 열렸다.

"비비. 다 입었습니다."

세이블은 평소의 휘황찬란한 제복 대신, 단정해 보이는 갈색 프록코트를 입고 있었다. 그리고 앞머리를 내려 살짝 흐트러트린 뒤, 도수가 없는 안경을 썼다. 그가 나를 향해 조심스레 물었다.

"괜찮습니까?"

나는 안경을 쓴 세이블을 보고 굳어 버렸다. 아, 아니……. 안경이 저런 효과가 있었나? 평소에는 귀여웠는데 지금은 섹시한 느낌이 물씬 풍겼다. 어쩐지 담비가 아니라 흑표범 같은데?

"자, 잘 어울리세요."

심장이 주책맞게 쿵쾅거렸다. 그는 내 대답에 기쁜 듯이 웃었다. 눈웃음을 짓는 가운데, 안경 너머로 눈물점이 보였다.

"다행이군요."

크읏, 맨날 보는 얼굴인데 왜 매일같이 새롭지? 처음에는 얼굴을 보면 화가 치밀어서 겸상을 못 할 지경이었는데, 지금은 세이블이 너무 예뻐 보였다. 이게 바로 콩깍지라는 건가? 아니, 우리 남편은 객관적으로도 귀여워. 블랑슈만큼은 아니지만.

세이블이 변장한 모습을 보니, 블랑슈는 어떨지 더욱 기대되었다. 그때 블랑슈의 목소리가 들려왔다.

"어마마마, 저 다 갈아입었어요!"

그와 동시에 옆방에서 조그마한 실루엣이 빼꼼 모습을 드러냈다. 블랑슈가 잔뜩 기대한 얼굴로 물었다.

"저 어때요? 못 알아보겠나요?"

나는 입을 틀어막고 블랑슈를 바라보았다. 평소 블랑슈의 스타일과는 확연히 다르지만, 어떤 옷을 입어도 블랑슈의 귀여움은 막을 방도가 없었다.

지금 블랑슈는 남자아이가 입을 법한 복장을 하고 있었다. 편직 스타킹, 린넨 셔츠, 그리고 무릎까지 내려오는 브리치스Breeches를 매치했다.

머리를 틀어 올려 고정한 뒤, 작은 모자를 쓰고 있는 터라 숏컷처럼 보였다. 원래는 탐정 복장 같은 걸 입히고 싶었다. 흔히 셜록 홈스 모자라 알려진 디어스토커Deerstalker를 써도 잘 어울릴 텐데.

아무래도 1800년대 후반에 만들어진 모자니까, 너무 눈에 띄겠지. 하아, 언젠가는 근대 시대의 옷도 만들고 싶다.

어쨌거나 이 정도면 눈에도 안 띄고, 공주님 같지도 않다. 최대한 모습을 숨기기 위해 남장을 선택했지만…….

"너무 잘 어울려요. 블랑슈!"

"바지를 입어 보는 건 처음인데, 조금 신기하네요."

블랑슈가 쑥스러워하며 제 무릎을 만지작거렸다. 무릎까지 내려오는 반바지를 입은 것이 너무나 귀여웠다.

치마도 좋지만 바지도 좋아. 흑흑, 좀 더 다양한 옷을 만들어 주고 싶은데 언제쯤 가능할까.

"베리테, 나 어때? 잘 어울려?"

블랑슈가 거울 앞에서 한 바퀴 빙글 돌았다. 아악, 블랑슈! 나는 입술을 깨물며 마음속으로 야광봉을 백 번 흔들었다.

"……."

와중에 베리테가 조용하네? 힐끗 거울을 보자, 베리테가 얼굴이 빨개져서 뭐라 말도 못하고 있었다.

"그, 그으……. 예쁘고 멋있어. 무지. 엄청 잘 어울려."

"정말? 고마워."

블랑슈가 헤헤 웃으며 말했다. 베리테……. 예전부터 좀 수상한데?

왠지 모르게 뽀송뽀송한 분위기를 풍기는 두 아이를 바라보던 중, 베리테와 눈이 마주쳤다.

"아, 아비게일! 그거 마법약 줘야지."

얘 지금 일부러 말 돌리는 거 아냐? 꼬치꼬치 캐물어 보고 싶지만, 일단 급한 일이 있으니 미뤄두기로 했다. 나는 주머니에서 마법약을 꺼냈다.

"이걸 사용하면 눈동자와 머리카락 색을 바꿀 수 있대요."

아무리 변장을 하더라도 두 사람이 같이 나가면 눈에 띌 것 같아, 마법관에서 약을 제조해 왔다.

"얼굴을 바꾸는 약도 만들 수는 있지만……."

달리아의 이야기를 들어보니, 얼굴을 아예 바꾸거나 다른 사람의 모습을 빌리는 마법은 꽤 큰 리스크를 동반했다.

[다른 이의 페르소나를 빌리기 위해서는, 원주인의 생명의 물방울을 필요로 합니다. 해가 뜨는 시간 동안 가면을 빌리려면, 주인의 생명이 스러지겠죠.]

달리아가 엄청 어려운 표현을 사용해서 이해하기 힘들었는데, 요점만 정리하자면 이거였다.

[타인의 모습을 빌리기 위해서는 상대방의 피가 필요한데, 한나절 이상 모습을 바꿀 정도의 피를 뽑아내면 대상의 목숨이 위험하다.]

암행 한 번 나가자고 사람을 죽일 수는 없기에, 차선책으로 머리카락과 눈동자 색을 바꾸는 약을 가져왔다.

"원하는 색을 떠올리면서 마시면 된대요. 해가 질 때쯤엔 색이 돌아올 거라고 하네요."

나는 블랑슈와 세이블에게 약을 건네주었다. 두 사람은 조금 긴장한 기색으로 보라색 약을 마셨다. 그러자 종이에 떨어진 잉크가 퍼져나가듯 서서히 변화가 시작되었다. 블랑슈가 신기한 눈으로 거울을 들여다보았다.

"우와, 진짜 바뀌었네요! 신기해요!"

블랑슈의 흑발은 어느새 초콜릿처럼 부드러운 갈색으로, 푸른 눈동자는 신록 같은 초록빛으로 바뀌었다. 주의 깊게 보지 않으면 블랑슈라는 걸 못 알아볼 것도 같았다. 물론 나는 알아보지만!

그나저나 세이블은 무슨 색으로 바꾸었으려나. 블랑슈와 같은 갈색? 나는 옆을 힐끗 보았다.

“어머, 전하. 빨간색으로 선택하셨네요.”

흑담비의 털처럼 검고 윤기가 흐르던 머리카락이 화려한 붉은색으로 바뀌어 있었다. 눈동자는 내 것과 같은 보라색이었다. 평소에는 차분한 이미지였는데, 이렇게 보니 왠지 화려한 느낌이 드네. 이것도 나름…….

확실히 색깔이 바뀌니 이미지가 달라지는구나. 그나저나 세이블은 무채색 계열을 좋아할 줄 알았는데.

“빨간색을 좋아하시는군요.”

“빨간색…… 좋아하게 되었습니다.”

좋아하는 게 아니라 좋아하게 되었다고? 좀 특이한 대답이네. 세이블은 잠시 머뭇거리다가 손으로 입가를 가렸다. 얼굴이 살짝 붉었다.

“당신께서 빨간색이 좋다고 하셔서…….”

“제가요? 언제요?”

“예전에 검은색보다 빨간색이 좋다고 하셨잖습니까.”

그 말을 듣자 뒤늦게 기억이 떠올랐다. 세이블이랑 레이븐 중 뭐가 더 좋냐고 할 때, 내가 빨간색이 좋다고 했었지. 꽤 오래전의 일인데도 기억을 하고 있었던 거야? 그리고 내가 좋아하는 색깔로 바꾼 거고? 진짜 사람이 이렇게까지 귀여워도 되는가.

내 눈치를 보고 있는 세이블을 보자, 나도 모르게 쑥스러워졌다.

“흠, 크흠. 전하, 사실 저는 빨간색을 제일 좋아하진 않아요.”

“그러면 어떤 색을 좋아하십니까?”

“저는…….”

나는 슬쩍 세이블에게 다가가 그의 귓가에 속삭였다.

"저는…… 세이블이 가장 좋아요."

색깔도, 사람도 세이블이 가장 좋았다. 세이블은 내 대답에 눈이 휘둥그레졌다. 그가 어쩔 줄 몰라 하다가 내 손을 꼭 잡고 속삭였다.

"키스해도 됩니까?"

"아, 안 돼요! 애가 보잖아요!"

"역시 그렇겠죠. 하지만 비비가 너무 사랑스러워서……."

그가 깊게 한숨을 내쉬고 있었다. 슬쩍 주위를 둘러보자, 블랑슈가 눈을 반짝이고 있었다.

"키스하실 거예요?"

"아니! 안 해요!"

아무리 그래도 애 앞에선 좀 그래. 평소 같으면 아쉬운 티를 냈을 세이블도 고개를 끄덕이곤 물러났다.

"그러면 조심히 다녀와요. 저도 같이 갈 수 있으면 좋을 테지만……."

아무래도 셋이 다 같이 다니면 더욱 눈에 띌 터였다. 그리고 무슨 일이 있을지 모르니, 한 사람 정도는 궁에 남아 있는 편이 낫겠지.

"그럼 다녀올게요, 어마마마. 베리테, 나 범인 잡아 올게."

변장을 마친 두 사람은 로브를 둘러 입고는 떠날 준비를 했다. 그러던 중, 세이블이 멈춰 서더니 나를 힐끗 보았다.

"전하? 무슨 일 있으세요?"

"잠시……."

그는 내게 다가와 가볍게 고개를 옆으로 기울였다. 그리고는 내 뺨에 입을 맞추었다.

"그럼 다녀오겠습니다, 비비."

아악, 아아악. 예고 없이 이러지 좀 마! 좋잖아!

"조, 조심히 다녀오세요."

나도 세이블의 뺨에 입을 맞추고, 블랑슈에게도 볼 뽀뽀를 해 주었다. 블랑슈가 소리 없이 웃으며 좋아했다.

"아, 그리고 세이블. 정보부에 부탁했던 일……."

"예. 서신 전했습니다."

잘 전달되었구나. 그러면 지금 당장 내가 할 일은 없는 것 같다. 일단 기다리면 되겠군.

나는 두 사람을 배웅한 뒤, 집무실로 돌아왔다. 둘만이 남게 되자 베리테가 물었다.

"아비게일, 정보부에 부탁했던 일은 뭐야?"

"수상한 소문에 대해 조사해 달라고 했어."

"왜?"

"혹시 의외의 방향에서 단서를 얻을까 싶어서."

현재 정보부는 암시장을 조사하는 중이지만, 나는 그 외의 임무를 한 가지 더 내렸다. 최근부터 몇 년 사이 돌았던 기이한 소문을 조사해 달라는 것.

나는 범인이 원작을 강제로 완성하려는 게 아닐까 추측했다. 만약 이 추측이 맞다면, 누군가는 원작 동화를 읽었다는 것이다.

이 세계에 동화는 존재하지만, 『백설공주』라는 동화는 존재하지 않는다. 그렇다면 나 외의 다른 빙의자가 있을지 모른다. 때문에 정보부에게 기이한 소문에 대해 조사해 달라고 했다.

나처럼 죽었다 되살아나거나, 혹은 사람이 바뀐 듯 이상한 행동을 보이는 사람이 있다면…….

여기저기 덫은 뿌려 두었다. 이제 먹잇감이 걸리기를 조용히 기다리면 된다.

◇

눈 내린 나무 위로 까마귀 한 마리가 앉아 있었다. 레이븐은 창 너머의 까마귀를 응시하다 조용히 시선을 돌렸다.

며칠 전까지만 해도 침음이 흐르던 궁내에 활기가 돌고 있었다. 마치 폭설이 멈추고 봄이 찾아온 것처럼.

그때는 모두가 검은 옷을 입고 있었다. 모두가 검정이었기에, 레이븐은 크게 눈에 띄지 않았다. 그러나 지금은 모두가 상복을 벗었다. 오로지 레이븐만이 장례를 치르는 사람처럼 검은 외투를 걸친 채였다.

'마음에 안 들어.'

그는 속으로 중얼거렸다. 모든 것이 잘 풀리나 싶었는데, 결국 원점으로 돌아가고 말았다.

세이블리안이 죽었다는 소식에 그는 웃음을 삼켰었다. 세이블리안이 허점을 보이길 기다린 것이 10년. 손도 쓰지 않았는데 알아서 죽어 준 것이 무척이나 고마웠다. 그런데 되살아날 줄이야.

'대체 어떻게 돌아가는지 모르겠군.'

그는 장례식장의 맨 앞자리에 서 있었다. 때문에 아비게일이 세이블리안에게 입 맞추는 것을 똑똑히 보았다. 아비게일의 키스에 세이블리안은 살아났다. 이게 남들이 말하는 기적인 걸까. 그러나 기적만이 사람을 되살리는 것은 아니었다. 지난번, 그녀에게 특별한 마도구가 있는 것이 떠올랐다. 그렇다면 혹시 그녀는…….

'두 사람, 행복해 보였지.'

인과 관계를 다시 되짚어 봐야 하는데, 자꾸만 사념이 끼어들었다. 두 사람이 입 맞추던 장면이 눈앞에 생생했다. 그토록 행복해 보이는 연인은 처음 보았다. 누가 봐도 서로를 사랑한다는 사실을 깨달을 수 있었다.

그는 소파에 털썩 몸을 뉘었다. 평소라면 누가 보지 않더라도 단정하게 앉아 있었을 텐데. 이상하게 자꾸 아비게일 생각이 났다. 장례식 때 아비게일을 마주친 순간, 그녀가 자신을 세이블리안이라고 불렀다.

어린 시절, 그는 간혹 세이블리안의 대역을 맡곤 했다. 세이블리안일 때는 모두의 관심과 시선이 자신의 것이었으나, 레이븐으로 돌아올 땐 그저 혼자가 되어 있었다. 그 순간들은 모두 역겨운 기억으로 남아 있었다.

모두가 자신을 세이블리안이라 부를 때마다 분노가 욕지기처럼 치솟곤 했다. 그러나 아비게일이 자신을 세이블리안이라 불렀을 때, 미약한 기쁨이 싹을 틔웠다.

자신을 바라보던 아비게일의 시선이 너무도 선명했다. 평소에는 냉정하게 선을 긋던 그녀가, 그토록 애절하게 자신을 바라보는 것은 처음이었다.

'그때, 정말로 세이블리안의 대체재가 되어도 좋다고 생각했다.'

대체재로 살고 싶지 않았기에, 어떻게든 왕의 자리를 찬탈하여 세이블리안이 가진 모든 것을 손에 넣고 싶었다. 그런데 아비게일 앞에 선 순간, 대체재라도 좋으니 자신을 바라봐 주길 바랐다. 레이븐이라는 이름을 버려도 좋았다. 자신이 아니어도 좋았다. 그녀의 미소를 받을 수만 있다면.

'대체 왜 그런 생각을 한 걸까.'

이해할 수 없었다. 평생 대체재가 아닌 자신으로 살아가고 싶었다. 그런데 어째서 이런 마음을…….

'이럴 때가 아니야. 생각해야 해.'

지금 궁에 일어나는 소란은 그에게 큰 기회였다. 누군가가 세이블리안을 죽이려 했고, 그 사람을 이용할 수도 있을 것이다. 그 사람을 찾아야 한다.

하지만 여전히 아비게일이 떠올랐다. 그는 코트 소맷자락을 꾹 쥐었다. 아비게일이 조언해 준 옷이었다. 그녀가 직접 디자인한 옷을 걸치면, 그녀에게 안긴 듯한 기분이 들지 않을까.

'세이블리안은 늘 그녀가 만들어 준 옷을 입고 있지.'

레이븐은 천천히 눈을 떴다. 날카로운 금안이 침묵 속에서 빛났다. 그는 서랍을 열고 단검을 꺼내 들었다. 예리한 칼날에 레이븐의 얼굴이 비쳤다.

레이븐은 반대편 손으로 자신의 긴 머리카락을 그러쥐었다. 이것을 자르고, 세이블리안과 더욱 닮은 얼굴이 된다면…….

단검을 쥔 손에 힘이 들어갔다. 그대로 머리카락을 잘라내려다, 그는 칼을 내려놓았다.

'지금은 얌전히 지내는 편이 좋겠지.'

이제껏 어둠 속에서 조용히 숨을 죽이고 있었다. 세이블리안을 따라 해 봐야, 아비게일의 경계를 사기만 할 뿐이다.

그렇다 하더라도 아비게일이 보고 싶었다. 먼발치에서라도 보고 싶어, 그는 조용히 방을 나섰다.

'오늘 이 시각이면 악기 연습을 하고 있겠군.'

보고 싶어서 찾아왔다 하면 경멸하겠지. 그는 머릿속으로 인사말을 정리하며 음악실로 향했다. 레이븐의 예상대로 아비게일은 기드온에게 음악 수업을 받고 있었다.

커다란 그랜드 피아노 앞에 아비게일이 앉아 있었다. 처음에 비하면 꽤 능숙해진 연주였다. 그 옆에 앉아 있던 기드온은 미소 띤 얼굴로 지도를 하고 있었다.

"훌륭하십니다, 왕비님. 정말 일취월장하시는군요."

"그거 고맙군."

아비게일은 빙그레 미소를 지었다. 큰 뜻 없는 미소였으나 기드온의 입장에서는 섬뜩했다.

'들킨 것은 아니겠지.'

기드온으로서는 일이 이렇게 풀릴 거라고는 예상치 못했다. 하필이면 그 사과를 세이블리안이 먹을 줄이야.

사과를 먹고 바로 쓰러지면 붙잡힐 것이 뻔해, 시간차를 두고 가사 상태에 빠지도록 조정해 두었다.

성공적으로 블랑슈에게 사과를 건넨 뒤, 공주가 쓰러지길 기다리고 있었다. 인공호흡을 핑계로 입 맞출 준비를 하고 있었건만. 왜 이렇게 일이 꼬여가는지 알 수가 없었다.

세이블리안의 장례식이 진행되는 것을 보며 그는 끊임없이 고뇌했다. 왕에게 입을 맞춰야 하나? 그렇게 해도 한 자리를 차지할 수 있나? 하지만 아무리 생각해도 의심을 살 것이 뻔하기에, 그냥 왕이 땅에 묻히는 걸 지켜보기로 했다.

지금 왕을 되살리고 공주와 결혼을 해 봤자, 젊은 세이블리안이 십수 년은 더 통치할 것이었다. 블랑슈가 소녀왕이 된 뒤에 결혼을 하는 편이 나으리라. 분명 그런 생각을 하고 있었는데.

"기드온."

"예, 예?"

잠시 넋이 나가 있던 기드온이 화들짝 놀라 아비게일을 바라보았다. 그녀가 불만스러운 눈빛으로 말했다.

"연습이 다 끝났네."

"아, 예. 죄송합니다. 연주가 너무 아름다워 넋을 놓고 있었습니다."

기드온은 느글느글하게 웃으며 아비게일의 비위를 맞췄다. 그러나 속에서는 온갖 증오와 적개심이 불타오르는 중이었다.

'역시 이 여자를 가만히 두면 안 돼.'

기드온의 아부에도 아비게일은 무표정한 얼굴이었다. 그녀가 무심하게 고개를 틀었다.

"이번에는 연탄곡을 연습하고 싶은데 말이지. 옆에 앉겠나?"

"아. 예. 물론입니다."

연탄곡은 두 사람이 함께해야 완성이 되기에, 기드온은 조심스레 피아노 의자에 앉았다. 두 사람은 주먹 하나 들어갈 정도의 사이를 둔 채 앉아 있었다. 그 간격에서 어딘가 모르게 살벌한 기운이 풍겼다.

"그럼, 시작할까요?"

"좋네."

두 사람은 빙그레 웃고는 연주를 시작했다. 발랄한 곡이 방 안에 울려 퍼지기 시작했다.

'죽은 왕에게 키스를 한 건 ……그것 때문이겠지. 역시 이 여자를

미리 죽여 둬야 했는데.'

기드온의 손이 유려하게 건반을 훑고 지나가자, 다음은 아비게일의 차례였다. 그녀가 능숙하게 연주를 이어 갔다.

'역시 이 남자는 수상해. 우리가 과원에 들린 날, 집에 있었다지만……. 감이 좋지 않아.'

기드온이 빠르게 악보를 넘겼다. 스무 개의 손가락이 서로의 급소를 찌르듯 건반을 누르고, 칼이 맞부딪치듯 선율이 교차했다. 그리고 그 사이로 날카로운 생각들이 보이지 않는 평행선을 이루었다.

'역시 왕보다 왕비가 위험해. 언제 죽이지?'

'명확한 증거는 없지만, 명분을 만들어서 가둬 버릴까?'

유쾌한 연주가 이어지는 가운데, 의심과 계략이 선율과 함께 맴돌았다. 다정하게 연주를 하던 손이 동시에 멈췄다. 마지막 음이 청명하게 울려 퍼졌다. 기드온이 감격했다는 듯이 웃었다.

"훌륭하십니다, 왕비님. 이제 연습을 그만하셔도 괜찮겠습니다."

"그래? 다행이로군. 다음엔 블랑슈와 쳐야겠어."

아비게일은 흐뭇하게 웃으며 자리에서 일어났다. 어느새 연습 시간은 끝이 나 있었다.

기드온은 악보집을 추스르며 문가를 힐끗 바라보았다. 그곳에는 경비병 두 사람만이 서 있었다.

'평소에는 수업이 끝날 무렵, 세이블리안이 찾아와서 지켜보고 있었는데?'

어째서인지 오늘은 그가 보이지 않았다. 정무 때문에 바쁜 것일까? 아니면 자리를 비우기라도 한 걸까.

'세이블리안의 눈이 닿지 않는 지금 수를 써 두는 것도……'

품 안에는 마법약이 있었다. 차라도 한 잔 마시자는 핑계를 대고 죽이는 것도 방법이다.

초조함에 기드온의 머리가 정신없이 돌아갔다. 짧은 고민 끝에 그가 빙긋 웃으며 말했다.

"왕비님, 들려드리고 싶은 이야기가 있는데……. 잠시 시간을 내주실 수 있을까요?"

"알겠네. 그러면 다실로 갈까."

기드온은 일이 잘 풀린다고 생각했다. 아비게일을 처리하기엔 절호의 기회였다. 그러나 노마와 클라라를 대동하여 다실로 향하던 중, 기드온의 얼굴이 순식간에 얼어붙고 말았다. 복도 끝에서 세이블리안이 자신을 노려보고 있었다. 저 흉흉한 시선은 분명 세이블리안이었다. 자리를 비운 줄 알았는데, 그저 조금 늦게 온 모양이었다.

기드온이 황급히 시선을 돌리며 말했다.

"와, 왕비님. 죄송합니다. 제가 오후에 급한 일이 있는 것을 깜빡했습니다."

"그래? 어쩔 수 없지."

아비게일의 무심한 대답이 이토록 고마울 수가 없었다. 기드온은 세이블리안이 다가올까 초조했다. 한시라도 빨리 이곳에서 벗어나고 싶었다.

"그러면 이만 실례하겠……."

"아, 왕비님."

반가움이 가득한 목소리가 들려와 아비게일은 옆을 돌아보았다. 기드온도 힐끔 세이블리안을 보았다.

그런데 가까이에서 보니 뭔가 이상했다. 아까는 미처 눈치채지 못

했는데 눈동자가 금색이었다. 기드온은 그제야 자신이 착각한 것을 깨달았다.

'젠장, 괜히 겁먹었군. 레이븐이었을 줄이야. 신경 쓰지 않고 이대로 왕비를 죽이는 게…….'

그런 생각을 하던 중, 기드온의 어깨가 흠칫 떨렸다. 레이븐의 금안이 그를 직시하고 있었다. 흑표범이 궁을 떠났으나, 매가 이곳에 남아 있었다. 자신을 갈기갈기 찢어발길 듯한 눈빛에 기드온은 숨통이 막혔다.

"그, 그럼 이만 실례하도록 하겠습니다."

기드온은 고개를 넙죽 숙이고 재빨리 반대 방향으로 사라져 갔다. 어느새 식은땀이 등에 흥건했다. 레이븐이 뚫어지라고 그 뒷모습을 바라보았다.

'저 궁정 악사, 예전부터 거슬리긴 했다만.'

10년 동안 제 목적을 숨긴 채, 어둠 속에서 살아온 레이븐이다. 그러다 보니 감각이 예민한 것은 당연한 일이었다.

그저 품행이 방정하지 못한 사내라고만 생각했다. 하지만 방금 전, 아비게일 옆에 선 기드온을 보았을 때 참을 수 없는 불쾌함을 느꼈다.

'뭔가 숨기고 있는 것 같은데.'

악의를 숨기고 있는 자에게서는 흉흉한 냄새가 난다. 자신의 체취이기도 하니 그 냄새가 무엇인지 잘 알고 있다. 그때, 아비게일의 목소리가 들렸다.

"그나저나 어쩐 일인가요? 레이븐 경."

레이븐은 뒤늦게 정신을 차리곤 아비게일을 응시했다. 그녀의 눈에는 경계와 의구심이 어려 있었다.

"아. 그게 드릴 말씀이 있어서."

레이븐은 부드럽게 미소 지었다. 악의라고는 조금도 느껴지지 않는 얼굴. 아비게일은 대답 없이 고요히 그를 응시했다.

그 시선을 받자 레이븐은 입안이 마르는 것을 느꼈다. 늘 받고 싶었던 시선이었다. 그것이 애정이 아니더라도.

아비게일의 입술이 벌어졌다.

"무슨 이야기인가요?"

보통이라면 다실로 자리를 이동해 이야기를 나누는 것이 예의다. 하지만 아비게일은 레이븐과 차를 마실 생각이 없었다.

장례식 때의 일을 그녀는 잊지 않았다. 그 당시에는 경황이 없어 눈치채지 못했지만, 뒤늦게 생각해 보니 뭔가 이상했다.

'세이블리안을 대신하고 싶다니.'

레이븐은 선의로 한 말인지 몰라도, 세이블리안이 들었다면 분명히 격노할 내용이었다.

아비게일이 사랑하는 사람은 오로지 세이블리안이었다. 그러니 레이븐과 거리를 두는 것이 마땅했다.

"그게……."

레이븐은 아비게일의 눈치를 보다가 어렵게 입을 열었다.

"사실 도움을 요청하려고 합니다."

"어떤 도움이요?"

"지난번, 전하께서 돌아가셨을 때. 저는 유일한 가족을 잃었다는 것을 실감했습니다."

그는 비를 흠뻑 맞은 새처럼 처연해 보였다. 아비게일이 잠시 동요할 정도로.

그는 먹먹한 목소리로 말을 이어 갔다.

"전하의 눈에 띄는 것이 두려워 조용히 살아왔지만, 장례를 치르며 깨닫게 되었습니다. 나는 가족을 원하고 있었구나, 하고."

가족을 원했던 것은 진심이었다. 다만 그 대상이 세이블리안이 아닐 뿐. 왕이 죽게 된 뒤, 왕비가 왕의 형제와 결혼하게 되는 사례는 종종 찾아볼 수 있었다. 세이블리안이 정말 죽었다면, 우리는 가족이 되었을지도 모르는 일이다.

"철없는 마음에 전하를 멀리했고, 그 이후로는 관성 때문에 거리를 두었습니다. 너무 늦었지만, 이제라도 전하와……. 형제의 연을 이어가고 싶습니다."

그의 어깨가 힘없이 늘어졌다. 대다수의 사람이라면 연민할 법한 표정, 그리고 분위기였다. 아비게일도 잠시 망설이는 기색이 되었다. 하지만 이내 또렷한 어조로 말했다.

"그래서 제게 뭘 도와달라는 것인가요?"

"혹 셋이서 이야기를 나눌 자리를 가질 수는 없을까요. 전하와 단둘이 이야기를 나누기에는 조금 힘들 듯하여, 왕비님의 도움을 받고 싶습니다."

눈에는 좀 띄겠지만, 아비게일과 가까워지기 위해서라면 위험을 감수할 가치가 있었다. 아비게일은 그를 가만히 응시하다 입을 열었다.

"미안하지만 그건 내가 판단할 일이 아닌 것 같군요."

예상외로 단호한 거절에 레이븐은 당황했다. 그가 이제껏 봐온 아비게일이라면 자신을 긍휼히 여기리라 믿었다.

"전하께 말은 전하도록 하죠. 판단은 전하께서 하실 거예요."

아비게일의 자색 눈동자는 그저 냉정했다. 조금 더 동정심을 유발해야 하나, 어떻게 해야 그녀가 자신을 봐줄까. 그는 고민 끝에 입을 열었다.

"……그렇군요."

가까이 다가가려던 레이븐은 한 발자국 물러났다. 더 밀어붙여 봐야 좋을 게 없을 것 같았다.

고작해야 한 발자국 멀어진 것뿐인데, 갑자기 불이라도 꺼진 것처럼 사위가 어두워진 기분이었다. 그는 억지로 웃었다.

"알겠습니다, 왕비님. 말씀 잘 부탁드립니다. 그럼 이만 실례하도록 하죠."

아비게일은 눈짓으로 대답을 대신했다. 레이븐은 힘겹게 등을 돌리고 자리를 떴다. 뒤돌아보지 않아도 아비게일의 시선이 느껴졌다. 경계와 의심이 서려 있는 시선.

그 시선을 언제까지고 받고 싶었다. 그 시선에 어떤 감정이 담겨 있든 상관없었다. 목이 말라 죽어가는 자가 잔에 든 것이 무엇인들 상관하랴. 그는 최대한 천천히 걸어갔으나, 결국 모퉁이를 돌아서고 말았다. 그녀의 시선이 사라지자 그저 외로웠다.

해가 뉘엿뉘엿 지는 가운데, 노을 사이로 새 그림자가 비치고 있었다. 실루엣일 뿐이라 어떤 새인지는 알 수 없었다. 그저 어두워서 마치 까마귀처럼 보였다. 창가에 서서 막연히 그 풍경을 지켜보고 있던 중, 걱정스러운 목소리가 들려왔다.

"아비게일, 괜찮아?"

힐끗 옆을 돌아보자 베리테가 불안한 눈으로 나를 보고 있었다. 내가 방에 들어왔을 때부터 저런 눈빛이었다.

"표정이 안 좋아. 두 사람이 걱정돼서 그래? 아니면 레이븐 때문에 그래?"

"음. 둘 다."

나는 웃으려 애써보았지만, 입꼬리는 올라가지 않았다. 가뜩이나 블랑슈와 세이블이 걱정되는 참에 레이븐과 나눈 대화가 자꾸만 귓가에 맴돌았다.

레이븐과 더 엮이면 세이블에게 상처가 될 것 같아, 단호하게 거절했지만 마음이 좋지 않았다. 레이븐이 어떤 생각을 하고 있는지는 모른다. 하지만 그가 외로운 사람이라는 사실은 정말인 것 같았다.

부모는 죽었고, 유일하게 남은 형제와는 정적으로 지내고 있다. 혹 세이블의 눈에 날까 숨죽이고 지내는 것 역시 사실이었다. 거리를 두긴 할 테지만 어쩐지 안타깝다. 레이븐에게도 좋은 사람이 생기면 좋을 텐데. 하지만 그 사람이 내가 될 수는 없었다.

"얼른 세이블이랑 블랑슈가 돌아오면 좋겠다."

마음이 울적해지니 두 사람이 보고 싶어졌다. 아침 일찍 나갔는데, 생각보다 귀가가 늦어지고 있었다. 무슨 일이 있는 건 아니겠지? 조금 불안해졌다. 그때 베리테가 거울 속을 힐끗 보더니 말했다.

"아, 이제 두 사람 돌아왔어."

"정말? 별일 없어 보이지?"

"응. 나갈 때랑 똑같아."

하아, 다행이다. 내심 무슨 일 있을까 걱정 많이 했는데. 초조한 마음으로 기다리고 있던 중, 블랑슈와 세이블이 안으로 들어왔다.

"어마마마! 다녀왔어요!"

블랑슈가 쪼르르 달려와 내 품에 답싹 안겼다. 나는 황급히 블랑슈를 붙들고 이리저리 살펴보았다. 다행히 다친 구석 없이 그저 씩씩했다.

"블랑슈, 괜찮죠? 다친 곳 없죠?"

"네. 걱정하지 마세요."

흑흑, 내 새끼 무사히 돌아와서 다행이야. 표정이 밝은 걸 보니, 너무나도 마음이 놓였다.

어느새 머리카락과 눈동자도 원래 색으로 돌아와 있었다. 블랑슈를 꼭 껴안아 주는데, 세이블이 미소 띤 얼굴로 서 있는 것이 보였다.

"전하도 다친 곳 없으시죠?"

"예. 무사합니다."

엉엉, 우리 담비도 보고 싶었어. 나는 가볍게 세이블의 뺨에 입을 맞추었다. 안경이 살짝 걸리적거렸지만, 크게 상관은 없었다.

"무사히 돌아와서 다행이에요. 아무 일 없었죠?"

"있었습니다."

"무슨 일이요?"

"블랑슈가 이야기하는 게 좋을 것 같군요."

세이블이 블랑슈를 향해 시선을 돌렸다. 블랑슈의 표정이 조금 굳어 있었다.

"무슨 일이 있었나요? 블랑슈."

"그게……. 노인의 집 근처에 사는 고양이들이 있었어요. 고양이들이 그날 일을 목격했대요."

진짜 목격한 동물이 있었구나. 찾지 못할 거라는 생각을 하긴 했는데. 블랑슈가 월척을 낚아 왔어!

그런데 와중에 블랑슈의 표정이 어두웠다. 대체 무슨 이야기를 들었길래?

"그랬군요. 다행이에요. 그 고양이들이 뭐라고 했나요?"

"그러니까…… 우리가 과원에 가기 전날, 노인이 집 안으로 들어가고 그 뒤를 어떤 남자가 따라 들어왔대요."

블랑슈가 내 손을 꼭 잡고 말을 이어 갔다. 손이 살짝 떨리고 있었다.

"그리고 뭔가 싸우는 소리가 들리더니, 그 남자가 노인을 업고 밖으로 나간 뒤 돌아오지 않았다고 해요."

노인은 역시 이용당했던 거구나. 블랑슈의 얼굴도 착잡했다. 노인은 무사할까. 무사하면 좋겠는데…….

"혹시 그 남자의 얼굴을 봤대요?"

"보긴 봤는데, 사람 얼굴이 다 비슷해서 구분을 못 하겠대요. 머리카락 색깔 정도만 기억하는데……."

머리카락 색깔 정도라도 큰 도움이 된다. 블랑슈가 목소리를 낮춘 채, 신중하게 말했다.

"나무처럼 어두운 머리 색깔의 남자였대요."

블랑슈의 말을 들은 순간, 목덜미가 뻣뻣하게 굳었다. 연탄곡의 선율이 방 안을 가득 채우는 것 같았다. 내 옆자리에 앉아 연주하던 그의 머리카락은 갈색이었다.

설마 기드온? 그 사내가 블랑슈를 노려?

온몸의 피가 검게 끓어 오르는 것 같았다. 분노와 경악에 굳어 있던 그때, 세이블의 목소리가 들려왔다.

"비비. 괜찮습니까?"

그 목소리에 화들짝 정신을 차렸다. 문득 블랑슈가 겁에 질린 얼굴로 나를 보고 있는 게 보였다.

왜 이런 표정으로 보는 거지? 또 표정이 무서워졌던 걸까? 세이블이 굳어 있는 나를 조심스레 일으켜 세웠다.

"일단 앉아서 이야기합시다."

"네, 네. 좋아요."

나는 소파에 앉으며 블랑슈의 안색을 살폈다. 조금 어둡긴 했지만, 나를 무서워하는 것 같지는 않았다. 어쩐지 분위기가 이상해졌다. 침묵 사이에서 베리테가 입을 열었다.

"나무 같은 색깔의 머리카락이라고 고양이가 말했어?"

그저 궁금증이 담긴 목소리였다. 약간 감탄하는 것도 같았다. 블랑슈가 조금 힘없이 웃으며 말했다.

"응. 그랬어. 그런데……."

그리곤 슬그머니 세이블을 바라보았다. 그가 블랑슈를 가볍게 토닥인 뒤 입을 열었다.

"갈색 머리가 아닐 수도 있습니다."

"네? 어째서요?"

"그 고양이들이 제 머리카락과 같은 색이라 하더군요. 그러니까, 마법약으로 변했을 때를 보고."

지금은 흑발로 돌아와 있지만, 나갈 때는 석양 같은 적발이었다. 그런데 그걸 갈색이라 했다고?

세이블의 말을 듣고 베리테가 작게 '아' 소리를 냈다.

"그러게. 갈색 머리가 아닐 수도 있겠어."

"왜?"

"고양이들은 인간만큼 확실하게 색을 보지 못해. 특히 빨간색은 구분을 못 하지."

그러고 보니 개나 고양이는 색맹이라고 들어본 것 같다. 베리테가 곤란하게 되었다는 듯 뒷머리를 긁적였다.

"빨간 머리카락을 봐도 갈색이라 생각했을 수 있어."

으음. 확실히 애매하게 되었다. 고양이들이 범인의 얼굴을 분명하게 기억할 수 있다면 좋을 텐데. 나도 고양이들 얼굴이 다 비슷하게 보이는데 걔네들도 그렇겠지.

그래도 일단 범인이 남자라는 건 알겠다. 직접 나선 게 아닐 수도 있지만…….

"저어, 제대로 찾아내지 못해 죄송해요."

"아니에요, 블랑슈. 정말 굉장한 일인걸요. 아무도 목격자를 찾지 못했는데 말이에요."

블랑슈는 여전히 주눅이 들어 있었다. 그때 세이블이 조용히 블랑슈의 머리를 쓰다듬었다. 시선만큼이나 부드러운 손길이었다.

"엄마 말이 맞다. 네 덕에 실마리를 잡을 수 있었어."

차분한 목소리에 블랑슈는 그제야 안심한 것처럼 보였다. 그러다 이내 무언가를 깨달은 듯, 눈이 반짝 빛났다.

"어, 어. 그런데 어마마마한테……. 엄마라고 하셨네요?"

그러게? 저 사람이 날 그런 식으로 부른 적은 한 번도 없었는데? 세이블도 당황한 듯 귀가 빨개져서 말했다.

"음. 네 엄마니까."

"에헤헤. 맞아요. 우리 엄마예요."

흐음, 크흠. 아니 좀 부끄럽네. 내가 블랑슈 엄마인 건 맞지만…….
새삼 내가 그의 아내고, 블랑슈의 엄마라는 걸 자각하자 묘한 기분이 들었다. 어쩐지 조금 간질간질한 기분.
그와 시선이 마주치자 더욱 민망해졌다. 블랑슈는 물끄러미 우리를 바라보다 자리에서 일어섰다.
"오늘 알아낸 건 그게 전부예요. 저, 조금 피곤해서 그런데 먼저 자러 가도 될까요?"
"아, 네. 고생 많았어요, 블랑슈. 푹 쉬어요."
"엄마, 아빠도 안녕히 주무세요!"
블랑슈는 나와 세이블의 뺨에 뽀뽀를 하고 후다닥 방을 떠났다. 그 모양새가 꼭 날쌘 다람쥐 같았다. 왜 저렇게 급히 떠나가지?
그때, 거울 목걸이에서 베리테의 속삭임이 들려왔다.
"빠져줄 테니까 잘해 봐."
뭐, 뭘 잘해? 되묻기도 전에 거울은 조용해졌다. 어느새 방에는 나와 세이블, 두 사람만이 남았다.
빠질 분위기 아니었다고! 멍석 깔아주니까 괜히 더 민망하잖아. 세이블도 어색해하는 것 같아, 나는 목을 가다듬고 입을 열었다.
"세이블, 고생 많았어요."
"별것 아닌 일이었습니다. 앞으로는 어찌해야 할지 계획을 세워 봐야겠군요."
세이블의 담담한 목소리에 분위기가 평소대로 가라앉았다. 그래, 지금은 계획을 세워야 할 시점이다. 갈색 머리라는 이야기를 들었을 때, 나는 바로 기드온을 떠올렸다. 명백한 증거는 없지만 애초부터 그가 수상하다 여기던 참이었다.

"저는 갈색 머리카락인 궁정 악사 기드온이 신경 쓰여요. 확실한 증거는 없지만, 그 사람에게 감시자를 붙이면 좋겠어요. 스토크 공작에게도요."

스토크 공작은 금발이고, 블랑슈를 해칠 이유는 없지만 수상하긴 이쪽도 마찬가지였다. 세이블이 가볍게 고개를 끄덕였다.

"예. 그리하겠습니다. 그 외에 더 필요한 것은 없으십니까?"

그리고 또 수상한 사람이 누가 있더라. 그러다 문득 레이븐의 얼굴과 함께, 오늘 나눈 이야기가 떠올랐다.

그가 범인일까? 심증이지만 그는 이 일과 무관할 것 같았다. 그의 입장에서 블랑슈는 분명 걸림돌이긴 하지만, 죽이려면 다른 방법을 썼겠지. 레이븐이 블랑슈에게 입 맞춰 봐야 얻는 이득이 없다.

나는 잠시 고민하다 입을 열었다.

"사실 오늘 레이븐 경이랑 이야기를 나누었는데요"

"……레이븐?"

세이블의 눈동자가 순식간에 칼날처럼 서늘해졌다. 안경 너머로 보이는 눈빛이 오늘따라 차가웠다.

"그자가 무슨 짓을 했습니까?"

"아, 아뇨. 그런 건 아니고요. 그냥…… 전하랑 친하게 지내고 싶다더라고요."

내 이야기에 세이블의 표정이 묘하게 변했다. 의문과 경계가 어린 낯이었다.

"가족이 없는 사람이니, 전하가 죽었을 때 충격이 컸나 보더라고요. 그래서 전하와 지금부터라도 친밀해졌으면 좋겠다고……."

이 말을 전하는 게 옳은 일인지 사실 판단이 되지 않았다. 무시하는 게 좋았을까?

레이븐은 가까이하고 싶지 않다. 하지만 그게 레이븐이 불행해졌으면 좋겠다는 의미는 아니다. 그가 우리에게 해를 끼친 건 아닌걸.

세이블은 묵묵히 내 이야기를 듣고 있었다. 그리고 내 말이 다 끝난 뒤에야 느릿하게 입을 열었다.

"어렸을 때, 저와 레이븐이 그렇게 나쁜 사이는 아니었습니다."

"네? 정말요?"

의외네. 지금은 엄청 거리를 두고 있는데.

세이블이 조용히 말을 이어 갔다.

"마주칠 일 자체가 없었습니다. 어머니가 레이븐을 꺼렸기에 자연스레 멀어졌죠."

하긴, 대비로서는 레이븐이 눈엣가시였겠지. 세이블의 자리를 대신할 수 있는 사람이니까.

"그때는 저도 여유가 없어 레이븐의 입장을 이해하지 못했지만, 지금 생각해보면 그 역시 괴로웠겠죠. 친모도 일찍 죽었다 하니."

잊으려고 했던 연민이 조용히 가슴에 스며들었다. 레이븐의 어린 시절도 세이블만큼이나 외로웠을 것 같다. 동생이 죽어야지만 빛을 보는 형. 세이블을 의무의 노예로 만든 왕실이 레이븐이라고 가만히 내버려 두었을까. 어머니도, 아버지도 없이 궁에서 대체재로 지내는 삶은 어땠을까. 아마 외로웠겠지.

그런 생각을 하던 중, 세이블이 슬쩍 내 옆으로 자리를 옮겼다. 그리고는 내 허리를 감싸 안았다.

"하지만 당신에게 접근하는 건 용서할 수 없습니다."

물푸레나무처럼 단단한 목소리와 시선이었다. 그러나 목재 같던 표정이 어린 순처럼 누그러지더니, 조금 시무룩한 기색이 되었다.
"혹시 레이븐이 좋으시다면, 제가 말릴 수는 없지만……."
"아닌데요! 저는 전하가 제일 좋아요!"
나는 확인 도장이라도 찍듯 그에게 쪽 뽀뽀를 했다. 세이블은 꽃을 받은 사람처럼 미소 지었다.
"감사합니다, 비비. 저도 당신을 세상에서 제일 사랑하고 있습니다."
그 반응에 왠지 모르게 부끄러워졌다. 나는 그의 손을 만지작거리며 말했다.
"고, 고마워요. 그러면 레이븐은 어떻게 할까요?"
"그는 제가 알아서 하겠습니다. 레이븐과는 따로 이야기를 나눌 테니, 비비는 걱정하지 마십시오."
그는 그렇게 말하며 나를 꼭 끌어안았다. 아이구, 우리 담비. 귀엽기도 하지. 마치 어리광 부리는 강아지 같아 나는 그의 등을 토닥였다. 세이블은 한참 나를 안고 있다가, 내 귓가에 속삭였다.
"……키스해도 될까요?"
나지막한 저음에 심장이 울렁거렸다. 귀엽다가, 섹시했다가 한순간도 마음을 놓을 수가 없었다. 그의 요청이 싫을 리가 없기에, 나는 고개를 끄덕였다.
세이블이 포옹을 풀고 내 쪽으로 고개를 기울이다가, 잠시 멈칫했다. 왜, 왜 멈추지? 문득 오늘 먹은 식사가 떠올랐다. 그러고 보니 메뉴에 캐비어가 포함되어 있었는데, 설마?
불안함이 밀려오던 순간, 세이블이 조용히 손을 들었다.
"이게 방해되는군요."
그는 쓰고 있던 안경을 거칠게 벗어 내려놓았다. 그리고는 아무런

가림막 없이, 또렷한 시선으로 나를 바라보다 입을 맞추었다.

그는 물속에서 공기를 갈망하는 사람처럼 키스했고, 나는 사람을 물속으로 끌어들이는 인어처럼 그의 목을 껴안았다.

가벼운 키스가 수차례 이어졌다. 아니, 사실 키스는 아니고 뽀뽀지만. 나도 연애는 처음이라 잘은 모르지만, 키스와 뽀뽀의 차이는 안다. 세이블은 아마 모르지 않을까.

좋아, 이참에 한 발자국 더 나가 보자. 이것은 인류에게 있어선 작은 한 걸음이지만, 우리에겐 위대한 도약이다!

나는 조용히 입을 맞추다가 그의 입술을, 그의 숨이 드나드는 길을 핥았다. 세이블이 크게 움찔하더니 입술을 떼어냈다. 제 입가를 손으로 매만지고는, 어리둥절한 눈으로 나를 바라보았다.

"방금 그게 뭐였죠?"

아, 담비야! 죄책감이 폭풍처럼 밀려들었다. 아니, 내가 이 순진한 사람한테 무슨 짓을 한 거지.

"어, 어……. 키스인데요."

"이게 키스군요……."

그가 멍한 눈으로 내 입술을 바라보았다. 싫은 것 같지는 않아 다행이지만, 어쩐지 조금 슬퍼지고 말았다. 애도 낳은 사람이 키스는 해 본 적이 없다니. 정말 사랑 없는 관계였구나.

그에게 많이 키스해 주고 싶었다. 그동안 외로웠던 기억을 덮을 수 있을 만큼. 하지만 조금 일렀을지도 모르겠다.

그의 안색을 조심히 살피던 중, 세이블이 내게로 다가왔다. 서늘한 향기가 입맞춤과 함께 전해져왔다. 그는 입술을 포갠 뒤, 방금 전의 내 행동을 따라 하기 시작했다.

먼저 시범을 보이면 뒤이어 연주를 하는 학생 같았다. 그는 나를 따라 내 입술과 입안을 핥았다. 내가 살짝 입술을 깨물면 그도 내 입술을 물었고, 목덜미를 어루만지면 그도 같은 곳을 더듬었다.

"세이블……."

나는 간신히 입술을 떼어내고 그의 이름을 불렀다. 세이블은 키스에 취한 사람처럼 나를 바라보고 있었다. 저 애절한 눈빛에 심장이 멎을 것만 같았다.

아, 미치겠다. 너무 좋은데 어떻게 해야 하지. 그를 꾹 끌어안고 다시 키스하려는데, 노크 소리가 들려왔다.

"전하, 밀러드 경께서 알현을 요청하십니다."

시종의 목소리였다. 그 목소리 덕분에 간신히 마법에서 깨어났다. 세이블은 여전히 아쉬운 표정이었다. 시선뿐이었지만 무슨 이야기를 하고 싶은지 알 것 같았다. 나는 괜히 태연한 척 웃으며 말했다.

"중요한 일일지도 모르니까요."

"……예. 알겠습니다."

그는 아쉽다는 듯이 나를 놓아주었다. 담담한 척하고 있었지만, 심장이 터지는 줄 알았다. 분명 처음에는 내가 리드하고 있었는데, 어느 순간부터 리드 당하고 있었다. 나는 민망함에 괜히 뺨을 매만지며 말했다.

"전하, 처음이시라면서 되게……. 잘하시네요."

"다행이군요. 한 번 보거나 해 본 것은 금방 체득하는 편이기도 하고, 당신께서 잘 알려 주신 덕입니다."

나도 처음 해본 건데, 그렇게 잘했나? 나에게 키스의 재능이 있었을 줄이야. 나의 재능이 무섭다. 세이블은 나를 빤히 바라보다가 내 귓가에 속삭였다.

"그리고 연습하면 더 잘할 수 있습니다."

뭐, 뭐라고? 내가 잘못 들은 건가? 세이블의 얼굴이 붉어진 것을 보아하니 환청은 아닌 것 같았다.

정말이지 요망하고 사랑스럽기 짝이 없다. 내가 그런 거 좋아하는지 어떻게 알고. 심지어 여기서 더 잘하게 된다니. 하나를 가르치면 열을 체득하는 타입이었구나.

기대가 되는 동시에 호승심이 불타올랐다. 이렇게 학습 능력이 빠를 줄이야. 연상의 자존심이 운다! 더 열심히 공부해야겠다.

그렇게 다짐하는 사이, 세이블이 들어와도 좋다고 허락을 내렸다. 안으로 들어온 밀러드가 무척 미안해하며 말했다.

"늦은 시각 죄송합니다. 제가 딱히 두 분의 오붓한 시간을 방해하려 한 것은 아니고, 급하게 전달 드릴 것이 있어서……."

밀러드가 구구절절 변명을 늘어놓자 더욱 민망해졌다. 세이블이 그를 지긋이 응시하다 말을 끊었다.

"그래서 용건이 무엇이지?"

"그게……."

그는 머뭇거리다 내 쪽을 바라보았다. 음? 세이블이 아니라 나한테 볼일이 있던 건가? 세이블도 그 시선을 느끼고 입을 열었다.

"잠시 자리를 비킬까요."

"아, 아니. 괜찮아요."

뭔지는 모르겠지만, 세이블이 알아도 괜찮겠지. 밀러드는 고개를 끄덕이곤 말을 이어 갔다.

"왕비님께서 정보부에 하달하신 임무에 관한 것입니다. 알아낸 것이 있으면 바로 보고하라 명하셔서."

음. 내쫓을 걸 그랬나. 뒤늦은 후회가 몰려왔다. 만약 누가 죽었다 되살아났다는 이야기를 꺼내면…….

죽었다 살아난 것만으로는 원작을 눈치채지 못할 테지만 조금 불안했다. 나는 마음을 가라앉히려 애쓰며 말했다.

"이상한 소문을 알아냈나요?"

"네. 근래의 정보는 아니지만, 1년 전쯤 사람을 찾는 수상한 움직임이 있었다고 합니다."

"그것만으로는 딱히 이상해 보이지 않는데요. 찾는 대상이 이상한 건가요?"

밀러드는 고개를 끄덕인 뒤, 담담한 목소리로 말했다.

"네. 하늘색 머리카락에 은색 눈을 가진 소년을 찾고 있었다고 합니다."

하늘색 머리카락에 은색 눈. 듣자마자 내 머릿속에는 한 사람의 얼굴이 떠올랐다. 인상착의가 베리테와 몹시 흡사했다. 하지만 거울이 아니라 소년을 찾고 있다고?

"그런 모색과 눈동자를 가진 이가 드물기에, 정보부가 수상하다 여겨 가져온 정보입니다만……. 암살 사건과는 큰 관계가 없어 보입니다."

그래, 아마 암살 사건과는 관계가 없겠지. 하지만 내 머리는 복잡하게 돌아가고 있었다. 나는 간신히 입을 벌렸다.

"고마워요, 밀러드 경. 우선 누가 그 소년을 찾는지 알아보고, 그 외의 다른 소문들도 조사를 계속해 달라 해 주세요."

"네. 알겠습니다. 좋은 시간 되십시오."

뭐? 무슨 시간? 밀러드는 후다닥 방을 떠나갔다. 그는 좋은 시간을 보내라 말했지만, 그럴 분위기가 아니었다. 세이블 역시 표정이 심상치 않았다.

"전하, 어떻게 생각하세요? 그 소년이……."

"베리테와 인상착의가 흡사하군요."

나만 베리테를 떠올린 게 아니었다. 그처럼 특이한 외모가 흔히 있는 게 아니니까.

하지만 베리테는 거울인걸? 아니, 진짜 거울이 맞나? 달리아도 그랬잖아. 보통 거울은 자아가 없다고.

"전하, 혹시…… 마도구에 사람이 갇힌 사례가 있나요?"

동화에서는 저주에 걸려 개구리가 되거나 야수로 변하는 경우가 왕왕 있었다. 그렇다면 무생물로 변화시키는 것도 가능할까?

"그러한 사례를 들어본 적은 없지만, 저 역시 베리테가 사람일 가능성이 크다고 생각합니다. 능력이 지나치게 뛰어나기도 하고."

그래. 베리테는 너무 뛰어나다. 정말 베리테가 어떤 이유, 혹시 저주를 받아 거울에 갇힌 것이라면?

그런데 거울에서 저주 수식을 읽은 적이 없다. 내 능력이 부족해서 그런가? 아니면 저주가 아닌 걸까?

"일단 베리테와 이야기를 나눠보는 건 어떻습니까."

세이블의 권유에 나는 고개를 끄덕였다. 그래. 일단 당사자랑 이야기해 보는 게 좋겠다.

"네. 그러면 베리테랑 이야기 좀 하고 올게요. 이 이야기는 둘이서 하는 게 좋을 것 같아요."

세이블에게 못 할 이야기를 하려는 것은 아니다. 내 마력에 대해서도 알고 있는걸.

하지만 베리테가 세이블리안을 온전히 따르지는 않기에, 중요한 이야기는 단둘이 하는 편이 나을 것 같았다.

세이블은 알겠다는 듯 고개를 끄덕인 뒤 나를 거울방에 데려다주었다. 나는 거울 앞에 서서 작게 중얼거렸다.

"베리테. 여기로 좀 와 줄래?"

부른 지 얼마 되지 않아 거울 속에 하늘색 머리카락과 은색 눈동자를 가진 소년이 나타났다. 베리테가 눈을 가늘게 뜨고 나를 흘겨보았다.

"뽀뽀 다 했어?"

"아직 다 안 했…… 는 게 아니라! 중요한 이야기를 하러 왔어."

"중요한 이야기?"

베리테는 영문을 모르겠다는 듯 고개를 갸웃했다. 나는 그 순진무구한 얼굴을 향해 이야기를 꺼냈다.

"정보부에 수상한 소문을 조사하라 명했는데, 하늘색 머리카락과 은색 눈동자를 가진 소년을 찾는 사람들이 있었대."

거울 속의 소년은 달빛을 머금은 두 눈동자를 깜빡거리고만 있을 뿐이었다. 나는 베리테의 반응을 기다리다 먼저 입을 열었다.

"혹시 네가 그 모습을 선택한 이유가 있어?"

베리테의 담담한 모습이 다소 이상하다 생각하고 있었는데, 아마 충격이 시간차를 두고 온 모양이었다. 한 박자 늦게 베리테의 얼굴에 당황이 떠올랐다.

"모, 몰라. 그냥 자연스럽게 이 모습을 택한 건데……."

처음으로 물속에서 제 얼굴을 마주한 어린 동물 같은 혼란이었다.

나는 최대한 차분하고 침착하게 말을 이어 갔다.

"베리테, 이건 가정일뿐이긴 한데……. 너 거울이 아니라 사람인 거 아닐까?"

"내가 사람이라고?"

"응. 평범한 마도구는 아닌 거, 너도 알잖아. 능력이 너무 뛰어나. 자아도 있고."

베리테는 그저 입을 벌리고만 있었다. 뭐라 긍정도 부정도 하지 못한 채였다. 한참이 지난 후에야 베리테가 말을 꺼냈다.

"하지만 내가 저주에 걸렸다면 네가 진작 눈치챘을 텐데. 이상하잖아?"

나 역시 그 부분이 걸리던 참이었다. 두 눈에 마력을 집중하고 거울을 살펴보았으나, 역시 아무것도 보이지 않았다.

"저주에 걸렸는데 수식이 보이지 않는 경우도 있어?"

"저주가 너무 강할 경우, 저주를 건 상대보다 실력이 부족하면 파악하지 못할 수 있기는 해."

예전에도 그랬지. 타인이 건 저주는 잘 보이지 않는다고. 나는 입술을 깨물었다. 아무리 거울을 들여다보아도 그 안에는 오로지 베리테뿐이었다.

내가 앓는 소리를 내고 있자 베리테는 어쩐지 시무룩한 기색이 되어 있었다. 크흑, 나의 실력 부족이 원통하다. 하지만 여기서 물러설 거라 생각했다면 오산이다. 나는 두 주먹을 불끈 쥐고 말했다.

"베리테, 나만 믿어! 걱정하지 마! 내가 어떻게든 해결해 볼게!"

내가 다른 건 몰라도 끈기 하나는 있다. 베리테의 주인으로서 어떻게든 방법을 찾아내야만 한다.

“내가 더 실력이 늘면 강력한 저주도 볼 수 있는 거지? 실력은 어떻게 키울 수 있어?”

“연습을 통해 늘릴 수 있지만……. 꽤 오래 걸릴 거야.”

역시 성적을 올리기 위해서는 꾸준한 학습뿐인가. 하루아침에 실력이 늘어나는 방법은 없으려나.

흑흑, 주위에 검은색 마력을 가진 사람이 더 있다면 얼마나 좋을까. 베리테가 정말 사람이라면 당장 꺼내 주고 싶은데…….

“아비게일. 아비게일.”

실의에 빠져 있던 그때, 베리테가 가만히 나를 불렀다. 방금 전의 동요는 어디 가고 평상시처럼 히죽 웃고 있는 베리테가 보였다.

“나는 괜찮아. 저주에 안 걸렸을 수도 있고, 저주에 걸렸어도 괜찮으니까.”

“정말 괜찮은 거야? 하지만…….”

나는 상상도 할 수 없다. 내가 거울 속에 갇혀서 몇 년을 살아왔다면? 미치지 않은 게 용하다. 그런데도 베리테는 태연한 얼굴로 웃고 있었다.

“나는 이 상태가 익숙해. 물론 내가 진짜 사람이면 좋겠지. 나가고 싶긴 하지만, 딱히 간절한 건 아니야. 그러니 걱정하지 마.”

“베리테…….”

나는 차마 말을 이을 수 없었다. 베리테의 거짓말이 너무도 진짜 같기 때문이었다.

평소에도 베리테는 은연중에 밖으로 나가고 싶은 뜻을 내비치곤 했다. 아쉬움과 부러움이 뚝뚝 떨어지는 눈으로 거울 밖을 응시하던 것이 몇 차례던가. 그럼에도 베리테는 나를 걱정해 주고 있었다.

베리테가 턱을 짚고는 뻔뻔한 표정을 지었다.

"그나저나 내가 인간이라면 어떤 인간일까. 내가 너무 잘나고 뛰어나서 갇혔나?"

그 허세가 귀엽고 고마워 나는 힘겹게 웃었다. 마음 같아서는 잔뜩 쓰다듬고 안아 주고 싶었다.

"맞아. 누가 너를 질투해서 가뒀나 봐."

"저주에서 풀리면 얼마나 더 멋질지 감당이 안 되는데. 차라리 거울 속에 있는 게 나을지도."

베리테가 있는 힘껏 태연한 척을 하는 걸 보니, 더욱 빨리 저주를 풀어 주고 싶어졌다. 으으, 누구에게 물어보면 좋으려나……. 일단 생각나는 건 달리아인데.

한참 동안 머릿속을 헤집던 중, 한 사람이 떠올랐다. 그 사람이라면 뭔가 알고 있지 않을까?

방 안에 거친 숨소리가 가득했다. 그 숨소리 때문인지, 우아하게 장식된 방임에도 불구하고 연무장과도 같은 공기가 감돌았다.

카린이 경악과 걱정이 어린 눈으로 나디아를 바라보았다.

"지치지도 않아요?"

오후 세 시. 보통이라면 티타임을 갖기 적절한 시각이었다. 그러나 테이블 위는 썰렁하게 비어 있었고, 나디아는 거친 숨을 내쉬며 팔굽혀 펴기를 반복하는 중이었다.

"얼마 안 했는데? 여기 와서 너무 빈둥거렸어. 더 해야 해."

말은 그리해도 꽤 힘든 모양인지, 목소리에 헐떡거림이 묻어났다. 카린은 말려보라는 듯 파노를 응시했지만 그는 그저 무심하기만 했다.

'진짜 보면 볼수록 이해가 안 가.'

카린으로서는 꿈에서조차 보지 못한 장면이었다. 몸을 단련하는 것은 사내들이나 하는 일 아닌가.

그러던 중 나디아가 잠시 멈칫거렸다. 드디어 끝이 났나보다 안도하는데, 나디아가 말을 걸어 왔다.

"좀 부족한가. 카린, 미안한데 등에 올라탈래?"

"네? 시, 싫어요!"

"하긴. 그 드레스로는 앉지도 못하겠다."

그녀는 카린의 로브 아 라 프랑세즈를 힐끗 보고는 자리에서 일어났다. 몸을 몇 번인가 비틀자 몸에서 으드득하고 뼈 소리가 들렸다.

"나디아 님은 정말 신기하시네요. 그런 운동을 다 하시고."

반쯤은 빈정거림이 섞인 말이었다. 나디아의 얼굴을 살피자, 꽤 격한 운동을 했음에도 땀은 나지 않았다. 나디아는 찬기 도는 창가에 털썩 주저앉았다.

"관심 있어? 너도 이참에 단련 좀 하는 게 어때?"

"싫어요. 땀이 나면 화장이 뭉개질 테니까요."

"그러면 화장 안 하면 되잖아?"

"여자가 어떻게 화장을 안 해요?"

"난 안 하는데."

화장을 해 봐야 바닷물에 다 씻겨 나갈 테니, 어찌 보면 당연한 일이었다.

카린은 대꾸할 기력조차 없었다. 이런 식으로 말다툼을 한 것이 수차례. 말로도 무력으로도 나디아를 이길 재간이 없었다. 카린은 속이 터진다는 듯 깊게 한숨을 내쉬었다. 나디아는 그런 카린을 물끄러미 바라보다 가까이 다가갔다.

"오늘도 얼굴에 뭐 칠했어?"

"네."

"카린은 겉치장에 무척 신경을 많이 쓰는 것 같아."

당연한 일이잖아, 하고 반박하려다 카린은 포기했다. 나디아는 부드러운 미소를 띤 채 말을 이어 갔다.

"겉모습도 물론 중요하지만, 그것보다 귀중한 게 있다고 생각해. 가장 중요한 건 겉이 아니라 이 안에 있는……."

나디아는 가만히 제 가슴 위에 손을 올린 뒤, 진지한 눈초리로 말했다.

"근육이지."

"……."

"그러니까 단련하자."

"싫어요!"

카린이 버럭 소리를 질렀다. 나디아의 헛소리는 몇 번을 들어도 적응이 되지 않았다. 나디아도 물러서지 않고 카린의 팔을 붙들었다.

"너 윗몸 일으키기는 해 봤냐? 자, 누워봐."

"사람 말 좀 들어요!"

두 사람은 시녀와 왕녀라기보다는 견원지간처럼 아웅다웅하고 있었다. 파노가 익숙한 광경을 감상하던 중, 하녀가 안으로 들어왔다.

"실례합니다. 왕비님께서 찾아오셔서."

"아비게일이? 들어 오라 그래!"

아비게일의 이름을 듣자, 나디아는 주인이 돌아온 강아지처럼 두 눈을 빛냈다. 그 덕에 영원할 것 같던 근육 강의도 끊기고 말았다. 카린은 안도의 한숨을 내쉬었다. 무슨 일로 온 건진 몰라도 그저 반가웠다.

그러던 중, 안으로 들어오던 아비게일이 자리에 멈춰 섰다. 그녀는 두 사람을 힐끗 보고는 헛기침을 했다.

"음. 미안해요. 내가 방해한 건 아닐까 모르겠네요. 둘이 그런 사이인 줄 몰랐어요."

그 말에 카린은 퍼뜩 정신을 차렸다. 방금 전, 나디아가 운동법을 알려준답시고 카린을 소파에 눕히고 그 위에 올라탄 참이었다. 남들이 보면 알콩달콩 연애 행각을 벌이는 연인으로 착각할 법한 자세였다. 카린이 있는 힘껏 나디아를 밀어냈다.

"아니에요! 그런 거 아니에요! 저랑 이 사람이랑 아무 관계없어요!"

카린이 있는 힘껏 부정해도, 아비게일은 아련한 눈으로 보고 있을 뿐이었다. 마치 시집가는 딸을 보는 시선이라 더욱 울화통이 치밀었다.

"그나저나 아비게일, 무슨 일로 왔어? 내가 보고 싶어서 왔어?"

카린이 화를 내거나 말거나, 나디아는 빵조각을 쫓는 물고기처럼 부리나케 아비게일에게 달려왔다.

그 반응에 아비게일은 고개를 갸웃했다. 뭔가 두 사람이 좋은 분위기였던 것 같은데, 착각이었나.

"그런 것도 있고, 나디아에게 물어보고 싶은 게 있어서 왔어요. 둘이서만 이야기하고 싶은데……."

"둘이서만?"

나디아가 짐짓 음흉한 표정을 지었다. 예전 같았으면 얼굴을 붉히며 부끄러워했을 아비게일이지만, 어느새 그녀는 강인하게 성장해 있었다.

"네. 물론 친구로서요."

정색한 얼굴에 나디아는 입술을 삐죽 내밀었다. 기대했던 반응이 나오지 않은 탓이었다.

"예전에는 놀리는 거 재밌었는데……. 카린, 파노. 자리 좀 비켜 줘."

나디아는 툴툴대며 두 사람을 내보냈다. 카린은 잠시 머뭇거렸지만, 생각보다 조용히 방을 떠나갔다.

"그래서 무슨 일이야?"

둘만이 남게 되자 나디아는 단도직입적으로 물었다. 아비게일이 사소한 사담을 나누러 온 것이 아니라는 건 진작 눈치채고 있었다.

표정에서 알 수 없는 비장함이 어른거리고 있었다. 그녀는 절박한 보랏빛 눈동자로 나디아를 응시했다.

"나디아는 마법에 대해 잘 알고 있죠? 혹시 마력을 늘리는 방법에 대해 알고 있는지 물어보려고 왔어요."

아비게일의 얼굴이 하얗게 굳어 있었다. 창문이 조금 덜 닫힌 모양인지, 어디선가 냉기가 스며드는 것 같았다. 아니, 초조함 때문에 춥다고 느끼는 것인지도 몰랐다.

나디아가 방법을 모른다면, 달리아를 찾아갈 생각이었다. 하지만 이종족인 그녀가 모르는 것을 달리아라고 알까. 불안한 마음을 억누르던 중, 경쾌한 목소리가 들려왔다.

"응. 알고 있는데?"

시원한 대답에 아비게일의 얼굴이 순식간에 밝아졌다. 그 반응을 보고 나디아가 고개를 갸웃거렸다.

"그런데 왜 물어보는 거야? 어차피 인간은 마법을 못 쓰잖아."

"그게 마법관의 마법사들 때문에요. 요정과의 거래가 끊겨서 문제가 많거든요."

"아, 그렇군."

나디아는 의심 없이 납득하는 눈치였다. 아비게일은 보채듯이 물었다.

"그래서 마력을 늘리는 방법은 무엇인가요?"

"꾸준한 학습과 연습, 노력."

나디아가 뜻밖에 상식적인 대답을 내놓아, 그녀는 살짝 놀라고 실망했다. 마치 교과서 위주로 열심히 공부했더니 전교 1등이 되었다는 대답을 들은 기분이었다.

"단기간에 강해지는 방법은 없을까요?"

"음. 마력을 증폭시켜주는 마도구를 몸에 지니고 있으면, 일시적으로 실력이 늘어나."

마도구. 그 말에 아비게일은 안도와 절망을 동시에 느꼈다. 안다고 해도 사용할 수 없는 방법이었다.

요정 왕국과의 거래도 끊겼는데, 그런 마도구는 대체 어디서 구한단 말인가. 와중에 나디아는 여전히 태연한 얼굴이었다.

"왜 그렇게 표정이 심각해?"

"그게, 그런 마도구는 어디서 구해야 하나 싶어서요……."

"이미 네가 갖고 있잖아."

자신이? 아비게일은 영문을 알 수가 없었다. 과거에 마도구를 수집하는 게 취미긴 했는데, 그런 것이 있었나?

기억을 더듬어 보았지만 잡히는 것이 없었다. 나디아는 도리어 어리둥절해져서 물었다.

"지난번에 보여 줬잖아. 잃어버렸어?"

"제가 보여 줬다고요?"

나디아는 아비게일의 반응이 재미있는지 이를 드러내며 웃었다.

"응. 네가 보여 준 운디나의 브로치. 그거 마도구야."

자개로 만들어진 브로치는 빛이 닿을 때마다 오색으로 영롱하게 반짝이고 있었다. 세이블이 조심스레 운디나의 브로치를 내 가슴에 달아 주었다. 블랑슈와 베리테가 초조한 시선으로 나를 바라보는 게 느껴졌다.

"그 마도구가 저주를 읽게 해 줘서 다행이에요."

블랑슈의 말에 나는 희미하게 웃었다. 블랑슈에게는 내 마력에 대해 이야기하지 않고, 이 브로치가 저주를 읽는 마도구라고 설명했다.

"그러게요. 읽을 수 있으면 좋을 텐데."

두 아이를 실망하게 할 수는 없다. 반드시 읽어 낼 거야.

작게 심호흡을 한 뒤, 거울 쪽으로 몸을 틀었다. 베리테가 긴장한 얼굴로 나를 보고 있었다.

나는 온몸의 마력을 눈에 집중했다. 확실히 브로치를 달고 있으니, 몸 안의 피가 평소보다 빠르게 달아오르는 것이 느껴졌다.

하지만 베리테는 평소와 큰 차이가 없어 보이는데……. 그러다 문득, 거울에 희미한 그을음이 묻은 걸 발견했다.

하녀가 청소를 덜 했나? 아니, 그럴 리가 없다.

"……보이는 것 같아!"

검댕으로 착각한 것은 마법 수식이었다. 워낙 복잡하게 얽혀 있어 그을음처럼 보였을 뿐이었다.

와. 그나저나 악취미다. 어떤 놈이 수식을 이렇게 복잡하게 짠 거지? 내 마력으로는 파악할 수 없던 것이 이해가 갈 정도였다. 마력을 더 끌어올려 수식을 살피자, 브로치가 진동하는 게 느껴졌다.

한참을 들여다본 끝에 간신히 자물쇠 부분을 읽을 수 있었다. 나는 약간의 현기증을 느끼며 입을 열었다.

"베리테, 너에게는 두 개의 저주가 걸려 있어."

"두 개?"

"응. 하나는 거울에 갇히는 저주, 하나는 기억을 잃는 저주."

하나도 모자라서 두 개라니. 복잡한 수식을 보고 있자니 베리테를 향한 진한 악의가 느껴졌다.

"일단 거울에 갇히는 저주부터 살펴볼게. 열쇠 부분이……."

열쇠 부분은 더 복잡하게 짜놨다. 으으, 머리가 아프다. 앞부분이 잘 안 보인다. 그나마 뒷부분은 보이는데……. 어?

"어……. 일단 제일 중요한 부분은 읽었어."

"뭐래? 뭐래? 저주를 푸는 방법이 뭐래?"

"입맞춤."

나는 간신히 짜 맞춘 단어들을 툭 내뱉었다. 스스로 말해놓고도 민망하여, 나는 멋쩍게 뺨을 긁적였다.

"입맞춤이래. 그런데 누구의 입맞춤인지는 못 읽겠어."

[이 저주는 ■■■은 ■■이 ■■■■ ■의 입맞춤을 받아야 풀 수 있다.]

그나저나 이놈이고 저놈이고 왜 열쇠가 입맞춤이지. 저주를 만드는 놈들은 키스 중독자인가.

베리테도 입맞춤이라는 말에 어리둥절한 눈치였다. 그러다 슬그머니 내 뒤를 한 번 보고는 나를 올려다보았다.

"대상은 모르는 거고?"

"응. 일단 다시 한번 읽어볼……. 어라?"

아래를 내려다보니 자개로 만들어진 브로치는 절반으로 금이 가 있었다. 브로치가 망가지자 거울에 비친 수식이 더욱 옅게 보였다.

"아마 효력이 다해서 망가진 것 같네."

베리테가 조금 울적한 목소리로 말했다. 나 역시 같은 마음이었다. 브로치가 망가질 줄이야. 그래도 수식을 읽는 데에는 성공했으니, 해석은 내 힘으로 할 수 있을 것 같다. 문제는 시간이 좀 걸릴 것 같다는 건데……. 나는 잠시 고민하다 입을 열었다.

"베리테, 아직 열쇠 부분을 제대로 해석하진 못했지만 일단 마구잡이로 찍어볼래?"

"응? 찍는다고?"

무식한 게 오히려 답이 될 때가 있다. 비밀번호를 0000부터 9999까지 넣다 보면 결국 풀리기 마련인 것처럼.

시간이 걸리겠지만 풀 수는 있다. 베리테가 멍한 눈으로 나를 바라보았다.

"어떻게 찍을 건데?"

"저주에서 풀릴 때까지 뽀뽀해 보는 거지."

무엇을 상상한 것인지, 베리테의 얼굴이 하얗게 질렸다. 나는 오해를 막기 위해 빠르게 설명을 덧붙였다.

"물론 네가 싫으면 안 할게. 그래도 입술이랑 입술이 닿는 게 아니라, 거울에 닿는 거니까 괜찮지 않을까?"

"괜…… 찮나? 그런 편법을 써도?"

불법도 아닌데 뭐 어때. 인생은 단순하게 가야 할 때가 있는 거란다, 베리테.

"일단 내가 첫 타자로 뽀뽀해 볼게. 운 좋으면 바로 풀……."

"안 돼!"

"안 됩니다!"

베리테와 세이블이 동시에 외쳤다. 왜, 왜 이렇게 다급해? 내가 뽀뽀하는 게 그렇게 싫어?

"아비게일이랑은 안 해!"

"왜?"

"그게……. 아무튼 안 돼! 윤리적으로 안 돼!"

아니 무슨 거울에 뽀뽀하는데 윤리까지 나와? 와중에 세이블이 뜨거운 눈빛으로 나를 보고 있었다.

"전하는 왜 싫으세요?"

"그야 저랑 하셔야죠. 비비의 입술에는 저만이 닿고 싶은데……."

아니, 이 양반이 딸내미 앞에서 못하는 말이 없어! 나는 놀라서 그의 입을 손으로 틀어막았다.

"애가 있잖아요! 그리고 직접 하는 게 아니라 거울에 하는 건데요?"

"그래도 싫습니다."

세이블이 단호하게 말했다. 도무지 물러서지 않을 기세인데……. 그러다 그가 무언가를 각오한 듯 나를 바라보았다.

"차라리 제가 하겠습니다."

"네?"
"제가 베리테에게 입을 맞추겠습니다."
"싫어!"
베리테가 빽 소리를 질렀다. 마치 화난 고슴도치가 폴짝폴짝 뛰는 모양새였다.
"세이블리안도 안 돼! 윤리적으로 안 된다고!"
"뭐가 문제지?"
"너네는 블랑슈 부모잖아! 그니까 안 돼!"
흐음. 하긴 확실히 친구의 부모랑 뽀뽀하긴 좀 그렇지. 역시 정공법으로 가야 하나.
"그러면 일단 좀 오래 걸려도, 열쇠 부분을 해석하는 방향으로 갈게."
"……그래. 그렇게 해 줘."
베리테는 그제야 안도하는 기색이었다. 그런데 만약 왕이나 왕비의 키스라면 어떡하지. 짧은 고민에 잠긴 사이, 블랑슈가 또랑또랑한 눈으로 우리를 보고 있는 게 느껴졌다.

베리테는 한없이 넓고 하얀 공간 속에 누워 있었다. 거울 속의 세계는 너무도 넓고, 허무했다. 천장은 끝없이 뻗어 있었다. 천장뿐 아니라 사방이 그랬다. 걸어도 걸어도 끝이 나지 않을 것처럼.
그런데 이곳을 나갈 수도 있다니.
'해제 조건이 입맞춤만 아니라면 좋았을 텐데.'
해제 조건을 떠올리자, 아비게일과 세이블리안이 입을 맞춰 주겠다고 했던 것이 생각났다. 베리테는 피식 웃다가 팔을 들어 가만히 제 눈가를 가렸다. 미처 가려지지 못한 얼굴이 빨갰다.

'……좋아하는 애 부모님이랑 뽀뽀를 할 수는 없잖아.'

이제 거울 밖으로 나갈 수 있다는 생각을 하니, 벌써부터 블랑슈가 보고 싶어졌다. 빗물을 듬뿍 머금은 새싹처럼 좋아하는 마음이 부쩍부쩍 자라나는 것을 베리테조차 어찌할 수가 없었다.

'그런데 누구랑 뽀뽀를 해야 저주가 풀리는 걸까.'

뽀뽀라는 단어를 떠올리자 반사적으로 블랑슈의 얼굴이 떠올랐다. 베리테는 속으로 비명을 지르며 좌우로 마구 굴렀다.

'난 쓰레기야! 어떻게 블랑슈랑 뽀뽀를 하려고 해!'

하지만 블랑슈 외의 누군가와 뽀뽀를 하고 싶지는 않았다. 아비게일의 말대로 결국 거울에 입을 맞추는 거니, 자신이 과민반응을 하는 것도 같았지만.

'그나저나 이 거울에서 나가게 되면, 나는 내 본래의 모습을 되찾게 되겠지.'

저도 모르게 한숨이 나왔다. 베리테는 거울 속에서 자유자재로 모습을 바꿀 수 있었다. 무엇으로든 변할 수 있다는 말은 자신이 무엇인지 모른다는 이야기이기도 했다.

지금은 블랑슈 또래의 아이로 모습을 바꾸고 있지만, 진짜 모습은 어떨지 아무도 알지 못한다. 죽기 직전의 노인 모습일지도 모른다. 아니, 소년을 찾는다고 했으니 그건 아니려나.

블랑슈의 또래라는 것은 기뻤지만 자신의 얼굴이 어떨지는 알 수 없었다. 그런 생각을 하니 덜컥 겁이 났다. 거울 속에서는 어떤 모습이든 될 수 있지만, 거울을 나서면 그때부터는…….

"베리테, 뭐해?"

상념에 빠져 있던 베리테는 화들짝 몸을 일으켜 세웠다. 그러자 거울 너머에 오도카니 앉아 있는 블랑슈가 보였다. 그 모습에 베리테는 옷매무새를 다듬고, 다급히 거울 앞에 모습을 드러냈다.

"어, 어. 왔어? 무슨 일이야?"

"할 이야기가 있어서 왔는데……. 베리테, 표정이 안 좋아. 괜찮아?"

블랑슈의 푸른 눈동자가 걱정스레 베리테를 살폈다. 그 눈동자를 마주하자 베리테는 행복한 동시에 조금 불안해졌다.

"그냥……. 이제 밖으로 나갈 수 있다는 생각을 하니까, 이런저런 생각이 많아져서."

자신이 못생겼으면 어떡하나, 그것 때문에 블랑슈가 나를 싫어하면 어떡하나.

평생 거울을 벗어날 수 없을지 모른다는 두려움보다 더 큰 두려움이 몰려왔다. 베리테는 잠시 침묵하다 넌지시 입을 열었다.

"저기, 블랑슈. 물어보고 싶은 게 있는데."

"응? 뭔데?"

"너는…… 어떤 사람이 좋아?"

목소리 끝이 살짝 흔들리고 있었다. 블랑슈는 왜 이런 질문을 하나, 의아해하면서도 선선히 답을 주었다.

"잘 모르겠는데……. 다정한 사람?"

"다정……."

자신은 다정한 편인가? 베리테는 자신의 과거 행적을 되짚어 보았으나 딱히 다정한 것 같지는 않았다.

앞으로는 블랑슈에게 더 잘해 줘야겠다고 다짐했다. 베리테는 눈치를 보다가 다음 질문을 꺼냈다.

"그, 그거 말고는? 얼굴이라든가……."

"으음. 잘 모르겠어. 난 어마마마랑 아바마마를 좋아하긴 하는데."

그런 흉악하고 냉혈한 얼굴이 취향이구나. 베리테는 자신의 귀여운 얼굴이 새삼 원망스러워졌다. 블랑슈는 토끼처럼 고개를 갸웃거렸다.

"그런데 왜 그런 걸 물어보는 거야?"

"그게……."

왜 이리 말이 잘 안 나올까. 누구 앞에서든 늘 태연했는데. 베리테는 한참을 망설이다가 기어들어 가는 목소리로 말했다.

"내가 엄청 못생겼거나, 그러면 어떡해. 그래서 블랑슈가 나를 싫어하면……."

그렇게 되느니 거울 속에 있는 게 나았다. 블랑슈에게 외면받을 생각을 하니 벌써부터 눈물이 핑 돌았다.

블랑슈는 베리테의 말에 그저 침묵으로 답하다가, 슬그머니 거울 위로 손을 올렸다.

"베리테."

그 목소리가 무척이나 다정해, 베리테는 고개를 들었다. 블랑슈의 작고 말랑말랑한 손이 거울을 짚고 있었다.

"베리테, 우리 약속했잖아. 외로울 때마다 서로를 부르기로. 그러면 이렇게 손을 잡아 주기로."

그 약속을 단 한 순간도 잊은 적이 없었다. 베리테가 슬그머니 블랑슈와 손을 맞댔다. 온기가 느껴질 리 없는데도 어쩐지 따스했다.

"베리테는 어떤 모습이어도 내 친구야. 어떤 얼굴을 하고 있더라도 난 베리테를 좋아할 거야."

블랑슈는 그렇게 말하며 해사하게 웃었다. 온 하늘의 별빛이 이곳에 내려온 것만 같았다. 거짓이나 과장이라고는 하나도 없이, 거울에 비치듯 오로지 솔직한 마음이었다.

"네가 거울 속에 있어도, 거울 밖에 있어도 난 좋아. 하지만 나는 베리테를 안아 주고 싶으니까……."

블랑슈가 가만히 손을 웅크렸다. 거울 너머의 작은 손을 맞잡아 주려는 듯이.

"그러니까 베리테가 밖으로 나왔으면 좋겠어."

그 목소리가 참으로 올곧고 다정하여 베리테는 한참이나 넋이 나가 있었다. 블랑슈는 그런 베리테를 빤히 바라보다가 조금 뾰로통해져서 말했다.

"만약 베리테는 내가 다른 얼굴이면, 나랑 친구 안 해 줄 거야?"

"아니! 할 거야! 네가 개구리가 되어도 친구 할 거야!"

베리테가 다급히 외쳤다. 블랑슈라면 어떤 모습이라도 좋았다. 개구리라는 말에 블랑슈가 꽃이 흐드러지게 피듯 미소 지었다.

"나도 베리테가 개구리여도 좋아."

그 말에 베리테의 얼굴이 사과처럼 빨갛게 물들었다. 마치 한여름의 태양이 거울 속에 찾아온 것 같았다. 블랑슈가 헤실 웃다가 무언가가 생각난 듯이 말했다.

"아, 맞아. 나 할 이야기가 있어서 왔어."

"응. 무슨 이야기?"

"아까 우리 엄마, 아빠랑 뽀뽀하는 건 윤리적으로 안 된다고 했잖아."

베리테는 방금 전의 소동이 생각나 어쩐지 민망해졌다. 그리고 블랑슈랑 뽀뽀하고 싶은 마음이 들킬까 두렵기도 했다.

"응. 그런데?"

"혹시…… 나랑 하는 것도 윤리적으로 문제가 있어?"

순간, 세상이 정지하는 느낌이었다. 거울 속의 베리테는 석화 마법에 걸린 것처럼 뻣뻣하게 굳어 버렸다.

그렇게 수십 초가 지난 뒤, 베리테가 간신히 블랑슈를 돌아보았다. 은색 눈동자가 미친 듯이 흔들리고 있었다.

"왜, 왜 그런 걸 물어봐……?"

"어마마마 말대로 일단 뽀뽀해 보면 어떨까 싶어서. 베리테도 빨리 나오고 싶잖아."

블랑슈는 태연하게 말했다. 긴장이라고는 조금도 느껴지지 않는 얼굴이라, 베리테는 이 사실을 좋아해야 할지 말아야 할지 알 수 없었다.

"그래서 일단 내가 뽀뽀해 볼까 하는데, 역시 싫으려나……."

"아니! 안 싫은데? 난 좋아!"

베리테가 다급하게 말했다. 얼굴이 새빨갛게 변한 것이, 마치 토마토의 요정 같았다.

"좋아. 그러면 가까이 와봐."

블랑슈가 가볍게 손짓하자, 뻣뻣하게 굳은 베리테가 장난감 병정처럼 걸어왔다. 삭막한 방인데도 어쩐지 주위에 꽃 덤불이 가득 채워진 것 같았다. 덤불 딸기와 찔레꽃의 향기가 풍겨오는 듯했다.

두 아이는 거울 속의 자신을 바라보듯 서로를 마주하고 있었다. 블랑슈가 양손을 거울 위에 올리자, 베리테도 조심스레 손을 맞댔다.

"자, 그럼 한다!"

"그, 그래!"

블랑슈는 눈을 감고 까치발을 들었다. 베리테도 붉게 물든 얼굴로 두 눈을 질끈 감았다. 거울 속 세계에는 향기가 없음에도 그저 봄 같았다. 블랑슈가 거울에 쪽, 하고 가볍게 입을 맞추는 소리가 들렸다. 입술이 닿은 자리에 봄꽃이 피어나는 것만 같았다.

그때, 천장이 열리고 빛이 쏟아지듯 닫힌 눈꺼풀 위가 밝아졌다. 눈을 뜨자 빛무리가 현실과 거울의 경계에 꽃처럼 피어나고 있었다. 두 아이는 빛 사이로 서로의 놀란 얼굴을 보았다.

흰 벚꽃잎이 바람과 함께 흩날리듯, 빛의 계절이 찾아왔다. 거울 안도 거울 밖도 그저 흰색이라, 마치 두 세계가 연결된 것처럼 보였다. 그 흰 빛은 점점 커져, 이제 눈앞이 보이지 않을 정도였다. 눈이 아릴 듯한 빛에 블랑슈가 얼굴을 찌푸렸다.

"베리테? 베리테!"

당황하여 베리테를 불렀으나, 돌아오는 답이 없었다. 눈 앞에 펼쳐진 것은 그저 흰색의 세계일 뿐이었다. 저주가 풀린 걸까? 하지만 베리테가 보이지 않으니 그저 두렵고 초조했다.

블랑슈는 한 손으로는 빛을 가리려 애쓴 채, 남은 손으로는 주위를 더듬더듬 짚었다. 여전히 베리테의 목소리가 들리지 않았다.

"베리테, 너 괜찮……."

"블랑슈."

그때, 무언가가 손에 잡혔다. 따뜻하고 부드러운 손이었다. 오랫동안 기다려온 것처럼, 손의 주인은 블랑슈의 작은 손을 꼭 잡았다.

서서히 빛이 사그라들기 시작했다. 블랑슈는 그 찬란한 광원 사이에서, 빛보다 더욱 반짝이는 은색 눈동자를 보았다. 소년이 울 듯이 미소 지었다.

"너무너무 만나고 싶었어, 블랑슈."

◇

나는 망가진 브로치를 만지작거리고 있었다. 수백 년간 동부를 지켜 주던 브로치에 금이 가다니, 고맙고 미안했다. 진짜 이 브로치 아니었으면 얼마나 오래 걸렸을까. 브로치는 제 역할을 다 해 줬으니, 남은 건 이제 내 몫이다.

"후우, 좋아. 다시 해석해보자."

거울에서 나올 수 있다고 할 때, 기대감에 반짝이던 베리테의 눈빛이 선명했다. 그러니 최대한 빨리 해석을 하는 수밖에. 세이블이랑 같이 시간을 보내고 싶었지만, 일단 오늘은 먼저 재우기로 했다.

자, 그러면 어떻게 할까. 나는 눈을 감고 어둠 속에서 빛나는 수식을 바라보았다. 정말 몇 번을 봐도 악질이다. 풀지 못하도록 작정하고 만들었다는 게 노골적으로 느껴졌다.

일단 내가 알고 있는 동화들을 떠올려보자. 저주에 걸렸다가 풀려난 주인공들은 수없이 많았다. 『잠자는 숲속의 공주』는 왕자의 키스, 『미녀와 야수』는 진실한 사랑을 깨닫는 것, 『개구리 왕자』는 벽에 내던지니까 풀렸던 것 같은데…….

음. 베리테를 내던질 수는 없지. 일단 키스 부분은 확실하니까, 사랑이나 왕족의 키스일 확률이 높지 않을까.

답을 알고 문제를 풀면, 과정도 어느 정도 예상이 간다. 일단 사랑이 키워드라고 가정해두고 해석해 보자!

때려 맞추는 식으로 무식하게 계산을 반복하자 조금씩 해석이 되기 시작했다. 한참 동안 삽질을 반복한 끝에, 내 눈앞에 온전한 해법이 드러났다.

[이 저주는 저주받은 대상이 사랑하는 자의 입맞춤을 받아야 풀 수 있다.]

풀었다! 풀었어! 역시 예상대로 사랑이 키워드였다. 이제 베리테가 사랑하는 사람을 찾아야 한다. 그리고 입맞춤만 하면……!

“비비. 잠시 괜찮겠습니까?”

그때 문 너머에서 세이블의 목소리가 들려왔다. 아휴, 내가 보고 싶어서 왔나 보다. 뽀뽀 한 번 하고 돌려보내야지.

나는 슬그머니 작업실 문을 열었다. 그런데 예상외로 세이블의 옆에 누군가가 있었다. 블랑슈였다.

“블랑슈? 무슨 일이에요?”

“베리테의 저주가 풀렸어요! 빨리 같이 가요!”

아니? 풀렸다고? 어떻게? 누가? 베리테가 사랑하는 사람이 근처에 있었어? 당황하고 있는 사이 블랑슈가 내 손을 잡아끌었다.

“같이 가 주세요. 지금 베리테, 거울 방에 혼자 있어서…….”

“아, 알겠어요. 얼른 가죠.”

뭔지는 모르겠지만 일단 가 보자. 나는 세이블과 블랑슈와 함께 황급히 거울방으로 향했다. 가는 길 내내 어리둥절할 뿐이었다.

거울방에 다가가자, 블랑슈가 슬그머니 노크를 했다. 그리고는 가만가만 속삭였다.

“베리테. 엄마랑 아빠 모셔 왔어.”

“……들어와.”

베리테의 목소리가 나지막했다. 왜 이렇게 겁먹은 것처럼 들리는 걸까? 조용히 문이 열리자, 구석에 무언가가 햄스터처럼 웅크리고 있는 게 보였다. 뒷모습뿐이지만 익숙한 하늘색 머리카락이었다.

정말 저주가 풀린 거구나. 잘됐다, 정말 잘 됐어! 그런데 왜 이렇게 구석에 콕 박혀 있는 거지?

"베리테, 왜 그러고 있어? 얼른 이리로 와."

내 부름에도 베리테는 움찔거리기만 할 뿐, 아무 대답이 없었다. 그러다 잠시 후.

슬그머니 뒤를 돌아보았다. 늘 봐오던 얼굴이었다. 분명 거울에서 본 익숙한 얼굴인데, 뭔가 달랐다.

"베리테, 귀가……?"

베리테의 귀가 뾰족했다. 마치 요정처럼. 잔뜩 주눅이 든 베리테는 제 귀를 만지작거렸다.

"이상해?"

요정을 보는 건 처음이라 조금 놀랐다. 뭔가 의상도 색다르고.

하지만 어떤 모습이 되어도 베리테는 베리테였다. 이렇게 거울 밖에서 이야기를 나눌 수 있어 그저 기쁠 뿐이었다.

"이상할 리가 없잖아. 베리테인걸."

나는 베리테에게 손을 내밀었다. 베리테는 겁먹은 눈으로 나를 올려다보다가 슬그머니 내 손을 잡고 일어났다.

흑, 진짜 베리테가 사람이었구나. 정말이지 우리 애 고생 많았다. 그런데…… 음?

"원래의 모습은 훨씬 작군요."

뒤에 서 있던 세이블이 무심한 목소리로 말했다. 얼굴을 보니 블랑슈 또래인 건 맞는데, 거울 속에서 보던 것보다 키가 조금 작았다.

거울 속에서는 블랑슈보다 한 뼘 정도 컸는데, 지금은 거의 비슷한 정도? 블랑슈가 또래에 비해 무척 작은 걸 생각하면, 베리테 역시 작은 키에 속했다. 왠지 베리테 같은 사람이 일곱 명 있으면, 원작 『백설공주』랑 잘 어울릴 것 같은데 말이지.

"요정들은 원래 인간보다 작아. 어쩔 수 없는 거라구."

세이블의 말에 베리테가 조금 토라져서 말했다. 이런 말 하긴 뭐하지만, 정말…… 귀엽다! 뭐, 뭐니 얘. 거울 속에서도 귀여웠는데 나오니까 더 귀여워! 햄스터 같아!

"왜, 왜 웃어?"

"좋아서."

베리테가 우리에게 온 지 거의 3년이 다 되어 가고 있었다. 3년 동안 이렇게 갇혀 지내다니, 얼마나 괴로웠을까.

그런 감정을 느끼는 건 나뿐만이 아닌 것 같았다. 블랑슈가 베리테를 와락 끌어안았다. 두 눈이 감격으로 그렁그렁했다.

"정말 다행이야, 베리테. 너무너무 기뻐!"

블랑슈에게 안기자, 베리테는 엉거주춤하게 굳어 식은땀만 흘리고 있었다. 베리테가 붉어진 얼굴로 더듬더듬 말했다.

"고, 고마워. 전부 블랑슈 덕분이야."

응? 덕분이라고? 나는 두 아이를 바라보았다. 기쁜 듯이 웃고 있는 블랑슈와는 달리, 베리테는 조금 부끄러워하는 기색이었다.

그리고 그 모습을 지켜보는 한 사람이 있었으니, 바로 세이블리안이었다. 그가 두 눈을 부릅뜨고 물었다.

"베리테, 그나저나 저주가 어떻게 풀린 거지?"

세이블의 물음에 베리테가 대답을 망설였다. 그래, 나도 그게 궁금하던 참이다. 분명 사랑하는 사람의 입맞춤이 필요할 텐데?

그때, 블랑슈가 밝은 목소리로 말했다.

“제가 뽀뽀해 줬어요!”

“네?”

“뭐?”

순간 세이블은 번개에 맞은 사람처럼 뻣뻣하게 굳어 버렸다. 블랑슈는 잔뜩 들뜬 얼굴로 재잘재잘 떠들었다.

“혹시 몰라서 해 봤는데 풀리더라고요! 정말 다행이죠?”

그러면 베리테가 좋아하는 사람이 블랑슈구나! 어머, 어머 세상에. 이게 무슨 일이야. 둘이 사이좋은 건 알고 있었는데, 베리테 너어……?

그 와중에 내 옆에서 덜덜 떨리는 목소리가 들려왔다.

“우리 딸이…… 베리테랑…… 뽀뽀를……?”

블랑슈 아버지는 충격과 공포, 환란에 빠져 있었다. 마치 오작동이 일어난 기계를 보는 것처럼 보였다. 블랑슈 아버지, 현실을 받아들이지 못하고 있군요. 일단 따로 데려가서 진정시켜야겠다.

와중에 블랑슈는 베리테의 손을 꼭 잡고 잔뜩 신이 나 있었다. 베리테가 얼굴이 빨개져서 쩔쩔매는 게 보였다.

“헤헤, 너무 좋다. 베리테, 혹시 기억은 돌아왔어?”

“……그건 아직.”

역시 자물쇠가 따로따로 걸려 있다 보니 한 번에 풀리지 않는 모양이었다. 그래도 일단 거울에서 빠져나와 다행이다.

“그런데 베리테는 오늘 어디서 자요?”

손님방을 내주면 좋겠지만, 야밤에 갑자기 낯선 소녀가 나타나면 그건 그것 나름대로 이목을 끌겠지. 나는 잠시 고민하다 말했다.

"오늘은 저랑 블랑슈랑 같이 자고, 베리테는 세이블리안과 같이 자는 게 어떨까요?"

그러자 베리테의 표정이 순식간에 어두워졌다. 넋이 나가 있던 세이블이 퍼뜩 정신을 차렸다.

"아주 좋은 생각입니다. 베리테와 할 이야기도 있고."

"아저씨랑은 할 이야기 없어."

두 사람이 서로 눈싸움을 하며 말했다. 어휴, 이 양반. 어느새 이렇게 딸 팔불출이 되었을까.

투닥거리는 모습을 보아도 그저 좋았다. 어쩐지 잃어버렸던 가족을 다시 찾은 기분이었다. 내일부터는 넷이서 식사를 할 수 있으려나. 벌써부터 다음 날이 기대되기 시작했다.

어둑한 작업실에는 마력 램프 하나만이 조용히 빛을 발하고 있었다. 거울도, 창문도 하나 없이 그저 벽뿐이었다. 사무적이고 삭막한 공간이었다. 몇 권의 책, 무언가를 적다 만 종이, 잉크병과 깃펜 정도가 책상 위에 놓인 전부였다.

종이에는 복잡한 수식이 적혀 있으나 마법에 대해 알지 못하는 자는 외국어나 어떤 부호라 여길 것이었다. 레이븐은 한참이나 그 수식을 내려다보고 있었다. 그리고는 무색 보석을 꾹 그러쥔 채, 눈을 감았다.

손바닥에 내놓은 상처에서 붉은 피가 흘러내리고 있었다. 보석 밑면이 붉게 젖어 가는 가운데, 레이븐이 무언가를 중얼거렸다. 그러자 상처에서 피 대신 마력이 흘러나오기 시작했다. 금빛 마력이 보석을 감싸던 중, 그가 낮은 목소리로 중얼거렸다.

"이 저주에 걸리는 자는……."

중얼거림과 함께 마력의 색이 조금씩 바뀌기 시작했다. 찬란하던 금빛이 조금씩 탁해지더니, 어느 순간 검정으로 변했다.

하지만 찰나일 뿐이었다. 마력의 색이 검은색으로 변한 순간, 레이븐은 온몸에서 힘이 빠져나가는 것을 느꼈다.

"쿨럭, 쿨럭……!"

격렬한 기침과 함께 각혈이 터져 나왔다. 온몸을 태우는 듯한 고통에 그는 바닥에 주저앉고 말았다. 피에 젖은 보석이 카랑카랑 소리를 내며 구석 어딘가로 굴러가 버렸다. 레이븐은 격통을 억누르려 애썼지만, 숨쉬기조차 버거웠다.

'역시 검은색 마력이 아닌 자가 대가를 치르지 않고 저주를 만드는 건 무리인가.'

시험 삼아 만들어 보려던 저주였다. 열쇠도 확실하게 준비해 두었고, 저주의 강도도 약했다. 그런데 이 정도의 부담이라니. 순식간에 몸에서 마력이 빠져나가는 것 같더니, 내상까지 입었다.

한참 동안 숨을 고른 끝에 그는 간신히 벽에 등을 기대고 앉았다. 깊은 한숨이 새어 나왔다.

'그래도 불가능하진 않군.'

그는 그렇게 자신을 위안하며 방 어딘가를 바라보았다. 그리고는 가만히 왼손을 뻗었다.

"멜로디. 이리 오렴."

부름을 받고 유리새가 포르르 날아왔다. 그는 사랑스럽다는 듯이 유리새를 쓰다듬고는 작게 속삭였다.

"그녀의 목소리를 들려줘."

명령에 유리새의 부리가 살짝 벌어지더니, 아비게일의 목소리가 흘러나오기 시작했다.

[본인을 대체재라 생각하지 않으면 좋겠어요. 레이븐은 오로지 레이븐일 뿐이에요.]

수십, 아니 수백 번을 들었지만 여전히 감미로운 목소리였다. 유리새는 고장 난 기계처럼 아비게일의 말을 반복했지만, 레이븐은 가만히 미소 짓고 있었다.

그는 가만히 유리새에게 입을 맞추었다. 미처 닦아내지 못한 피가 유리새에게 묻어났다.

"아비게일……."

그는 조용히 왕비의 이름을 속삭였다. 가만히 눈을 뜨자, 진한 속눈썹 사이로 오피먼트 색 눈동자가 비쳤다. 금색이지만 금이 될 수 없는 색. 빛을 받으면 변색이 되고, 유독물질인 황이 포함된 색.

레이븐은 조용히 유리새를 어루만지고 있었다. 유리새는 끊임없이 아비게일의 목소리를 반복하고 있었다.

I am Stepmother, But My Daughter Is So Cute

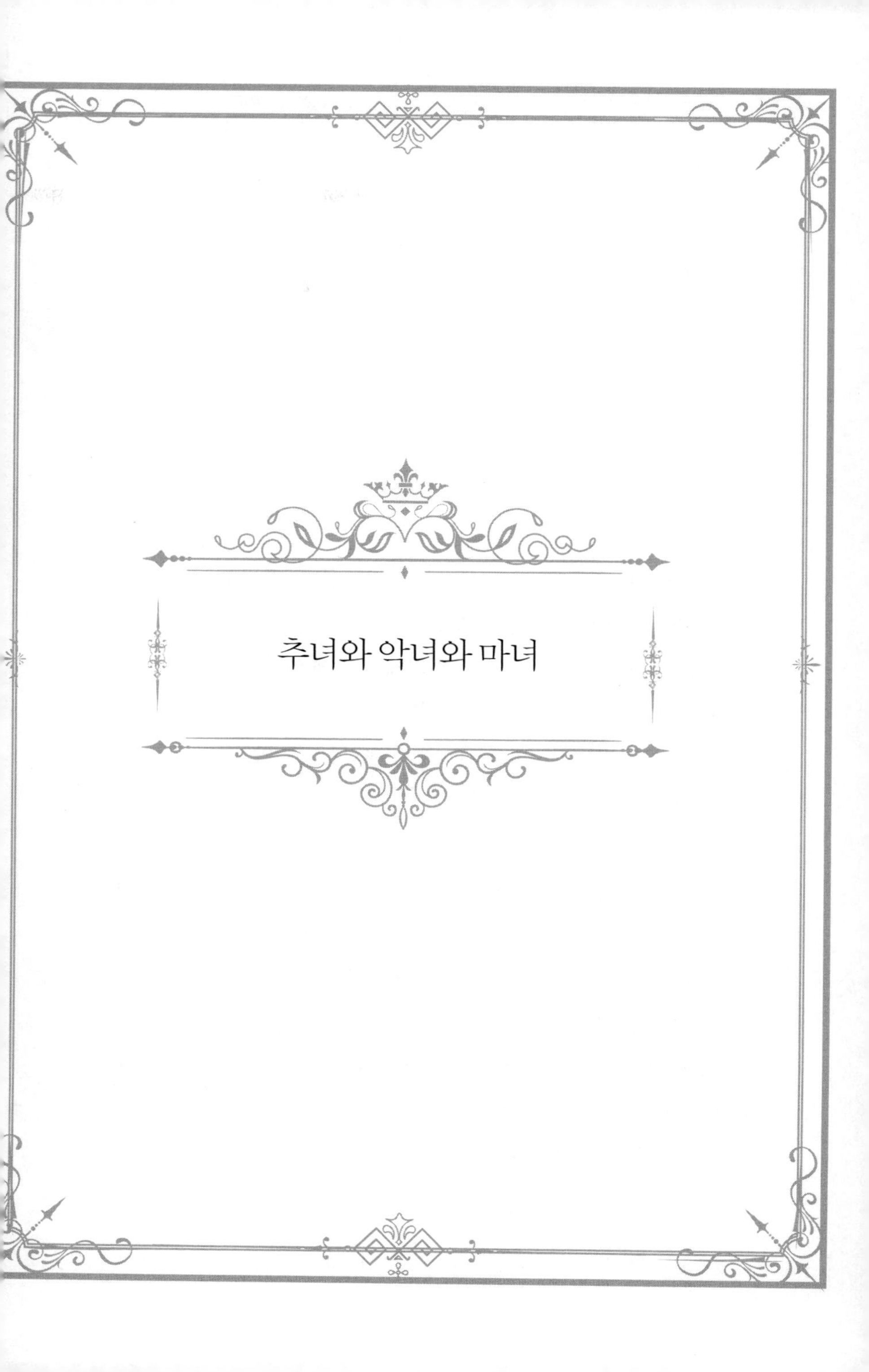

추녀와 악녀와 마녀

14

추녀와 악녀와 마녀

나는 거울 방에 놓여 있는 보디를 바라보았다. 오래전, 베리테를 위해 놓아둔 것이었다. 몇 년 동안이나 쥐스토코르는 주인을 찾지 못한 채 이 자리에 걸려 있었다. 베리테의 말에 따르면 하녀들 사이에서는 이 옷에 대한 소문이 돌고 있다 들었다.

거울방은 클라라나 노마도 들어오지 못하는 곳이었다. 청소를 하는 하녀만이 간신히 이곳에 들어올 수 있었는데, 그녀의 눈에는 이 옷이 퍽 신기했던 모양이었다.

커다란 거울 앞에 보디가 하나 놓여 있고, 우아한 코트 한 벌만이 몇 년째 걸려 있다. 왜 이곳에 옷이 놓여 있을까, 하고 하녀들은 궁금해했다. 그 바람에 좀 웃긴 소문도 생기긴 했다. 새벽에 홀로 돌아다니고 있으면, 쥐스코토르를 입은 보디에게 습격받는다든가.

그렇게 괴담의 주인공이 되기도 했던 쥐스코토르가 수년이 지나 마침내 제 주인을 찾게 되었으나…….

"너무 커!"

베리테가 불만 가득한 목소리로 버럭 성을 냈다.

옷은 제 주인에 비해 너무 컸다. 쥐스코토르의 끝단은 신부의 드레스처럼 질질 끌리고, 소매는 서너 번을 접어도 손이 보이지 않을 지경이었다.

푸훗, 귀여워. 웃으면 더 화를 낼 걸 알기에 간신히 웃음을 참았다.

"어쩔 수 없잖아. 네가 10대 후반 모습일 때를 기준으로 만들었는 걸. 치수도 제대로 안 쟀고."

꼭 아빠 옷 훔쳐 입은 꼬마 같네.

베리테는 뚱한 얼굴로 흘러내리는 쥐스코토르를 추켜 올렸다.

"벗는 게 낫지 않겠어? 너무 큰데."

"싫어. 이거 아비게일이 처음으로 만들어 준 옷이잖아. 내 옷인데……."

베리테가 시무룩해져서 어떻게든 옷을 끌어 올리려 애썼다. 크윽. 너무 귀엽고 고마워! 내 옷을 이렇게 아껴주다니.

새 옷으로 뭘 만들어 줄까 생각하며 나는 입을 열었다.

"곧 새로 만들어 줄 테니, 걱정하지 마. 그리고 슬슬 모습 바꿔야 하지 않아?"

"아, 벌써 돌아왔나. 다시 바꿀게."

베리테가 손가락을 가볍게 튕겼다. 그러자 흰색 마력이 베리테를 감싸더니, 모습이 조금씩 변하기 시작했다. 베리테의 하늘색 머리카락이 조금씩 은색으로 물들어갔다. 그리고 눈동자는 반대로 푸른빛을 띠기 시작했다.

어느새 눈앞에는 은발에 하늘색 눈동자를 가진 인간 소년이 서 있었다. 귀도 인간처럼 동그스름했다.

"이 정도면 몇 시간은 가겠지."

와, 볼 때마다 신기하다. 외형을 바꾸려면 늘 마법약을 먹어야 하는 줄 알았는데.

"상위 마법사는 마법약 같은 매개체가 필요하지 않다니. 부럽다."

"아니. 좀 달라."

뭐가 다르다는 거지? 베리테는 고개를 빳빳하게 치켜들고 말했다.

"난 상위 마법사가 아니야. 최상위 마법사지."

"아, 예. 그러셨어요. 바닥에 질질 끌리는 코트를 입고 잘난 척을 하셔도 딱히 위엄은 없습니다만."

"이 옷이 너무 큰 거라니까!"

베리테는 여전히 위엄 없는 모습으로 펄쩍 뛰었다.

열심히 놀리고는 있었지만, 베리테가 뛰어난 마력을 지녔다는 사실은 부정할 수 없었다. 마력의 양도 많고, 마력의 색깔도 두 종류. 특히 베리테가 지닌 흰색 마력은 검은색 마력만큼이나 희귀한 종류라고 들었다.

흰색 마력은 특화된 분야가 없는 대신, 대다수의 마법에 범용적으로 사용할 수 있다고 한다. 검은 종이에는 다른 색을 덧발라도 잘 티가 나지 않지만, 흰 종이는 대부분의 색을 돋보이게 할 수 있는 것처럼.

"그나저나 흰색 마력 굉장하다. 변화 마법까지 바로 사용할 수 있다니."

"응. 하지만 변화 마법에 특화된 것은 아니라, 지속 시간이 짧아서 좀 불안하네."

"조금만 참아. 곧 요정 모습으로 다닐 수 있을 거야."

현재 베리테는 정체를 숨긴 채, 인간인 척을 하고 있었다.

나디아 덕분에 사람들이 이종족에 익숙해지긴 했지만, 요정이 나타났다고 하면 당황할 사람들이 많았다. 그리고 또…….

"나를 찾는 사람들이 누구인지는 아직 안 밝혀졌지?"

"응. 계속 조사하고 있는데 오래전의 일이라 시간이 조금 걸리네."

베리테를 찾는 사람들이 누구인지 아직 알아내지 못했다. 아군이라면 다행이지만, 적이라면 골치가 아파질 것이 뻔했다.

게다가 베리테는 기억까지 잃은 상황. 현재로서는 그들이 아군이라 할지라도 구별할 수 없었다. 그런 상황이다 보니 최소한 기억을 되찾을 때까지는 인간 행세를 하기로 했다.

"조금만 더 버텨 줘. 나도 열심히 해제 방법을 해석하고 있으니까."

"응. 믿고 있어."

베리테가 씩 웃으며 말했다. 크윽, 그 미소를 보니 마음이 쑤셨다.

생각보다 저주를 해석하는 데에 시간이 좀 걸리고 있었다. 지난번처럼 답이 짐작이 가는 것도 아니라서 더욱. 어디 또 마력 증가시켜주는 마도구 없으려나. 나는 베리테를 가만히 보며 물었다.

"네가 그런 마도구를 만들 수는 없어?"

"마력을 증폭시키는 마도구는 단기간에 만들어지는 게 아니라서. 아무리 천재여도 시간을 줄일 수는 없어."

베리테가 아쉬운 듯이 말했다. 으흑, 어쩔 수 없다. 이번에는 정공법으로 나가는 수밖에.

"베리테, 일단 나가자. 블랑슈랑 약속한 시각이 다 되었어."

"아. 알겠어."

아침부터 블랑슈가 꼭 시각에 맞춰 와달라고 부탁한 참이었다. 나는 쥐스코토르를 보디에 걸어둔 뒤 밖으로 나왔다.

거실로 나오자 노마와 클라라가 수를 놓고 있었다. 클라라는 나를, 아니 베리테를 보고는 자리에서 벌떡 일어났다. 두 눈이 호기심으로 가득했다.

"우와. 혹시 이 꼬마가 그 마법사예요? 밖에서 주워 왔다는?"

베리테는 꼬마라는 말에 눈썹을 찌푸렸다. 마치 화가 잔뜩 난 고슴도치 같았다.

"그래. 이번에 궁정 마법사로 들어온 베리테라고 해. 블랑슈의 호위이기도 하고."

베리테의 정체에 대해 말할 수 없기에, 우리는 거짓 이야기를 지어냈다. 길거리를 헤매고 있던 베리테를 주워왔는데 알고 보니 마력이 있었다는 설정이었다.

뭐, 블랑슈의 호위는 베리테가 자처한 거지만. 반드시 자기가 블랑슈를 지켜줘야 한다고 강력하게 주장했었다.

"그렇구나! 잘 부탁해요, 베리테. 나는 클라라라고 해요."

"노마입니다."

"베리테다, 요."

베리테는 공대가 아직 낯선 것 같았다. 후, 인간 세상 나오니 힘들지? 하지만 어쩔 수 없다. 세상이 원래 다 그런 거야.

"그러면 블랑슈를, 아니 블랑슈 공주님을 뵈러 가도 될까, 요? ……왕비님."

얼굴이 빨개져서 힘겹게 왕비라고 부르는 게 좀 재밌었다. 나는 웃음을 참으며 고개를 끄덕였다.

"좋아. 마침 나도 블랑슈에게 같이 가려던 참이니, 따라오거라."

나는 한껏 근엄한 척을 하며 앞장을 섰다. 베리테가 척척 내 뒤를 따라오는 게 어쩐지 신기하기도 하고, 감격적이기도 했다.

이쯤이면 약속 시각에 맞게 왔겠지? 시종이 문을 열자, 작은 인영이 후다닥 문가로 뛰어 왔다.

블랑슈였다. 얼굴에는 반가움이, 두 눈동자에는 사랑스러움이 가득했다. 크윽, 강아지 같고 귀여워!

블랑슈는 들떠서 어쩔 줄 몰라 하는 기색이었으나, 주위에 시녀들이 있다는 걸 깨닫곤 황급히 표정을 바꾸었다.

"어서 오세요, 어마마마. 베리테도 반가워요."

"아, 네. 공주님."

두 아이는 처음 만난 사이처럼 어색한 분위기였다. 서로 쭈뼛대는 게 귀엽지만, 계속 이러고 있을 수는 없겠지.

나는 방 안에 있던 사용인들을 모두 내보냈다. 문 닫히는 소리가 들리고, 우리 세 사람만 남게 되었다. 그제야 블랑슈의 얼굴이 평소대로 환하게 피어났다.

"베리테! 어서 와!"

"우왁!"

블랑슈가 반가움을 참지 못하고 베리테를 꼭 끌어안았다. 베리테는 얼굴이 새빨개져서 이러지도 저러지도 못하고 있었다.

요즘 젊은이들은 과격하기도 하지. 예전이었다면 둘이 많이 친하구나, 하고 넘겼을 텐데. 예전부터 베리테가 블랑슈를 좋아하는 것 같다는 예감은 있었지만, 이번 일로 아주 확실한 증거가 잡혔다.

사랑하는 사람의 입맞춤을 받아야 풀리는 저주! 그리고 블랑슈와 뽀뽀를 하고 저주가 풀렸다! 베리테가 블랑슈를 좋아하다니. 내가 몇 년간 꾸준히 덕토크를 한 덕에 영업에 성공한 것인가. 물론 좋아하는 게 연심이 될 줄은 몰랐지만.

이웃 나라 왕자 따위가 찾아와도 절대로 블랑슈를 시집 보내려 하지 않았는데……. 베리테라면 괜찮지 않나? 성격 좋지, 능력 있지.

다만 블랑슈도 베리테를 좋아하는지가 문제였다. 사이가 좋긴 한데, 친구로서 좋아하는 걸지도 모르잖아. 만약 블랑슈도 베리테를 좋아한다 하면, 그때부터는 적극적으로 오작교 역할을 해 줄 테지만.

우리 애는 베리테를 어떻게 생각하려나. 그때, 블랑슈가 베리테의 손을 꼭 잡고 방 안쪽으로 이끌었다.

"베리테, 얼른 와서 이거 먹어 봐. 그동안 너한테 주고 싶은 거 다 준비해 놨어! 어마마마도 얼른 오세요!"

대체 뭘 준비했으려나? 블랑슈의 뒤를 따라 옆 방으로 발을 옮긴 순간. 나는 멈칫 멈춰 서고 말았다.

저, 저게 대체 뭐야?

테이블 위에 어마무시한 양의 디저트와 과일 등이 놓여 있었다. 내 평생 저렇게 높은 마카롱 타워는 처음 본다.

누가 보면 베리테 생일인 줄 알겠다. 베리테도 얼떨떨한 얼굴로 자리에 앉았다. 와중에 블랑슈는 잔뜩 들뜬 얼굴이었다.

"자, 베리테. 이거 내가 제일 좋아하는 마카롱이야. 얼른 먹어 봐. 아-."

블랑슈가 분홍색 마카롱을 하나 집어 베리테의 입가에 가져다 댔다.

크읏, 블랑슈! 그건 베리테에게 너무 강력한 공격이야!

예상대로 베리테가 얼굴이 빨개져 어쩔 줄 몰라 하자, 블랑슈가 고개를 갸웃했다.

"마카롱 싫어?"

"아, 아니. 네가 주는 거면 다 좋아."

베리테는 잠시 망설이다가 블랑슈가 주는 마카롱을 받아먹었다.

꼬끄가 파삭하고 부서지는 소리가 났다. 곧 베리테의 눈이 휘둥그레졌다.

"……맛있어!"

난생처음 단것을 먹어보는 듯, 두 눈에 황홀함과 경이로움이 가득했다. 생각해보면 베리테는 3년 동안 밥도 못 먹은 거잖아. 정말이지 눈물이 난다. 어떤 놈이 베리테를 거울에 가둔 거지? 잡히면 용서하지 않겠다. 거울에 300년간 가둬 주겠어.

"진짜, 너무너무 맛있어."

"정말? 다행이다. 캐러멜도 먹고, 애플파이도 먹고, 홍차도 마시고, 맛있는 거 다 가져다줄게!"

베리테와 블랑슈를 감싼 공기가 솜사탕마냥 몽실몽실했다. 기뻐서 어쩔 줄 몰라 하는 블랑슈와 부끄러워하는 베리테가 귀여웠다.

두 아이가 이야기를 나누며, 과자를 나눠 먹고 있는 걸 보자니 무척 행복했지만……. 이 엄마는 슬슬 빠져 줘야겠군. 애들 노는데 눈치 없이 있을 수는 없지.

나는 슬그머니 자리에서 일어났다. 그러자 두 아이가 동시에 나를 바라보았다.

"아비게일, 아니 왕비님. 어디 가?"

"어마마마 어디 가세요? 어마마마 몫도 준비해 놨어요! 같이 드세요."

아, 아니…… 얘들아……! 내가 방해꾼인 건 아닐까 걱정했는데, 두 아이는 당연히 내가 여기에 있어야 한다는 것처럼 보고 있었다. 감격스러움에 뭐라 말이 나오지 않았다. 나는 염치 불고하고 다시 테이블 앞에 앉았다.

이 두 아이를 반드시 지켜 주고 싶다. 이 행복을 절대 깨트리고 싶지 않아.

그러기 위해서는 범인을 꼭 잡아야 했다. 기드온과 스토크 공작에게 감시를 붙여 두었지만, 아직 두 사람은 꼬리를 드러내지 않았다. 만약 다른 사람이 범인이라면 더욱 골치가 아파질 텐데.

그때, 노크 소리가 들려왔다.

"왕비님. 국왕 전하께서 오셨습니다."

"아, 모셔 오렴"

시종이나 밀러드를 데리고 오진 않았겠지? 슬쩍 옆을 보자, 바짝 붙어 있던 두 아이가 거리를 둔 채 남처럼 침묵하고 있었다.

잠시 후, 세이블이 혼자 들어서자 블랑슈의 표정도 금세 풀렸다. 다만 세이블의 얼굴은 얼음장같이 굳어 있었다.

"비비, 여기 계셨군요. ……베리테도 있었군."

"안녕. 국왕님."

베리테가 제법 얄밉게 웃으며 인사를 건넸다. 세이블의 두 눈동자가 푸른 불꽃처럼 활활 타오르고 있었다.

예전에 세이블이 했던 말이 떠올랐다. 블랑슈는 절대 결혼시키지 않을 거라던 말. 어휴, 무서워라. 베리테도 험난하겠군.

마치 흑담비와 고슴도치가 대치하는 듯한 분위기에, 나는 살벌함을 느끼며 홍차를 홀짝였다. 흠. 홍차 맛있네.

그리고 그 사이에서 토끼 한 마리가 눈을 또랑또랑 뜨고 있었다. 블랑슈는 접시 하나를 들고는 생긋 웃었다.

"아바마마, 어서 오세요! 아바마마도 같이 드실래요? 달지 않은 시금치 키슈도 있어요."

벼락과 서리가 내리치던 공기 사이로 봄바람이 불었다. 그 말에 세이블의 눈가가 부드럽게 녹아내렸다.

"고맙구나, 블랑슈. 그런데 잠시 네 엄마와 할 이야기가 있어서, 이야기를 끝내고 먹어도 될까?"

"네, 물론이죠!"

어라, 무슨 이야기를 하려는 거지. 세이블이 눈짓을 보내, 나는 자리에서 일어나 옆 방으로 이동했다. 평소 같으면 다디달게 웃으며 나를 끌어안았을 사람인데, 오늘은 어쩐지 냉기가 흘렀다.

"세이블, 무슨 일이에요?"

"문제가 생겨 궁정 악사를 바꾸게 되었습니다."

기드온을? 왜 갑자기 해임하려는 건지 이해가 가지 않았다. 표정을 보아하니 지난번처럼 질투 때문에 그러는 것 같지는 않았다.

"대체 무슨 문제인가요?"

아무리 추측을 해 보려 해도 답이 나오지 않았다. 세이블이 얼음 조각을 내뱉듯, 딱딱한 목소리로 말했다.

"어젯밤, 기드온 궁정 악사가 사망했다고 합니다."

……뭐?

갑작스러운 부고 소식에 머리가 돌아가지 않았다. 죽었다고? 누가? 기드온이?

"어…… 쩌다가요?"

간신히 내 입을 비집고 나온 목소리가 생경했다. 세이블의 표정은 평소처럼 무뚝뚝했다.

"기드온이 머무르던 별채에서 화재가 일어났다 하더군요."

화재. 기분이 이상했다. 범인을 잡으면 죽일 거라 했지만, 막상 누군가가 죽었다는 소식을 들으니 발아래가 진창이 된 것 같았다.

세이블은 내가 동요를 가라앉히길 기다려 주고 있었다. 옆 방에서 희미하게 블랑슈의 목소리가 들려오자, 가까스로 침착해질 수 있었다.

냉정이 찾아오자 위화감이 그 뒤를 따랐다. 감시를 붙인 지 얼마 되지 않아 그가 죽었다니. 나는 잠시 생각을 정리하다 입을 열었다.

"정말 사고였을까요?"

"그럴 확률은 낮다고 봅니다."

세이블의 목소리에는 확신이 담겨 있었다. 확실히 뭔가 이상했다. 그의 죽음은 너무 갑작스러운 구석이 있었다.

"그렇다면 전하께서는 어쩌다 기드온이 죽었다고 생각하세요?"

"가능성 중 하나는 꼬리 자르기입니다. 기드온이 누군가의 사주를 받아 행동하던 중, 꼬리가 밟히자 잘라냈을 확률이 있습니다."

기드온을 잡아 심문하면 그와 엮인 사람들도 줄줄이 엮일 가능성이 크다. 그걸 방지하고자 기드온을……?

"시신은요? 시신은 발견되었나요?"

"예. 하지만 화재로 심하게 훼손되어 있었다고 합니다."

그렇다면 그 시신이 기드온이라는 것은 아무도 증명할 수 없다. 후련하기보다는 더욱 머리가 아파 왔다.

"그렇다면 기드온이 살아 있을 가능성도 있겠군요."

"예. 그럴 확률이 높습니다."

"그리고 만약 살아 있다면 기드온을 조사하는 건…… 더욱 어려워질 테고요."

세이블은 조용히 고개를 주억거렸다. 기드온이 끄나풀이었든, 진범이었든 우리에게는 좋지 않은 상황이었다.

"우선 양쪽 모두를 가정하고, 계속 조사를 해 보겠습니다. 스토크 공작은 아직까지 얌전하게 지내는 것 같더군요."

만약 기드온이 끄나풀이었다면, 공범일 가능성이 가장 큰 건 스토크 공작이다. 하지만 스토크 공작이 왜 블랑슈를? 차라리 나를 노린다면 이해라도 갈 텐데.

순식간에 체온이 식는 것 같았다. 누군가가 여전히 블랑슈를 노리고 있다면. 그늘 속에서 기회를 노리고 있다면. 나는…….

"비비."

그때 나지막이 속삭이는 목소리와 함께 온기가 닿았다. 세이블이 내 손을 가만히 잡고 있었다. 내게 체온을 돌려주려는 듯이.

"우리, 키슈 먹으러 갈까요."

그는 시선으로, 목소리로, 체온으로 나를 달래고 있었다. 괜찮을 거라고 내게 말하고 있었다.

그제야 조금 긴장이 풀어지는 것 같았다. 나는 가만히 그의 손을 깍지 껴 잡았다.

"네. 같이 키슈 먹어요."

정보부가 계속 조사를 하고 있고, 블랑슈를 지키는 사람들이 많다. 불안한 것은 어쩔 수 없지만 그 불안에 잠식되면 안 된다. 잘 먹고 잘 버텨야 앞으로의 일들도 감당할 수 있다. 역시 사람은 밥을 먹어야 해!

다시 밖으로 나오자, 꽁냥거리고 있는 두 아이가 보였다. 베리테가 열심히 애플파이를 먹고 있었다.

"베리테, 맛있어?"

"응. 맛있어. 엄청."

블랑슈가 옆에서 흐뭇한 표정으로 베리테를 바라보고 있었다. 마치 먹는 것만 봐도 배부르다는 듯이.

엉엉, 보는 나도 뿌듯하다. 흐뭇하게 두 아이를 바라보며 자리에 앉자, 무언가가 내 앞에 쑥 내밀어졌다.

"왕비님. 왕비님도 이거 먹어."

베리테가 내 앞으로 마들렌 하나를 내밀고 있었다. 나도 챙겨 주는 거야? 오늘부터 장모님이라고 불러도 된다고 할까.

아니, 아직 사위로 받아들이면 안 되지. 우리 블랑슈가 어떤 마음인지 모르는데.

"고마워, 베리테. 잘 먹을게."

그래도 고마운 건 고마운 거니까. 마들렌을 받아 우물우물 먹고 있는데, 옆자리에서 뜨거운 시선이 느껴졌다. 세이블이었다.

"비비, 키슈도 좀 드십시오."

세이블이 포크로 키슈를 조금 떠서 내게 내밀었다. 제발 먹어달라는 눈빛을 발사하면서.

키슈가 아니라 돌덩이를 내밀어도 먹겠다! 나는 키슈를 덥석 받아 먹었다. 그러자 이번에는 블랑슈가 생크림 케이크를 건넸다.

"이것도 드세요, 어마마마!"

밥고문 당하는 기분이 들었지만 그저 행복했다. 이렇게 네 사람이 함께 앉아 있는 장면을 꿈꾸곤 했는데. 지금 들려오는 이 날 선 목소리들만 아니면 더 좋았을 테지만.

"왕비님은 키슈보다 마들렌을 더 좋아해. 국왕님은 그런 것도 몰라?"

"나도 알고 있지만, 디저트만 많이 먹으면 영양학적으로 좋지 않다. 난 비비의 건강을 염려하고 있는 것뿐이다."

음! 이럴 줄 알았어. 세이블과 베리테는 서로를 노려보고 있었다.

예전부터 두 사람은 사이가 좋지 않았으니까.

나는 블랑슈가 주는 케이크를 받아먹으며 잠시 생각에 잠겼다. 이 상황에서 베리테가 '사랑하는 사람에게 입맞춤'을 받았다는 걸 알려준다면…….

아, 지금 엄청 끔찍한 장면이 눈앞에 스쳐 지나갔어. 일단 나 혼자만 알고 있자. 와중에 두 사람이 계속 투닥대고 있자, 결국 블랑슈가 중재에 나섰다.

"마들렌도, 키슈도 둘 다 맛있는걸요? 어마마마도 둘 다 좋아하시고요."

블랑슈가 생긋 웃으며 말하자, 두 남자는 순식간에 입을 다물었다. 그리고는 재빨리 고개를 끄덕였다.

"음. 그렇지. 마들렌도 적당히 먹으면 기분 전환에 도움이 될 테고."

"그래. 고루고루 먹어야 건강에 좋은 거니까. 나도 키슈 좀 먹을까."

역시 우리 집에서 제일 강한 건 블랑슈가 아닐까.

좋은 현상이라 생각하며 케이크를 떠먹던 중, 곧 블랑슈 생일이 다가오는 게 떠올랐다.

"아, 그러고 보니 블랑슈 생일이 얼마 안 남았네요."

작년에는 좀 더 일찍 챙겼는데, 요새 하도 정신이 없어서 이제야 떠올리고 말았다. 와중에 생일이라는 이야기에 베리테가 눈을 번쩍 빛냈다.

"블랑슈, 뭐 갖고 싶어? 그동안 못 준 만큼 내가 많이 가져올게!"

오호, 기특한 것 같으니. 예비 사위 점수를 10점 더 줬다.

"고마워! 그런데 선물은, 으음……."

블랑슈는 조금 고민하는 기색이 되었다. 저런 표정은 처음이라 좀 신기했다. 매년 무슨 선물이 갖고 싶은지 물어도, 아무거나 다 좋다고 하던 아이인데. 올해는 갖고 싶은 게 있는 걸까?

"있기는 한데……."

그렇게 말하며 블랑슈는 내 쪽을 힐끗 보았다. 나는 블랑슈가 선물을 요청한다는 사실이 기뻐, 활짝 웃으며 말했다.

"뭘 갖고 싶나요? 말해 봐요."

"그게……."

어려운 부탁인 듯 블랑슈는 머뭇거리고 있었다. 세이블도 궁금하다는 듯이 응시하자, 블랑슈가 수줍게 말했다.

"저…… 동생이 있으면 좋겠어요."

픕. 마시던 홍차를 나도 모르게 뱉어 버렸다.

뭐? 동생? 와중에 블랑슈는 기도하듯 양손을 꼭 쥔 채, 초롱초롱한 눈으로 나를 보고 있었다.

"지난번에 군힐드 님이랑 나디아 님이 같이 있는 거 보니까, 조금 부러웠거든요. 되게 사이도 좋아 보이고……."

그, 그래. 둘이 사이가 좋아 보이긴 했지. 하지만 동생이라는 말을 듣자마자 나는 겁이 났다. 세이블이 과연 부부 관계를 원할까?

그와 입을 맞추고 함께 침대에 누울 때마다, 내심 걱정을 하고 있었다. 나의 어떤 행동이나 말이 혹여라도 그의 상처를 헤집어 놓지는 않을까 하고.

나는 세이블을 힐끗 보았다. 그 역시 상당히 혼란스러운 것처럼 보였다. 블랑슈가 우리의 눈치를 보다가 다급히 말했다.

"무, 물론 꼭 있으면 좋겠다는 건 아니에요. 조금 부럽기는 하지만……."

이걸 어쩌면 좋나. 가급적이면 블랑슈의 부탁을 들어주고 싶지만, 세이블의 사정을 알고 있으니 쉽게 말할 수가 없었다.

그 와중 베리테는 우리를 번갈아 보고 있었다. 어색하게 굳은 공기 사이로 베리테의 명랑한 목소리가 들려왔다.

“동생을 원하면 꽃밭에 심으면 되잖아.”

아니, 이건 또 무슨 소리지. 당황하여 베리테를 바라보자, 베리테가 고개를 갸웃거리다 말했다.

“아. 인간은 다르게 아이를 만들던가. 황새가 물어 준다고 들은 것 같기도 한데.”

“마, 맞아요. 황새가 물어다 줘요. 나중에 황새한테 부탁해 볼게요!”

내가 생각해도 어이없는 말 돌리기였다. 블랑슈가 이제 13살인데, 이런 거짓말이 통할 리가 없잖아!

나는 초조한 마음이 되어 블랑슈를 흘낏 보았다. 눈이 마주치자 블랑슈가 활짝 미소 지었다.

“좋아요. 황새가 동생을 가져다주면 좋겠네요!”

아니, 이게 먹히네? 왠지 모르게 조금 찜찜했지만, 사태는 수습했다. 이제 블랑슈 아버지 멘탈을 수습해 줘야지.

세이블은 아직도 굳은 채로, 시선이 멍하게 테이블 끝에 닿아 있었다. 무슨 생각을 하는 걸까, 조금 걱정이 되었다.

서재는 햇빛과 서적으로 가득 차 있었다. 평소라면 고요도 함께 머물러 있을 테지만, 오늘은 빗질하는 소리와 작은 속삭임이 대신하

고 있었다.

"요즘 왕비님이랑 국왕 전하, 금슬이 엄청 좋으신 것 같아."

협탁을 닦던 하녀가 즐거운 목소리로 말했다. 다른 하녀들 역시 분주히 청소를 하며 작게 속살거리고 있었다.

"그러게 말이야. 요즘 두 분 같이 있는 걸 볼 때마다 내가 다 부끄러운 거 있지."

"예전이랑은 비교도 안 되는 것 같아. 전하께서 돌아가셨을 땐 어떡하나 싶었는데 말이야."

애틋한 국왕 부부의 모습에 하녀들은 매일이 즐거웠다. 먼발치에서 그들을 보고 있노라면 어쩐지 가슴이 간질간질해졌다. 행복을 지켜보는 것만으로도 분홍빛 물이 드는 것 같았다.

그때, 활기찬 공기 사이로 다소 불안해 보이는 목소리가 들려왔다.

"그런데…… 좀 이상하지 않아?"

먼지를 털어내던 단발머리 하녀가 슬그머니 입을 열었다. 낮게 가라앉은 목소리에 하녀들이 모두 그녀를 돌아보았다.

"뭐가 말이야?"

"왕비님이 되살아나신 뒤로 이상한 일들이 많이 생기고 있잖아."

갑자기 해가 구름 뒤로 숨은 듯, 서재 안이 어둑해졌다. 단발머리 하녀가 조금 불안한 얼굴로 주위를 둘러보았다.

"왕비님이 되살아나신 뒤, 성격이 완전히 뒤바뀌셨잖아. 공주님이랑 전하도 갑자기 왕비님을 좋아하고. 마법처럼."

마법이라는 말이 무척이나 음산하게 들렸다. 하녀들은 긍정도 부정도 하지 않은 채 잠자코 단발머리 하녀의 말에 귀를 기울였다.

"그 뒤로 이상한 옷도 많이 만드시고, 바다에서 인어를 데려오고,

게다가 죽은 전하까지 되살려냈어. 너무 이상하지 않아?"

참신한 옷이 이상한 옷으로 변하는 것은 순식간이었고, 기적은 괴담으로 변질되었다. 아늑했던 서재마저 음산하게 변한 것 같았다. 어둑하고 낯선 숲 한가운데에 떨어진 듯한 기분이었다.

모두가 입을 다물고 있었다. 한참이나 침묵하던 끝에, 한 하녀가 입을 열었다.

"……확실히 뭔가 좀 이상하긴 해."

"나도 하인들한테 이상한 이야기 들었어. 전하께서 인어에게 나라를 넘기려고 한다는……. 혹시 왕비님이 뭔가 한 건 아닐까?"

벌레가 책을 갉아대는 듯, 작게 속삭이는 목소리들이 켜켜이 쌓였다. 그때, 끼익하고 문 열리는 소리가 들리자 하녀들이 짧게 비명을 내질렀다.

"무슨 일이지?"

"노, 노마 님. 아무것도 아닙니다."

안으로 들어온 사람은 노마였다. 하녀들은 그 얼굴을 보고 살짝 안도하는 기색이었다.

하녀들이 송구하다는 듯 고개를 조아렸다. 노마는 무뚝뚝한 표정으로 시선을 한 번 주고는 서고에 다가갔다.

아비게일이 심부름을 부탁한 책을 고른 뒤, 그녀는 별다른 인사를 남기지 않고 곧 떠나갔다. 다시 문이 닫히자 하녀들은 그제야 참고 있던 숨을 내뱉었다.

"어휴, 왕비님인 줄 알았네."

"그러고 보니 노마 님이 왕비님을 제일 오래 모신 시녀이지? 혹시 노마 님도……."

"뭐, 생긴 건 마녀 같긴 하지."

긴장이 풀리자 작은 웃음이 터져 나왔다. 껑충한 키에 노안. 매부리코까지 동화 속의 마녀와 흡사했다.

"다른 시녀들은 잘려나가는데 노마 님만 끝까지 버텼잖아. 정말 마녀인 거 아닐까?"

"글쎄. 내 생각엔 왕비님이 질투할 만한 얼굴이 아니라 안 내보낸 것 같은데."

귀부인이나 영애 중에서는 일부러 자신보다 못생긴 여자를 하녀로 데리고 다니는 경우도 있었다. 그것은 일종의 액세서리로, 자신의 외모를 더욱 부각하기 위함이었다.

하녀들이 키득키득 대는 소리가 문틈 사이로 새어 나왔다.

문 너머에 누가 있는 줄도 모르고.

노마는 문 앞에 서서 묵묵히 그 말을 듣고 있다가 발을 옮겼다. 표정은 그저 고요했다. 그녀는 험담이 막 시작될 무렵부터 문 앞에 서 있었다. 아비게일이 수상하다며 속삭이던 작은 목소리들.

진작에 뛰쳐 들어가, 어디서 감히 왕비님의 흉을 보냐며 역정을 낼 수도 있었지만 그러지 않았다. 하녀들이 한 말 중 대부분은 사실이었다. 자신도 아비게일이 수상하다 생각하고 있었다.

또한 아비게일이 외모를 돋보이게 하고자, 자신을 곁에 둔 것도 사실이었다. 그러나 노마는 어떤 불평도 내뱉지 않았다.

묵묵히 복도를 걸어가던 중, 그녀는 거울을 보고 잠시 멈춰 섰다. 거울 속의 얼굴은 그저 애교 없이 삭막했다. 노안에, 미형이라 보기엔 어려운 외모.

'왕비님이 나를 여전히 곁에 두는 것도 자신을 돋보이게 하려고

그러는 것인지 몰라.'

방금 전, 하녀들이 자신을 향해 내뱉던 험담이 떠올랐으나 그녀는 그 기억을 무시하려 애썼다. 그러던 중, 복도 끄트머리에서 인기척이 느껴졌다. 그쪽을 돌아본 노마가 황급히 인사를 올렸다.

"평안하셨습니까, 스토크 공작님."

그가 대체 언제부터 저기 서 있었는지 가늠이 되지 않았다. 평소라면 인사를 받는 둥 마는 둥 하면서 지나갈 스토크 공작이지만, 오늘은 웬일인지 자리를 뜨지 않고 있었다.

"아, 노마 양. 마침 이야기를 나누고 싶었는데 이리 마주치게 되어 기쁘군."

공작은 우연이라 말했지만, 눈치 빠른 노마는 그것이 거짓임을 직감했다.

'일부러 나를 기다리고 있던 것 같은데. 그런데 어째서?'

공작은 자리를 옮기자는 듯 가만히 눈짓을 주었다. 노마는 망설이다가 그 뒤를 따랐다.

사람이 잘 드나들지 않는 건물 뒤편으로 발을 옮겼다. 노마는 어쩐지 기분이 좋지 않아, 책을 꼭 껴안은 채 입을 열었다.

"공작님께서 어쩐 일로……."

"요즘 왕비님과는 잘 지내고 있나?"

슬쩍 떠보는 목소리는 태연했으나, 눈빛만큼은 숨길 수 없이 날카로웠다. 근래 얼굴이 초췌해져 더욱 흉흉한 분위기가 감돌았다.

"예. 잘 모시고 있습니다."

"정말이지 자네도 고생이 많군. 왕비님의 성격이 오죽 깐깐하니 말이야. 예전부터 자네 고생하는 게 안쓰러웠네."

노마는 부정도, 긍정도 하지 않았다. 스토크 공작이 부드럽게 웃으며 말을 이어 갔다.

"다름이 아니라 이번에 자네 가문에 방문을 하고자 하네. 자네 부친과 나눌 이야기가 있어서."

노마로서는 당황스러운 통보였다. 그녀의 집안은 자작 가문으로, 스토크 공작과 마주할 만한 위상이 없는 집안이었다. 하지만 왜 방문하느냐 되물을 배짱은 없었다.

스토크 공작은 그저 빙그레 웃었다.

"그때 만날 수 있다면 좋겠군."

"……저도 그때 뵙기를 기다리겠습니다."

노마는 깊이 고개를 숙였다. 뒤돌아서는 공작에게서는 알 수 없는 칼바람이 새어 나오고 있어, 무언가 심상치 않은 분위기를 감지했다.

그것은 기우 따위가 아니었다. 공작 저로 돌아오는 길. 공작의 얼굴에는 흉흉한 기운이 감돌고 있었다. 그가 이를 으득 갈았다.

'궁의 공기가 바뀌고 있다. 이대로 가만히 있을 수는 없어.'

산에서 오랫동안 지내온 이들은 산의 체취에 민감해지기 마련이었다. 뇌운이 몰려오는 냄새, 폭풍이 스며든 공기.

한자리에서 오랫동안 살아오며, 천재지변을 겪어온 사람만이 격동의 냄새를 맡을 수 있다. 그리고 그 공식은 궁에도 적용이 되었다. 지금 스토크 공작은 자신을 향한 바람에 날이 섰다는 것을 눈치채고 있었다.

'망할 여자 같으니. 왕비가 바다로 가야 했는데. 아니면 죽든가.'

저택으로 돌아온 공작은 소파에 털썩 주저앉았다. 자신을 우러러보던 귀족들의 시선도 이제는 예전 같지 않았다. 국왕의 총애가 떠나자 한파에 알몸으로 내버려진 것만 같았다. 그는 명백하게 위기에 몰려 있었다.

'기드온이 준 그 물건을 이용하면, 흐름을 바꿀 수 있을지도 모른다.'

그는 자리에서 벌떡 일어나 책장 안쪽에 숨겨 둔 상자를 꺼냈다. 그것은 기드온이 죽기 전 남긴 물건이었다. 편지 한 장과 함께.

[아비게일 왕비는 여러모로 수상한 점이 많은 사람입니다. 되살아난 뒤로 그녀가 벌이는 기행들을 보세요. 마녀라 해도 손색이 없습니다. 제가 어렵게 구한 물건이 하나 있습니다. 이 물건을 잘 이용한다면…….]

"아버지, 들어가도 괜찮을까요?"

문밖에서 카린의 목소리가 들렸다. 스토크 공작이 상자를 갈무리한 뒤, 문을 거칠게 열었다. 갑작스레 열린 문에 카린은 놀란 눈치였으나, 이내 침착하게 고개를 숙였다.

"급한 일이 있다고 하셔서 왔는데…… 무슨 일이세요?"

"카린. 내가 선물로 준 옷은 받았느냐?"

"……네."

"그래. 외국에서 유행 중이라는 옷이니, 네가 입고 나서면 전하께서도 눈여겨보실 거다."

그럴 리가 없다고 반박하려다 카린은 입을 다물었다. 아버지가 고작해야 옷 이야기를 하려 부른 것이 아님을 직감적으로 깨달았기 때문이었다.

카린 역시 파란의 체취를 맡을 수 있었다. 스토크 공작이 흉흉하게 굳은 얼굴로 제 딸을 내려다보았다.

"너에게 마지막 기회를 주마."

◇

어느새 창 너머가 어둑해졌다. 조금만 더 일하려던 것이, 정신을 차리고 보니 이 시각이었다. 나는 집무실의 책상 위에 놓인 서류를 내려보았다. 아틀란시아와의 교류 문제에 관한 내용이었다.

으음, 생각보다 일이 안 풀린다. 사절단 접대는 성공적으로 마쳤지만, 아직 불안한 구석이 많았다.

군힐드가 인어의 해역을 지나가도록 허락해 준 것은 예상보다도 큰 성과였다. 그러나 아직 아틀란시아와 우리가 공식적으로 동맹이 된 것은 아니었다.

나디아 말로는 인간과의 교류 문제로 아틀란시아 쪽에서도 말이 많다고 한다. 어떻게 인간 따위와 교류할 수 있겠느냐고.

휴, 양쪽 다 갈 길이 멀다. 아틀란시아 쪽의 일로 머리가 아픈 와중, 또 다른 고민거리가 있었다. 바로 블랑슈의 생일 선물이었다.

아아, 이걸 어떻게 하면 좋나. 블랑슈는 선물로 동생이 갖고 싶다 했지만, 애를 나 혼자 낳는 것도 아니고.

아무래도 부부 관계는 세이블에게 많이 힘든 일이겠지. 나는 해도 좋고, 안 해도 좋다. 웅냥냥 없이 이렇게만 지내도 좋은걸.

세이블이 어떤 선택을 하든, 그가 상처받지 않는 방향으로 지낼 수 있으면 좋겠는데.

"왕비님. 지금 이야기할 수 있어?"

잠시 딴생각을 하던 중, 거울에서 베리테의 목소리가 들려왔다. 전신 거울을 바라보자 익숙하면서도 낯선 얼굴이 보였다.

"괜찮아. 여기로 올래?"

"응. 잠깐만."

베리테는 그 말이 끝남과 동시에 앞으로 한 발을 내디뎠다. 그러자 물에서 나오는 사람처럼 베리테가 스륵하고 거울에서 빠져나왔다.

"아, 진짜 부러워. 나도 그 마법 배우고 싶다."

베리테는 거울에서 나온 뒤, 사용할 수 있는 마법에 변화가 생겼다. 바로 공간 마법이었다.

거울에 하늘색 마력을 주입할 경우, 베리테는 거울을 문으로 삼아 이동이 가능했다. 몸이 통과할 수 있는 크기라면.

"나도 언젠가는 그런 마법을 배울 수 있을까?"

"공간 마법은 하늘색 마력 특화라 말이지."

크윽, 들을 때마다 사기인 것 같아. 마력이 두 종류나 있다니, 부럽다 정말. 베리테가 나를 달래듯이 말했다.

"그래도 나랑 접촉해 있으면 아비게일도 이동할 수 있어."

"오? 그래? 그러면 동부에도 바로 갈 수 있어?"

"응. 다음에 바다에 또 가고 싶다. 블랑슈도 같이……."

베리테의 중얼거림에 나는 히죽 웃고 말았다. 이 친구, 벌써부터 데이트 계획을 짜고 있군.

짝사랑을 옆에서 보고 있는 게 즐겁기도 하고, 안쓰럽기도 했다. 내가 베리테에게 도움을 많이 받았으니 나도 도와줄 수 있으면 좋을 텐데. 최소한 고민 상담을 들어줄 수 있지 않을까. 나는 잠시 고민하다 입을 열었다.

"베리테. 사실 내가 너한테 말을 안 한 게 있어."

"뭔데?"

"네가 거울에 갇혔을 때 말이야. 사실 네 저주가 누구의 입맞춤을 받아야 풀리는지 알아냈었거든."

그 말에 베리테가 황급히 고개를 치켜들었다. 당황이 가득했다.

"조, 조건이 뭐였는데?"

"그게……."

나는 잠시 망설이다 작게 소곤거렸다.

"사랑하는 사람과의 입맞춤."

내 말이 빨간 물감이라도 되는 듯, 베리테의 얼굴이 순식간에 붉게 달아올랐다.

"거, 거짓말!"

"거짓말 아닌데."

"나, 나는……."

"너…… 블랑슈 좋아하지?"

"으아아!"

베리테는 짧게 비명을 지른 뒤 소파에 뛰어들어 쿠션에 얼굴을 파묻어 버렸다. 마치 머리를 가리면 다 가려지는 줄 아는 동물처럼.

"블랑슈 좋아하지? 맞지?"

왠지 반응이 재밌어서 나도 모르게 자꾸 캐묻게 되네.

한참이나 얼굴을 박고 있던 베리테가 슬그머니 고개를 들었다.

"응……."

그리고는 숨고 싶은 모양인지, 다시 얼굴을 쿠션에 파묻었다. 작게 웅얼거리는 소리가 들려왔다.

"나 블랑슈 좋아해."

어머, 어머. 솔직하기도 해라. 미처 숨기지 못한 귀가 빨갛게 물들어 있었다.

"좋아해? 얼마만큼?"

"세상에서 제일 좋아해……."

꺄아악! 오구오구, 그랬어? 세상에서 제일 좋았어? 나도 모르게 광대가 승천하는 게 느껴졌다.

베리테는 나를 보고는 팩 고개를 틀었다.

"아, 아무튼! 나 볼 일 있어서 왔어!"

"그래? 무슨 일로?"

"좀 안 좋은 일이야."

이런. 잠시 평화를 즐기려 했는데 쉴 틈이 없군.

베리테는 비척비척 일어나 소파에 바르게 앉았다.

"요즘 궁의 분위기가 조금 안 좋은 것 같아서. 이종족 관련해서 반응이 안 좋아."

윽. 또 이건가. 정말 꾸준히 나오는 이야기다.

"혹시 세이블리안이 이종족에게 나라를 팔려고 한다는 사람들이 아직도 있어?"

"응. 생각보다 쉽게 안 사라지네. 심지어는 대비를 불러와야 하는 게 아니냐는 이야기도 들려와."

나는 작게 한숨을 내쉬었다. 일이 쉽게 풀리지 않을 건 각오하고 있었지만 조금 속상하긴 했다. 인어와 교류를 하는 게 잘못된 일인 걸까? 내 욕심에 세이블의 왕권마저 위협받는 것 같아 마음이 좋지 않았다. 베리테도 조금 울적한 표정으로 말을 이어 갔다.

"그리고 자세하게 듣진 못했지만……. 아비게일 네가 들어온 뒤 이상한 일들이 많이 일어난다는 반응도 있고."

"여전하구만."

내가 막 살아났을 때도 여러 소문이 돌았었다. 그중 하나는 아비게일이 마녀가 아니냐는 소문이었다. 그때는 그냥 웃고 넘겼지만, 이제는 상황이 달라졌다. 내가 실제로 검은색 마력을 갖고 있으니까.

베리테도 예전에는 '야, 네가 마녀래. 웃기지도 않아'라고 넘겼는데, 지금은 표정이 심각했다.

"궁에 도는 소문을 빨리 파악할 수 있으면 좋을 텐데, 예전만큼은 볼 수가 없어서……. 미안해."

베리테가 거울을 나오게 되며 여러 가지 이점이 생겼지만, 단점도 한 가지 있었다.

베리테는 거울에 갇혀 있는 동안 잠을 자지도, 먹지도 않았다. 그러다 보니 하루 대부분을 감시에만 쏟아부을 수 있었다. 그러나 거울을 나오게 되자 더 이상 그럴 수 없게 되었다. 베리테는 어깨를 떨구고 작게 중얼거렸다.

"차라리 거울에 다시 들어갈까……."

"베리테. 그런 생각하지 마."

나는 벌떡 일어나 베리테에게 다가갔다. 그 아이가 슬픈 눈으로 나를 올려다보았다. 나는 베리테의 작은 손을 꼭 잡았다.

"네가 해 주는 게 얼마나 많은데. 너는 이제까지 지나칠 정도로 희생했어. 이제는 그러지 않아도 돼."

"하지만……."

"너는 지금도 충분히 많은 부분을 도와주고 있어. 나머지는 나랑 세이블리안이 할 수 있으니까, 너는 걱정하지 마. 알겠지?"

예전에 세이블이 했던 말이 떠올랐다. 이 나라를 아이를 팔아야만 부강해지는 나라로 만들지 않았다는 말. 나 역시 아이를 희생시키면서까지 강해지는 나라 같은 건 원하지 않는다.

베리테는 고마움과 미안함이 섞인 눈동자를 나를 응시하고 있었다. 나는 그런 베리테의 머리를 슥슥 쓰다듬어 주었다.

“그리고 너도 밖에 있는 게 좋잖아. 블랑슈랑 맛있는 것도 먹을 수 있고.”

“……응.”

베리테가 조금 쑥스러운 얼굴이 되어 고개를 끄덕였다. 어휴, 이렇게 보면 얘도 그냥 어린애라니까.

조금 분위기가 풀려서 나는 히죽 웃었다. 베리테는 그런 나를 보고 주저주저하다 입을 열었다.

“저기, 왕비님은 내가 블랑슈 좋아하면 싫어?”

“어, 아니. 안 싫은데.”

나는 베리테 많이 좋아하고, 그만큼 베리테는 좋은 사람이다. 내 반응에 베리테의 얼굴에 꽃이 폈다.

“그럼 나 블랑슈랑 결혼해도 돼?”

이 친구, 벌써 결혼까지 생각하고 있었어? 짜식, 귀엽기는. 블랑슈를 많이 좋아하긴 하나 보다. 하지만 귀엽다고 모든 게 통과되는 건 아니다.

“그건 내가 결정할 게 아니야. 블랑슈가 선택할 일이지.”

정략결혼이라면 우리가 정하겠지만, 우리는 블랑슈에게 결혼을 강요할 생각은 없다. 결혼하기 싫으면 그냥 평생 비혼으로 사는 것도 나쁘지 않지. 좋은 짝이 생겨 마음이 통하면 만나는 거고.

내 역할은 베리테의 고민 상담까지. 그 이후부터는 블랑슈의 몫이었다.

“맞아. 블랑슈가 선택할 일이지.”

베리테는 내 말에 납득한 듯 고개를 끄덕였다. 그러다 두 주먹을 불끈 쥐고 기운찬 어조로 말했다.

“그러니까 나 블랑슈한테 엄청 잘해 줄래. 왕비님이 막 방해하고 그럴 건 아니지……?”

“딱히 네가 나쁜 짓을 하는 게 아니면?”

“블랑슈한테 그런 짓 안 해! 매일 웃게 해 줄 거라고!”

예비 사위 점수 10점 더 드리겠습니다. 그래, 내 딸 매일 웃게 해 줘야지.

베리테가 씩씩하게 일어섰다.

“그러면 나 블랑슈한테 가 볼게. 무슨 일 생기면 불러!”

“오냐, 오냐.”

베리테는 후다닥 거울 속으로 사라졌다. 그 모습이 흐뭇하기도 하고, 한편으로는 걱정되기도 했다.

블랑슈는 베리테를 어떻게 생각하려나. 지금 보기에는 그냥 사이 좋은 친구처럼 보이는데.

예전부터 결혼에 별 관심 없는 아이기도 했고. 뭐, 베리테 차이고 오면 위로나 해 줘야지.

일단 내 일부터 해결하자. 오늘은 세이블과 블랑슈 동생 문제로 이야기를 좀 나눠 봐야겠다.

혹여라도 그가 충격을 받을까, 나는 두려운 마음으로 자리에서 일어났다.

◇

침소로 가는 길이 오늘따라 아득하게 느껴졌다. 평소보다 조금 늦은 시각이라 그랬는지도 모르는 일이었다. 아비게일은 혹 세이블리안이 잠든 것은 아닐까, 마음 졸이며 안으로 들어섰다.

세이블리안은 다행히 깨어 있었다. 그러나 그의 표정이 묵직한 닻처럼 가라앉아 있었다.

"아직 안 주무셨네요."

"아, 오셨습니까."

평소라면 바로 인기척을 느꼈을 세이블리안일 텐데, 오늘은 꽤나 생각에 깊이 잠겨 있던 모양이었다.

그는 뒤늦게 자리에서 일어나 다가왔다. 그리고는 조심스레 아비게일의 뺨에 입을 맞추었다. 그 입맞춤이 오늘따라 간질간질했다. 아비게일이 눈꼬리를 휘며 웃자, 세이블리안도 평소처럼 미소 지었다.

"오늘은 좀 늦게 오셨군요."

"네. 조금 생각할 게 있어서요."

세이블리안은 얌전히 아비게일을 바라보았다. 무슨 생각을 했는지 궁금하다는 듯이.

이 사랑스러운 얼굴이 동요로 굳어지지는 않을까, 아비게일은 쓰게 웃었다. 하지만 차라리 지금 매듭을 짓고 가는 것이 여러모로 좋을 듯싶었다. 그녀는 망설이다 입을 열었다.

"그게, 지난번에 블랑슈가 생일 선물……. 갖고 싶다 그랬잖아요. 그래서 고민이 좀 있었어요."

그 말에 세이블리안의 눈이 크게 뜨였다. 무언가에 얻어맞은 듯한 표정이 되었으나 불쾌한 기색은 아니었다. 그가 조심스레 입을 열었다.

"……사실 저도 그 건으로 생각하고 있었습니다. 비비도 혹 같은 생각을 하셨는지 모르겠군요."

"아마 비슷한 생각일 거예요."

서로 같은 고민을 하고 있었다는 이야기에 아비게일은 절반의 안도와 절반의 두려움을 느꼈다. 관계를 갖고 싶다는 티는 내지 않았지만, 세이블리안이 어떻게 느꼈을지는 모르는 일이었다.

수많은 시간 동안 소중히 쌓아 올린 관계를 이렇게 망가트리고 싶지는 않았다. 세이블리안이 거부 의사를 표하면 그저 고개를 끄덕이자. 그리 생각하던 중, 세이블리안의 조곤조곤한 목소리가 들려왔다.

"계산을 좀 해 봤습니다. 보통 임신을 하면 그 징후가 나타날 때까지 시간이 좀 걸리니, 블랑슈의 생일 때까지 맞추려면 시간이 좀 촉박하더군요."

"……네?"

그 말에 아비게일은 어리둥절해졌다. 분명 외국어도 아닌데, 무슨 말인지 이해가 가지 않았다. 와중에 세이블리안의 벽안만이 선명했다. 그가 시선을 맞춘 채, 한 자 한 자 새겨넣듯 말했다.

"오늘부터 부부 관계를 가지면, 아슬아슬하게 블랑슈 생일에 맞출 수 있을 것 같습니다. 물론 비비가 원하신다면……."

뒤늦게서야 그가 무슨 말을 하고 있는지 이해했다. 손만 잡아도 벌벌 떨던 그가 아이를 만들자고 하다니.

아비게일은 그 말에 뭐라 답해야 할지 알 수 없었다. 그저 고맙고 기뻤다. 당신에게 상처였던 일인데도 나를 허락해 주다니. 아비게일이 웃으며 입을 열려던 순간, 뱃속이 서리로 꽉 차는 것만 같았다.

표정. 세이블리안의 표정 때문이었다. 그의 얼굴에는 설렘이나 기쁨 같은 감정이 없었다. 의무, 불안, 조급함. 그들이 입을 맞추거나 서로 껴안고 잘 때와는 사뭇 다른 표정이었다.

서류를 받아들고 집무실에 들어가는 사람 같은 얼굴. 인가를 요청하는 듯한 표정. 그는 '아이를 만들려고' 마음먹었다. 예전과 같이.

그 표정에 아비게일은 억장이 끊어지는 것 같았다. 침소에서 이런 표정을 보고 싶지 않았다. 두 번 다시 그가 고통의 밤을 겪지 않길 바랐다.

그녀는 한참 동안 굳어 있다가 조심스럽게 세이블리안의 손을 꼭 잡았다. 그의 손은 예전처럼 차갑게 식어 있었다.

"전하는 둘째를 갖고 싶으세요?"

아비게일의 목소리는 그저 고요했다. 그는 질문에 바로 대답하지 않았다. 짧은 침묵 뒤, 건조한 대답이 흘러나왔다.

"둘째를 만드는 것도 괜찮을 것 같습니다. 블랑슈도 동생을 원하고, 왕국의 후사가 한 명뿐인 것도 좋은 방향은 아니니까요."

세이블리안은 마치 협상 테이블에서 이점을 읊는 사람처럼 보였다. 그는 기계적으로 말을 이어 갔다.

"후사를 생산하는 것은 왕의 중한 의무 중 하나니, 늦게라도……."

"세이블리안."

아비게일은 조용히 말을 끊었다. 세이블리안은 무표정한 얼굴로 그녀를 응시할 뿐이었다.

"솔직히 블랑슈가 동생을 갖고 싶다고 했지만, 저는 신경 쓰지 않고 있어요."

그녀의 목소리와 시선은 그저 단호했다. 아비게일은 블랑슈를 아끼고 사랑하지만, 아이를 갖는 것은 다른 문제였다.

또 다른 행복을 얻기 위해 그의 상처를 헤집고 싶지는 않았다. 아비게일은 그를 똑바로 바라보며 말했다.

"전하와 제가 부부 관계를 갖게 된다면, 그건 아이를 만들기 위해서가 아니에요. 제가 전하를 사랑해서, 전하와 좀 더 닿고 싶어서. 오직 그 이유뿐이에요."

아이를 만들기 위해서 관계를 갖는 건 너무도 슬픈 일이었다. 이미 그로 인해 고통받은 사람들이 많지 않은가.

아비게일은 조심스레 세이블리안의 손을 매만졌다. 걱정과 슬픔이 묻어나는 손길은 하오의 햇빛처럼 따사로웠다.

"그러니까 블랑슈의 동생을 만들어 주고 싶어서 그런 거라면, 전 안 하고 싶어요."

아비게일은 세이블리안과 함께 잠이 들 때는 오로지 사랑만이 있기를 바랐다. 정치도, 권력도, 의무도, 계략도 저 침소 밖으로 내쫓아 버리고 그저 사랑만이 깃들기를 바랐다.

세이블리안은 말이 없었다. 아비게일이 조심스레 그의 영역으로 발을 내디뎠다. 그리고는 그의 뺨을 살짝 감싼 채 물었다.

"전하께서는 저랑 하고 싶으신가요?"

"……하고 싶습니다."

"아이를 갖기 위해서인가요?"

"그렇지 않습니다."

"그렇다면 왜 저랑 하고 싶으신가요?"

세이블리안은 조심스레 아비게일을 마주 보았다. 그녀의 보라색 눈동자는 재촉 없이 그저 다정했다. 집무실 같았던 침소가 그제야 원래의 색채와 향기를 되찾은 것 같았다.

세이블리안은 제 반려의 손을 끌어, 그 손등에 입을 맞춘 뒤 입을 열었다. 소년처럼 수줍은 목소리가 들려왔다.

"그대를 사랑해서, 그대와 좀 더 닿고 싶습니다."

아비게일은 그제야 안도했다는 듯 미소 지었다. 그리고는 수줍게 웃으며 작게 속삭였다.

"저도 전하를 사랑해서, 그래서 하고 싶어요."

사랑해서. 오직 그것만이 이유였다.

사랑이라는 말을 듣자 세이블리안의 눈동자에 수많은 색깔이 색유리처럼 어른거렸다. 행복과 기쁨, 고마움, 사랑스러움. 세상에서 가장 달콤하고 빛나는 색깔만을 모아 그의 두 눈에 담아 둔 것 같았다.

그는 환하게 미소 지었다. 부부는 웃는 얼굴로 서로를 바라보았다. 평소와 같은 편안하고 달짝지근한 공기가 방 안을 가득 채웠다.

그는 한 손으로는 아비게일의 손을 깍지 껴 잡고, 나머지 손으로는 조심스레 그녀의 뺨을 감쌌다. 두 사람은 가볍게 입을 맞추었다.

의무나 목적 없이 사랑만이 있는 입맞춤은 그저 달콤했다. 입맞춤이 끝나면 사라져 버릴까, 두 사람은 한참이나 서로를 끌어안고 입술을 포갰다.

정신없이 키스를 하다 보니, 어느새 아비게일은 침대 위에 앉아 있었다. 세이블리안을 바라보자, 평소와는 다르게 그의 시선이 야릇했다.

"사랑합니다, 비비."

나지막하게 속삭이는 숨결이 귓가에 와 닿았다. 더운 숨이 닿자 몸이 아찔하게 떨려 왔다.

작게 입 맞추는 소리가 이어지는 가운데, 아비게일의 어깨를 쥐고 있던 세이블리안의 손이 조금씩 아래로 내려왔다. 그녀의 팔을 지나쳐 손목을 훑고, 그녀와 간절하게 손깍지를 낀 채 그녀의 입술을 삼켰다.

공기가 어느샌가 나른하게 물들어 있었다. 어둑한 조명, 그리고 밤의 속삭임이 두 사람을 둘러싼 가운데 달이 구름 뒤로 숨었다.

세이블리안은 조심스레 아비게일을 침대에 눕혔다. 은색의 머리카락이 시트 위를 덮었다. 아비게일은 살짝 숨이 밭아진 상태로 그를 올려다보았다. 세이블리안의 그림자가 아비게일의 위로 드리워졌다.

그러자 순간, 그녀의 얼굴이 보이지 않았다. 보이는 것은 흰 잠옷과 기다란 팔이었다. 달빛 없이 그저 어두웠다. 그 밤도, 이런 밤이었다. 누군가가 강제로 목구멍에 손을 집어넣은 듯, 세이블리안은 속이 울렁거리는 것을 느꼈다.

미리엄이 자신의 방으로 찾아왔던 밤. 자신의 침대 위로 올라왔던 밤. 그녀의 흰 손만이 보이던 그 밤.

“전하.”

자신을 부르는 목소리에 세이블리안이 흠칫 뒤로 물러섰다. 그 여자, 미리엄의 목소리가 들린 것 같았다. 마치 망령이 이 침실을 떠도는 것 같았다.

하지만 그럴 리가 없었다. 자신을 부른 것은 아비게일이다. 미리엄은 저 무덤에 있는데, 분명 그러할 텐데.

그렇게 자신을 달래보아도 몸의 떨림은 여전했다. 아비게일과 절실히 닿고 싶었다. 그녀를 안고, 밤새 사랑을 속삭이고 싶었다. 그런데 어째서 이렇게 두려울까. 왜 이렇게 겁이 날까. 사내답지 못한 자신이 증오스러웠다. 여기서 물러난다면 미리엄이 그랬던 것처럼 아비게일은 자신을 비웃을까. 분명 내게 실망을…….

딸꾹.

그때, 자그마한 딸꾹질 소리가 들려왔다. 그 밤에는 없었던 소리. 세이블리안은 그제야 정신을 차렸다. 아래를 내려다보자, 이제야 눈이 어둠에 익어 아비게일의 얼굴이 보였다.

딸꾹.

또다시 딸꾹질 소리가 들려왔다. 아비게일이었다. 그녀는 얼굴이 빨개진 채 계속 딸꾹질을 하고 있었다.

"전하, 죄, 송해요. 기, 긴장을 해서……."

단어 사이사이마다 딸꾹 소리가 시침질처럼 끼어들었다. 세이블리안은 넋이 나간 얼굴로 그녀를 보고 있었다.

아, 아비게일이다.

이 침대에 누워 있는 사람은 아비게일이었다. 언제나 다정하게 자신을 기다려 주던 그녀. 그가 사랑하는 사람.

그녀의 얼굴을 보자 망령의 그림자가 햇볕을 쬔 것처럼 사라지는 것을 느꼈다. 긴장이 풀리자 저도 모르게 웃음이 터져 버렸다. 자신과 마찬가지로 잔뜩 긴장하고, 부끄러워하고 있는 얼굴이 그저 사랑스러웠다.

그토록 크게 소리 내어 웃어본 것이 난생처음이었다. 갑자기 웃음이 터진 세이블리안 때문에 아비게일은 어리둥절해져 버렸다.

웃음소리가 멈추지 않자 그녀의 얼굴이 화르르 붉어졌다.

"그, 그만 웃어, 요!"

아비게일은 부끄러운 마음에 괜히 성질을 냈다. 와중에 딸꾹질이 멈추지 않아 죽을 맛이었다.

"죄송합니다, 비비. 당신이 너무 귀여워서 웃어 버렸네요."

세이블리안의 얼굴이 어느새 부드럽게 풀어져 있었다. 하지만 아비게일은 놀림 받은 기분에 계속 그를 흘겨보고 있었다.

"딸꾹, 질만 멈추, 면 두고 봐요. 잠깐, 만 기다려요."

그토록 사랑스러운 선전 포고는 난생처음이었다. 세이블리안은 부드럽게 미소 지은 채, 아비게일의 명에 따라 기다리고 있었다.

아비게일은 숨을 크게 들이마시고는 입을 꾹 다물었다. 숨을 참아 딸꾹질을 멈춰 보려는 요량이었으나…….

딸꾹.

실패했다. 세이블리안이 능청스럽게 그녀의 손가락을 매만지며 물었다.

"지금 뭘 하신 겁니까?"

"……숨을 참, 고 있으면 딸꾹, 질이 멈, 춰요."

"그렇습니까. 그럼 좀 도와드리죠."

뭘 도와주려는 것인지 물어보려 했으나, 아비게일은 이내 답을 알게 되었다.

세이블리안이 그녀에게 입을 맞추었다. 아비게일은 저도 모르게 숨을 삼켰다. 이제까지의 키스가 가볍게 느껴질 정도로 짙고 깊은 키스였다. 숨을 쉴 여유조차 없이.

아비게일은 저도 모르게 세이블리안의 등을 꼭 끌어안았다. 발끝이 안으로 굽어 바들바들 떨렸다.

한참이 지난 뒤에야 세이블리안은 간신히 입을 떼어냈다. 아비게일이 놀란 눈으로 그를 바라보던 중.

딸꾹.

호흡이 막힐 듯한 키스였음에도, 딸꾹질 소리가 이어졌다. 넋이 나간 얼굴로 딸꾹질을 하는 아비게일이 그저 사랑스러워, 세이블리안이 바싹 몸을 붙여왔다.

"모자랐나 보군요. 한 번 더 해야겠네요."

아비게일이 놀라 뭐라 말할 새도 없이, 그는 다시 입술을 포갰다. 아비게일이 그를 꽉 끌어안았다.

따뜻한 숨결과 사랑이 입술을 통해 오가고 있었다. 그는 아비게일의 호흡을 삼키며, 그녀의 잠옷을 슬그머니 끌어 내렸다.

온실 화원의 공기는 여름처럼 따스하였다. 온실 사이에는 클라라와 노마가 앉아 있었고, 그 뒤편으로 수많은 나비가 날아다니고 있었다. 마치 환상처럼. 나는 멍하게 그 모습을 바라보고 있었다.

아침에 눈을 뜬 뒤로, 나는 정신을 차릴 수가 없었다. 어젯밤 있었던 일이 꿈처럼 느껴졌다. 아직까지도 믿기지가 않았다. 어제 무슨 일이 일어난 건지, 그게 현실이었는지조차 믿을 수가 없었다.

하지만 꿈이 아니겠지? 눈 떴을 때 옷 벗은 세이블도 있었고, 나도 벗고 있었고……. 정말 나랑 세이블이 그것을 해 버렸구나. 전체관람가에서 절대로 자세하게 묘사할 수 없는 그것을 해 버렸어! 아악, 아아악!

뒤늦게 민망함이 몰려 들어왔다. 민망해서 견딜 수가 없었다.

아니, 그게 그렇고 그런 거였어? 그게 이렇게 좋은 건 줄 처음 알았어……. 중간에는 세이블이 조금 긴장한 것처럼 보여서 오늘은 글렀구나 싶었는데, 갑자기 사람이 적극적이 되더니…… 그러더니…….

"왕비님, 왜 그러십니까!"

나는 머리카락을 쥐어뜯다가 노마의 만류에 화들짝 정신을 차렸다.

"헉, 아냐. 머리카락에 뭐가 붙어 있어서……!"

아, 진짜 정신이 안 돌아온다. 여기서 좀 쉬면 상태가 돌아올까 싶었는데, 도무지 나아지질 않았다. 자꾸만 세이블 생각이 났다.

그와 웅냥냥한 밤을 보내고, 아침에 눈을 떴을 때. 눈을 뜨자마자 그가 나를 사랑스럽다는 듯이 바라보고, 입을 맞추고, 부끄러운 얼굴로 어제는 괜찮았느냐는 대화를 나누던 그 순간들이 무척이나 찬란했다.

미치겠다, 미치겠어. 왜 아직도 낮이지? 빨리 밤이 오면 좋겠다. 빨리 세이블을 보고 싶어. 이제 한 오후 4시쯤 되었을까?

"클라라, 지금 몇 시니?"

"오전 11시 30분이에요, 왕비님."

으흐흑, 한참 남았잖아. 세이블이 보고 싶어. 원래 연애라는 게 이렇게 좋은 건가? 그나저나 이제 앞으로 뭘 어떻게 해야 하는 거지?

내가 잘해 나가고 있는 건지 감이 오지 않았다. 연애 지식은 이것저것 쌓았는데, 여긴 시대가 다르잖아. 현대에서는 막 기념일을 챙기고 그랬는데, 우린 어떻게 되는 거지? 이 시대 사람들은 어떻게 연애를 하려나. 나는 클라라와 노마를 슬쩍 보았다.

"저기, 물어볼 게 있는데."

"네. 무엇이 궁금하신가요?"

"너희는…… 연애해 봤니?"

스스로 말하고도 부끄러워 죽을 지경이었다. 노마는 이게 무슨 소리지, 하는 얼굴로 보고 있었다. 클라라는 조금 신이 난 것 같았다.

"연애를 해 보지는 못했어요! 하고는 싶은데, 집안에서 알면 난리가 날 거라서."

"저 역시 마찬가지입니다."

아무래도 귀족 사회에서는 가문 간의 이해관계로 결혼이 성사되다 보니, 쉽게 연애를 할 수는 없는 노릇이었다.

그럼 누구한테 물어본담. 그때 클라라가 눈을 초롱초롱 빛내며 가까이 다가왔다.

"그런데 왕비님, 그건 왜 물어보시나요? 혹시 란제리 필요하세요?"

"아니, 필요 없……."

피, 필요한가? 구해 달라고 해야 하나? 하지만 우리에겐 아직 이른 것 같아! 나는 부끄러움에 말을 돌렸다.

"그냥 궁금해서. 너희가 좋은 사람 만나길 바라기도 하고. 너희가 결혼하게 되면 잔뜩 챙겨 주고 싶어서."

급히 꺼낸 말이었지만 거짓말은 아니었다. 만약 결혼을 하게 되면 잘 챙겨 주고 싶은데. 안 해도 잘 챙겨 주고 싶고.

노마가 묵묵히 말을 듣다가 입을 열었다.

"말씀은 감사합니다만, 당분간은 저랑 무관한 일인 것 같습니다. 저와 약혼하려는 가문이 없어서."

"뭐? 어째서?"

내가 묻자 노마는 조금 의아하다는 표정을 지었다. 그녀는 잠시 망설이다 입을 열었다.

"제 키가 크고 얼굴이 곱지 않아, 꺼리시는 분들이 많더군요."

아. 그런 이유인가. 확실히 노마는 꽤 큰 키에 속했다. 나는 어쩐지 속이 상해, 괜히 입을 삐죽거렸다.

"그 사람들 보는 눈이 없네. 내 눈에는 노마가 정말 정말 멋진데."

"……제가요?"

나는 힘주어 고개를 끄덕였다. 타인의 외모에 대해 함부로 말할 수는 없기에 입을 다물고 있었지만, 나는 그녀가 멋지다고 생각했다.

노마는 흔히 말하는 것처럼 '여성적'이지는 않다. 하지만 중성적인 느낌이 풍기는 게 도리어 매력적이었다.

치마도 잘 어울리지만 바지 정장을 입으면 엄청 멋있을 것 같은데 아쉽다. 나중에 멋진 옷 한 벌 해 주고 싶은데.

"……말씀 감사합니다. 그런 이야기는 처음 들어보는군요."

감사하다고는 했지만 노마의 목소리는 온기 없이 그저 무채색일 뿐이었다. 기분이 상한 것처럼 보이기도 했다. 아니면 아무런 느낌이 없는 것 같기도 했고.

표정을 읽을 수 없어 약간 멋쩍어졌다. 그때 노마가 자연스럽게 화제를 돌렸다.

"저보다는 클라라가 먼저 결혼을 할 확률이 높을 것입니다. 클라라, 클라라는 약혼 제안 많이 들어오지 않니?"

"아, 네. 많이는 아닌데 종종 들어와요."

클라라는 살짝 곤란하다는 표정으로 말했다. 아, 예전에 녹색병이 돌았을 때도 약혼 건이 들어왔다 했었지. 조부님이 결혼을 시키려고 성화라던 게 생각났다.

클라라는 그때처럼 푹 한숨을 내쉬었다.

"집에서 재촉하기는 하는데, 솔직히 가기 싫어요."

"지난번에 연애결혼을 하고 싶다 그랬지?"

"으음, 그것도 그런데……. 사실 이제는 결혼도 잘 모르겠어요. 시녀 일을 좀 더 하고 싶어서요."

아, 그런 문제가 있었지. 결혼하면 시녀 직에서는 일단 은퇴를 해야 할 테니까.

시녀나 유모 중에 귀부인인 사람들도 제법 있지만, 결혼을 한 직후에 궁으로 돌아온 경우는 드물었다. 클라라가 결혼을 하게 되면 최소 몇 년은 시녀 직에서 물러나야 할 테지.

노마랑 클라라가 시집을 가면, 새로운 사람을 구해야겠구나. 벌써부터 좀 아쉬웠다. 그때 클라라의 목소리가 작게 들려왔다.

"그리고 왕비님 곁에서, 왕비님 일 지켜보는 것도 즐거워서요."

"일? 어떤 일?"

"그러니까…… 옷 디자인하시는 거요."

나는 놀라 클라라를 바라보았다. 클라라, 너 디자인에 관심이 있었어? 가끔씩 디자인에 관해 뭔가를 묻기는 했는데, 단순히 신기해서 그런 줄로만 알았다.

"디자인이 하고 싶니?"

클라라가 끄덕끄덕 고개를 주억거렸다. 그녀의 눈동자와 마주친 순간, 나는 미약한 전류를 느꼈다.

클라라는 마치 첫 꿈을 꾸는 어린아이처럼 기대감에 잔뜩 부풀어 있었다. 저런 눈을 본 것이 무척이나 오랜만이었다. 클라라가 눈을 반짝반짝 빛내며 말했다.

"정확히 말하면 란제리 쪽 디자인을 하고 싶어요!"

내 생각보다도 란제리를 더 좋아하는 모양이었다. 사뭇 진지하기까지 했다. 그 모습을 보자 내 어린 시절이 떠올라 나도 모르게 웃었다. 나도 처음에는 예쁜 옷에 관심을 갖다가, 나중에는 직접 만들고 싶어졌지.

왠지 모르게 마음이 포근했다. 누군가의 꿈이 피어나는 순간을 목격하는 것은 너무도 황홀한 일이었다. 노마 역시 클라라의 말에 조금 놀란 눈치였다. 그녀가 걱정스레 물었다.

"클라라, 설마 집에도 그런 말을 한 거야?"

"에이, 설마요. 그랬다간 당장 쫓겨날걸요."

클라라가 킥킥 웃으며 말했다. 웃고는 있었지만, 입안이 씁쓸했다.

귀족 사회만큼 보수적이고 고루한 집단을 찾아보기도 힘들 것이다. 귀족 영애가 란제리를 제작해서 판다고 하면 온갖 추문이 사교계를 해일처럼 덮겠지. 얼마나 많은 이야기들이 오고 갈까. 그 이야기들을 짊어지고도 나아가기에는 너무도 힘든 길일 텐데…….

"그래도 언젠가는 저도 왕비님처럼 멋진 디자이너가 되고 싶어요. 가능할지는 모르겠지만."

클라라가 씩 웃으며 말했다.

나는 갑작스레 양손에 꽃을 잔뜩 받은 사람처럼 얼떨떨해졌다. 그런 말은 난생처음이었다. 내가 누군가의 꿈이 될 수 있다니. 이보다 멋진 일이 어디 있을까.

나는 클라라의 손을 꼭 잡았다. 언젠가는 멋진 디자이너가 될 사람의 손을.

"클라라, 내가 도와줄게. 란제리는 잘 모르지만, 디자인에 관해 기초적인 부분은 알려 줄 수도 있을 거야."

"감사해요! 제가 제일 먼저 디자인한 란제리는 왕비님께 드릴게요!"

"아니, 괜찮……. 음. 꼭 부탁할게."

이제는 필요한 때가 온 것 같아.

클라라가 흐뭇하게 웃고 있는 와중, 노마가 회중시계를 확인하고 말을 꺼냈다.

"왕비님, 슬슬 점심 식사를 하실 때입니다."

"아, 고마워."

나는 슬그머니 자리에서 일어났다. 점심 식사라는 말을 듣자 기분이 더욱 좋아졌다. 왜냐면 밥 먹을 때 세이블도 같이 먹으니까!

저녁때까지 못 볼 줄 알았는데, 이렇게 볼 수 있어서 너무 기쁘다. 오늘 클라라에게 들은 이야기도 전하고 싶고.

이왕 이렇게 된 거 집무실에 들러서 같이 가야겠다. 빨리 만나고 싶은 마음에 발걸음이 몹시 가벼웠다. 그렇게 노마와 클라라를 데리고 집무실로 향하던 중, 통로 끝에서 다가오는 사람이 있었다.

카린이었다. 그녀는 치맛단을 잡아 양쪽으로 넓게 펼치며 내게 인사를 올렸다.

"왕비님. 평안하셨나요."

나는 여러모로 놀라 카린에게 인사하는 것도 잠시 잊고 말았다. 그녀의 의상 때문이었다.

카린은 아름답고 화려한 드레스를 입고 있었다. 로브 아 라 프랑세즈보다도 훨씬 풍성한 치맛자락이 시선을 끌었다. 연한 핑크빛의 드레스는 넓은 통로의 절반을 차지할 정도로 부피가 컸다.

"반가워요, 카린 영애. 그런데 그 옷은……?"

“요즘 레타에서 유행하는 옷이라고 하더군요. 크리놀린 드레스라고 해요.”

크리놀린 드레스. 19세기 후반에 큰 유행을 몰고 온 드레스였다. 실물로 보는 건 처음이지만 부피가 정말 어마어마했다.

크리놀린은 새장처럼 생긴 보정물로, 페티코트처럼 드레스를 부풀리는 데에 사용되었다. 페티코트가 워낙 무겁다 보니 그것을 대체하기 위해 만들어진 물건이었다.

과거에는 페티코트를 열여섯 겹이나 입는 경우마저 있어, 속옷의 무게를 3.2kg 이하로 제한해야 한다는 말까지 나왔었다고 한다. 크리놀린은 그보다 가볍고 편리하지만…….

그때, 카린의 목소리가 들렸다.

“왕비님도 모르셨나 보네요. 요즘 유행인데.”

빈정거리는 목소리에 나는 퍼뜩 시선을 들었다. 카린이 두 눈에 독기를 품고 이죽대고 있었다.

그 시선에 나는 잠시 당황했다. 카린이 표독스럽게 구는 거야 하루 이틀이 아니지만, 오늘은 분위기가 달랐다. 뭔가 이상하다. 나와 처음 마주쳤을 때보다도 더욱 날이 선 태도. 평소의 활기는 사라지고 그저 적개심만이 남아 있었다.

“왕비님께는 죄송하지만, 이번 시즌의 주역은 아마 제가 될 것 같네요. 그럼 이만 실례하겠습니다.”

카린은 가볍게 고개를 숙이곤 내 옆을 스쳐 지나갔다. 그녀의 거대한 드레스 자락이 내 몸을 치고 갔다. 태풍과도 같은 만남에 나는 넋이 나가 있었다. 클라라가 얼굴이 벌게져서 씩씩 화를 냈다.

“아니, 대체 뭐예요? 무례하게! 허락도 없이 먼저 떠나가고!”

노마조차 어이가 없다는 표정이었다. 확실히 카린의 무례는 정도를 지나쳤다.

비꼬는 것까지는 실수였다고 둘러댈 수라도 있다. 하지만 왕비의 허락도 받지 않고 자리를 뜨는 것은 변명의 여지가 없었다. 그것이 얼마나 큰 잘못인지는 카린도 잘 알고 있을 터였다.

그런데 어째서? 마치 일부러 미움받으려고 나서는 사람처럼 보일 지경이었다.

"……일단 가자."

뭔가 사정이 있는 것 같았다. 나중에 카린을 불러서 이야기를 해봐야 할 것 같다. 혹시 스토크 공작이 또 뭐라 한 건가.

게다가 크리놀린 드레스의 유행이 벌써 찾아오다니. 언젠가는 올 거라 생각했지만, 예상보다 너무 빨랐다.

역사에서는 슈미즈 드레스, 엠파이어 드레스의 유행이 지나간 뒤 다시 코르셋이 부흥하기 시작했다. 엠파이어 드레스를 입으면 허리가 가늘어 보이지 않으니까, 다시 코르셋을 찾는 것도 이해는 간다.

그 역사가 재현되지 않길 바랐는데 결국 되풀이되고 있었다. 이걸 어떻게 막으면 좋을까.

여러모로 마음이 좋지 않았다. 그 와중에도 발은 계속 움직여, 어느새 집무실에 도착해 있었다. 여기까지 오긴 했지만, 막상 도착하니 들어가기가 좀 민망했다. 어제 그런 일이 있었는데, 뭐라 말하지?

나는 인사말을 고르며 안으로 들어섰다. 앉아 있던 세이블이 벌떡 일어서서 내게로 왔다. 그의 표정과 시선, 목소리마다 꿀이 흘러내리는 것만 같았다. 어제 늦게 잠들어 몇 시간 못 잤는데도 그의 얼굴에는 생기가 감돌고 있었다.

"비비."

내 애칭을 부르는 목소리를 듣자, 어젯밤 일이 떠올랐다. 나를 끌어안고 밤새도록 비비라는 이름을 속삭였던 순간을.

으아, 으아. 민망하고 부끄러워! 미치겠다 진짜. 나는 뛰쳐나가고 싶은 것을 간신히 참았다. 이 분위기를 어떻게든 풀어 보고자 나는 다급히 입을 열었다.

"모, 몸은 괜찮으시죠?!"

그 말에 세이블의 얼굴이 순식간에 달아올랐다. 마치 타오르는 장작에 기름을 부은 것처럼. 그가 얼굴이 붉어진 채로 더듬더듬 말했다.

"그, 예. 괜찮습니다. 당신께서는 괜찮으십니까? 어제 불편하고 그러진 않았습니까? 기분이 나빴다거나……."

"괘, 괜찮아요! 전하는요?"

"저도 괜찮습니다. 그리고……."

그가 내 손을 꼭 잡고, 어려운 고백을 꺼내는 사람처럼 조심스레 입을 열었다.

"오늘 또 하고 싶을 정도로 좋았습니다……."

수줍어하는 세이블의 모습을 보니, 머리가 펑 터질 것만 같았다. 어제 침대 위에서랑은 완전 다르잖아?! 어젯밤에는 표범 같았는데, 낮이 되니 담비같이 귀엽다. 아아, 이 사람을 어쩌면 좋아.

"그게 그렇게 기분 좋은 일인지 처음 알았습니다. 사실 좀 걱정하고 있었는데."

"어떤 부분이 걱정이셨어요?"

"제가 미숙하여 비비를 실망하게 하거나, 상처 입힐까 봐……."

그가 목소리에 옅은 한숨이 배어 있었다. 걱정하는 얼굴이 이토록 사랑스러울 줄은 몰랐다. 나는 그의 입술에 조용히 입 맞추었다.

어젯밤처럼 격정적이지는 않지만 포근한 입술이었다. 나는 짧게 입을 맞춘 뒤 가만히 속삭였다.

"전하께서 어떤 모습을 보여도 전 실망하지 않았을 거예요. 그러니 걱정하지 마세요."

세이블의 두 눈동자는 여전히 우려를 담고 있었다. 나는 괜히 심술궂은 목소리로 말했다.

"설마 저 때문에 억지로 하신 건 아니죠? 하기 싫으면 하지 않아도 돼요. 하지 말까요?"

"아뇨. 하고 싶습니다. 정말로."

세이블이 싹 정색을 하고 말했다. 나도 모르게 웃음이 나왔다. 어제 오늘 동안 세이블의 표정이 몇 번이나 변하는 건지 셀 수가 없었다.

"그리고 어제는 제가 미숙했지만, 여러 번 하면 더 잘할 수 있으니까요."

……뭐? 여러 번? 그리고 어제 뭐가 미숙했다는 거야? 여기서 더 잘하면 어쩌려고? 나 오늘 세 시간밖에 못 잤어!

"오늘도 하는 건가요?"

세이블은 내 말을 듣고는 조금 시무룩한 기색이 되었다. 마치 귀가 처진 강아지처럼.

"힘드시면…… 오늘은 쉴까요?"

"아뇨! 괜찮아요!"

그래, 까짓거 잠 좀 덜 자면 되지 무슨 상관이야! 원래 야근은 익숙하다. 세이블리안이라면 야간 근무, 초과 근무, 주말 근무도 괜찮아! 그래도 밥은 먹고 해야겠지. 체력도 보충할 겸.

나는 살그머니 세이블의 손을 잡았다.

"일단 식사부터 해요. 블랑슈가 기다리고 있겠어요."

"예. 가시죠."

나는 그와 손을 꼭 잡고 식당으로 향했다. 식당에는 예상대로 블랑슈가 먼저 도착해 있었다.

"어서 오세요. 어마마마, 아바마마!"

아휴, 우리 딸. 오늘도 상큼하구나. 환하게 미소 짓는 블랑슈의 옆에 베리테가 조금 어색한 모양새로 서 있었다.

"……평안하셨습니까, 왕비님. 국왕 전하."

베리테의 뻣뻣한 모습을 보자 반사적으로 웃을 뻔했다. 나는 간신히 표정을 굳힌 채 말했다.

"반가워요, 베리테. 오늘도 블랑슈를 호위하느라 고생이 많군요. 기왕 이렇게 된 거 같이 식사하는 게 어떻겠어요?"

나는 그렇게 말하며 세이블을 힐끗 보았다. 그는 조금 못마땅한 기색이었지만 결국 고개를 끄덕였다.

곧 하인들이 베리테의 자리를 세팅해 주었다. 나중에는 블랑슈 동생도 껴서 다섯 명이서 식사할 수도 있으려나. 크흠, 나도 모르게 또 김칫국을 마셨군.

"베리테, 이거 먹어요. 엄청 맛있어요."

와중에 블랑슈는 빵이 담긴 그릇을 베리테에게 슬쩍 밀어 주었다. 베리테는 큰 상이라도 하사받은 사람처럼 감격한 눈치였다.

"감사합니다, 공주님. 잘 먹겠습니다."

봄일세, 봄이야. 한쪽에서는 핑크빛 기류가 흐르는 와중, 내 옆자리는 태풍 주의보가 발령된 상태였다.

세이블이 구멍이 날 기세로 두 사람을 지켜보고 있었다. 그의 푸른 눈동자가 이글이글 타오르고 있었다. 이 양반이 이렇게 딸바보가 될 줄이야. 좋긴 하지만 밥 먹다가 체할 것 같았다.

디저트까지 나온 뒤, 나는 사용인들을 모두 물렸다. 나는 베리테를 향해 살짝 미소 지었다.

"이제는 편하게 이야기해도 돼, 베리테."

"응, 왕비님. 고마워요. 엄청 답답했어."

베리테는 답답한 옷을 벗은 사람처럼 푸 한숨을 내쉬었다. 블랑슈도 아쉽다는 듯이 말했다.

"사람들이 있는 곳에서도 베리테랑 편하게 이야기할 수 있으면 좋을 텐데……."

"난 괜찮아. 지금도 충분히 좋아. 블랑슈 옆에 있는 것만으로도 기뻐."

둘이 알콩달콩 이야기 나누는 걸 보니, 물만 마셔도 입안이 달달했다. 그때 세이블이 나지막이 입을 열었다.

"그나저나 베리테. 너의 신변에 대해서 말이다."

베리테의 신변 이야기가 나오자, 두 아이가 세이블을 응시하였다. 그는 조용히 찻잔을 입가로 가져가며 말했다.

"너의 기억을 되찾을 때까지 시간이 좀 걸릴 테니, 차라리 요정 왕국 슬레비엔 쪽에 네 사정을 이야기하고 도움을 요청하는 것은 어떨까 싶다만."

흐음. 확실히 요정 왕국 쪽에 요청을 하면, 베리테의 가족들을 쉽게 찾을 수 있을 듯하지만…….

베리테가 세이블을 슬쩍 째려보았다.

"국왕님. 나 내쫓으려고 그러는 거 아니지?"

"물론 아니다. 너의 안위를 걱정해서 그러는 것뿐이지."

이 사람, 이제 거짓말도 참 뻔뻔한 얼굴로 잘한다. 베리테가 잠시 한숨을 내쉬곤 입을 열었다.

"그것도 나쁘지 않은 방법이지만, 아직은 슬레비옌으로 갈 수 없어. 내가 왜 갇혔는지 모르니까."

"맞아요. 저 역시 베리테를 지금 당장 슬레비옌으로 보내는 건 좀 위험한 것 같아요."

블랑슈가 걱정스러운 얼굴로 대화에 끼어들었다. 찻잔을 만지작거리는 손길이 약간 불안해 보였다.

"요정들의 마법 수준이 어느 정도인지는 모르겠지만, 베리테에게 걸린 저주는 상당히 강력한 것이라고 들었어요. 게다가 두 개씩이나."

블랑슈의 말대로, 베리테에게 걸린 저주는 심상치 않았다. 그런 고도의 마법을 두 개씩이나 걸 정도라면……. 나는 묵묵히 이야기를 듣다가 입을 열었다.

"이런 저주를 받을 정도라면, 베리테가 보통 인물은 아니었을 거예요. 아주 큰 원한을 샀거나, 아니면 무척 중요한 인물이었던 게 아닐까 싶은데……."

베리테가 가끔 깐족대긴 하지만 이렇게까진 심한 저주를 받을 만큼 나쁜 짓을 했을 것 같지는 않았다. 그렇다면 후자일 가능성이 크다. 베리테의 마력을 보면, 대마법사 같은 사람일지도 모른다.

동화에서는 어땠더라? 나는 저주받았던 등장인물들을 떠올렸다. 『미녀와 야수』의 야수는 성주나 왕자였던 것 같고, 『개구리 왕자』는 말 그대로 왕자. 『백조 왕자』도 왕자……. 어라?

"지난번에, 나디아 왕녀가 요정 왕국의 왕자가 실종되었다고 했었죠."

동화에서 저주에 걸린 사람 중 대다수는 공주나 왕자였다. 나는 베리테를 바라보며 말했다.

"그렇다면 베리테가 왕자일 가능성이 있지 않을까요?"

왕자라는 이야기에 모두의 시선이 베리테를 향했다. 디저트를 먹던 베리테가 그대로 얼어붙었다.

"그, 그럴 리가 없잖아."

목소리에 당황함이 짙게 묻어났다. 베리테는 농담이라도 들은 듯 웃어 보였지만, 어딘가 모르게 경직된 미소였다.

"내가 아무리 잘생기고 똑똑하고 능력 있어도 왕자겠어?"

흠, 맞는 말이니 재수 없다고 할 수도 없는 노릇이다. 와중에 블랑슈는 잔뜩 들뜬 얼굴이 되어 말했다.

"그럴지도 모르겠어요! 혹시 나디아 님이라면 베리테가 왕자인지 확인해 줄 수 있지 않을까요?"

"일단 물어볼게요."

만약 나디아가 베리테를 알아본다면, 저주를 풀지 못하더라도 신분을 확인할 수 있을 것이다. 마음이 조금씩 들뜨기 시작했다. 베리테가 요정 왕자면 얼마나 좋을까?

베리테 역시 처음에는 당황했지만, 무슨 생각을 한 건지 표정이 조금 풀어져 있었다.

"왕자……. 내가 왕자면 좋겠다."

그러게. 왕자님이면 블랑슈랑 결혼할 때 아무도 뭐라……. 아니. 뭐라 할 사람이 있겠군.

화기애애한 분위기 속에서 세이블은 뭐라 말할 수 없는 복잡한 표정을 짓고 있었다.

베리테가 정말 왕자인 게 밝혀지면, 어떤 표정을 지으려나. 나는 아직 오지 않은 미래를 상상하며 다디단 바바루아를 한 입 먹었다.

벽난로에서 탁탁 소리를 내며 장작이 타오르고 있었다. 나디아는 멀찍이 떨어진 곳에서 그 불길을 바라보는 중이었다. 사실 나디아는 벽난로를 그다지 좋아하지 않았다. 지상의 겨울은 심해보다 포근했고, 불을 피우니 공기가 건조해져서 비늘이 버스럭대고 있었다.

파노 역시 침묵하고 있었으나 언짢은 기색이 가득했다. 그가 살짝 속삭였다.

"왕녀님, 불을 끌까요."

"안 돼. 인간들은 추위에 약해."

"딱히 추워 보이진 않는데요."

파노가 소파를 몽땅 차지하고 있는 카린을 힐끗 보았다. 그녀는 불퉁한 얼굴로 말없이 수를 놓고 있었다. 크리놀린 드레스의 부피가 어마어마한지라, 3인용 소파를 독차지하는 중이었다.

왕녀가 시녀의 눈치를 보는 기괴한 상황이었다. 추위도 추위지만, 표정 때문에 더욱 그랬다. 카린은 목소리를 잃은 사람처럼 말이 없었다. 종일 기계적으로 수를 놓을 뿐이었다.

카린은 머릿속이 온통 엉망진창이었다. 바늘이 어디로 들어가고, 나오는지조차도 시야에 들어오지 않았다.

'난 대체 어떻게 해야 하지.'

며칠 전 아버지와 나누었던 대화가 귓가를 떠나지 않고 있었다. 상처가 곪아 종기가 되어 부풀어 오르는 것처럼, 가슴 속의 불안도 점점 커져 가고 있었다.

예전부터 아비게일이 수상하다는 소문은 궁 여기저기에서 조금씩 흘러나오고 있었다. 그러나 보통은 신경 쓰지 않고 묻으려는 그 작은 불씨를, 스토크 공작이 대화(大火)로 키우려 하고 있었다.

몇 사용인들을 수배하여 소문을 부풀리고, 대신들 사이에도 넌지시 독을 풀고 있었다. 아비게일이 수상하지 않느냐고.

카린은 가담하고 싶지 않았지만, 손을 놓고 있을 수도 없었다. 스토크 공작이 버럭 소리를 지르던 것이 아직도 생생했다.

[이 물건을 왕비의 드레스룸에 몰래 가져다 놔라. 할 수 있겠지?]

[아버지, 저는 이런 일 하고 싶지 않……]

[언제까지 멍청한 소리를 할 생각이냐, 카린. 만약 이번에도 실패한다면, 너를 모르카의 노공작에게 시집 보내겠다.]

카린은 먼저 시집을 간 언니들을 떠올렸다. 결혼 적령기의 끝에 이를 때마다, 아버지는 높은 신분의 귀족들에게 딸을 보냈다.

공작이 고려하는 것은 오로지 재산과 권력뿐. 그 외에는 그의 관심사가 되지 못했다.

축복받아 마땅한 결혼식 전날, 흐느끼며 자신의 처지를 저주하던 언니들을 본 것이 몇 번이던가.

그리고 이제는 카린의 차례가 왔다. 그녀는 선택을 해야 했다. 아버지의 명령을 따를 것인가, 아니면 언니들의 전철을 밟을 것인가.

카린은 이를 악물었다. 절대로 언니들처럼 되고 싶지는 않았다.

'어차피 왕비님은 날 봐주지 않을 텐데, 내가 헌신해 봐야 무슨 소

용이겠어?'

장례식장에서 세이블리안에게 입 맞추는 아비게일을 봤을 때, 카린은 명백한 좌절감을 느꼈다. 둘 사이에 절대로 끼어들 수 없다는 것을 그날 깨달았다.

자신이 20살이 되어도, 아비게일은 돌아봐 주지 않을 것이다. 그러니까 아버지의 명에 따라 상자를 드레스룸에 가져다 둔 것도 어쩔 수 없는 일이었다. 안에 뭐가 들었는지는 모르지만, 아버지는 별것 아닌 물건이라고 했다. 그러니까…….

"저기, 카린?"

나디아의 목소리에 카린이 화들짝 놀라 고개를 들었다. 어느새 가까이 다가온 나디아가 걱정스러운 얼굴로 내려다보고 있었다.

"대체 왜 그래? 무슨 일 있어? 그런 거라면 차라리 말을 해 줘."

"저한테 신경 쓰지 마세요."

저도 모르게 잔뜩 날이 선 말이 튀어나왔다. 누구를 향한 화풀이인지 알 수 없었다. 나디아는 그 반응에 미간을 찌푸렸다.

"어떻게 신경을 안 써? 넌 내 친구인데."

친구. 그 단어가 너무도 선명하여 카린은 어처구니없다는 듯이 웃었다. 다른 사람도 아닌 나디아가 자신을 친구라 부르다니.

"전 그냥 나디아 님의 시녀일 뿐이에요."

"지난번에 내 고통을 이해한다 말했잖아. 그런 말을 하는 사이라면 친구 아냐?"

분명 그런 말을 하긴 했었다. 아비게일이 자신에게 해 주었던 말을, 나디아에게도 건네주었다.

그런 논리라면 자신도 아비게일과 친구인 걸까. 아니, 그런 생각을 해서는 안 된다. 이미 자신은 아비게일을 배신했다. 그런데 어떻게 감히 그녀를 친구라 부를 수 있겠는가.

그때, 하녀 하나가 슬그머니 방 안으로 들어왔다. 그녀는 살벌한 분위기에 눈치를 보다가 힘겹게 입을 열었다.

"죄송합니다. 왕비님께서 카린 님을 찾으셔서……."

왕비의 부름에 카린의 얼굴이 묘한 빛으로 굳어졌다. 그러나 이내 평소의 표독스러운 낯으로 돌아왔다.

"왕비님께서 부르시네요. 그럼 이만 실례하겠습니다, 나디아 님."

"……그래. 갔다 와서 이야기 좀 하자."

나디아는 대답 없이 방을 나섰다. 아비게일의 방으로 가는 동안 그녀는 아무것도 생각하지 않으려 했다.

친구. 그런 것이 존재할 리가 없다. 아비게일은 자신의 원수이며 연적이다. 그녀가 있는 이상 자신은 행복해질 수 없다.

순종은 안락하고 달콤한 일이다. 아버지의 말에 복종하기만 한다면…….

"왕비님, 카린이에요. 찾으셨다 들었습니다."

카린은 고고한 얼굴로 왕비에게 인사를 올렸다. 아비게일은 카린을 보고 활짝 웃었다.

"아, 카린 영애. 어서 와요."

방 안에서 조용히 타오르고 있는 모닥불처럼 그저 따스한 미소. 그 미소를 보자 카린은 온몸의 뼈가 자신을 찌르는 것만 같았다.

'바보 같은 사람. 내가 뭘 한 줄 알고 저렇게 웃어?'

그녀는 속으로 욕을 뇌까렸다. 저렇게 순박해서 정치라는 이 강풍을 어떻게 버텨내려고.

"부르시니 와야지요. 무슨 일로 부르셨나요?"

카린은 온 힘을 다해 빈정거렸다. 이 정도라면 누구라도 화를 낼 법한데, 아비게일의 표정에는 조금의 그늘도 없었다. 도리어 살짝 들뜬 기색이었다.

"카린 영애에게 주고 싶은 게 있어서요."

"……제게요?"

아비게일이 뒤편으로 시선을 주었다. 그곳에는 사람 키만 한 무언가가 서 있었다. 천으로 덮여 있어, 정확히 알 수는 없지만 아마 보디에 걸린 옷 같았다.

'옷인가?'

카린이 찜찜한 눈으로 바라보자, 아비게일이 보디를 덮고 있는 천 자락을 끌어 내렸다. 그곳에는 카린의 예상대로 옷이 한 벌 걸려 있었다. 그 아름다운 옷에 카린의 눈이 크게 뜨였다.

난생처음 보는 디자인의 드레스였다. 형태는 로브 아 라 프랑세즈나 크리놀린 드레스와 흡사했다. 허리 부분을 조이고, 리본과 프릴 장식 더한 호화로운 디자인이었다.

그러나 크리놀린 드레스와는 차이가 있었다. 기존의 드레스는 사방으로 풍성한데에 비해, 이 드레스는 뒷부분을 부풀려 놓았을 뿐이었다.

"이건 대체 뭐죠?"

"이 옷은 버슬 드레스라고 해요."

크리놀린은 기존의 속옷에 비하면 가볍다는 장점이 있지만, 치명적인 단점 역시 존재했다.

허리를 얇게 보이고자 치마의 부피를 지나치게 늘린 것이 문제였다. 계단을 오르내리는 것도 혼자서는 하기 힘들었으며, 마차 바퀴에 옷자락이 끼는 일도 다반사였다.

단순히 불편한 것을 떠나 목숨이 위험하기도 했다. 바람이 불면 몸을 제어하기 힘들어, 추락사를 하는 경우도 쉽게 찾아볼 수 있었다. 뿐만이 아니었다. 과거 어떤 교회에서 발생한 화재로 인해 수천 명의 여자가 죽은 사건이 있었다.

그곳에 있던 여자들은 크리놀린 드레스를 입고 있었다. 그토록 부피 크고 이동이 불편한 드레스를 입은 채, 수천 명이 좁은 통로를 빠져나올 수 있을 리가 없었다. 대피하지 못한 여자들은 결국 교회 안에서 죽었다.

사람들은 크리놀린을 줄일 필요성을 느끼게 되었다. 그로 인해 만들어진 것이 바로 버슬 드레스. 크리놀린 사이즈를 줄이고, 엉덩이 부분을 부풀려 포인트를 주었다.

버슬 형태도 가지각색이지만, 아비게일은 얇고 통 모양인 디자인을 채택했다. 최대한 몸에 부담이 가지 않게.

사실 이 옷도 문제가 좀 있긴 하지만 일단 크리놀린 사이즈부터 줄이는 것이 급선무였다.

"카린 영애, 괜찮다면 이 옷을 입어줘요."

지금 당장 역사를 바꿀 수는 없지만, 눈앞의 위험을 막을 수는 있었다. 하지만 카린은 버슬 드레스를 태울 듯한 시선으로 노려볼 뿐이었다.

"싫어요."

냉정한 거절이었다. 그러나 아비게일은 조금도 상처받지 않은 표정으로 입을 열었다.

"지금 입고 있는 옷보다는 한결 편할 거예요. 그러니까……."

"싫다고요!"

바락 지르는 소리에 유리가 깨질 듯하였다. 왕비 앞이라고는 믿을 수 없는 무례였다. 카린이 증오를 토해내듯 소리를 쳤다.

"필요 없어요! 제가 사교계의 주역이 될까 봐 무서운 거죠? 그래서 이런 이상한 옷을 입히려는 거 다 알고 있어요!"

카린이 씨근덕거리며 아비게일을 노려보았다. 자신이 아비게일에게 한 짓이 있는데, 사근사근 웃는 낯으로 대할 양심이 없었다.

나를 비난해. 나를 증오하란 말이야. 내가 뒤에서 뭘 했는지도 모르면서 바보같이 옷 선물이나 준비하고 있다니.

"앞에서는 착한 척하면서 뒤에서 꿍꿍이 있는 걸 누가 모를 것 같아요? 그런 옷 따위 입지 않을 거예요!"

차라리 자신을 욕해 주었으면, 무례한 계집이라고 뺨이라도 올려쳤으면. 카린은 터질 것 같은 눈물을 참고자 악을 질렀다.

아비게일이 놀라 아무런 말도 못 하고 있자, 카린이 냉정하게 몸을 틀었다. 금세라도 방을 뛰쳐나갈 기세였다. 아비게일이 다급히 카린을 붙잡았다.

"카린 영애, 잠시 우리 이야기 좀 해요."

"싫다니까요!"

카린은 냉정하게 손을 밀쳐냈다. 카린이 밀고 거부해도, 아비게일은 그녀를 붙잡으려 했다. 그러나 카린은 기어코 아비게일을 밀어냈다.

숨을 거칠게 내쉬며 뒷걸음질을 치자, 드레스가 화려하게 흩날렸다. 큼지막한 꽃송이처럼 풍성한 드레스 자락이 방 안을 절반가량 휩쓸었다. 그리고 옷자락이 닿은 끝에, 벽난로가 있었다.

옷자락이 벽난로를 스치자 불길이 얇디얇은 비단을 정신없이 핥아 삼키기 시작했다. 벌레 날개가 타는 듯한 속도였다. 카린이 놀라 비명을 지르려 했지만 아무런 소리도 나오지 않았다. 공포에 온몸이 굳었다.

산 채로 타는 공포가 목덜미를 콱 틀어쥔 순간, 아비게일의 목소리가 들려왔다.

"카린 영애! 움직이지 말아요!"

그 외침에 간신히 카린은 정신을 차렸으나, 눈앞에 서 있는 아비게일을 보고 다시 굳어 버렸다. 아비게일이 맨손으로 불이 붙은 곳을 내려치고 있었다.

손이 타들어 가는 냄새가 풍겼다. 생살을 태우는 고통을 참을 수 있는 사람이 있을 리 없었다. 하지만 아비게일은 카린을 놓지 않았다. 그녀의 미간이 고통으로 인해 사정없이 일그러져 있었다.

"노마! 클라라!"

아비게일은 다급히 시녀들을 부르는 와중에도 불길을 잡으려 애썼다. 그 사이로 신음이 새어 나왔다. 제 손끝이 타들어 가고, 물집이 잡혀도 그녀는 카린을 놓지 않았다.

"와, 왕비님……. 하지 마요, 하지 마. 손이, 손이……."

카린의 만류에도 그녀는 멈추지 않았다. 카린은 그녀의 행동을 이해할 수가 없었다. 왜 자신을 위해 맨손으로 불을 잡으려 하는가. 자신은 아비게일을 해하려고 하는데. 왜 나를 타죽게 내버려 두지 않는가. 도대체 어째서.

그 사이 밖에 서 있던 시녀들이 뛰쳐 들어왔다. 두 사람이 갑작스러운 화재에 놀라 굳은 사이, 아비게일의 고함이 들려왔다.

"방 안쪽에 대야가 있어! 얼른!"

가장 먼저 정신을 차린 것은 노마였다. 그녀는 재빨리 대야를 갖고 와 카린에게 끼얹었다. 물소리와 빈 대야가 나뒹구는 소리가 요란했다.

간신히 불길이 사로잡힌 뒤에도 방 안에는 매캐한 탄내가 진동을 하고 있었다. 불이 사그라들자 카린은 그대로 털썩 주저앉았다. 갑작스러운 소낙비가 내린 것처럼, 카린의 옷자락이 흠뻑 젖었다.

다리가 덜덜 떨려 왔다. 공포와 당황과 죄책감 때문이었다.

"카린 영애, 괜찮아요? 다친 데 없어요?"

아비게일이 다급하게 카린을 살폈다. 카린은 그 모습에 눈물이 날 것 같았다. 자신은 다친 곳이 아무 데도 없었다. 아비게일 덕분이었다. 자신을 지켜 주느라, 그녀의 고운 손에 화상 자국이 가득했다.

뒤늦게 그 사실을 눈치챈 클라라는 다급히 의사를 부르러 갔다. 노마 역시 손을 식힐 것을 찾으러 갔다.

카린이 무사하다는 것을 확인한 아비게일이 길게 한숨을 내쉬었다. 그녀는 조금 서글픈 눈으로 카린을 응시했다.

"카린 영애. 난 사교계의 주역이 탐나서 그 옷을 벗으라 한 게 아니에요. 크리놀린 드레스가 위험해서 그런 거죠."

크리놀린 드레스의 위험성 중 하나는 바로 화재였다. 부피가 크다 보니 불이 쉽게 붙었고, 금방 퍼지기 일쑤였다.

크리놀린 드레스 때문에 한 해 동안 4,000여 명의 여성이 목숨을 잃고, 20,000여 명이 부상을 입었다는 보고가 있을 정도로 그 옷에는 많은 위험성이 있었다.

아름다움 뒤에서 다치고 죽어간 이들이 너무 많았다. 아비게일은 그것을 외면할 수 없었다.

"그러니까 그 옷 말고, 다른 옷을 입었으면 좋겠어요. 정 뭐하면……."

"이 옷. 아버지가 입으라 명령하신 거예요."

카린의 머리카락에서 물방울이 똑똑 떨어져 내리고 있었다. 그녀가 고개를 떨군 채 중얼거리듯 말을 이어 갔다.

"그러니까 저는 이 옷을 벗을 수 없어요."

"하지만 그 옷은 너무 위험……."

"왕비님. 전 왕비님처럼 강하지 않아요."

카린은 제 옷자락을 꾹 쥐었다. 그녀는 이미 불에 타 버려 잿더미만 남은 것처럼, 금세라도 무너질 듯 안쓰러워 보였다.

"제가 입는 옷들이 위험하고, 불편한 건 알고 있어요. 하지만 그걸 원하는 사람들이 있어요."

아버지가, 그리고 주위의 다른 귀족들이 그랬다. 마른 허리와 풍만한 가슴을 원하는 사람들이 너무도 많았다.

"저는 너무 무서워요. 아버지의 명을 거역한 채 제가 이제까지 입어온 옷을 벗을 용기가 없어요. 저는……."

결국 카린의 눈에서 눈물이 뚝뚝 떨어져 내리기 시작했다. 공작가문의 여식이어도 타인의 시선과 평가에서 자유로워질 수 없었다.

목소리에 독기는 없었지만, 생기 역시 없었다. 자신이 너무 초라하고 비겁해 보였다. 아비게일의 눈에 자신이 얼마나 한심하게 비칠까. 눈물이 자꾸만 흘러나오던 그때, 아비게일이 카린을 와락 끌어안았다.

"미안해, 카린. 네 사정도 모르고 너를 밀어붙이기만 했어."

아비게일은 자신이 운이 좋은 사람이라는 것을 잊고 있었다. 만약 세이블리안이 스토크 공작 같은 사람이었더라면, 그녀는 코르셋을 벗을 수 있었을까?

크리놀린 때문에 제대로 안아 주기 힘들었지만, 아비게일은 있는 힘껏 카린을 끌어안았다. 카린이 흠칫 떨다가 작게 중얼거렸다.

"저는 이런 친절을 받을 자격이 없어요. 제가 용기 없는 겁쟁이인 거 저도 잘 알아요."

"아니야. 그렇지 않아. 두려운 건 당연한 일이야."

처음에 슈미즈 드레스를 선보였을 때, 사람들이 어떻게 반응할지 너무도 두려웠다. 그들이 바라는 옷을 벗었을 때 닿는 시선들이 너무도 따가웠다.

"어떤 사람들은 뒤에서 저를 욕해요. 아직도 이런 옷을 입는다고. 나도 이런 옷을 입고 싶어서 입는 게 아닌데, 나도 용기를 내고 싶은데, 그런데……."

"카린."

아비게일이 다정하게 카린의 이름을 속삭였다. 그 목소리가 너무도 따사로워, 카린은 고개를 들었다.

"네 복장으로 너를 비난하는 사람이 있다면, 언제든지 나를 불러. 너에게 용기가 생길 때까지, 내가 너의 용기가 되어 줄게."

그녀는 너무도 다정하고, 용감한 사람이라 차마 직시할 수가 없었다. 이런 말을 듣는 와중에도 카린은 두려워서 참을 수가 없었다. 용기가 나지 않았다.

"평생 제가 용기를 갖지 못하면요?"

내가 과연 용기 있는 사람이 될 수 있을까? 아비게일 같은 사람이 될 수 있을까? 자신이 없었다. 평생 변하지 못할 것만 같았다.

아비게일은 잠시 말이 없다가, 상처 입은 손으로 카린의 손을 꼭 잡았다.

"그러면 평생 너의 편이 되어 줄게. 평생 너의 용기가 되어 줄게."

아비게일의 말이 불꽃 같았다. 저 선연한 빛. 죽여도 죽여도 꺼질 것 같지 않은 빛.

불이 이미 꺼진 줄 알았는데, 꺼진 것이 아니라 제 몸에 옮겨붙은 모양이었다. 그 불꽃이 제 가슴에, 눈에 붙은 것만 같았다. 뜨끈한 열기에 눈이 타오르고, 눈물이 흘러내렸다. 인간의 눈물도 진주가 된다면 지금쯤 바닥에는 수백 개의 진주가 쌓였을 터였다.

어째서 그녀는 이토록 상냥하고 강할 수 있을까. 자신이 얼마나 아비게일을 괴롭혔는데, 어떻게 평생 동안 편이 되어 주겠다고 말할 수 있을까.

"왕비님! 주치의를 모셔 왔어요!"

그때 클라라가 다급히 주치의를 데리고 돌아왔다. 아비게일의 손을 식힐 물병을 가져왔다가, 넋을 놓고 두 사람을 보던 노마도 그제야 정신을 차렸다.

"왕비님, 괜찮으십니까? 손을……!"

노마가 찬물에 아비게일의 손을 담갔다. 상처에 찬물이 닿자, 그녀는 절로 인상을 찌푸렸다. 그러면서도 목소리만은 담담 하려 애썼다. 아비게일이 어쩔 줄 몰라 하는 주치의를 향해 말했다.

"내 화상은 별것 아니네. 카린 영애가 많이 놀랐고, 부상이 염려되니 살펴보게."

"예, 예. 왕비님. 하지만 우선 손의 치료를……."

주치의는 다급히 아비게일의 상처를 들여다보았다. 그 사이 조수가 카린의 상태를 살피었다. 다행히 카린은 많이 놀라기만 했을 뿐, 다친 곳은 없었다.

"우선 영애를 누울 수 있는 곳으로 모신 뒤, 안정제를 좀 드리겠습니다."

"부탁하겠네."

카린은 하녀들의 도움을 받아 비척비척 일어났다. 옷은 불타고, 물을 뒤집어쓰고, 한 차례 오열한 후라 화장은 모두 무너져 있었다.

그녀는 아무런 말 없이 방을 떠나갔다. 아비게일은 손의 상처보다 카린의 뒷모습이 더욱 아파, 떠나간 자리를 한참이나 바라보고 있었다.

베리테의 흰색 마력이 내 오른손을 부드럽게 감싸고 있었다. 붉은 화상 자국이 조금 옅어짐과 동시에 고통이 사라졌다.

나는 침대에 누운 채 베리테의 치료를 받고 있었다. 마법 치료를 받는 것은 처음이라 무척 신기했다.

"왕비님. 이제 괜찮아? 아프진 않고?"

"어마마마, 괜찮으세요?"

두 아이가 어쩔 줄 몰라 하며 나를 바라보고 있었다. 그 눈망울들이 참 고와서 나는 가만히 미소 지었다.

"괜찮아요. 크게 다친 것도 아닌걸요."

살짝 욱신거리긴 했지만 이 정도는 버틸 만했다. 그럼에도 베리테는 분하다는 듯이 입술을 깨물었다.

"미안해. 치료 마법은 전문이 아니라서……."

"아냐. 정말 괜찮아! 아까보다 훨씬 좋아졌는걸."

나는 두 사람을 안심시키기 위해 배시시 웃어 보였다. 베리테는 조금 미심쩍은 눈으로 나를 바라보다가 작게 한숨을 내쉬었다.

"내가 주기적으로 치료하면 고통은 사라지겠지만, 흉터는 남을지도 몰라."

나는 내 손을 들여다보았다. 확실히 발갛게 흉터가 남은 것이 완치는 어려울 것 같았지만…….

"그래도 괜찮아."

카린이 무사했으니 그걸로 됐다. 만약 잘못했으면 삽시간에 불이 번져, 더욱 심한 일이 일어났을지도 모르는 일이니까.

"그나저나 크리놀린 드레스가 그렇게 위험한 줄 몰랐어요. 요즘 그 옷을 입은 사람들이 조금씩 보이던데……."

블랑슈가 걱정 어린 목소리로 중얼거렸다. 그게 나도 걱정이다. 이 상황을 어떡하면 좋을까 고민하던 중, 누군가가 문을 열고 안으로 들어왔다.

세이블이었다. 그의 표정이 좋지 않았다. 내 부상 소식을 들었을 때보다는 나아졌지만.

내가 다쳤다는 소식을 듣고 방으로 뛰어 들어오던 그의 모습이 생생했다. 내 다친 손바닥을 들여다보는 그 눈이, 제 팔다리가 잘린 사람보다 괴로워 보였다. 그가 잠긴 목소리로 말했다.

"잠시 주치의와 이야기 나누고 왔습니다. 통증은 괜찮으십니까?"

"네. 베리테가 치료해 준 덕에요."

나는 이것 보라는 듯 오른손을 살래살래 흔들었다. 그럼에도 세이블의 표정은 나아지지 않았다. 그는 낮게 한숨을 내쉬곤 베리테를 보았다.

“고맙다, 베리테. 일단 아비게일도 여러모로 놀랐을 테니, 오늘은 이만 쉬는 편이 좋을 것 같다.”

그 말에 베리테는 고개를 끄덕이곤 자리에서 일어났다. 블랑슈도 눈치 빠르게 나갈 준비를 했다.

“어마마마, 푹 쉬세요. 빨리 나으셨으면 좋겠어요.”

“걱정 말아요, 블랑슈. 잘 자고요.”

블랑슈는 내게 다가와 살그머니 뺨에 뽀뽀를 하고 물러섰다. 두 아이가 떠나자, 세이블이 조심스레 내 옆에 앉았다.

그의 얼굴이 몹시 초췌했다. 마치 나 대신 불에 탄 사람처럼. 그가 조용히 내 손을 들여다보았다. 나는 어쩐지 제 발이 저려 괜히 웃어 보였다.

“베리테가 치료해 줘서 하나도 안 아파요.”

“치료하기 전에는 아프셨잖습니까.”

음. 그렇긴 하지. 그의 목소리에 설움이 가득해, 나는 괜히 머쓱해졌다. 그는 하염없이 내 상처를 들여다보고 있었다.

“……그 상황에서 최선의 방법을 선택하셨을 테지만, 속상합니다. 당신이 다쳐서.”

“미안해요. 하지만 어쩔 수 없었어요.”

그가 울 것 같은 얼굴을 하고 있어 너무도 미안했다. 나는 다른 손으로 그를 토닥였다.

“그래도 사람이 불타 죽는 것보다, 화상 입는 게 낫잖아요.”

“…….”

그는 대답하지 않았다. 그의 침묵이 죽은 숲처럼 무거웠다. 불타 버린 잔해처럼 고통스러운 얼굴로 그가 간신히 입을 열었다.

"당신이 다치는 것보다, 다른 사람이 죽는 게 낫다고 생각했다면……. 당신께서는 이런 저를 경멸하실까요."

이기적이고 잔혹한 말이었으나, 그와 동시에 따뜻하고 처연한 울림이 밴 말이었다.

나는 어깨를 토닥이던 손을 들어 가만히 그의 머리카락을 쓸어 넘겼다. 그가 슬픈 눈으로 나를 보고 있었다.

"죄송합니다. 제일 아프고 놀랐을 사람은 비비인데, 제가 괜히 심려를 끼쳐드렸습니다."

"저야말로 걱정 끼쳐서 미안해요. 앞으로는 안 다치도록 할게요."

"당신께서 사과하실 일이 아닙니다. 옷 때문에 일어난 사고인 것을."

그의 말대로 사고일 뿐이었다. 카린도, 나의 잘못도 아니었으나 치명적인 결과를 불러올 수도 있었다.

오늘은 운 좋게 사고를 막았지만, 어딘가에서 누군가가 옷 때문에 죽어가고 있을지도 모른다는 생각을 하니 오한이 돌았다.

버슬 드레스를 만들어 유행시킨다면 사고를 막을 수 있을까? 아니, 완전히 막지는 못할 것이다.

머리가 지끈거렸다. 좀 더 편한 옷을 만들 수는 없을까? 옷 때문에 죽는 사람이 없기를 바라는 것은 과욕일까?

역사를 따라가다 보면 불편하고 화려한 드레스는 사라지고, 현대적인 의상들이 유행하긴 할 테다. 하지만 그때까지 너무 오랜 시간이 걸린다. 또한 그러한 유행을 불러오기 위해서는 왕국에 커다란 변화가 필요했다.

서양사에서 여성복이 편리성을 추구하게 된 데에는 여러 가지 이유가 있지만 가장 큰 계기는 전쟁이었다. 전쟁으로 인해 가정에 있던 여자들이 사회로 나오며 의복도 활동적으로 변하게 되었다.

나는 옷의 유행이 변하길 바라지만, 그렇다고 해서 전쟁을 일어나길 바라는 것은 아니다. 일단 작은 것부터, 지금 당장 바꿀 수 있는 부분부터 손을 대야 할 것 같다.

나는 짧은 고민 끝에 입을 열었다.

"전하. 일단 법으로 크리놀린 사용을 금하게 할 수 있을까요?"

"가능하긴 합니다만……."

그의 말이 끝으로 갈수록 점점 흐려졌다.

"궁내에서 왕비에 대한 여론이 좋지 않습니다. 지금 상황에서 크리놀린의 사용을 금한다면, 왕비의 이름이 도마 위에 오를 가능성이 있습니다."

그래, 나에 대한 소문 중에는 옷에 대한 것도 있었다. 잠옷 같은 옷을 만들어 귀족 여인들의 품격을 흩트려 놓았다는 이야기도, 논다니마냥 다리가 드러나는 망측한 옷을 만든다고도 했다.

이런 상황에서 내가 외국에서 수입된 의상을 금지한다면, 좋지 않은 반응이 나올 터였다. 하지만 모른 척할 수는 없었다.

"그러면 크리놀린의 사이즈를 규제하는 법안은 가능할까요? 오늘의 화재 사고를 이유로 들면 가능할 것 같은데요."

"그 정도는 괜찮을 것 같습니다. 관련 법안을 발행하도록 하되, 당신은 가급적 뒤에 숨어 계시는 게 좋을 듯합니다."

나는 고개를 끄덕였다. 이 정도면 응급 처방은 되겠지. 그때 밖에서 소란스러운 움직임이 느껴졌다.

대체 무슨 일이지? 세이블도 그 기척을 느끼고 자리에서 일어났다. 그와 동시에 밀러드의 목소리가 들려왔다.

"전하, 밀러드입니다."

"들어오게."

곧 밀러드가 안으로 들어왔다. 병문안보다는 장례식에 들린 사람처럼 얼굴이 창백하게 굳어 있었다.

"밀러드, 무슨 일이 있는가?"

"그것이……. 전하께만 말씀드려야 할 것 같습니다."

세이블리안에게만? 무슨 일인가 싶어 그를 물끄러미 보던 중, 세이블이 단호하게 말했다.

"내가 들어야 할 이야기라면 아비게일도 들을 수 있다. 고하라, 밀러드."

밀러드는 주저하는 기색이었으나, 결국에는 왕명이었다. 그가 짧은 사이를 둔 뒤 입을 열었다.

"한 하녀가 저주받은 구두를 신어, 몇 시간 째 춤을 추고 있다고 합니다."

저주받은 구두. 그 말을 듣자 미친 듯이 춤을 추며 발을 구르는 소리가 들려오는 것만 같았다. 발목이 부러지고 피가 새어 나와도 멈추지 않는 발.

그 소란스러운 고요 속에서 밀러드가 천천히 말을 이어 갔다.

"그리고…… 그 구두가 왕비님의 드레스룸에 있던 구두라고 합니다."

스토크 공작은 깊게 숨을 들이마셨다. 궁을 가득 채운 공기에는

소란스러움과 혼란이 스며들어 있었다.

그 불온한 공기가 공작에게는 그저 달기만 했다. 탁자에 둘러앉은 대신들이 불안한 눈초리로 이야기를 속닥대고 있었다.

"그 하녀가 왕비님의 구두를 신었다가 저주에 걸렸다니, 사실인가?"

"예. 드레스룸을 치우는 하녀가 욕심을 냈다 변을 당했다더군요."

소문은 하녀의 비명 소리와 함께 태어났다. 드레스룸에서 울음 섞인 비명이 들려오자, 사용인들이 다급히 그 안으로 들어섰다.

그들은 춤을 추고 있는 하녀를 보고 처음에는 어리둥절했다. 하녀가 세 시간째 춤을 추고 있다는 걸 알기 전까지는.

아름다운 빨간 구두는 하녀에게 조금의 휴식도 허락하지 않았다. 힘 좋은 사용인들이 십 수명 달려든 뒤에야 그녀는 가까스로 구두를 벗을 수 있었다.

"참나, 왕비의 신발을 몰래 신다니. 허영심 하고는. 간이 배 밖으로 나왔군."

"그나저나 어쩌다 그런 신발이 왕비님의 드레스룸에 있었던 걸까요."

대신들 사이로 가만히 침묵이 내려앉았다. 불씨가 쉬이 붙을 듯한 건조한 정적. 스토크 공작은 지금이 발화의 때라는 것을 눈치채고 입을 열었다.

"여러분들도 궁에서 도는 소문은 들어봤을 거요. 왕비님이 되살아난 뒤, 이상한 일이 일어나고 있다는 소문."

스토크 공작이 뿌린 소문들은 습자지에 떨어트린 잉크 방울처럼 사방으로 서서히 퍼져 나갔다. 그리고 흰 종이가 마침내 온통 검정으로 물들었다. 대신들의 표정만 봐도 자명한 사실이었다.

"지금 나라 꼴이 점점 엉망이 되고 있다는 것도 부정할 수 없을 거요. 전하도 사람이 바뀐 것 같지 않소?”

그가 부러 억양을 살짝 높였다. 그리고는 마치 긴 송곳을 정수리에 찔러 넣듯이, 한 자 한 자 힘을 주어 말했다.

“마치, 마녀에게 홀린 것처럼.”

마녀. 그 단어가 가지는 온도는 영하였다. 대신들이 얼어붙자, 스토크 공작의 혀는 뱀의 것처럼 더욱 유려하게 움직이기 시작했다.

“예전부터 왕비의 행동은 이상한 지점이 많았소. 남자에게 여자 옷을 입히고, 여자에게 남자 옷을 입히는 등 정상적인 여자라면 하지 않을 행동들을 보였지 않소.”

지난번, 대신들이 인어 복식을 입은 뒤. 어떤 대신들은 생각보다 편하다고 좋아했지만, 대다수는 자존심이 크게 상했다. 이 자리에 있는 대신 중에도 그러한 자들이 꽤 많았다. 그들의 표정에 분노가 어리기 시작하자 공작은 더욱 불을 지폈다.

“그것뿐만이 아니오. 고작 인어를 샀다고 처벌받은 귀족들이 대체 몇이오? 성군이시던 전하께서 왜 갑자기 인간이 아닌 인어들을 챙기게 되었소?”

그 말에 사람들은 자신이 본 손해를 떠올리기 시작했다. 어떤 대신의 아들은 인어를 샀다는 이유로 지금 감옥에 갇혀 있었다.

“순방은 왕비가 먼저 제안하였고, 그녀가 바다에서 인어를 데려왔소. 이래도 왕비가 수상하지 않소?”

대신들 중 그 누구도 반박하지 못했다. 아니, 반박하지 않았다.

아틀란시아와 교류하게 된 덕분에 네르겐의 배들이 보호를 받는다는 사실을 기억하는 사람은 아무도 없는 것 같았다. 서리가 방 안을 가득 채운 것처럼 날카롭게 공기가 가라앉았다. 그 희박한 공기

사이로 한 대신이 입을 열었다.

"확실히 무언가 수상합니다. 전하께서 보이는 모습이 어딘가 부자연스러워 보이고……."

"특히 죽었다 살아난 뒤로는 더욱 왕비님에게 아주 목을 매시지 않습니까. 예전에는 분명 왕비님과 거리를 두셨는데."

"언제부턴가 전하께서 왕비님에게 휘둘리고 계신 것 같습니다."

대신들의 입에서 흘러나온 말들이 순식간에 몸을 부풀려 나갔다. 그 반응에 스토크 공작은 속으로 웃음을 삼켰다.

얼마 전까지만 해도 자신을 갈가리 찢을 듯했던 칼바람이 어느새 박초풍이 되어 자신의 등을 밀어주고 있었다.

대신들의 눈이 똑같은 빛을 띠고 있었다. 증오와 적개심. 누가 슬쩍 밀기만 하면 곧장 왕비의 방에 뛰쳐 들어갈 기세였다.

"스토크 공작님의 말이 맞습니다. 전하를 구해내야 합니다."

"공작님. 이제 우리는 어찌해야 합니까?"

대신들이 서로 시선을 교환하다 스토크 공작을 바라보았다. 마치 길 잃은 양들이 목자를 바라보듯.

자신을 퇴물처럼 보던 자들이 비로소 경외심을 갖기 시작했다. 자연스레 주도권을 잡게 된 공작이 비장하게 말했다.

"아마도 왕비가 전하를 되살려냈을 때, 사특한 마법을 부려 전하를 홀린 것이 틀림없소."

기쁨에 목소리가 떨리고 있었으나, 대신들이 느끼기에 그 떨림은 충성에서 비롯된 분노처럼 느껴졌다.

"왕비를 자리에서 끌어내고, 전하를 치료해야 하오. 그러니 우리는……."

스토크 공작이 주먹을 꽉 쥔 채 말했다.

"마녀재판을 열도록 합시다."

그가 최종적으로 그리고자 하는 장면은 바로 마녀재판이었다. 아비게일에게 마녀의 낙인이 찍힌다면, 폐비는 물론이고 화형까지도 가능하다.

그녀를 죽인 뒤, 카린을 그 자리에 앉히면 된다. 눈 앞에 펼쳐진 설계도에 그는 환호하고 싶었다.

만약 세이블리안이 이 모든 것을 지켜보고 있다는 사실을 안다면, 다른 생각을 하게 되겠지만.

세이블리안은 이를 갈며 거울을 노려보고 있었다. 거울에는 회의실의 정경이 고스란히 비치는 중이었다. 증오와 경멸을 색으로 담는다면, 분명 세이블리안의 벽안과도 같은 선연한 푸른빛을 띠고 있을 터였다.

너무 시퍼레서 도리어 불타는 것처럼 보일 지경이었다. 아비게일이 그의 손을 조심스레 붙잡았다.

"진정해요, 세이블. 전 괜찮아요."

"참을 수가 없습니다. 스토크 공작, 저 작자가 뒤에서 일을 벌여 놓고서 감히 당신에게……!"

그의 두 눈에서 흉흉한 안광이 쏟아져 내려왔다. 베리테는 옆에서 묵묵히 침묵을 지켰으나, 그 속이 좋을 리가 없었다.

"어떻게 할 거야? 왕비님. 드레스룸에서 있었던 일을 모두에게 보여 주면 스토크 공작도 끝장날 텐데."

베리테가 거울을 턱으로 가리키자, 경면에 비친 풍경이 바뀌었다. 스토크 공작과 대신들은 사라지고 아무도 없는 드레스룸이 나타났다. 아비게일의 드레스룸이었다.

그곳에는 드레스룸에서 일어났던 흔적이 고스란히 남아 있었다. 정확히 말하면, 카린이 조용히 드레스룸에 들어와 빨간 구두가 든 상자를 놓고 가는 모습이.

여러 차례 보는 영상이었지만 아비게일은 여전히 입이 썼다. 카린이 한참을 망설이는 모습이 거울 속에서 반복되고 있었다.

"비비, 이 영상을 공개합시다. 그러면 모두 끝날 일입니다."

"하지만……."

아비게일은 흔쾌히 승낙할 수 없었다. 빨간 구두를 가져다 놓은 것이 공작이었다면 진작 진실을 밝혔을 터였다.

카린이 독단적으로 저지른 일로는 보이지 않았다. 하지만 이 영상을 공개하면 스토크 공작보다 카린이 엄벌을 받을 것이다. 한참을 침묵한 끝에 아비게일은 입을 열었다.

"저, 재판을 받겠어요."

"뭐? 그게 무슨 소리야?"

베리테가 황당하다는 듯이 말했다. 세이블은 암석처럼 굳은 얼굴로 아비게일을 보고 있을 뿐이었다.

"비비. 저 영애를 지키고자 당신이 희생할 필요는 없습니다."

"아뇨. 단순히 연민 때문에 그러는 건 아니에요."

아비게일의 얼굴에는 동정심이 아닌 단호함이 어려 있었다. 붕대를 감은 오른손이 제 옷자락을 그러쥐었다.

"제가 영상을 공개하고, 카린을 고발하면 이 사태는 수습할 수 있겠죠. 하지만 저에 대한 소문까지 사그라들까요?"

대신들마저 아비게일이 왕을 현혹해, 인어에게 나라를 팔게 만들었다는 소문을 믿고 있었다. 게다가 마도구로 궁을 감시하고 있었다는 사실이 밝혀지면 더욱 여론이 나빠질 가능성이 컸다.

"이번 일이 지나가더라도 저는 계속 사람들의 입에 오르겠죠. 그러니 차라리 재판을 받는 편이 의혹을 해소하기에는 나을 거예요."

"하지만 왕비님의 마력에 대해 조사한다면……."

베리테가 주저하며 말을 꺼냈다. 그 목소리에 서린 염려를 잘 알기에, 아비게일은 조곤조곤히 말했다.

"만약 스토크 공작이 내 마력에 대해 알고 있다면, 굳이 재판 따위 열지 않았을 거야. 바로 마력을 확인했겠지."

검은 마력이라니. 그보다 명확한 증거는 없었다. 증거가 없으니 번거롭게 마도구를 숨겨 놓고, 여론을 조작하고, 겨우겨우 자신을 재판대에 올려놓으려 하는 것이다.

베리테 역시 반박하지 못하고 입을 다물었다. 그럼에도 세이블리안의 표정은 어두웠다.

"전하. 저를 걱정하시는 것 잘 알아요. 위험하다는 것도 알고 있어요. 하지만 한 번만 저를 믿어 주세요. 제 무죄를 입증할 수 있도록 철저히 준비해 놓을게요."

아비게일이 반쯤은 애원으로, 반쯤은 설득으로 말했다. 세이블은 그녀를 응시하다가 가볍게 손등에 입을 맞추었다.

"한 번이 아니라 수백 번, 수천 번이고 당신을 믿을 겁니다."

흔들림 없는 목소리에 아비게일은 설핏 웃었다. 그러나 곧 날카로운 말이 이어졌다.

"하지만 재판에서 당신이 수세에 몰린다면, 저는 카린 영애의 범행임을 고발할 겁니다."

“카린 영애도 결국 스토크 공작에게 이용당한 것뿐이에요.”

“그렇다 할지라도 저는 당신을 지켜야 합니다. 그것을 허락해 주시지 않는다면 저는 재판을 반대할 수밖에 없습니다.”

그의 시선이 쪽빛으로 창백했다. 아비게일은 오른손의 상처가 시큰거림을 느꼈다.

지난번에 그와 나눈 대화가 떠올랐다. 아비게일이 다치느니, 남이 죽는 게 낫다던 그의 말. 그것은 허세도, 거짓도 아닐 터였다.

아비게일은 차마 그의 고집을 꺾을 수 없었다. 어쩐지 목덜미가 스산해졌다. 이 재판에서 자신도, 카린도 무사히 살아남을 수 있을까.

두 사람 모두가 무사한 결말이 아득해 보였다. 그녀는 그 미래가 두려워 한참이나 침묵하고 있었다. 손바닥이 그저 따끔거렸다.

재판정은 유례없는 만원이었다. 아직 재판이 열리기까지는 꽤 시간이 남았건만, 방청석은 수많은 사람으로 북적이고 있었다.

왕족이 재판대에 오르는 것은 무척 드문 일이었다. 게다가 그 죄상이 더욱 기이하니 사람이 몰릴 수밖에 없었다.

마녀 의혹. 왕비가 마녀재판을 받는다는 이야기에 누군가는 경악을, 누군가는 긍정을, 누군가는 변호를 하였으나 모두가 섞이니 그저 소란이었다.

그 소란은 멀리 떨어진 대기실에까지 전달될 정도였다. 카린은 숨이 막혔다. 이미 며칠 전부터 숨구멍이 막힌 듯했다.

‘왜 이렇게 되어 버린 거지.’

아비게일 덕에 목숨을 구한 그날. 카린은 자신이 드레스룸에 무엇을 가져다 두었는지 뒤늦게 알게 되었다.

그 빨간 구두가 스치고 지나간 자리에는 불이 붙었다. 소문에 불이 붙고, 아버지가 불을 키우고, 키우고, 키우고…….

그때 달칵, 하고 문 열리는 소리가 들렸다. 카린이 흠칫 놀라 문가를 바라보았다.

스토크 공작이 있었다. 그의 얼굴이 햇볕 아래에서 그저 밝았다.

"카린, 여기 있었구나. 이제 가자꾸나. 증언을 준비해야지."

그의 얼굴이, 목소리가 너무도 산뜻하여 카린은 도리어 소름이 돋았다. 그녀는 자리에서 일어나는가 싶더니 이내 스토크 공작의 앞에 무릎을 꿇었다. 무너지는 듯한 읍소였다.

"아버지, 제발 제 부탁 하나만 들어주세요. 제발요."

카린은 공작의 바지 끝단을 붙들었다. 구명줄이라도 쥐는 듯 손이 덜덜 떨려 왔다.

"제발 재판을 취소해 주세요. 노공작에게 시집가도 좋아요. 아버지 말이면 뭐든 복종할게요. 그러니까…… 제발……."

카린의 어깨가 순식간에 무너졌다. 늘 고고하게 허리를 펴고 다니던 영애가 걸인처럼 무릎을 꿇고 애원하고 있었다.

아버지의 말에 반항 없이 언제나 순종적이던 카린이었다. 이렇게 면전에서 아버지의 뜻을 거역한 적은 단 한 번도 없었다.

"왕비님이 폐위될 뿐만 아니라 죽을 수도 있어요. 그러니까 제발……!"

자신에게 붙은 불을 꺼준 사람에게 불을 붙일 수는 없는 노릇이었다. 스토크 공작은 놀란 눈으로 카린을 바라보다 한쪽 무릎을 꿇었다.

"카린, 내 딸아."

그 목소리가 자못 다정하여 카린은 고개를 벌떡 들었다. 그는 목소리만큼이나 부드러운 손길로 그녀의 뺨을 어루만졌다.

"왕비가 죽을까 봐 걱정인 게냐?"

그녀는 다급히 고개를 끄덕였다. 아버지의 다정함에 카린은 그제야 숨통이 트이는 것 같았다.

아비게일이 손을 버려 가며 자신을 살려준 것은 아버지도 잘 알고 있었다. 제 딸을 살려준 여자를 그리 죽일 리가 없다. 몰아넣을 리가 없다. 아무리 아버지라도 그런…….

"애초에 죽이려고 벌인 재판인데, 내가 왜 취소하겠느냐?"

칼에 찔린 듯한 기분이었다. 희망에 젖어 있던 카린의 얼굴이 순식간에 파편으로 흩어졌다.

공작은 매몰차게 자리에서 일어났다. 그 힘에 못 이겨 카린이 휘청이다 쓰러지고 말았으나, 스토크 공작은 싸늘하게 딸을 내려다볼 뿐이었다.

"네가 왜 이러는지 모르겠구나. 이제 와서 겁이라도 난 게냐?"

"아니에요. 저는……!"

"넌 그냥 내 말만 따르면 돼. 이제 왕비가 될 준비만 하면 된다, 카린."

카린은 아버지를 이해할 수 없었다. 이해하고 싶지 않았다. 자신이 왕비가 되는 것이 그토록 중요한가. 고작 그런 이유로, 어떻게 그 선한 사람을 죽이려 하는가.

"이렇게 해 봐야 전하께서 저랑 결혼할 리도 없다고요! 그런데 도대체 왜!"

카린이 악 소리를 질렀다. 두 눈에는 증오가 번들거렸다. 십수 년간 쌓여온 분노는 강렬한 색채를 머금고 있었다.

공작은 그 반응에 잠시 당황하는 듯하였으나, 이내 평정을 되찾았다. 그는 소름 끼칠 정도로 냉정한 얼굴로 답했다.

"그래. 네가 시집을 못 갈 수도 있겠지. 하지만 왕비를 끌어내리기만 하면, 다른 수단이 있으니 상관없다."

카린은 멍하게 그를 바라보았다. 지금 눈앞에 있는 남자는 생면부지의 타인 같았다. 와중에 목소리만이 또렷하게 들려왔다.

"전하가 마녀에게 홀려, 국가를 통치할 만한 상태가 아니라 주장하면 된다."

왕위에서 끌어내리는 것은 조금 힘들겠지만, 현재 불만을 가진 귀족들이 많으니 못할 것도 없다. 스토크 공작은 씩 웃으며 말을 이어갔다.

"그렇게 되면 다음 왕위 계승자는 블랑슈가 되겠지. 아직 어린 나이이니 섭정이 필요할 테고."

"설마, 설마……."

카린은 얼굴이 하얗게 질렸다. 제 아버지의 속내가 이리도 검을 줄 미처 몰랐다. 그는 만면에 미소를 머금었다.

"그래. 내가 이 나라의 섭정이 되는 거다."

묵직한 주먹으로 머리를 갈긴 듯한 충격이었다. 제 아비의 탐욕을 잘 알고 있다고 생각했는데, 오만이었다.

"지금 반역을 일으키시려고요?"

"반역이 아니다. 충신으로서 해야 할 도리를 다할 뿐."

충신이라는 단어가 저토록 구정물 같은 냄새를 풍길 수 있는지 처음 알았다. 속이 울렁거릴 지경이었다.

"마녀가 이 나라를 해하려 하니, 막아야 하지 않겠느냐."

당사자는 그 악취를 맡지 못하는지 뻔뻔스러운 얼굴 그대로였다. 카린이 멍하게 바라보는 사이, 스토크 공작이 방을 나섰다.

그의 얼굴에 만족감이 가득했다. 섭정이라. 스스로 소리 내어 발음해 보니 더욱이 뿌듯했다.

공작으로서도 반역까지 일으키고 싶지는 않았다. 하지만 세이블리안이 재혼을 허락하지 않는다면 어쩔 수 없는 일이다. 위험 부담을 질 수밖에.

'그래도 최소한 아비게일을 폐위시킬 수 있으니, 그걸로 만족하자.'

그 여자가 궁을 떠나 주기만 한다면 당분간은 편히 잠들 수 있으리라. 그는 숙면을 기대하며 법정으로 향했다. 들어서자마자 느껴지는 법정의 소란스러움이 너무도 유쾌했다.

'이 재판은 이길 수밖에 없어. 대법관 역시 내 편이니까.'

대법관은 고지식한 귀족으로, 인어와의 교류에 불만을 가진 자였다. 오랫동안 왕실을 위해 일해 온 사람이기도 하였다. 제 편으로 꾀는 데에 시간이 조금 걸리긴 했지만, 대법관도 왕비 때문에 왕이 홀렸을 가능성을 인정하고 말았다.

증거도, 증인도 다 준비해 놨다. 이제 마녀의 목만 틀어쥐면 될 뿐. 그때 시종의 외침이 들려왔다.

"국왕 전하와 공주마마께서 입정하십니다!"

피처럼 붉은 벨벳 카펫을 밟으며 세이블리안이 모습을 드러냈다. 가뜩이나 검처럼 날카로운 사내인데, 오늘따라 잔뜩 날이 서 있었다. 그리고 초조해 보이는 블랑슈가 그 뒤를 따랐다. 아비게일이 만들어 준 벨벳 원피스를 입은 채였다.

발소리조차 없이 무거운 정적이 가라앉았다. 두 사람이 상석에 앉자, 다시 한번 시종이 입을 열었다.

"왕비님께서 입정하십니다!"

긴장으로 물들어 있던 공기에 약간의 소란스러움이 섞였다. 그 술렁임 사이로 아비게일이 발을 내디뎠다.

그녀는 수수한 엠파이어 드레스를 걸친 채였다. 상아색의 옷자락이 길게 끌렸다. 마녀치고는 참으로 어울리지 않는 옷이었다.

그럼에도 사람들의 시선이 바늘처럼 꽂히는 것을 느낄 수 있었다. 그녀는 세이블리안과 블랑슈의 시선 또한 느낄 수 있었다.

자신만큼이나 두 사람도 불안할 것이다. 그녀는 상석을 향해 미소 지어 보였다. 그러자 사람들이 작게 속삭였다.

"마녀재판을 받으러 와서 웃고 있다니."

"무고하면 저렇게 태연할 수 없겠지."

"정말 마녀 같은 모습이잖아."

아비게일은 그 속삭임을 무시하려 애썼다. 그녀가 피고석에 앉자, 곧 법관들이 들어왔다.

소란스러운 분위기가 삽시간에 가라앉았다. 대법관이 스토크 공작에게 시선을 주자, 공작이 자리에서 일어나 가볍게 목을 가다듬었다.

"이렇게 재판을 요청하게 된 것은, 며칠 전 궁에서 일어난 불미스러운 사건의 진상을 파악하기 위해서입니다."

온갖 어둑한 색을 캔버스에 쏟아부은 듯, 장내의 분위기가 어두웠다. 공작은 그 공기를 음미하며 천천히 말을 이어 갔다.

"왕비님께서 되살아나신 뒤, 그 뒤로 기이한 일들이 벌어지고 있습니다. 왕비님이 죽은 전하를 살려내고, 그 이후 전하께서 다른 사람처럼 행동하는 것은 모두가 느꼈을 것입니다."

세이블리안은 침묵을 유지한 채 그를 노려보고 있었다. 아비게일의 전언이 아니었다면 당장 죽여 버렸을 텐데.

"저는 왕국의 충신으로서 뭔가 이상하다는 것을 느끼고 있었습니다. 그러던 중, 하녀가 왕비님의 드레스룸에서 저주받은 구두를 발견했지요."

그러자 옆에 있던 시종이 유리 케이스를 법관에게 제출했다. 그 안에는 피처럼 붉은 구두가 한 켤레 들어 있었다.

"이러한 끔찍한 물건을 왕비님이 어째서 갖고 있었을까요? 왕비님은 어떻게 죽었다가 되살아나고, 어떻게 전하를 되살려냈을까요?"

그는 베테랑 배우처럼 말을 이어 갔다. 좌중의 분위기가 순간 그에게 기우는 것이 느껴졌다.

"아무리 봐도 정황상 왕비님이 마녀일 가능성이 농후하여 재판을 요청하게 되었습니다. 왕비님의 기행을 증언하겠다는 이도 있고요."

그 말에 장내가 술렁거렸다. 아비게일은 그저 침묵이었다. 스토크 공작이 대법관을 바라보았다.

"증인을 요청해도 괜찮겠습니까?"

"허가합니다."

허가가 내려지자 곧 한 하녀가 비틀거리며 발언대에 올라섰다. 그녀는 무척이나 초조해 보였다. 대법관이 그녀를 향해 냉정한 목소리로 말했다.

"증인, 증언하시오."

"저, 저는 왕비님을 모시고 있는 하녀입니다. 왕비님의 작업실과 거울방을 청소하고 있습니다."

스토크 공작은 주의 깊게 증언을 듣는 것처럼 보였으나, 실제로는 크게 관심을 갖지 않았다.

이 하녀는 오래전부터 스토크 공작이 포섭해 둔 여자였다. 증언의 내용도 이미 자신이 전달해 놓은 상황.

그럼에도 공작은 낯선 이를 바라보는 듯한 시늉을 했다. 그가 의아하다는 듯이 물었다.

"거울방? 그곳은 대체 어떤 곳이지?"

"작업실 옆에 붙어 있는 방인데, 커다란 거울 외에는 딱히 뭔가가 없습니다. 그런데도 왕비님은 청소를 하는 하녀 외의 누군가가 그곳에 접근하면 무척 화를 내셨습니다."

아비게일은 그 일로 화를 낸 적이 없었으나, 그것을 증명할 수는 없었다. 하녀가 떨면서도 막힘 없이 말을 이어 나갔다.

"그리고 아무도 없는 그곳에서 누군가와 이야기를 나누는 듯, 왕비님의 목소리가 들려오기도 했고요. 거울방에서 핏자국을 발견할 때도 있었습니다. 때때로 벽을 주먹으로 내리치기도 하셨습니다."

쉴 새 없이 말이 쏟아져 내렸다. 그 한 마디 한 마디가 무거워, 아비게일은 조금 숨이 막혔다. 반박하려면 얼마든지 할 수 있지만 아직은 차례가 아니었다.

아비게일이 힘겹게 동요를 다스리는 사이, 증언이 끝났다. 그리고 안도할 사이 없이 대법관의 목소리가 들렸다.

"다음 증인. 발언대에 올라오십시오."

그 부름에 장의자에 앉아 있던 한 여자가 몸을 일으켰다. 훤칠하게 키가 큰 여자였다. 그 여자를 본 순간, 아비게일의 무표정이 일그러졌다. 오로지 당황 때문이었다.

그녀가 스토크 공작의 증인이라고?

배신감을 느끼기보다는 그저 당황스러웠다. 증인은 그런 아비게일의 시선을 뒤로하고 증언대에 섰다.

"당신은 누구고, 무엇을 목격했습니까?"

"저는 왕비님의 수석 시녀인 노마라고 합니다."

놀란 것은 아비게일뿐만이 아니었다. 클라라나 블랑슈, 베리테 역시 예상외의 증인에 어찌할 줄을 몰라 하고 있었다.

"수석 시녀라면……?"

"왕비님께서 네르겐에 시집을 오신 이후, 쭉 보필하고 있었습니다."

노마의 목소리는 태연하였으나, 실제로는 심장이 터질 듯이 뛰고 있었다. 자신을 바라보는 시선들이 너무도 날카로워 부싯돌처럼 불을 일으킬 것만 같았다. 특히 공작의 시선이 매서웠다. 재판 전 스토크 공작의 저택에 불려 갔을 때도 저런 눈빛을 하고 있었다.

[재판에서 증언대에 서주게. 그리고 왕비가 수상한 의식을 치르는 걸 목격했다고 증언하게.]

[예? 하지만 왕비님은 그런 적이……]

[내 말을 들어준다면, 자네 아버지에게도 좋은 일이 생길 걸세. 그리고 자네의 혼처 자리도 좋은 곳으로 알아봐 주지.]

공작이 제안한 혼처는 공작 가문의 친척으로, 노마로서는 두 번 다시 없을 혼사였다.

[그리고 자네도 왕비에게 쌓인 게 많지 않은가? 받은 만큼 돌려줘야지.]

그 말에 노마는 쉬이 부정하지 못했다. 아비게일의 성격이 유해진 뒤, 제법 편한 생활을 해 왔지만 그렇다고 해서 과거의 고통이 사라지는 건 아니었다.

아비게일에게 온갖 핍박과 무시를 받으며 지낸 1년.

사람들은 왕비가 변했다고 했다. 그녀의 선함과 다정함을 칭찬했다. 많은 이들이 그녀를 좋아했다.

노마는 믿지 않았다. 그녀가 변했을까? 그렇게 악독하던 여자가 정말로 호인이 되었을까?

"증언하시오, 노마 양. 아비게일 왕비는 정말로 마녀인가?"

대법관의 물음에 노마는 정면을 바라보았다. 이날을 오랫동안 준비해 온 사람처럼 떨림도, 당혹도 없이.

굳게 다물려 있던 노마의 입이 서서히 열렸다.

"아닙니다. 그런 모습은 단 한 번도 본 적이 없습니다."

단호한 증언이었다. 스토크 공작은 진지한 얼굴로 고개를 주억거리다가, 뒤늦게 그 뜻을 이해하고 황급히 고개를 들었다.

"본 적이 없다고? 하녀는 분명 그녀가 거울방에 틀어박혀 혼잣말을 하는 걸 들었다고 했다!"

"왕비님께서는 종종 소리 내어 책을 읽으십니다. 그걸 잘못 들은 거겠지요."

노마는 아비게일이 되살아나고, 자신에게 호의를 베풀 때도 그녀를 믿지 않았다.

아비게일은 바뀌지 않았을 것이다. 여전히 속이 검고 문드러진 악인일 것이다. 분명 그렇게 믿고 있었으나.

하지만 손이 타들어 가운데에도 카린을 구하려고 했을 때. 그녀의 용기가, 그녀의 편이 되어 주겠다고 했을 때.

그 모습을 보고서도 아비게일이 악녀라고 말할 수는 없었다. 그제야 아비게일이 건네는 모든 것이 진실임을 알 수 있었다. 과거에 자신에게 남긴 상처가 진짜이듯, 현재에 그녀가 건네는 호의 역시 진짜였다.

"아비게일 왕비님은 단 한 번도 신을 모독하는 일을 하지 않으셨습니다."

"그녀의 기이하고 방탕한 행동은 뭐라 설명할 거지? 왕비는 사내에게 여자 옷을 입히고, 여자들에게는 다리를 드러내는 옷을 입혔어!"

"선구적인 혜안을 가진 것이 문제입니까? 왕비님께서는 그저 재능이 있으실 뿐입니다."

노마는 스토크 공작을 똑바로 노려보며 말했다. 스토크 공작이 자신에게 위증을 사주했다고 고백할 용기는 없었다. 그러나 그것에 굴복하지 않을 정도의 자존심은 있었다.

스토크 공작의 얼굴이 노기에 물들어 뭐라 외치려는 순간.

"맞아요! 왕비님은 마녀가 아니에요!"

상석에서 날카로운 목소리가 들려왔다. 블랑슈였다. 일그러지는 일이 없었던 미간이 구겨진 채, 블랑슈는 잔뜩 화가 나서 외쳤다.

"왕비님은 오히려 사람들을 구하셨어요! 녹색병을 밝혀낸 사람도 왕비님이에요!"

"그 독을 알아낸 것 역시 수상……!"

"그렇다 하면 의사들도 마녀인가요?"

블랑슈가 바락바락 소리를 지르자 스토크 공작이 움찔하여 입을 다물었다.

녹색병이라는 이야기가 들리자 사람들이 수군대기 시작했다. 방청객 중에서 녹색병에 걸렸다 치유된 사람이 수십, 아비게일 덕분에 가족의 목숨을 구한 자가 수십이었다.

그러자 이번에는 방청석에서 누군가가 일어났다. 클라라였다. 그녀는 두 눈을 부릅뜬 채, 소리 높여 외쳤다.

"왕비님은 늘 아랫사람의 안위를 걱정하셨습니다! 왕비님 덕분에 제 조부께서 녹색병에서 쾌차하실 수 있었어요!"

클라라의 외침에 시종 중 하나가 자리에서 일어났다. 그는 녹색병에 걸려 사경을 헤매다 가까스로 목숨을 건진 자였다. 그의 가족들도 마찬가지였다.

"맞습니다. 왕비님은 늘 청렴하고 정직하셨습니다! 저주받은 물건을 취급하신 적은 없습니다!"

그러자 반대편에서 다른 시녀가 일어났다. 그녀의 딸은 코르셋으로 인한 폐병을 앓던 중, 아비게일이 디자인한 옷을 입은 이후 건강을 되찾았다.

"왕비님에게는 죄가 없습니다! 증언할 수 있습니다!"

한 사람이 일어나자, 또 다른 사람이 일어났다. 한 사람이 목소리를 내자, 두 사람이 소리를 쳤다.

"아비게일 왕비님은 무죄입니다!"

"왕비님은 마녀가 아니에요!"

"아비게일 왕비님에게 수상한 점은 없었습니다!"

어느샌가 목소리가 하나둘씩 늘어나기 시작했다. 왕비의 무죄를 부르짖는 사람들이 바람을 역풍으로 바꾸기 시작했다. 아비게일은 놀란 눈으로 그들을 보고 있었다. 세이블리안도 마찬가지였다.

스토크 공작은 당황하여 어쩔 줄 몰라 하고 있었다. 수십 개의 목소리가 무죄를 외치자, 대법관이 다급하게 법봉을 두드렸다.

"조용! 다들 조용히 하시오! 이 이상 소란을 피우면 모두 퇴정시키겠습니다!"

대법관의 으름장에 간신히 소란이 잦아들었다. 노마는 여전히 허리를 꼿꼿하게 세운 채였다. 대법관이 노마를 향해 말했다.

"증인의 말은 모두 정황증거에 불과합니다. 저주받은 물건이 나온 것은 분명히 왕비의 드레스룸이죠."

"……."

"예전부터 왕비는 마도구를 즐겨 모으고 있었다고 들었습니다. 이 역시 거짓입니까?"

"……마도구를 모으는 취미가 있으시긴 합니다만."

노마의 머뭇거림에 대법관은 충분하다는 듯 고개를 끄덕였다. 스토크 공작은 입을 다문 노마를 노려보았다.

그녀가 일을 망치긴 했지만, 아직 끝난 것이 아니었다. 아비게일의 무죄를 주장하는 자들은 모두 일개 시종이나 시녀들뿐.

대법관을 포함하여 여러 고위 귀족들이 자신의 편이었다. 또한 왕비가 마도구를 모으고 있었다는 것만으로도 충분히 처벌할 수 있었다.

이 부분을 물고 늘어지려는 순간, 법정의 문이 벌컥 열렸다. 안으로 들어온 사람을 보자 스토크 공작의 얼굴이 환해졌다.

그녀는 치렁치렁한 크리놀린 드레스를 입고 있었다. 한 발 한 발 내디딜 때마다 하이힐이 또각대는 소리가 요란했다.

드레스의 폭이 너무 넓어, 증언대에 서는 것조차 하인의 도움을 받아야 했다. 그녀가 증언대에 선 뒤, 입을 벌렸다.

"재판장님. 증언할 것이 있습니다."

"당신의 신분부터 밝히십시오. 당신은 누구입니까?"

그녀는 하얗게 굳은 얼굴로 드레스의 옷자락을 꾹 쥐었다. 긴장으로 인해 마른 어깨가 부서질 듯 떨려 왔다.

"저는 스토크 공작의 딸인, 카린 스토크입니다."

세이블리안은 조용히 그 모습을 지켜보고 있었다. 입은 다물려 있었으나 그 눈동자에 수많은 증오가 담겨 있었다. 만약 아비게일이 수세에 몰린다면, 그는 망설이지 않고 카린을 고발할 것이었다.

"카린 공녀. 증인 명단에 있군요."

카린은 창백한 얼굴로 고개를 끄덕였다. 스토크 공작은 그런 카린을 흐뭇하게 바라보았다. 방금 전, 카린이 아이처럼 울며 투정을 부릴 때 쌓였던 화가 녹아내리는 것 같았다.

'이제야 제정신을 차렸나 보군.'

카린이 증언할 내용은 아비게일이 산 제물을 바치며 수상한 의식을 치르는 것을 목격하고, 아비게일과 나디아가 모략을 꾸미고 있다는 것이었다.

왕비가 인어와 정분이 나, 나라를 통째로 넘기려 한다는 모략. 나디아의 시녀이니만큼 신빙성 있게 들릴 것이었다.

"카린 공녀. 증언하십시오."

그녀가 한참을 침묵하자 대법관의 채근이 들려왔다. 카린은 사시나무처럼 떨고 있었다. 마치 물에 빠져 죽은 사람처럼 핏기 하나 없는 얼굴이었다.

"그……. 저는……"

카린의 말이 툭 툭 끊겨 나왔다. 지금 당장에라도 쓰러질 것 같은 몰골로 카린은 증언을 더듬더듬 이어 나갔다.

"와, 왕비님과 저주받은 구두에 대해 증언하고자 합니다."

순종은 미덕이다. 아버지의 말에 따라야 한다. 아비게일이 폐위하면, 자신은 안전할 수 있을 것이다.

"말씀하세요."

"그 구두는……."

카린은 수백의 시선이 자신을 꿰뚫는 걸 느낄 수 있었다. 아비게일, 세이블리안, 블랑슈, 나디아, 그리고 아버지…….

그 외에도 장내의 모든 사람이 자신을 보고 있었다. 무서워서 당장 도망치고 싶었다. 쓰러지고 싶었다.

그녀는 증언대의 난간을 꽉 쥐었다. 그리고는 이를 악문 채, 눈물 젖은 눈으로 대법관을 올려다보았다.

"그 구두는 제가 가져다 놓았습니다."

순간, 법정 내가 진공 상태로 변한 것 같았다. 침묵만이 가득 찬 그곳에서 그 누구도 감히 말을 꺼내지 못했다.

범인의 자백에 모두가 경악을 금치 못했다. 그렇다 하더라도 스토크 공작의 경악에는 비할 바가 못 되었다. 카린이 덜덜 떨며 증언을 이어 나갔다.

"아, 아버지께서 그 구두를 건네며, 왕비님의 드레스룸에 몰래 숨겨 놓으라 하셨습니다. 그 구두를 신었던 하녀 역시 아버지의 사주를 받……."

"카린!"

스토크 공작이 버럭 소리를 지르자, 카린이 움찔하며 말을 끊었다. 그가 증언대로 성큼성큼 걸어가 카린을 끌어내리려 했다.

"지금 제정신이냐! 대체 네가 무슨 말을 하는 줄 알고……!"

그가 딸을 향해 손을 뻗은 순간, 무언가가 두 사람 사이로 날쌔게 날아왔다. 공작이 놀라 뒷걸음질을 쳤다. 화살처럼 날아온 것이 바닥에 닿자 철퍽 하고 물이 되어 흩어졌다.

화살이 날아온 방향을 바라보자, 그곳에는 증오로 불타는 눈이 있었다. 나디아가 흉흉한 눈으로 그를 노려보고 있었다.

"물러서라, 스토크 공작. 카린은 증언 중이다. 이 나라에서는 증인을 협박하는 것이 가능한가?"

뒤늦게 경비병들이 공작을 가로막았다. 그러나 스토크 공작은 경비병들이 밀쳐내고, 아우성을 쳐댔다. 그의 온몸에서 광기가 터져 나왔다.

"제 딸년이 마녀에게 홀려, 거짓 증언을 하고 있습니다! 저는 그런 것을 지시한 적이 없습니다!"

대법관은 난처한 상황에 처해 버렸다. 스토크 공작의 편을 들고 싶어도, 그 자식이 자백을 한 상황을 어찌 무마해야 하나 싶었다.

"증인이 증언할 만한 상태가 아니라 판단하여, 잠시 휴정을……."

"대법관."

자리에 앉아 있던 세이블리안이 몸을 일으켰다. 그 냉랭하고 살벌한 기운을 먼 곳에서도 느낄 수 있었다.

"지금 휴정을 하려는 근거가 없는 듯한데."

"저, 그것이……. 공녀의 상태가 정상이 아닌 듯하여."

"공녀가 현재 증언을 할 수 없는 상태인가? 인사불성도 아니며, 스스로 판단하여 증언대에 선 자를 끌어내릴 근거가 없다."

세이블리안의 말이 날카롭게 박혔다. 국왕이 저지했을뿐더러, 그의 말대로 휴정을 할 근거가 부족했다. 대법관은 난처한 눈으로 결국 고개를 끄덕였다. 카린이 덜덜 떨며 종이 하나를 꺼냈다.

"즈, 증거도 있습니다. 궁정 악사 기드온이 아버지에게 저주받은 구두를 전하며, 서신을 남겨 두었습니다."

그 편지를 알아보자, 스토크 공작의 얼굴이 새하얗게 탈색되어 버렸다. 카린이 버겁게 그 내용을 읽어 내려갔다.

"[아비게일 왕비는 여러모로 수상한 점이 많은 사람입니다. 되살아난 뒤로 그녀가 벌이는 기행들을 보세요. 마녀라 해도 손색이 없습니다. 이 물건을 잘 이용한다면 그녀를 폐위시킬 수 있을 겁니다. 이것은 신은 사람이 스스로 벗을 수 없는, 저주받은 구두입니다.]"

긴장으로 인해 목이 쉬고, 목소리는 뭉개졌고, 발음은 엉키고 몇 번이나 말을 더듬으면서도 카린은 끝까지 서신을 읽어 나갔다.

다 읽은 뒤에는 끅끅거리며 눈물을 토해내는 소리뿐이었다. 공작이 멍하게 그 모습을 바라보고만 있자, 세이블리안이 입을 열었다.

"대법관. 피고인을 바꿔야 할 것 같군."

그가 저벅저벅 홀로 내려왔다. 두 눈에는 차가운 분노, 목소리에는 경멸을 담은 채.

"왕비에게 누명을 씌우려 한 스토크 공작을 체포하라. 왕명이다."

스토크 공작은 숨이 턱 막혔다. 분명히 방금 전까지만 해도 바람이 자신의 등을 밀어주고 있었는데, 그랬는데.

경비병들의 손이 공작에게 닿자, 그는 퍼뜩 정신이 들었다. 그가 크게 몸부림을 치며 악악 소리를 질렀다.

"아니야! 왕비는 마녀가 맞아! 국왕 전하가 마녀에게 홀렸다! 전하를 치료해야 해!"

울부짖는 소리가 추하기 그지없었다. 경비병들은 짐승처럼 날뛰는 공작을 붙잡아 재판정 밖으로 끌어냈다.

"카린! 이 배은망덕한 계집애! 네가 나를 배신했구나! 네가 나쁜

만 아니라 우리 가족을 모두 사형장으로 보내게 만들었……!"

큰 소리를 내며 법정의 문이 닫힌 뒤에야 그의 말이 끊겼다. 카린은 아무 말 없이 눈물만 흘리고 있었으나, 결코 증언을 번복하는 일은 없었다.

방 안에는 고요한 방향(芳香)만이 감돌고 있었다. 궁에 마련된 개인실은 우아하고 아름다웠으나, 카린은 왠지 모를 쓸쓸함을 느꼈다. 아마도 더 이상 이곳에서 지낼 수 없기 때문에 느끼는 감정일 터였다.

재판장을 나선 뒤 여러 날이 흘렀다. 아비게일이 무혐의를 받은 뒤, 얼마 지나지 않아 스토크 공작과 카린은 재판장에 서게 되었다. 그는 유죄 판결을 받았다. 카린의 증언과 증거, 그리고 매수되었던 하녀들마저 등을 돌린 탓이었다.

세이블리안은 그를 사형시키려 하였으나, 아비게일의 만류로 공작위를 반환하고 유배형을 받는 것에 그치게 되었다.

카린은 짐을 싸다 잠시 손을 놓았다. 스스로 짐을 싸보는 것은 처음이라 오랜 시간 공을 들여도 여전히 너저분했다.

스토크가 공작 위를 반환하게 되었으니, 카린도 더 이상 귀족이 아니었다. 아버지를 배신한 패륜아로, 공녀에서 평민으로 몰락하는 것은 순식간이었다.

내부 고발을 한 사실을 참작하여 구금형은 면했지만 모든 것을 잃었다. 직위도, 부도, 명예도.

'그때, 아버지의 편을 들었더라면.'

후회가 없다면 거짓이었다. 증언을 한 뒤, 매일 밤을 눈물로 후회하곤 했다.

만약 아버지의 말을 따랐다면, 그랬더라면 궁에서 살 수 있었을까? 왕비가 될 수 있었을까?

하지만 과거로 돌아간다 하더라도, 피눈물을 흘리더라도 카린은 증언을 했을 터였다. 아비게일로부터 용기를 건네받은 이상, 도망칠 수는 없는 노릇이었다.

"카린. 들어가도 돼?"

그때 밖에서 나디아의 목소리가 들려왔다. 저 꼴 보기 싫은 얼굴도 이제 마지막이겠구나 싶어, 카린은 순순히 승낙하였다.

"들어오세요."

나디아는 고개를 빼꼼 내밀고는 안으로 들어왔다. 카린의 방에 오는 것은 처음이었다. 그녀는 휑하게 정리된 방 안을 힐끗거렸다.

"떠나는 거야?"

"정확히 말하면 내쫓기는 거죠. 전 더 이상 귀족이 아니니까."

"집은?"

"작은 저택을 구했다고 들었어요. 과연 어머니가 절 받아 줄지는 의문이지만요."

어머니는 아비를 잡아먹은 딸년이라고 고함을 쳐댔었다. 그 뒤로 얼굴을 본 적도 없으니 아마 내쫓길 것이다. 막막하긴 했으나 어쩔 수 없었다. 패물을 팔면 작은 집 한 채는 구할 수 있지 않을까.

그런 생각을 하던 중, 나디아의 목소리가 들렸다.

"갈 곳 없으면 바다에 갈래?"

"네?"

카린이 황당하다는 듯 나디아를 돌아보았다.

바다라니? 그 시선을 보고도 나디아는 태평하게 말을 이었다.

“갈 곳 없다며? 아틀란시아에 가면 내가 거처를 마련해 줄 수 있을 텐데.”

“싫어요. 바다에서 사람이 어떻게 살아요?”

“싫으면 말든가.”

나디아가 볼멘 표정을 짓자, 카린은 피식 웃었다. 어쩐지 이런 대화를 나누고 있는 것이 생경하게 느껴졌다.

자신은 이제 공녀도, 귀족도 아니다. 그런데도 나디아의 태도에는 변함이 없었다. 카린은 괜히 장난스럽게 말했다.

“제가 아주 밑바닥으로 떨어지긴 했네요. 그런 제안까지 받고. 제가 얼마나 우습게 보였으면…….”

“우습지 않아.”

카린은 농담인 게 분명한 어조였으나, 나디아는 그것을 농으로 응수하지 않았다. 그 단호한 정색에 카린은 꽤 당황하고 있었다. 나디아가 씩 웃으며 말했다.

“멋있었어, 카린. 진짜로.”

“비, 빈말 따위 해 봐야 기쁘지 않아요!”

“빈말 아닌데?”

나디아가 킥킥대자 카린은 괜히 불퉁해져서 고개를 틀었다. 그러던 중, 노크 소리가 들려왔다.

“왕비님께서 방문하셨습니다.”

노마의 목소리에 카린은 황급히 자세를 바로 했다. 곧 아비게일과 노마가 안으로 들어섰다.

재판 이후로 아비게일과 마주하는 것은 처음이었다. 카린은 그녀와 눈을 마주칠 수 없었다. 죄인이 어찌 고개를 들 수 있겠나. 그저 숨만 죽이고 있던 중, 아비게일의 목소리가 들려왔다.

"카린 양, 뭘 하고 있었나요?"

고저 없는 목소리였다. 원망이나 미움은 느껴지지 않았지만, 살가움 또한 없었다. 카린이 주저하다 간신히 입을 열었다.

"……떠날 준비를 하고 있었어요."

아비게일은 가만히 카린을 내려다보았다. 미소 없이 정적인 얼굴. 잠시 침묵이 이어지던 중, 그녀가 싸늘한 어조로 말했다.

"나는 가라고 허락하지 않았는데요."

그 말에 카린이 어리둥절해져서 고개를 들었다. 아비게일의 얼굴에 어느샌가 여상스러운 미소가 감돌고 있었다.

"나가지 않아도 괜찮아요. 전하께 부탁하여 특별 사면을 받았어요. 그리고 이 궁에서 계속 머물러도 좋다는 허락도요."

카린은 갑작스레 햇빛 아래 끌려 나온 것처럼 얼떨떨했다. 궁에서 머물러도 된다니. 왕족을 해하려고 한 자가 누릴 수 없는 특혜였다. 감히 그런 것을 누릴 자격도, 양심도 없었다.

카린은 더듬거리며 입을 열었다.

"왕비님, 저는 왕비님께 누명을 씌우려 했던 사람이에요."

"그리고 그 누명을 벗겨 준 사람이기도 하죠."

아비게일은 망설이지도 않고 그녀의 말을 맞받아쳤다. 그리고는 나디아를 향해 시선을 틀었다.

"나디아, 귀족이 아닌 시녀는 싫은가요?"

"아니. 카린이라면 대환영이야. 카린은 내 친구니까."

"그래요. 그리고 내 친구기도 한걸요."

그 다정한 말에 카린은 콧잔등이 시큰해져서 몸을 틀었다. 우는 모습을 또 보이고 싶지 않았는데, 나디아가 기어코 따라와서 얼굴을 보려 했다.

"울어? 울어?"

"안 울어요!"

"에이, 우는 것 같은데?"

"안 운다니까요!"

카린은 빽 소리를 지르곤 평소대로 나디아와 투닥대며 싸우기 시작하였다. 노마 역시 그 모습을 가만히 보며 슬며시 미소 짓고 있었다.

아비게일은 참 희한한 풍경이라 생각했다. 이종족, 추녀, 악녀, 마녀라 손가락질받는 이들이 한곳에 모여 있었다. 그럼에도 분위기는 그저 평온했다.

환영받지 못하는 사람들도 행복해지는 이야기가 하나쯤은 있어도 좋지 않을까. 아비게일은 그렇게 생각하며 카린을 바라보았다.

어린 악녀를 바라보는 마녀의 시선은, 오랜 소꿉친구를 대하는 것처럼 그저 다정하기만 하였다.

I am Stepmother, But My Daughter Is So Cute

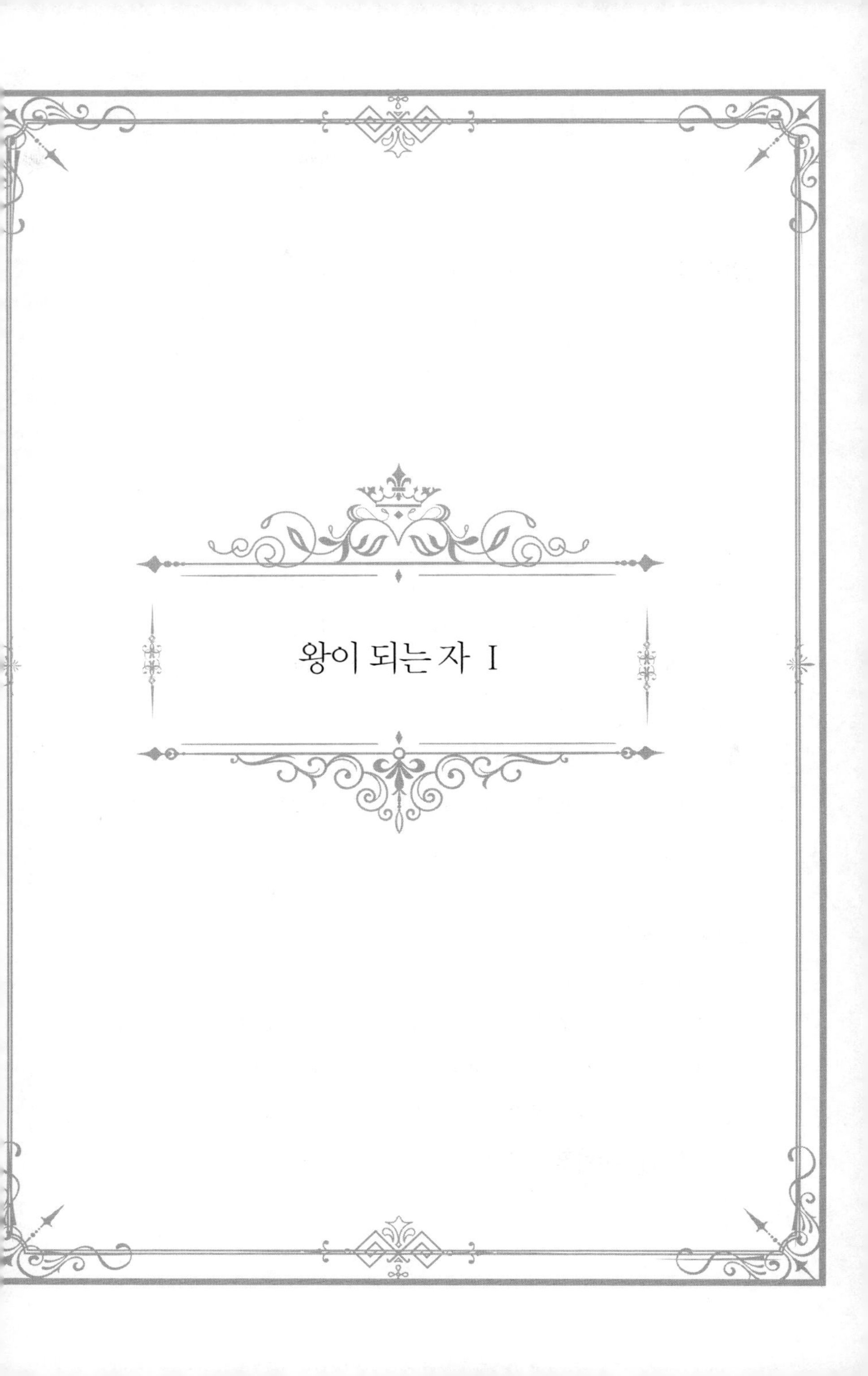

왕이 되는 자 I

15

왕이 되는 자 1

인간에게 이종족의 나라를 상상해 보라고 말한다면, 그들은 각자 다른 대답을 내놓을 것이다. 인어라면 비교적 상상하기 쉬웠다. 인어들이 숲이나 하늘에서 사는 것은 아니니, 바다 아래의 도시를 상상하면 됐다.

요정의 경우는 조금 어려웠다. 요정의 나라를 직접 가본 인간이 단 한 번도 없었기 때문이었다. 요정과 거래를 하는 인간 상인들 역시 방문을 해 본 적이 없었다. 거래 장소는 언제나 낯선 곳.

요정들이 지정한 숲으로 와서 빙글빙글 돌다 보면, 어느새 기이한 평원이 나타나 있곤 했다. 때문에 요정들은 인간과 가장 가까우면서도 신비로운 존재였다.

사람들은 요정이 호수나 숲속에 작은 마을을 짓고 사는 게 아닌가 상상하곤 했다. 요정 왕국이 숲속에 있는 것까지는 맞았다. 하지만 인간들이 상상하는 것처럼 전원적인 풍경은 아니었다.

뚝딱거리는 소리가 경쾌하게 들려왔다. 장난감처럼 아기자기한 크기의 나무망치에서 나는 소리였다. 어린아이 정도 되는 체구의 요정들이 작업을 하느라 정신이 없어 보였다. 다들 손에는 자그마한 공구를 든 채였다.

수백 명의 요정이 바쁘게 오가며 마도구를 제작하고 있는 이곳은 공방이라는 이름보다 철공소에 가까워 보였다. 인간들이 보면 넋이 나갈 정도로 복잡하고 정밀한 기계들. 수십 개의 태엽 바퀴가 맞물려 돌아가고 증기기관에서 뜨겁고 흰 김이 뿜어져 나왔다.

"크로넨버그에 보낼 물건들은 얼마나 제작되었지?"

"7할가량 제작되었습니다!"

자그마한 요정들이 뻘뻘 짐을 나르며 소리를 쳐댔다. 그리고 맨 위층에서 한 요정이 물끄러미 작업장을 바라보고 있었다. 고급스러운 예복을 입은 요정은 반짝이는 은색 눈동자와 연둣빛 머리카락을 갖고 있었다. 그의 얼굴에는 은은한 미소가 걸려 있는 채였다.

'요 10년간 이토록 큰 거래는 잡힌 적이 없었지. 잔뼈 굵은 원로들조차도 놀랄 정도였으니.'

크로넨버그에서 받을 돈이 얼마나 될까. 그가 머릿속으로 주판을 계산하던 중, 조심스러운 목소리가 들렸다.

"도빈 왕자님."

도빈이 뒤를 돌아보자, 수염이 몽실몽실하게 난 요정이 서 있었다. 그의 얼굴에 우환이 가득했다.

"전하의 병세가 악화됐다고 합니다. 얼른 가 보셔야 할 것 같습니다."

"아버지가? 알겠어요. 곧 가죠."

도빈은 황급히 발을 옮겼다. 요정왕의 병실로 들어가자, 이미 도착해 있던 다섯 명의 자매형제들이 보였다.

고아한 방 안에는 약 냄새가 물씬 풍기고 있었다. 병상에 누운 노인은 다른 요정들과 마찬가지로 무척이나 작은 체구였다. 요정왕이라는 위풍당당한 호칭과 달리 노인은 그저 연약해 보였다. 요정왕을 둘러싸고 있는 요정들의 표정은 심각했다.

"전하, 힘드셔도 다 드셔야 합니다."

주치의가 물약이 담긴 숟가락을 조심스레 요정왕의 입가에 가져다 대었다. 그는 힘겹게 한술을 먹고는 다시 침대에 누웠다.

"나머지는 이따 먹겠네. 제르다, 제르다 있느냐?"

쿨럭거리는 기침 소리에 뒤에 서 있던 한 요정이 앞으로 나왔다. 도빈의 쌍둥이인 제르다 공주 역시 그와 같은 연둣빛 머리카락을 갖고 있었다.

"아버지, 저 여기 있어요."

"아직 막내는 찾지 못했니?"

"……네. 인간의 왕국으로 요정들을 파견했지만, 아직 연락이 없네요."

요정왕의 막내아들이 사라진 지 어언 3년이 흘렀다. 인간 왕국으로 가출한 듯하여 수색대를 보냈으나 아직까지 소식은 없었다.

그토록 강력한 마력을 가진 아이니, 괜찮을 것이다. 그렇게 자신을 달랬지만 날이 갈수록 요정들은 불안해졌다. 아무리 장난기 많고 호기심 많은 왕자라 해도 이렇게까지 연락이 되지 않는 것은 이상했다.

"곧 돌아올 거예요. 그러니 일단 쉬세요, 아버지."

"그래, 조금 쉬마."

요정왕이 지친 듯 눈을 감자, 요정들은 조용히 방을 빠져나왔다.

요정왕의 아이들이 불안한 얼굴로 속삭이는 가운데, 도빈은 말이 없었다. 그 역시 표정이 굳은 채였다. 다른 이들이 보기에는 아버지의 병환을 걱정하는 것처럼 보였다.

'아직도 막내를 기다리시는 건가. 곁에 계속 있던 것은 나인데.'

막내가 사라지고 아버지가 병상에 눕자, 나머지 여섯 명의 왕세자 중 가장 마력이 뛰어난 제르다와 도빈이 국정을 살피고 있었다.

3년. 그 시간 동안 도빈은 일을 잘 처리해 왔다고 생각했다. 능숙하게 거래를 이끌어 국고를 쌓고, 나라를 부유하게 만들었다.

'그런데도, 아버지는 막내를…….'

도빈은 이를 악물었다. 그때 방에서 주치의가 빠져나왔다. 그의 표정이 좋지 않았다. 도빈이 고요한 얼굴로 물었다.

"아버지 상태는 어떤가?"

"그것이……."

주치의는 머뭇거리는 기색이었다. 그 머뭇거림이 무엇을 의미하는지 모두가 눈치챘다.

왕이 병상에 누운 지 오랜 날이 지났다. 젊은이라 하더라도 떨쳐내기 어려운 중병.

"다음 계절을 넘기시기는…… 좀 어려울 것 같습니다."

제르다는 입술을 꾹 깨물었다. 예상하고 있었음에도 충격이 컸다. 그녀가 살짝 화가 난 목소리로 말했다.

"막내는 대체 뭘 하고 있는 거야."

잘못하다간 아버지의 장례 때 자리를 지키지도 못할 듯했다. 침묵을 유지하던 도빈이 대신들을 힐끗 보며 말했다.

"아버지께서 차기 계승자 건에 대해서는 번복하지 않았나요?"

"예. 아직까지는 막내 왕자님이 제1 계승자시지만……. 조만간 의회를 소집해야 할 것 같습니다."

도빈은 말없이 고개를 끄덕이곤 자리를 떠나갔다. 그때 뒤에서 다급하게 따르는 발소리가 들렸다.

"도빈!"

제르다였다. 도빈은 무심한 얼굴로 그녀를 바라보았다. 똑같은 얼굴임에도 흐르는 분위기는 영 딴판이었다.

"무슨 일이세요, 제르다 누님."

"크로넨버그의 거래 문제 때문에. 큰 거래니까 좋은 일이긴 한데, 조금 마음에 걸려서."

"너무 신경 쓰지 마세요, 누님. 국고가 늘어나면 여러모로 좋은 일이잖아요."

이번 거래가 잘 성사되면 막대한 양의 금을 얻고, 인간의 왕국들도 견제할 수 있을 터였다. 그런 위업을 쌓으면 아버지 역시 자신을 인정해 주시겠지. 그런 와중에도 제르다가 나약한 모습을 보이는 것이 신경을 긁었다.

'역시 거울에 가두는 것이 아니라 죽이는 편이 좋았을까. 시체를 보여 주었다면 아버지도 누님도 포기하였을 텐데.'

막판에 마음이 약해져 동생의 기억을 지우고 거울에 봉인하는 것으로 만족했던 과거가 후회스러웠다.

제르다는 여전히 미련이 남은 얼굴이었다. 그녀가 주저하며 입을 열었다.

"크로넨버그와의 거래에 집중하는 것보다 막내를 먼저 찾는 게 좋지 않을까. 혹 인간 왕국에 있는데 휘말리기라도 하면……."

"제르다 누님."

도빈이 가만가만 속삭이듯 말했다. 그의 은빛 눈동자가 서글프게 빛났다.

"우리는 이제 인정해야 해요. 막내가 죽었을 가능성을."

죽음이라는 말에 제르다의 어깨가 흠칫 떨렸다. 그녀 또한 그 가능성을 생각하지 않은 것은 아니었다. 다만 인정하고 싶지 않았다. 그녀는 살짝 파리해진 안색으로 도빈을 부정했다.

"막내는 그 누구보다도 강력한 마력을 가졌어. 백 년에 한 번 나올까 말까 한 천재가 그리 쉽게 죽었겠어?"

"하지만 세상에 혼자 나가기엔 어린 나이였잖아요."

막내 왕자가 실종되었을 때의 나이가 12살이었다. 여느 성인보다 박식하였으나, 그래도 홀로 세상을 헤쳐나가기에는 벅찼을 터였다.

요정들이 인간 왕국에 몰래 잠입해 왕자의 흔적을 찾은 것이 몇 년째. 아무런 단서도 찾지 못했음을 떠올리자 제르다는 결국 입을 다물고 말았다. 도빈이 가만히 그녀를 달랬다.

"대신들도, 아버지도 현실을 봐야 해요. 왕위 계승자도 새로 뽑아야겠죠. 누님이나 저 중에서."

요정들은 성별이나 나이로 왕을 뽑지 않는다. 그들이 가장 중요하게 여기는 것은 마력. 실력이 뛰어난 자가 곧 왕위를 계승하는 법이었다. 때문에 한참 어린 막내가 왕위 계승자로 결정되었을 때, 아무도 반대하지 않았다.

도빈은 속으로 다른 생각을 하고 있었지만.

"막내는 포기해요. 살아 있다 하더라도 3년씩이나 제 자리를 내팽개친 무책임한 자를 왕으로 세울 수는 없어요."

"……."

제르다는 대답하지 않았다. 그 태도가 마음에 들지 않아, 도빈은 자리에서 벌떡 일어났다. 제르다에게는 시선도 주지 않은 채.

"그럼 전 이만 가 볼게요. 크로넨버그와 약속한 날짜를 맞추려면 꽤 촉박할 것 같아서."

"……알겠어."

제르다는 무정하게 떠나가는 도빈의 등을 바라보았다. 그녀가 어깨를 떨군 채, 작게 중얼거렸다.

"……대체 어디에 있는 거야, 막내야."

"으음. 뭐지. 누가 내 이야기 하나."

베리테가 귀를 만지작거리면서 말했다. 쫑긋 서 있는 뾰족귀가 까딱거리는 게 보였다. 요즘 들어 자주 귀가 간지럽다는 베리테였다. 나는 씩 웃으며 농담을 던졌다.

"누가 너 욕하는 거 아냐?"

"그러게. 누가 나 질투하나 봐."

얘한테는 이런 종류의 농담이 안 먹힌다니까. 능청스러운 모습에 나는 그저 웃었다. 이렇게 베리테와 평소처럼 이야기를 나눌 수 있다는 사실이 새삼 낯설게 느껴졌다.

마녀재판이 끝난 게 고작 며칠 전의 일이었다. 노마, 카린, 그리고 수많은 사람들 덕분에 무사할 수 있었다. 그때의 일을 떠올리면 지금도 피가 식고 아찔해진다.

널따란 재판정을 가득 채운 사람들, 시선, 목소리. 재판이 끝났지만 마냥 후련한 것은 아니었다. 아직도 나를 의심하는 사람들이 있었고, 또한 기드온의 흔적이 남아 있었다.

그는 블랑슈에게 독사과를 먹이려 했고, 이번에는 나를 마녀로 몰아가기 위해 마도구를 준비해 두었다. 그는 정말 죽은 것일까? 기드온이 끄나풀이라 생각했는데, 도리어 스토크가 그에게 이용당하고 있었다.

이곳에 없는 사람임에도 기드온의 기척이 선명하게 느껴지는 것만 같았다. 방 안에 유령이라도 머무르는 듯, 목덜미가 서늘해졌다. 음. 기분 탓이 아니라 진짜 추운 것 같기도 하네.

벽난로를 힐끗 보자 장작이 거의 타들어 가, 얼마 남지 않은 상태였다. 나는 옆에 두었던 숄을 슬금슬금 몸에 걸쳤다. 베리테가 그 모습을 보고는 고개를 갸웃했다.

"왜 그래? 추워?"

"응. 좀 쌀쌀하네. 난방 마도구 쓸 때는 장작 신경 안 써도 돼서 좋았는데."

난방 마도구는 한 번 마력을 주입해두면 마력이 떨어질 때까지 스스로 온도를 조절하기에, 딱히 신경을 쓰지 않아도 되었다.

벽난로도 운치가 있긴 하지만 실용성 면에서는 역시 마도구가 제일이었다. 아아, 누가 보일러를 만들어 주지 않으려나.

"왕비님. 화재 사건도 있었으니 최소한 왕비님 방에는 벽난로 대신 난방 마도구를 두는 게 어때?"

"괜찮아. 안 그래도 마법사들이 마도구 건으로 고생하고 있는걸."

얼마 전까지만 해도 내 방에는 마도구가 가득했으나, 지금은 모두 사용을 중지한 상태였다. 요정 왕국과의 마도구 거래가 끊긴 뒤, 마법관의 마법사들이 자력으로 마도구를 유지하려 애썼으나 결국 한계가 찾아왔다.

마도구 중에는 주기적으로 마력을 공급해 줘야 하는 것들이 있는데, 난방이나 조명 기구 등이 그에 속했다. 내 방 한 곳에만 있는 게 아니라 수십, 수백 군데에서 마도구를 사용하다 보니 더 이상 인간의 힘으로는 감당이 되지 않는다고 했다.

"아틀란시아 쪽에서는 아직 답이 안 왔어?"

"응. 좀 걸리나 봐."

얼마 전 우리는 마력 부족 문제를 해결하기 위해서 아틀란시아에 거래를 요청하였다. 나디아와 이야기를 나눠 보니, 아틀란시아는 대부분 수렵으로 식량을 확보하다 보니 식량난을 겪는 경우가 있다고 들었다. 때문에 우리는 마력을 제공받는 대가로 식량을 보내겠다 제안했다.

인어들이 승낙할지는 모르겠지만, 일단 답이 올 때까지 기다리는 수밖에. 기다리는 동안 다른 일부터 처리해야지. 나는 방금 전까지 그리던 디자인화를 베리테의 앞에 내보였다.

"일단 이것 좀 봐줘. 뭐가 나아 보여?"

"블랑슈 옷이네?"

나는 고개를 끄덕였다. 하나하나 모두 심혈을 들여 디자인한 옷들이었다. 이번에는 더욱 공을 들인 상태. 왜냐면 블랑슈의 생일 선물로 줄 옷이니까!

평소 같으면 이미 제작까지 끝내놨을 텐데, 마녀재판에 마도구 문제에 정신이 없어 이제야 디자인화를 그리기 시작했다. 아이고, 생일날까지 맞출 수는 있겠지.

베리테가 눈을 가늘게 뜨고 그림들을 들여다보았다.

"흐음……. 다 괜찮아 보이는데. 그런데 생일 선물로 동생 만들어 주려던 거 아니었어?"

베리테의 순박하고도 치명적인 질문에 나는 숨이 막혔다. 두 눈이 순진무구하게 초롱초롱 빛나서 더욱 그랬다.

이, 이게 바로 퇴마 당하는 마귀의 심정인가……! 나는 저 투명한 눈망울을 마주할 자신이 없어 고개를 틀었다.

"그건…… 아기는 황새들이 늦게 오면 못 줘서 그래. 그러니까 만약을 대비해서 옷도 만들어 주려고."

"아하, 그렇구나."

베리테는 순진한 얼굴로 고개를 끄덕였다. 크윽, 양심이 조금 찔린다. 와중에 베리테는 고민하는 얼굴이 되었다.

"으으, 나는 뭘 해 주지? 나도 블랑슈 생일 선물 준비해야 하는데, 뭐가 좋을지 모르겠어."

"아무거나 줘도 블랑슈는 다 좋아할 거야."

"하지만 아무거나 주긴 싫어. 세상에서 제일 멋지고 좋은 거로 주고 싶단 말이야."

어우, 이걸 블랑슈가 직접 들어야 했는데. 각설탕을 10개쯤 먹은 것처럼 기분이 달달했다.

점점 내 마음속에서 베리테의 사위 랭킹이 올라가고 있었다. 둘이 지금 어떻게 되어 가고 있으려나? 나는 은근슬쩍 말을 건넸다.

"요즘 어때? 잘 돼가?"

"뭐가 잘 돼가?"

"블랑슈랑 잘 돼가냐고."

내 질문에 베리테가 화드득 놀라 몸을 일으켰다. 놀란 고슴도치처럼 두 눈만 껌뻑거린 채 아무런 말도 못 하고 있었다.

"고백은 했어?"

"어, 아, 으, 그, 그게……!"

"아직 안 했구나. 언제 할 거야? 응? 나한테만 말해 주면 안 돼?"

"와, 왕비님은 몰라도 돼! 나 자러 갈래!"

베리테가 자리에서 벌떡 일어났다. 당황한 모습이 귀여워, 나도 모르게 짓궂은 목소리가 흘러나왔다.

"그래, 잘자 베리테. 고백하는 거 힘내고!"

"몰라!"

베리테가 성난 새끼 고양이처럼 캬 소리를 내고는 거울 너머로 사라졌다. 남 놀리는 게 이렇게 재밌을 줄이야. 베리테가 평소에 나를 왜 이리 놀려대나 했더니 이제야 이유를 알 것 같았다.

아휴, 아휴. 그나저나 둘이서 꽁냥대는 게 왜 이렇게 귀여울까. 나도 내 님이랑 얼른 꽁냥거려야겠다. 나는 후다닥 침소로 향했다. 세이블은 벌써 도착했으려나?

안을 빼꼼 들여다보자, 테이블 앞에 앉아 있는 세이블이 보였다. 그는 주의 깊게 어떤 서류를 들여다보고 있었다. 표정이 무척이나 진지한 것이 꽤 중요한 서류인 것 같았다.

뭐지, 바쁜가? 들어가기 조금 애매해졌네. 이따 다시 올 생각으로 뒷걸음질을 치는 순간, 그와 눈이 마주쳤다.

"비비, 어서 오십시오."

엄하게 굳어 있던 그의 얼굴이 솜사탕처럼 순식간에 풀어졌다. 세이블이 성큼성큼 걸어와 나를 꼭 껴안고 입을 맞추었다.

하아, 역시 내 님이 최고다. 예전에는 뽀뽀할 때마다 쑥스러웠는데 이제는 없으면 어색해. 하루가 끝나지 않는 기분이야. 그나저나 무슨 서류를 보고 있었던 걸까. 일이 바빠도 침실에는 일감을 갖고 오지 않는 사람인데.

"아까는 왜 안 들어오고 계셨습니까?"

"정무 때문에 바쁘신 것 같아서요."

"제게 가장 중요한 일은 당신입니다. 그런 일로 나가실 필요 없으십니다. 그리고 정무와 관련된 서류도 아니었고요."

그는 서류를 집어, 내게 건네주었다. 거기에는 빼곡한 글자가 아니라 화려한 그림들이 가득했다.

모두 디저트가 그려진 것들이었다. 온갖 종류의 케이크와 과자들. 세이블이 진지한 얼굴로 서류를 가리키며 말했다.

"블랑슈의 생일 케이크를 무엇으로 하면 좋을지 고민하고 있었습니다. 이 토끼 모양 초콜릿 장식이 올라간 것도 좋아 보입니다. 하지만 딸기 생크림 케이크도 나쁘지 않죠."

세상 심각한 표정으로 케이크를 설명하는 그를 보고 있자니 웃음이 절로 나왔다. 처음 만났을 때는 상상조차 할 수 없었는데.

"비비는 어떤 것이 마음에 드십니까?"

"다 괜찮아 보이는데, 딸기 케이크가 좋을 것 같아요. 블랑슈가 좋아하니까."

"그럼 이걸로 7단 케이크를 만들라 명하겠습니다."

누군가의 생일을 준비하는 것이 이렇게 행복한 일일 줄이야. 이렇게 매일 같이 딸아이에게 줄 선물을 고르며, 온화한 시간을 보내면 좋으련만 그럴 수는 없었다.

스토크 공작, 아니 이제 공작이 아니군. 스토크가 반역을 저지른 죄로 궁을 떠나자 궁에는 일대 소란이 일어났다. 썩어도 준치라고, 이 궁에서는 꽤 큰 파벌을 만들었던 인물이었으니 만큼 예상가는 소란이었다.

스토크의 진영에 있던 귀족들이 어떤 태도를 취할지는 아직 미지수였다. 블랑슈에게 더욱 충성하거나, 아니면 레이븐에게 붙을지도 모르겠다. 그 흐름도 잘 파악해 뒀다가 대비를 해둬야겠지.

그때, 세이블이 내 이마에 쪽 하고 입을 맞추었다.

"무슨 걱정이라도 있습니까, 비비?"

초콜릿만큼이나 단 시선에 다정한 우려가 담겨 있었다. 나도 모르게 얼굴에 티가 났나 보다.

"블랑슈 생일 선물 때문에 조금 걱정을 하고 있었어요."

나는 장난스레 말하며 그의 목을 끌어안았다. 굳이 정치 이야기를 꺼내고 싶지는 않았다. 밤은 오로지 우리만의 시간이니까.

그는 조금 쑥스러운 얼굴로 몇 번인가 입을 맞추었다. 그러면서도 내 허리를 꽉 껴안고는 슬금슬금 나를 뒤로 밀었다. 어느새 다리가 침대에 턱하고 걸렸다.

어머, 얘 좀 봐라. 귀여운 짓을 하네. 그의 두 눈동자가 슬슬 담비에서 표범의 것으로 변하는 게 보였다.

"케이크는 골랐고, 이제 블랑슈 선물만 남았군요."

그가 나의 목덜미에 머리를 비비적대며 말했다. 마치 제 체취를 묻히려는 동물처럼. 나는 쿡쿡 웃으며 그의 머리카락을 쓰다듬었다.

"그러게 말이에요. 블랑슈 생일까지 선물을 준비하려면, 좀 바쁘겠어요."

그렇게 귀여워하기를 잠시. 세이블리안이 다시 내 입에 제 입술을 포개왔다. 그는 이갈이를 하는 어린 짐승처럼 내 입술을 물고 핥았다. 그 본능적인 간절함에 등줄기가 오싹해졌다.

"그러면 블랑슈 생일 선물을 준비해 볼까요?"

그의 속삭임에 나는 고개를 끄덕였다. 달콤한 장미 향이 가득한 가운데, 세이블의 손가락이 내 몸을 훑어 내려갔다. 오늘도 밤이 길 것 같은 예감이 들었다.

나디아가 창문을 활짝 열자, 창틀에 소복이 쌓여 있던 눈이 후드득 떨어져 내렸다. 늦겨울 눈이었다. 날씨가 한 뼘 한 뼘 따사로워지고 있어 곧 녹을 눈.

그녀는 창틀에 쌓인 눈을 한 움큼 쥐었다. 바다에서 보기 힘든 것 중 하나가 바로 눈이었다. 눈이 내리기는 하여도 바다에 닿으면 금세 녹아 버렸다. 인간의 왕국에 머무르며 많은 것을 보고, 많은 것을 배워간다. 바다에서라면 볼 수 없었던 설경.

나디아는 이곳이 마음에 들었다. 그래서 오래오래 머물고 싶었으나 요즘은 조금 다른 생각이 들기 시작했다.

[나디아, 네르겐에서 마도구 제작을 도와달라 요청한 건은 기각됐다.]

얼마 전 군힐드로부터 온 연락이었다. 물고기에 남겨져 있는 목소리에는 답답함과 울분이 가득했다.

[네르겐에서 물자를 약조했지만, 아직 아틀란시아는 인간들에 대한 적개심이 크다. 어머니 역시 반대하시고. 현재로서는 네르겐을

도울 수 없어.]

군힐드가 네르겐의 배들을 지나가게 해 준 일 역시, 불만을 가진 인어들이 많다고 전해 들었다. 네르겐에서 인어 사냥꾼들을 잡고, 밀거래되던 인어들을 보호한다 하더라도 이제껏 흘린 피를 쉬이 잊을 수 있을 리가 없었다.

양쪽의 입장이 모두 이해가 되기에 나디아로서는 골치가 아팠다. 네르겐에서 교류를 요청한다 하더라도, 아틀란시아에서 받아들이지 않으면 아무런 소용이 없다. 그렇다면 어떻게 하면 좋을까. 자신이 이곳에 있는 것보다 아틀란시아로 돌아가는 편이 나을지도 모른다. 하지만…….

카린을 혼자 두고 가도 괜찮을까?

"뭐해요? 눈이라도 먹으려고요?"

카린의 불퉁한 목소리가 들려왔다. 뒤를 돌아보자, 카린은 프릴과 고급 원단이 잔뜩 들어간 버슬 드레스를 입은 채 허리를 꼿꼿이 세우고 있었다. 아비게일에게 선물 받은 옷이었다.

그 모습을 보자 나디아는 문득 카린을 향한 사람들의 속삭임이 떠올랐다. 왕비의 특혜를 받아 궁에 머무르고 있으나, 카린을 향한 궁의 시선들은 그저 사나웠다.

[몰락했으면서 예전이나 지금이나 똑같이 사치하고 뻔뻔하다니까? 주제도 모르는군.]

[제 아비를 스스로 고발하다니. 스토크 공작도 딸을 잘못 키웠어.]

[게다가 왕비님을 마녀로 몰아가려고 했다며? 정말이지 소름이 끼치는군.]

카린이 그 모든 비난과 위험을 무릅쓰고 진실을 밝힌 사람이라는 것은 아무도 신경 쓰지 않는 듯했다.

하지만 수많은 사람의 비난에도 카린은 흔들림이 없었다. 도도하고, 오만한 어린 악녀. 오히려 더욱 보란 듯이 치장을 하고 고개를 치켜든 채 궁 안을 활보했다.

"대체 언제까지 그러고 있을 거예요? 진짜 먹으려는 건 아니죠?"

카린의 날 선 목소리에 나디아는 제 손을 내려다보았다. 아직 녹지 않은 눈 뭉치가 쥐어져 있었다. 그녀는 씩 웃으며 눈 뭉치를 내밀었다.

"눈 먹을래?"

"귀족 영애는 그런 거 안 먹어요!"

그렇게 말하며 카린은 고개를 팩 돌렸다. 두 사람을 바라보던 파노가 무심하게 물었다.

"카린, 귀족 직위는 지난 재판 이후로 몰수……. 커헉!"

나디아의 매서운 주먹이 파노의 명치에 내리꽂혔다. 바닥에 쓰러진 파노를 내려다보며, 나디아가 물어뜯을 듯한 목소리로 으르렁거렸다.

"파노, 입 안 다물어?"

카린은 아무렇지 않은 척하고 있었지만, 그럴 리가 없었다. 나디아는 밤마다 카린이 우는 소리를 들었다. 그런데 파노가 그 상처를 찌르다 못해 헤쳐 놓았다. 나디아가 한 번 더 명치를 갈기려는 순간.

"네. 저 귀족 아니에요. 그래서요?"

카린이 당돌한 얼굴로 파노를 바라보았다. 뻔뻔하기까지 한 표정이었다.

"그깟 작위가 없다 하더라도 나는 나예요. 내 품위는 가문이 아니라 나에게서 나오는 거니까."

그리고는 팔짱을 낀 채 오만방자하게 파노를 바라보았다. 귀족이었을 때나, 아닐 때나 변함없는 눈빛. 그 눈빛에 파노는 저도 모르게 고개를 조아렸다. 마치 윗사람을 모시는 듯이.

"……실례했습니다, 카린 님."

"특별히 용서해 주죠."

카린은 선심 쓴다는 듯 거만한 태도였다. 나디아는 놀란 눈으로 카린을 보다가 씩 웃었다.

"왜 웃어요?"

"그냥 생각 정리가 좀 돼서."

요 며칠 어두웠던 표정이 그제야 밝아졌다. 방금 전까지의 고민이 차분히 가라앉는 기분이었다.

"고마워. 나 아비게일한테 좀 다녀올게."

"어, 네. 다녀오세요."

어째서 나디아가 고마워하는지 카린은 영문을 알지 못했다. 그런 카린을 뒤로한 채, 나디아는 아비게일의 집무실로 향했다.

오늘도 아비게일은 서류 더미에 둘러싸여 있었다. 바쁘게 무언가를 작성하던 아비게일이 퍼뜩 고개를 들었다.

"아, 나디아. 어서 와요. 무슨 일로 왔나요?"

"아비게일이 보고 싶어서 왔지."

"나디아도 참."

두 사람은 이제 제법 능청스럽게 농담을 주고받았다. 나디아는 책상에 털썩 걸터앉고는 왕비가 들고 있는 서류를 힐끗 보았다. 언뜻 보니 마력 부족으로 인해 마도구를 더 줄여야 한다는 내용 같았다.

그 문서를 보자 답답함이 다시 차올랐다. 아틀란시아를 탓하지도, 네르겐을 탓하지도 못해 그녀는 괜스레 제삼자를 흉보았다.

"에휴. 왜 슬레비옌에서 거래를 중지한 거지? 돈독 오른 놈들이 어째서 이유 없이 거래를 끊었는지 짐작이 안가네."

"그러게 말이에요."

나디아의 말대로 분명히 이유가 있을 텐데, 아비게일 역시 추측되는 바가 없었다.

어째서 그들이 거래를 중단한 것일까? 다른 나라와는 아직 거래를 하고 있다고 들었다. 가격은 많이 올랐지만. 그래도 가장 큰 거래 상대는 네르겐일 터였다. 그런 큰 거래를 끊은 데에는 분명히 이유가 있을 터였다.

베리테의 기억이 돌아온다면 뭔가 단서를 잡을지도 모르는데.

지난번 나디아와 베리테를 대면하게 했으나, 그녀는 베리테를 알아보지 못했다. 이야기를 들어보니 실종된 요정 왕자와는 면식이 없는 사이라고 했다.

[나도 그쪽이랑 잘 아는 건 아니라서 이름 정도만 알아. 오베론이라는 녀석인데, 뛰어난 마력과 실력을 가졌다고 하더라. 천재 마도공학자라고도 하던데.]

뛰어난 마력이라는 말을 듣자마자 베리테가 떠올랐다. 심증이 이토록 많이 쌓여 가는데, 물증이 없는 것이 아쉬울 뿐이었다. 아비게일은 힘없이 웃었다.

"슬레비옌의 의도를 알 수가 없어 답답하네요. 가격을 더 올리려고 이러는 건가 싶기도 하고."

"그럴 수도 있겠다."

결국 추측뿐이었다. 아비게일은 조금 난처하게 웃다가, 아직 나디아가 방문한 이유를 알지 못한다는 것을 떠올렸다.

"그나저나 나디아, 무슨 일로 왔어요?"

나디아 역시 그제야 자신이 이곳에 직접 찾아왔다는 것을 깨달은 눈치였다. 그러나 말은 나오지 않았다. 무언가 망설이는 기색. 나디아의 석양빛 눈동자가 아비게일을 가만히 응시하다 입을 열었다.

"음. 잠시 아틀란시아에 돌아갈까 싶어서."

그 말에 아비게일의 얼굴이 삽시간에 굳었다. 예상 밖의 용건이었다. 당황이 온 얼굴에 명백히 드러났다.

"무슨 일 있어요? 혹시 누군가가 나디아를 괴롭히거나, 지내는 데에 어려움이 있나요?"

"아니. 그런 것은 아냐. 다만 여기서 머무르는 것보다 아틀란시아에 가는 게 양국에 도움이 될 것 같아서."

마음 같아서는 이곳에 머물며 교류를 진행하고 싶었지만, 아틀란시아를 설득하는 것이 먼저인 듯싶었다.

"내가 직접 돌아가서 원로들을 회유하는 편이 나을 것 같아. 군힐드 언니가 있다고는 하지만, 하나보다는 둘이 낫겠지."

"하지만……."

대의를 생각하면 나디아의 판단이 맞는 것이었다. 하지만 아비게일은 쉬이 그것을 긍정할 수 없었다. 나디아가 아틀란시아로 돌아가고 싶지 않아 하는 것을 아비게일은 잘 알고 있지 않은가.

아쉬움과 미안함 때문에 목소리가 흐려졌다. 예민한 인어는 그 감정의 기류를 읽었다. 나디아가 짐짓 탐욕스러운 시선을 보냈다.

"공짜 아니야. 나에게도 조건이 있어."

"무엇인가요? 이야기해 줘요."

"내가 없는 동안에도 카린의 시녀직을 유지 시켜줘."

네르겐을 떠날 엄두를 내지 못하는 이유 중 하나는 바로 카린이었다. 지금 궁 안에서 카린의 입지는 무척이나 아슬아슬한 상태였다. 왕명 아래 보호받고 있지만, 나디아가 떠나면 또 어찌 될지 모르는 노릇이었다.

오늘 카린의 강인한 모습을 보자, 간신히 마음이 놓이긴 했지만 신경이 쓰이는 건 매한가지였다. 그 요청에 아비게일은 고개를 끄덕였다. 조금의 망설임도 없이.

"부탁하지 않았어도, 당연히 했을 일이에요."

그 대답에 나디아는 씩 웃었다. 속을 가득 채우던 고민이 사라지는 것만 같았다.

자신이 아틀란시아의 꼬장꼬장한 원로들은 설득할 수 있을까, 두 종족은 교류할 수 있을 것인가. 그런 걱정이 있었으나, 불안은 바다에 닿은 눈처럼 녹아 버렸다. 이곳에 아비게일이 있는 한 언젠가는 이루어질 거라는 믿음만이 남아 있었다.

그렇다면 자신은 자신만이 할 수 있는 일을 하면 되는 것이다. 나디아는 풀쩍 책상에서 내려왔다.

"좋아, 그러면 나 없는 동안 카린을 잘 부탁할게."

그리고는 익살스럽게 손 키스를 쪽 날렸다. 나디아는 물고기가 자유롭게 헤엄치는 듯한 모양새로 집무실을 빠져나갔다.

나디아와 파노가 궁을 떠난 지 하루가 지났다. 고작 하루가 지났을 뿐인데 궁 안이 고즈넉해진 것만 같았다. 늘 쾌활하게 웃던 목소리가 벌써 그리워질 줄이야.

블랑슈 역시 조금 씁쓸한 얼굴로 중얼거렸다.

"나디아 님과 같이 생일 파티하고 싶었는데……."

"그러게 말이에요……."

으으, 조금만 더 있다가 가라고 매달리고 싶었지만 꼴불견일 테니 참았다.

아쉬움도 아쉬움이지만 걱정이 컸다. 지난번 군힐드가 나디아를 끌고 가려 했던 것처럼, 아틀란시아에서 나디아를 붙잡고 영영 보내주지 않으면 어떡하지. 하루라도 빨리 인어와 인간이 교류를 하면 좋을 텐데.

한숨만 푹푹 내쉬고 있자, 베리테가 우리를 달래려는 듯 말했다.

"금방 돌아오겠지! 그리고 나디아가 멋진 생일 선물 보내 주겠다고 했잖아."

나디아는 아틀란시아에서 선물을 잔뜩 보내줄 테니, 기대하고 있으라 말했다. 베리테는 일부러 쾌활한 척 말을 이어 갔다.

"얼른 설득해서 인어들 데리고 돌아오면 마력 문제도 해결될 테니까. 그래서 나디아도 빨리 떠난 거고."

그 말에 블랑슈가 슬쩍 고개를 들었다. 방금 전까지 유려하게 말을 하던 베리테가 입을 뚝 다물더니, 조금 뻣뻣한 기색으로 말했다.

"그, 그리고 나디아는 없어도 내가 계속 네 곁에 있을 거니까."

이 녀석. 틈새 영업이 아주 깨알 같네.

나는 혹여라도 방해가 될까, 숨을 죽인 채 두 아이를 바라보았다.

아, 이럴 때 팝콘이 있어야 하는데.

조금 주눅이 들어 있던 블랑슈는 베리테의 말을 듣고 놀란 기색이 되었다. 그러나 싫은 것은 아니었던지, 복숭아색으로 뺨을 물들이고는 헤실 웃었다.

“응, 고마워. 베리테가 곁에 있어 줘서 너무 좋아.”

나도 너희가 너무 좋아! 두 사람의 핑크빛 연애 전선을 특등석에서 보는 기분이 각별했다.

블랑슈는 베리테를 어떻게 생각하려나? 베리테가 싫은 건 아닌 것 같은데. 둘이 같은 마음이려나?

수줍고 간질간질한 공기가 그저 달았다. 둘이서 더 꽁냥대려나 싶었는데, 블랑슈는 이내 진지한 얼굴이 되었다.

“그래도 나디아 님이 빨리 돌아오셔야 할 텐데. 그때까지 마법관의 마법사들이 버틸 수 있을지 걱정이야.”

음. 이런 부분은 제 아빠를 똑 닮았다니까. 이런 와중에도 나라 걱정하는 게 판박이다.

나디아가 떠나자, 예상대로 마법관은 마력 부족 문제에 직면했다. 그동안 나디아와 파노가 적잖은 양의 마력을 나눠주고 있었기 때문이었다. 마음 같아서는 내 마력을 주고 싶은데, 어떻게 할 방법이 없을까.

블랑슈는 깊게 고뇌하는 기색이었다. 베리테가 난처한 눈빛으로 블랑슈를 바라보다, 어렵사리 입을 열었다.

“그러면……. 내가 마법관 일을 좀 도와줘 볼까? 내 마력을 나눠주면 되니까.”

베리테라면 분명 큰 도움이 될 터였다. 하지만 블랑슈의 표정은 쉬이 밝아지지 않았다.

"베리테, 네 마력에 대해서는 숨기기로 했잖아."

그 말대로였다. 마법관의 마법사들에게 베리테를 소개하긴 했지만, 마력에 대해서는 많은 것을 숨기고 있었다. 베리테의 마력이 이질적이기 때문이었다.

마력의 종류, 마력의 양, 마력의 가짓수 모두 인간을 아득히 넘어서는 범주였다. 흰색과 하늘색 마력은 모두 특이한 마력에 속했다. 마력의 양 역시 많은 데다가, 두 종류의 마력을 가진 케이스는 극히 드물다고 했다.

이 자식, 고성능 거울일 때부터 알아봐야 했는데. 아무튼 여러모로 눈에 띄다 보니, 베리테는 흰색 마력을 아주 조금 가진 정도로만 소개해 두었다.

이런 상황에서 마법관을 도우면 위험한 거 아니려나. 베리테도 그 사실을 알고 있을 테지만, 그저 미소 짓고 있을 뿐이었다.

"아주 조금만 도와주면 괜찮을 것 같아. 그러니까 블랑슈는 걱정 안 해도 돼. 알겠지?"

블랑슈가 망설이는 기색으로 고개를 끄덕이자, 베리테는 뭐가 그리 좋은지 싱글싱글 웃는 낯이었다.

휴, 우리 애를 저렇게 신경 써주다니. 역시 보면 볼수록 괜찮은데……. 그러다 문득 베리테가 나를 돌아보았다.

"왕비님, 이야기 나온 김에 지금 당장 마법관에 갈까 하는데 다녀와도 괜찮아?"

"가는 김에 같이 가자. 나도 달리아에게 할 이야기가 있어서."

달리아에게 마녀재판 건으로 감사의 인사를 전하려던 참이었다.

요즘 경황이 없어서 못 가고 있었지만.

블랑슈도 우리를 따라가고 싶어 했으나, 곧 수업이 시작되어 어쩔 수 없었다. 달리아에게 안부를 전해 달라는 부탁과 함께, 나와 베리테는 마법관으로 향했다.

수많은 나무 사이에 자리 잡은 마법관은 어느 계절에 들려도 호젓한 맛이 있었다. 마치 다른 세계의 입구에 선 것 같은 기분 좋은 낯섦이 느껴지는 장소…… 였건만.

"아, 왕비님. 방문해 주셔서 정말 감사합니다."

마법관의 문을 열고 우리를 맞이해 준 마법사의 얼굴이 퀭했다. 두 눈두덩이에는 짙은 다크서클이 드리워져 있었다. 낯선 마법사에게서 익숙한 직장인의 향취가 느껴졌다. 그가 비틀거리며 고개를 조아렸다.

"몰골이 이래서 죄송합니다. 며칠째 철야 중이다 보니……. 이쪽으로 모시겠습니다. 곧 하인이 차를 내올 것입니다."

아, 철야라니! 너무도 끔찍한 단어였다. 일이 너무 바쁠 때, 집에 가지도 못하고 사무실 한구석에서 새우잠을 자던 것이 떠올랐다.

눈물이 앞을 가린다. 더군다나 얼굴에 다크서클을 달고 다니는 사람이 그 마법사 한 명뿐이 아니었다. 스쳐 지나가며 보는 마법사들 모두 다크서클이 뺨까지 흘러내릴 기세였다. 그리고 그 사이로…… 어라?

"카린?"

초췌한 마법사들 사이에 이질적인 소녀가 한 명 서 있었다. 화려한 금발과 드레스. 카린이었다. 그녀도 이곳에서 나를 마주칠 거라 예상치 못한 듯 눈이 휘둥그레졌다.

"왕비님, 뵙게 되어 영광이에요. 평안하셨나요?"

카린은 우아하게 인사를 올렸다. 얼굴에 그늘 하나 없이 그저 밝아, 보는 나마저도 마음이 편했다. 궁의 시선과 나디아의 공백 때문에 곤란해하지는 않을까 싶었는데 참 다행이었다.

"네. 덕분에요. 카린은 여기 무슨 일로 왔어요?"

"아. 나디아 님이 떠나기 전에 눈물 진주를 주고 가셔서. 그걸 전달하러 왔어요."

그녀는 들고 있던 가죽 주머니 하나를 들어 보였다. 보기만 해도 묵직해 보이는 게, 꽤 많은 양의 진주가 들어 있는 모양이었다.

"인어의 눈물이 부족한 마력을 대체해 줄 수 있다고 해서……. 나디아 님이 어제 잔뜩 울고 가셨어요."

그 말을 듣자 나디아의 부재가 더욱 짙게 느껴졌다. 가는 와중에도 그저 상냥한 나디아였다. 카린의 목소리에도 쓸쓸함이 묻어나고 있었다.

그동안 둘이 같이 지내왔으니, 외로울 법도 하겠지. 나는 카린의 어깨를 가만히 다독였다.

"카린, 나디아가 떠나서 많이 외롭죠? 그래도 곧 돌아올……."

"네? 아뇨. 하나도 안 외로운데요?"

카린이 무슨 소리를 하냐는 듯이 나를 바라보았다.

뭐지, 이 반응은? 아까 쓸쓸해했던 거 아냐?

카린은 그런 내 속마음을 읽기라도 한 듯, 흥 콧방귀를 뀌며 말했다.

"나디아 님이 가니까 궁이 조용해져서 좋아요. 좋은 마력 보충원이었는데, 가 버리니 아쉽긴 하지만요."

그, 그래서 쓸쓸해 보였던 거였어? 이 두 사람은 사이가 좋은 건지 나쁜 건지 감이 잘 오지 않았다. 그러던 와중, 카린이 슬그머니 진주를 한 움큼 꺼내 내 손에 쥐여 주었다.

"왕비님, 지금 벽난로 쓰신다면서요? 이걸로 마도구 보충해서 쓰세요. 조명도 보충하고, 하고 싶은 거 다 하세요."

"아니, 이거 나디아가 주고 간 건데 이렇게 받아도 돼요?"

"우리 둘이서 비밀로 하면 되죠."

속삭이는 것치고는 보는 눈이 많았다. 내 뒤에 서 있는 베리테가 묘한 눈으로 우리의 횡령을 지켜보는 게 느껴졌다. 나라의 꿈나무에게 이런 꼴을 보여 줄 수는 없어! 나는 한사코 진주를 돌려주었다.

"전 괜찮아요. 저보다는 마법관의 마법사들에게 더 필요할 거예요."

"치이……. 알겠어요. 제 눈물도 진주가 될 수 있으면 좋을 텐데."

뾰로통하게 토라진 모습이 귀여워 나는 그저 웃었다. 그때 계단 쪽에서 다급한 발소리가 들려왔다. 달리아의 허둥대는 목소리와 함께.

아, 카린이랑 이야기를 나누고 싶은데 이만 가 봐야겠다. 나는 카린의 손을 꼭 잡고 말했다.

"지금 차라도 마시고 싶은데, 볼일이 있어서요. 조만간 자리를 만들어볼게요."

"네, 왕비님. 다음에 뵈어요."

카린과 인사를 나눈 뒤, 우리는 마법사의 안내를 받아 응접실로 들어섰다. 잠시 후, 달리아가 우리의 뒤를 따라 안으로 들어왔다. 그녀가 정중하게 인사를 올렸다.

"어서 오십시오, 왕비님. 운명의 별이 우리를 이끌어 재회하게 된 데에 감사를 드립니다."

음, 오랜만에 보지만 말투는 여전하구나. 그녀 역시 제대로 잠을 자지 못한 건지, 얼굴이 초췌했다. 그럼에도 그녀는 희게 웃었다.

"재판이 무사히 끝나 정말 다행입니다."

"그러게요. 달리아가 고생해서 준비한 증언들이 나설 기회가 없었던 건 아쉽지만요."

마녀재판을 치르기 전, 나는 나의 무죄를 입증할 증거들을 열심히 마련하고 있었다. 재판에 가장 많은 도움을 준 사람은 달리아였다. 달리아는 나를 둘러싼 의혹들이 마법적으로 아귀가 맞지 않는다는 사실을 정리해 주었다.

"아닙니다. 애초에 말도 안 되는 소문이었죠. 사람을 되살리는 마법에, 마음을 현혹하는 마법이라니. 대마법사도 그런 것은 못 할 겁니다."

당시 마법사들이 내 소문을 듣고 어처구니없어했다는 이야기도 떠올랐다. 달리아가 희미하게 웃었다.

"게다가 왕비님께는 마력이 없었으니, 애초에 불가능한 일이었죠."

"네. 그렇죠."

나는 그 선량한 웃음을 보며 어색하게 따라 웃었다. 으, 달리아를 속인 게 좀 미안하지만 어쩔 수 없었다.

재판 중 가장 최악의 상황은 내 마력이 들통나는 것이었다. 때문에 우리는 사전에 마력을 위조하기로 했다.

마력을 위조하는 데에는 베리테와 세이블의 도움이 컸다. 베리테의 변화 마법을 이용해, 세이블이 나인 척하고 마법관에 방문한 것이다.

그때, 세이블이 아비게일의 모습을 빌리고는 어쩔 줄 몰라 했었다. 그 모습이 참 귀여웠는데.

크흠, 아무튼 결과적으로 나는 마법관의 마법장에 의해 마력이 없다는 인증을 받았다. 달리아는 검은색 마력이 아님에도 마녀로 몰려 죽은 사람이 많다는 사실을 우려했지만, 어쨌거나 잘 끝났으니 다행이었다.

“레이븐 님도 참 많이 안도하셨습니다. 재판 때 레이븐 님께서 증인으로 나서려 하시기도 했고요.”

“……레이븐 경이요?”

레이븐이 증인이 되려 했었다고? 달리아는 고개를 끄덕이고는 부드럽게 웃었다.

“예. 레이븐 님께서 온갖 서적과 논문을 찾아, 왕비님의 무죄를 증명할 내용을 조목조목 정리하셨습니다. 도움을 많이 받았지요.”

허, 그랬어? 좀 많이 놀랐다. 재판 전에도, 재판 후에도 그런 내색은 조금도 하지 않았는데. 뒤에서 열심히 도와주고는 생색조차 내지 않다니. 그런 점은 형제 두 사람이 꽤 비슷하구나. 다음에 기회가 되면 사례라도 해야겠다. 무엇으로 보답해야 할지는 모르겠지만…….

그때 달리아가 슬그머니 입을 열었다.

“오늘은 어떠한 일로 방문하셨는지 여쭤봐도 되겠습니까? 혹 여전히 왕비님을 의심하는 사특한 무리가 있다면, 제가 봉인을 풀고…….”

그녀의 눈동자가 순간 날카롭게 번뜩이는 게 보였다. 대체 뭘 풀려고? 뭔지는 모르겠지만 위험한 것은 느낄 수 있었다. 나는 다급히 달리아를 막았다.

“아, 아뇨. 마법관에서 마력 부족으로 곤란을 겪고 있다 보고받아서 왔어요. 얼마나 심각한 상황인가요?”

“으음, 그것이…….”

달리아는 말을 고르다가 쓰고 있던 로브를 벗었다. 그러자 짧은 머리카락이 드러났다. 지난번에 봤을 때는 회색 머리카락이 허리까지 내려왔는데. 그녀가 대수롭지 않다는 듯 말했다.

"마법관의 마법사들이 가진 마력만으로는 감당하기 어려워, 신체 일부를 대가로 바치게 되었습니다."

아, 이런. 그런 이유에서였구나. 방금 전 들어왔을 때, 머리카락을 짧게 자른 사람들이 꽤 보였던 게 떠올랐다.

"그 정도로 마력이 부족한 상황인 건가요."

"예, 그렇습니다."

"그런데 왜 달리아 마법장이 머리카락을 자른 건가요? 아직 머리카락을 자르지 않은 마법사들이 많이 있던데."

긴 머리카락을 지닌 마법사들 중에는 수습으로 보이는 소년과 소녀도 있었다.

달리아는 내 질문에 대답하는 대신, 그저 나를 응시하고만 있었다. 안대로 미처 가려지지 않은 외눈에는 의아함이 담겨 있었다.

"송구하게도 왕비님의 말씀을 이해하지 못하였습니다."

"음. 그러니까……. 달리아 마법장은 이곳의 최고 관리자잖아요. 아랫사람을 시켜도 됐을 텐데요."

달리아는 그제야 이해가 되는 눈치였다. 그녀가 빙그레 미소 지으며 말했다.

"제가 이곳의 최고 관리자이니 가장 먼저 나서야 하지요. 저보다 어린 사람들에게 희생을 강요할 수는 없습니다."

아! 정말이지 우문현답이었다. 더러운 사회생활을 겪다 보니, 희생은 당연히 아랫사람이 먼저 해야 하는 것이라 생각하고 있었다.

갑자기 달리아를 언니라고 부르고 싶어졌다. 흑흑, 내가 직장에 다닐 때 언니 같은 상사만 있었어도……!

한참 동안 이 감격에 젖어 있고 싶었지만, 지금은 감상에 빠져 있을 때가 아니었다. 머리카락을 잘라 마력을 보충하는 방식을 사용할 정도라면, 이미 한계에 다다랐다는 뜻이었다. 다들 밤새도록 일을 하고, 신체 일부를 희생하는 상황이 정상은 아니었다. 나는 막막함을 느끼며 입을 열었다.

"지금 마도구 중에서 가장 급한 것은 어떤 부분인가요? 난방과 조명 기구는 모두 옛날 방식으로 대체했는데도 부족한가요?"

"그래도 이제는 안정적인 단계에 들어섰습니다. 더 큰 문제는 난방이나 조명 기구보다, 시계나 계측기 같은 종류입니다."

"시계요?"

시계라면 내 기준에서는 무척 평범한 물건이었다. 그런데 그게 골칫거리라니. 그녀는 느릿하게 말을 이어 갔다.

"우리가 마도구라 부르는 물건은 크게 두 종류가 있습니다. 하나는 마력을 기반으로 해서 만들어진 것. 또 하나는 복잡한 기술을 요구하여 마치 마법과도 같은 물건을 말합니다. 시계나 기계 인형이 이에 속하지요."

그녀는 품에서 회중시계를 하나 꺼냈다. 아니, 뚜껑을 열자 보통의 시계와는 좀 달라 보였다. 시계와 천구의(天球儀), 나침반이 섞인 듯한 복잡한 형태였다. 고장 난 모양인지 지금은 멈추었지만.

"이것은 단순히 마력의 문제가 아니라 마도공학적인 지식을 요구하는 물건이라, 저희만으로는 조금 힘든 상황입니다."

빼곡하게 들어찬 수많은 톱니바퀴와 자잘한 나사들이 어지러이 얽혀 있었다. 문외한인 내가 봐도 내부가 참 복잡해 보였다. 마력이 있어도 도와줄 수가 없는 상황이라니. 이건 베리테도 어떻게 도와줄 수가 없겠지……. 옆을 힐끗 보자, 베리테가 뚫어져라 마도구를 바라보고 있었다.

"핀셋 있어요?"

툭 내뱉은 물음에 달리아는 의아해하면서도 작은 상자를 꺼내 건네주었다. 딸칵하고 상자 열리는 소리가 들리고, 수많은 공구가 보였다. 베리테가 핀셋을 집어 들었다.

뭘 하려는 거지? 나는 베리테의 행동을 가만히 바라보았다. 베리테가 마도구를 이리저리 건드리고, 부품을 더하고 빼고 있었다.

"소년, 마음은 고맙지만 무리하지 말거라. 보통 시계도 고치기 어려운데, 이것은 마력으로 가동되는 물건인지라 어지간한 천재가 아니면……."

"고쳤어요."

"뭐?"

베리테는 마도구를 달리아에게 내밀었다. 달리아가 놀란 눈이 되어 그것을 받아 갔다. 마도구는 고장난 적이 없는 것처럼 초침 소리를 내며 조용히 가동하고 있었다.

수리된 거야? 방금 별거 안 했는데? 달리아가 멍하게 바라보다가 베리테의 손을 덥석 잡았다.

"소년!"

"으, 응?"

"우리의 동료가 되어다오!"

갑작스러운 스카우트 제안에 베리테는 어리둥절한 눈치였다. 와중에 달리아는 기뻐서 어쩔 줄 몰라 하고 있었다.

"대체 이건 어디서 배운 거지? 쉽게 배우지 못하는 건데?"

"그, 그냥 혼자 이리저리 만지다 보니……?"
"내 평생 소년 같은 천재는 처음 보는군. 부디 우리를 도와주게!"
달리아가 베리테의 손을 꼭 붙들고 애절하게 말했다. 마치 구명줄이라도 발견한 사람처럼.
"하지만 내 임무는 블랑슈 공주님을 호위하는 거라서, 하루 종일 여기 있을 수는 없고……."
달리아는 절망에 빠진 얼굴로 베리테를 보았다. 그 상심이 무척이나 깊어 보였다. 베리테마저 움찔할 정도로.
결국 한발 물러서는 사람은 베리테였다.
"그, 고칠 물건 주면 가져가서 고쳐올게요."
그러자 달리아의 얼굴에 순식간에 화색이 돌았다. 그녀가 자리에서 벌떡 일어났다.
"고맙네! 왕비님, 잠시 실례하겠습니다!"
내가 얼떨결에 고개를 끄덕이자, 달리아가 용수철처럼 바깥으로 뛰쳐나갔다. 잠시 후 그녀가 쩌렁쩌렁하게 소리치는 것이 들렸다.
"제군들! 지금 수리가 필요한 마도구들을 모두 챙기게! 구세주가 나타났다!"
그녀의 외침에 마법관 건물이 움직이는 것처럼, 수많은 사람들이 소란스레 움직였다. 그리고 잠시 후, 로비에 상자가 산더미처럼 쌓였다.
와, 이거 진짜 많은데. 베리테 혼자서 할 수 있나? 베리테가 멍한 얼굴로 그것을 보고 있자, 달리아는 베리테의 손을 덥석 붙들었다.
"소년, 잘 부탁하겠네!"
"어린 사람은 희생시키지 않는다더니!"
"물론 무리하지는 말게. 그저 내가 조금 더 피를 뽑으면……."

"알겠어요! 고쳐올 테니까 피 뽑지 말아요!"

결국 베리테가 패배했다. 수리해야 할 마도구를 마차에 가득 실은 뒤, 우리는 마법사들의 배웅을 받으며 마법관을 떠나갔다. 다들 다크서클이 가득한 얼굴로 환하게 웃고 있었지. 나는 베리테를 힐끗 바라보며 말했다.

"소년, 천재였구나."

"그렇게 부르지 마!"

베리테가 민망한지 얼굴을 붉히며 손사래를 쳤다. 평소에는 맨날 지 입으로 천재라고 하더니. 그런데 진짜 천재였구나. 얘 정말 왕자일 것 같은데. 나디아도 분명 요정 왕자가 천재라고 했고.

으으윽, 나도 천재면 좋았을 텐데. 그러면 베리테의 기억도 금방 되찾아 줄 수 있을 테고. 차라리 베리테가 검은색 마력이었다면……. 어라?

"베리테. 흰색 마력은 대다수의 마법을 사용할 수 있지?"

"응."

"그러면 네가 직접 네 저주를 해석할 수는 없는 거야?"

마력의 양은 나보다 베리테가 더 많고, 마법을 다루는 것도 능숙하다. 그렇다면 베리테가 직접 풀 수도 있는 것 아닐까?

하지만 내 희망이 무색하게도, 베리테는 곤란한 표정이었다.

"으음. 시도는 해 봤었는데 무리였어. 내 마력을 전부 변환해도 양이 부족해."

불가능한 건 아니고, 양이 부족한 거구나. 부족한 마력을 보충할 방법은 없을까? 나는 잠시 고민하다 입을 열었다.

"아까 달리아가 부족한 마력을 보충하기 위해 머리카락을 잘랐댔잖아. 저주를 해석할 때도 그런 식으로 보충할 수는 없는 거야?"

그 말에 베리테는 조금 놀란 기색이 되었다. 왜 저렇게 놀라는지 나로서는 짐작이 가지 않았다.

"아, 가능할 수도 있겠다. 저주를 해석할 때 타인의 도움을 받은 사례가 없긴 한데."

"어째서?"

"저주 해석은 좋은 일이잖아? 저주 술사가 굳이 남 좋은 일에 나서는 경우가 없다고 들어서."

이러니까 사람들이 검은색 마력이라면 기겁을 하지. 베리테는 진지한 표정으로 말을 이어 갔다.

"아무튼 사례는 없지만 충분히 가능할 것 같아."

"그래? 그럼 나 머리카락 자를까?"

"본인 거라서 효과가 별로 없을 거야. 일단 내 피를 좀 줄게."

베리테의 피를 받는다고? 저 자그마한 몸에 상처를 낼 생각을 하니, 미안한 마음을 금할 수가 없었다.

"베리테, 미안해. 너한테는 피해가 안 가게 하고 싶었는데……."

"어차피 내 저주를 풀려는 건데 뭐."

"그래도……."

이 자그마한 몸에서 피 날 곳이 어딨다고. 떨떠름함을 떨칠 수가 없었다. 흔들리는 마차 안에서 베리테는 침묵했다. 그러다가 힐끗 나를 올려다보고는 조심스레 목소리를 내었다.

"정 미안하면 내 부탁 하나만 들어주라."

"부탁? 뭔데?"

무슨 부탁이려나? 베리테는 주저하는 기색이 되어 한참을 우물거리다가, 힘겹게 입을 열었다.

"나, 블랑슈한테 데이트 신청하려는데……."

뭐? 데이트? 나는 놀라 자리에서 벌떡 일어났다. 그리고 동시에 마차 천장에 머리를 쿵하고 부딪쳤다. 아악, 아파! 머리가 징징 울릴 지경이었다. 눈물이 핑 도는 사이로 베리테의 놀란 얼굴이 들어왔다.

"왕비님, 괜찮아?!"

나는 한 손으로 머리를 감싸 안은 채, 괜찮다는 의미로 다른 손을 휘휘 저었다.

"끄으으……. 괜찮아."

눈물이 찔끔 나왔지만 두통보다 중요한 일이 있었다. 데이트 신청이라니! 남의 연애사가 이렇게 흥미진진한 적은 처음이었다.

"그래서 데이트 신청하려는데, 나한테는 뭘 부탁하려고?"

"만약에 블랑슈가 데이트 신청 수락해 주면, 나 옷 한 벌만 만들어 주면 안 될까? 데이트할 때 멋진 옷 입고 싶어서……."

"당연히 되지!"

내가 만든 옷을 입고 데이트하는 커플이라니! 너무 사랑스럽잖아! 이참에 아예 커플룩으로 만들어버릴까? 아냐, 그건 블랑슈 허락도 있어야 하니까. 나는 주먹을 불끈 쥐고 말했다.

"걱정 마. 멋진 옷으로 만들어 줄게."

"고마워. 하지만 블랑슈가 데이트하기 싫다고 하면, 안 만들어 줘도 되고……."

이미 거절 받고 온 사람처럼 베리테는 의기소침한 기색이었다. 이런 말 하면 안 되겠지만 그런 모습이 내 눈에는 퍽 사랑스럽게 보였다. 블랑슈의 일만 얽히면 조심스럽고, 초조해하고, 작은 일에도 어쩔 줄 몰라 하는 모습이 참 고마웠다.

어떤 옷을 만들어 주면 좋을까. 두 사람이 데이트하는 장면을 떠올리니 그저 좋았다. 가급적 데이트를 할 때쯤엔, 기억을 되찾았으면 좋겠다. 나는 부끄러워하는 베리테를 보며 히죽 웃었다.

소년의 발밑에 꽃잎들이 떨어져 있었다. 베리테는 창가에 걸터앉은 채, 손에 들고 있는 데이지 꽃잎을 똑 하고 떼어냈다.

“좋아한다.”

흰 꽃잎이 파르르 아래로 떨어졌다. 그리고 베리테가 두 번째 꽃잎을 떼어냈다.

“안 좋아한다.”

꽃잎이 떨어질 때마다 베리테는 작게 꽃점을 중얼거렸다. 똑, 똑 떨어져 나가는 꽃잎들은 무척이나 가벼웠지만, 점을 치는 베리테의 목소리는 그저 진지했다.

“좋아한다, 안 좋아…….”

꽃잎이 한 장만 남자, 베리테의 손이 멈칫거렸다. 소년은 짜증스러운 얼굴로 꽃대를 창 너머로 멀리 던져 버렸다.

‘이딴 건 다 미신이야!’

베리테는 그렇게 으르렁대며 창가에서 폴짝 뛰어내렸다. 오늘 드디어 블랑슈에게 데이트를 신청할 생각이었는데, 시작이 좋지 않았다. 조금이라도 좋게 보이려고 꽃다발을 가져왔다가 문득 꽃점을 시도해 봤는데 괜한 짓을 했다 싶었다.

베리테는 옷에 묻은 꽃잎을 탁탁 털어내곤 거울을 들여다보았다. 블랑슈는 수업 중이었다. 교사의 말에 열중한 모습이 보였다. 몇 시간 째 수업을 듣고 있음에도 흐트러짐 없는 자세와 눈빛이었다. 역사, 외교, 경제, 외국어에 제왕학까지. 그 작은 몸속에 거대한 도서관이라도 하나 들어가 있을 것 같았다.

베리테는 그토록 열심히 공부하는 블랑슈가 사랑스러우면서도 존경스러웠다. 그는 작게 한숨을 내쉬었다.

'내가 정말 왕자면 좋을 텐데.'

지난번, 베리테는 자신의 마력을 아비게일에게 넘겨주려고 시도해 보았다. 결과만 말하자면 실패했다. 마력을 양도하는 것까지는 가능했지만, 검은색 마력으로 변환해 보니 그 양이 턱없이 부족했다. 나디아가 아틀란시아로 돌아간 것이 아쉬웠다. 그녀의 마력을 빌릴 수 있다면 해석이 가능할 수도 있었을 텐데.

그때, 거울 속의 블랑슈가 일어서는 것이 보였다. 수업이 끝난 참이었다. 베리테는 그 모습을 보고는 황급히 꽃다발을 들어 후다닥 뒤로 숨겼다. 그가 있는 곳은 공부방 옆 대기실.

곧 블랑슈가 옆방으로 들어왔다. 긴 수업에 지치지도 않은 듯, 안개꽃처럼 밝게 웃는 얼굴이었다.

"베리테, 나 수업 다 끝났어!"

"어, 응! 고생 많았어!"

블랑슈의 얼굴을 보자 베리테는 꽃향기에 파묻힌 듯 숨이 막혔다. 오늘은 꼭, 꼭 데이트 신청을 해야지. 그렇게 마음먹고 왔건만. 오늘따라 블랑슈를 바라보기가 어려웠다. 마치 열병에 걸린 사람처럼, 베리테의 얼굴이 그저 붉기만 했다.

그런 베리테의 마음을 알 리 없는 블랑슈는 그저 태연하게 웃는 얼굴이었다. 그러다 문득 두 눈에 호기심이 비쳤다.

"그건 뭐야? 꽃다발이야?"

블랑슈가 베리테의 옆을 힐끗거리며 말했다. 옆구리로 삐죽삐죽 꽃이 튀어나온 게 보였다. 꽃다발은 너무 컸고, 베리테의 체구는 너무 작았다.

나름 놀라게 해 주려 한 것인데, 이미 들켜버리다니. 꽃점부터 시작해서 뭔가 잘 안 풀리는 것만 같았다. 베리테는 조금 울적해져서 꽃다발을 내밀었다. 꽃다발은 온통 흰색으로 가득했다.

데이지, 히아신스, 백합, 흰장미, 작은 종을 닮은 앙증맞은 캄파눌라까지. 블랑슈에게 어울리는 꽃을 모으다 보니 화원을 가져올 기세라, 어렵사리 흰 꽃만 추려왔다.

"너 주려고 가져왔어."

베리테는 블랑슈의 품에 꽃을 한가득 안겨 주었다. 흰 이름을 가진 소녀에게 잘 어울리는 흰 꽃다발이었다.

"와, 이 꽃다발 나 주는 거야? 생일 선물?"

"생일 선물은 아니고……. 그게……."

베리테는 초조해져서 손을 만지작거렸다. 어제 밤새도록 준비한 문장이 입 밖으로 나오지 않았다. 소년이 학습해온 무수한 마법 수식에 비하면 지독할 정도로 간단한 문장이었다. 그럼에도 말로 꺼내기가 힘들었다. 차라리 수백 장짜리 마법서를 해석하는 편이 나을 듯싶었다.

그러나 물러설 수는 없었다. 베리테는 어려운 외국어를 발음하듯 힘겹게 더듬거렸다.

"블랑슈, 나, 나랑…… 데이트할래?"

데이트라는 말이 어설프게 입안에서 뭉개졌다. 베리테는 머리가 핑 도는 것만 같았다. 어제 밤새도록 멋진 말을 준비해 왔는데, 정작 입 밖으로 나온 게 이런 허술한 초대라니. 블랑슈가 거절하면 어쩌지. 싫어하면 어쩌지. 다시 한번 정중하게 부탁하려는 찰나, 블랑슈가 순하게 웃으며 말했다.

"그래. 데이트하자."

시원한 대답에 베리테의 얼굴이 순식간에 밝아졌다. 표정 관리를 할 여력조차 없었다.

"그런데 언제 데이트해? 오늘?"

"오, 오늘 말고. 너 오늘 수업 있잖아. 나중에 편한 날에……."

"응, 알았어. 꽃다발도 고마워. 너무 예쁘다."

블랑슈가 수줍게 미소 지었다. 뺨이 장밋빛으로 발그레하게 물들어, 베리테와 시선을 마주치지 못하고 있었다.

블랑슈가 싫어하는 기색은 아니라, 베리테는 조금 마음을 놓을 수 있었다. 블랑슈의 안색을 힐끗힐끗 살피던 베리테가 말했다.

"저기, 블랑슈 요즘 원하는 거나 필요한 건 없어?"

요 며칠 블랑슈의 선물로 뭘 줄지 고민하느라 밤을 새우는 일이 수두룩한 베리테였다. 열심히 머리를 굴렸지만, 공주님이다 보니 웬만한 물건에는 익숙해져 있을 터였다. 이대로 가다간 이상한 물건을 줄 것 같아, 차라리 솔직하게 물어보기로 했다.

베리테의 질문에 블랑슈가 작게 으응 소리를 내며 고민에 빠졌다. 그러다 두 눈을 반짝이며, 수줍은 목소리로 말했다.

"아, 나 원하는 거 있어."

"뭔데?"

"그게……. 나 국방력이 강해졌으면 좋겠어!"

국방력. 그 단어에 베리테는 정신이 멍해지고 말았다. 블랑슈가 잔뜩 들뜬 얼굴이 되어 재잘재잘 떠들었다.

"인어들과 협정이 체결돼서 동부는 안전해졌지만, 그래도 결국 국가 권력은 힘에서 나오는 거니까. 국방력이 좀 더 강해지면 좋겠어."

블랑슈가 원하는 거라면 뭐든 다 가져다줄 생각이었지만, 국방력이라니.

그러나 그 이야기를 듣고도 베리테는 진지한 표정이었다. 생일 때까지 마도병기를 만들어 줄 수 있으려나.

"그런데 그건 왜?"

"아, 너 곧 생일이잖아. 그래서 선물 주려고 했지."

그 말에 블랑슈가 깜짝 놀라 어찌할 줄 몰라 했다. 품 안의 꽃다발이 바스락거렸다.

"서, 선물 지금 준 거로도 충분한데……!"

"내가 안 충분해. 멋진 거로 줄 거야. 생일 연회도 작게 하잖아."

매년 성대하게 열리는 생일 연회이지만, 올해는 보안상의 문제로 소박한 파티를 치르기로 했다. 아무래도 사람이 많이 드나들다 보면 위험할 수 있기 때문이었다. 기드온이 죽고, 스토크 공작이 유배를 가게 되었으나 아직은 불안한 감이 있었다.

"난 생일 연회 작게 하는 것도 좋아. 가족끼리 같이 식사하는 것도 즐거워."

녹색병이 돌았던 해. 아비게일의 생일 연회는 무척 조촐하게 이루어졌으나 즐거운 시간이었다.

베리테도 그것을 기억하고 있었다. 거울 너머에서 그저 바라만 보던 생일 파티를. 블랑슈가 설레하며 말했다.

"이번에는 네 명이서 파티하는 거라 더 재밌을 것 같아."

들뜬 목소리에도 베리테는 웃을 수 없었다. 가족끼리 같이 식사하는 자리. 자신은 초대받지 못할 것이다. 또 거울 너머에서 지켜봐야 하는 건가, 그런 생각을 하던 중 블랑슈가 말했다.

"그래서 베리테는 무슨 음식이 좋아?"

"응? 그건 왜?"

"생일 파티 때 베리테가 좋아하는 음식으로 준비해 두려고."

그 말에 베리테는 조금 어안이 벙벙한 기색이었다. 머릿속의 회로가 꼬이는 느낌이었다.

"나도 초대하게? 가족끼리 네 명이서 파티할 거라며?"

"베리테 포함해서 네 명인데?"

블랑슈가 고개를 갸웃거리며 말했다. 그 당연한 듯한 말투에 베리테는 순간 숨이 막혔다. 블랑슈가 자신을 가족이라 불러 주었다. 가족 네 명에 자신을 포함해 주었다. 가슴이 먹먹하고 눈물이 날 것만 같았다. 베리테가 더듬더듬 말했다.

"난, 네 동생까지 포함해서 넷일 줄……."

"아하하, 동생은 그렇게 금방 안 생기는걸."

블랑슈가 재밌는 이야기를 들은 듯 웃었다. 베리테는 기쁘면서도 머쓱해졌다. 인간의 아이는 요정과는 다른 방식으로 태어나는 것을 깜빡하다니.

"너희는 황새가 아이를 데려온다고 해서 금방 생기는 줄 알았어."

베리테가 그렇게 중얼거리자, 블랑슈의 표정이 진지하게 굳었다.

그리고 아주 심각한 어조로 말했다.

"베리테, 사실 아기는 황새가 데려와 주는 게 아니야."

"뭐? 그럼 어떻게 만들어?"

"그건…… 어른이 되면 알 수 있어."

그 말에 베리테는 조금 얼떨떨해졌다. 분명 둘 다 비슷한 또래인데, 어쩐지 블랑슈가 어른처럼 느껴졌기 때문이었다.

"그런데 그때는 황새가 물어온다고, 블랑슈도 말했잖아?"

"응, 그런데 그때는 모르는 척하는 게 나을 것 같아서……."

엄마와 아빠의 환상을 지켜 주기 위한 블랑슈의 거짓말이었다. 블랑슈가 조금 힘없이 웃으며 말했다.

"동생이 있으면 좋겠지만, 지금 상황에서 어리광 부리고 싶지는 않아. 지금 마도구 문제 때문에 가뜩이나 힘드실 텐데."

그 말을 듣자 베리테는 밤송이라도 삼킨 듯 속이 따끔거렸다. 현재 네르겐의 가장 큰 고민거리 중 하나는 요정과의 거래. 요정인 베리테로서는 죄책감을 느낄 수밖에 없었다.

"내가 정말 왕자라면 좋겠다. 그치?"

그렇다면 아비게일의 고민도 해결되고, 블랑슈도 웃을 수 있을 텐데. 하지만 블랑슈는 대답하지 않았다. 예상치 못한 침묵에 베리테는 블랑슈의 얼굴을 돌아보았다.

뜻밖으로 블랑슈의 얼굴에 그늘이 드리워져 있었다. 그 이유를 알지 못해 베리테가 쩔쩔매는 사이 블랑슈가 입을 열었다.

"……나는 사실 베리테가 요정 왕국의 왕자가 아니면 좋겠다고 생각했어."

"뭐? 왜?"

블랑슈는 시무룩한 기색이 역력했다. 잔뜩 비를 맞은 듯한 표정. 블랑슈가 꽃다발을 인형처럼 꼭 끌어안고 작게 웅얼거렸다.

"베리테가 요정족의 왕자라면…… 돌아가야 할 테니까."

베리테가 요정이란 걸 알게 된 순간, 블랑슈는 기쁨과 동시에 예정된 이별을 느꼈다.

왕가의 일원이 오랫동안 타국에서 머무는 일은 드물다. 나디아가 돌아간 것처럼, 베리테도 언젠가는 고향으로 돌아가야 할 것이다.

만약 베리테가 돌아가면, 다시 만날 수 있을까? 베리테의 공백을 상상하며 속앓이를 하던 게 수차례였다. 블랑슈가 더듬더듬 말을 이어 갔다.

"베리테가 기억을 찾아서 가족을 만나러 가야 할 텐데, 한편으로는 우리랑 같이 계속 살았으면 좋겠다고……. 그렇게 생각했어."

고해성사를 하는 블랑슈의 손이 작게 떨려 왔다. 자신의 안에서 넘실거리는 욕심과 이기심에 베리테도 실망할 것이 뻔했다.

"나 진짜 나쁘지? 친구의 행복을 빌어줘야 하는데, 내 욕심만 부리고 나 정말 나쁜……."

그때, 베리테가 블랑슈의 손을 덥석 잡았다.

"넌 나한테 욕심내도 돼."

단호한 어조였다. 떨림 하나 없는 목소리에 블랑슈는 놀란 토끼 눈이 되었다.

"나한테는 뭐든 욕심내도 돼. 너라면 괜찮아. 가지 말라고 하면 안 갈게. 여기서 평생 살라고 하면 평생 살게."

"하지만……."

"너의 욕심이 나의 욕심이기도 해. 그러니까 뭐든지 말해."

절대 떠나지 않겠다는 듯, 베리테는 블랑슈의 손을 힘주어 잡았다. 그 또렷한 감정에 블랑슈의 푸른 눈동자가 흔들렸다.

굳어 있던 얼굴이 조금씩 녹아내리기 시작했다. 블랑슈가 고맙다는 듯 베리테를 바라보았다.

"고마워, 베리테. 나도 모르게 너한테 응석 부렸나 봐."

예전 같았으면 엄두도 내지 못할 일인데, 언제부터인가 자신의 뜻을 또렷하게 말할 수 있게 되었다. 자신이 변해서이기도 하고, 상대가 베리테여서이기도 했다. 자신의 마음을 온전히 전할 수 있는 상대. 영원히 함께할 수 있다면 얼마나 좋을까. 그렇게 말하고 싶었지만 블랑슈는 그저 웃었다.

"정말 고마워. 하지만 베리테에게도 기다리는 가족이 있을 테니까. 대신에 슬레비옌에 간 뒤, 나를 자주 만나러 와 줄 수 있을까?"

영원히 너와 함께 하겠다, 베리테는 그렇게 말하고 싶었다. 하지만 그리 말하는 대신 고개만 끄덕였다. 괜히 블랑슈에게 부담을 주고 싶지 않아서였다.

블랑슈의 미소를 보며 베리테도 간신히 웃었다. 그러다 문득 시계를 보고 자리에서 일어섰다.

"아, 저녁 식사 시간 다 됐다. 식당에 데려가 줄게, 블랑슈."

"응, 좋아."

베리테가 에스코트를 하는 신사처럼 능숙하게 팔을 접어 내밀었다. 블랑슈는 킥킥 웃고는 제 팔을 걸쳤다.

자그마한 두 아이가 기분 좋은 얼굴로 식당에 들어섰다. 아직 아비게일과 세이블리안은 오지 않은 참이었다. 조금 일찍 온 모양인가 보다. 블랑슈는 그렇게 생각하며 얌전히 자리에 앉았다. 그러나 식사 시간으로부터 10분, 20분, 30분이 지나도록 들어서는 사람이 없었다. 한 사람이면 몰라도 두 사람이 모두 오지 않는 것이 조금 이상했다. 그런 의아함을 느끼던 중, 밀러드가 벌컥 문을 열고 들어섰다. 그가 블랑슈를 발견하고는 고개를 숙였다.

"실례합니다, 블랑슈 공주님. 두 분께서 급한 일로 인해 식사를 함께 못하실 것 같습니다."

"두 분께 위험한 일이 생긴 건 아니죠?"

"……그런 것은 아닙니다만, 제가 직접 말할 수는 없는 일이라. 죄송합니다."

그 답에 블랑슈의 얼굴이 돌처럼 굳었다. 곧 식사가 나올 테지만 아랑곳하지 않고 자리에서 일어났다.

뛰는 듯이 세이블리안의 집무실로 향했다. 다급히 안으로 들어서자, 아비게일과 세이블리안이 있었다. 두 사람은 무언가 이야기를 나누고 있다가 화들짝 놀라 블랑슈를 돌아보았다. 세이블리안이 굳은 얼굴로 힘겹게 미소 지었다.

"블랑슈. 미안하구나, 식사에 불참해서."

"괜찮아요. 무슨 일 있으세요?"

그 질문에 세이블리안과 아비게일은 시선을 교환하였다. 그러다 잠시 후, 세이블리안이 들고 있던 서신을 건넸다.

블랑슈는 서신을 빠르게 읽어 내려갔다. 두 눈동자가 문장을 하나씩 씹어 삼킬 때마다, 블랑슈의 얼굴이 경악으로 창백하게 질렸다.

"크로넨버그와 레타의 연합군이 전쟁을 선포했다고요?"

◇

회의실의 탁상 위로 긴 지도가 펼쳐져 있었다. 그 지도에는 네르겐을 포함하여 인근 왕국의 위치와 이름이 표기되어 있었다.

네르겐은 거대한 나라다. 그러다 보니 여러 나라와 국경이 인접할 수밖에 없었다. 세이블리안은 지도 위의 크로넨버그를 냉안시하였다. 크로넨버그와 레타는 네르겐의 서쪽 국경에 닿아 있었다. 그가 눌러 죽일 듯 지도를 손으로 짚었다.

회의실에 모인 대신들이 모두 숨을 죽인 채 그의 손짓과 시선에 집중하고 있었다. 세이블리안의 칼 같은 목소리가 들려왔다.

"이어 말하게."

그 말에 전령병이 움찔하여 허리를 곧게 세웠다. 그는 서신에 적혀 있던 내용을 다시 한번 전달하였다.

"크로넨버그와 레타의 연합군이 서부 국경을 침범하여, 전쟁을 선포하였습니다. 첫 번째 회전에서는 승리하였으나 예상보다 적군의 화력이 강합니다."

승전 소식에도 세이블리안은 기뻐할 수 없었다. 네르겐이 맹수라면 크로넨버그와 레타는 끽해야 사슴이나 양 정도밖에 되지 않는다. 양과 사슴에게 목덜미를 물린 맹수라니. 더군다나 전서에 적힌 내용에 따르면, 아직도 연합군은 물러설 기세가 없는 듯하였다.

세이블리안의 얼굴에 짙은 노기가 넘실거렸다. 숨죽이고 분위기를 살피던 원로들이 조심스레 입을 열었다.

"전하, 괜찮을 것입니다. 애초에 크로넨버그와 레타 두 나라 모두 군사력이 강한 나라가 아니지 않습니까."

"게다가 서부 요새가 함락된 적이 없습니다. 두 번째 회전 때는 분명 대승을 거둘 것입니다."

원로들의 말대로 두 나라가 연합을 맺어 봐야 두려워할 정도는 아니며, 서부 요새는 난공불락의 역사를 자랑했다. 그 자명한 사실을 연합군 역시 알고 있을 터였다. 그렇다면 어째서 패할 것을 알고 전쟁에 나서는가?

분명 꿍꿍이가 있을 터였다. 세이블리안은 대신들의 위로에 대답하지 않고 전령병을 향해 물었다.

"적군의 규모는 어떠한가. 대략적인 수는 어떠하지?"

"서부군보다 약간 많은 정도입니다. 하지만 머릿수보다 무기 차이가 심각합니다. 연합군 쪽에서 기이한 무기를 들고 나왔습니다."

"어떤 무기인가?"

왕의 물음에 전령병은 머뭇거렸다. 무례나 긴장이라기보다는, 뭐라 설명해야 할지 곤혹스러워 보였다.

"마탄이라는 마법 같은 무기입니다. 활과 같은 원거리 무기인데, 작은 화포와도 같고 화살과 달리 발사체가 보이지 않습니다. 난생처음 보는 무기라 저희로서도 대처가 어려운 상황입니다."

그 설명에 대신들은 다소 어리둥절한 표정을 짓고 있었다. 작은 화포라니. 전령병이 묵묵히 설명을 이어 갔다.

"요정들이 그 마탄을 제조하고 판매했다고 합니다. 사령부에서 그 무기를 구매하려 시도해 보았으나, 실패하였습니다."

그 말을 듣자 세이블리안은 왜 크로넨버그에서 전쟁을 감행했는지 짐작할 수 있었다. 또한 요정 왕국에서 거래를 끊은 이유 역시도.

세이블리안은 끓는 속을 가라앉히려 애썼다. 아비게일의 손위 형제인 케인이 왔을 때가 떠올랐다. 연합을 맺어 레타와 모르카를 정벌하고, 이종족을 상대로 전쟁을 벌이자던 그 탐욕스럽고 피비린내 나던 계획.

무산이 되었으리라 짐작하고 있었는데, 이런 식으로 나올 것이라고는 예상치 못했다. 네르겐과 동맹 관계였던 레타가 배신한 것에 화가 나지는 않았다. 애초에 배신은 늘 염두에 두고 살았으니까.

화가 나는 것은 다른 이유에서였다. 비보에 동요하던 대신 중 하나가 중얼거리듯 말을 꺼냈다.

"왕비님께서 크로넨버그 출신이시니, 도움을 받을 수 있지 않을까요."

아비게일의 이름이 거론되자 공기가 창끝처럼 날카로워졌다. 대신의 발언에 모두의 머릿속이 바쁘게 돌아가기 시작했다. 불온한 시선들도 몇 있었다.

'크로넨버그의 공주가 이 전쟁에 대해 아무것도 모르고 있었을까? 우리 정보를 빼돌린 것 아냐?'

'왕비를 인질로 삼아 협상을 진행할 수도 있다면…….'

마녀재판에서 무혐의를 받은 뒤, 아비게일을 향한 여론이 조금 부드러워지기는 했지만 모든 대신이 호의적인 것은 아니었다.

묘한 기류가 안개처럼 방 안을 가득 채웠다. 그리고 그 안개를 가르는 듯한 목소리가 들려왔다.

"아비게일 왕비를 이용할 생각을 하고 있다면, 영원히 입을 다물고 계시오."

그 말에 몇 대신들이 움찔하는 것이 보였다. 세이블리안은 부술 듯 이를 까드득 깨물었다.

"무례를 범한다면 그 대가를 치르게 할 터이니."

그는 크로넨버그의 전쟁 선포나, 레타의 배신보다도 아비게일의 안위가 불안하다는 사실에 분노하고 있었다. 크로넨버그가 네르겐을 상대로 전쟁을 선포한다면, 홀로 이곳에 남아 있는 아비게일만큼 곤란한 사람도 없을 것이다. 그런데도 그들은 전쟁을 일으켰다. 그것이 참을 수 없이 역겨웠고, 아비게일을 이용하려는 대신들 역시 증오스럽기 짝이 없었다.

제 속을 들킨 대신들은 혹여 눈이라도 마주칠까 숨을 죽이고 있었다. 그 살얼음 같은 공기 사이로 밀러드가 입을 열었다.

"전하. 어찌할까요. 사절을 보내 그들의 요구를 들어보는 방법도 있습니다만."

"협상은 없다."

이제까지 아비게일의 고국이라 무례를 용서하고, 유하게 대해 주었다. 하지만 더 이상은 아니다. 그들이 아비게일을 소중히 대하지 않는 이상, 관용을 베풀 생각 따위는 없다.

"군대를 파견하게. 그리고 마탄이라는 무기를 대적할 방법을 찾도록. 사령관은 차후 독대하도록 하겠다."

그는 그 말을 끝으로 회의실을 나섰다. 답답한 회의실을 나서도 발밑이 가시밭처럼 느껴졌다. 상대가 먼저 싸움을 걸어온 이상 철저하고 압도적으로 이길 생각이었다.

다만 무기가 걸렸다. 수많은 전술을 학습하였으나, 새로운 무기가 나타나니 모두 낡은 것들이 되어 버렸다.

그는 머릿속으로 온갖 전술을 복기하며 아비게일의 집무실로 들어섰다. 세이블리안이 오길 기다리고 있던 아비게일이 벌떡 일어났다.

"비비."

그는 희미하게 웃으며 아비게일의 손을 잡았다. 방 문턱을 경계로 사람이 바뀐 것만 같았다. 방금 전 사람을 죽일 듯하던 시선은 온데간데없었다. 이 모습을 대신들이 본다면 경악할 것이 분명했다.

아비게일은 눈웃음으로 인사를 대신하였다. 여윈 웃음이었다. 조곤조곤한 목소리가 들려왔다.

"생각보다 상황이 심각한 것 같네요."

"예. 예상치 못한 정보들이 많았습니다."

아비게일은 직접 참석하지 못했지만, 거울을 통해 회의 현장을 보고 있었다. 처음 전쟁 소식을 들었을 때의 충격이 아직까지도 아찔했다. 자신의 고국인 크로넨버그가 침공을 하다니.

대신들이 자신을 이용하려 한다는 사실을 눈치 챘을 때는, 도리어 놀라지 않았다. 자신이 감수해야 할 일이었다.

"저를 위해 화내 주셔서 감사해요. 하지만 저를 얼마든지 이용하셔도 괜찮아요. 절 인질로 잡아서 협상하는 방법도 있을 테지만……."

아비게일은 세이블리안을 슬그머니 올려다보았다. 그의 서글픈 시선에 그녀는 작게 웃었다.

"전하께서 싫어하시겠죠."

"예. 당신을 이 일에 이용할 생각은 추호도 없습니다."

아비게일은 더 이상 강요하지 않았다. 또한 자신을 이용해 봐야 크로넨버그 측에는 먹히지도 않을 터였다. 만약 아비게일이 인질이 될 것을 염려했다면, 밀서라도 보냈을 테지만 그런 것은 없었다.

"그렇지만 돕고 싶어요. 제가 도울 수 있는 일이라면."

"괜찮으시겠습니까? 크로넨버그는 비비의……."

고향이지 않으냐. 그런 말이 들리는 것 같았다. 아비게일은 잠시 침묵하다가 강인하게 웃었다.

"저는 이제 크로넨버그의 공주가 아니라, 네르겐의 왕비예요. 저는 제 백성들을 수호할 의무가 있어요."

확고한 신념이 깃든 목소리였다. 빈손인 것이 틀림없는데, 검과 방패를 들고 전장에 나선 사람 같은 분위기가 물씬 풍겼다. 그 강인함과 따스함은 녹슬지 않는 검날과도 같았다. 세이블리안은 역시 그녀답다는 듯 눈길을 보내고 있었다.

그 시선과 마주하자 아비게일은 미소 지었으나, 사실은 조금 걱정이 되었다. 아비게일은 이 나라를 수호하겠다고 말했지만, 그 방법이 떠오르지 않았다.

크로넨버그의 군사 사정에 대해서는 아는 것이 없었다. 군사학이나 전술에 대해서도 배우지 못했다. 총이라는 무기에 대해서는 알고 있긴 하지만, 자세한 것은 알지 못했다. 아비게일은 전쟁에 대해 아무것도 알지 못했다.

……아니, 정말 아무것도 모르던가?

아비게일은 무언가가 생각난 듯 고개를 퍼뜩 치켜들었다. 그녀의 자안이 첨예하게 빛나고 있었다.

"전하. 저에게 한 가지 생각이 있어요."

전쟁의 날이 다가오고 있었다. 출전을 준비하고 있는 병사들 사이로 기묘한 정적이 흘렀다. 수차례 전투를 경험한 자들도, 이번이 첫 출전인 자들도 있었다. 쇠 냄새가 풍기지 않는 전쟁은 없건만, 이번에는 묘한 불안이 쇳가루처럼 섞인 채였다.

긴장 사이로 무기를 점검하는 소리만이 날카롭게 들려왔다. 첫 출전을 앞둔 젊은 병사가 불안한 눈으로 중얼거렸다.

"크로넨버그에서 마탄이라는 이상한 무기를 가져왔다는데, 이길 수 있을까."

그 중얼거림을 듣고 옆에 누워 있던 병사가 몸을 벌떡 일으켰다. 그가 괜히 성을 냈다.

"떠나기 전부터 재수 없는 소리 할래?"

"하지만……."

처음으로 나서는 전투니 떨릴 수밖에 없는 노릇이었다. 그리고 그 불안은 수차례 전투를 겪은 귀환병들 역시 마찬가지였다. 한 번도 마탄을 본 적이 없었으나, 먼 전쟁터에서 들려오는 소식은 그들을 불안하게 만들기에 충분했다.

요정이 만들어 낸 마법 병기라고 들었다. 쇠뇌보다 빠르며, 강력하고 파괴적인 무기. 거한조차 일격에 쓰러트리는 무기를 고작 날붙이로 상대해 낼 수 있을까. 그런 불안을 삼키던 중, 한 병사가 소대 안으로 들어섰다.

"새 군복이 완성되었다고 합니다. 보급품 막사에서 수령 해가십시오."

군복? 새로운 군복이라니. 군복을 배급받은 것이 얼마 전의 일인데, 새 옷이 완성되었다는 이야기에 조금 어리둥절했다. 다들 주춤거리면서도 보급품 막사로 향했다.

안으로 들어서자 먼저 도착한 병사들이 보였다. 그들의 얼굴에 당황함이 어려 있었다. 왜 저런 표정을 짓는지 알 길이 없었다. 막 도착한 병사가 새로운 군복을 받아든 순간, 그 역시 전우들과 같은 표정이 되었다.

"이 군복은 대체……?"

그리고 그 무렵, 세이블리안과 독대를 하고 있던 사령관 역시 당혹스러움을 감추지 못하고 있었다.

"전하, 무례인 것은 알고 있으나 어찌하여 새로운 군복을 하사하신 건지 여쭙고 싶습니다."

사령관은 다소 불온한 표정으로 새 군복을 바라보았다. 그 옷은 이제껏 병사들이 입던 것과는 상당히 다른 모양새를 하고 있었다. 그것은 흙색의 수수한, 아니 수수하다는 말조차 과한 군복이었다.

네르겐의 군복은 역사 깊은 붉은색을 자랑하였다. 끈 장식과 술 역시 화려한 것을 사용하는 것이 일반적이었다. 위엄을 갖춰야 하는 대국의 군복과는 어울리지 않았다. 기껏 멀쩡한 군복을 흙색으로 물들인 이유를 알 수 없었다. 또한 이 자리에 왕비가 있다는 것도.

세이블리안의 옆에 아비게일이 서 있었다. 국왕이 왕비를 귀애하는 것을 알기에, 대놓고 말을 꺼내지는 못했으나 사령관의 시선에 불충함이 가득했다.

'군사적인 내용이 오고 가는 자리에 어찌하여 왕비가 있는 거지. 여기가 여인네들의 다과회도 아닌데.'

사령관이 무표정한 얼굴로 불만과 의아함을 삭이던 중, 아비게일이 묵묵히 입을 열었다.

"이 군복은 내가 제안한 것입니다."

그 말에 사령관은 더욱 어처구니가 없어졌다. 검 한 번 잡아보지 않고, 전쟁에 대해 아무것도 모르는 문외한이 첨언을 하다니.

"……연유를 여쭤봐도 괜찮겠습니까."

바늘처럼 날카로운 목소리에도 아비게일은 태연했다. 그녀는 흔들리지 않는 시선으로 말했다.

"적군이 사용하는 마탄이 원거리 무기라는 것은 경도 알고 있겠지요."

"예, 물론입니다."

"흙색 표적과 붉은색 표적 중, 무엇이 더 맞추기 쉽겠습니까?"

그녀는 전쟁에 대해 잘 알지 못했다. 하지만 복식이라면 이야기가 달라진다. 사교회의 꽃인 무도회장도, 굉음과 피가 흘러넘치는 전장도 그곳에 옷이 있는 한, 모든 곳이 그녀의 영역이었다.

사령관이 화려한 군복을 고집하는 이유는 알고 있었다. 단순히 심미성 때문이 아니라 군사적인 이유에서였다. 중세부터 근세까지의 군복은 화려한 색채와 장식을 선택하는 경우가 많았다.

기선 제압이나 부대의 규모를 크게 보이기 위한 목적도 있었으며, 또한 사령관이 아군의 위치를 확인하기 위함이었다. 화포와 구식 총기에서 나오는 연기로 인해 피아 식별이 어려워지자, 눈에 잘 띄는 색의 군복을 선택할 수밖에 없었던 것이다.

그러나 무연 화약을 사용하는 총기가 나온 뒤부터는 상황이 달라졌다. 눈에 띄는 색깔은 맞추기 좋은 표적일 뿐. 때문에 아비게일은 일부러 군복을 진흙과 차로 물들여, 흙색의 군복을 만들도록 명을 내렸다.

"혹 설명이 더 필요할까요?"

아비게일은 멍한 얼굴이 되어 있는 사령관을 향해 말했다. 그는 아비게일의 질문에 바로 대답을 하지 못하고 있었다. 놀라움과 자책 때문이었다. 너무도 당연한 이치를 깨닫지 못한 것이 수치스러웠다. 내심 왕비를 무시하고 있던 지라 더욱 그랬다.

"아닙니다. 저의 무지함과 무례를 부디 용서해 주시길 바랍니다."

그의 뻣뻣하던 목대가 그제야 수그러졌다. 그 단순한 것조차 깨닫지 못한 자신의 아둔함이 부끄러웠다.

그의 눈동자에서 오만이 사라지자, 아비게일은 그 이상 사령관을 책망하지 않았다. 그저 고요히 그를 바라보다 입을 열었다.

"용서할 터이니, 내 명을 받으세요."

"어떠한 명령입니까……?"

그녀의 목소리에 노기나 질책이 묻어 있지 않아, 사령관은 조심스레 고개를 들고 왕비를 올려다보았다. 아비게일은 왕비다운 위엄과 단호함으로 입가를 굳힌 채 천천히 말을 이어 갔다.

"나는 네르겐의 승리를 원하지만, 조금이라도 피를 덜 흘리길 바라고 있어요. 승리를 하더라도 병사들이 모두 죽어 버린다면 가치 없는 명예일 뿐이에요"

누군가는 그런 명예를 원할지도 모르지만, 아비게일은 아니었다. 승패만큼이나 중요한 것이 백성들의 안전. 병사들 역시 그녀의 백성이었다. 때문에 조금이라도 덜 다쳐서, 조금이라도 더 많이 돌아오기를. 그러한 마음에서 군복을 만들라고 명했다. 입은 사람을 죽이는 옷이 아니라, 생명을 살리고 보호하는 옷이 되기를 바랐다.

"한 사람이라도 더 살려서 돌아오세요. 그것이 나의 명령이에요."

세이블리안도 동의한다는 듯, 사령관을 바라보았다.

돌아오라. 그녀는 승리를 명하는 것이 아니라 생존을 부탁하고 있었다. 사령관은 조금 멍한 기색이 되었다가 순종적으로 고개를 조아렸다. 더 이상 의문은 남아 있지 않았다. 오로지 선의를 향한 충정뿐.

"명 받겠습니다, 왕비 전하."

그 답에 아비게일은 부드러운 시선을 보냈다. 곧 먼 전장으로 떠날 이가 무사히 돌아오길 기원하며.

◇

베리테가 단검으로 제 손바닥을 긋자, 붉은 피가 순식간에 흘러넘쳤다. 아플 텐데도 얼굴 한 번 찌푸리지 않은 채였다. 베리테는 서두르라는 듯이 나를 올려다보고 있었다.

마음 같아서는 당장 저 손에 붕대를 감아 주고 싶었으나, 나는 그 손을 마주 잡았다. 피가 내 손바닥에 묻어나는 것과 동시에, 거대한 마력이 내게 흘러들어 오는 것이 느껴졌다.

내 것과는 다르게 희고 청명한 색의 마력. 온몸에 환한 빛의 마력이 차오르는 것만 같았다. 두 눈이 밝아지고 세계가 더 멀리 보이는 것 같았다. 그때, 베리테의 얼굴이 핏기없이 창백하게 변해 가는 것이 보였다.

"베리테, 안 돼. 그만!"

나는 황급히 베리테의 손을 놓았다. 베리테는 빈혈이라도 일으키는 사람처럼 휘청이는 와중에도 나를 똑바로 응시하고 있었다.

"아냐! 더 줄 수 있어! 내 마력을 더 줄게! 그러면 저주를 읽을 수 있을 거야!"

"안 돼. 너 지난번에 그러다가 기절했잖아. 죽을 수도 있다고!"

베리테는 기억을 되찾기 위해 나에게 피를 넘겨주는 실험을 반복하고 있었다. 베리테의 피를 받자 마력이 일시적으로 증가하긴 했지만, 약간 모자란 상태였다. 피를 뽑아 모아 둔다면 좋겠지만, 몸에서 빠져나온 피는 시간이 지나면 마력이 기하급수적으로 감소했다.

다른 사람의 피를 받는 방법도 생각해 보았다. 솔직하게 협조를 구할 수 있는 사람이 세이블리안 정도라, 그의 피를 받았지만 충분치 않았다. 그렇다고 해서 이 이상 베리테가 피를 흘리게 할 수는 없었다. 나는 붕대로 베리테의 손을 감쌌다. 손이 차가웠다.

"제발 무리하지 마, 베리테."

"무리해야지. 내가 빨리 기억을 되찾아서 슬레비엔으로 가면, 전쟁도 막을 수 있을지 모르잖아."

지원군이 서부로 떠난 지 여러 날이 지났다. 승전 소식 대신, 비등비등한 전투가 이어지고 있다는 연락만이 날아오고 있었다.

전쟁이 시작되자 궁 안의 분위기도 사뭇 경직되어 있었다. 혹시 질지도 모른다는 불안함에 제 목을 보전하려 궁리하는 귀족도 여럿이었다. 또한 전쟁터에서 필요한 마도구도 상당한 모양이었다. 계측기나 망원경, 경보장치 등등.

마법관의 마법사들도 전장으로 차출되어 마력 부족 문제는 더욱 심각해졌다. 노마 역시 불안한 모양인 듯 요즘 전쟁이 어떻게 흘러가는지, 마도구 문제는 어떻게 되어 가는지 물어보곤 했다. 또한 도울 만한 일이 없느냐고 물었지만, 그저 조용히 웃을 수밖에 없었다.

하. 심란하다. 베리테가 초조해하는 만큼, 나 역시 그랬다. 그러나 나는 그런 마음을 숨긴 채 베리테를 달랬다.

"괜찮아. 지금 상태로도 버틸 수는 있어. 그래도 군복 덕분에 부상자가 많이 줄었대. 버틸 수 있을 거야."

그 말에 베리테는 안도하는 기색이었다. 그러나 아주 조금이었다. 베리테도 알고 있을 터였다. 군복으로 인해 사상자가 줄어드는 것은 기쁜 일이지만, 그것만으로는 전쟁에서 이길 수 없다는 것을.

"슬레비엔의 위치라도 기억나면, 어떻게든 가볼 텐데……."

나는 대답하지 않았다. 뭐라 대답하든 베리테의 마음이 가벼워지지는 않을 것을 알고 있으니까.

베리테는 최선을 다하고 있었다. 마탄을 만들어보려고도 했지만, 베리테 혼자서 수천수만 명이 쓸 무기를 제작할 수는 없었다. 그럼에도 베리테는 죄책감을 느끼는 것처럼 보였다. 안 되겠다 싶어서 나는 일부러 목소리 톤을 높였다.

"아, 맞아. 데이트 신청은 어떻게 됐어? 나 네 옷 만들려고 하는데."

그 말에 베리테의 귀가 쫑긋거리는 게 보였다. 베리테가 슬쩍 나를 올려다보았다.

"블랑슈가 괜찮대. 나중에 데이트하기로 했어."

베리테의 목소리가 조금 누그러져 나는 웃었다. 베리테는 아차 싶었는지 황급히 말을 덧붙였다.

"그, 그런데 옷은 천천히 만들어 줘도 돼. 바쁘잖아. 데이트는 전쟁 끝난 다음에 할 거니까, 나중에 만들어 줘."

두 아이 성격상 이 와중에 데이트할 거라 생각하지는 않았지만, 전쟁이 끝난 뒤라니. 마음 놓고 데이트할 수 있는 것은 어느 계절쯤에서일까. 그때 베리테가 조금 뾰로통한 목소리로 말했다.

"그나저나 전하가 나를 마음에 안 들어 하는 것 같아. 예전부터 그러긴 했지만."

지난번 블랑슈의 생일 파티 때, 두 아이가 꼭 붙어 있는 것을 본 세이블리안은 어딘가 모르게 싸늘한 표정이었다. 얼마 전에는 정말 놀라운 질문까지 했었다. 그 철혈의 군주가 한 말이라고는 믿을 수 없을 정도로.

[블랑슈. 너는 나와 베리테 중에서 누가 더 좋으냐?]

내 남편이 이렇게 구질구질할 줄이야. 주책 좀 그만 부리라고 하려다가, 블랑슈가 단호하게 대답하였다.

[저는 어마마마가 제일 좋아요.]

나는 의문의 승리를 거두었고, 다행히 세이블리안 역시 그 대답에 만족스러워했다. 만약 그때 베리테가 더 좋다고 말했다면 사태는 어찌 되었으려나. 나는 베리테를 가만히 바라보다 말했다.

"세이블이 너한테 빚진 거 있잖아. 그거 사용하면 아마 방해는 안 할 것 같은데."

딸 팔불출이 되기는 했지만 약속 하나는 잘 지키는 사람이니까. 베리테는 조금 고민하는 기색으로 뺨을 긁적였다.

"사실 빚을 갚는 대신 블랑슈와 결혼하게 해 달라고 하려 했는데……. 왕비님이 그랬잖아. 결혼은 블랑슈가 결정해야 하는 일이라고."

그래, 그렇게 말했었지. 베리테는 쑥스러운 듯이 미소 지으며 말을 이어 갔다.

"그러니까 빚 관련한 일에 블랑슈를 끌어들이지는 않으려고 해. 전하도 블랑슈 가족이니까, 진심으로 인정받고 싶기도 하고."

크윽, 우리 예비 사위 정말 참하다. 지금 내 마음속에서는 벌써 고백하고 반지 교환하고 약혼식까지 치르는 중이었다.

얼른 두 아이가 서로의 마음을 확인해야 할 텐데, 여러모로 전쟁이 문제다. 그런 생각을 하고 있던 중, 방 너머에서 노크 소리가 들려왔다.

"왕비님, 노마입니다. 잠시 괜찮으십니까?"

음? 무슨 일이지. 누가 나를 찾아오기라도 한 것일까. 베리테는 나를 흘낏 보고는 작게 속삭였다.

"나, 갈까?"

"아니. 나만 잠깐 나갔다 올게."

베리테의 연애사도 더 듣고 싶은 참이었으니까. 딱히 방문자가 있다는 이야기는 없었으니, 단순한 보고인 듯싶었다.

밖으로 나오자 예상대로 노마만이 서 있었다. 그녀는 평소처럼 꼿꼿한 자세로 서 있었는데, 문득 그녀의 목덜미에 시선이 닿았다.

"노마, 머리카락 잘랐네."

늘 머리카락을 바짝 끌어당겨 묶는 터라, 처음에는 머리카락을 자른 줄도 몰랐다. 보수적인 노마가 웬일로 헤어스타일을 바꾼 거지? 노마는 내 질문에 어색하게 웃었다.

"이상한가요?"

"아니. 정말 잘 어울려."

빈말이나 인사치레가 아닌 진심이었다. 실제로 잘 어울리기도 했고. 재판이 끝난 뒤, 조금씩 여유로워지는 그녀의 모습이 보기 좋던 참이었다.

"그나저나 무슨 일이니?"

"왕비님께 드릴 것이 있어서 왔습니다."

노마는 손에 들고 있던 것을 내밀었다. 어, 이건 대체……?

그것은 밤색 머리카락을 말총처럼 가지런히 묶어 둔 것이었다. 노마의 머리카락과 같은 색이었다. 나는 어안이 벙벙해져서 그녀의 머리를 번갈아 보다 물었다.

"노마, 설마 이거 네 머리카락이야?"

"예."

"이걸 내게 왜 주는 거니?"
다른 것도 아닌 머리카락이라니. 여러모로 이해가 가지 않았다. 노마는 여전히 머리카락을 내민 채 입을 열었다.
"전쟁 때문에 마도구 수급 문제가 더욱 심각해졌다 하셨죠."
그녀는 조곤조곤한 어조로 말을 이어 갔다. 예전처럼 차분했지만 어딘가 모르게 따스한 어조였다.
"머리카락이 마력의 대체품으로 쓰인다고 들었습니다. 큰 도움은 못 되겠지만, 조금이라도 왕비님께 도움이 되면 좋겠습니다."
이제야 이 낯선 선물의 이유를 알게 되었다. 그럼에도 나는 그것을 쉬이받지 못하고 있었다. 나는 노마에게 준 것이 없는데, 이런 걸 받아도 될까?
이 시대에 머리카락을 자르는 것은 무척이나 수치스러운 일이었다. 게다가 노마는 미혼 귀족이었다. 가난한 여자들이나 머리카락을 잘라 팔곤 했다. 이 짧은 머리카락을 보고 비웃는 사람이 얼마나 많을까. 나는 망설일 수밖에 없었다.
노마는 그런 내게 다가와 제 머리카락을 쥐여 주었다. 오랫동안 공들여 관리를 한 모양인지, 마치 비단실처럼 부드러웠다.
"노마, 난 받을 수 없어. 난 네게 해 준 것도 없는데, 어째서 내게……."
"전쟁에서 패하면 제게도 좋을 것이 없으니, 그런 이유라고 생각해 주셔도 좋습니다."
그녀는 건조한 목소리로 말했지만, 그것이 진심이 아님은 알 수 있었다. 재판에서 나를 변호해 준 것도 의외였는데 이렇게까지 나를 도와주다니. 호의에 뭐라 감사의 뜻을 표해야 할지 알 수 없었다.
"……정말 고마워, 노마."

가까스로 감사 인사를 꺼냈다. 그녀의 머리카락을 만지작거리던 중, 문득 베리테 생각이 났다. 이 머리카락을 대가로 내 마력을 보충할 수 있지 않을까.

하지만 이것만으로는 부족할 터였다. 세이블의 피로도 한참 모자라다 그랬는걸. 어중간하게 쓰느니 마법관 쪽에 전달을 하는 게 좋으려나. 그런 생각을 하고 있던 와중, 가벼운 발소리가 들려왔다.

"앗, 노마 님. 벌써 드렸어요? 제가 좀 늦었나 봐요."

클라라가 평소와 같이 발랄한 얼굴로 방 안에 들어섰다. 나는 그녀를 보곤 얼떨떨해져 버렸다.

"클라라, 너도?"

"에헤헤, 어때요? 저 잘 어울려요?"

그녀 역시 머리카락을 짧게 자른 채였다. 클라라가 통통 튀는 듯한 걸음으로 다가와서는 품에 들고 있던 상자를 스윽 내밀었다.

"다른 하녀랑 시녀들한테 이거 받아오느라 늦었어요. 부디 받아주세요, 왕비님."

나는 말 없이 클라라가 내미는 상자를 받았다. 그 안에는 수많은 빛깔의 머리카락이 담겨 있었다. 얼마나 많은 이들이 도움을 준 것인지 가늠이 되지 않았다. 그중에는 햇살처럼 빛나는 금발도 포함되어 있었다.

"그건 카린 님 거예요. 부끄럽다고 오지는 않으셨지만."

나는 재판 때 느꼈던 감각을 다시 한번 느꼈다. 나의 무죄를 입증하기 위해 목소리를 내주던 수많은 사람들. 나를 위해 위험을 감수한 사람들. 나는 그들에게 준 것이 없는데, 어째서 이토록 많은 이들이 선의를 건네줄까.

"다들 왕비님을 걱정하고 있어요. 전쟁 때문에 고민 많으신 것 알아요. 드릴 수 있는 게 이것뿐이라 죄송해요."

왜 죄송하다 말하는 거니. 그 말은 내가 해야 할 말인데. 이 결의와 마음을 받을 만한 일을 한 적이 없는데.

내가 할 수 있는 것이라고는 힘겹게 감사 인사를 건네는 것뿐이었다.

"……고마워, 노마. 클라라. 다른 사람들에게도 감사 인사 전해 줘."

"저희가 해야 할 일을 했을 뿐입니다."

"헤헤, 맞아요. 그럼 저희는 물러가 볼게요."

두 사람은 대수롭지 않다는 듯한 얼굴로 고개를 숙인 뒤, 방을 떠나갔다. 나는 상자를 끌어안은 채 그 안을 바라보고 있었다. 그때, 뒤편의 문이 열리는 소리가 들렸다.

베리테였다. 이미 이 상황을 모두 지켜본 모양인지, 놀란 기색도 질문도 없었다. 베리테는 묵묵히 내 옆으로 다가와 상자를 들여다보았다. 그 은색 눈동자에 여러 감정이 스치고 지나가는 게 보였다.

"왕비님. 이 정도 양이라면 저주를 해석하는 게 가능할지도 몰라."

나는 입술을 깨문 채 고개를 끄덕였다. 수십 명의 마음이 이곳에 담겨 있었다. 부족하다고 하더라도 반드시 저주를 해석해내야 했다.

숨을 깊게 들이마시고 내 안의 마력을 상자 안으로 흘려보냈다. 수많은 색의 머리카락이 오색의 연기가 되어 흩어지더니, 이내 검은 마력으로 변환되었다.

베리테는 상처가 난 손을 내게 내밀었다. 그 손을 잡자, 마력이 일렁거리며 내게 흘러들어오는 것이 느껴졌다. 두 눈에 불이 붙은 것만 같았다. 열기는 없었으나 저 땅 아래까지 볼 수 있을 정도로 시야가 밝아졌다.

마력과 수식이 머릿속으로 흘러들어왔다. 복잡했던 실타래가 순식간에 풀리듯, 베리테의 저주가 명확하게 보였다.

[이 저주는 저주받은 대상의 진짜 이름을 돌려받아야 풀 수 있다.]

대상의 진짜 이름. 그 이름은 이미 들은 적이 있었다. 만약 이 이름이 맞지 않는다면, 더 이상 답이 없다.

나는 베리테를 똑바른 시선으로 바라보았다. 그리고 어둠 속에서 흔적을 더듬는 사람처럼 신중하게 그 이름을 발음했다.

"오베론. 너의 이름을 돌려주겠다."

> 4권에서 계속

계모인데, 딸이 너무 귀여워 3

초판 인쇄 2020년 11월 28일
초판 발행 2020년 12월 10일

지은이 이르
펴낸이 최재호
펴낸곳 주식회사 에이템포미디어

편집 디자인 s:now* **표지 디자인** RAEHA
교정 교열 에이템포미디어 출판부

등록번호 2019년 2월 27일 제 2019-000012호
주소 경기도 부천시 부천로 198번길 18, 202동 1101호(춘의동, 춘의테크노파크 2차)
전화 070-4100-0600

전자우편 atempo_media@naver.com
블로그 atempomedia.com
인스타그램 instagram.com/atempomedia_books
트위터 twitter.com/atempomedia

ISBN 979-11-6428-378-1